悬浮于风

訾非◎著

线装书局

图书在版编目（CIP）数据

悬浮于风 / 訾非著. -- 北京 : 线装书局, 2023.1
ISBN 978-7-5120-5342-7

Ⅰ. ①悬… Ⅱ. ①訾… Ⅲ. ①长篇小说一中国一当代
Ⅳ. ①I247.5

中国国家版本馆CIP数据核字(2023)第015380号

悬浮于风

XUANFU YU FENG

编　　著：訾　非
责任编辑：崔　巍
出版发行：线装书局
地　址：北京市丰台区方庄日月天地大厦B座17层（100078）
电　话：010-58077126（发行部）010-58076938（总编室）
网　址：www.zgxzsj.com
经　　销：新华书店
印　　制：三河市中晟雅豪印务有限公司
开　　本：787mm×1092mm　1/16
印　　张：32.5
字　　数：647千字
版　　次：2023年1月第1版第1次印刷

线装书局官方微信

定　　价：99.80元

目录

第一章 断章

01

六月三十号这天中午，黎源好不容易从床上爬起来，走进厨房给自己冲了一杯咖啡，然后回到卧室，坐到电脑前头，伸手去碰开关。

窗外太阳明晃晃的，天空被昨夜一场大雨洗刷得干干净净，看上去很是无辜。他怔怔地坐着，望着窗口那一大块单调的蓝色。

电脑按部就班地走完一个程式，又启动另一个，直到屏幕原形毕露——居然也是蓝天白云。

他点开 Word 软件，面对空白的页面，脑子里同样一片空白。

他这样坐了足足有一个钟头。

然后他蓦地站起来，穿过客厅，顶着融化一切的太阳走到阳台上去了。

烈日一下子就笼罩全身，他打了一个冷战。在六月的大太阳底下打冷战，够奇怪的。他朝阳台下看：一个收废品的小伙子，正坐在道旁的槐荫里翻看一本杂志，他的四周，是一大堆破旧东西——捆好的报纸、生锈的废弃的小煤炉、三个齐腰高的口袋（一个黑色，一个灰色，还有一个，竟说不上是什么颜色）。

离口袋不远的地方长了好几丛紫茉莉，就是他家乡叫“洗澡花”的植物，现在它们全都合拢花瓣，隐隐透露些花蕾的颜色。紫色的最多，但是还有粉红、亮黄以及白色的。他每天早上都要到阳台上看花，这种熟悉的植物好歹给他带来一些安慰。

小伙子手里捧着一本《女友》，封面上站着一个身材性感、面孔却不怎么可爱的女人——黎瞅得一清二楚，他是站在二楼的阳台上朝小伙子看过去的，他离那本杂志，应该不会超过十米。

那杂志封面的颜色，成片成片的粉红，与洗澡花们倒是交相辉映。

小伙子肯定不到二十岁，上身套了杏黄的 T 恤，捧在他手里的大片的粉红色便是被包裹在一大团杏黄色里的。他的黑裤子，因过分的脏竟然变成灰色。

他折身回屋。

现在正是夏天，窗外的宽敞明亮是名副其实的，可这宽敞并不属于他。他看了看日历：二〇〇三年六月，这一年已过了一半。真够快的。

骤然的电话铃声把他从恍惚中解脱出来，他抓起话筒，一听就知道是柴柯：

"最近还好？"

"还好。"

"忙啥呢？"

"没忙啥。"

"你该买个手机了。"

"我天天在家。"

"有空上我这边来坐坐？"

"好啊，你啥时候有空？"

"天天都有。"

然后他们在电话里漫无边际地聊了半小时，谁谁结婚了，谁谁有了一个儿子，谁谁找到了一份工作——也在北京，还有这场"非典"，似乎已是强弩之末，人们正在涌向大街，麦当劳涨价了……

"去弄户口了？"柴问他。

"还没有，你呢？"

"办了个临时的，集体户。你办暂住证没有？"

"没有。"

"那你可得小心，被抓走了……"转而柴又说，"你没事，你看起来不像。"

柴的意思是，他看起来不像农民工。

"不过也不一定。"柴把刚才的结论又否定了。

"我要是被抓住了，决不负隅顽抗。"

"你也有点不知天高地厚——跑回来，不找工作，想干啥？"

"不想干啥。"

"不想干啥是要干啥?!"

柴比他早几个月回国，黎租的房子还是他帮着联系的。两个月前，他下了飞机才意识到自己回国了。柴总问他：你突然回来，也不找工作，想干什么？

问多了他就烦了。

但凡接到他电话的人都问他为什么回来，为啥回来，好像这里是个火坑。

02

他放下电话，从这个由一间客厅、一间卧室、一间厨房组成的小套间里走出去，站在那里愣了一会儿，然后下楼。

小区外是一条东西走向的僻静的街，被挤在两道围墙之间，窄成一条缝。也很短，只容得下一家小旅店和两家小酒吧破墙而出，一家酒吧叫“蓝月亮”，另一家叫“迪尔凯姆”。小街尽头，是一条南北走向的水泥深沟，沟底淤了浅浅一层散发臭鸭蛋气味的腐水。这条沟有个响当当的名字：万泉河。河上横一座小铁桥，几步即可跨过，最简易不过的铁板桥，却也有个好到令人发指的大名：挂甲屯桥。

在小街与散发着沼气的万泉河的交界处向南一折，就走到两家小餐馆的面前。最近的那个叫“芙蓉里餐馆”。这名字有独此一家的霸气。这附近当然有个叫“芙蓉里”的小区，可这里并不是芙蓉里，这里是承泽园小区，离芙蓉里至少还有一里地。舍近求远地取了这么一个名字，那霸道又横添了一笔。

餐馆里陈设粗糙，是最平常不过的后街小馆，弥漫着得过且过的气氛。豆腐干大的狭小空间，摆放十几条直愣愣的土黄色木桌。围着木桌的硬邦邦的h形高背木椅是同样的土黄色；吧台呢，用几根倔强的线条把自己围困在角落里。木桌和木椅一律泛着油光，摸上去有一层令人担心的黏腻，仿佛有蜗牛爬过了几遍。他找了一个靠窗子的桌子后头坐下，就闻到从厨房里飘来的烤焦了的肉味。

他把半开着的窗子推开，才意识到他们没开空调。服务生，一个年轻的姑娘，拿着一本菜单走过来，一言不发地把它搁到他面前的桌上，又一言不发地去打开另一扇窗子。她看上去应该是进城不久，对周围的一切都还有一种茫然戒备的状态。

他点了菜，要了汤，她又一言不发地离开了。

他坐着，脑子里有什么在嗞嗞作响。他瞅了瞅窗子外面的太阳：到了下午它更耀眼了。树、行人、车辆、水泥路面、铁桥栏杆都被毫不留情地烘烤。它们都在稀软、融化，摊作一处，分不清彼此。他想起自己为女儿买的那种五颜六色的橡皮泥。她拿到手，就像上帝一样给自己捏出了一个世界：花草、树木、汽车、皮球、蘑菇、小鱼、天线宝宝、彩虹…… 最后她又把它们团在一处，像和面似的揉啊揉啊。起初还五彩缤纷的，慢慢就混作灰乎乎的一团，像一坨不折不扣的粪。

小时候每当母亲走到他面前，说“我要跟你严肃地谈谈”“我们坐下来好好谈谈”“我有事要和你谈”，他眼前就有一大片灰云翻滚过来。他不记得她在这肃杀的开场白之后展开过什么重要的主题。当然，在她眼里，没有什么事情不非同小可。你不该没有洗手就吃东西，不该不吃鸡蛋不喝牛奶，“你不该不跟那个客人打招呼”，“你对我的建议这么不耐烦，你是不是对我有什么意见”……

他要的汤，被第一个端了上来，用硕大的瓷碗盛着。瓷碗既粗且厚，要是没有里面的汤，没有周遭粗糙的桌子、没有油乎乎的桌面、没有生了锈的窗棂和灰蒙蒙的墙再加上走来走去的恍兮惚兮的女服务生，这只碗一定不可能被当作汤碗。它太厚了，造它的人大概忘了他在做一只碗，就在一大团泥坯当中草草挖了一个小坑。它厚墩墩的模样更像个石臼，或者说，像那些蹲在艺术馆展位上被玻璃笼罩的东西：某些特征被着意夸大，孤独地蹲在法兰绒的台布上，向四周散发诡异的光芒。它不是为汤而生的。

而现在，它被油乎乎的桌子、缺口的汤勺、一长一短的筷子、生锈的窗棂、灰蒙蒙的屋墙生生围住，可不就是一只汤碗。如果把它的怪诞和四周的草率看成一种相得益彰，你居然还能感受出一些意味深长的东西。

这就是一只得其所哉的碗。

是这只碗让他想到了玫。

玫如今在什么地方，在做什么事情？她烧的那些古怪的陶器和瓷皿又在哪儿？

他还记得他曾对她说：能不能烧点漂亮的东西出来。

“你是说那种圆圆的、光光的、滑滑的……？”她问。

“嗯。”

“汤碗？”

“我是说，那种——”

“性感的？”她向来善于迎着他的话头给他一下子，“漂亮的，称你心意的？”

他没再争辩，却并不服气。

“像女人大腿的？”她不依不饶。

她谈起了萨特的那个著名的树根，所谓艺术，是在一阵厌恶之后发生的东西；所谓欣赏，就是在经历一阵痛苦之后还能咀嚼的东西。

她说这话的时候，嘴唇的线条桃子一般优柔，声线有淡淡的沙哑。他是被她迷住了。

他不知道她是带着怎样的情绪弄那些油画，画布上尽是毛茸茸、神经质的动物；人物则比例奇特，癯腴失衡，肤色古怪，五官挪位，目光诡异，写在面孔上的表情一律不怀好意。

他在她俊俏的脸上看不到这些，从她宁定的神态上也看不到，但她手下的形象走着与她的面孔相反的路线。

她有时也画几笔被她称作“小资情调”的东西，这些画里突然有了布局、有了均衡、有了悦目的色彩、有诱人的意境和温和的张力。但她急于声明，说这些都是垃圾，美只是杜撰，美是世上最装模作样的玩意儿。

可她绝不会把自己打扮成个丑女人，她是按她所嘲弄的“小资情调”来修饰自己的，清新可人，令人心动。走在大街上，不会有人想到从这双白嫩的手里生出来的东西有多怪诞。

他对她当然也产生过厌倦。美，委实会令人生厌。美丽的风景、事事顺遂的生活、大团圆的结局，凡此种种，都有差不多的命运。现在他从美国回来，未必不是因为厌倦。

美国，实在是个无聊的地方啊。

餐盘里的木须肉纠缠扭结，油光可鉴；硕大的木耳囫囵未切，牵牵连连、窝窝囊囊的。他感到有什么东西堵在嗓子眼里。窗外的白杨树还在沙沙作响，水泥路面毫不留情地把太阳光挡回去，把自己弄得像雪地一般白亮。路面显然被打扫过了，干净到一无所有。

他又想到那个树根。这儿要是有一块树根，也肯定被一只大扫帚请走了。他不喜欢萨特，觉得这人老是大惊小怪的。存在主义是一种人道主义？一种人本主义？甚至，是一种社会主义？出国前，他满脑子这些问题。在那边待了数年，读了些书，依旧莫名其妙。理论对他来说像一层稀薄的空气，伸出手抓来的经常是一场空。

他知道一座城市容不得毫无理由的东西，这倒是个他能明白的真理。每天后半夜，都会有垃圾车沿着大马路轰响着向城外飞奔，彼时他就想：一车车满载的都是再严肃不过的使命，有些东西就是要被速速弄走。弄走和弄来，都不是微不足道的小事。

你总不能毫无理由，就是玫，她的古怪脾气和她那些怪诞的陶皿，不也得以艺术为名？她说艺术是无功用的，可她又想当艺术家，她没有察觉这中间的矛盾。

他注视着窗外翻动不休的白杨树叶，禁不住看到玫纤细的手指和掌上亮晶晶的油彩。手掌柔软，捏上去像是空的。他不知道这双手现在怎样了。

他要的米饭始终没能端上来。餐馆里不是只有他一个客人吗？那个站在吧台后面的女人，大约是老板娘。她把头埋在一堆发票存根里，沉浸在她的算术世界。那个服务生在游荡，一会儿走到门口，一会儿又折回屋内，她摸摸柜台上的塑料花瓶——那里插着一枝黄色的塑料向日葵——在一张椅子上坐半分钟，站起来趴在窗户上朝外看。他觉得她是在用走动和触摸化解着什么，或者对抗着什么，而她趴在窗户上朝外看的姿势又像是在试图忘掉什么。

“小姐，米饭好了没有？”他问她。叫“小姐”可不妥，但是叫什么合适呢？叫“服务员”吗？好像一下子回到七十年代。

“就好了，就好了。”

他看到她背着手走到吧台前，用手托着腮伏在吧台上，朝门外无所用心地望。老板娘抬了头，目光朝他这边扫了一下，又滑回手里的票据上了。

03

所谓过去，无非是脑膜上的印记，它们散落四处，偶尔浮现真身。有时它们也像草丛里的麻雀，扑啦啦飞出一大群，让你目不暇接。

但是，脑中的万千事物，它们的先后次序，好像并不因为印象的鲜明与模糊就被弄乱了次序。

记忆中的玫，当然也是一些碎片，一朵又一朵的印象。但那个漆黑的楼道口，是在你借给她那本蓝色封面的书之前。那个匆匆走进楼道口的她，也还不是最初的印象。这些都毋庸置疑。

走进楼道口的玫，已经二十五岁，你二十六岁，你们应该算久别重逢。

你们小时候就认识。可在你的记忆里，漆黑的楼道口总是执拗地占据最鲜明的位置，仿佛那才是最初的一瞬，宇宙是从那个时候爆炸出来的。

他从“芙蓉里餐馆”走出去，踏上挂甲屯桥，站在桥上看水。

一只红色香烟盒规规矩矩地躺在桥栏杆上——硬纸壳的包装，盒盖敞开着，里面是空的。这只空烟盒，干净、光鲜，不知被谁丢在锈迹斑斑的铁桥栏杆上。

大约有人曾伏在桥上，百无聊赖地抽烟，望桥下流水？可这桥下的水，已然腐败成黑绿的颜色，漂泛黄绿色泡沫——都是浮游植物浓稠的尸体。如果谁站在桥上，伫立在扑鼻而来的沼气里抽烟，一定是心头有更糟心的事需要抵御。

烟盒被搁得规规矩矩，与栏杆的边缘刻意保持着平行，是用心摆上去的。烟盒的主人或许是个刻板固执之人，是个安分守己的人也未可知——他找不着垃圾箱，却又不习惯于随手一扔了之。或者，这个人走过桥上，抽出最后一根烟，无端地对手中精致的盒子生出一缕怜惜之情？

香烟盒一丝不苟地守在栏杆上，过往的行人，也因为它庄重的模样而不敢擅动。

04

那些关于玫的印象，还可以追溯到他刚刚开始有记忆的年龄，五岁，或者四岁？

在那个年龄，一切都是新的。

比如那一小丛枣树，从白奶奶的泥屋墙根下萌发出来，披一身阳光，嫩绿可喜，每年都长高一些。

他在草屋里住了两年多，离开时，已七岁，或者八岁。

那时枣树已比他高许多了。

玫在那里住得更久——这是他能肯定的。

米黄的枣花躲在绿叶中间，如果你不定睛细看，就察觉不到它们。直到某一天，圆嘟嘟的小枣子就像掩饰不住的惊喜，一个个从枝丫间泄露出来，这儿那儿到处都是，把你的心都填满了。

枣树开花的日子，如果循着香气去找，可以发现花朵细碎的鹅黄。花香有淡淡的腥味，却非常好闻。蜜蜂钻进钻出，把透明的翅膀抖得嗡嗡作响。关于枣花的记忆，总是和这种振翅声融在一处，还有夏天尖亮似麦芒的阳光。他不会忘记蜜蜂停在枝头扭动腰肢的模样——毛茸茸的胸部和精致的腹部美妙绝伦。他曾经一个一个捉了它们，囚入空墨水瓶，又把手指伸进去触摸，遭了狠狠的一蜇。抽出的手马上肿胀起来，从那里传过来的疼痛，无论如何舔舐都不能解脱。

白奶奶一边嗔怪，一边用药草的绿汁涂上他那根手指，随后把蜜蜂们悉数释放。她说，别去惹这些妖精。他听出一丝惶恐和敬畏，从此不再对它们下手。

蜜蜂有一对怔怔的、忧郁的黑眼珠。

夏天，绿枣才长成黄豆大小，他就细数这些翡翠的珠子，想到秋天还在那么漫长的时间之后，就不免急不可耐。

这些不起眼的绿豆子，在他的热望里一天天充盈起来，终于长成诱惑的果实，把树枝压得低三下四。暴雨过后，饱满的枣儿落了一地，都还是一色碧青，就算滚在泥里依然光洁生动。

如今他见到市场上售卖的青枣，不免大失所望——满身赭红的斑点，如疮似疥，若病的成熟。

哪儿熟了，哪儿就烂掉。它们和苹果、梨子是不一样的。

至于干枣，已是全然不同的另一种东西。

在涂门，母亲每天煮几枚干枣，补血，也治疗她的神经衰弱。煮出的枣，乌黑、鼓胀，一触即破。哪里还算是枣，是枣的尸首。

夏蝉像一群鱼，在树丫间倏忽游弋，羽翅闪亮，翅上精致的脉络如雕似刻，脉络间起伏的呼唤如泣如诉：得啊~~得啊~~得啊~~得！得啊~~得啊~~得啊~~得！

他有时很讨厌这些敏感的、患得患失的小东西，但如果没有它们，夏天还真无法成其为夏天。

白奶奶并不是他亲奶奶，也不是玫的，但他们都叫她奶奶。

白奶奶把他装进箩筐里，用一根绳子把他下放到几米深的红薯窖里去。他在地窖下面捡拾红薯。他抬头朝那个荷叶大小的天空喊一声：满了！奶奶就把他和箩筐拉上去。

这种小小的历险，至今历历在目。那时候，奶奶还有力气把他拉上去呢。

他还记得窖壁上粗糙的土和斜生的树根。树根像弯曲的蛇，冷不丁横在面前，带来小小的惊吓。他觉得自己来到了一个很深的地方，担当了重大的责任。这是只有男孩子们才有的特权。

05

他们寄住在那个山村的白奶奶家。

玫的父亲和他的父亲，那时都在离山村十里之遥的山镇中学教书，他们的母亲，都在离山镇一百里的涂门县城上班。二十世纪七十年代，革命的最后几年，工作当然都叫革命工作。

夏天的夜晚，白奶奶一家都睡在院子里，幕天席地。玉米秸拼成的床，光溜凉爽，也很硌人。辗转之间，也就习惯了。

虫子铺天盖地的唧唧声把他们淹没。天上星星真多，它们白花花地撒在黑绒布上，有的闪烁不已，有的凝滞不动，你望着望着，就有一颗跌落下来，划了道暗红的弧线。白奶奶说，那是一粒害羞的星星。于是他盯住那最大的一颗看了许久。

他常在村东头的坟地里捉蓝紫色的甲壳虫子。蓝紫色是金属的颜色，是他在钢丝上见过的颜色，不应该出现在有生命的身体上。而一旦出现，就美得令人眩晕。

在静悄悄的坟地里，这蓝紫色汲取了死亡的精华，还美得诡异。他和玫各揣一只空墨水瓶，东捉一只，西抓一只，最后把瓶子装得满满的。密密麻麻的虫子在瓶里挣扎，玫就把瓶子丢在地上，不敢再看。

木木是白奶奶的孙子，大名白木实，和他年龄相仿。木木捉大个儿的螳螂和蚂蚱，把狗尾草的穗秆插进它们嘴里，把它们穿成长长的一大串，挂在檐下，抬头望去，满眼尽是挣扎的线条。

木木是个老实孩子，从不跟人冲突。倒是黎和玫，时而各不相让，争得一塌糊涂。

“你咋不让让妹妹？！”白奶奶说他。

“她抓我！”

“她能有多大力气？！”

“她有爪子！”

“不许打妹妹！”

这种时候，木木无不是站在一旁，超然地望着他们，什么都不说。

打架的事为数不多，至少在记忆中如此。但记忆是靠不住的。

06

穿过小铁桥，沿着小街走一段，左转，就折进畅春园小区。

他在齐刷刷的两行白杨树中间穿行，听着枝叶婆娑之声，不知不觉就走到小区后门。后门正对的是另一个小区。这个叫蔚秀园。园内迎面是一幢红砖修造的粗糙的住宅楼，楼前种了一丛聊胜于无的细竹——它们在夏风里憔悴枯黄，干叶子撒了一地。

等他把住宅楼抛在身后，小路左侧赫然闪现一座荷塘。

塘里无水。一根根荷梗顶着病蔫蔫的叶子突兀地立在干涸的池底，好生尴尬。所有的荷叶都朝远离小路的方向倾斜过去，仿佛举步要逃的样子。

只有在水里，荷叶方能一展灵秀鲜活的本色，水遮住直溜溜的叶梗和黑溜溜的泥巴，水把荷叶连成一片，融为一体，又把她们摇得娉婷婆娑。如果再有几朵莲花玲珑，一座荷塘就出落得十全十美了。而如今干涸的池塘把水下的一切端到你面前，你内心那么多关于荷塘的印象陡然颠覆。

畅春园、蔚秀园、承泽园，都是些美妙的名字，你自然会把这些名字放到小桥流水、雕梁画栋的世界里头去。它们也的确有过曼妙的时光，那种满园春色关不住的时候。现在嘛，在草率的住宅楼和凑合着过日子的平房之间，这残存的最后一爿荷塘，倒像是某种多余的东西。

他迈出蔚秀园东门，迎面撞上一条车水马龙的大街。街对面是 B 大学的西校门。门口人头攒动，众生喧哗。一群游客被挡在朱红的大门前，在跟门卫交涉。有说大老远来的，有说慕名而来的，也有说自己认识里头的谁谁谁。

非典期间凭证出入——门卫给出了无可辩驳的理由。

想趁乱溜进门去的，就朝门边偷偷移动，却被另一个门卫一把一把薅了回来。更多的人拥塞在门口，朝里面使劲张望，仿佛那里头是爱丽丝漫游过的奇境。

几个游客放弃了努力，一个接一个站在门前，摆好姿势让同伴拍照，郑重提醒别人，一定把门额上“B 大学”几个字拍进去。门两侧的石狮子也沾了光，被游人百般抚弄。人们扶着它们搔首弄姿，恨不得把“到此一游”四个字写在脸上。

07

白奶奶并不经常责备他们，她的方式，近乎是纵容了。错误只在发生之后才去应对。

而他的父母心头警钟长鸣，是防微杜渐主义和未雨绸缪主义的忠实信徒。他们担心他变成个坏人，就像他们知道的那些人那样，或者生病罹祸，一命呜呼，就像他们听说的那些人那样。

他叫“白爷爷”的那个男人整日忙碌，到了晚上就和另一些老男人聚在村头牛舍旁的一间屋子里抽烟、喝茶、唠嗑。这间屋子中央在冬天必然生起一堆柴火，所以它的梁上黑咕隆咚的。黎经常坐在这群老人中间，听他们在噼啪的柴火声里聊到深夜。他还不是很能听懂他们的话题，但火是温暖的。他总在他们苍老的嗓音里沉沉睡去，第二天醒来就是在自己的床上。

集市上，白爷爷会给他们买罗生。罗生就是花生。炒花生的铁锅和铁铲在露天下热闹地碰到一起，罗生们快乐地翻滚。他还给他们买生煎包子，或者被烤得焦黄的玉米饼。这样的机会并不很多，更多的时候，爷爷俯身在红薯田里忙活，他们就在他周围奔来跑去。白爷爷很少开心笑过，是个心事重重、爱抱怨的人。他们当然更喜欢奶奶。

但他能把庄稼伺候得兵强马壮，能把桃树的枝条嫁接在杏树上，把芝麻磨成馋人的香油。这些奇迹把他推举到了出凡入圣的地位。

他回到涂门以后，经常回忆这些奇迹：嫁接在杏树上的桃枝竟是那么的死心塌地；红薯藤下挖出的灰头土脸的大疙瘩用袖子一擦，就露出新娘一般娇嫩的粉红皮肤；被埋进土里的干巴巴的麦粒，一场雨后就把一片灰溜溜的田地点染得鲜绿喜人。一座城市里哪会有这等魔法——除了电影院，那地方勉强可以和它们比美。（开映之前投在银幕上的一个“静”字，把无数期待的目光凝结在那儿。大家一起喊“静！”电影就开场了。）

山镇偶尔也有电影，在露天里放映。彻天彻地的一张大白布上，从两面都可以观看。那么多人聚集在打麦场上盯住这块光怪陆离的白布看一个晚上，就对这个世界爱得更加死心塌地了。

08

他离开 B 大学西门，沿着街路向南溜达了一阵子，招手拦住了一辆出租车。他告诉司机说他要去 B 大学。司机心领神会，拉着他直奔 B 大学的机动车门。

果然无人阻拦。这是柴传授给他的秘笈，但他无法理解此中的逻辑。

校内马路上冷冷清清，只有寥寥几人在低头走路。如果把游客放进来，这地方就热闹了，虽不至于人山人海，但是必定熙熙攘攘。他们会搂着每一棵树合影留念，站在老掉牙的水塔下面仰头张望，在墓地里往来出没，目的只有一个：我来过了，我看过了，我照相了。冒这种傻气当然情有可原，就算尤利乌斯·恺撒都未能幸免。

这有点像瘟疫，传播起来不区分尊卑贵贱。

司机猛一刹车，他顺着惯性朝面前的车窗扑去——一个学生模样的青年从车前摇晃着擦身而过。

“有病！”司机说。

他说他大概心不在焉吧。

“那不跟死人一样了！”司机摇下车窗，“你死人啊！”

他不明白司机为何如此愤怒。“那不跟死人一样了”——在司机眼里，人一定不能心不在焉，不然，就跟死人一样了。

09

他在 B 大学图书馆旁边下了车。他是来找柴的。柴说他们系正对着图书馆，隔着一条马路。他站在图书馆门前广场上举目四顾：尽是大屋顶式建筑，上一个朝代的遗迹。图书馆的大屋顶，显然试图与这些遗迹遥相呼应，竭力维持某种传承。

三年前，这图书馆里里外外都是簇新的，号称亚洲第一。现在他故地重游，这庞然大物已显出老态。尤其门口铺着的那条石榴红的地毯，不复当年亮丽可喜的鲜活气色，几年来岁月的摧折什么都没有放过。亚洲第一，他并不信，但它是不折不扣的庞然大物，四层主楼，好几个配楼，叠墙架屋，算得上气势恢宏。这恢宏上头啪的一声盖下个大屋顶，结果你站在它面前，就有一种四散奔逃的冲动。

而且它老得也实在是太快了些。

他禁不住想钻进图书馆瞧瞧，他还从来没进去过呢。在玻璃门前，他被保安很及时地拦住了。

“证件！”

他没有证件，甚至身份证也过期了。护照倒是有一份，中华人民共和国的。可他们只认学生证和工作证，他当然一个都不会有。

柴果然在办公室里，正一个人盯着电脑屏幕发呆。黎恍若回到得克萨斯的那个袖珍大学城，那时他到柴的办公室拜访，柴也是弓着腰趴在电脑前静若处子。那阵子柴是个无可救药的网虫，同时挂在几个中文论坛上跟人辩论，擅长大放厥词和大言不惭，跟他在网下的样子判若两人。那些犀利辛辣的文字，就是在这种安静祥和的气氛里被送上网络的。

黎从柴背后看他的屏幕——已不是论坛，而是一个英文学术期刊的主页。

柴连忙找来塑料口杯给他倒水。

不用了谢谢，以前你电脑永远挂在论坛上，犹如股票上了市，现在居然改邪归正了。

柴还是坚持给他倒水，说本股已然跌停。

黎说你现在是挂不上去了吧。

“那倒是，现在可清静多了，不用被人骂了。”

“进贵校可不容易。”

“那可不。”

“有个围墙，好像凭空就高贵了一层。在贵校门口一站，肃然起敬。”

“不是有个社会学家写过一本书，说建筑是裸露的内心。”

“刚才想摸进你们图书馆，没想到那里管得跟五角大楼似的。”

“呵呵。”

“我怎么才能摸进你们知识的殿堂？”

“办个临时阅览证——不过你这等无业游民，应该会被拒之门外。”

“看来知识的殿堂我是摸不进去了。”

“你要是还不找工作，岂止知识的殿堂，知识的后宫都要与你绝缘——证件都办齐了没有？”

“什么证件？”

“身份证啊，户口本啊，档案啊，工作证啊，离婚证啊，暂住证啊……这些都办完，你才算回到人民中间来。”

“出国前我档案就不知道搞哪去了，现在就更下落不明了。”

“赶紧去找——你真跟嫂子离婚了？”

想不到柴柯这人也变得如此琐碎。

“柴博士，你也算心理学家么。”

“你说我算啥我就算啥。”

“那你帮我个忙。”

“嗯？”

“给我咨询咨询。”

“我可不给熟人干这个。”

“对，你们只蒙外人，呵。”

“哈。”

“那你就随便给我指点指点。”

“聊聊天可以。”

“你说，我离婚，究竟算咎由自取，还是情有可原？”

“我哪知道，我连你是不是真离婚了都不能确定。”

“我就是想听听心理学家的高见，我究竟算咎由自取，还是情有可原。”

“我可不想掺和别人的生活—— 你最好别叫我‘心理学家’，等我混个副教授我再坦然接受不迟。”

“你们心理学家可不就喜欢掺和别人的生活。”

“呵呵，我帮你找个喜欢掺和的。”

“我有句不好听的话，你想不想听？”

“你敢说，我就敢听。”柴把那杯水放到他面前的桌子上。

“我觉得吧，你这样的态度，是嫂子教的。”

“是弟妹—— 我们可都比你小。”柴咧开嘴笑了。

“弟妹一定教你说，‘人多的地方别去，别人家的事别管’。”

“你离婚肯定是咎由自取。”

10

芙蓉里餐馆人头攒动，连老板娘都马不停蹄了，忙得不亦乐乎。她是个高个子女人，在这个饭馆里鹤立鸡群。他以往的经验是，女人一旦高过一米七五，性情什么的就跟外星人一般。

她一定是从外地来的，从她端着盘子疾步奔向客人的姿势就能看出来—— 有一种赴汤蹈火的态度，一点儿都不像个高个子女人。

端啤酒上来的是个不高不矮的男人，三十多岁。这是老板。

“义瓶可够？”（一瓶可够？）

“够。”

“你是 A 省来的？”他问。

他点头。

“哪？”

“涂门。”

地道的老乡，一下子亲热起来。老板拉开椅子就坐到他对面去了，香烟递了过来，火焰接踵而至。他说他姓庄，庄子的庄，也就是打牌轮流坐庄的庄。

“怎么样，再来过菜？”（他把“个”发成“过”，听起来就是：“再来锅菜？”）

“已经挺好了。”

“这位是？”

“柴博士，B 大学的，也是老乡。”

庄老板又把烟朝柴递过去。老板娘冲庄老板喊：“老庄，快去厨房！”老庄把一包红梅烟朝他们面前一推，起身直奔厨房去了。

“我觉得他怕老婆。”柴说。

“何以见得？”

“瞧他朝厨房跑过去的样子。”

“《圣经》上说，怕老婆的人有福了。”

“真跟嫂子离婚了？”

“当然！”

“理由？”

“我要知道，就不会老缠着你这个心理学家了。”

“又来了——住的地方还好？”

“很好，要是没你们帮忙，我恐怕都要露宿街头了。”

“我看你是巴不得露宿街头——你有一种露宿街头的冲动。”

他忽然记起柴的外号，“半仙儿”——那是他们在得克萨斯留学时别人给柴起的绰号。他奋力回忆那个起外号的人是谁，叫什么名字，是男还是女，在什么地方，当时发生了什么，可是记忆的大门关得严丝合缝。他在门口挣扎了半天，带着一丝绝望把自己拽回现实里，看见柴半仙儿还是一副笃悠悠的模样——在啃一块骨头。记忆的大门里不窜出一条狗来就算宅心仁厚了。他比自己只早回来半年，倒像是已经如鱼得水了。

好多年前得克萨斯的那个小镇，他开着车代表学生会去机场接新来的留学生，第一次接到的就是柴。当时他也才去美国不到一年。

他们住得也近，就成了朋友。一年后他转了学去了北卡，柴后来也转了去东海岸的一个州立大学，还是相隔不远。有一年夏天柴开车来北卡观光，还在他家里住过。

那时候你和妻子的关系还没有发展到不可救药的地步，你的女儿满半岁，柴的儿子旬旬有八个月了。你们两家六口人去海滩钓螃蟹。螃蟹一只也钓不到，可是大家都很高兴，天气好，阳光也充足，也没有什么烦人的事。这是好几年前的事了，想起来却像上辈子似的。那时候连“9.11”都还没有发生呢。

庄老板不时从厨房跑出来搭上两句，又让人送上两大杯扎啤，说这是请你们的。你说你可喝不了。老板说涂门人哪有不会喝酒的。

这是你最熟悉的涂门劝酒辞。涂门男人爱喝擦根火柴就能点着的涂门大曲。而你灌下一杯啤酒，就能飘到天花板上去。

庄老板端了一盘凉菜上来，说这也是请老乡的。

喝，杯子跟杯子碰到一起，烟雾和烟雾缠在一处，你努力找回自己的涂门腔，义兹各可嘚么的似散板嘚好 das 椰熊佬枣别备莱 sihezengaodedddddddddddddddda。满脑子都是嘀嘀嗒嗒的声响。

那一大杯扎啤在你肠胃里安了营扎了寨，你飞到自己身体外头去了：端杯子的手是别人的，说话的嘴更是获得了空前的独立性。

庄老板又被老板娘叫进厨房里去了。

11

“有一阵子，大概我上大学的时候，曾妄图改善一下父母的关系。现在我知道这纯粹出于让我自己好受一些的动机。如果他们两个相安无事，或者像传说中的夫妻那样居然相敬如宾，渔翁得利的当然是我。然而他们真的‘相亲相爱’，我未必就能习惯。两个在柴米油盐里摸爬滚打的人，忽然间谈情说爱了，该是多么尴尬的场面，我一定会像叶公看到恐龙一样落荒而逃。其实我最讨厌的也就是我最习惯的，这个道理我还是心知肚明的。

“那时候我以为自己艺高胆大了，竟然直截了当地问母亲：人为什么要结婚？我也许还质问过，你们吵成这样，干吗还要在一起。但我并不能确定我这么说过。反正那阵子读过几本卢梭几页尼采，就以为可以对世道人生大放厥词，等到真说出一句惊世骇俗之语，首先吓得半死的是自己。而母亲四两拨千斤，说等你老的时候，生个病要是连个倒水的人都没有，后悔也来不及了。用半个世纪的相互折磨换取也许只有十年也许只有几天的扶持，这桩买卖太不上算。不过话又说回来，时间并不是天平上的砝码，所谓长短轻重并不那么容易找到贴心的尺度，为了几分几秒而把一辈子都交给魔鬼的应有尽有。那时候我暗下决心，决定这辈子一定不去蹚这趟浑水，但是后来还是一个猛子扎了进去。母亲还向我兜售过另一个道理，她说人一辈子总是要成家立业，养儿育女乃天经地义——她就差说不孝有三无后为大了。这个理由比前一个更糟糕，简直令人发指。我父亲？我根本就不会向他问这个问题。他对革命工作的热情是发自肺腑的。他说过，这个世界上应该有一部分人负责生孩子，另一部分人负责工作——他当然把自己归于后一类。不幸的是，他的情欲让他不能免俗。还好，有了我这个孩子之后，他坚决防止了再要一个孩子的可能。但他也终于越来越不能忽视我的存在，不能不为我费些心思。比如找一所在他看来纯洁无瑕的小学，为中考和高考的事表现出前所未有的焦虑。不过似乎也就仅此而已，从没问过我喜欢读什么书，也没有推荐过什么，没有问过我将来想干什么，父子之间不可能没有的交流，居然都没有。你一定觉得这是不可思议的。你说我也许只是在模仿我父亲，或者说受到他的影响。我觉得基本上不是这样。我父亲所向往的单身生活，是一头扎进革命工作——这个词多古老啊。我可不是——不过其实我也说不清楚，也许你是对的，我还真没有朝这里多想想。你让我说说这种关系里有没有亮点？我最讨厌‘亮点’这个词了。当然不会没有，我以前和你说过一些不是吗？对，那时候我对父亲，倒真是有点口中称颂，心里佩服，是不是？为什么才几年就变了？这我真的说不清楚。也许因为大气层变薄了，二氧化碳增加了。我与母亲的矛盾是早于青春期之前就开始了，到青春期当然更加暴风骤雨。对于父亲呢？很久以来真没有太明显的敌意，虽然我是怕他的，但是怕一个人和有敌意终究是不可同日而语。现在三十多了，敌意反而与日俱增。那个会讲故事的有趣的父亲，每次出差都要带些糖果点心回来的父亲，到了老年得到的是如此忘恩负义的回报。你看就凭这个，婚姻和家庭就根本就不值得期待。

“后来我为什么结婚了？就像一个无神论者不管他对于这个世界的物质本性多么深信不疑，不管他曾经多少次祈求而毫无回应，当他站在大雄宝殿里或者大教堂里，洪钟大吕当当地敲起来，管风琴弹起来，周围的人们扑通跪倒或者全体起立唱三一颂，这个时候你要是不肃然起敬你简直无异于禽兽。为什么结婚？因为理性这东西软得像新鲜的狗粪，都用不着你踩它自己就坍下去了。不不，我可不是在讽刺有信仰的人，我说的是romantic love、marriage这些胡说八道的事情。你说我在婚姻中有没有得到过快乐？这又从何说起？你说如果没有父母，我的生活也许会更惨。这我绝对不否认。当然是这样，我的青少年时期本可以比实际上要悲惨一百倍。怎么说也是比上不足比下有余。抱怨也许就是对人生要求太高了吧。到底谁告诉我生活是美好的呢？如果有人告诉我，哪怕有一半的人告诉我婚姻的真相，现在我也许是一个心满意足的父亲，还过得去的老公，呵呵，你这么一提，我还真觉得……”

12

大雪厚厚地覆住山村。万籁俱寂的时辰，灰色的墙从耀眼的白雾里升起来；更高的地方，有黑黢黢的巍峨的烟囱。篱笆拢住的院子铺满了雪，温润而光洁。走在雪上，就是走在云彩上。

他在雪里打个滚，雪就把他舔白了。他听到了雪与雪耳鬓厮磨时克制的私语，也听到了自己脉搏的欣然跳动。

雪的甜味。雪的泡沫。雪的松垮的皱纹。

尖溜溜的晶莹的冰柱从草屋的檐上垂下来。一个、两个、三个、四个、五个……井然有序，就像是被刻意安排的。一天又一天，它们在寒冷的天气里不动声色地茁壮着自己，浑厚着自己，垂挂了它们的屋子也就一天天肃穆起来了。

他喜欢用手攥住它们——那种光滑的触摸，乍暖还寒。冰在手心里润湿，融化，热气袅袅升空，心底就有一片湖水满溢，一阵琴声悠扬。

躲在树丫间的雪。堆积在墙头的雪。平铺于池塘的雪。飘白了窗台的雪。依附窗棂的雪。飘入灶屋、散落在柴火上的面粉似的雪。

雪后一切都失掉棱角，色彩也单纯了。

大风扬起雪粉，把它们又撒回到雪上。

一行白鹅斜斜走过院前，蹒跚着走向池塘，在冰面上散开。它们一只脚踩到冰上去的那一刹那扭动的身姿，真的是很动人呢。

雪霁后的清晨，太阳是一束碧青的麦芒，新鲜、甜蜜、无辜，簌簌颤动。

从篱门到家门，有一串脚印，把院子一分为二，半边豁亮，半边昏暗。草屋把影子薄薄地涂在雪上。

他想要把那薄薄的一层影子揭起来，卷成一束麦秸，靠墙竖立，把豁亮还给整个院子。

他想要拆掉篱笆，这样他的院子就很大了，一直通向远处的田野。柔软的田野，纯白一片，高起低伏，那是大地的呼吸，凹下处并不陡然，隆起处也并不突兀——那下面一定孕育着什么，或许有一匹小马，会从那里一跃而出？

有时他也喜欢那篱笆，它在雪地上编织了影子，再把影子拉长、扭弯，让它们水一般流淌。

大雪过后，玫的雪人堆得最好。她的作品，从不让他和木实染指。白雪最适合堆成公主。公主就该有一头卷发——那是用废弃的棉絮染了墨水做成。红红的嘴唇要精心雕刻，鼻子当然不可以用胡萝卜凑合，而是用新鲜的雪细细地雕琢出来。

趁着她回到屋里寻找纽扣的时候，他和木实偷偷地把公主的头发拔走，藏到屋后的榆树下面。鼻子也抹平了，唇上少不了添几笔黑胡子。再回到屋里叫玫玫，说屋外有个秃头公主。

她因此哭了半天。等到白奶奶从地里回来，她还没哭完呢。

在奶奶回来之前，他们俩拿出弹弓、玻璃珠子、橡皮筋、竹子做的宝剑，几乎倾其所有，也未能止住她的哭泣。

下场自然是站墙角，还有被佯装着打屁股，叫声必须悲惨。

那时候他和木实动不动就捉弄玫玫一场，让她不胜其烦。但他们又怎能管得住自己。惩罚也不起作用——除了那句“把你送回镇上去”。但这句话也要看奶奶脸上的表情而定。有一次，奶奶真的把他拉出家门，朝山镇的方向义无反顾地走过去。他哭得比玫玫还凄惨。

居然也只是虚惊一场。

“有时候也是找个借口好好哭一场。”她后来说。这个后来，一下子就是二十年了。

他躺在床上不能入睡，浮想联翩的都是久违的印象。

起身泡一杯浓茶，倚在桌边且睡且醒，等着烫手的茶水冷却下来。

是谁的手感觉到烫？这陌生的双手——手里的茶杯反倒更熟识些。

在芙蓉里餐馆，你一定喝多了，那些不着边际的话你还记得。

他有点讨厌柴柯的镇定：这人盯着你，眼里流露一束好奇的光，让你莫名惶惶。“真离婚了？”“将来打算干什么？”就好像他对他负有责任。不过，还有谁能和他一起喝杯酒呢。柴柯这家伙其实没喝几口。

窗子外面站着暗淡的路灯，挂着漆黑的天空，偶尔可以听到路过的汽车按响喇叭。窗子是敞开的，但屋内依旧酷闷难当，空气凝固成一块刚出锅的麻婆豆腐，热得绵里藏针。他真希望迎来一场大雨，电闪雷鸣，狂风大作，暴雨如注，窗户被扇它个东倒西歪，玻璃一声声犀利破碎。

路灯是圆球形的，它们吃惊地盯着整个小区，但是纤细的目光寸步难行：才从那些个圆球里挤出来，就湮没到黏稠的空气里了。

对面谁家还亮着灯，合上的窗帘把灯光过滤成温馨的淡绿色。咫尺之间，却遥不可及。你或许更了解一个古罗马皇帝的生活，但十步之外就有一个你这辈子都会一无所知的人。还好大家都认得这几盏暗淡的路灯、几座簇新的垃圾箱，这些共同的记忆说不定就是一张通行证。“你也在那里住过？那个臭烘烘的垃圾场旁边？对对！哈哈！”陌生感涣然冰释，心也莫名其妙地纠结到一起。

母亲那仿佛被惊吓的眼神偶然也能绽开笑颜；严肃的父亲也能没理由地突然高兴起来，给他讲关于猴子的故事。肯定是在一个夏夜，在涂门，一家人在院子里纳凉，都坐在那张竹编的床上，比白奶奶家的玉米秸拼成的凉床要平整舒服多了。一只猴子坐在树上哈哈大笑，忘乎所以，结果从树上掉下来，把屁股摔红了。从此猴子的屁股便是红色的了。此类故事里，动物们的一个闪失，就变成整个种群的标志性特征。比如那头被猴子嘲笑的熊，尾巴断在冰封的河里（它把尾巴伸进河水里钓鱼），从此一切的熊都失去了长尾巴……那年夏天下了一场暴雨，整个城市都浸泡在半尺厚的水里。扯天扯地的水，他和其他的孩子都在院子里蹚水，被一种莫名的兴奋支配，身不由己。他们都以为从这样的水里能够捞鱼捉虾，传言不胫而走：谁谁家钓上了一条一尺长的鲇鱼，谁谁家捞上来一整盆的龙虾……无稽之谈流布得既快且广。当然更多的是关于水的：哪一年哪一年，城里的水涨到一米深，人们都坐在木盆里。必须有戏剧性，夸张之语必能乘上翅膀翱翔，而事实向来寸步难行。

为什么总回忆那个院子，为什么不走进家门看一看？

走进去你也看不到什么。屋子里黑乎乎一片。倒是院子里的砖块和青苔更亲切一些。父亲在角落里种了菊花，大约还有萝卜。菊苗瘦骨伶仃，但到秋天总能可怜巴巴地开上几朵黄花。有一次一株植物竟然开一朵绛红的妖艳的花。父亲说："这就是虞美人！"他的意思是：看，这就是著名的虞美人。可他还不知道李煜是谁呢。

单薄而美丽的虞美人，是父亲养植成就的最高峰。除此之外，他种下的每一粒种子都发育不良，勉强开出的花朵一律娇弱寒碜——父亲对种子长出的每一棵苗都不肯舍弃，从不间苗，任它们挤挤挨挨争夺不休。父亲不是一个好园丁，但这个弱点却让他感到温暖。父亲的世界本属于无数的红头文件和表格，当他摆弄植物的时候他才能感到他切实的存在，父亲最柔软的部分才暴露无遗。

从春天到秋天，父亲的植物次第夭折，显然抵挡不了这个世界的残酷。他忙着浇水、施肥，把花盆搬来移去，东躲西藏，终不能改变它们在劫难逃的命运。

夏夜冲澡以后，躺倒在竹床上，皮肤一触到竹片，凉爽就一下子流布周身，就像一个振奋人心的消息。一定是八月，蟋蟀们四下里唧啾不已——但总有一只在近处叫唤得分外响亮，一声声情真意切、有板有眼，从嘈杂不清的背景里脱颖而出。最好是在暴雨过后的夜里，凉风打窗外飘进来，那叫唤一声声地安慰着惆怅的心。他永远无法回忆在家里，他睡在什么地方，用什么样的姿势，枕头是什么颜色的。所有这些一概忘掉，埋进了记忆的黑洞。甚至他平日里用来复习功课的桌子，伴随了他许多年的，他也不记得它是什么形状、什么颜色、什么质地的了。

他还能记起窗上蒙着的纱：塑料的绿色纱布，网眼是芝麻粒大小的正方形。纱窗被父亲用图钉规规矩矩地钉死在窗框上。夏夜或初秋的雨后，凉意和虫鸣就是透过这些小方格子钻进屋子里来的。

纱窗上的小孔森然有序，勾勒出它们的是塑料的绿色经纬，一根根直来直去，把天空分割成微粒。透过这些微粒，你看到的外面的世界，居然也是完整的。

13

又是一个明亮爽朗的早晨。窗外的绿地旁边，有个灰衣黑裤的中年男人在收拾一座杏黄色的垃圾箱。他动作迟缓，弓腰驼背，蓬头垢面，一声不吭，仿佛刚从脚下的土里钻出来。

说不定真是从土里钻出来的，黎每次见到这个人，他都是默不作声地在一只垃圾箱前头收拾，转眼又消失得无影无踪。

一米多高的垃圾箱，被做成房子的形状。把房顶一推，就露出黑漆漆的洞口；手一松，房顶就自动合上。设计得用心良苦，大约是想让这尴尬而又必不可少的物件多少能与周围的红花绿柳相映成趣。然而效果却不尽如人意，它的色彩未免过于光鲜，当太阳把刺眼的光线投在它的杏黄色上，就煽动出一种格格不入的气质。

在居委会贴出的告示里，这种垃圾箱被称作"绿色环保屋"。居委会也算是尽心竭力了。大娘大嫂们向来钟爱杏黄啊，粉红啊，翠绿啊。她们还喜欢那种蹲坑式的厕所，不是那种用白陶瓷垫着底，粪便从一个洞里冲下去的中式抽水马桶。是那种大家蹲在洞上，一字儿排开，下面是不折不扣的粪坑的场所。见面都是熟人，谈笑间，家长里短就散布出去了。这种厕所在这个小区里就有两座。居委会的另一个告示上说，这两座蹲坑式厕所还是这一带的卫生标兵呢。

他们肯定不把气味算作卫生的一部分，只要脚边没有粪便，墙上没有尿迹，那就无可指责。蹲在粪坑上，时光一下子就倒退了二十多年。上小学的时候，他家住在平房里，他天天去小区的蹲坑式厕所，低头是巨大的粪池。一些故事就在这粪池上口口相传，添枝加叶。比如孩子落进粪水里淹死，满嘴塞着大便——所有故事里，这个是最最恐怖的，地狱的烈火与之相比又算得了什么。据说流氓会躲在坑里，"举头望明月"。天哪，人所能忍耐的极限又在哪里呢？（就算是有地狱，无非多了一个火中取栗的机会。"瘦哥哥"凡·高，不是从火里取出太阳来了吗？）

清洁工仍在慢条斯理地专心地收拾那只垃圾箱。黎目不转睛地盯着他，不想错过他突然消失的那个瞬间。

一周前，黎曾跟那人打了个照面。当时那人也像现在这样在垃圾箱旁边忙碌。他招手示意黎停下来帮他一把。他们两个把满满一布口袋垃圾抬起来，扔进垃圾车。黎不明白为什么他用白色的布口袋装垃圾，却也没问。那人口齿不清，喉咙里发出无从辨认的呜咿，只能根据他双手的比划来推断他要他干什么。

黎见他又把那个布口袋装满了。他的脸是歪曲的，呈S形，五官也模糊着。看到这张脸，他立刻觉得脑中被一种强大的力量拧了一下，陡然眩晕。黎以前只在绘画里看到过这样的脸。

蒙克，对，是蒙克的《呐喊》。

可他从不呐喊，当他含糊地说"谢谢"的时候，眼神里的温柔再明显不过了。

一辆轿车停在了垃圾车前——垃圾车泊在路中间，挡住了轿车的去路。司机熄了火，坐在驾驶室里抽烟，等着那人用毛巾擦拭"绿色环保屋"。少见的好脾气，这里的司机碰到路上的障碍总是骂骂咧咧的："你有病啊！""你找死啊！""你怎么回事儿！"这辆轿车的主人大约是住在小区里的，想必知道这S脸的清洁工不会吃任何人那一套。等到他骑上垃圾车走开，司机已恭候多时。

黎起身去厨房冲一杯茶，就又想起了头晚做的另一个梦。

他梦见自己在数学课上，去黑板前和另外三个同学分别演算几道习题。他们肩并肩，有点儿比赛的意思。站在一旁的老师，对他的期望最高，题也就最难。眼看旁边三个同学都计算完毕，纷纷下了台，只有他一个人还在黑板面前无望地挣扎。最后老师命他放弃，让他退下。他辜负了他的期望，却委屈地想：要是能再多给我一点时间就好了。

梦中的尴尬那么逼真，根本不像一场梦。他并不想去发掘这梦的隐喻。他已经很多年没有做考试的梦了。在他上中学的时期，这种梦层出不穷，上大学以后就少多了。刚出国的头一两年也曾死灰复燃。

他下楼去买早点，走到超市又走回来，看到那个收废品的小伙子已经把他的三轮车停好。车斗里是一只旧电视，方头愣脑的，是显像管时代的产品。他禁不住凑上前去。

“太老。”小伙子冲他摇手。

他说他想看看是什么牌子。

小伙子笑了，看吧看吧。

不是熊猫牌的，长城牌，可是长得真像——在N城的时候，玫的房东留给玫的，就是一台熊猫。说是彩电，其实那些图像已经没有了颜色的界限，而且一切悲剧戏剧广告新闻都被涂上了一层红彤彤的背景。

玫当然不肯换一台新的，他一点儿都不奇怪。她说她本来就想戴上有色眼镜看这个世界。

那台熊猫牌电视机，连雪花都是红色的。

等他到了美国，迎接他的也是一台老电视——恐怕还要更老一些，他需要用力乒乒乓乓转动旋钮，才能实现频道的转换。倒是有了些彩色，只是红的时候它就拼命地红，绿的时候就拼命地绿，是色彩里的极端分子。房东Tim则是人类里的极端分子，在他眼里，中国人是异教徒，是会把婴儿蒸熟了吃掉的魔鬼。可惜他在那里只住了半年，就搬到新房东Joseph家里去了。Tim这个神奇的得克萨斯老农，被时代远远抛在身后，这是他来美国之前无论如何料想不到的。

他和玫在山村那阵子，是没有电视机的时代。连收音机也没有。只有公社的有线喇叭通家串户，在一天的几个固定时刻突然引吭高歌。

它唱的是：“大路上来了个陈世铎，赶集赶了三天多……”

赶集赶了三天多依旧一无所获的陈世铎只好打道回府，但他原本想在集市上寻找什么，你至今不得而知。

你问小伙子：“你知道什么叫矿石收音机？”

他摇头，指着电视对你说："这是个电视。"

你说它显然是一台电视。

你还记得玫的妈妈出现在山村的那天呢。有线喇叭准时高唱"大路上来了个陈世铎"，玫玫跟着喇叭喊"赶集赶了三天多……"妈妈一巴掌打在她屁股上，说不可以这样流里流气。

她说怎么可以让孩子听这样的东西。白奶奶就走过去，拿了报纸包住那根地线，把它从泥土里拔出来，喇叭就哑掉了。

玫玫眼里闪着泪花，手上捧着大白兔奶糖，像一根地线戳在院子里的梧桐树下。

"把糖分给哥哥！"

她就捧着糖，挨个儿送出去。你们把大白兔托在手心里，都不敢把它剥开往嘴里塞。

直到妈妈走后，你们才一个个还了阳。

"赶集赶了三天多！"玫朝着山镇的方向大声唱，嘴里塞着的大白兔扑通一下掉到地上的灰土里。白奶奶按了压井，让玫玫拿着灰头土脸的糖凑在出水口，等着从那张铁嘴里流出泉水。

你竟然记得这么多细节。

大白兔奶糖是硬的，即便它软下来，也能把牙齿粘得东倒西歪。木实那颗下门牙，就是跟随大白兔奶糖落到肚子里去的。那颗牙本应该被扔到房顶上去，一颗牙齿最浪漫的结局莫过于此。

对了，如果那个喇叭声音嘶哑，你就要朝那根地线浇水。一瓢水下去，这根饥渴的地线就跟偌大的地球连在了一起，喇叭里的声音也就陡然清晰——"大路上来了个陈世铎！"

有一次你朝着它尿尿，遭了狠狠的一次电击……

14

他又坐到电脑前，摁下开关，机箱里随即发出响亮的嗞嗞声——它坏了。这台他从美国提回来的PC，漂洋过海，颠沛流离，到北京机场时装它的行李箱还从半米高的地方直接跌到了水泥地上。不过这么老远的归途，如果不出点什么状况，反倒天理难容了。

他找来螺丝刀，拧开机箱，看到硬盘风扇转得左支右绌，不复从前那副不动声色的做派。

机箱里几乎是空的——他以前不是没有打开过电脑，但这里面偌大的空虚还是震动了他：主板贴在一边，其他部件也都躲到角落里，它们似乎不想做这四方城池的主人。

像个现代艺术馆，硕大无朋的空间里，挂上一方涂黑了的亚麻布，或者在大厅中央扔几块木头，也就成了。必须有足够大的空旷。

有一年，大概是春天的时候，母亲买了好大一堆龙虾，只只雄壮粗硕，张牙舞爪的。蒸龙虾（阿弥陀佛）的时候他就围着大锅逡巡窥看。等到锅里挣扎刮擦的声音沉寂下去，从掀开的锅盖里看到的是红彤彤一大锅。这时候再盖上锅盖，飘出来的就不是挣扎，而是按捺不住的四溢的香气。（谁能拒绝得了肉体的诱惑？）

待他欢欢喜喜地忍着灼烫掰开虾壳，里头却空空如也。壳里萎缩着一根比毛线还要细的躯体。应该是早春或者冬末的时候吧，一定是那个时候，它们饿了一个冬天，等待万物复苏。谁不是那样呢？他出生在贫穷的年代，落在马厩里，贫穷像空气一样寻常。母亲呢？在她的最初记忆里好歹还有大块的糕和沉甸甸的饼。

电话铃急促地响起来，是老奕。

“老哥！你来得正好，咱们公司正缺兵少将，是老天把你赶回来的！”（还是从前的做派。）

老奕比他还大两岁，但老奕总叫他“老哥”，偶尔叫他“兄弟”。在老奕的嘴里，别人不是“老哥”就是“老姐”，再陌生的人，喊几声就打得火热。

老奕自己也喜欢别人叫他“老奕”。

他有四年没见过老奕了，但他们的联系从未断绝，无论他到哪儿，老奕都会设法跟他联系上。

老奕说他刚好“结束了一个项目”，现在“正紧锣密鼓准备打个翻身仗”。

总是在打翻身仗，从一个项目走向另一个项目。办刊物，编书，举办文化活动，此起彼伏。每当一个项目出炉，老奕就四处筹款，拉赞助，把那个月亮画得又大又圆。如果有什么人朝他的公司里投了一笔钱，他挥霍一阵子折腾一阵子是必需的，最后毫无悬念地以赔本告终，于是就到了老奕自谓的“低谷期”。还好赔的都是别人的钱……

这回老奕要搞一家网站。“把全国所有酒吧都弄上去。网站的名字叫‘宇内吧总站’……搞一个咖啡论坛，‘咖啡双鱼座’……一个栏目，取名‘恫吓’，不错吧……一个介绍鸡尾酒的栏目，取名‘无线战栗’……网上贴吧，就叫‘米在天堂’……美容栏目，‘美荣洛丽塔’……荣是荣誉的荣，美容是一种荣誉，一种正义，侠之大者，伸张正义！奶奶滴……”

八年前，他和老奕短暂地做过一段同事。后来老奕“下了海”，先在别人的公司里做，半年换过十多家，待得最长的一家干了两个月。老奕身上安着发条，脑袋里都是奇思妙想，谁都不在他话下，他不当自己的老板那是绝对不可以的。

后来老奕带了个自己写的剧本来了北京，找一个著名的导演拍电影。老奕认为自己写了一部旷世杰作，“比《雷雨》还雷雨”。他读过这个剧本，的确很雷雨，大少爷二少爷三少爷一应俱全，太太小姐莺莺燕燕应有尽有，他们为了传说中的祖上埋藏的宝藏勾心斗角大打出手，终于全军覆灭。戏写得还算热闹，说不上好，也说不上不好。

老奕在导演那里碰了钉子，就扔了剧本，写诗，写小说。那阵子老奕真的写了一部长篇小说，一百万字，打算一鸣惊人。黎读过这小说，非常的《尤里西斯》，他读得相当痛苦，不过这痛苦比起读《尤里西斯》《芬尼根守灵夜》又只能算小巫见大巫。

被几家出版社拒绝以后，老奕就丢了笔，转身开了一家公司。是个有点钱的亲戚资助的，公司的业务是编书。老奕不平于作者的命运被出版商玩弄于股掌之中，决定自己开公司，把别人玩弄在股掌之中。

于是他就编了一本两百页的书，介绍世界上每个国家的钱币，有彩页，有文字说明。他告诉他，出国旅游已是大势所趋，认识世界各国的钱币，恶补钱币知识，一定会成为一种时髦。老奕鬼点子就是多。

老奕带着这个主意奔走相告，四处借贷，也给黎打了电话，撺掇他入股，鼓动他“来北京发展”。他给黎算了一笔账，如果全国每一百人手里有一册，就是一千万多册，折算成码洋…… 老奕那阵子可真是意气风发，用老奕自己的话说，就是“站到了时代的珠穆朗玛峰上”。黎对他这种欢天喜地的状态也是见怪不怪了，当年老奕揣着剧本离开N城，就是这副德行。

计划中的200页的钱币指南迅速扩展成一千多页的钱币大典，老奕试图在书中收录“历史上所有国家的所有钱币”。他说他对一本充满“庸俗图片”和“浅薄文字说明”的“小册子”深恶痛绝，决心要通过一本大书介绍钱币的历史、钱币的政治、钱币的哲学。他还要介绍世界上所有的银行，介绍马克思和《资本论》、索罗斯与巴菲特…… 这本书终于膨胀成一部四卷本、定价三千元、每本一千多页、一两寸厚、十六开的大砖头，每本都可以当墓碑来用。印出来三千册，奕又跟黎算了一笔账…… 那真是一笔巨款。

这本书差一点就真成了老奕的墓碑。随着公司的破产，老奕的精神状态也在风雨中飘摇。他找了一把裁纸刀，想在桡动脉上切一道，但终于下不了手，只割破了一点皮肉，滴了几滴血，用云南白药撒了，用白布包了。那年他路过北京，见到的就是裹着白布的老奕。他对老奕说，在自己身上动刀子的事就别干了，那不是你的风格。老奕就一惊一乍地说：知我者，黎兄弟也。

老奕的那个有钱的亲戚不再资助他。老奕在一个农家院里住了半年，却忽然又东山再起了。有个薄有资财的女人给他投了钱，让他把涂门剧团的几个角儿请到北京来演出。老奕又搞了个大手笔：在人民大会堂安排一次专场。后来几经波折，退而求其次，找了一家大戏院。演员们都肯来，但观众们不肯，于是老奕又赔了本。这种事情发生在老奕身上真是一点儿都不奇怪。老奕热情洋溢，有奇思妙想，对素不相识的人一见如故，真的很能打动人。“这是个爷们儿啊！”在视频电话上见到老奕的时候，黎的老婆也曾发出过一声感叹。后来她就千叮咛万嘱咐，劝他千万别再跟老奕来往。

他当然不听她的，但也绝不是以为自己碰到了个旷世奇才。是不是旷世奇才，所有活着的人说了都不算，但是老奕是个有意思的人，像阴天下雨的时候蹿到天上去炸开的焰火。

无论做什么，老奕都要做成“世界上最牛B的”，就连打个喷嚏，他也会说：“这肯定是世界上最响的喷嚏了。”但老奕对任何事情的热情都不会超过一年——他觉得老奕这个见异思迁的品行也许是世界的大幸，假如他一竿子坚持到底，八成会在这个本来就不幸的世界的肚子上划开一个大口子。他偷偷带着这些想法跟老奕交往，觉得自己还是蛮卑鄙的，他不知道老奕看不看得出来。

15

他和玫在山村那阵子，玫的父亲每次去上海探亲回来，总要带些花花绿绿的奶糖，很多是用玻璃纸包着的，捧在手里沙沙作响。

当然也一样会有大白兔。

他们三个，他、玫和木实，每人都分到一些，揣在衣兜里，珍藏起来，却又经不得诱惑。他总是第一个把那些蛊惑人心的小东西消灭干净，然后是木实，玫最能克得住自己，每次到最后都还能从哪个角落里刨出一个来。所以奶奶老说，“玫玫搁得住”。玫的妈妈带来的糖就只有大白兔。如果那时候有“粉丝”这种说法，玫的妈妈就应该叫兔粉。

玫把糖纸浸泡在清水里，漂去糖渍，然后湿漉漉地贴在空白信纸上晾干。干爽后的糖纸，萦回着奶油的余香；放在手心上，它们就在温热里灵巧地翘起身子，仿佛要振翅飞走——应该是从手心汲取了灵性和冲动。糖纸上的动物，甚至那些点缀性的线条、几何图案，也统统活泛起来。

他们都喜欢把糖纸蒙在眼上，透过那一层彩色看世界。放眼望去一切都面目一新：树木、山川、房屋、草丛、人群，都被抚平了棱角，变得低调、收敛、浑然一体。连太阳也像是印在天上的一个亲切的图案，可凝视而不复刺人眼目。黎最喜欢红色糖纸，玫喜欢蓝色的，而蓝色的糖纸最为稀有。

他万花筒一个，不知是谁给他的。只要稍稍摇晃，里头的世界就改天换地，永不重复。每一个场面都精妙绝伦，令人瞠目赞叹。这种美妙和精致又是虚无徒劳的，与周围的现实截然两分。这是真正地为艺术而艺术，一只万花筒不抱有任何目的，没有历史，没有主义，没有自我，完完全全展现在刹那的当下。

后来万花筒被摔破了，筒里的零件散落在光天化日下，是酒瓶子的碎片、彩色的橡皮筋、玻璃弹珠，还有三面玻璃镜子——确切地说是玻璃镜的边角料。别无他物。

它被扔在一个角落里，从此无人问津。

不该让一个孩子去玩万花筒，更不该在他目睹那么灿烂斑斓的一个又一个世界之后，又让它被打破。

他曾有这么一个想法：一切精致，都是要制造出来的，天然之物决不会精致。但后来看到火红的石榴花，看到一只石榴果开裂露出来的晶莹剔透和工巧整饬，这想法也就不攻自破了。

在他看来，女孩子们穿石榴红的裙子往往事与愿违。徒让石榴红喧宾夺主，让人爱椟忘珠。玫心情不好的时候才会穿上夺目的红裙子，躲进这灿烂的颜色里——这当然是在她成年以后。那时他总想要从二十四岁的她身上找出她四五岁时的影子。这个企图，也几乎总是功败垂成。而在这件事上他持之以恒，终于等到天道酬勤的时刻，他发现她在发火的时候最像二十年前，完完全全是同一个人。她穿着石榴红的裙子怒不可遏，时光就穿越了二十年。

“你是个猪吗？！”

石榴开花的时候，一树愤怒的火焰是最好看的。

不过这怒放的火焰也是灼人的。

16

他在下午出门上街，在热空气里恍惚前行。太阳朝一切裸露之物扑下来，就算躲到国槐树荫下也凉快不到哪儿去——从枝叶间漏下的锋利的光线足以把行人切开剁碎。

有空调的硅谷电脑城是他的诺亚方舟，他在沸腾的热气里劈波斩浪，朝它奋力游过去。电脑城里人声鼎沸，耗材摊位鳞次栉比，一派菜场景象。在这个地方找个硬盘风扇比在菜市场找土豆还容易。他转眼就买了一个，当他揣着它回到大街上，滚烫的阳光继续朝他浇灌下来。他觉得电脑比人要幸运多了，内置风扇一台，温度超标还可以自动罢工，人呢，绝不可能太过任性。

街上偶然还能看到一两个捂着口罩的人，在热气里苟延残喘，用惶恐的目光扫视着人群。在他们眼里，擦肩而过的每个人都沉疴在身，在举手投足间把SARS病毒撒得弥天漫地。但是大家的戒备心理早已涣散下来，在这么燠热的天气里戴口罩，实在勉为其难。年轻女孩们更是把衣物减到不能再减，向约定俗成的界限得寸进尺。

这个北方的城市，本地女孩有高挑的身材，白而不苍的肤色，腰肢的扭动和臀部的颤动都是无可挑剔的。黎回想起他在植物园里看到的一株杏树。满树的黄杏，粒粒饱满圆润、鲜艳无比，像一滴滴蜂蜜就要跌落下来——这些女人的颤动就是这个样子。像他这样的光棍，每日里被荷尔蒙填得满满的，放眼望去自是果实累累。他觉得自己都快成了个危险的人了。

但是她们的面目或多或少都遭受过某种摧残，提防的、狡猾的、快意的、冷漠的、怀疑的、敌意的、踌躇的、沾沾自喜的……这些飘浮着的女人面孔，当然也包括男人的，甚至孩子们的。

他走到海淀桥下，一对中年男女拦住他："跟你打听个四。"

他站住了，听他们说着不知哪儿的方言：

"俺是来看孩子的，莫有钱了，没的饭吃。能给几个钱吃顿饭？"

"看孩子的？"

"俺孩子在上大学，我们刚到北京，钱包就给人忑了，您……"

他从口袋里掏出十块钱递给那个男人。

男人并不接他的钱，说："买不着啊，买不着啊。"意思是太少了，不够一顿饭的钱。

他闪开这两个人，带着莫名的烦恼继续往前走。

一个抱着孩子的妇女朝着他笑：CD要吗？ VCD、DVD要吗？

他路过一个修自行车的摊位，站住，问低头修车的人：有旧车卖？那人连忙抬头："有有有！"他指了指一辆车："那辆，你看看！妈的个X的，修好了没来拿！"

"车好使不好使？"

"好使！好使！妈的个X的，修好了不来拿！"

修车人拉过气筒，边给那车打气边骂："妈的个X的！妈的个X的！不要你就别来修！"

他觉得如果他不把这辆车买下来，肯定会也被他骂得狗血喷头。

海淀图书城步行街上，到处停泊着人力三轮车，车斗里满载盗版书籍或者光盘，十块钱一本，五块钱一盘，光天化日之下肆无忌惮。

卖笔墨纸砚和空白发票的，蹲在阴影下，把货物摆放在一大块布上。一俟城管到来，把那块布四角一收，往身上一背，就成了个包袱，挺着胸堂堂正正地穿过人群。

那两个乞者匍匐在街口，一人面前搁一只搪瓷碗。腿从膝盖往下都没有了，身上也只有破衣褴褛。他们每日能讨得多少？在暗地里坐收渔利的人会拿去多少？都是他永远都不会搞清楚的秘密。

哪家店铺里传来电台的声音：男主播和女主播口齿伶俐，相互讽刺调侃，插科打诨，说到精彩处却又陡然中止——一个听众为自己的女友点歌并祝她"一生一世快乐"。于是清脆细碎的声音在热空气里跳舞：嗒嗒嗒，啪啪啪，嗒嗒嗒啪！嗒嗒嗒，啪啪啪，嗒嗒嗒啪！

17

他钻进这家音像商店，打那些码放得规规矩矩的光盘前头凭吊而过，不到五分钟，又从店里出来。面前的步行街仿佛被施过了魔法——刚才还热闹的摊点一个也没有了，连那两个乞者都像遁地而去了一般——城管果然来了。他在音像店里的五分钟，是摊主们风流云散的大变局时代。这世界的突变完全抛下了他，让他只能被动接受面前这个崭新的格局。

几个女孩举着用竹签叉着的哈密瓜片在空空的街上走。清一色的短裤，短到不能再短。如果这年头哪个姑娘还穿曳地的长裙，被当成神经病也未可知，而在十多年前，情况正好相反

这些二十岁上下的女孩子，看上去真美好，全是枝头惊鸿一瞥的花朵。在绿树成荫，万物生长的时候，这些鸟儿东飞西舞，总想投入某个巢穴。

她们打他面前飘过，把香水味儿散播在他四周的空气里。他像个傻子一样用目光紧紧跟随。

在他年轻的时候，关于生活关于未来的希望多半都与她们有关。

难道不是吗？他曾经娶过一个回家，可生活很快就开始折磨他们两个。触手可及的白嫩的大腿、随时可以被解开的衣裙，这些居然并不能给生活添加分量。

“还没弄明白人生是怎么回事的时候，一生就过去了。”这话是谁说的呢？

“没有经过反思的生活是不值得过的；但经过反思，生活又是不值得过的。”这又是谁说的？

“你为什么要讲这些？”

“因为我喜欢看到你脸上陡然升起的灰暗。我一说这些，你脸上就升起一层愚蠢的灰暗。”

“阿里，阿里巴巴，阿里巴巴是个快乐的青年，阿里，阿里巴巴，阿里巴巴是个快乐的青年……oh oh oh oh 芝麻开门 芝麻开门，oh oh oh oh 芝麻开门 芝麻开门——成成成成成吉思汗，有多少有多少美丽的少女，都想嫁给他呀，都想做他新娘……Since you're an angel from the sky/You fill my fantasy...Thanks...thanks...thanks...thanks...Monica 啊，Thanks... thanks... thanks... thanks... Monica 啊！”

“因为我喜欢看到你脸上陡然升起的灰暗。”

18

什么是“新鲜”？新鲜就是，初开的莲花、刚摘下来的豆角和芹菜、刚挖出来的笋、两岁的孩子、大雨初霁的早晨、一只凌空而起的白鹤、一张尚未晾干的照片……新鲜是清脆的、易碎的；新鲜，就是一个跳绳的孩子一下一下从水泥地面上跃起时，绳子噼啪干脆地扫过地面时发出的声音。新鲜就是活着的，并且看不到一丁点儿死的迹象。

那天早上，在北卡，他起来在小树林里漫步，后来就坐在一片草地的边缘。身后的橡树上落了一只鸟，“比加比加比加比加比加，比加比加比加比加，比加比加比加比加比加”。

新鲜就是，你是空的，而世界在你的周围满溢轻快的泡沫。

愿你的福杯满溢。

还有一种鸟，它的叫声，就像用木头敲一根铜管：冰—冰—冰—冰—冰—冰—冰。

新鲜就是，一根五分钱的冰棒，你用舌头去舔那结了一层白霜的纸。

新鲜就是，从初开的牡丹花花蕊里散发出来的温腥的香气，或者一只刚出壳的燕子在房檐下的老窝里的几朵稚嫩的叫唤。

新鲜就是，在那个年纪，惴惴地喜欢上一个人，却被轻描淡写地忽略掉的时候感到的一阵刺痛。一种腥味的疼痛，一种站在被笼子围困的猛虎面前的那种疼痛。

新鲜就是那个中年人头上的第一根白发。新鲜，是漂泊在外的人偶尔听到的一句乡音。

新鲜就是，你童年时突然跌落进去的水塘。（谁把你轻轻一推？）

那一串槐花般的笑声，是新鲜的。

有些事物就是花朵，第一个早上是新鲜，第二个就不是了。有的呢，被越来越绵长的岁月酝酿，它们就越来越新鲜。

四岁的玫玫站在木盆里洗澡，他这个莽撞的家伙推门进去，刹那的一眼历久弥新。不会有电影里的那种无聊尖叫。玫完整无缺地立在他面前，把手里的粗布毛巾举到了半空，说：“哥哥！”

他被奶奶赶出温嘟嘟的屋子，就恶作剧地叫来木实去看。

白奶奶早料到这一手，木实推门，门就板着脸动也不动。

其实也没什么好看的，他这样安慰木实。当然，其实也的确没什么好看的。等玫穿着散发肥皂味的衣裙出来，他们就拉了她去地里偷玉米。她站在木盆里的那一刹那的印象，是经过了岁月的淘洗才变得分外清晰的。岁月淘洗掉了玉米地，淘洗掉了那晚的绿豆粥，淘洗掉了那么多话语——如果岁月未曾淘洗掉这一切，该有多好。

他钻进步行街上最大的那家书店，东一本西一本地翻书。刚才在音像商店里听到的那些声音依然在耳畔萦绕。“&%$#####@@*&^%####@@*765####@@&&&&￥￥￥#####&&&&##@@@%%%……&&&￥￥￥#####&&&&&！￥￥￥……&&&……。”

他整个下午都泡在文字里，拿起又放下，拿起又放下。他迷失在森林里，无数精灵都仰着头发出万千呼喊。

“……问题不仅仅在于这种陈旧过时的形式，也不在于，这些水火之神把科学明显弄清楚的东西重新弄得含混不清，而在于这种体裁与当今艺术的精神、实质以及创作动机格格不入……”“食不厌精，脍不厌细……失饪，不食，不时，不食。割不正，不食，不得其酱，不食。肉虽多，不使胜食气……沽酒，市脯，不食。不撤姜食……”“……他们希望达到的目的无法通过他们运用的手段来达到……”

不朽的经典都有这种毋庸置疑的语气。也许构成经典的本质不过是这种语气罢了。

在他二十多岁的时候，来到这些不朽的著作前，每每热血沸腾，觉得从一本又一本著作里发现了新大陆，发现了火星和冥王星，而如今他回首往事，能留下来的记忆不过一鳞半爪。他曾被尼采的文字激动得寝食难安，而现在觉得，学术性的作家里头，能达到 AV 片效果的，也就是尼采了。

“……当然，我自己的情况，我可以说，直到我离开美国，我都没有冒出水面。也许美国与此无关，然而事实始终是，在我到达巴黎以前，我没有睁大眼睛看清楚。也许这只是因为我抛弃了美国，抛弃了我的过去……”“……他们的第一种剩余物就会泛滥。他们会变得过于文质彬彬……”

“……世界即是表象。这个真理并不新颖。它已经包含在笛卡尔所从出发的怀疑论观点中。不过贝克莱是断然把它说出来的第一人，尽管他那哲学的其余部分站不住脚……”他拿起叔本华，耳边升起的又是刚才在音像商店里听到的旋律。“哼——哼——哈哈——哼——哈哈——哼哼——哼——。”80 后的口味跟他真的是不同了。二十年前，他的父母说：“你们听的那叫什么啊，哼哼唧唧的，什么成吉思汗，什么阿里巴巴。”嗯，现在看来，这跟接受新事物的能力没有关系。一代人和另一代人怎么可能互相理解呢？未来的人类是幸运的，一代人长大成年，就统统搬到另一个星球上去住，省得大家眼见心烦。多少文艺批评、社会改革、经济政策、家庭纷争、宗教维新，无非就是要对付两代人之间的殊死仇恨。未来就好了，60 后待在地球上，70 后去火星，80 后上冥王星，90 后上月球，00 后上彗星，井水不犯河水。

他在那个年纪给玫念过这段话：“世界即是表象……贝克莱是断然把它说出来的第一人……正如现在也只是过去未来间一条无广延无实质的界限……空间也是如此；和空间一样，那既在空间又在时间中的一切也是如此……”“叔本华、尼采、萨特，这些老家伙怎么成了 70 后的精神偶像，那是根本就不用去问的。生活的逻辑是红色的，从你啼哭着划开母亲的身体，生活的逻辑就是血红色的，想把它搞成粉红色得浪费多少地下水。”

当他从书店钻出来，满脑子文字之粥搅和在一起，烩成沸沸扬扬的一大锅。在这锅里，谁谁和谁谁兄弟两人正冒着风雪赶回家；贝姨正从马车上下来；土地测量员正在跟他的两个助手莫名其妙地纠缠；彼却林正站在土坪的尖角上，等着格鲁什尼茨基开枪……

那是一面用石灰涂抹的墙，只在靠近地面的位置涂了一条几寸宽的蓝色墙裙。他们靠墙坐着，他的蓝衬衣被石灰涂上了白斑，他用手去拍，呛人的石灰满屋飘扬。句子在夏天午后闷热的房间里空枯着和颓废着，是一根干枯的树枝被一下一下折断丢进火里的样子：“谬误和水一样，船分开水，水又在船后立即合拢……”他发现玫已经睡着了。她头靠着的他的肩膀，肩膀湿了一大块

……出了村，大路沿着海岸向东伸展，可是离悬岩还有好长一段距离，中途经过一块既没有树木也没有房屋、一任风吹雨打的旷野。由于地势高低不平，在大路上往往望不见海……

19

外面已然黄昏时分，从远近高楼间的空隙里漏过来的绝望的橙黄的光，鼻涕似的抹得到处都是。他混进下班的人流，心头也就踏实了许多。

手机在他上衣口袋里一阵扑腾，他把它从口袋里捉出来，一边跟着众人迎着红灯横穿马路。

沿着老奕指引的路线，在人丛和车缝里闪转腾挪、东寻西觅，他居然在一个偏僻的角落找到了那个拉面馆。

馆里弥天漫地的都是面汤的热气，影绰绰人影晃动。食客们挥汗吃面，吸溜之声此起彼伏，牛肉散出一份恼人的腥气。老奕突然从腥气中间站起身来，占领了半间屋子——他的身材同以前一样魁梧。

老奕说他只能请他在小店一叙了，“要是你早回来半年，哼哼……”

又来了，要是你早回来半年，我老奕哪里是这般光景——上次与他见面是四年前，开口也是这句虚拟句。他不记得老奕有过什么辉煌时期，他也并不在乎这个，可每回老奕这么一说，他反倒生出一些刻薄势利的想法。

除了虚拟语气，老奕还有一个一般将来时：到某年某月，他就会挣到多少多少万，到时候，哼哼哼哼哼。这些将来时一个个被掐死在时光里，变成过去将来时。

有人说，幻想家最怕的是老年，因为再也没有将来可以挥霍。但他觉得就冲老奕这

股子劲头，可以再挥霍个五百年。五百年足以让任何人时来运转了吧。

老奕带着两个手下，他们分坐在老奕左右，都是二十出头的年纪。这就是老奕的能耐，不论混到哪里，总有两件事会送上门来：几个男人会把他当大哥，几个女人会对他穷追不舍。老奕很受用这种前呼后拥的感觉，天生是当皇上的料。在没有皇上的时代，这种人只好四处流窜。

“胜子！郭子！这就是你们二哥，叫黎哥就行！”老奕立刻给他授了一个新头衔：黎二哥。

被老奕叫“胜子”的小伙子大名“王胜国”，叫“郭子”的本名“郭腾远”。王胜国和郭腾远对他又是点头又是鞠躬，就差跪到地下去了。

胜子奔到取面的窗口，又带着好消息奔回来。四个人就一同奔向窗口去端面。窗口露出一中年女人的上半身，色彩纷呈互不搭调的衣饰，像一幅杨柳青年画。她左手叉腰，带着一种厌恶的表情把一碗碗汤面用右手推出来，犹如把一个个不肖子孙推出门外。如果由着她的性子，她会把这些不争气的瓷碗用大脚一个一个地踹出来。他毕恭毕敬从她的窗口领受一大碗西红柿牛腩面。

这个几乎算不上有空调的馆子此刻终于热到画龙点睛的程度。

大家纷纷落座，嘶噜声四起，每人嘴上都挂着一个瀑布。

老奕没变，依然面目大条，情绪亢奋，手舞足蹈。

“老哥，你终于回来了！”老奕用力拍了拍他肩膀，“服务员，拿酒！”

“自己去窗口！”服务员可不客气。

胜子和郭子马上站起来，奔到窗口去买酒。

这时进来几个大学生模样的男孩子，又涌进十几个民工，都围到窗口去买面，郭子胜子一下子就被埋进人堆里了。

等他们从人堆里钻出来，他已经把面吃完，把汤也喝干净了。老奕把剩下的半碗汤推到一边，从牙签筒里拈出一根木签剔牙缝里的肉——老奕把嘴张得大大的，像伊索寓言里的那头狮子露出痛苦的表情。等老奕看见堆上桌来的啤酒，马上笑逐颜开，把牙签扔到一堆用过的餐巾纸里，伸出一只大手去拿酒瓶子。

老奕拿瓶的手在颤抖，抖得再明显不过了。几年前那次短暂的会面，这双手也因为酒精而抖，现在似乎抖得更厉害了。这是老奕十几年如一日把夜晚托付给乙醇的成果。当年他也劝过，但老奕拿出跟酒精白头偕老的决心——当然也可以说，老奕拿出与汝谐亡的决心——抵挡住一切苦口婆心。他那时觉得老奕这人恐怕折腾不了多久，酒神很快就会把他送到医院去深造，没想到他居然生机勃勃地活到现在。

他受了老奕和两个小伙子的怂恿，灌下去一瓶啤酒，脑子里立刻云蒸霞蔚，眼睛却不由自主地捕捉面前的细节。

他看见邻座的大学生们低了头一边吃一边想心事，表情恍惚，仿佛不在此世；民工们大声吃面，口若悬河，仿佛这世界只有一碗面与之有关。说不定他们是从山村来的呢。当年我们都在山野间奔跑，所憧憬的内容里头并没有这样的夏天和牛肉面。

胜子和郭子都是老奕家乡来的，投奔老奕这个“发达了”的老邻居。两个小伙子还没上火车就荣升为总经理助理，他们只比非典早一个星期抵达北京。当他们下了火车，才知道老奕的公司基本上就装在老奕的人造革皮包里，然后非典就气势汹汹地来了。老奕顺水推舟，把生意的难题算到 SARS 头上，两个孩子也就将信将疑地留下来。

高峰时段过去，面馆内安静多了，老奕的大嗓门在安静下来的面馆里回荡。

“千万不要小瞧我这两个‘总理’。”老奕颤颤地举着酒对他说。

“哦。”

“你信不信？你们这些洋博士，哼哼——哈哈。”

“服务员，拿酒！”这是老奕第二次冲着服务生吆喝要酒。这次甚至没人理他。两个小伙子知趣地起身去买。

两个总理拎了啤酒过来，又给每个人开了一瓶。

老奕说：“什么玩意儿，啤水！”

郭子说：“老板，喝白的热！”

老奕说：“热什么热！你热？”

郭子说：“娘儿们才热！”

老奕立刻坐直了身子：“郭子！”

郭子立刻面有羞色。

“你看，这就是市民阶级的粗俗性！”老奕半认真半调侃地说。

郭子把头低成雨打芭蕉的样子。

老奕平时嘴里会冷不丁冒出一句《资本论》或者半句毛选。市民阶级、小资产阶级、革命性、动摇性、两面性。老奕在读大学的时候念的是政教系，启蒙读物是维克多·雨果。两位总理对这些神奇的词汇佩服得五体投地。

老奕毕业得太早，如果晚几年，从这张大嘴里冒出来的也许就不是市民阶级和小资产阶级，而是后现代主义、福柯、列奥塔德，这些闪闪发光的词语可以拿到大学课堂上去施点水礼。而现在老奕总要在“后现代主义”前头加上“狗屁的”或“你们狗屁的”。

老奕把半瓶啤酒倒进大嘴，转眼看看胜子，见他在用皱巴巴的餐巾纸擦汗，就问他：“你热？”

胜子说：“我可以把自己想象成包子！”

“哈哈哈哈哈！”老奕狂笑，攥起酒瓶子仰脖灌酒，“绳子是我们这里的知识分子！呵呵呵呵呵哈！绳子！把你的好东西掏出来！”

胜子立刻伸手到裤兜里，掏出个白信封，又从信封里掏出一张A4打印纸，小心翼翼摊开，捧到他面前。

这是一张用钢笔画的什么仪器的设计图，形状酷似小学课本上印着的据说是古人发明的地动仪。仪器上挂了两根导线出来，接了一只灯泡，灯泡向四周放着光。

这是胜子设计的发电机。

“你只要推一推，它就一直发电了。”

老奕并没有让这台发电机独领风骚，他说设计发电机不过是奇技淫巧，要改变世界得靠伟大的思想。老奕又开始谈尼采，谈唯意志主义，说唯意志主义在康德叔本华那里就初露端倪，到了尼采——他是唯意志主义的一次狂奔。“从猿到人是第一次飞跃，从人到超人是第二次……人皆可以成超人……”

老奕的手抖得更厉害了，是因为激动，还是因为酒精在烧神经，他不得而知。很多年前老奕就这样了，稍微喝点酒，手就抖得像一只被割喉放血的鸡。他还知道，随着血液里酒精浓度的攀升，老奕的话题会从天上掉落凡间，最好在他谈尼采的时候离开他，等他聊到东方哲学，你再想脱身就不容易了。等聊完东方，真正的地狱才开始。

“……你跟着我干，我就不信咱们对付不了那些兔崽子……你这人书生气……你给我记住，刘项从来不读书……那帮孙子逼我，天下英雄，惟操与备尔……操，你这么多年学白留了……资本来到世间，从头到脚，都流着血和肮脏！……我是铁杆的马克思主义者……从来就没有救世主……那帮孙子逼我，那帮势利眼……老哥！你听我一句话，你得振作起来！……那帮孙子，你有点起色，他们就一个个巴儿狗似的围过来，你垮了，弃之如敝屣！天下英雄……从猿到人是第一步，从人到超人是第二……”

黎努力辨别裹在酒精里的一个又一个词，“那帮孙子”是指谁，“兔崽子”又是指谁，“你”是指老奕还是指他。

“那帮孙子”应该是那些没有帮他的人，比如那个不肯和他一起拍电影的导演。“兔崽子”应该是那些占了他便宜的人。

像他这样的，成为“那帮孙子”也指日可待。或者已经位列其中了呢？毕竟他并没有在美国帮他找投资人，虽然也借给过老奕一两万元人民币。

老奕似乎看透了他的心思，说，你别看不起你老哥，屡战屡败，屡败屡战，这种压力，哪里是尔等承受得了的？现在老奕又把“老哥”挂回自个儿头上了。

一瓶又一瓶，直到大家看着老奕自斟自饮，看着他喝到目空一切口不择言，把在座的不在座的都骂上几遍。

关门了关门了，女服务生走上来，下了最后通牒。如果老奕这时候是清醒着，免不了又要一场口角。好在老奕此时已趴倒在桌子上，连袖子蘸在面汤里也顾不得了。

黎把醉倒的老奕塞进出租车，关上车门，那车就像一条狗那样狂奔而去。他一个人留在灯火辉煌的大街上，走在无奈和更深的孤独里。两排路灯下的中关村大街溜光水滑，以那种无动于衷的空阔一下子攫住了他。他加快脚步，小跑着往回赶。

20

掏出钥匙，打开门，空屋子扑面而来。他认出了桌上矗立的两听啤酒和横躺的一袋榨菜。他拉开啤酒，撕开榨菜，在第一口酒里想到自己新买的旧自行车还扔在街上。就让它待在那儿吧。

啤酒的涓涓细流又汇到头上来，身外的一切又开始离自己远去，身体也是…… 只有念头悬在半空里。

…… 自行车的丢失率居高不下，出租车总是冲向人群，窃贼在凌晨三四点偷走了谁家的数码相机。居委会的杨大妈落选了，跟谁说话都像要吵架的样子。邻家孩子想要个呼啦圈——“我要呼啦圈，呼啦圈，呼啦圈，要呼啦圈。”“你这孩子越来越不懂事了。”她此时一定在梦里，腰里套一百只呼啦圈，转转转转转转转转转转。要是老掉下来说明自信心不够，要是老不掉下来是不是有点太执着了呢？柴的心理学总像是要从老鼠洞里掏出个粮仓。夏蝉也该出来了为什么它们还没出来，要真出来了肯定不胜其烦要是不出来就有什么地方不对了。非典差不多要结束了不知道明年会不会来，百货商场门前保安拿着红外线枪朝进进出出的人挨个儿点射，假如里头射出一束激光该怎么办。妈妈一辈子都害怕细菌害怕病毒害怕得罪人害怕考试不能通过害怕孩子夭折害怕老公外遇。她还害怕过马路撞汽车害怕过年说话不吉利害怕衣服穿少了害怕衣服穿多了害怕营养不够了害怕营养过剩了害怕胆固醇高了血小板低了白血球少了他变坏了煤气爆炸了插座漏电了水库决堤了大米涨价了工资发错了单位精简了…… 怪谁呢怪谁呢怪谁呢怪谁呢怪谁呢怪谁呢……

…… 那条床单被蓝色的纵线条和红色横线条割来割去，红色的线条粗，蓝的线条细，但事实上也可能正好相反。妻子把这些线条收拾得横平竖直丝毫都不马虎以至于在做那种事的时候她有时也要去把紊乱的线条拉直，但总的来说那个时候她还算随和由着他折腾，折腾完了她就对他好，比平时好一倍以上平时呢她可是惹不得的红蓝格子的床单在上大学的时候是学校统一发的但不是后来他在家里用的那一条。上大学还是留下了一种情结这一点上柴还是有道理的不管怎么说喜欢格子床单就是铁板钉钉的癖好大二的时候你不是把床单当成旗帜挂到竹竿上去了吗？当然这么干的大有人在天知道那条床单居然没有丢失在大街上以至于大学毕业的时候它还赖在床上但是毕业的时候他坚决地丢掉了。如今它肯定已经转世投胎变成一条鲤鱼也未可知大学的时候你还算用功逮住什么学什么自以为有天赋呢就像现在的胜子以为自己能干些大事……胜子的发电机，一个O形的装满水的玻璃管里有一只球沿着O形管的顺时针方向转动带动管道里的水不停地流动推动一个螺旋桨向外输送动能可是那个球怎会不停运动呢……蒙德里安留着希特勒式的小胡子画灰色的树画海堤就像你抓了一大把妈妈办公桌上的大头针撒了一地你喜欢用拇指和中指捏住大头针猛地一个旋转扔出去不论它落在哪儿它都会好好地转上一阵子，你那时候当然不懂什么陀螺力学……胜子的O形水管里的球沿着O形管左端升到上方就让球的密度变大让它从O形管的右端掉下去直掉到最下端然后又让它密度减小减到比水还小它就从左端再浮上去就这样周而复始……他的手机又在衣兜里喊叫谁这么晚打电话来呢接还是不接，他当然不会跟什么十万火急的事情扯上关系……

他在酒精里睡到半夜，手机振铃又锲而不舍地响了第二次。是胜子打过来的。胜子说他实在等不到第二天早上再给他打电话，说他急于知道他对他设计的发电机什么意见，是不是可以推荐到美国去申请专利。他问胜子你这发电机里的球如何在O形管的上部和下部改变密度。胜子说O形管的上面和下面分别安了两块电磁铁。上面的磁铁在球经过的时候，把球向球心压缩（球里也有一双磁铁），球的密度就减小了。下面的磁铁正好相反，在球经过的时候，把球往四周拉伸，减小密度。他对胜子说这真是个聪明的想法不过能量是守恒的按照你这种设计发出来的电会比耗在电磁铁上的电还少。胜子说凭什么说能量就一定守恒呢？一句话就让他觉得自己像个抱残守缺的家伙。他说胜子你的想法很有意思，若是有机会去学电机工程，成个发明家也未可知。胜子说爱迪生不也没上过大学。这话再次让他羞愧，不过等他挂了电话，想的是这世上的聪明人真多，拐过街角就能撞上一个，也许守着一个聪明的想法就能让人无怨无悔地过好几辈子。

“世上什么时候缺少过聪明人？”“雅典的黄金时代，自由民也就十多万人，就奠定了我们的文明的基础。后来的罗马帝国如何？一座罗马城就有百万人……”Dr.Gray研究罗马史，对奥列留如数家珍。在他眼里，中世纪不是一个已经过去的世纪，而是站在一个新的一千年的起点。“未来的历史学家会这么写：第一个中世纪在十五世纪结束，之后是大约五百多年的复兴时期，接着又是一个千年的中世纪……”修自行车的人会不会把那辆车又卖给别人？你还不知道它是什么牌子的呢，至少要等你知道它是什么牌子的，再被人偷走也无所谓了吧，可是你大半夜地跑到街上去推一辆也许已经上锁的自行车绝不是一个聪明的想法……

21

那只被扣在碗底下的蝉，在他脑子里活了快三十年了。

倒扣的瓷碗，是坟的形状。

沉默的小虫，在地下等了好几年，直到那年六月，它们爬到离地面只有薄薄一层浮土的位置，给自己挖开一个绿豆大小的孔，透过它们朝外面的世界窥望。

夜幕降临，纷纷钻出真身，顺着树干不急不慢地爬上去（就仿佛已不是此生第一次，而是上辈子就曾沿着这样的树干往上爬过，已对这个世界知根知底）。一旦它们觉得该停下来了（这也是上辈子就知道的事），就抓住树皮，按部就班地脱下壳来——也是驾轻就熟，做完手术的外科医生脱去帽子和大褂，就是这样淡定的态度。

如果在它们爬出土洞之前，他们把手指伸进那些小孔，它们就抓住你不放。这样的阴谋每回都成功。他们把它们从土里提出来，泡进水缸里，它们就不能蜕变了，保持着童子之身。他们把它们称作"爬猴"。有时他们把爬猴扣在碗底下，它们就在黑黢黢的小空间里，抓着光溜溜的桌子蜕它们的壳。有时候翅膀已经伸了出来，而脑袋却卡在壳里出不来，成了怪物。

每回喝到最后，老奕都会变得像有个冤死鬼附了体，言辞挑衅，愤世嫉俗，整个世界都对不起他。可在清醒的时候，他却处心积虑地要跟每个人打成一片。

夏天，他把煮熟的青蚕豆用线绳穿起来，挂在脖子上去上学，然后把这串灰色念珠一颗颗吃掉，最后只剩了空空的细绳子。

蚕豆花有雪白的花瓣，花瓣上点缀黑紫色的神秘斑点。这妖艳的蚕豆花结出的果实却朴实无华，翠绿的颜色，柔软的壳，形状憨态可掬。他又想起自己二十六岁的时候，玫的胸前有时挂一串木头珠子，用粗橡皮绳穿着，也像一串念珠……他闻到了干草亲切的气味，牛粪的气味，烤马铃薯和煮马铃薯两种不一样的气味，还有农药的气味……

那年春天白奶奶不知从哪儿弄来一只小狗，黝黑的背上有白色花朵。他整天抱着它，等它长大一些，就带着它到处跑。它摇着可怜的短尾巴热烈地跟着他。

转眼它就长成一条大狗，被他们冷落了。它整天落落寡欢，独来独往。而且因为它不叫不嚷，担当不了看门护院的角色，似乎格外地无足轻重。乃至于日日出门溜达，晚上也迟迟不归。

然而这么多年后他还惦记着这条狗，记得它像一条蛇一样悄无声息地溜过庭院。

他知道再过二十分钟，那只布谷鸟就会在窗外开始叫唤，并且持续四五分钟才停下来，然后知了会紧接着发出颤颤地嘶鸣。它们都比闹钟还准时。

他曾送给她一小块石头，翠绿的颜色，扁圆的形状，比一枚五分硬币略大一些，上面有几条红褐色的弧线。他是在山村后面山脚下的小溪里捡到的。原本在溪里找螃蟹——螃蟹刚从暖起来的春水里孵化出来，伏在石块下面，比拇指盖还要小一些，更像蜘蛛。他掀开石头，螃蟹们在被他弄浑了的水里仓皇奔逃。他捉了满满一墨水瓶，若不是发现了那块碧绿的石头，螃蟹们的灾难一定不会停止，直到他把整整一条溪的螃蟹都捉光。他拿着那块石头，想着可以把这个东西送给玫玫。

呱呱呱咕，呱呱呱咕，呱呱呱咕，呱呱呱咕。布谷鸟真的叫唤起来了。这神秘的鸟，几十年来无数次听到它们在头顶上叫唤，却从来不曾一睹尊荣。世上或许根本没有布谷鸟这种动物，只有这神秘的叫唤——一到夏天，它就从某个虚无的地方发出来，或者，从自己的脑子里发出来？

鸟儿们莫不是神秘的。黄鹂不过是一抹颜色，夜莺不过是一种声音，天鹅不过是一些姿态。

它们如果只是一抹颜色、一种声音或者一些姿态就好了。

在一部科教片里，花枝招展的雄鸵鸟跟在雌鸵鸟后面，追着它炫耀自己。看我一眼吧看我一眼吧。

但做完那事后它就远远跑开了。这就是它们的诗意，有点淫荡，却又像最痛彻不过的悲剧。雌鸵鸟呢，在那之后站起身，甩甩尾巴，继续它的生活。这种漫不经心，让悲剧性竟然无处悬挂。

后来玫告诉他，那是一块玉，可惜不能再长大了，女孩摸过的玉，就再不长了。真可惜，要是这玉能长到桃子那么大该多好。他看了看她的手，原来这手是有魔力的。

现在想来，那石头既不能长，而且恐怕也不是玉。他见过许多翠绿的石头，大块大块的，好不漂亮，它们在行家眼里不过是低贱之物。

而那个关于玉和手的道听途说，也是个失真的版本。应该是：有了月经的女子，触摸过的玉石才不会再长；或者更确切些：经期的女子。那时的玫还没有被赋予这份魔力呢。

他并不总待在山镇白奶奶那里，有时他被送回到涂门，回到母亲身边。那几天，母亲就会拿一把木尺在他身上比比画画，用一块扁平的白色的东西在布料上画复杂的线条。布料只有两种颜色，军绿或深蓝，裁出的衣服上有口袋四个，上面两个，下面两个，那么多口袋本是画蛇添足，因为并没有那么多东西可装。“但是没有口袋就不像衣服了。”母亲这么说。这大约就像希望，每人都该有一个。

那白色扁平之物可以当粉笔之用，在水泥地面上画画。然而母亲禁止他这么做。她的木尺坚硬笔直，有精细的刻度。那是一把棕色的完美的尺子，她用它量裁布料，也用它打他的手心，那些挨打的事，他大多已不记得，能记得的，是手心麻酥酥的疼痛。最好离她远点儿，那时他就这么想了。那白色扁平之物，后来有人告诉他那叫“粉饼”——和“粉笔”一样是准确恰当的名字，他却总是要联想到食物，听到它不免要流口水。

22

窗外喜鹊的一声声叽喳把他从梦里揪出来，他睁开眼，闹钟上时针已指到十点。这不是个晴天，一只知了正使劲用嗓子扯开沉闷的空气，喊得撕心裂肺。他来到窗口，那个梦境就一下子清晰地映在窗玻璃上：几个人在一个巨大的平地上宿营，地面平坦坚硬，他们费了很大的力气才把帐篷支起来。是个炎热的夏天。后半夜，大山朝他们隆隆地压过来。他一骨碌爬起，朝其他几个人喊，大山来了！大山来了！可他们根本听不到。他从帐篷里跑出来，回头看到帐篷里有人陆续跑出来。有人跑出来又折身去拉帐篷里的人，瞬时大山已经推到面前，一下子就把帐篷和人都淹没了。

“穆罕默德冲大山喊，‘山啊，我命令你过来！’可是山并不过来。”

“穆罕默德冲大山喊，‘山啊，我命令你过来！’可是山并不过来。”

“大山曰：‘吾欲临盆！’大地闻之颤抖，河川闻之崩溃，乌云为之滚滚。三日后，天崩地裂，一只小耗子从裂缝里跑出来。”

那本在海淀步行街买的书就放在手边，封面上还有面汤的污迹。他拿起它，翻开来，蝉的尖厉的叫喊就刻骨铭心地划在纸页上。

“‘自我’不过是个假设。身体每时每刻都在改变，细胞死而又生，血脉流动变换，今天的我绝非昨天的我。可我们居然相信今日之我是昨日之我。我们为昨天的成功自豪，为昨天的错误后悔，都因为这个假设……”

窗外几只喜鹊在一株国槐上吵闹，把树枝踩踏得噼啪作响。它们嗓音粗哑，同乌鸦一模一样。

一个老太太拎着个塑料口袋朝小区深处踽踽而行，袋口露出碧绿鲜活的菜叶。

一个孩子在窗外的马路边正把一个石子投出去，让它落在数米开外，又用另一个朝它砸去。后一个石子并没有射中先前那个，他去找别的石子继续射击。后来他把所有的石子凑到一块儿，垒成个小石堆，再找别的石子朝它轰炸。石头果然打在了石堆上——

啪！孩子为这奇迹又叫又嚷。

一只燕子穿过视线，羽翅像一把忽开忽合的剪刀，一路剪过去。可啥也没被剪开啊。

23

他坐在两个陌生人中间，左边这个瘦得皮包骨头，右边既矮且胖。瘦子一脸愁苦，看上去似乎不怎么好接近，他便对胖子油然而生好感。柴坐在他对面，很郑重地向他介绍这两个陌生男人：瘦子姓余，是心理咨询师，也是大学讲师，胖子姓戴，搞心理学理论研究的，是副教授。

“都是高人！”柴抛出一个感叹号。

“这个也是高人！”柴指着黎，向戴胖子和余瘦子抛出第二个感叹号。

转眼都晋升高人之列。

柴博士最擅长给人贴金，感叹号从他嘴里跑出来是很廉价的，但恭维是一针麻醉药，没人抵抗得了。

这时服务生走过来，把胳膊探到桌子底下，于是随着一阵痛苦的噼啪声，煤气火焰像幽灵一般从罐子里钻出来。

上餐具，上油碟，上蔬菜、豆腐、羊肉片、土豆片…… 他盯着它们，又看看碟里浓稠的色拉油，胃里就被堵得像春运时期的火车站。

蓝幽幽的火苗以一种缠绵的耐心舔贴锅底，还有几分规劝的意味，服务生扭燃煤气灶的那种干脆利索劲儿在他心头萦回不散。

汤底转眼就沸腾了。锅里的红枣、生姜、葱段，载沉载浮，统统不得片刻安宁。

谁把鲜红的羊肉片扔进翻滚着的汤锅，转眼变成片片死灰色。他本想提议大家使用公筷，但见三双筷子在汤里热烈地搅和，就把这煞风景的提议吞回肚子里。

瘦子把一片土豆片夹进嘴里，烫得半张了嘴咝咝有声，你沿着瘦脸细脖子窄肩膀一路看下去，就在心头勾勒了一条蛇的形象。滑稽蛇。此时隔壁桌边一个中年女人，正对着一片羊肉片吹气，又把吹凉了的肉片放进一个男孩的碗里。这男孩七八岁年纪，长得膀阔腰圆，脸上的肥肉把眼睛都蒙住了。

“文章弄完没有？弄完了赶紧投出去！”他听到胖子对瘦子说。

“不就一篇 SCI！”瘦子撇了撇嘴。

“没这你啥时候能评上去。”胖子说。

瘦子沉默了，把一块豆腐扔进油碟里，又把它湿漉漉地捞上来。

“评什么？”他问柴。

“副教授。”

他又问他们什么是SCI，胖子和瘦子就瞪大了眼睛，说Science Citation Index——你从美国回来，居然不知道SCI？

“这位是社会学家。”柴说。

“那你该总知道SSCI。”

“那又是个什么东西？”黎问。

“The Second Stupid China Idea.”胖子笑着说。

他等着他们严肃下来给他一个像样的解释，可三人都无此兴趣。

他们说他们羡慕黎的自由，摆脱了单位和家庭两大魔掌。

“下一步就是摆脱地球了。”柴说。

“这倒不急，人人都有摆脱地球那天。”他说。

“死了可不算，”瘦子说，“活着脱了才算。”

“地球有什么好摆脱的，要摆脱的是人，你说是吧？”胖子对黎说。

“呵呵，你们到底是心理学家，比我自己都了解我。”

“人要是能不吃不喝，每天晒晒太阳就能补充能量，谁还会被组织套牢？想套牢别人的也是无计可施，连秦始皇都会当不成秦始皇了。”瘦子说。

“有理！谁见过小麦地里出过秦始皇。”柴说。

“不用都去晒太阳，食草类动物里也出不了秦始皇。”黎说。

“食草族终归有点傻。”瘦子说。

“快吃肉！”柴举着筷子招呼大家，几个人大笑。

黎说他自己就是个食草族。

柴端起一盘茼蒿说这个你肯定喜欢，是生吃还是熟吃？

他抓过一把茼蒿放进嘴里。

瘦子和胖子吃惊地看着他。在他像个虫子那样吞咽茼蒿的时候，胖子问他：“你干吗回国？”

又来了。

他说父母老了，身体也不好，父母在，不远游不是吗？他说这话时一身上下开始起鸡皮疙瘩。胖子和瘦子都理解似的点着头。

“回来也好！”瘦子说，“美帝亡我之心不死，指不定哪天中美就兵戎相见！”

“那不会，仗是打不起来的，但亡我之心是肯定不死的。”胖子说这话的时候瞅瞅柴，又看看他。

他觉得身上更加痒了。

“到时候你们可要站稳立场。”瘦子面带微笑，尽力把这句话演绎成调侃的腔调。

柴说你是政治局的吗？（当然也是调侃。）

瘦子说国家兴亡匹夫有责。（依然是调侃的口气。）

胖子告诉他们，瘦子本科学的是思政专业，读硕士的时候才转的心理学。

“要不是入了咱们心理学的歪门邪道，老余说不定现在就在局里了呢。”

“我热爱心理学！”瘦子老余双手合十，朝向胖子，又朝向柴博士，“二位多多指教。”

胖子和柴立刻回拜，说论临床经验，他们都甘拜下风。

瘦子便对胖子说，还是你们做基础研究的活得滋润，文章发得多快好省，职称像芝麻开花。胖子说你们干的那才叫实事，要真有人有心理问题来找他，他可应付不了。那倒是，瘦子说，好事都让你们占了，责任都让我们担了。然后胖子和瘦子一起笑起来。柴说你们两个绑在一起就无敌了，说完也笑起来。

胖子说假如哪天他丢了教师的饭碗，恐怕吃饭都是问题，可是你——胖子拍拍瘦子的肩膀——有一技在身，必能立于不败之地。

瘦子说可不是那么回事，靠做咨询师养活自己可不容易，除非你把自己忽悠成大师。

怎么会！胖子说。

黎打断他们的争论，说他昨晚做了一个梦，能不能让三位大师给他解释解释。三个人就瞪过来好奇的目光，撺掇他快说。

他说他昨天夜里梦见自己在医院里打针，女护士拿了针头在他胳臂上注射，完了就给他一片指甲盖大小的餐巾纸让他捂在针眼上。可是针眼血流不止，一小片餐巾纸根本无法抵挡，于是他找护士要一片“干净的”纸。护士给了他一大张餐巾纸，他拿了捂在伤口上，忽然发现纸上原本就有血迹，他有点生气，对护士说：纸上有别人的血啊，这样会传染的！护士有点不好意思，但转而强硬地说：我这里没那么多纸！不过她最后还是给了他一张别的什么纸。他一边擦着针眼上的血，一边担心：可别传染上什么病。

瘦子问他女护士是谁，长什么样子。他如实奉告：他并未看到她的脸，只看到她的白大褂和她的针头。瘦子又问他，女护士让你想到谁？他说女护士就是女护士，所有的女护士都是一个德行，板着脸凶巴巴地拿着针头。

瘦子就露出若有所悟的神色，说护士代表的是你的妻子，也许还包括你的母亲，她们让你流血——注意，血代表感情！——她们能给你的安慰不多，而且这种安慰也是不纯粹的，被污染了的。

胖子对瘦子说，你这解释还真有点像那么回事。瘦子问他怎么看。

他说不知道。

柴问他昨晚发生过什么。

他说昨晚唯一的事情，就是接到柴的电话，知道今天要见几位心理学家。

24

每个月里有那么几天，妻子用暖水袋捂住肚子医治她的痛经。这是一种恼人的疾病，医生也束手无策。她的月经带扔在卫生间的垃圾筐里，他看见了总要心跳加快。这种恐惧，是他不明白的。

服务生提着一只铁壶凑上前来，把铁壶纤细的长嘴伸到火锅上方。乳白色的汤液冲进沸腾的锅里，一下子就抚平了那里头的骚动，汤面平静得毫无悬念。吃到这份上，胃里已是满坑满谷。

“如果你迷上了一个女人，想想她的月经带，就足以把你拉回尘世。尘世上的月经带，藏在迷人的晚礼服后头，才是人生的真相。”“晚礼服为何不是真相，人世运行在晚礼服上，正像风行在水上—— 宇宙不也是泡沫上的薄薄的一层？”他们可真能白扯，从现象学扯到后现代主义，从后现代主义扯到月经带，网络上此等高人无数，他永远都不知道他们是谁。有些人跟他聊了好几年，仍一面都不曾见。

汤的中心又开始蠢蠢欲动…… 跳动愈演愈烈，又变成沸沸扬扬。“It’s getting frisky!”

“它跳得像颗心脏。”柴说。

“也许它就是一颗心脏。”瘦子说。

心脏跳出锅外，落到桌子上，服务生赶忙过来调火。刚才她来添汤的时候，还顺手拧了一下开关，现在看来是多此一举。

瘦子说，整个宇宙就是一颗大心脏，很多小心脏构成的一颗大心脏，你看这水……

柴扭头告诉他，余老师是水心理疗法的发明人。

瘦子说，水心理疗法，大家以为是给水做心理治疗，其实是用水做治疗。他说自己其实也不是发明人，是个日本博士首先发现了水的秘密。江本胜，你们知道吧，他发现，你对一杯水说称赞的话，再拿到冷冻箱里去冻，水的结晶就漂漂亮亮的，如果你对着水一通谩骂，放到冷冻箱里，水的结晶就一塌糊涂很难看。这是一个叫江本胜的日本科学家发现的。瘦子说他会让来咨询的人坐着，然后让人用温水从头上浇下去，慢慢地，非常慢。当然，穿着防水的衣服，只是浇在头上。形式感要强，要有对水的信仰。对对，那盆水里当然要有香料，水要在播放安魂曲的密室里听 24 个小时的音乐……

呵呵，日本人啊—— 黎说。

柴偷偷地冲着他挤了挤眼，他就闭嘴了。

瘦子一定闻出了他话里的味道，说有些人认为这不科学，可是科学不能解释的现象是很多的。

他带着点抱歉的语气说，他不觉得把水浇在头上有什么问题，可是江本胜——

柴又朝他挤眼。

胖子说，科学只是理解世界的一种方式而已。

隔壁桌边的中年女人正在把一片土豆朝他儿子的碗里夹，土豆在半空里折为两半掉在桌上。那孩子该有十五岁了吧，因为胖你也许高估了几岁。

“吃！”柴把漏勺举到半空里朝他移过来。漏勺满载香菇和青菜，在他的油碟上空翻了一个跟头，软塌塌的青菜和饱满的香菇都纵身跳进油里。他用筷子去捅香菇，看它被筷子压下去的一块痕迹在透明的油里努力恢复原状；他又用筷子去拨弄青菜，把那入乡随俗的一团油亮的叶子夹出来。

有人点着了一根烟，一股刺辣辣的气味搅和着香油和煮熟的肉味、蔬菜味一起钻进鼻孔。这种气味，在多年以前，在小镇上或小县城的餐馆里，一次次被存进记忆。比如几个口角冲突的人挥舞酒瓶互殴，横洒在餐馆灰墙上的一条爽朗的血迹就带着这种气味。比如几个汉子交头接耳，低声议论坐在角落里的短裙女孩的时候，这种气味也是一个劲地往鼻孔里钻。比如在 N 城公交车北站的候车室里，方便面的气味搅和着的也差不多是这样的味道，以至于那些叫“天长”“河东”“刘家湖”之类的诗意的地名都被染上了这样的气味。再比如一个小镇上的葬礼，死去的人被送走之后，活着的人胃口分外的好，吃吃喝喝，香烟必定少不了，牌子也一定还说得过去。在热烈的气氛里，那些被垂死者折腾了那么久的人，肩头的担子突然卸掉，胃里突然就能承载得下那么多人间烟火……

那个中年女人走到抽烟的那个人桌前，问他可不可以把烟灭掉，她指着她儿子说，他还未成年呢。他们都能听到她的嗓门，尖尖的，不像中年妇女。那个男的答应说，抽完这根就不抽了。她就悻悻地走回她的桌子。

“小时候第一次闻到过滤嘴香烟的味道，站在离抽烟者几步之遥的地方，香气让我几乎醉倒。”柴说。

“你怎么没变成个烟鬼？是不是按照弗洛伊德的理论，你应该变成个烟鬼？”黎说。

“弗洛伊德可不是这么个意思，”瘦子说，“抽烟是口欲期固着，人抽的不是烟，抽的是安慰。”

“据说弗洛伊德一辈子抽雪茄，晚年得了口腔癌，他也很焦虑吧。”黎说。

“弗洛伊德说过，有时候雪茄就是雪茄。”瘦子说。

“他也许心理并不健康？”黎说。

“那要看你怎么定义健康。”胖子说。

“一个人著作等身，从创造力方面来说，可以说非常健康。”瘦子说。

“如果不从创造力方面来说呢？”黎说。

“对于一个学者，你要看的就是他的创造力。”瘦子说。

“只要一个学者让我觉得开卷有益就好。”胖子说。

黎望了望柴——他正漫不经心地拨弄一片土豆。黎知道，如果让柴说自己的观点，他八成会和稀泥，比如“老柴，你怎么评价弗洛伊德？”他大概会说：“大家已经充分表明各自的意见，我觉得都有道理呢。”

“柴博士，我很期待你说说弗洛伊德。”瘦子说。

柴放弃了对土豆的挑逗，举着筷子笑了：“每个人都有自己的弗洛伊德，这不就够了吗？”

“我很想听听你的弗洛伊德。”

“我的，嗯，有时候，对你影响很大的人，就像爹一样，说的时候总不好开口。”

“那就是弗洛伊德对我们影响不大喽。”

“倒不是这个意思，我是说，有的滋味说得出来，有的滋味怎么都说不出来。”

这时候胖子从口袋里掏出一张纸片递给柴，说心理剧大师Grace要来北京办活动，他帮着主办方做事，有几张赠票，柴博士要是有时间，欢迎光临指导。胖子又拿了一张送给瘦子，瘦子说：“Grace吗？ Grace！ 就是那个鼎鼎有名的Grace？！”他这三个“Grace”，发音越来越纯正，他说他一定要去参加“Great Grace”的活动。

25

这顿饭一直吃到下午两点多。当服务员开始收拾一片狼藉的杯盘碗盅、关掉熊熊燃烧的煤气的时候，他就在考虑如何打发剩下的下午了。

上周他联系了一家翻译公司，想去打点零工。公司要他这周去面谈。今天都星期四了，他还迟迟按兵不动。他想到即将面对的那些文字，就有些倒胃口。

四人在火锅店门口道了别。他沿着万泉河路往南溜达，一直走到万泉河桥下。

他站在一根公交车站牌下发愣，一辆公交车嗤的一声停在他面前，他就不假思索地上了车。

“去哪儿？”售票员冷不丁地一问，把他吓了一跳。

“终点。”他搪塞过去。

他掏钱买票时，很想问问车往哪开，但又怕看到售票员诧异的目光。他抬眼在车厢内壁上搜寻，看到一个牌子上印着无数陌生而又霸道的地名：……高碑店、呼家楼、亮马桥、半壁店、白家庄、观音堂……仿佛要带着他周游全国。终点是南花园，这最后的地点倒是一点儿也不张狂，把一路奔放的地名安顿到了实处。

在这个城市，地名就是地名，它们丝毫不能透露那个地点的真相。

他忽然想到，大约在十年前，在中国的时候，他在医院里看到护士给一个孩子抽血。孩子的胳膊被女护士扎得汩汩出血，但是护士只给他火柴头大小的一块棉花止血。

还有一次上厕所，蹲在坑上突然发现没有手纸，他看到脚边的垃圾筐里有一片雪白的手纸，他伸手去拿过来，可是那张纸上有一块黄豆大小的粪便……

柴说他似乎害怕被什么感染。

他说他有时会做那样的梦，自己赤身裸体地躺在公共厕所的地面上……

"……你给他盛好饭，让他吃，他说，不吃！不吃？新鲜！不吃拉倒！惯着你臭脾气……后来他一个人吃得精光。我说，你怎么不给我留点啊！他不言语，倒头接着睡……"女售票员与司机聊得火热。司机在她的唾沫星子里点头如仪。

"……话，该说的就说，火，该发的就发，是不是？要不然压着，压到一定时候非得散喽。对吧？！就得打打闹闹。"司机一边开车，一边扮演着心理咨询师的角色。而她说："我老羡慕你们两口子！"

"羡慕啥！"司机抬高嗓门，在方向盘上拍了一掌，让车陡地停在了站上，一车人沿着惯性朝车头方向倾斜，惊叫之声此起彼伏。

黄庄！！下车！

到知春里，他有了一个座位——这车在街上东折西拐，摇得他昏昏欲睡，他早就想趴在椅背上打个盹了。

胖子说，怎样让一只鸽子患上强迫症？在它抖动羽毛的时候撒一把麦子给它。有那么几次就好，它就以为抖一抖羽毛就能抖出麦子来，它就会不停地抖，即便没有麦子。柴说这不叫强迫症，其实原始人就是这么干的。胖子说原始人都有强迫症。瘦子说这不好说。三个人争论了一阵子，也没有达成一致观点。后来柴也讲了个故事，并且信誓旦旦地保证确有其事。他说有个多事的神经生理学家养了一群猴子，有一次突发奇想，把猴王脑子里那个叫"杏仁核"的小东西切掉了。结果这只猴子性格大变，成了个活菩萨，再也不欺男霸女了，但它马上从猴群的顶层跌落下来，一直跌到最底层。而以前它统治下的每只猴子都沿着社会阶梯升了一级。它的前副手顺理成章晋升为第一把手。这个该下地狱的科学家又把那个幸运的新科领袖的杏仁核也切掉了，结果这家伙也落到了社会底层，其他的猴子又各自晋升一级……

黎对三个心理学家说："你们要是把它的脑子摘掉它会落到更底层。"

他趴在椅背上，脑袋被铁扶手磕来磕去，仍然掉进睡眠的无底洞里。

26

他不清楚父亲在山镇中学教过什么课，是语文还是数学，抑或是化学？父亲后来不教课，去坐办公室了。而那真是一间乏味难耐的办公室，红头文件散发着难闻的油墨气味，蓝墨水有魔鬼的味道，办公桌虎视眈眈，一切都像一种灾难。

办公室的墙，用白石灰涂抹的，轻轻一碰就纷然掉渣，所以墙角下总是堆积着白灰，扫也扫不完。装点墙裙的蓝绿色油漆，是那种在鬼片里涂在人脸上的颜色。最可怕的当然是开会——平时和蔼可亲的大人们，一坐到会议室里就严肃得好像天要塌下。一屋子呛人的烟味。高高低低的诡异的谈话。

周末与父亲少有的几次团聚，他不觉得高兴，只想回到白奶奶那里。只有学校食堂的青菜汤饱含亲切，淡绿的冒着热气的液体里丢下几块锅巴，等不及它们松软又扒拉出来，吃一块满口溢香——这辈子在任何时候、任何地方都能想起那种滋味。

山里的松树挂满佛塔一样的松球，棕黑的，干燥的，秋天的时候它们落得漫山遍野都是，俯身拾起，却找不到半粒松子儿。大人们骗他，说松子儿都被松鼠吃掉。他不能不信。松子儿可不就是松鼠的食物。

那里似乎并不容易见到松鼠，倒是有大群大群的麻雀，忽悠一下飞起，遮住半边天空，忽悠一下又全落回松林里，傍晚的时候，每一个枝梢、每一棵草都发出尖锐的叫唤，到处是颤颤的骚动。

他跺脚、呼喊——呜——它们升起来，在半空中汇集成群，朝落日的方向游弋过去，又在对面的山冈上突然折过一个角度，变得棱角分明，逆风飞翔，不一会儿又还原成浑圆的一团，跌落进另一处黑乎乎的松林。

那边的林子背着夕光，铺陈在一座山丘舒缓的坡上，犹如一只黑猫光滑的脊背。

那时他六岁，玫五岁。他拉着她从中学回到山村，就在那漫长的几里地里迷了路。黄昏转瞬即逝，夜晚如期而至。玫说她害怕。他安慰她，也安慰着自己。这里不会有狼，也没有听说有老虎。

他用松针铺成一张床，躺上去还算软和，只是没什么可盖的。

半夜里，他们听到呜咽，听到偶尔一声如惊诧一般的叫唤，就吓得搂紧对方，感到对方胸口怦怦的跳动。

四处传来数不清的虫鸣，把周围塞得满满的。他在喧嚣声里飘浮，真像逛着一个热闹的集市。

“有一天，长腿叔半夜起来尿尿。手电筒一照——嗬，好大一条狗！它从二丫家的院子里跑出来，朝那边跑过去了。二丫家哪来的狗？！长腿想——不对，它叼了啥东西那么大？长腿打着手电筒追上去。大狗在前面跑，叔叔在后面追。跑过了三道山冈子，大狗跑啊跑啊就跑不动了。长腿叔叔的腿真的很长。大狗跑不动了，就丢了东西。长腿上去一看，二丫！二丫还趴在地上睡呢。

“二丫醒过来说她梦见在河里摸鱼，屁股被石头子儿硌得生疼。现在二丫屁股上还有好些牙印子呢。”

这是白奶奶给他讲的故事，他在这个时候讲给玫听，不知是吓唬还是安慰。玫说她已经听过了。她说她还没有看过二丫的屁股。

“她不让你看，她就要嫁人了。”

“嫁人怎的就不让看了啊？”

“结婚就要睡那种床，用棕绳子编起来的，你在上面一跳，就能够到房顶！”

“然后呢？”

“他们就生孩子。生很多。”

后来玫做了一个梦，是那个晚上之后的一天夜里做的。她梦见二丫在一张用绳子编起来的神奇的床上跳舞，然后生出一大群孩子——虽然屁股上有好几个牙印子，但不碍事儿。

27

“半壁店到了，下车！”售票员发出不容置疑的命令。他听话地下了车，然后站在人行道上不知何去何从。

他朝四处张望：半壁店并不是一个特别的地方，离他最近的是一座完整的售货亭。他走过去买了一包完整的烟，离开售货亭的时候才意识到它其实是一座免冲式公共厕所，那个卖给他香烟的人，兼任厕所管理员——或者更确切的，应该反过来说。

他站在厕所门前抽烟，满目依然是粗糙的住宅楼和恼人的匆忙的车流。“半壁店”这个诗意的名字不该被如此平庸的地方拥有，他带着这种莫名其妙的想法，沿着马路往南走了一段，又折身回来——他不想离公交车站太远。

看着整个世界都在匆匆向前，把他抛在后头，他就有点心慌。一辆公交车开过来停住，他就逃上了车。

但这趟车一直把他送到郊外。

终点位于一大片平房之间。过去这地方肯定是个村子，现在还绿树浓荫，看不到一座高层建筑，一些桃树立在铁栅栏的围墙里，举了无数浑圆诱人的红桃子。

和他一齐蜂拥下车的一大群人显然不是原住民，他们有细腻的皮肤和疲劳的表情。

是下班的时候了。

他经过一座硕大的垃圾堆，腐烂的蔬菜水果的气味被风吹得无远弗届。朝垃圾堆里认真地观看，一切属于不同世界的东西都汇聚在一处：烂苹果、废电池、空洗发水瓶子、扯断了的黄铜线圈、用过的避孕套、燃白了的蜂窝煤、被撕破的衣物、流淌的坏西瓜、被抛弃的内裤、折断的桌脚、陈腐了的白菜帮子、破公文包、漏洞百出的丝袜、新鲜的白杨树枝、断掉的发卡、一张白得耀眼的 A4 纸、干瘪的大葱、压断了的床垫、霉斑点点的香蕉皮、不知包藏了什么的蛇皮口袋、一只破鞋、一堆碎砖头……

一阵更浓的烂蔬菜气味涌过来。他走到一块菜地旁边看青椒的时候那气味还是朝他飘过来，他路过一家工厂的大门口的时候气味又朝他飘来，他走了十多分钟，站在另一个公交车站牌下的时候那气味依然如故，像个怎么躲都躲不过的损友。大卡车开过时，播土扬尘，纸屑纷飞，吹过面孔的气味还是那种味道。

一个骑摩托的小伙子把摩托停到一棵核桃树下。车载音响震天动地："让我想起我的那些花儿…… 她们都老了吧，她们在哪里呀…… 啦啦啦啦，啦啦啦啦…… 散落在天涯……"

朴树唱到"啦啦啦啦，啦啦啦啦"，小伙子就跟着高唱"啦啦啦啦 啦啦啦啦！"

小学毕业那年他去天津看舅舅，大表哥就是用摩托载着他在街上飞奔。那时候大表哥已经在手表厂当工人，把自己打扮得像个流氓—— 这是舅妈说的，"你把自己打扮得像个流氓！"

大表哥符合流氓的一切特征：长头发、蛤蟆镜、花格子衬衫、喇叭裤，床头贴满刘晓庆…… 后来听说大表哥骑着摩托一头撞到树上，颅骨骨折，当场就晕了过去。苏醒以后性格大变，再也不骑摩托招摇过市，老老实实娶了舅妈单位同事介绍的一个姑娘。从结婚的第二年开始就闹离婚，闹了四五年，然后就不闹了。这些都是他听母亲说的。他高中毕业的时候见到大表哥一家，这个嫂子看上去对表哥倒也客客气气，很像一家子人，但据说那时正是他们闹得最凶的时候。嫂子长得有点像陈冲，不像刘晓庆。

两次他都是坐着绿皮火车陪着母亲去的天津。火车吭哧吭哧跑了两天，一路上母亲不停地让他洗手。这世上能有几人够得上母亲的卫生标准？不论在生理上还是在精神上。被各色人等触摸过的卧铺就是她的炼狱。她到了她哥哥家的第一件事就是洗澡。那澡洗得就像约翰给耶稣施洗那么漫长。到她哥哥家里，周围一切物件突然无毒无害了，尽管舅舅家的厨房脏到不可理喻。舅妈并不是个能干的人，饭碗的外壁上还有没洗干净的污垢呢。要是在别人家里，母亲一定会寝食难安。但在她哥哥家里，卫生突然变得不再是个问题，他甚至不记得她要他饭前去洗手……

三表哥是他的噩梦，他考上了 B 大，成为一只闪闪发光的大钻石。之后的每天晚上，母亲都会指着天上的星星，向他提醒那颗钻石的存在：你瞧瞧你哥！

即便现在，抬头望见北斗星，心头也会掠过三表哥的阴影。

他接到柴打来的电话，说他到他的住处，发现他不在。他把胖子给他的那张心理剧入场券给他。“也许你这个社会学家会感兴趣的，哈哈……”

28

半夜里他和玫被找到的时候，他们正偎在松针里熟睡。

他至今记得那些晃动的扭曲的人影和手电筒僵硬的光线，它们带着人世特有的关怀和责难汹涌而至。

回到家，一顿打是免不了的，父亲有必要扭转某种趋势，强化一种记忆，宣泄郁结于心的愤怒和恐惧。一举多得。

肉体的痛楚能直达记忆，拨乱反正的效果毋庸置疑。

他整个下午都被关在屋里。父亲去上班了，家属区阒无人迹。麻雀们爹着胆子降落屋前的石子路上。他趴在窗口朝院子里张望，数着麻雀。一、二、三、四、五、六，一共六只！怵惕不安的模样，歪着头瞅来瞅去，蹦个不停。叽啾声抑扬顿挫，你呼我应。他试着朝这些暗号伸出理解的触角。哪一声意味着“小心了？”哪一声是“还好，这里没人？”或者“运气真好！”“真开心！”“我的！”“你一边儿待着去！”

又飞来几只，聚到先来的这一群里，他又得重新数过：一、二、三、四、五、六、七、八、九……不安分的小东西在地上蹦蹦跳跳，你来我往，并不想配合他的算术练习。

他放弃了这个难题，转而用一种现象学的眼光瞧着它们纷纭的聚会。

算是一种平和的鸟儿，有时发生点儿小纠纷，厮打起来，也点到为止，三两下就善罢甘休。它们的和平主义，或许因为没有利器在身，就算大打出手，最多不过皮肉之伤，扯掉几根羽毛罢了。或者也囿于语言的原始，不便于拉帮结派妖言惑众，形成不了群起而攻的态势。

每日里这些家伙呼的一声落在打谷场上，轰的一声四散逃窜，又呼地落在玉米地里。前一秒钟狂欢后一秒钟亡命，那小小的心脏居然能承受得了。

那时候他望着这些雀儿，想的是如何捉住它们，拔光羽毛，掏去复杂的内脏，穿在铁丝上烤。他都能闻到那种诱人的焦煳味儿。对，也可以把最小的那只关在笼子里养——全凭自己喜不喜欢。

它们正围成一堆啄一只馒头。不知是被谁丢在那儿的，说不定是个路过的学生干的也未可知。或者谁把馒头揣在包里，它却在不知不觉中挣扎着逃了出来？谁知道呢。麻雀们总能发现一些你意想不到的东西，把你的视线引到被忽略的事物上。动物们大抵都有这种独特的能耐，苍蝇们提醒你腐臭的所在，蚊子促使你审视自己的毛孔，蚂蚁们帮你意识到夏蝉的死亡，而夏蝉让你意识到空气的闷热——否则你还在为自己的焦躁而困惑呢。猫会从你自以为牢不可破的墙里掏出一窝粉嘟嘟的幼鼠。

被麻雀围攻的馒头在门前碎石地上绝望地滚来滚去，却奇迹般地保持着完整，是体无完肤的那种完整。

叽——叽——叽——叽

一只蚱蜢被惊动，从一根狗尾草上蹦开，三下两下就跳进一片菜地里去了——那地方可是凶多吉少——要知道，几天前下了场大雨，从菜地里蹦出了成千上万的青蛙，大的如馒头，小的要和花生豆去比。

轰！麻雀们统统飞走，连羽毛也没留下一根。

玫抱着一个西瓜走进视线里来了。

玫抱来一个西瓜！

她蹙起眉头，朝窗户这边望过来。黑乎乎的窗洞上横竖几根铁条，他的脸刚好填满一个田字格。

黎？！

他把脸从田字格里退出来，又把手从那个格里伸出来朝她摇。

玫走到门前，抬腿攀登水泥的台阶。一、二、三，只剩最后一层，西瓜脱了手，掉在最后一级台阶上摔碎了。

呜——

别哭。

呜——

知道它会摔烂，早知道了。

开门。

锁啦，他弯过手指指向门，要钥匙去。

你看着瓜，赶麻雀。

快点，赶得走麻雀，赶不走蚂蚁。

他知道她能要来钥匙，百试不爽。但是他担心那四分五裂的瓜已经被蚁类侦察到了，必须争分夺秒才行。

29

他回到小区门前那条街上，已是晚上八点多。芙蓉里餐馆门前的院子里突然冒出十几张塑料桌椅，热热闹闹地聚了好些人。

他走过去，找了一张刚走了顾客、空酒瓶子和鸡骨头堆积如山的桌子旁边坐下。

烤肉串的小伙子把烤架里的木炭扇得火星四射。烟气裹挟着焦肉的异香在热空气里弥漫，香气把从万泉河里飘来的腐臭味纳入它的麾下，混合成一种绝无仅有的缠绵的气味。

他吸了吸鼻子，朝那独一无二的水沟里窥看——水面上气泡荡漾，千朵万朵腐败之花竞相开放，噼噼啪啪地破裂着。

这是芙蓉里餐馆把生意扩展到院子里的第一天，老板或者老板娘一定是受了隔壁兰州拉面馆的影响——他们几周前就在院子里张了灯结了彩，搞起了大排档，那种闪烁的色彩一下子就把其貌不扬的拉面馆捧入了娱乐圈。

在众人此起彼伏的呼唤下，老板和老板娘顾此失彼地快乐地有求必应着。服务生们端酒，送肉串，收拾桌椅，算账，也是被弄得惊慌失措的。他知道这种慌忙的滋味，在美国的时候他在中餐馆打过一阵子工，那种忙乱和错误百出把他这个书呆子弄得原形毕露……他始终没能从这种工作里找到多少乐趣。

一个服务生走过来擦桌子，收拾盘筷，认出他来，冲他笑了笑，用家乡话说："您要地神吗？"

当然是酒。

等他喝完一杯扎啤，恍惚中看表，已是九点半。顾客陆续散去，庄老板终于脱身，端了一玻璃杯茶水踱了过来。

"老弟，天天见你神出鬼没的，忙啥呢？"

"没忙啥。"他说，同时想到柴柯也喜欢这么问他。

"怎么不常来坐坐，嫌我馆子小啦？"

"哪敢，今天早上不还来报到了。"

"嘁！有空就来赔老乡喝一个！"

"一定一定。"

庄老板端起玻璃杯，咕噜咕噜喝水，叹息似的长出了一口气，抹了抹嘴，递过一支烟来："你在那边念了博士？"

"嗯。"

"什么博士？"

“社会学。”

“社会学？社会学能干啥？”

“不能干啥。”

“呵呵，老弟欺负我没念过书！”庄老板朝站在店门口的服务生一挥手，“小四！给老乡再来杯扎啤！”转过头来，嘴里塞了根烟，伸手到裤兜里掏打火机，“我不懂，我，文盲加流氓！”

庄老板把“文盲加流氓”几个字说得得意洋洋的，嘴上那根香烟也抖得相当兴奋。

“您离流氓还远着呢。”他笑着说。

庄老板又嘿嘿笑了几声，呷了口茶，指着临座一个独自喝酒的中年男人，说：“他才是流氓。”

那人端着酒闻声而起，几步跨过来，拉过椅子一屁股坐下，冲庄老板大声说：“你他妈才流氓！”

庄老板对那人说：“这个小老弟也是老乡，跟你老婆一样，博士！”然后指着那人对他说：“这是老林，他老婆在他妈的清华做博士后，他陪读，都是他妈的咱们那边过来的。”

老林举起酒杯与黎碰杯，老庄也举起茶杯挨个碰了，黎的杯子是空的。这时服务生端来满满一杯扎啤放在黎面前。黎说他不能再喝了。庄老板说别急，慢慢喝。

“你给小老弟讲讲，当年怎么把女大学生搞到手的。”

老林笑了起来，说：“你嫂子那人，傻！”

“她看走眼了。”老庄笑着点头。

“你他妈才看走眼了——别看当年我就是一保安，往那一站，哼！”老林把胸膛一挺，“她那些个同学，个个弯腰驼背，戴着酒瓶底，我往那儿一站，哼哼……”

“他当年就这样，咯嘣！就把嫂子骗到手了。”庄老板把两只胳膊举起来，前臂弯曲，学健美的动作，让两个肱二头肌鼓将出来。

庄老板说的是家乡口音，“嫂子”听起来像“勺子”。——“咯嘣！就把勺子骗到手了。”

“谁说的？！没我能有她这个博士后？她能干什么啊，什么都干不了！做饭、洗衣服、体力活、带孩子，什么都干不了。”

“人家可是博士后。”

“博士后咋了，你说，这个小老弟，你们搞科研，多少是真家伙？还不是大把大把骗国家的钱！”

“别扯上我。”黎说。

老庄又把茶杯举起来了，三个人再碰杯。黎脑袋里那根陀螺已经开始旋转了。

“有孩子没有？”老林问他。

“有。”

“多大？”

“四岁。”

“带回来了？”

“没有。”

“那你可快活了。”

“快活了？”

“孩子不都是活祖宗？我都给我那儿子整得没法子想了。才十五！就知道吃名牌，穿名牌，喝名牌！这帮熊孩子。”

“他儿子在清华附中。”庄老板插了一句。

“清华附中怎么了，还不是一样的比吃比穿！”老林说。

“那边店面咋样了？”庄老板问老林。

“跟学校续了合同，托给人了，我不管了，反正不能老回去。”

“还是学校里好，”庄老板说，“在外头做，钱他妈的太难收。”

“这边还行吧。”黎问。

“这边当然好多了，要不怎么跑北京来做呢。来几年了，那边还有条子收不回来钱呢。”

“那就别要了，不够闹心的。”老林说。

“这边多规矩呵，连你们这些老乡都该怎么算怎么算，要是在那边，嘁！”

庄老板跟他谈起一个又一个来他这里吃饭的老乡，那口气就好像黎也认识似的。

“老许，你知道吧？不知道？许教授，我们在芙蓉里开馆的时候他常来。（难怪叫‘芙蓉里’）我们搬到这边他就不怎么来了。老许也是你们涂门的呢。”

“也研究社会学？”他以为他是搞社会学的那个老许。

“那倒不是，四十多岁一个男的，你猜他研究什么？”庄老板别过脸去，同老林相视一笑。

“一定比社会学有意思。”

“有意思啊，太有意思了。”老庄拍了一下桌子，很开心地把杯子举到嘴边。

“研究阴道的——这小老弟做梦也猜不出来。”老林忍不住立刻就泄了天机。

“哦，妇科。”

“他可不是妇科，老许跟我说，”庄老板换了涂门的口音，“‘我可不是妇科，研究阴道的，阴道，你懂嘛。’”

庄老板和老林一起笑了起来。

“他以为我们连阴道都不懂！”老林的笑声由咯咯转为哈哈。

“唔吁——咱可不敢说懂，你们也就知道什么大嘴巴、小嘴巴、花生米什么的，你知道鸡点？”

“G 点？”

“对，鸡点，到底是洋博士—— 老许就研究鸡点的，女人有没有鸡点，他就研究这个。”庄老板笑够了。

“人家可不只研究这个，那里头学问大着呢！我老婆是化学博士，她可知道。”老林也笑够了。

“有个博士老婆就是好，每天晚上都可以研究化学。”庄老板话里的逻辑仿佛是所有的博士都是化学博士。

“胡说八道！”老林说。

“老许，老光棍，四十多岁也没结婚，带几个女研究生…… 研究生都怕他。怕他什么？一清二楚、了如指掌！看样子老许一辈子不打算结婚了。我们家那口子还打算介绍一个给他，他不同意。把什么都看清楚了人还活不活了，你到我们后厨去看一眼管保你以后再不来了。”庄老板为了他的叙述感染力，把自己的餐馆都搭进去了。

“建模！哈哈，这俩字儿从老庄嘴里说出来咋那么别扭。”老林笑着说。

“我是文盲加流氓！哪像老林，天天跟博士后建模！”老庄对黎说。

“你不知道老许这人，一个字：怪！”老林对黎说。

肉串烤架旁边，两个顾客在跟烤肉的小伙子争吵，越吵越厉害。庄老板走过去，把其中一个拉到一边，说了些什么，那个人走了。他又回来对付另一个，同样的方法。这一个也走了。剩了烤肉的小伙子独自站在烤架前生气。庄老板没管他，叼着烟踅进大堂里去了。

30

在山镇他还养过一只羊，不记得是谁送给他的，他见到它的时候，它还是一只羊羔。他给它起名叫“黑子”，但它长成了一只浑身雪白的母山羊。他经常带着黑子去村边的树林吃草。他把它拴在一棵树上，自己就四处游荡，找野果或者蔷薇嫩芽来吃。如果玫和木实也一起出来，就都跑到林边玩闹。如果有更多孩子，就疯了。他们把一个孩子推倒，然后一个接一个扑上去，叠成一堆。木实经常是被第一个推倒的那个，压在最下面。没听到木实有什么怨言，现在想来，就不免内疚。在记忆里，臭椿树上密密麻麻地爬着的都是“花大姐”。它们伏在树干上，收拢翅膀，身体就和树干一样的灰。当它们飞起来，露出后翅上鲜艳的红色，不能说不好看。但他有点讨厌这种虫子，它们的后翅的红色、红色末端的黑斑，都显得妖里妖气。斑衣蜡蝉，他后来知道这种虫子雅致的学名，并没有在他心里添加一些好感。

白奶奶很郑重地给黑子在临村找了一只公山羊。白奶奶领着他，让他牵着黑子，走了一段漫长的山路，才来到一个陌生的村子。公山羊浑身黑色，生有骇人的尖角，却一点儿也不凶。

黑子被拴在一根木桩上。一圈人围着黑子和黑山羊，饶有兴趣地看。黑山羊走向黑子，黑子就绕着拴绳子的柱子疾走，两只羊兜着圈子，一圈又一圈。

“抓住黑子，别让它跑。”白奶奶对他说。他就抓住它，用胳臂夹住它的脑袋，它便站住不动了。在众目睽睽下，黑山羊从后面骑上黑子，动作从容不迫，有条不紊。他还记得黑山羊阴茎流淌出的乳白色液体。

这一段经久不息。直到现在，他仍觉得对不起黑子。

他是在黑子生下小山羊不久离开山镇的。后来，白奶奶进涂门城还跟他说，生了两只小羊，羊奶的味道可香了。

有些记忆如此真切，触摸它们就像伸手触摸空气一样容易。它们甚至不请自来。你无须回忆，就会有花大姐张开洋红的翅膀飞离一株臭椿树，就会有一大群麻雀突然从灌木丛里喷薄而出，就会有一只老牛在你面前咀嚼干草陷入沉思，一只蜜蜂在花朵周围嗡嗡有声，你可以听到那只在午后下了蛋的母鸡还在一声声凄厉地叫唤——总是在你午睡的时候，她的叫唤灾难般地降临，你心跳加快，世界也被一只大手使劲撕扯……

31

他躺在床上，窗外的路灯躺在夜里，酒精在血管里奔跑，而睡眠像一匹黑布速速把他包裹起来。

等他从梦里惊醒，窗外路灯已灭，天空露出隐约的白，几乎可以看到建筑的轮廓了。

本该是一天最凉快的时候，空气却依然闷热难当，只是偶尔从窗外飘入一缕若有若无的凉意。恰如绝望者心头那一点侥幸的希望反倒烘托绝望的彻底性，那一点点凉意毫无怜悯地提醒他这沦陷在夏天里的无可逃脱的处境。

他意识到刚才那个梦是他从前做过的：他们在一座大山前面搭帐篷，四五个人睡在帐篷里。到后半夜，有人喊：大山来啦！大山来啦！他们就纷纷从帐篷里逃出去，他也从帐篷里往外逃，同时又好像已经站在帐篷外面，局外人似的看着其他人从帐篷里往外逃。他看见一个不认识的人回头去拉另一个从帐篷里爬出来的人。这时大山已来到眼前，轰隆一下把两人都压在了下面。

他打开灯，上厕所，洗脸，喝水，等着白天的到来，不再有一丁点儿睡意。

几只喜鹊呼朋引伴，在窗外的杨树上大声嚷嚷。

“渡鸦就是渡鸦，乌鸦就是乌鸦。”

“黑鸟是不是渡鸦？”

“渡鸦也不是黑鸟。”

“那黑鸟是乌鸦吗？”

那个人露出崩溃的表情：“黑鸟是黑鸟，乌鸦是乌鸦，渡鸦是渡鸦。”

“可是，它们不都差不多嘛。大乌鸦、小乌鸦、不大不小……”

那人指指天，又指指地：“乌鸦是乌鸦，黑鸟是黑鸟，渡鸦是渡鸦，麻雀是麻雀，海鸥是海鸥，喜鹊是喜鹊。”

他发现他的追问把海鸥和麻雀都连累了，就坚决地闭了嘴。

他真的想知道渡鸦长什么模样，来美国之前，拜读过德吕舍尔的大作。到了美国，只要见到一只黑乎乎的鸟，他就以为是渡鸦。他也想弄个白油漆桶，在桶里放点面包，看看那个被染白了的家伙会不会被同伴们团团围住，置于死地。如果是乌鸦会怎么样呢？如果黑鸟会怎么样呢？黑鸟是黑鸟，乌鸦是乌鸦，渡鸦是渡鸦？算了吧，如果月亮给自己打个领带，恐怕也会被八大行星置于死地。

尽管黑鸟是黑鸟，乌鸦是乌鸦，渡鸦是渡鸦，它们在墓地里扯着嗓子喊起来，那种凄厉难分伯仲。它们站在教堂的十字架上，正等于海鸥站在海港的路灯上。它们似乎不只是粗通人事而已，倒像是对于自己在这个世界的位置领悟得毫厘不爽。

那片墓地。离他读书的社会学院不远。他经常从它旁边徒步走过。早上九点钟，南方的阳光扑在墓碑上。他从旁边走过，心情几乎是高兴的。虽然墓地就是墓地，这被精心管理的归宿有一种令人愉悦的拓扑结构。直到某个凌晨，他必须早早地赶往学院，不得不领略墓碑们在微光里对阴影的妥协，他才开始感到气氛的阴森，也只有那时候，墓地才和死亡有点关系。

墓碑失掉了它的形状，恰如一本书在停电的屋里失去了它惯常的样子。不是吗？他曾在半夜把一部著作放在台灯下阅读，那些在白日里激荡胸怀的辞令，在孤灯之下竟也只余几许凄凉。

他曾有玫的一张照片，那个形象就印在脑子里。如果没有它，关于玫的记忆，就会只是纷杂的一堆印记。一会儿是穿着挺拔的女式西装在晚上的校园里走动的宇文玫。一会儿是戴着那串木头念珠，在小餐馆里默坐的玫。一会儿是怒气冲冲，吹过冷言冷语的旋风的玫。这些都是在她二十五岁那年的形象。你越熟悉一个人，她也就越不容易具有思之即来的印象。倒是那张照片成全了这个目的——那照片是她考研究生贴准考证的呢，可不是她平时的模样。

32

他本想度过无人打扰的一天，可是到了中午，这个奢望就被老奕的电话腰斩。老奕说他刚从南方S城“考察”回来，要找他来商量“宇内吧总站”的项目。他很委婉地拒绝，说自己只是个书呆子，哪里做得了生意。但老奕最擅长的恰恰是坚持不懈。“来吧，一起喝个酒也好！咱们快有一个月没见了吧，兄弟一日不见都如隔三秋，你不来就是嫌弃我了！”

“岂敢岂敢！”

“那就赶紧过来，我们都虚位以待着呢！”

老奕的热情一向摧枯拉朽。

南方之行似乎改善了老奕的经济状况，这次他挑了一个干净利落的饭馆。

老奕说他去南方见了“你嫂子”。

几天不见，这家伙成亲了？他打心底里觉得，如果世上有谁铁定会打一辈子光棍，非老奕莫属。

结婚当然八字还只有一撇，“你嫂子”姓章，章女士，半年前在创业网上认识的，现在“关系已经发展到不能不见的地步了”。

老奕总是站在时髦的最前线。十年前，文艺青年流行的那会儿，老奕出去见的都是笔友。

“见面感觉不赖，虽说比我想象的难看点儿，但人豪爽，特别有头脑，也想干一番事业，这就不简单，对不对？她在大公司里上班，一年二三十万还是有的，怎么就看上我老奕了？我老奕身无分文，心忧天下，风物长宜放眼量。都是不安分的人！后来见了她那帮姐妹，吼！个个如花似玉。”

“那就给咱们也介绍介绍。”郭子很不识相地插了一句。

“就你们！”老奕指了指郭子，又指了指胜子，“你们这些小屁孩，给我好好干活！就你们现在这样子，你以为人家会正眼瞅你们一眼？”

“我们怎么了，”郭子撇了撇嘴，“我们大小也是……”

“什么屁——”老奕骂了一半，大约觉得骂下去会把自己也给捎上，就转了话题，“你们猜猜我碰见啥邪乎事了？”

“老哥你到哪哪儿出事。”黎开他的玩笑。

“靠——你老哥我倒真是尽遇到事儿了。那天晚上酒才喝到八成，你嫂子的一个小姐妹趴在桌上号啕大哭，几个人劝都劝不住！大家只好结账，把她扶到江边公园吹风。

也没用！她说自己该死，说自己没本事，没法过上好日子。”

“那就过普通日子呗。”

“大家就是跟她这么讲的。可她说了，过不上好日子，还不如去死。”

“哦。”

“然后你嫂子劝她，说她这么爱钻牛角尖，怎么能过上好日子。”

“有用吗？”

“没用，她说自己这么爱钻牛角尖，心理变态，这么心理变态的人该死。”

“这是啥逻辑。”

“反正就是说自己该死。没本事又变态，真该死。”

“那怎么办。”

“她又哭又闹又打自己嘴巴子，大家都透不过气来，把大家的心情都整得一团糟。”

“后来？”

“后来她哭着哭着，噌地站起来就投江了。谁都没料到她来这一手，大家愣了足有十秒钟，才过去把她拉上来。你想，后半夜，江风浩荡，妖风惨惨，神出鬼没……”老奕瞪起一双牛眼。

“后来呢？”

“后来？后来，大家就一个接一个，扑通扑通，都跳了河。”

郭子和胜子也都瞪大了眼。

“呵呵，骗你们的，哈哈，后来大家一商量，给她家打了个电话。她爸妈第二天一早就把她送精神病院了。”

“她肯去？”

“谁肯去那鬼地方，她看到精神病院来车了，就给大家跪了，说自己一时糊涂啊，再也不会了，酒喝多了啊，最后一次啊。就这样——”老奕站起来，把膝盖跪到椅面上做作揖状。

“然后呢？”

“当然还是给送进去，大家都坚决得很，连她妈妈都不含糊。”

郭子对胜子说，你也该去医院看看了，你再鼓捣你的发电机，我们就把你送进去。

胜子张嘴，准备反唇相讥，可是话憋在嘴里讲不出来。

老奕说郭子你不胡说八道能死？

老奕说，今天找大家在此一聚是要商量正经事的。“你嫂子给我投资十万，让我把‘宇内吧总站’搞起来，我琢磨着同时出一本十六开的大类书，把全国酒吧的信息都搞上去——叫‘吧别塔’如何？”

老奕又开始算账，“吧别塔”每本卖一百元，保守地算卖出去两万册会是多少钱。计算的结果是：老奕咸鱼翻身指日可待。

老奕问他对这个计划什么看法，撺掇他加入进去。

黎说他很佩服老哥的乐观主义，但他是悲观的人，根本不可能做个生意人。

老奕叹了气，说老黎一表人才的，白瞎了。

他说自己不是那块料，不想给老哥添麻烦。

老奕又问他，网站叫“宇内吧总站”，书名叫“吧别塔”怎样？

这种服务性的项目有没有必要叫得那么抽象？

老奕说当然有必要，这才有震慑效果，“郭子、胜子，你们说是不是？”

俩人立刻点头称是。

黎对老奕说，嫂子赠金十万，肯定是毕生积蓄，你可得小心使用，别辜负了人家一片苦心。

如果你嫂子不把钱投在我这里，就都糟蹋掉了。

何以见得。

老奕说她在倒腾安亚，你肯定知道安亚，美国来的直销品牌，说白了就是传销。

他说他不知道，他说他从来没有听说过这个品牌。

老奕点头，摇头，摆手，说你嫂子不听我的，非要倒腾那东西。

这时候胜子从裤兜里掏出一张纸对黎说，哥，您帮我再看看，我把发电机上的电磁铁改成永磁铁……

黎说自己不是电机工程师，对物理也不太了解，你不如去清华大学找个教授问问，或者去听听课什么的。

胜子一脸失望，把图纸揣回到裤兜里。老奕说：“那帮教授懂个屁！”

老奕说，等我们把“吧别塔”弄成个世界品牌，老子给你建十个实验室。

33

等玫要了钥匙回来，麻雀都被他赶走了好几拨。他们两个捡起四分五裂的西瓜，进屋进厨房，从缸里舀了几瓢清水，把它们一块块冲干净。

瓜不但有瓜的滋味，还有明矾的味道。从井里打上来的水，是用明矾澄清过的，看缸底沉降的一层灰泥，就知道明矾功莫大焉。舀水的时候，你总要小心翼翼、轻轻的，不然，一旦惊扰了缸底的沉泥，缸里立刻闹到兵荒马乱，久久不能平静下来，那样的话，你就只好站在一缸浊水前苦等。

瓜瓤里还有夏天粘乎乎的热气，俨然内化为瓜自身的一种气质：温嘟嘟，模棱两可。

瓜子儿黑得毫无保留，黑到发亮。滑溜溜的瓜子儿吐到桌子上，就是一大群东游西窜的蝌蚪。它们还会侦察绿珊瑚呢。

到秋天，他们就更经常地去学校背后的山林里。

那片山林，像是一块硕大无朋的石头上生出来的一层青苔，虽然蓊郁，却岌岌可危。那薄薄的一层土从哪来的？跟倔强的山石看不出任何关联。薄到几乎没有的土，捧出厚厚的植物，看上去总有一种呕心沥血的感觉。最多的当然是松树，马尾巴松——每当它们御风抖颤，真的就是一群疯马！穿过这些毛发的风声更为奇怪，像一大群人同时发出的嘲笑，哈哈哈哈哈啊。

他们牵着手，围住一棵松树，松开，再围住另一棵，靠在树干上，举头透过树的缝隙看天。突然有松鼠从一棵树猛地蹿到另一棵树上，转眼不见踪影。或许并不是一只松鼠。但她坚持说是。

玫掏出一根细细的线绳，在手上套来套去，弄出各种花样。（她对绳子的偏好，从那个时候就初露端倪。）然后她掏出一根橡皮筋，一端咬在嘴里，长长地拉出去，用手一弹，就发出怪异的声音，仿佛一声忐忑的心跳从怀里抖搂出来。

玫怔怔地望着天上，一声声弹她的单弦琴。

怔怔地望着什么的习惯，应该说从那时就十分明显了。

从树杈间露下来的一小块阳光，落在她眼睛下面的那个浅浅的沟上。

他就伸出手去，去摸那里的光，而它却转而落在了他的手上。

她笑起来，怔怔的黑眼睛马上有了光彩。

但是那片阳光却不知到哪儿去了，仿佛落进了她眼里。他朝天上看，太阳好端端地停在原来的位置。

而此时她伸出手来。于是他们牵着手，朝更高的地方攀过去，在另一株松树下靠在一起。

她顺从着他，让他解开她。她也解开了他。他试着做那件事。她也帮他。

但那是不可能的。

他们从哪儿学的这些？

他们相帮着穿好衣服，折下树上的马尾巴举在风里让风吹着。

他们绝不会跟大人提起此事——他们是怎么知道应该守口如瓶的呢？

玫又怔怔地望天上。麻雀们已经落满山麓，是回家的时候了，何况早就饥饿难耐。学校食堂升起的煤烟味儿，正朝他们这边飘过来，那种味道，有点甜，也是苦的，就像糖被烧焦了的味道。

34

白奶奶门前那个水塘，曾是他的海。海边有柳树一棵，还有一株高不可攀的豆梨。

他常常蹲在塘边凝望水里的鱼，一群群瘦身细尾的小东西，密麻麻围住一块馒头皮，争着用尖尖的小嘴锲而不舍地咬啄。塘水并不清澈，所以幽不见底，被想象出来的深度让他望而却步。但在那个夏天，忽然满塘里都翻腾着孩子，呼朋引伴好不热闹。白鹅灰鸭都被撵到岸上。塘底的淤浊之物打了一场翻身仗，原本就浑浊的水更是被搅成一锅泥粥。

摸鱼摸鱼。

有人冲他喊，下来啊下来啊！他就慢慢下到塘里。水深及膝，及腰，及胸，就再没有深下去了。绵软的淤泥从脚趾间的缝隙里挤到脚面上，就像是蓄谋已久。他抬脚把淤泥甩出去，落脚它们又挤上来。他害怕自己会陷下去，被脚下那软塌塌的东西吞没，但被四周热烈的气氛感染，转眼就把那种担心全然忘却。双手在水里盲目摸索。东一把西一把。有那么几次，他觉得自己触碰到了一件坚硬光滑的东西，可它们稍纵即逝。即便这样的偶遇也让他激动万分，把他的希望无端地惹上了半空里。

已经有孩子握着活蹦乱跳的战利品爬上岸去，他看到玫和木实坐在豆梨树下冲着他喊：摸一个上来，你摸一个上来啊。他们一边把豆梨果扔进水里一边说，摸一个，摸一个上来啊。越来越多的孩子扑进塘里，把水搅得波涛汹涌。他在荡动的水体的冲击下站立不稳，猛地一个趔趄，倒在水里，屁股坐到一个跳宕挣扎的东西上。

是一条不折不扣的鱼。

他钻出水面，吐掉嘴里的污水，握着鱼，在侥幸和狂喜中爬上了岸，他要拿给白奶奶看。

跑到柳树底下，他突然意识到自己是赤裸的。那一刹那之前，他并没有感觉这有什么不妥。其他孩子，不也个个光着身子在水里扑腾？

但是他突然觉得一丝不挂的样子很要不得。

从此他再也没有赤裸着下到水塘里，也没有忘掉那天他在柳树下奔跑的样子：黑色的淤泥糊在腿上胳臂上，像一只突然被拔出地面的萝卜一丝不挂。彼时并没有什么人嘲笑他的赤裸，连玫也没有。

可仍然有什么东西击中了他。

那之后，他还注意到鹅鸭在水塘里肆无忌惮地排便，绿的、黑的粪便幽幽地坠下看不到的水底，他就会想到曾被他踩到脚底下，拥塞在脚趾间的软泥。自己曾在这样的水里摸来摸去，把脑袋埋没进去，从嘴里吐出混浊的水……

凡此种种想法从何而来？或许它们本来就在那儿，在一个盒子里，你敲它一下它们就蹦跳出来了，一个又一个，软乎乎，温嘟嘟的，色泽灰暗，非常像水底的淤泥。它们有一种汗水或者大蒜的味道，就像一群抹着鼻涕的孩子一个接一个站到你面前来了。

他已全然不记得那条鱼的下落，那个瞬间之后的事情就这么被抹得一干二净。他却能记起那些豆梨的形状：浑圆的，有极其细小的斑点，拖着长长的梗，咬一口滋味酸涩，根本不属于可食之物。到秋天，遍地落了浑圆的豆梨，被人畜踩得稀烂。他在美国的住处门口也有一株豆梨树，春天开了一树让人心颤的白花，他每天都在那棵树下等公交车。

35

他放下鼠标，朝窗外眺望：又是一个响晴的早晨，天空干净得彻头彻尾，就像是被鞭子抽过的。同样被鞭子抽过的是那些住宅楼，一座座毕恭毕敬地蹲在骄阳下纹丝不动。楼和楼之间用铁丝绳索牵连着，电话线松松垮垮地挂在这些绳索上，像一条条长蛇正从一座楼爬往另一座。老有麻雀和燕子立在上面，丝毫没有畏于电话线扭曲的形状。但麻雀和燕子毕竟都是不安分的鸟类，必须飞起又落下，落下又飞起。相互挑衅，吆喝。厮打在一起的，当然都是同类。

这里除了麻雀和燕子，就只有喜鹊了。花喜鹊有乌黑的身体，翅膀和尾巴上抹几块幸运的白斑。灰喜鹊则有蓝尾巴，翅尖上也有一抹可有可无的蓝。

花喜鹊飞起来很惹眼，把翅膀底下的那片白色悉数撒进你的视线里。灰喜鹊嘛，其貌不扬，如果它们不是老在清晨集会，并且发出撕破喉咙的嘎嘎声故意让人听见，它们差不多会被忽略的。可它们是这里不折不扣的优势种族（也许这就是低调带来的回报）。而花喜鹊们招招摇摇的，始终成不了气候。

喜鹊从不落在电话线上。它们甚至都不怎么进入这一片住宅区，你只能在小区内听它们在外面喊叫。这些电话线委实不可爱，它们沿着铁丝蠕蠕爬行，又垂挂在楼墙上，黑幽幽的，每根线上连着一只银灰色的金属盒子，上面写着朱红的字，挂在墙上，让你觉得它们在等着某个爆炸的钟点。

油烟机的导烟管从一个个浑圆的黑洞里伸出来，耷拉下萎靡的短短的一截。

小偷们会在凌晨一点到三点之间爬进窗户，偷走相机、手表、钱包和笔记本电脑，别的什么都不拿。这个钟点也是蚊子最猖獗的时候，在黎明前必须饱餐一顿的它们，此时便有了孤注一掷的精神。

外墙上的白色油漆剥落，露出灰色的水泥，形状千奇百怪。若是把窗户看作黑洞洞的嘴，把那些剥落的部分就成了鼻子、耳朵、眉毛、胡须、眼睛、雀斑、黑痣、青春痘…… 都夸张地挪了位置。只有嘴巴规规矩矩地张着。窄窗是惊叫，宽窗是打哈欠，扁窗是得意的微笑。他学着宽窗的样子张开嘴，结果真的打了一个哈欠。

他卧室窗前晃动的那棵树，叶子像山毛榉，可是边缘没有锯齿。从他来到这里，不曾见它开花结果，只有叶子一天天执着地长大。也许明天，它就开出花来呢。也许不开，那又有什么关系？

36

会堂里坐了好几百人。大师是个中年妇女，穿了一身比蝴蝶还要花哨的裙子，上上下下缀着随时可以飘起来的花布条。她让她的助手给每人发了一大张白纸，又拿来颜料。

于是会画画的不会画画的都欣然命笔。

画完了就把这些大纸用透明胶带固定在会堂的墙上，贴了整整一圈。有的画能看得出功底，也许受过专业训练，更多的则是涂鸦，胡乱抹了颜料，或者力不从心地勾画心中的物象，画虎类犬者所在多有。大师从这一幅幅画前独步而过，转了好几圈，最后选中了一张。

画的主人激动地上了台，这是个看上去有五十岁的女人，但她介绍自己的时候，说她三十八岁。

“你画的是什么？”大师面无表情地问。

她说她画的是天堂，她指着纸上那个蓝色的圆：“这是我。”她指着包裹着这个圆的更大的一个圆，说那是她姥姥。

“你为何用好看的粉红色代表姥姥？”

“她就是那个样子的。”

“你姥姥周围那么多黑色的各种形状是什么？”

“天上飘着的灵魂。”

“能说说你和姥姥的事吗？”

她说，小时候跟姥姥长大，到上中学的时候才回到父母身边……姥姥在她上高中的时候去世了，她非常想念她。

大师让她在人群里挑选，谁可以代表你姥姥？代表爸爸的呢？代表妈妈的？代表妹妹的？

大师让她把这些亲人安置在离她或远或近的位置。她让“爸爸”“妈妈”坐得远远的，让“妹妹”站在不远不近的地方，找了把椅子，让“姥姥”坐在她面前。

她在姥姥面前跪下，抱住姥姥的腿。

大师告诉被她挑出来的人，说你们就是她的爸爸妈妈妹妹姥姥，你们谁想说话，就可以开口说话。

这些人沉默了一会儿，爸爸先开口，说女儿你离我这么远，我心里难过。

“女儿”没有理他。

然后妈妈说她也很难过，为什么女儿不能离自己更近一些。

她对妈妈说你闭嘴。

妹妹问，姐姐，我能离你近一点吗？

她抬起头来说，你最好离我再远一点。妹妹就悻悻地朝后退去，一直退到爸爸和妈妈的位置。

她问姥姥你为什么不说话，姥姥朝她点头，微笑，依然不说话。

“姥姥，我想你！”

……

“姥姥，我想你！”

……

她把脸伏在姥姥的腿上，开始啜泣。

“姥姥，姥姥，姥姥，我只有你一个亲人，你为什么离开我？！”

……

她把胳膊举到姥姥眼前，说您看这个镯子是你留给我的，我天天都戴在身上。

姥姥微笑。

“姥姥，姥姥，你为什么离开我？！”她摇她的腿。

姥姥终于开口：“孩子，我也不想离开你。”

“姥姥，回来吧！”

“姥姥已经去了另外一个世界。”

“姥姥，我不要你走！”

“你还有爸爸、妈妈、妹妹。”姥姥指着身后的那三个人。

“我只要你！”

“姥姥已经去了另外一个世界。”

“姥姥！我爱你！”

“我也爱你。”

“姥姥！”她趴在她脚下哭，声音越来越响，直到撕心裂肺。

姥姥也哭了起来。

她说姥姥你走的时候他们都没有通知我去看你，她说她恨他们。

爸爸说我们没通知你是怕你难过。

妈妈也点头。

妹妹说我好想靠你近一点啊。

她说你们给我滚远一点。

……

37

海淀图书城步行街还是那么热闹。兜售A片的小贩依旧悄然出没，压低嗓音：“光盘要吗？ DVD、VCD要吗？”动了心的，就乖乖跟上他或者她，一番兜来转去，来到隐僻的地方去交易。沿街铺开的地摊上堆放着的当然也大多是盗版的光碟和图书。在这种偷偷摸摸又肆无忌惮的气氛里，在一家网吧和一家牛肉面馆之间，夹了一座教堂。它只是个临时的，据说原先的那个教堂，本在此街背后，现在正被拆了重建。

礼拜堂在三楼，他上到那里，发现里头已塞得比诺亚方舟还要饱满。他按着同工的指点，又下到二楼，钻进一个只能容得下五六十人的副堂。

在这个副堂他不能直接看到牧师的讲坛，大家盯着一台大屏幕电视。电视里的人，其实就在头顶上——楼上的主堂里。可是透过这台关闭了音箱的电视看到的人们俨然不在尘世：同工们无声来去，都像飘在火星上，郑重、安详、浑然一体。

唱诗班齐立台前，这副堂的音箱也被打开了。

全体起立，念主祷文：“我们在天上的父，愿世人都尊你的名为圣……”

接着，诗班齐声唱：“主耶稣，每想到你，心中便觉甜蜜……”

牧师走到讲坛前，哦，是个女的，女牧师面容忧肃，动作果断，要大家翻开诗篇第22篇，和她一起念：“我的神！我的神！为什么离弃我？为什么远离我？不听我的呻吟。”她要大家再翻到腓利比书第二章五到十一节，一起读这段文字，又翻到马太福音二十七章四十五节：“从正午到申初，遍地都黑暗了……”然后她开始讲道。她说，神差遣他的独生子来世间，用他的死为我们赎罪，从此我们每个人的罪都得赦免。耶稣基督从死里复活，我们也就战胜了死。这是一件天大的事，还有什么比从死里得胜更重要？

《圣经》是“那本书”，而不是“一本书”（the book，not a book），房东Joseph老爹很郑重地对他说。Joseph为他的灵魂祷告，在周末的时候请他参加他的查经班。Joseph老爹能让那本书里的句子发出温暖和光辉，就像蜜蜂能把花粉酿出甜酒。当他沿着墓地前的小路走到学校，走进社会学系大楼，坐进教室倾听教授们的课程，那种光辉就一点一点褪去，他重又被抛进残酷却又无可回避的尘世。

“如果你只是把它当成一本书，或者说两本书，那你就不是基督徒，这是一定的。如果你不认为写在那里的词句都来自神，而只是来自人间的智慧，或者有些来自神有些不是，你也不是基督徒。我已经七十岁了，信仰的真实性对我来说已毋庸置疑。”

他听到讲台上的女牧师问：“成为基督徒，被称为义人，是因为信心，还是因为爱？”。

“不！这世上没有一个义人，如果没有信，再多的爱，都是不可靠的。”Joseph 老爹开着车，跨越着时空反驳着一种说法。

诗班齐唱，“奇……异……恩典，多……么……广大，我……心……今得……看见……”

全体起立，念主祷文：“我们在天上的父……愿你的国降临……”

人流涌出副堂，门口就是卖《圣经》和圣诗的小柜台。他在柜台前立稳自己，打开钱包，却发现里头只剩几块钱。他把拿在手里的《圣经》放回柜台上，他身后有一个人递过去二十元，把那本《圣经》塞回他手里。

这是个三十多岁的男人，身材消瘦，神色凝重。他谢过了他，问了他的姓名和联系方式，告诉他改日一定把书款奉还。而他说没关系。

38

这是一家不折不扣的超市，琳琅满目，应有尽有。在他出国前，在南方的 N 城，超市可是稀罕之地，只有市中心最繁华地段才有；去超市买东西，多少还意味着一种奢侈行为，单是包装的精致就让人觉得自己一定会为这精致付出金钱上的代价。那时候承担如今的超市的功能的是无数个小小的杂货铺。这还不到十年呢，现在除了要适应这里的粗糙，你还需要适应它的精致。

他站在几盒藕粉前，看盒子上煞费苦心的蓝色水塘——塘里满是绿色的荷叶和粉红的荷花。

他又站到金碧辉煌的巧克力货架前，看那上面烫金的雅致文字，就想到了上海美领馆前的那个布告栏。九七年元旦，他去签证，布告栏里就是用这种漂亮的字体罗列着恐怖组织的名字。那时候中国政府机关的布告栏还经常要用毛笔去写。一九九七年，离“9.11”还有五年之久，如果那时候谁说双子座会毁于一旦，一定会遭到最彻底的鄙视。

“如果你不相信基督死而复生，你就不是个基督徒，这没什么可商量的，”在美国南方的那个小镇，Joseph 老爹温和却坚定地对他说，“我有四个儿女，但只有一个是真正的基督徒，另外三个说她们信上帝，却在这个问题上并不坚定，她们不是真正的。

他拎着一盒鸡蛋来到收款台前，站在不很长的队伍里等待付款。条形码读取机发出饱满自信的嘀嘀声，仿佛发现了一个又一个真理。各色商品一律发出相同的嘀嘀声，不管它是一只棒棒糖也好还是一大块生牛肉或者一只马桶刷也好，这平等博爱的嘀嘀声犹如一声声温柔的呼唤，整个世界都快被它催眠了。

收银员是一个胖小伙，冲每个顾客傻傻地微笑。当他排到收款机边，一个顾客从门口进来，径直奔到胖子面前，递过白色的存根：

“我买一只烤鸭，你给我算了两只！”

胖小伙接过存根，用胖手指挠了挠头，还是憨笑。

当班经理是个中年妇女，她走过来，拿过存根扫一眼，说：“又给人算错了？！长脑子没有！”

胖小伙还是憨憨地笑。

另外两个收银台上的女收银员都扭过头来：“他老这样！”“没长脑子。”

经理一边嘀嘀嗒嗒地按着收款机，一边冷冷地说：“谁一下子买两只烤鸭啊，下次再不当心，小心我开了你。”

他还是憨憨地笑。

基督如果死而复活了，该有多好啊。

七十多岁的 Joseph 老爹，不抽烟、不喝酒，他说自己在当兵的时候抽过一根烟，那是在韩国，点上了火，但转头就扔掉了。

Joseph 老爹问那个叫张竹的女生：“Girl, you said you’re gonna stay in the US, could you tell me why?”

她　说：“Well, cause in the supermarkets you can find everything, and you can afford them.”

“How about you?” Joseph 老爹问他。

他拎着鸡蛋走到电信柜台，买一了张电话卡，给手机冲了电话费。

走出超市，他站在一行国槐树下给姚打电话。

在基督教海淀堂，替他付钱的人姓姚。他给姚打电话，问他什么时候在家，他就过去把钱还给他。姚说没有关系，他正要邀请他周五晚上来他家做客，他们有一个查经班。

风一吹，国槐满树的花瓣就纷纷下落，落得满头满身都是。

这是七月的最后几天。

39

在学校背后的山林，他们盲目的尝试毫无结果。之后的那些天，他们找到好几处只属于他们的秘密地方，怀着莫名的欢喜和不安，在犁沟里，在坟边，在任何让他们稍稍觉得安心的地方摸索着对方。

在一间被弃之不用的教室，他伸手触到的任何地方都是灰尘。当然也不会有什么结果。

当他们走出来，衣服、手上尽是斑驳的黑色。他们想尽办法去除掉灰迹，也不能如愿。灰尘的颗粒镶嵌进布料的经纬中，嵌进分子中也未可知。

他们担心父母的责备。衣服要保持干净。

没人告诉他们，什么该向大人们三缄其口，什么可以童言无忌，但他们无师自通，处处做出聪明的决定，无意而为的行为倒像是经过了深思熟虑的。

毫无结果的尝试就那么不了了之。许多其他的事情足以夺走他们的注意力。

黎做了长腿叔叔的尾巴。长腿是白奶奶的小儿子，学校的木匠，当他拿起刨子在木头上奋力一推，芬芳的刨花就从一个扁孔里打着卷而翩然飞出。他拉开墨斗漆黑的长线轻轻一弹，木头上立刻涌出一条刻骨铭心的直线。黎缠着长腿叔，要亲手弹那根线。有几次他真的如愿以偿，嘣的一下，笔直的线条神秘地印在木头上，食指也马上染了擦不掉的一块黑印子。用肥皂洗也不掉，用力在干净的木头上摩擦也不管用，过上三天，手上的那块黑迹却又不见了，一定是渗进肉里、溜进血管里去了。长腿叔叔的左腿比右腿长一截，就因为这个才叫长腿的嘛（等他知道有个美国作家写过一本叫《长腿爸爸》的小说，都是十多年以后的事了），他并不是高个子。长腿叔走起路来肩膀一耸一耸的，左右大幅度摇摆，这种动作抖擞极了。很多年后，他在 MV 上看到皇后乐队主唱在台上傲视阔步的样子，立刻就想到了长腿叔叔。当他读到“我愿天公重抖擞，不拘一格降人才”的时候，也会想到长腿叔叔。

40

有一段旋律常在脑中萦绕，依稀隐约，若有若无；它像个不速之客站在窗子外面，等你推窗伫望，却只能看到树梢的晃动。

也就那么几个音符，他用心琢磨，想把它们擦亮，试图看到它们本来的面目。可擦亮的总也不是旋律。

那亮起来的记忆里，有一间教室，还有那个笔直地站在黑板前歌唱的人。在二十六岁的时候，他问过她：那个站在黑板前面的男人唱了什么？她也说不上来。她说你六岁的时候我才五岁。是啊。

不过至少那个人他们都还记得是谁。那个音乐老师，从不知哪个城市下放来的，三十或者四十岁了。

一排黑白相间的琴键。琴横在一间光线暗淡的教室里——那年头，那地方，居然有一台钢琴，奢华得没有道理。他后来在城里上的小学和中学，音乐课上唯一的乐器是老师的破锣嗓子。他记得放着钢琴的教室里有一面蒙着灰的黑板，还叠床架屋一般堆了无数的桌椅板凳。无数僵硬的木腿支棱着，奋力阻挡从窗口射进来的光线。外头已然黄昏，黑夜正从那间教室朝四周扩散。长方形的黑板上方贴着主席像——主席朝着昏聩的屋子挥手，脸上的笑容是敦厚的。

他不记得那间教室的坐落位置，以及它与其他教室的关系，比如，在谁的后头或者前头——这些记忆早已被时光锈蚀殆尽。教室、老师、琴，它们与其他万千事物断裂开来，孤零零地飘浮在时光的真空里，没有什么能在它们周围丰满起来。

那个音乐老师，放开嗓子在他们面前唱过什么，他也许不会再想起来了。那个人说，来，你们站着别动，听——于是清了清嗓子，开始唱了。在记忆的浑水里，老师陶醉的神情历历可辨……

41

山镇打谷场上的露天电影，演了整整一个晚上。两部片子、两个故事在那块立在风里的白布上次第登场。在头一个里，一群全副武装、气势汹汹的德国士兵，对一群慌张逃窜的人紧紧追赶——类似的张皇情景后来就在各种电影里泛滥成灾。那个落在最后面的人，长相和神情都稀奇古怪，他把德国人的吉普车引到了桥上。然后那桥被拦腰炸断，吉普车向深渊很迷人地坠落下去了。

那个古怪的人对自己人也不怎么友好。于是便有了结论，“是个两面派”。给出这个结论的，是一个比他大不了多少的孩子，他并不怎么认得他。

他想象一个有两张脸孔的人，前面一张后面一张。温柔善良的那张背转过去，就露出凶狠狡猾的那一张。有两个面孔的人当然不会是个好人。但是把那么多凶狠的德国兵骗进河里，又不能不是个好人。两面派——他被这个词折磨了一阵子，后来也就不了了之。

第二部是古装戏，角色都穿得花红柳绿，用唱歌代替说话。于是孩子们大都散去了，他则坚守在场院里，抱着侥幸的心理等着它精彩起来。

难道古人都是唱着说话？孜问他。而他也想找个人解疑释惑。大人们聚精会神，不耐烦于他们的叨扰。看，那个很像女人的男人，正在跟许多人对唱。唱得很不好听。然后他又对着一个盖着红盖头的女人没完没了地唱。他终于揭开那块红色的布，突然大失所望。他离开那女人，继续咿咿呀呀地唱。唱完了便拂袖而去，当了和尚。电影在寺庙当当的钟声里结束。他想他是看懂了，那个男的得非所愿，所以才会哭哭啼啼，至于去做和尚，一定是件很不开心的事，只有失望到了极点的人才会如此自暴自弃。其实那个盖头下的穿红衣的女人真的很漂亮，花枝招展的，为什么他不喜欢……

当时他对那些全副武装的、气势汹汹的、不怀好意的德国兵也并非没有好感，当然他对能把他们打得一败涂地的人的崇拜更添一筹。

他不喜欢“两面派”那神秘孤独的表情，他觉得他无处可去，只好抽着烟斗，看别人噼噼啪啪地掉到桥下。

德国兵掉到桥下的时候，“两面派”是否真的抽着烟斗？这个细节，或许是他私自添上去的，或许是和后来的别的什么电影混在了一处。那些控制大局的人似乎都抽着烟斗，或者嚼着花生米，嗑着葵花子。那种胜券在握，就是用最漫不经心的态度表达出来的。这种电影看多了，连他见到一头牛稳稳当当地卧在檐下，漫不经心地咀嚼青草，都不能不生出一股敬重的情绪。

42

黎搭了公交车，由城市的西北角横穿至东南，几乎花了半天时间。这个城市的交通，已经变得无比复杂和拥挤，那么多零件在动着、跑着、摇摆着。有一只巨大的心脏在什么地方猛烈地推动它们，一秒钟也不会让它们停下来。高耸的楼群是这个城市的骨骼，坚硬魁伟，一派舍我其谁的气象。

公交车懒洋洋地停在城市尽头，把他和一群人抛到站台上，然后像一条被打残了的蛇那样东爬一下西爬一下，终于掉过头，振作起来朝城里奔回去了。

他换上一辆开往郊县的车继续赶路。公路开始变得坎坷不平，加上车里的座椅是硬木的材质，乘客们都被颠簸得要散了架。司机是一把好手，像个身经百战的骑兵跨在马背上，把这辆老爷车驱赶得上气不接下气。

终点站到了，是一座只有一条大街的小镇子，街的东侧被一堵围墙生生截断，墙那边高高低低地堆着土、沙子、水泥和钢筋。而街的西侧则是清一色的平房，无非饭馆、小卖部、五金商店、菜市场。这街上的每一幢建筑都满含凑合的意味，破掉的地方也被放弃了修补，好像当天就会开来一台机器把它们拆除殆尽。他走过一家售卖五金电料和装潢建材的商店，柜台里和柜台后的架子上放满了零零碎碎的金属物体，还有一卷卷生硬的电线。这种商店无论怎么收拾，都不会令人愉悦。毗邻五金商店的是一家面馆，门前有黏腻的被踩踏的汤汁，又被灰尘覆了一层。排气扇吹出酸溜溜的气味，安装排气扇的那个窗洞被油烟和灰尘的混合物涂抹，是一张刚刚呕吐完毕的大嘴。然后是一家鞋店，录音机里单调地重复：“好消息，好消息，拆迁甩卖！本店有产自全国各地的优质皮鞋，上海、福建、广东…… 拆迁甩卖！”

在街尽头，他向站在一株杨树下的老人问路，老人漠然地朝一条石子路指了指，旋即恢复背手弓腰的姿势。

他沿着石子路走了许久，才来到另一处被围墙围住的地方。站在围墙外，就能看到墙内拔地而起的几幢公寓楼，其中一幢正在施工。紧挨着工地的，是几间民房，北方农村的建筑，红砖垒成，外墙任砖头裸露着。这地方过去一定是个村子，如今显然已被征用。不肯搬走的，应该就叫“钉子户”了。

他在保安的注视下穿过围墙的大门，并没有受到阻拦。一幢崭新的四层办公楼迎面而来。楼周围空地里杂草丛生，几十只燕子在荒草上空自在盘旋，那样子别提有多轻松了。

他沿着楼梯上到第二层，走进一间大会客室，一个二十多岁的女孩从一张桌子背后立马站起身来。

“先生您请坐。”她迎上来。

“我找白木实。”

“找白总有什么事吗？”

“我跟他约好了。”

“不好意思，白总上工地去了，应该很快就回来，您坐着等一会儿好吗？”

这么客气，这是他回国以来，碰到的说话最客气的人了。

他坐到咖啡色的人造革沙发里，谢过端了茶送上来的人——她该有五十岁了吧，头发都白了一块。她放下茶杯就去擦窗玻璃——窗户底下的水桶里的污水提示他在他进来之前，她已经在那里干了很久。

窗外空地上荒草间挺立几株纤细的紫薇，枝子因为伸展得过长，被蓬勃的花絮压弯了腰，又被夏风吹得瑟瑟发抖。

花瓣是粉红的、轻的，在风里翩翩起舞。如果那风再多几分力气，花瓣就应该会被撒得一地都是。

父亲让他去挠紫微的树干，说，这是痒痒树，你看，你挠它，是不是它在发抖？

他从报纸架上取下厚厚的一摞七月的旧报纸。今天都八月一号了，都八月了，岁月就像纸币，小时候一快的一张怎么花都花不完，如今你留在手里都会速速贬值。

还别说，这世上的七月发生了好些事情。他打开《京华时报》：布什总统访问非洲，泡沫材料击落哥伦比亚号航天飞机，60万元假名画案维持原判，日韩彩电大降价，学龄前儿童乘电梯须有人陪，三千技术员网上学种菜，京郊游复苏，坦桑尼亚发生严重车祸，奥运火炬将跨珠峰传递，出售散装食品须戴口罩，《午夜惊魂》投石问路分级制，科学理论－伟大旗帜，我敦促美停止提升美台关系，美“机遇”号奔向火星，辣妹为小贝选定二十三号，张国荣纪念专辑推出……伊朗连头姐妹命丧手术台。

他看到伊朗两姐妹忧戚的面容。“人类历史上首例成人头部分离手术以悲剧告终……尽管医疗小组做出了最大努力，但拉丹仍于2时30分去世，而拉莱在4时过后不久去世……”

两姐妹一直不愿向媒体记者谈论自己的私人生活，但她们承认，有时两人对吃什么、读什么书、看什么电视节目以及在空闲时间做什么，常持有不同意见。但是，正如拉莱所说，“虽然有时我们会为这类事情争吵，但总的来说，我们都深爱和理解对方。取长补短是我们赖以生存的秘诀”。

一只蝉在窗外陡然嘶叫，滋—— 的，滋—— 的，滋—— 的。另一只也应和着它喊起来，嗞——。然后远远近近的夏蝉同时惊叫起来。

“随着岁月流转，两人希望拥有独立生活的要求越来越迫切，进而向全球医学界求助，希望能实施分离手术……”

一只麻雀落在窗外的自来水龙头上，喳！喳！喳！喳！它渺小的身体瘦得真可怜。几只蜻蜓在空地上方翻飞起伏。这是它们的繁殖季节，追逐，挑逗，交配，然后把未来一点一滴地丢进水里。有很多年都没有见过那种小蜻蜓了，只有拇指那么长，比平常的蜻蜓小了许多倍。因为小，就显得格外娇弱，也格外精致。这里可没有它们。记忆里的蜻蜓用六只长腿死死抓住你的手指，用那种像照相机快门似的小嘴咬住你的手指不放。他捉了一只放进蚊帐里，想当然地以为它能捉蚊子。而它东奔西撞，拼命寻找逃路。

那只麻雀扑棱一声飞走，留了一片白色的羽毛在半空里，用极慢的速度飘然落下。

“对于分离手术带来的死亡威胁，两姐妹表示，‘苦苦等待了近三十年后，我们已经不在乎这点威胁。’”

会客室里只剩了他一人，秘书已不见踪影，擦窗子的也走了。他看看墙上的户型图，又看看它旁边的模拟外景图。前者深入到未来生活的骨架里去，可以看作现实主义，并无动人之处，却又笃定实在，一厅一室都毫不含糊；后者又过于浪漫，美到不可方物，一草一木都仿佛立在月亮上。

“据医护人员说，拉丹的性格比较外向，话比较多。相比之下，拉莱就腼腆多了…….医院检查的间歇，她们最爱去医院楼顶上的花园观赏植物，特别是那些在伊朗看不到的新鲜品种……”

进来一个穿绛红西装的职员，显然把他当成买房的顾客，立刻对他展开滔滔不绝的游说。她指着墙上的模拟外景图说，您看，这套在这个位置，正对着花园，又是二楼，春暖花开的时候您坐在客厅里往外看…… 最好端一杯好茶在手里—— 您喜欢喝茶吗？普洱？那我得送您一盒……。

外景图上，建在月球上的公寓四周被碧绿的垂柳和盛开的紫荆团团围住，叫人觉得在那里做鬼也值得，又恨自己不是嫦娥，不能直接就飞上去。

她把一本购房合同翻到最后一页，让他看户型图：这是主卧，40 平方米呢，客厅，您看，这里安上大玻璃窗户，过去就是阳台，就在花园上面，想想看，将来您在这个地方放一对沙发，看着外面的花园，冲上一杯普洱，啧啧……就是不自己住，将来租出去，谁看了不喜欢——先生您做什么的……

好好好好。他说你们的房子真好，可我不是来买房子的。她诧异地盯了他一秒钟，瞳孔里兴奋的灯丝刺的一下就冒了白烟。她合上户型图，悻悻地出了门，把他一个人又丢在了会客室里。

"'如果真主想让我们作为独立的个体过完我们的余生，我们就会取得手术的成功。'拉丹在手术前说……"

那只知了的叫声听起来就像一个人每喊一声就咬一下嘴唇：咿呜、咿呜、咿呜、咿呜、咿呜、咿呜、咿呜、咿呜。

43

窗外的一只燕子在他视线里出没。有那么一会儿，它张开翅膀凭着惯性浮在半空里，姿态倒像一只鹰，但它很快就往下掉，不得不猛扇几下翅膀，把自己再次托向高处。

他看到燕子飞起的地方，有一株紫薇的花瓣是白色的，它站在几株粉红的紫薇中间，就显得格外苍白。

玫第一次看到白色紫薇花的时候大惊小怪地说："本以为紫薇都是紫色的，结果还有比吊死鬼还白的紫薇花。"这是哪年哪月？

紫薇当然可以不是紫色的，就像兰花并不是蓝色的，风雨兰根本不能呼风唤雨。窗外这一棵开得都是粉红色的花。

"跳个痒痒舞！跳个痒痒舞！"女儿穿着她妈妈的高跟鞋嗑哒嗑哒蹦跳。

有一年春天，两只麻雀在屋背后的房檐上进进出出。大孩子们告诉他们，它们在那里做窝了。过了些日子，大孩子们不知从哪儿弄了梯子爬上去，从檐下掏出好几只光溜溜的小雀。他们送给木实一只。木实、玫和黎三个人轮流捧着挣扎不已的光屁股麻雀，不知如何是好。还是木实有些办法，拿了馒头屑喂它，又用棉花铺在一只破竹篮里，做成个窝。小鸟老是合上眼皮吱吱地叫，粪便拉得到处都是，他们手忙脚乱。鸟儿并没有立刻死掉，至少活到了夏天，他记得，当桑葚红得发紫，撒落在树下的时候，他们还捡拾了桑葚去喂小鸟，桑葚把它的小嘴染得乌黑。他还记得一个暴雨天，他们都不在家里，那只破竹篮就挂在院中央的杏树上。等他们回来，小鸟已被淋成落汤鸡，在雨水里绝望地发抖。竹篮用竹盖子盖住，变成一只笼子，防止它飞走，但他不记得在那个时候它是否长成了能飞的翅膀，他只记得它伏在篮底发抖，一声声叫唤着。他无比歉疚，直到现在都还记得那种内疚的滋味。还有一种无奈就此种在内心深处：三个孩子的智力加在一起，也比不上一只麻雀母亲的抚育本能。

麻雀应该是在雨后就死了，也许不是，也许还活过一段时间。他关于它的记忆的确中断在那场雨后。在他记忆里并没有它长大后展翅飞翔的模样，而那场雨和那簌簌发抖的形象是最好的解释。让他奇怪的是，他并不记得它死时的情景，不记得有过伤心或者悲痛的情绪，而这本应该是有的。

白爷爷从柜子里掏出一窝小鼠，身子红彤彤的、近乎透明，只在头上有两个黑点，黑点被一层膜覆盖着，如果它们有机会睁开，那就是眼睛。

现在想来，它们的模样一点都不丑，比光屁股的麻雀漂亮得多呢。但是“老鼠”两个能把任何好印象统统摧毁。

幼鼠们应该是被杀死了，或许被拿去喂了邻居的猫也未可知，他仍是不记得它们的结局。

臭椿树干上的花大姐展翅飞翔时，也会露出翅膀下一块红彤彤的颜色。平时它们喜欢收拢翅膀伏在臭椿树干上，躲在满是黑斑点的灰色前翅下面，跟臭椿树干合为一体。

你的耳朵怎么了？昨天我熨衣服的时候，电话铃响了——嗞——我把熨斗当电话了。可是——另一只怎么了？噢，我又给医生打了个电话。

他放下报纸，抬头看见门口站着另一个女职员，她用尖细的嗓子朝屋里喊：“黎先生，白副总请您过去。”

44

木实正把耳朵贴在手机上，跟谁争执着：“我跟您说，这套比那套可强多了。西晒？晒什么呀现在都是防晒窗子，墙都是隔热的……听我的没错，我跟你说……原来那套？……您听我说，不知道他们下面怎么搞的！我们工作失误！……一万？一万不行，一万我们这房子就白卖给你们了……赔您一千您看怎么样？我说老人家，您别以为亏了……这套房子您看吧，户型是最好的，人家是交不起首付才退出来的……墙？……没事没事，绝对的，都帮您恢复了！……”

木实唰的一声合上手机，愣着眼神若有所思，好几秒钟才回到现实中来。他说老黎你看我成天的就处理这点破事。

“老头子把订金交到售楼处了，三套房子，我们这边一套的记录也没有。老头子跟我们急了。”

“你们的售楼处效率也太低了。”黎说。

“售楼处跟我们可是两码事。”

“刚才你们还有个售楼小姐向我卖房呢。”

“她倒是我们公司的，老头子找的是中介。”

“用中介啊，你不怕出岔子？”

“你这就外行了，出岔子也得这么搞。”

“那我也搞一售楼处，替你们卖楼得了。”

“呵呵。那好！”

他环顾木实的办公室：豁然洞开的大窗子，光线大咧咧地闯进来，两张黑色办公桌并置在窗下，面对面放着两把骨感的转椅。这是白副总木实和张副总共用的办公室——刚才进门的时候，他看了门上的牌子。

木实指引他在茶几前的皮沙发上落座。

这时那个尖嗓子的女职员端过两杯茶来，用盘子装着，小心放到茶几上。

“小王！你知道这是谁吗？”

小王把茶杯从盘子里端出来，放到木垫子上，一边摇着头。

“洋博士，我们穿开裆裤的时候就认识了。”

“哦！”小王用一声惊讶表示客气。

“你忙你的去吧——你给王芳打个电话，叫她赶快来一下！”

“好的，白总！”

白总的电话铃响了，木实示意他喝茶，然后转身冲向电话机。

他注意到正对着茶几的那面墙。偌大的白壁上挂着一幅肖像，在天花板和地板之间伫立着一个男人，面目生粗，脸色苍白，穿了一身西装，右手朝前上方挥去。照片下一行红字：在张总的领导下继续前进！

木实挂了电话，见他瞅着照片上的张总，就指着照片说：“老总！”

他就指着木实对面的桌子：“你和老总面对面办公——”木实打断他，说照片里的是张老总，对面的是张副总，副总是老总的弟弟——当然，我们平时也叫他张总！

“这些年，尽听你长进了，一会儿硕士，一会儿博士，把书都念完了吧。你看我，大老粗一个！”

又来了，听说你是博士，就自称大老粗。他不是听不出讽刺的味道的。

他向他问起白奶奶的事，他说她的身体大不如以前了，自从两年前摔跤骨折以后，身体一直就弱不禁风。“但是倒也没有什么大病，毕竟八十多岁的人了。”

他兜着圈子打听玫的下落，木实若有所思地告诉他：“有好些年没联系了，她硕士毕业那会儿还见过。”

45

在一家烧烤店包厢里落座没多久，就进来一个女人坐到木实身边，除了口音是纯正的京腔，表情举止倒像南方人，眉宇间堆着忧愁，看上去心事重重。她说她是给白总打工的。木实说哪里哪里，我才是为你们打工的。黎就有点摸不着头脑了。

趁她去卫生间的，木实告诉他：这女孩子搞了个售楼处，正在卖他们的房子。“他们今天卖张三楼盘的房子，明天把牌子一换，就卖李四的—— 那么大的北京，我们盖楼的自己怎么忙得过来！”

木实说她叫王芳，有二十五岁了，在黎看来也差不多。二十五岁，青春的暗淡是可以感觉得到的了，但是成熟和稳重多少弥补了这个缺憾。一个刚刚好能维持住平衡的年龄，如果善于维护，在男人眼里依然如花似玉。木实对她殷勤的态度和时不时向她瞟过去的眼神，他都看在眼里。

她说她家因为拆迁，认识了不少搞房地产的。她的意思是，她入这一行，是很偶然的事情，同时又是必然的。

服务生风风火火地拎过一只热腾腾的炭盆，安放在桌中央的坑槽里。王芳起身去调空调，殷勤地问他们温度是不是合意。等到那些碟子、盘子、瓶子、夹子一只只端上来，她更是百般操劳，在他们面前忙得目不暇接。他想帮她一下，被她坚决制止。她说她是东道主，只有她才有干活的特权。她说她很抱歉没先问问他，烤肉是否合他的口味。“白总最喜欢吃烤肉，你们是老乡，我就想当然了。”她的嗓音轻淡，能听出力不从心的意味；她有时故意把声线调高一些，仿佛要给自己些许信心。

这会儿木实也失掉了在办公室里纵横捭阖的气势，仿佛染上了她的柔弱—— 不过此时的木实比任何时候都更接近他记忆中的那个木木：笨笨的，有点儿害羞，说话依违两可。谁说时间能改变一切？

王芳在烤架上遍布鲜肉。猪肉羊肉牛肉起初斯斯文文、不动声色，渐渐地就有了挣扎的意味，刺刺声此起彼伏。

她去开啤酒，给他们两个的玻璃杯都斟满，然后又给自己满上。

她举起玻璃杯：白总、黎博士，二位老哥久等了，我这个东道主迟到，该自罚三杯，你们二位随意。

她真的一口气灌下去三杯，劝都劝不住。

这时候炭火更红了，正从肉体上热烈地榨取脂肪。他的唾液腺受到香味的蛊惑，唾液如泉奔涌。

她说要是没有白总，就不会有今天。

白总说不要瞎说。

她说对于一个八字跟张总不合的小女子，没有白总，不知道要在哪边流浪呢。

白总大概觉得需要向他澄清事实，附在他耳边说，他们那个张总相信生辰八字。售楼处的老板若是与张总八字不合，断不能分得半杯羹。

在TT夜总会的包厢里，他肚子里的那些牛肉羊肉依然在互相攻讦。酒又端上来了，木实微笑着举杯就饮，似乎从饭店到此地的十分钟车程就足以把旧账一笔勾销。这家伙以前可没这么能喝。

小时候？呵呵，你是说姑姑结婚那次？我们六岁都还没到吧。最后怎么就拿了大人的酒盅子，一人也就一口，结果吃下去的好东西都吐出去了——我们盼了大半年的宴席！

王芳点好了歌，“第一首歌是白总的最爱，算是今夜的开场白。”她把麦克交道木实手里，挨着木实坐下。

你是不是像我在太阳下低头
流着汗水默默辛苦地工作
你是不是像我就算受了冷漠
也不放弃自己想要的生活
……
你是不是像我整天忙着追求
追求一种意想不到的温柔
你是不是像我曾经茫然失措
一次一次徘徊在十字街头
……

每当木实唱到“因为我，不在乎”，王芳就举起麦克跟木实合唱，顺带着也匡正他跑得遥远的调子。

你在山镇小学上过一年学，是和木实一起的。你记得你带到学校去当本子用的是一沓信纸，是你父亲从供销社里买的。这一沓信纸有一个漂亮的封面，印的是彩色的N城长江大桥，桥上的旗帜的红色，桥身的黄色，大桥气派的形状，都是忘也你忘不掉的。

放学后的值日，你、木木和几个山镇的孩子一块儿干，干着干着就发生口角，然后打作一团。你是个外来人，口音举止与他们有异——每次母亲来山镇或者你回涂门，她都要煞费苦心地朝着涂门腔纠正你的发音——这足以让他们反感。木木像往常一样，面对这场面，无辜地望着你和他们。

那一架你输得很彻底，你从小学里走出来，就到了公路上。一路上看着野花野草，也就得了安慰——它们在记忆里是那么清晰。那时候路边的杂草可以随意生长——也只有打完一架，输到很惨，你才会格外留意它们的美。

进来的女孩子身材瘦高，眼睑涂得乌黑，睫毛是加长了的，她在他旁边坐下，一阵金属碰撞的叮当声。她下身的牛仔裤上有一圈儿亮晶晶的不锈钢饰物，上身的马甲缀一串硕大的金属纽扣，她的靴子上也镶嵌着金属的发亮的碎片。电视机里一个女孩正表情严肃若有所思地穿过一片树林。“叫我小刘，”她转过脸说，“您贵姓？”这当儿王芳抓起麦克风：“这首歌献给白总，也献给远道而来的黎先生。”

我是飘落的枫叶
你是仰望的土堆
翩翩下坠你胸前
也放掉一季的疲累
与我的爱恋一起下跌
以你的深情敞臂迎接
我是月落的声音
你是乍醒的黎明
密密会合于天井
……
如燕盘旋而来的思念
如燕盘旋而来的思念
……
总在凌晨四点
唯有凌晨四点

“先生做什么？”

“英语翻译。”

“那太好了，我在学英语呢，教教我。”

如燕盘旋而来的思念
如燕盘旋而来的思念
如燕盘旋而来的思念

冬天的晚上，白爷爷和其他老人们就在牛棚里聚会，火光里总有一两头牛彻夜不眠，睁着困惑又像是深思熟虑的眼神盯住他们。

如燕盘旋而来的思念
如燕盘旋而来的思念
如燕盘旋而来的思念

木实拉过了王芳，唱了一首又一首。

“我的思念　是不可触摸的网”
“我的思念　不再是决堤的海”
“为什么总在，那些飘雨的日子”
“深深地把你想起”
“我的心是六月的情　沥沥下着心雨”
“想你想你想你想你　最后一次想你”
“因为明天我将成为别人的新娘”
“让我最后一次想你”

你靠在枕头上睡着了。你梦见千百头小鹿在原野上奔跑，一直跑到一处狭窄的山隘。它们一只接一只穿过，又在另一片平原上散开，重新奔跑。

又有一大群野牛奔到河边，纵身跃入水里，溅起朵朵白莲。漆黑的野牛朝对岸泅去，渐渐地就只看到模糊的脊背和犄角。犄角在空中交错挥舞，像无数根树杈被风吹向对岸。

一只斑驳的虎蹲在潭边嗅着青草，用舌头吧嗒吧嗒卷水而饮，然后把庞大的身躯浸入潭中，缓缓游动起来，一身花纹接续着水的波纹，起伏漾动……

46

玫才六岁，就开始学着编织一些小物件。她织了一条白色的围巾送给他，长度不及一根铅笔，宽寸许，套在脖子上，分明是个项圈。当时春天已经到来，根本用不着它。玫学了一冬天才织了那么个小东西，已经心满意足——毕竟才六岁。他依稀记得，那个白生生的、长方形的用毛线编出来的东西摸在手里又柔软又温暖。他没有谢她，什么都没说。直到现在，她也不知道，当她把围巾交到他手里的时候，他心头升起过一阵感激的温暖。

那阵子他开始上学了，入读山镇小学。功课并不困难，放了学也没有多少作业。放假的时候他被送回涂门，跟母亲住上几天。他的家是两间平房，一间是卧室，另一间是客厅。卧室里的家具，现在大都落入记忆的深渊。但是那张大床和“大站橱”牢牢地占据在记忆的中心。“大站橱”是一座衣橱，长方形的，又宽又大，笨拙沉重，了无生气，但又有一种位高权重的气势。“大站橱”的一扇门上贴了长方形的镜子。镜子比他高出许多，光鲜、干净，是一件神秘之物，他害怕从那里看到自己。

镜子里的那张长方形的大床也地位显赫，一年四季都围了白色棉线的蚊帐，上面斑斑点点的尽是蚊子血。蚊子血只有在被打扁的一瞬间才把帐子染红，红色很快就沦为墨一般的黑色，洗都洗不掉。他曾捉了一只蜻蜓放进蚊帐，异想天开地指望它捉蚊子。蜻蜓在蚊帐里惊恐万状，横冲直撞，平日优雅机敏的风度荡然无存。它折腾到精疲力竭、奄奄一息，就是你把蚊子喂到它嘴里，它都无动于衷，一双大眼睛里盛满了墨绿色的绝望。没有另外任何一种颜色能这么好地阐释绝望。

客厅里平放一张长方形的大桌子，他踮起脚尖才能看到桌上物品。桌子靠着一面石灰刷白的墙，墙上挂着主席像，像的两岸是一副对联，写着他大多不认识的字。他对这张大桌子也满怀敬畏之情，它占据着客厅的中心，又敦厚又端正。桌子两边安放两把木椅，也是既高且大，是大大小小的长方形构成之物。走进这个家，人就被无数正方形和长方形所围困：主席像、对联、汉字、桌面、桌腿、椅子、大站橱、抽屉、衣镜、大床、枕头、中山装、梳子、肥皂、糖果、饭盒、尺子、书本、墙壁……除了煤球炉和锅碗杯盏，一切都方不楞登的。

母亲说，不能做的就是不能做，必须做的就必须做。也方不楞登。

大站橱总是锁着，里面当然也就是神秘之物。有那么几次，母亲把橱锁打开，从里面拿东西，他看到叠得整整齐齐的被套和衣物，整齐到容不下一丁点儿幻想。

大站橱、方桌子、主席像和对联才是这间屋子的主人。秩序是永恒的，他们只是过客，临时支撑起这秩序，然后让下一拨人顶替上来——在他那样的年纪，居然就隐隐觉察到这个事实了。

偶尔母亲会把他带到她的办公室里。那个地方比家里更整洁，界限更分明，有更多的正方形与长方形。母亲伏案工作的时候，同她桌上插着的蘸水笔保持着同样的姿势。

在办公室里，她脾气好，待人和蔼。她的同事也还算客气。但他对他们总有几许戒心。男同事会跟他开莫名其妙的玩笑：你的小裤子都要掉到地上了…… 来，让叔叔看看小鸡鸡长大了没有…… 他固然讨厌这种色眯眯的奚落，但也没觉得有多大不了。要是在美国，这一句话也许就招来警察呢。“来让叔叔看看小鸡鸡……”然后就呜啊呜啊地奔来一辆警车。

女阿姨问的问题就有点居心叵测：你长大了要娶啥样的媳妇啊…… 你爸你妈晚上都干什么啊…… 他觉得她们真不正经——娶媳妇是一件极其不正经的事。至于爸妈晚上干什么，不就是做饭刷锅洗碗洗衣服？虽然闻出了一丝异样的味道，但这味道的本质，还是经过了岁月的洗礼，直到他长大成人之后才豁然开朗的。

只要是在那间办公室里，他就不会挨打，连呵斥都寥寥无几，这些好处可以抵消那里的乏味和窘迫。回到家里母亲就有点神经兮兮的，像一根绷紧了的弦。当他未经她同意就接受了隔壁邻居的饼干，或者当他在客人面前说了让她感到丢脸的话，那就是重重地在这弦上拨了一下。不过，她不会当着别人的面发作。

不许接受别人给的食物。邻居也不行。

有几次，他被卧室夜壶里一大盆殷红的血吓出了冷汗，却不敢问。现在他什么都知道了。即使在那个恐惧的瞬间，他也并不觉得那是母亲的身体出了问题，不担心有人要死了，他本能地知道那是一种异样的状况，不便追问。血的殷红的颜色与严厉的教训被他毫无理由地归为一类的东西。也许一个严厉的人，她流出的血也就自然而然地被看作那份严厉的源头所在。

在弗洛伊德博士的理论里，你就必须惊恐万状，以为母亲会流血而死，从此你就会害怕血和红色的东西。事实其实并非如此。

他不记得玫为他织的围巾后来被他弄到什么地方去了，只剩了感激伴随着他。对了，在他上小学去的时候，她就开始学着编织手套了。他和木实看到她才编出几根经纬，就吵着要它。她说每人都会有一个。

47

地铁站里尽是高跟鞋跟台阶死磕的声音。他沿着阶梯下到站台前，立在恍惚的人群里。都中午了，他从洗浴中心的铺位上爬起来的时候就已经早上十点了。

地铁列车沿着隧道轻飘飘滑过来的样子很可爱。它带过来的风，也正是大家渴望已久的。众人迎风而立的姿势也很潇洒呢。少女的裙子呼啦啦飘起来，简直就是一面面旗帜。“Happy birthday Mr. President.”

从打开的车门里涌出的人，与从站台蜂拥而入的人撞了许多个满怀。

他刚挤进车厢，列车就奋不顾身地启动了。他被抛向相反的方向，一只手拼命握住拉环，像掉下悬崖的人抓住一根救命的藤蔓。

等到这任性的列车高潮渐退，众人立足稍稳，八角游乐园站就已被抵达。

上来一个驼背乞者，左手捧音箱，右手握麦克风。“听众朋友，我是一个残疾人，请听我给大家唱一支歌曲！”“有过多少往事，仿佛就在眼前，有过多～少朋～嗯嗯友，仿佛还在身边……”他把音箱朝乘客伸过去，音箱上绑着的搪瓷碗张着大大的嘴，歌声仿佛是从那里喊出来的。

搪瓷碗也朝他伸过来了，他伸到兜里去摸索，像欠债的人碰到了债主，一阵手忙脚乱。

“我是一只小小小小鸟，奥～奥～奥奥，想要飞，却怎么样也飞不高……”“停靠在八楼的二路汽车带走了最后一片飘落的黄叶。 忘不了把你搂在怀里的感觉……忘记了窗外的北风凛冽……”“我想大声宣布 对你依依不舍……想这样没担忧 唱着歌 一直走……”王芳这个老姑娘能唱也就罢了，木实啥时候也练出了一副动听的歌喉？

他从地下浮上来，走到阳光底下，就看到了西直门三座馒头形状的建筑。

齐腰高的两道栅栏引导着他去坐地铁 13 号线。栅栏左绕一下，右绕一下，咫尺的距离，漫长得像一串咏叹调。

好吧，还有人把玫瑰花举到你面前呢：“三块！只要三块！”

你们之间隔着栅栏，你看到城管朝她背后包抄过来。随着他一声断喝，她蓦然回头转身——她和城管之间也隔着栅栏。

“拿来！”

她就把装了几十捆玫瑰的塑料桶乖乖举过栅栏。

那人接过一桶玫瑰，突然一溜小跑而去。

她顾不得别的了，一下子就翻到了栅栏上，简直就是一颗炮弹。

从栅栏上掉下来，掉到了栅栏那边，她爬起来朝城管冲过去。那人感觉到了背后的追击，马上加速狂奔。

“妈 X！”她喊。

他抱了一整桶的玫瑰，怎么也快不了。她追上他，从那个本来属于她的桶里薅了一大把玫瑰出来，叫骂着跑开去了。

“X 你妈！”突然从侧面又冲出一个女人，也从桶里薅了一大把玫瑰，又推了那塑料桶一把——它跌落在地，玫瑰撒得到处都是。

城管顾不得玫瑰了，径直去追第一个女人。这回他轻装上阵，转眼便揪住了她，而她回手给了他一巴掌，干干脆脆扇在脸上。他就举起一条腿扫过去，她轰然倒地。

“X 你妈！ X 你妈！ X 你妈！”她捶打自己胸口，仰视着大口喘气的城管。女人操着 A 省的方言：“你记着！我记得你！你他妈 X 的……”

城管在她腿上又踢了一脚，接着又是一脚。

斜刺里又跑来一个城管，从她怀里把剩下的玫瑰悉数夺走。

这时在离他们百步之遥的地方，落在塑料桶边的玫瑰，被路过的行人一一捡走。她从地上爬起来，一边骂一边去拿她的桶，那些复杂的骂词他都能听得明白。

那桶躺在一个报刊亭旁边，卖报的人从报刊亭里走出来，站在太阳底下看她把桶拿走。在他身后，一只录音机没完没了地唠叨：“过期杂志，过期杂志，过期杂志，过期杂志，过期杂志。”

倒卖发票的人此时也振作起来，重又按下录音机，便有一个低沉的男声喊道：“发票！ ——发票！ ——发票！ ……”

他换上 13 号城铁，然后在五道口下车，再换乘一辆公交车回到畅春园附近。一路上，耳边响的都是“发票——发票——发票……”

他在畅春园公园门口的小卖部买了一包烟，走到公园里去抽。已是正午，空气早已被太阳烘烤成炽热的洪流。吹到脸上的不是风，是烧红了的火焰。园内的垂柳，也被火焰烤干了叶子，落了一地。

此时知了撕心裂肺，滋——的，滋——的，滋——的，一声声都像是咒骂。

48

小学二年级寒假前，他离开山镇，上涂门一中的附属小学。玫在山镇小学入学，和她父亲生活在一起。他、玫、木实，就算散了。

那个时候玫已经能够织出一条真正的围巾。她甚至会织手套，当然不是有五个手指头的那种，是半截的手套。冬天上学坐在教室里，除了光着手被北风摧残，戴半截手套也算一种聊胜于无的自卫。

她说她快要把手套打出来了，就差一星期的工夫，就可以送给他。不会有人给他们这个时间。在寒假来临之前，他被带到涂门一中第一附小的校长办公室，接受校长大人的面试，然后和一群其他孩子接受摸底考试。于是他露了馅，考得一塌糊涂。他根本不知道如何用“局”字和“部”字遣词造句，他瞥见邻桌的孩子在纸上写着“局部”和“部长”，觉得自己来到了外星球上。至于他如何能够顺利过关，只有天知道。这类事情，父亲对他守口如瓶。

这个充满了局部和部长的外星球，从他踏上它的那一刻起，从来没有变成过一个属于他的地方。

寒假里，回涂门过年的父亲告诉他，玫玫要他把一双半截手套带给你，可是他回涂门前忘了去宇文老师那里。

再过几个月，父亲就彻底离开山镇，被调回了涂门。那双手套，自然也就不了了之。

他是不会提醒父亲的——即使在那么小的年龄，他也本能地知道在这种事上应该守口如瓶。

在他变成一个少年之后，他就不曾痛痛快快地向父亲提出过什么要求。即使是捎来手套这样的事，对父亲而言都会变成一种可怕的负担。父亲已经被局里的事情弄得团团转。局里的首席秘书，大概所有的公文都出自他的笔下。这样的人，一般毕业于中文系，怀揣文豪梦想，终老于办公桌上。

二十多年以后，他才找到一个关于父亲的恰当比喻：一只在电脑里高速运转的光盘，倘若你用手去碰一下，也许它就粉身碎骨了。“别为这点小事来烦我！”

其实过了些日子，他自己也把这事淡忘了。更确切地说，他陷入了腹背受敌的新环境，已无暇他顾。

在涂门上学，他发现他不会说话了。上课的时候和下课之后，同学们用的是两套语言。上课的时候，他们读“床前明月光”，而课下必须是“闯前米鱼刚”。而他呢，是口音里的第三世界，有几分山镇，又有几分涂门，再有几分普通话，标标准准的怪物类型。

口音就足以让一种仇恨滋长到不共戴天。他们在他把“你”读成“ni”的时候，一起嘲笑他，因为那时应该读成“li”。然后推推搡搡，最后肉搏。

这就是他回到涂门的第一个学期发生的事情。他的父亲，当然永远被蒙在鼓里。

在冲突达到登峰造极的那些天，他的教科书一夜消失，半本都没有剩下。他不会对父母据实以告，只把它描述成一次失窃。

还好，他手里有一笔巨款，凭着它，也算收买到了一个朋友。

一张绿色的两块钱的钞票，是回涂门前，白奶奶的小女儿出嫁的时候，小姑父给的红包。

小姑父领着几个汉子抬着花轿从十里以外的地方赶来要把媳妇抬走。小姑父虽然打扮得像个村干部——也许人家本来就是——想要抬走大闺女，哪有那么容易。小姑父进门，第一件事就是洗脸（难道意味着洗心革面吗？）——你呢，就是那个端洗脸盆的角色。你把脸盘捧到他面前，像个八哥一样跟着某人学了一句郑重其事的话（因为过于郑重，你完全不记得你说了什么），马上换来一只火红的纸包。

木实、玫，还有其他几个孩子，都在各自的机要环节勒索到一张大钞票。

一分钱买一根冰棍的年代，两块钱当然是一笔巨款（当时他们没有去想这个小姑父的损失该有多惨重）。直到你回涂门上学，这张钞票还没花出去呢。

涂门小学是这两块钱的破瓜之地。小学门口就是涂门的王府井，卖鸡头果的、卖山药蛋的、卖瓜子的，卖菱角的、卖米花糖的、卖田螺的、卖糖稀的、卖豆腐干的…… 世上居然有如此众多的奇食异品，哪一种都不容错过。下课铃声就是海妖的呼唤。你的那个同桌，那阵子对你殷勤备至。你们站在那些果子和瓜子前头，像真正的土豪那样挥霍。

班会课上，班主任必须三令五申：不可以买零食。

等到他把那张两元钞票花干净，再开班会的时候，同桌就站起来检举他。

涂门的班主任不凶，不打人，也不骂人，就是说话有点儿刻薄。

“从小就花天酒地的，长大了还不是废物点心！”

他都不知道“点心”是个什么东西。

对了，涂门的孩子，最爱在小摊上买颜色鲜艳的卡片，上面印着古代的武士，一套又一套地卖给你。七八个《水浒传》人物，六七个杨家将，岳飞和他的班底，封神榜……《三国演义》里的人物更是不可或缺。男生们对这些顶盔贯甲的人物喜爱得要命——这种崇拜没道理可讲。而女生们则喜欢画画草草的，也是爱得要命。

有些卡片是塑料的，把唾沫涂在上面，把卡片贴在本子上，用手指抚摩一会儿再揭下，卡片上的武士啊，鸟兽啊，就跳到本子上了。这种卡片的颜料有一种古怪而又亲切的味道。

他想过买一些这种画片给玫带过去——那是在他刚来涂门上学的那个学期。但这从未变成现实。那几年他见过她几次，见面的时候都有大人在场。大人们拿出最夸张的话语：你看，你看，你们那么小的时候就在一起呢！还用手比画：这么高、这么高！细节也丰富起来：她那个时候穿着什么样的小裙子啊，你那个时候穿着什么样的海魂衫啊，比她和他的记忆都丰富。而他们两个，互相点点头，有时连话也还没说，一场重逢就结束了。

五年级结束后的那个暑假，他学会了骑自行车，一辆硕大的二八大卡，于是盘算着骑车去山镇。但往往是周六下定决心，到了周日又畏缩不前——他知道他肯定会遭到父母的反对。

一个周日上午，他推了自行车，兜里揣着一本地图，没跟父母打招呼就出了门。他一直骑到涂门南面的七里亭。据说，古人送客，送到这里就驻足不前了。他把自己当成个客人，用力一蹬，听任自行车朝西南方向飞驰。

在地图上，涂门和山镇，不过拇指宽的距离，可他从上午骑到中午，才完成了小指宽的一段路程。后来他不得不折转回来，在日落前赶回家。他的父母中午不在家，但晚上是要回来的。假如发现他不在，一定会疯狂地四处找。

他绝不会告诉他们他打算去山镇。即便告诉母亲他是去看白奶奶，她也肯定会用一种意味深长的目光望着他，仿佛看一个大逆不道的叛臣贼子。

49

那丛紫薇孤零零立在花圃中央，立在落日余晖里。而在几个钟头前，它们还在强光下一派热情洋溢。楼下谁在推走自行车，哗啦一声，然后是隔壁邻居家的碗筷碰撞的声音，间或是高一声低一声的模糊的谈话。

一只归鸟打窗前划过。

窗对面那幢楼，面朝这边的方向有多少扇窗子？一、二、三、四、五……有三十一扇之多。宽窗九扇，窄窗九扇，扁窗四扇，方窗九扇。窄窗宽一尺，高三尺，像个纪念碑；宽窗宽两尺，高三尺，像立着的麻将牌；扁窗宽三尺，高一尺半，像放倒的麻将牌。对面的窗子一律是黑黢黢的方块，而在对面的住客的眼里，你这扇窗子才黑的不知深浅。

邻居家的小女孩又哭起来了，这是今天第三次了，她才三岁，却动不动哭得像个失掉了一切的人。呜——啊——啊——

“打！”——这时她外婆或是奶奶一声大喊。

他把一杯茶放在窗边，继续读那些窗子。有的已然亮起灯火。窄窗是浴室，宽窗是厨房，扁窗是楼道。还有方窗九个，宽和高都约三尺，正大光明，像个江山永固的王朝——那些是卧室的窗。

楼下邻居家的小女孩在练习钢琴。她没有弹曲子，而是在低音部分随机地、半拍半拍地摁着，每个音符都让他始料未及。

低音键发出来的声音，即便不成曲调，一声声也浑厚苍凉。他的心思就被这些苍凉偶然的音符牵着，拽着，抛来抛去，起起落落，眼皮也就越来越沉重了。

第二章　悬浮于风

01

他半夜醒来，躺在床上辗转反侧。睡眠仿佛一层既轻且薄的膜，被风吹上去，吹上去，直飘进那个抓不住的虚空，消失得无踪无影。

他索性打开台灯，亮光马上刺瞎他双眼。等他终于看清闹钟寥落的指针，就发现要不多久天就该亮了。

入夏以来他就一直失眠，有时整宿睡意阑珊，脑子里有个千丝万缕的迷魂阵。思绪就像在一座超大城市的下水道里穿行，每一条管道都牵扯着另一条，纷纭的念头有如饥饿的老鼠在管道里奔突——本以为走得很远，岂料又折回始点。

他从恼人的床上爬起，坐到死气沉沉的电脑前，茫然按下开关。

硬盘勉强打起精神，很不情愿地发出一阵吱嘎声，但显示屏一片漆黑，苦等不亮。他在内心里预习着它陡然闪亮的那一刻，然而电脑也陷在它自己的苦思冥想里，闭目吱吱嘎嘎讲着胡话。

键盘上的按钮是一大群愣头青，在灯光的反照下生硬地支棱着。从窗外涌进一股黑暗的浪涛。浪涛黏稠滞重，让他举手投足都颇费力气。

显示器终于在一通闪烁后抛头露面，屏上绽开熟悉的风景：晴空、白云、草地。草地上空无一人，只让浮云投印了几片影子。这块草地好似一件被编织出来的、贴在大地上的紧身衣，让坡峦的优美起伏纤芥毕现，原野的轮廓也因此变得柔弱了。这是一种生机勃勃的、青春一般的柔弱。从山坳间流淌出来的清泉，你都能听到它发出的脆响，云影也能在心头缓缓移动。

山镇就没有这样的草地，一平方米也没有，那是灌木和乔木占据的天下，杂草们见缝插针，争得你死我活。也许正因如此，才有毛竹这种生物脱颖而出——它本来是一种草，却在亿万年的挣扎中脱变成一种怪物——这怪物一夜可长一米，几天就爬得比松树还高，连乔木都不是它的对手。

也许该庆幸自己不是一棵树，或者一根草？但如果即便被连根拔起也无有疼痛，也就没有什么幸与不幸了吧。

02

终于熬过了漫长的夜晚，窗外晨光蔚然，绿树油亮，他走到阳台上，看到那个收废品的小伙子已把三轮车安放在惯常的位置。他今天来得早了些。

一架天蓝色垃圾车截在路中央，面孔扭成S形的那个清洁工正打开垃圾箱，往外拽一只黑色的垃圾袋。他动作生硬粗暴，就像在从一只死掉的动物体内拉出内脏。

这时邻家的小女孩又尖声哭了起来。

她每天都要哭好几次。通常是在奶奶一声呵斥之后，哭声骤然而起。

哭声的麦芒长长的、尖尖的，一下一下刺在他心上。

“不给你饭吃—— 滚出去！”奶奶似乎被哭声惹得更烦躁了。

接着是开门声：咯吱！

哭声依旧打厨房里传来，那开门声响也许只是一次恫吓。

“唉唉唉唉，唉，唉……”蝉鸣般的尖嚎转为哽咽和啜泣。

从未听到女孩的爸爸发怒的声音。听到过他的说话声，轻声细语的，嗓音有些嘶哑，别的就没什么印象了。倒是他妻子的嗓音高昂而清朗，一把好嗓子，也难得听到。只有奶奶的大嗓门时不时从窗口传过来。

哭声终于遁去，窗外安静了许久，然后蓦地升起一阵蝉鸣—— 真正的蝉鸣。

这个奶奶似乎很会做饭，三餐前后透过窗子飘来的香味勾魂摄魄，让经常处于半饥饿状态的他坐立不安。有时她用浓重的外地口音哼道：“唐僧骑着百龙马！噔地个噔地个噔地个噔！”她把“唐僧”发成“烫生”。“烫生七着白龙马！噔地个噔地个噔地个噔！”俨然她自己正坐在马上颠悠。

“嗞——”什么东西下锅了。

一只黄蜂绕着电话线嗡嗡飞舞，又伏在线上纹丝不动，屏息窃听那些透过导线传来送去的人间的秘密。

又是一阵蝉鸣。

从邻居家传来碗筷触碰的窸窣杂碎的声音。

“爷爷你真丑——”小女孩用清利的嗓音宣布她已回嗔作喜。

对，这家还有个爷爷，总是沉默不语，从来听不到他的声音。

他往柴的办公室挂了个电话，问他下午有没有时间出去坐坐。这是个星期六。

柴说有。

他挂掉电话，走到阳台上去，看到收废品的小伙子正骑着三轮车回来。车兜里满满的都是旧书，堆成一座山。这种满载而归的机会并不多，如果碰上了，多半是谁家老人去世，那些攒了一辈子的书籍报刊，在儿孙们的眼里是最无用的废物。死去的人，凭着学富五车，或者学贯中西，或者吃透了几本教材，在这个城市里立住了脚跟，孩子们可没有孤影青灯的耐心。

等老爷子老太太死掉之后再清仓扫屋的，就算是孝心可嘉了，有时老人还在医院里残喘，儿女们就把房子清扫一空，租给外来者了。

他走下楼去，在小区里漫无目的地溜达。昨夜暴雨留下的水迹还没有被早早升起的太阳抹尽，他躲过好些个水坑，最终还是被弄湿了袜子。当他转回到楼前，经过三轮车堆成小山的后斗，禁不住要去窥看车里的旧书旧物。小伙子朝他善意地一笑，说你尽管随意翻看。他谢过了他，一头扎进故纸堆里。

果然都是老旧之物，有装订成册的六七十年代的《人民文学》，八十年代出版的汉译名著，九十年代的《译林》杂志，还有整整一套用塑料绳捆得规规矩矩的《马克思恩格斯选集》。也有《邓小平文选》和用塑料封皮的《毛主席语录》。在当年，这种封皮的书，当属于豪华之物了。凭着这些，他猜测死去的人一定是个搞文史哲研究的学者。小伙子问他是否想要，要就都便宜卖给他。

他说他倒是想统统弄走，可惜他只是暂住在这里。

他翻开60年第一期的《人民文学》，读第一页上的故事："我瞧见这些海口上的洋官洋资本家们，没有哪个把殖民地的黄脸皮工人当人。河内码头上扛活的安南苦力，都是光着脚在滚烫的铁甲板上来回跑，满身满脸油泥糊得连皮色都看不清。汗流下去就像盐河一样，都成了白道道。看看他们，想想我们，不用人说，自己心里早就寒透了……"(《老华工》)。"要说他们小队的丰产田，那在学校是赫赫有名的。去年他们种了一分玉米，不多不少，整整打了一百斤。算一算，一亩地该是多少？一千斤！而且有一棵玉米秆上，竟结了十五个穗……"(《月光下》)

他抬头问他，种一亩地的玉米，能收一千斤吗？

小伙子愣了一下，说神仙能。

他指了指《人民文学》，对他说，这里说的。

小伙子嘿嘿几声。

"见笑了，一棵玉米能结几个穗啊？"他问。

小伙子并不想告诉他一棵玉米的生育力，而是从脚边抱起一堆捆好的书走过来，说这些书是要卖到书摊上去的。小伙子打开绳结，一堆书就瘫倒在他面前：《判断力批判》《论灵魂》《原始思维》《逻辑哲学论》《巴曼尼得斯篇》……

小伙子见他皱着眉，就说，这些书真是很难懂呢，你要是能给我讲明白，你就白拿去。

他说他哪里有这本事，他只想要那本《巴曼尼得斯篇》，用钱买他的。“你拿去吧，我还以为你能跟我讲讲呢。”

他说他讲不了。

他拿着这本书走出小区，走到小街上，穿过挂甲屯桥，在烈日下一直走到 B 大学的西门口。他要去成府路，直接穿过 B 大学是一条捷径。这一次，保安倒没有拦他。他们的松懈，是非典病毒已遭到灭顶之灾的最可靠证据。

03

成府路上的某某咖啡馆给他一种乱攘攘的印象，这里那里人头攒动，像个茶馆。

他和柴找了一个角落坐下，要了两杯卡布奇诺，他就迫不及待地询问，说他一到黄昏前后就情绪低落，茫然若失，这种情况已经有一两年了。最近又添了失眠，熬到后半夜还睡不着，早上有时很早就醒了，醒了就更睡不着；有时又睡到很晚也起不来，白天也没有精神，而且脑子里就像有个通宵影院，老是播放关于过去的纪录片。

“找个心理医生，最好去精神科看看。”柴说。

“哦，我已经病入膏肓。”

“不能这么说，不过还是早点去看的好。”

“你不就是心理学家嘛。”

“哈，我算什么心理学家——而且这不是随便聊聊的事。”

“得了吧。”

“要是我，一定先去精神科看看，再找个心理医生。”

“是不是搞心理的都像你这样见谁都是病人。”

“看看又没什么坏处。”

“可是有什么好处？读博士的时候，在北卡那阵子，我倒是去过一次校医院，心理咨询室，一学期免费几次的那种。咨询师是个跟我年纪差不多的博士生，一脸束手无策的表情，他问我：‘你到这来，要达到什么目标？’嘁！我要是知道的话我找他作甚。”

“你总不会无缘无故去找他。”

“我郁闷啊。”

“你跟他聊了几次？”

“聊了好几次，每次他都搓着手，看上去比我还无助。”

“呃。”

“后来我都同情他了，总不能让他一无所获。”

“呵呵。”

“我就说，到你这来，我感觉好多了，much better！”

“哦呵。”

“可也怪，我那么一想，心情就好多了。”

“你还说咨询没用！”柴绽开笑脸，露出东倒西歪的牙齿。平时柴的那张脸严肃认真，带着点愁苦，好像承受着挺大的压力。也罢，他想，柴柯手里也未必有快乐的处方。

“工作进展如何？”他问柴。

“低创造性研究，混日子。”柴说。

直不楞登的，让他不知作何理解，他咂了一口咖啡，滋味酸苦，俨然中药。他把几块方糖扑里扑通丢进杯里，再把牛奶挤进去——苍白的液体在黑汁里翻腾，漫延，转眼就颠覆了杯中颜色，变作灰蒙蒙一团。

在美国那几年，柴最爱干的事，是在一个学术论坛上与人争长论短。柴的电脑永远挂在网上。有时被人骂得狗血喷头，柴就愤愤地说：论坛是烂屎坑。说归说，忍不住又要上去看，看了就不能不说话，一说话就不能不引来争论。就在他儿子旬旬出生的那几天，他也没断了上网。

他伸手到包里去摸烟，包里空空如也。他本想去吧台买一包来抽，扭头瞥见几步远的另一张桌子边对坐着两个女人，也就作罢。这里虽是吸烟区，他觉得还是不招人生厌为好。

两个女人恐怕是刚坐下不久，不然她们热烈的交谈他早该听到了。她们也许意识不到，这么近的距离，她们的亮嗓子会把秘密一点不落地广而告之。嗯，当然也不能说都是亮嗓子，其中一个该有六十多岁了，或许七十了呢，头发都白了一多半，嗓音有些沙哑，但这并不妨碍他把他们的谈话尽收耳底。那个年轻一点的，也该有三十多了，她说，自己算是走了一段弯路吧，现在算是走回来了。年老的说，父母总是希望孩子们好，希望孩子们幸福，孩子们不幸福，父母就不幸福。听起来很是语重心长。他真讨厌父母用这种口气说话。

“对，对，”年轻的说，“中国的父母吧，都没有自己的事儿，都是孩子的事儿。”

年老的说这个她同意。

年轻的说：“所以劝架啊什么的，容易从自己的孩子那一头考虑。”

年老的说：“我今天吧，就是要站在中立的立场上，不会向着我儿子。”

年轻的说：“那要感谢您了。”

年老的说：“那你说，咱们见面的事，要不要跟他说？”

“还是不要了吧，你一说，他又不高兴了。”年轻的说。

“嗯，也是，平时我只要一提这事，他就说，你还嫌你管得不够啊！”

年轻的说，他现在大概还是怕，怕复婚了，又还吵。

“没错，他怕这个。一朝被蛇咬，十年怕井绳。”

“以后就不走这模式了，以后，碰到他生气，我就不接他话茬。”年轻的说。

“是得这样。”

“反正，两个人已经知道了，了解了，肯定不会这样了。”年轻的说。

柴也听见了，也支起耳朵眯着眼鬼鬼祟祟地听。

“要吵的，也都差不多吵完了，再大，我跟他也就吵成这样了，也就吵成离婚这样了。所以我说跟您啊，单独出来聊一聊，您可以侧面从他那边了解一下，他对我的看法呀。”

“他觉得你最近对他还不错。”

“我就觉得吧，都老大不小了，该闹的也闹过了，该好好过日子了。租个房子，或者买个房子，反正……”

“你那房子卖掉了？”

“卖掉了——要是有了孩子的话，房子就要大点儿，您要看孙子，也好有个地方住，您说是吧。最好在西直门这边买一套，四室两厅两卫，南北通透的。”

“这八字还没一撇呢，你们复婚的事情得先解决了。”

“您呀，在您儿子心里头，位置是很重的。”

“孩子大了，我的话也不怎么管用了。”

“您是不是给他做做工作？”

“这是你俩的事。”

“主要是时间不等人了。”

“嗯？”

“时间啊，不等人了，要是大家都还小，还可以慢慢谈下去。”年轻的说。

“那倒是。”

“他会不会越这么自个过，越喜欢一个人单着？您看他现在跟在澳洲的时候有变化吗？”

“我看，没什么变化。”

“上星期我看他在三亚那个公司里倒是混得很开，如日中天的样子。”

“是，感觉是比在澳洲的时候自在。”

“他怎么没在中国找一个女人？”

“再从头了解一个，也不容易，你说是不是？”婆婆说。

“我也是，这个岁数，还在——就是说——从自我介绍开始，一步一步地，看看电影啊，吃吃饭啊，真是时间耗不起，所以真是，什么时间办什么事儿还真是挺重要的。”

媳妇说。

“可不是嘛。”

“他现在也不怎么回北京。前一阵子我给他打电话，他可不愿意接了。找到他可费劲了，他尽是开会、吃饭，晚上再打电话，又该睡觉了。反正只要我不在三亚，他这个人就不好找了。就是这种感觉。”

“别说你，连我们给他打个电话都不容易。”婆婆说。

“净说‘回头打给你’，回头就不知道什么时候了—— 他回来的时候，你们和他聊吗？”

“也不怎么聊，他回来也不闲着。”

“唉，这么些年，他其实对父母照顾也不多啊。”

“嗯！”

“我是说，他怎么说也都是成功人士了，无非是多赚一点少赚一点，其实不必这么忙对吧。我是说他可以少努力一点工作吧，不像现在这样百分之九十九都是工作，能不能放一些时间在家庭里？你放百分之八十的精力不行吗？你已经是精英了嘛！你要赚多少钱才够？他自己也不花，不知道他赚多少钱才够。你得有个基本配置，现在不都说基本配置吗？不然你赚那么多钱干什么？”

“你说得对。”

“您觉得他对我们这关系怎么想？”

“我不清楚—— 其实我们也是想，你找个新的，再从头了解，肯定也特别不容易。”婆婆说。

“了解一个人太花工夫，得多少年才知根知底。”

“对，就是这么个道理，不过他恐怕也担心，怕你们再在一起又闹得不欢而散的，那不更耽误工夫。”

“这个顾虑您就把它消除了吧，这个不可能。要是再结了婚，肯定不会再折腾了，还有三四十年，人一辈子能多长啊。就是身体也在慢慢老化了，还有什么精力离婚哪。我那离婚的时候才多大啊，二十多岁，不到三十岁。那时候我早上起来一薅头发，一绺一绺往下掉，可怕！就是因为焦虑……”

“说情绪吧，你还真得注意，你这脾气吧，在过日子的时候是显得有点急。你说我吧，我年轻的时候偶尔发过脾气，没出现过你们那样的。你一生气就吵着不过了，跑回你爸妈那边去住，这样次数多了，不就真不过了。”

“您说的也的确是，我现在要多后悔有多后悔。他那边吧，也老和我死扛着，我回家，他从来也不打个电话给我。您说，一个女人吧，听丈夫说两句好话，哄哄，不就过去了，其实不吃亏，你哄完了，大家高兴了，你没吃亏。他就不，跟你死杠。”

“他吧，可能觉得你们家那地位，去登个门道个歉什么的，觉得委屈。”

“我还真没觉得咱们两家有什么悬殊。”

“那可不能这么说，你们也算高干了，我们就是一般知识分子。”

“他说我大小姐脾气，是不是就跟这有关系，我真没觉得我们两家怎么着了。”

“你觉得你没有大小姐脾气？”

“这我承认——我现在老后悔了，我现在觉得吧，我整个地成了受气小媳妇了，得求着他。”

“……”

“现在吧，是个过渡阶段，我受气小媳妇就受气小媳妇吧，等以后走向正轨了，还是应该，嗯，平等。”

“过去毕竟还是你错误多一些，他错误少一些。”

“没错，是我要离的婚，我后悔，可现在事情不在我手里攥着。我今天来找您，就有百分之百的诚意。”

“过去不管吵架还是怎么着，都不该走到离婚那一步，走到那一步，回头就不容易。”

“嗯，他吧，我感觉到，您在他心目中地位很高的。您跟他说说，在他心情愉快的时候他可能就……”

“我们是可以跟他说，但他脾气上来就刺你一句，说你不要管这等闲事。”

“他脾气我了解，他横的时候也真横，他能跟人在飞机上都吵起来。您看那次，空姐让他关手机，他说我从澳洲飞半个地球，手机都开着，怎么到这里就要关手机！”

“他这不对，人家规定就是规定。”

“是啊，您看在澳洲的时候不也那样，急了能跟警察吵，差点没被拘留了。”

“这孩子就是这毛病，别人不能惹他。开始的时候你老惹他。”

“是，我当时也作嘛，年纪小，他晚上回来晚点我就不给他开门，忘了我的生日我一星期不跟他说话，我也不知道当时哪来那么大的脾气。”

“他其实是那种顺毛驴——”

“但是不管谁吧，发那么大的脾气都不好——对谁有好处？气伤肝嘛。”

他和柴都觉得那两个女人的对白精彩到不容错过，默默地做着可耻的偷听者。

“我觉得吧，这单身生活过得越久，就可能越喜欢一个人待着，他觉得这样挺好——我刚离婚的时候，也觉得轻松不少，没有责任，说上哪儿就上哪儿。”

“他跟我说他还是需要个家的，他并不是想一个人过一辈子。”

“您不说这个我还真不知道，他跟我可不是这么说的。我问他，找对象找得怎么样？不找。我问他，跟我怎么样，他说不跟。他说就这样挺好，无所谓了！”

“他还是一个人。你多关心他点，慢慢地把他转过来。”

“时间太长了——时间太长了，我都回来一年多了！要不我找您来了呢？如果一年前我就找您，那为时尚早，从零二年到现在一年多了。就是有个结解不开。”

“这次他回来还专门跟我说过你，说你变化挺大的。”

“这些他都认可。现在就万事俱备，只欠东风，其实就看他了，他心里头有那个结。我爸我妈也说，他就是脾气比较倔，但没有说这个人不好。”

“他从小就倔。上学的时候，碰到被误解的时候，他能跟老师也杠起来。”

“所以他适合找一个温柔的，人呢，不能太有脾气的。”

“对，对。”

“您就跟他说说，我俩现在吧，在一起也高高兴兴的，也拉着手——但不能说过去，一说过去就坏了，整个的，脸都变了。”

“我们也都希望你们能往好的地方走。”

“你说我吧，有时候，都没有机会道个歉，一说过去他就——你说他那个人吧——我现在觉得我自己都在打自己的脸。他说得太言辞俱厉了。”

“是的，都这么多年了，一说起这事，他那脾气就像昨天才发生的样子。”

“这么多年了，还跟昨天一样，那你这脾气也太——你都没有机会跟他去解释。他现在心情还好一点，之前，你就听他一个人在独角戏，一个人抱怨没完没了。”

“你就对他多温柔一点，对他好一点。”

“行行行，要老这样，他自己也着急，大家都着急，你说这是干吗呢。”

“你也要有点耐心，也不能太着急。”

“行吧，反正，人还是个不错的人，少谈点恩怨，多谈点家庭，是吧。你看他工作上，已经干得很好了，非常像样了，再往上走，要看机遇了。当务之急是这件事。你家庭愉快了，高兴了，工作也就精神了。”

“是，家庭还是很重要的。”

“他也说过，他们单位一块儿出去啊，人家都带着老婆孩子，见他一个人，还问他，你怎么一个人啊。人家都觉得奇怪。人长得那么帅，温文尔雅的，怎么还是一个人——他在外面说话和在家里说话可不一样了，跟人家和和气气的——只要不是呛起来，人家想，怎么回事儿，一个人单着，会不会有什么其他问题啊，人家恐怕都这么想。”

“人家是会这么想，长得帅，又能干，人又好，三十多快四十了就这么一个人，人家是会这么想。”

“他这样老没有夫妻生活，对他也有影响——我觉得他精力不如以前——因为他老用手……”

“……我们能促进就尽量促进，因为从父母来说，是期望你们孩子幸福。”

“我现在已经黔驴技穷了。他的动作太慢，真的太慢。”

“我们尽量做工作。”

“您说大小姐的性格，说不好也不好，说好也好，是不是？人要是没有点个性，也没有吸引力了，您说是吧，但我们俩是有点——针尖对麦芒了。”

“男人在外头工作，家里头需要个贤妻良母式的……”

“我也知道，其实我也不是不能扮演这个角色，这个不是问题。我舅舅就跟我说过，人这一辈子，有好几个角色，你都扮演好了，生活就幸福了。以前吧，结婚，根本不了解自己还有这么几个角色需要担当啊。现在的小夫妻都不怎么在家做饭，出去到处找吃的去。他现在就是游走的状态，飘着，他飘到哪算哪儿，心不固定……家还是得搞得温馨一点，他才肯回来……他那屋子我去过，很大，但是没有生活气息。”

“他很怀念你们在墨尔本的时候。”

“对，我收拾做饭那时候都是一把好手。”

“等有了孩子，那更是得做饭。”

“对，现在得考虑这事了。还好我现在在中学里头，没在大学工作。您看我们那些同学，在大学里教书的，成天里写文章，搞项目，哪有时间管孩子。”

“是，我们家老张一辈子在大学里工作，压力是大了点儿。女人嘛，孩子以家里为重——我看你现在比以前胖了一些了。”

“是胖了一些了。”

“胖点好，要生孩子，要胖点，屁股要大点，腰不能太细。”

“我跟您聊聊吧，感觉心里头轻松多了。您现在用 QQ 吗？”

“我不用，我现在手机都很少用。”

“告诉您，QQ 可好用了，他就乐意用。”

“是啊，他只要在家就是上网，没别的，也不爱跟我们说话。”

“你看是不，一个男人没有家，整天就挂在网上有什么意思？你得顾顾家对吧？他现在心理上就不太健康。”

“他还说呢，说结了婚就进了另外一个围城了。”

“他对婚姻是不是已经绝望了，所以靠着上网，有个精神寄托？我以后看到他也说说他，至少要跟父母多沟通沟通，父母为你奉献了一辈子，你也该反过来照顾照顾他们。”

“孩子都是这样，等父母都不在了才会想着父母。”

“等有了自己的孩子，也就不一样了吧，养儿才知父母恩啊不是吗？”

“对。儿欲养而亲不在，到时候想孝敬父母都没机会了。”

“他爸身体还行吧？”

“还行。”

“您回去也劝劝他吧，您也该回家做饭了？现在还是您做？”

“还能有谁……”

柴压低了声音对他说，你看，世界那么大，可是事儿就那么点破事儿，都差不了多少。

黎目送这两个女人结账走人，恨不得跟上去问她们要电话号码。他真想知道此事下面会走到什么地步，他都觉得自己有义务向那个男人通风报信……

04

傍晚，他提议去 B 大学西门外的一个新开的小酒吧喝酒，柴毫不犹豫地答应了。他不免生出一丝刻薄的想法：他给这个家室齐全的男人找到个出来喘口气的机会。柴的妻子，他叫“嫂子”的，对他邀柴出来喝茶十分的放心，只要是他，“嫂子”就对柴博士网开一面。

那是一家小巧的酒吧，离黎的住处不远。他们一人要了一杯扎啤，找了张空桌子坐下来。时间还早，酒吧里只有寥寥数人。

音乐是不会少的，此时威尔第的神经质的宣叙调不知从何处涌过来。

扎啤的泡沫在紧张的音符里纷纷破裂，聚合成更大的泡沫。他端起杯子嘬了一口，那些泡沫在舌头和牙齿的挤压下壮烈地噼啪破裂。

柴几口扎啤下去，一双眼都是红的，可是此人跟酒精就像是久别重逢，转眼间杯子就空了一半。

他喝得一点都不比柴少，酒精把忧愁赶得找不到踪影，威尔第的曲调也亢奋起来。

那天他在剧场里看《阿依达》，陪着一个女孩子。他们都正襟危坐，把四幕剧都看完了。故事还好，但开头结尾都落着俗套。可她哭得真凶——这不是个好兆头，当时他可没意识到。台上的拉达梅斯在阿依达面前唱啊唱啊，就像中午的时候公鸽子在母鸽子面前抬头低头咕咕叫个不停……剧终之后他们走到剧场外的橡树底下，一只松鼠从树根下突然直蹿到树梢上，关于这个剧的所有记忆都赶不上那只朝树上蹿去的松鼠生动鲜活。

那棵橡树枝繁叶茂，硕大无朋，在那个城市无出其右。得有多少年才能长成那么巨大的一棵。那时候他的住处门口也有几棵橡树，比剧场门口的这个小多了，但在下大雨的时候，站在树底下都感觉不到雨。那是七月，美国人的国庆节前后，一年中雨最多的时候——这跟家乡的梅雨季节倒是遥相呼应。橡树是不长虫子的树，也许因为叶子太坚硬，他家乡的梧桐树就不一样了，肥大柔软的叶片像个最温顺的老实人，适合被吊死鬼用来编织温床。夏天一只只吊死鬼从枝叶间幽幽悬垂，你走着走着突然脖子里就是一丝凉意……

演出结束，法老、国王、元帅、公主、阿依达，这些相互憎恨的人，都站成一排满脸堆笑朝大家鞠躬，台下掌声雷动。

那个女孩独自坐在一边喝酒。她长得不算好看，可一双修长的白腿从牛仔短裤里豆芽一般骄傲地生长出来，对他的注意力进行着有效的策反。这时候音乐也知趣地换成了一曲咏叹调。多好啊，要是在十年以前，说不定自己就会奋不顾身。“夜空那银色的月亮，透过漫无边际的黑暗洒下光芒。你在这万物沉睡的世界漫游，笑看人间四方……”德沃夏克的旋律像招魂一般。“就像身体虚弱的人染上感冒，就像意志薄弱的人感染抑郁，人在年轻的时候，谁不会染上爱情这种毛病？”……“一个眼神、一曲咏叹调、一阵风吹草动，都足以毁掉两个人的一生。”

他不记得是在什么时候，他给一个不认识的女孩打电话。电话里她的声音美极了，才几秒，他就决定要和她过一辈子。后来他们终于见面，刹那间那种美妙的感觉就烟消云散。

他问柴，回国快半年了，打算留在这里不走了吧。柴说他确实不打算走了。

“你回来，不找工作，打算干啥？”柴还是那句话。

“不打算干啥。”他说。

“总得干点啥。”

“那你想干点啥？”

柴笑起来，说他也并不想干点啥。

他想起当年在得克萨斯碰见柴的情景。柴本科是学物理的，出国改学心理学。他问他为什么改行。他说学了物理学，就对这个世界失去了兴趣，“你想想，地球不过是宇宙里的一粒尘埃，人又不过是地球上的一粒尘埃，人类就像馒头上的一群酵母，在漫长的时空里转瞬即逝，任何事情放在这个时空来看，都不足挂齿。”他说当年他就是带着这种心情离开了物理学。

“学了心理学呢？”

“本以为至少能带来快乐，至少我的快乐我可以做主啊。可是学了心理学，觉得人甚至也不是自己情绪的主人。”

“你说那女孩怎样？”柴指了指那个独自喝酒的人。

他没吱声。柴这人沾酒之后，性格就发生微妙的改变，从严肃古板变得有点儿轻佻。

“那就是不行喽？”

黎说她长得还不难看。

“那你可别跟我争，今晚我就把她娶回家。”

“那可就热闹了。”

“呵呵！”

“嫂子一定会说，瞧你这德行，要不是我可怜你把你收编了，你能不能找到老婆都是个问题，还敢跟我整这个——”

“别以为我喝多了就不记仇了。”

“哈哈哈哈。”黎又给柴弄了一大杯扎啤，想让这人出出洋相。柴转眼又灌了半杯下去。

那女孩显然看出两个男人在谈论她，她把手里的烟盒转啊转，掐灭了一根烟又点上一根。

其实，如果她坐在你面前，不用多久，你就能知道她是干什么的，喜欢什么，不喜欢什么，从哪里来，小时候招爸妈喜欢还是讨厌，在哪里上过学，有什么地方的口音，有男朋友了没有。一切的一切，本质上跟你熟悉的任何女人都大同小异。但是天啊，在你对这些细节都还一无所知的时候，在《月亮颂》的旋律里，她就成了海妖，还是从外星球下凡的。

他索性走过去，坐在她对面，问她是不是在等人。她说就她一个。他就请她到他们这边来坐。

她坐过来，气氛就变得令人后悔地尴尬。他本想开个玩笑，想说今天晚上有人打算把你娶回家去，可是她戒备犀利的眼神把他打趣的心思利利索索地歼灭在萌芽状态。等到气氛缓和下来，柴已昏昏欲睡，竟趴在桌上了。

她说她喜欢这个大学的一个据说是孔子多少代后裔的教授写的书。她问他是不是读过。

他说他一本也没有读过。他本想说，他对此人的书一点好感都没有，但他把这些话吞咽下去，一直咽到肠子里。要是在从前，他就会大放厥词，说出一番蠢话。

“你喜欢他书里的什么呢？”他问。

“风趣，敢说话！”

“他说了啥？”

她说她也不记得了，反正既大胆又有趣。

好吧。

那你喜欢读谁的书？

他说他已经好久都不读书了。

那以前呢？

以前，福尔摩斯！

柴说他要回家，再不回家就太晚了。他让黎留在这里继续欢乐，可他摇摇欲坠的样子令人担心，黎眼前浮现各种倒毙街头的场面。

把轻飘飘的柴送回家之后，黎沿着小街朝住处缓缓归去。路过一个杂货店，买了盒香烟和一只打火机。他坐在马路牙子上抽了几口烟，一阵无聊犹如大雨之后的雾气朝他袭来。老柴也不过如此，他有点儿幸灾乐祸地想。但是转而又萌生一股宽宏大量的情怀——人家也是人嘛。他想起那个女孩，眼圈涂得深不可测，如同两个无底洞，但说话的语气沉静，嗓音清丽。除了眼圈儿太浓，那脸也算是完美的了，不知在白天是什么样子。如果时光倒流十年，这样一个偶然的相遇就会演变成一场旷日持久的纠缠。开头一定是欣欣向荣，互相小心奉承，但是每况愈下的日子终究难以避免。

她的眼神真的像刀子一样。

她说她叫雯倩，说她租了一间屋子在B大学的周围，为了考研。已经考了一回了，没考上，继续努力。她说她打算拼到三十岁，要是还考不上，就认命，结婚，生孩子，了此残生。

她说她叫雯倩，说她大学毕业后工作了几年，在一家不大不小的外企，跟着经理走南闯北了一阵子，突然就觉得很无聊，就想干点别的。前年来B大学出差，看一个女孩子捧着书坐在湖边读得很安静，身边有男生陪着，就好生羡慕。

他对她说，所有的激动都是瞎激动。他冲着柴说：你说是不是？

那时柴已经趴在桌子上半睡半醒了。

他把烟在水泥路面上摁灭，掸掉落在裤腿上的烟灰，站起身拍拍屁股往住处走。

当他穿过挂甲屯桥的时候，把烟盒规规矩矩地放在了栏杆上。

05

在山村的那些年，玫最怕见到杀猪宰羊的场面，看到血就吓得要死。也因此不肯吃肉，怎么劝都执迷不悟，渐渐地也就由着她了。玫的父亲说，像她这样的，如果生在草原上，只好扔出去喂狗。

你也不怎么喜欢吃肉，原因却不一样。那年月的人瘦，猪却肥，煮出来的肉都肥到透明。那阵子显然没有瘦肉型猪，或者瘦肉精之类。肥肉是你的噩梦。但你喜欢吃肥膘肉被炸完猪油之后剩下的肉渣。下面条的时候，那东西被扔进汤里，在翻滚的面条中间释放焦煳的异香。闻到这种味道，连猫儿狗儿都按捺不住，悄没声地溜进厨房，一双双眼睛里都释放着祈求的光。假如在吃肉的时候，你忽然想到不久前一头猪的眼睛也这样望着你，胃里就突然一紧。

白奶奶抱来的那条狗，是黑白花纹的可爱的小东西，但它转眼就长成一条灰色大狗。它小时候活泼好动，常把鸡鸭追得东奔西逃，大了却是一条内向的灰溜溜的田园犬。而且它也是一条敏感的狗。每次白奶奶准备出门走亲戚，它都能从她动作的微妙差别里推测她的行程。它一溜烟儿奔出门外，消失在田野里。白奶奶未到，它先到了。那家人看到这条狗，就知道谁要来了。

这条叫“小灰”的狗和玫最好。它经常跟着她跑到村外，再跑回来。后来她对他说，就亲密程度而言，他要被排到小灰后头。她说她要的就是那样一种忠诚。她忘不了在吃饭的时候，它朝她投过来的渴望的眼神。但它决不会跪地祈求，那超出了它的底线，它从不会那么做。

“在它比较老一些的时候，它经常凝望田野，蹲在那里一动不动。我常常陪着它一起凝望。我虽然比它大几岁，它却看上去已经饱经沧桑。它望向田野的神情，和村子里的老人们一模一样。我觉得我凝望的癖好，就是从它那里传染来的。”

它并不是一条称职的狗，不像村子里的其他同类那样在陌生人到来的时候狂吠不止。它蹲在那里默默观察陌生人的举动，像个犬科里的社会学家，你只能从它偶尔摇动的尾巴感受到它的不安。

当然不会有什么风险。大家出门下地，并不给门拉栓上锁。养一条狗，说是为看家护院，其实是不忍心把母狗产下的一窝又一窝小东西扔到郊外去，于是幼崽被送来送去，把养育的义务分摊开来。

在那个村子里，老人们每天做得最多的事情就是凝望田野，有的三五成群，有的就是一个人孤独地望着远方。在人生的尾巴上，天空和田园是怎么看也看不够的。

他对小灰最清晰的记忆，是那样一个瞬间：在秋天，空气渐渐冷了的时候，沉默了许久的蝉最终抓不住树干，吱的一声陡然从树上跌落。小灰就奔上前去，用爪子去触碰它，而这本该是一只猫的动作。那还是在小灰幼年的时候。等到它长大一些，就变得从容矜持，只会对树上跌落的秋蝉行注目之礼。

06

八月五号中午，在中关村一家火锅店，老奕带来了一个人高马大的女孩子。老奕神采奕奕，仿佛重获新生，那个女孩子向老奕投过去的都是崇拜的目光。他以为这就是章女士、以前老奕口口声声的“你嫂子”。但是老奕说她叫石青，网上刚认识的，他说他们一见如故，“也就是知音啊”。

他们围着火锅坐下来之后，老奕再次强调：他和石青只是知音而已。

然后老奕摸出手机，朝四面八方拨了一通电话，火锅四周突然就团团围坐男男女女八个人。

把各色人等迅速纠集到一起喝酒，是老奕的特异功能之一。一到这种时候，老奕就格外意气飞扬，对于自己随时能召唤出一个众星捧月的场面的能力颇为自豪。

今天这一圈是老奕、黎、石青、胜子、郭子、某大学的一个青年讲师、某报社的一位编辑（女的）、一个电脑商（在中关村开了一家电脑商店）。

老奕跟石青不拘一格地开着玩笑，仿佛相知甚久，还伸手去拍她肩膀，而她看上去也并不介意。

石青说她大学毕业没找到合适的工作，就在中关村硅谷里倒腾电脑散件，现在生意不错，据说有上百万的资产。他们是在一家网站的聊天室认识的。老奕的网名叫“大浪淘沙”，石青就起了一个针锋相对的：“大沙淘浪”。老奕在网上写帖子，敢对任何事情大放厥词。“人类是虚伪的，”他在网上说，“人的一切行为都是为己…… 但我不一样……我只为你们。”在网上，这样的帖子，必定遭到无情的唾骂，但也必然最后风平浪静。可是石青追着老奕不放，偏要他对自己的虚伪供认不讳。

这么一来二去的、真刀实枪地杀过了许多个来回，两人在网上谁都离不开谁了。

老奕在火锅咕噜咕噜的冒泡声里向众人讲述这一段网事，时不时拉一拉石青的手。胜子坐在黎右手，侧脸过来，小声问黎：“他以前那个呢？”黎笑了笑，摇了摇头，也小声说：“你天天跟着他还问我。”坐在他左手的记者以为他掌握了什么核心机密，也低声问他“怎么回事？”

黎说：“什么怎么回事？”

记者又问：“你不是跟老奕很熟吗？”

“算不上。”他答道。

记者摇了摇头。此时石青向众人宣布：要资助老奕，把他的宇内咖啡总站办起来，同时出版一本《世界酒吧大全》。

黎站在厕所小便池前拉下拉链的时候，忽然发现右边站着那个中关村的电脑商。“你真是老奕的老乡？”那人问他。

“同事，同事过一段。”黎说。

“老奕这人，你跟他吃吃饭可以，千万别和他一起干什么事。”

在小便的潺潺声里，黎点头，又摇头。这时胜子走了进来，冲电脑商叫了声“李叔”。

李叔一边点头，一边朝便池里吐了一口浓痰。胜子从口袋里摸出一包烟，毕恭毕敬地递给黎和李叔一人一支，又掏出打火机，啪嗒一声打着，火苗猛地蹿到半空里，差点儿点着了李叔的眉毛。

李叔摇着头往外走，黎就在心里头解读这个动作的意思："这倒霉的孩子……"

07

初一的第一个学期，九月的时候，班主任突然把一个女孩子领到讲台前。我们的新同学，她的姓很特别呢，比"欧阳"还特别。

他并没有一下子认出她来。他们有三年不见了。

她在山镇小学跳过一级，现在来涂门上初中，比别人都小一岁。也许她的沉默弥补了年龄的差距，所以看上去并不显得小。

在同学们面前，她叫他的名字，"黎源"。在没有旁人的时候，她叫他"哥"。

那是秋天刚刚开始的时候，教室外的大树上偶然还有蝉声，围墙上的五角星花仍旧开得火红。

"哥，你帮我抓一个？！"她指着树上扑抖着玻璃纸般的翅膀的小东西。（她依然是一个小孩子。）

他悄悄爬上去，爬到半棵树那么高，在触手可及的一瞬间，那知了"吱"的一声逃到另一棵树上，瞬间粉碎了他们的企图。

校园里最多的是杨树，被风吹得哗啦作响。但柳树上的蝉，总比杨树上的多一些。

"哥，什么时候回去看奶奶。"

他听到这个，就站在哗啦作响的树下沉默。

他要是对母亲提出这个要求，必会遭到极力阻止。

到放寒假之前，有一天他打开课桌，就看到那双手套——她终于织好了它。

他不敢把手套带回家里，冬天上课的时候，要是觉得冷，就偷偷套在手上。

08

在他很小的时候、开始有记忆的年纪，他以为，人是不会变的，孩子永远是孩子，父母永远是父母。过去，现在，将来，都是眼下的样子，活着就是永远地活着。

他不记得从哪年哪月开始，突然明白，他爱的每一个人，终将老去死去，自己也一样。不过这种醒悟并没有带来突然的悲伤，仿佛生死根本就不事关重大。它给内心留下的痕迹，都比不上一次搞砸了的期末考试，甚至比不上来自父母的一次误解和责罚。人终有一死，这个事实似乎放在现在也并不太可怕。真正可怕的反倒是回到过去——不是穿越回去，而是像霍金曾相信的那样，在将来的某个瞬间，宇宙停止膨胀，然后收缩，然后时间之流就颠倒过来，世界的顺序也颠倒过来。碎片们从地上爬起，汇聚成完整的瓶子朝桌面上涌去。那是真正的复原，不会留下一丝裂痕。人们从老态龙钟返回身强力壮，再返回幼稚冲动、牙牙学语。这是多么可怕的一种景象，好在霍金已经放弃这个观点。一切逆着时光重来一遍的企图再一次值得庆幸地破了产。

在他上初二那年的寒假，白奶奶到涂门来找医生看她的关节炎，顺便来看他。她几乎年年都来，给他带来山里的东西：一大包干蘑菇，或者核桃。有时木实和她一起来。到了涂门，木实就变得怯生生的，满眼里都是警惕。

奶奶也会去看玫，但他们三个从来没有在涂门聚在一起过。长辈们从不觉得这有什么必要。他们呢，是不会主动提出这种矫情的要求的。也许他是那个最应该这么做的人，但他没有，他知道他自己的意愿在父母那里总会掀起的莫名的不安。前妻也是这样呢，你主动提出的任何要求，都让她莫名地不安。

初二那年，奶奶的关节炎很严重了。她本来就是小脚，加上关节的疼痛，每一步都走得摇摇欲坠。

在母亲眼里，这个在客厅里展开裹脚布的老太太对她平静的生活是一次痛苦的入侵。除了气味，还有白奶奶那不知所措的样子。离开了山村她的地盘，奶奶也失去了在山村里的那种主人翁的自信，变得畏首畏尾、唯唯诺诺。

“那个裹脚老太太”，是她用来描述白奶奶，也是她用来描述去世多年的婆婆的起始句。他的奶奶，也就是她的婆婆，是在他出生的那一年去世的。在母亲口中，他的奶奶可不是善茬，住到他们家里，就把在自己家的主人翁精神带到城里来，生生要从她手里篡位夺权。然而奶奶的重病和去世让一场大戏戛然而止。

白奶奶来到他家，倒像个俘虏，动辄得咎。她把洗脸毛巾和洗澡毛巾拧在一起洗，把内裤和外衣放到同一个盆里浸泡，这些在他妈妈脑海里激惹出乱伦般的焦虑。

白奶奶出生的时候，二次革命都革过了，但她是个不折不扣的小脚老太。辛亥革命、二次革命，就像来自南方的暴风，攻城略地，扫荡了那些一马平川的地方，而山村风雨不动，它的沦陷只能从它的内部开始。

吃饭的时候，母亲一个劲儿地给白奶奶夹菜，让奶奶不再有把筷子伸向菜碗的余暇。

给奶奶使用的碗筷是单独的，餐后放到大钢精锅里用开水煮，仿佛奶奶不是患了关节炎，而是带来了一场疫情。

白奶奶在涂门汽车站拖着她的腿坐上长途汽车，忧愁就朝他阵阵袭来，但他装着无动于衷。他无师自通地知道必须掩饰自己，好让大人们的那些脆弱的情感得以保持均衡。

母亲不喜欢奶奶来看他，也从来没有带他去山村拜访过奶奶。她喜欢一个人待着，愿意把工作带到家里来而不是朋友们。

母亲算是一个幸运的人，婆婆早早地去世了，公公去世得更早。否则，她身为人媳，不知会把日子过成什么样子。

09

八十年代初的涂门难看得很彻底，还有一种孤苦伶仃的气质：慵懒，杂乱，冷漠，半梦半醒。当然，要想从记忆的仓库里寻找吉光片羽，也并非难事。他不会忘掉糖的滋味。涂门的糖，被取了令人垂涎的名字：酥糖、香糖、搅糖、切糖…… 小女孩们喜欢用两根细竹棍搅起鸽蛋大小的淡黄色的糖稀，拉它，缠它，扯它，不厌其烦地一遍又一遍。她们是以成年妇女编织毛衣的耐心和执着来重复这样的动作的。这动作附着在性别之上，也变成一种对男性的禁止。男孩子们绝不可以举着纠结的糖稀招摇过市。

可是上初中的女孩子们若是仍然搅着糖稀进教室，就会招来认真的嘲笑。它被不无道理地视作儿童们的游戏。来涂门插班的玫，就有几次沦为笑柄。

众目睽睽之下，黎红着脸接过了那根竹棍儿舔了一口。那是他第一次尝到搅糖的滋味：柔润、光滑、细腻，还有一层微微的辛辣，比蜂蜜硬朗一些，又比奶糖柔软。

麦芽糖被做成一张大饼的形状，直径盈尺，厚度寸余，放在圆形的砧板上，用纱布蒙好，卖糖的老人挑着它和一只木凳颤悠悠地走街串巷。挂在木凳上的铁锤铁铲当当当地内讧，老远就能听见，提醒着众人他的到来。碰上买主，就稳稳地放下木凳，安顿好砧板，慢吞吞揭开纱布，取一两寸宽、半尺长的刀片立在糖上，另一只手握一把小锤，在刀背上轻轻敲打，就像地质学家小心敲取一片云母石。于是一片带着小孔、刀口整饬的麦芽糖就被切下来。老人的动作一丝不苟，跟这个慵懒粗糙的县城在风格上大异其趣。黎禁不住猜测，涂门或许曾有过一个不同凡响的时代，那时有精致和优美，那些娴熟的动作不过是一个精致的时代遗漏下来的碎片。

黎每每希望那刀片放得靠后一些，这样被敲下来的那部分就厚实了，然而他同时又希望那糖片能薄一些，释放出天然的小孔，镂空出好看的图案，而且放进嘴里它就会像一朵云那么柔软。

白糖冰棍的滋味最为纯正：凉、硬、甜、香，没有多余的味道。包装也简洁，不记得冰棍纸上是否有图案，即便有，也一定不花哨，不会像香烟壳或火柴盒那样硬是要把一个时代毫无必要地印在上面。

香烟壳是光滑的，具备了奢华的首要特质。而火柴盒就粗糙些，有的是过于粗糙了。大前门香烟：灰色的古怪的建筑（或许是深蓝色的），大而无当，却又不失稳重。他对这类建筑的模样向来谈不上好感，却不知为什么把它深深记住了。或许在某个时候，某个地方，或者在某个令人兴奋的时刻，他不经意地瞥见过一盒大前门。

有那么多念念不忘的记忆不过就是惊鸿一瞥。比如在他和玫二十多岁重又见面的那些日子，最突兀的记忆其实是一条毛巾。一条干燥的毛巾，摸着有些刺手，躺在宇文玫的画架旁边的水泥地上。灰色的水泥地面有一点点潮湿，应该是梅雨季节的某一天。然而他不知道他为何那么清晰地记住了它。

10

他做了一整夜的梦，醒来后留在脑际的梦境依旧栩栩如生。正午时分空无一人的一条街道。灼亮的阳光下，道旁两溜儿大树岿然不动。马路上平铺着石头，如同彻底干涸、淤泥坚硬的河床，一道道皲裂的缝隙张开大嘴。他在这空街上等了很久，才有一个人走过，缓慢地、悄无声息地—— 不是在走，分明是在空气里飘浮，又像是潜在水底随波逐流……

而后他听到邻家女孩又哭了。这是个爱哭的年纪吗？是不是每次哭泣，都在锤炼着什么？

接着他的门被嗵嗵敲响，是个急性子的水电工。

那人就像是要把门敲破似的。嗵嗵嗵嗵。他打开门，那人进来四处打探一番，从半开的房门又钻出去了。

这个人每天要砸开多少家人的房门，嗵嗵嗵嗵嗵嗵嗵嗵嗵嗵！果断，坚决，丝毫不用陪着小心。

关上门，他又想到那个梦：正午时分宁然不动的每一件物体都像是藏着太多的秘密，看上去欲言又止。他走在街上，当那个迎面而来的人面无表情地游走之后，蓦然听到一阵哭声由细若游丝直至充斥天地。他以为这哭声来自那个游走的人，回头望去，那儿却阒寂无声。他环顾四周，没有一丝声音。他终于发现，那声音是从他的身体里发出来的，不知来自哪个部位。他捂住胸口，捂住脑袋，那声音仍是充斥天地。

他醒过来才知道是邻家的孩子哭了。

透过打开的窗子望出去，是笼天笼地的灰白的雾—— 整个城市都罩在热烘烘的湿气里，是一个巨大的桑拿浴室，大汗淋漓，气喘吁吁的。

“你可以把自己想象成包子。”他记得胜子开过的一句玩笑。

这不是一个适合出门的天气，他整个早上都躲在屋子里，承受着被电风扇扇动起来的热空气的烘烤。

这种天气里知了最快乐，它们放肆地求偶，嚷嚷得寡廉鲜耻。有人说那是“热啊热啊热啊，简直胡说八道。

热啊热啊热啊。

你还是该去买个空调装上，可是明天就立秋了。

谁家在用电钻施工？嘚啦啦啦啦啦啦啦啦啦啦啦，一阵疾风骤雨，钻在他的肉上。电锯接着登场，*滋滋滋滋滋滋滋滋滋滋滋滋滋滋滋滋滋滋滋滋滋滋滋滋滋滋滋滋滋滋滋*，分明是割在肉上。又有人猛敲下水管道，当当当当，踏踏实实地敲着他的脑壳。

这个上午真热闹。

“古人敲敲瓦罐，敲敲铁盘，就很快乐了，间或还能发明个新敲法，就成了音乐家，你看现在，你学学学学，有人天天对你纠正来纠正去的，哪里还有什么乐趣。学学学，连敲个脸盘也要考个证才有资格……”

“蝉，节肢动物门、昆虫纲、同翅目、蝉科。”

“我不学，我不学！”女儿把蜡笔扔到一边。

“我也不知道怎样才好，然后我就想，也许我从来都没有出生其实更好……”

“如果你不乱动，心静自然就凉了……”

“纲举目张……”

他承受着桑拿天，承受着自己的身体，承受着记忆的喧哗。

11

在电锯的滋滋声告一段落的瞬间，一阵笃笃的敲门声就浮现出来。从它们的轻柔的力度，他就可以判断这不会是那个水电工。

他脖子上围着湿毛巾去开门。面前赫然站着拎了一袋水果的雯倩。

他这才想起几天前她打过电话来，说要和他打听出国留学的事情。

他把她让进客厅，到厨房里去给她泡茶。热水瓶里空无所有，他只好往水壶里灌了冷水，放在煤气灶上烧。她也跟到了厨房里，指着柜橱里满满的一堆蔬菜说：这就是你准备招待我的？

他居然说是。

她马上就把青椒、西红柿、黄瓜、土豆和莴笋统统拎到客厅里去清理。

从她进门，到她坐在客厅里收拾土豆莴笋，不过五分钟时间。他不明白这被动局面是怎么形成的。

他觉得自己反倒像个客人。

“在这里住多久了？”

“三个月。”

“三个月你就可以把这里搞成这样？”

“你这口气像房东。”

“我要是房东，就把你赶到大街上。”

“房东人可好了。”

“你不工作吗现在？”

“算是待业吧。”

“待价而沽。”

“那倒不是。”

“去国外读社会学的人很少吧。”

“不多。”

“你为什么读？”

“感兴趣吧。”

“社会学很好玩吗？”

“其实也不好玩——挺缥缈的。”

“我说——要换作我，我会去学更缥缈的。”

“哦。”

“你猜猜？”

“文学？”

她摇头。

“经济学？”

她还是摇头。

“语言学？”

“我想你肯定猜不到的，”她说，“我会去学宗教学。”

“哦？”

“你不觉得宗教是最重要的学问吗？”

“这我倒没想过。”

“没有？亏你还是学社会学的。”

“学了宗教学以后打算干啥？”

“普度众生啊。”

“真有点意外。”

“你不觉得，将来的救世主必须是个女的？”

他看着救世主用一把刀削土豆皮，灰灰白白的落在水泥地面上，不一会儿就攒了一堆。

“你不要干看着，把这些番茄土豆拿去洗干净。”

他只好从命。

后来她也来到厨房，把他洗过的菜重又洗了一遍。她说酱油不多了，你去买酱油。他又不得不听令。

等他拎了一瓶酱油回来，厨房里已经飘出炒土豆丝的清香，电饭锅里米饭已经蒸得噗噗作响。

然后她用鸡蛋炒了西红柿、把黄瓜和青椒一起凉拌了，又让莴笋炒了肉丝。

吃饭的时候，他问她难不成真要做个女救世主。她说那还用说。

他说这活可不好干。

她说那有什么关系。

他说救世主和宗教学又有什么关系？

她说她觉得还是蛮有关系的。

傍晚的时候她从他这里离开，说下次还会来请教。他就困惑了——整个下午她除了问几句社会学，其他的都算是在给他上课。她鼓励他“多找找机会，窝在家里，大好的机遇不会自动上门。”

他点头。

除了成为救世主，她说她还必须有钱，有了钱才有自由。

他又点头。

送走雯倩，却送不走她尖溜溜的嗓音。

如果她做了救世主，那嗓音不用麦克风，都可以传得很远。

柴柯打电话来，请他明天代他去参加一个会议：留学归国人员创业交流会。柴说他被邀请，但实在脱不开身。

黎说行啊。

“反正你也没事。”柴说。

他说他很荣幸。

“你得多找找机会，别老窝在家里，机遇不会自动上门。”

这话把他吓了一跳。

12

初二那年元旦，大概是1983年新年，班主任的浪漫主义精神发作了，教语文的他让同学们自己制作贺年卡，然后互相交换。那时送贺年卡显然太过时髦，市面上还没有现成的贺卡出卖，它们在涂门还完全不是生活的一部分，到现在应该也还不是。那儿的人若是不得不送礼，就送实在的物品，比如水果、烟酒和罐头，或者其他要狠狠心才能掏钱买下的东西。送出去当然都是要有回报的。

班主任二十出头，大学刚毕业，在逃离教职之前，很有一些情怀。他教学生们在自己做的贺卡上写祝贺的或者自勉勉人的话。黎在卡片上写的是“鲲鹏之志”，在空白处画了一只鹰。这枚贺卡被他送给了玫。而她在卡上画的是修长的竹子，用钢笔勾勒的，技法在他眼里是完美的，他想到自己画的那只被他称作鹰的大鸟，就有几分自惭形秽。那时她也偶然向他展露野心：成为一个大画家，毕加索、凡·高那样的。

他的同桌还当着一群同学的面调侃他，问他把女生送的贺卡藏到哪里去了。拿回家了，他据实以告，他们就哄笑起来。那样的瞬间几乎可以决定人的一生。

班主任在他们初三的时候逃离中学，去市政府投奔远大前程。

他大学毕业后，在N城见过班主任。喝过半瓶白酒的班主任吐露心声，说十年树木百年树人，三年盖房子。他说他等不到你们这些学生让他自豪的时候了——这又从何说起。

“让我为你们自豪可不容易，不要以为你们当了老板、工程师、教授、市长我就为你们自豪了。”

他并没有问他：要做到什么样，他才会引以为豪。他觉得无论如何，让班主任为他自豪是不能指望的。于是他想到了玫，她或许有此可能。他把班主任送上出租车，心头有那么一会儿是紊乱的。

八十年代初，涂门还是个低矮的城市。高层建筑只有两个：酒厂烟囱，火葬场烟囱。酒厂烟囱耸立在涂河边，镇日吐着馊臭的白烟；火葬场的烟囱矗立在市郊，在一座水库的北边。因为高，人们在涂门城里抬眼便可望见烟囱顶端镇日飘出的不祥的黑烟。住在那个城市里，是一种不折不扣的向死而生。

大家抱怨说，自来水遭了污染，有死人的滋味。但那烟囱依旧无动于衷地立在那里，任由青烟袅袅上升。

彼时涂门已经由一个区级县升级为省级市，市政府内的巨大语录碑已被炸得粉身碎骨。语录碑上写的是什么，他都忘得一干二净了，只记得从上到下一列大字，结尾处是个巨型的感叹号。后来他走遍世界，再也没有看到第二个刻着巨型感叹号的石碑。

春天，玫常常去水库的坝上写生，面朝东南方向，背对火葬场隐约的烟囱——在湖水反照和氤氲的雾气中，那烟囱反倒没有在城里看得清楚了。

从坝上下来，一直走到学校后门外，就看到一大片碧绿的蚕豆地，层层叠叠的蚕豆花，每个白花瓣上都有大团的黑点儿，望去就是无数窥视的眼睛。那年春天她画蚕豆花瓣，翻《芥子园画传集》，说，为什么古人总是画梅兰竹菊，为什么不画一朵蚕豆花或者一束麦穗。她画了一大丛开花的蚕豆，拿去参加学校的绘画比赛，当然没有获奖。据说那画缺乏寓意，色彩也不够丰富。得奖的那些，果然都是梅兰竹菊，或者是色彩斑斓的水彩作品……

13

晚上七点，黑压压的云层终于把持不住，把一场大雨从破裂的夜空倾倒下来。雷声惊天动地、滚滚不息。大风夹带了雨水扑进敞开的窗户，迫不及待地打湿桌椅电脑。他赶忙关严窗户，雨水就愤怒地扑打玻璃。他听到树枝噼啪折断的声音，汽车被雷声惊吓发出尖叫。整个世界被闪电照得亮如白昼，转瞬又遁入黑暗。天空是一只接触不良的日光灯管，明明灭灭，不可止息。他感到体内也有什么东西和它遥相呼应。

他看了看墙上的日历，今天已经是八月五号，他到这里已经好几个月。

父亲一手抱着孩子，另一只手拎着硕大的军用包在乌云下奔跑。等他跑到山镇的街上，暴雨就直泻下来。父亲跑到一家茶馆的檐下，挤在人堆里怅望倾盆大雨。他那时只有两个月大，狂风暴雨应该就是这样成为他对这个世界的根深蒂固的理解。电闪雷鸣是他的安慰，倾盆大雨是他心安的地方。

“春天什么时候到？

“现在就是。”

“那怎么还这么冷。”

“因为在刮北风。”

“刮什么风才暖和？”

“南风。”

“什么时候才会看到燕子啊？”

“夏天。”

“那它们不怕热啊。”

“它们喜欢。”

这场雨足足下了一个钟头，直到天空清空了自己，只剩了若有若无的纤细的雨丝。他打开窗户，让清凉的空气猛然钻进房间，也钻进他心里。他去拉电灯开关。啪嗒一声过后，屋子里仍然是黑的。停电了。

从窗户看出去，小区内一片漆黑，水泥路上隐隐约约涌动着人流。因为停电突然无事可做的人们，都在东奔西跑。他也下了楼，随着人群涌出小区。

街上人头攒动的，比白天还热闹。芙蓉里小区那边倒没有停电，远远看去是一片光的孤岛，大家都成了飞蛾，朝那个方向满怀希望地扑过去。

一辆抢修车瞪着硕大的前灯在人群里费力穿行，有一种幸灾乐祸的表情。

他走到四环路辅道边，那里已被大水覆盖。汽车从道上驶过，一辆辆看上去就像漂在水面上，一派江南水乡的气氛。这个城市难得有这样的景象，人们站在路边都看呆了。

一个男子抱着一个幼儿也站在路边看水，他站在比辅道高出半尺的人行道上，看过往车辆泛起的波浪层层叠叠向他推展过来。水浪拍打人行道，噼噼啪啪的，居然也能演绎惊涛拍岸的意境。孩子兴奋地挥动一双胖胳膊，发出快乐的咿呀。

他回到住处时已接近午夜，电依然没有来。天空却是斑白的了，就仿佛黎明要提前到来。是大雨把天空洗刷干净了，还是这个城市的一角被闪电击中，燃烧起来了？

这一场雨后他自己也变得平静，脑子里不再有那么多纠缠的思虑。睡意也随着凉意袭击过来……

他在凌晨醒来，瞥见窗外的天空隐约一缕微光。这缕微光让一颗心无由地跳动起来，仿佛某种希望不知不觉潜入了身体。

一只知了也被这一点点微光唤醒，大喊出来，声音拖得长长的。然后另一只了也跟着发声。这是凌晨四点半的样子。

刚才的睡眠里，他梦见自己和一个女子去远游，他们是在一张极其巨大的地图上旅行。从一个地方到另一个地方，有时坐汽车，有时乘船，有时坐火车，当他们走到地图的边缘，她说不能再走了。于是他们沿着另一条路线回返。他们在一个简陋的站台上等火车，火车老也不来。他担心自己回去迟了，会耽误什么要紧的事情，十分焦急。后来火车终于开了过来，车里的人并不多，然而人们一拥而上，他们上车后没有座位，只好站着，车里被挤得水泄不通。火车开动了，他又担心到站后自己不能及时下车……

那一缕微光又把天空撕开了一些，他已经可以看到远近的建筑空灵的轮廓。建筑的细节仍然被黑暗遮蔽着，所以依稀的剪影尽善尽美、无可挑剔。现在是这个城市最可爱的时辰，它在分分秒秒间展开自己，犹如昙花开放。

他听到进城的第一辆大货车马达轰鸣。也有砰砰砰砰的声音，是用拖拉机改装的小货车在跑向早市。这种时候就是听到一两声驴鸣或者马嘶也不足为怪。这个城市的大街上偶尔会不可思议地跑上来一辆马车，更令人惊异的是，这些骡马一律静悄悄的，反倒比人还要斯文得多。

知了们都噤了声，不过二十分钟左右，它们就喊累了。代之而起的是麻雀与喜鹊的叽喳。这些粗笨的鸟儿，不知道到自己已是迟到者，用一种沾沾自喜的腔调啁啾聒噪，一声声的倒也率性随意，与这凌晨的冷清气氛相得益彰。

又是一天。

又是一天。

不知从什么时候起，涂门就不准骡马进城了，城里稍大些的动物只有猫和狗，当然养鸡权始终没有收归国有，凌晨总能听到几只公鸡撕破喉咙大叫。即使在八十年代末，城里偶尔还能看到猴子，江湖艺人牵着它们在城中央的十字路口摆开场子，在被城管轰走之前草草翻上几个跟头，作几个揖，捡几枚镍币。猴子们脏兮兮的，比想象中还要瘦小，但好歹还剩些机灵劲儿。这时候孩子们最高兴了，痴痴地站成一圈，但又瑟缩着不敢靠近。

最奇怪的是那些白鼠，它们被放进转轮里，拼命地奔跑，你盯着它们奔腾的四蹄，凝神它们脚下的轮子急急流过，就会觉得在方寸之间也可以是路途漫漫。

你忽然想起那种被叫作“鼠尾”的花，长在山村的道旁田间，山上也有很多。鼠尾花是紫色的，在太阳光底下开得热烈。你第一次见到它们的时候，木实对你说，这叫鼠尾，老鼠尾巴。你立刻就嫌恶它了。这种嫌恶一直持续到成年。鼠尾花当然跟老鼠没有任何关系，但是一个命名，就足以毁掉一种花朵。他对老鼠的厌恶呢，也是从大人们的语气和表情中传染而来，丝毫没有多少道理可言——即便是从柜橱里搜出的几只光溜溜的小鼠，它们的柔软鲜活，其实跟鸟巢里新出壳的幼雏别无二致。但是“老鼠”二字是有毒的，它们能杀死一切温柔的情感。

他闭上眼睛，眼前晃动着紫色的鼠尾花，再次坠入梦乡。

几个人在一个巨大的海面上划船，他们使劲地把帆布撑起来，耳畔的风呼呼作响，热浪滚滚拂面。突然一座冰山向他们轰隆隆碾压过来。起来！起来！山来了！山来了！他嗓音嘶哑，但他们根本听不到，还在使劲拉绳索。山来了！山来了！

从窗外涌进来的热空气唤醒了他，正午的太阳暴露了它虐待狂的本质，它用惨白滚烫的洪水把世界淹没。他走出去，阳光下的每一幢楼、每一棵树、每一个人、每一棵草都被刻出清晰黝黑的影子。太阳是个刻板的画家，在它的手下，一切事物都必须巨细靡遗地被描摹出来。

14

这个报告厅里的陈设跟二十年前他记忆里的那种事业单位会议室一模一样。大肚子的白瓷茶杯，他很多年没见了。小时候，父亲或母亲的单位里，尽是这样的物品。茶杯的形状敦厚粗笨，台布白到没有一丁点儿花纹。台上总是坐着一溜儿人，行政级别最大的一定在正中间，最低的只能叨陪末座；能坐到台上的，就算成功人士了…… 上台还是下台，是仅次于生或者死的事情。

他透过窗子去观望外面的暴雨—— 进报告厅以前，外面还是被骄阳和热气统治的世界。转眼间窗外就一团漆黑，暴雨不期而至，巨大的水柱俯冲而下，整个城市仿佛遭受了一次报复性袭击。

母亲总是让他待在角落里不许说话，开会的那些人全都不在凡世，严肃的神情令他望而生畏—— 他们平时在大礼堂外决不如此一本正经。那种气氛，给他留下太过深刻的印象，让他永远都不想踏进一间会议室，甚至看到大礼堂外墙斑驳的水泥墙壁和裸露出来的红砖，也会感到莫名的不安。权力的分配和运转，那是他不该早早看到的场景。

此时他看着白瓷茶杯饱满的形状，听着演讲者喋喋不休的话语，倦意阵阵袭来。

他整个下午都在打瞌睡，一个又一个报告，内容迥异，却只有一个主题：成功，成功。

这种会议有一种魔幻的气氛。

会议结束后照例是吃饭。他们这一桌一律三十多岁，博士或者博士后，还有两三个领导，被安排在至尊的座席上。他知趣地找了个末座，背对着门坐下来。这一套，他再熟悉不过了。

筷子在盘子上挥舞，菜香在空中飘浮，喜气洋洋的啤酒沫在杯里破裂。

“…… 刚回来的时候，还真有点不适应，大街上…… ”“…… 你们单位给了你安家费？职称怎么解决？ ……”“…… 这种转基因的小番茄……”“…… 可是个牛人……”“…… 规定一年两篇 SCI……”“…… 这种转基因的番茄……”“…… 就差在每个人背后站着一个保安，你不好好干活，就用电棍给你来一下子……”“…… 加州气候很好，夏天也不是很热……”“……SCI……”“…… 本科教学质量评估……”“……捣蛋…… 弄得离心离德……”“…… 技术性操作……”“…… 转基因……”“……

SCI……”“…… 学而优则仕 …… 学而仕则优 ……”“……SCI……”“…… 他们就问‘你干吗回国？ ……’”“……SCI……”“……SSCI……”

在长江边上的N城，他在那个漆黑的楼道口找到玫那阵子，有一次，当他们在公园比肩而坐，他们同时想到了那个疯子。她说你还记得不，好多年前，涂门大街上的那个人。他说他也在想那个人——他正盯着一株银杏树上青白的果子，不知为什么就想到了他。

疯子每天都要穿过涂门的中心街，花整整一天的时间。早上他打哪里来，晚上又去哪里，无人知晓。

白天，一条长长的中心街都是属于他的。他独步其中，在城北的垃圾箱边吃早饭，中午转移到城中心的闹市区——另一个垃圾箱里盛着他的午宴。傍晚的时候他抵达城南，一座桥边的垃圾箱早已恭候多时。

他并不总是赤裸着，有时身上也套一件衬衫、一只长裤。但在记忆里他多数时候是赤裸着的。

八十年代在涂门待过的人，谁都不会忘记那个疯子。他是中心街上流动的第欧根尼。

他在垃圾箱旁边吃他的早饭的时候，就有人围住他，目不转睛地盯着他看。他拿起一块发霉的馒头朝观众们伸过来，“吃！吃！吃！”看客们就后退开去——于是围住他的那个圆，像石子儿激起的水纹扩大着半径。

“吃啊——也吃！”

中午他在垃圾箱前睡午觉，那是真正的沉睡，仿佛废庙前的一块石头。午后的勃起也是肆无忌惮，仿佛立在绝交国使馆门前的一根无人问津的旗杆。

如果此时他醒来，会跟住一个路过的女子，嘿嘿傻笑着走上半里地，然后就断然放弃。半里地是他性欲的距离。走完这段距离，午后燃烧起来的火焰也就熄灭殆尽，他重又回归漫游之身。每当他跟上过路的女子，就会有更多的人跟着他看热闹，巴不得发生更离谱的事情，可是他的表现总要好过最谦逊的君子，这不免让众人大失所望。

15

被端上来的红烧肉油光铮亮。有人推动转盘，让方头方脑的肉块停在领导面前。领导夹起一块搁在自己的盘子里，也推动玻璃转盘，让它转向一个副教授。对这些尊卑等级的觉察和遵守，就像骑自行车的本领，即便荒废多年，瞬间也就娴熟如初。

那个搞材料科学的副教授用小心翼翼而又亲狎的语气对领导说：这年月，都不缺营养，红烧肉得少吃。领导畅快地笑起来，是啊是啊。

领导问材料教授，你是哪里人，然后又挨个问大家都是哪方人士。在座的每说到一个地方，他都能举出那地方的一两件特产掌故。郑州的？商城遗址很有名。南京的？鸭血粉丝汤好！尤其抄纸巷的。沛县？刘邦的老家嘛。大家纷纷表示佩服。

领导说他只不过多走了几个地方而已——尤其是做知青的时候——说你们这些科学家的学问才是真学问，有用的学问。

大家纷纷表示，领导掌握的是大局，我们不过是在螺蛳壳里做道场。

领导说你们赶上了好时候。他父亲也喜欢用这句话，你们赶上了好时候啦。碰到一丁点儿好事，都要把过去拿来比一下子。在他没出国之前，并没有想到这种习惯其实可以算作一种心有余悸。

“我们做知青那会儿，面朝黄土背朝天，唯一想的就是进城。进城也不是要回来吃红烧肉，是要干一番事业，当科学家，那时候还是想当爱因斯坦、陈景润的。你们现在要成了爱因斯坦，我们高兴都还来不及。我们后来上大学那会儿也是拼命学习，想着有一天当爱因斯坦。后来就知道爱因斯坦可不是那么好当的，人家在二十六岁就发现了相对论，我们呢，二十七岁才开始学微积分，你无论怎么赶都赶不上了。我们也就承个上启个下吧，给你们当梯子。”

对于做过知青的人，那一段生活必须在每一个公开场合提起，那时候的苦难和浪漫，犹如一种超级口香糖，越嚼越细腻。

有人宽慰领导，说您这年龄，在干部里属于年轻有为的，将来中国的科学，就是要在领导的带领下蒸蒸日上。

“现在中国的发展势不可当！看看十年前我们国家什么样？”

“一个天上一个地下！”

“要是对比一下二十年前，更是难以想象。”

“党带领这个国家走到了飞速发展的道路上，你们多年在国外的，一下子回来恐怕吃惊不小。”

“没错没错。”

“你看上去年龄不大？有三十了？”领导问他。

“三十四。”

“年轻！——你是涂门市还是涂门郊县的？”

“涂门市，小时候在山镇待过一阵子。”

“山镇！那地方我可去过。”

“涂门的山镇？”

“当然！做知青那会儿，我就在你们涂门旁边的苏北农村插队。山镇可是个出好茶的地方…… 当天背着茶叶往公路走，愣是搭不到车，怎么办？走！愣是走了半天工夫。到汽车站我们都累瘫了。那时候都这样。回到苏北从县城往大队部赶，自行车又骑了三十公里…… 能不累？ …… 埋怨？那个时候是有点，但是现在回头看，还得感谢知青生活。困难归困难，但是经过那样的日子，你还有什么过不去的……”

是啊是啊，他父亲也经常用这种口吻说话。父亲经历过艰难困苦，却努力避免让他承受类似的生活，只想让他成绩优异，考上一个好大学，在一个窗明几净的办公室里过一辈子。当然父亲也希望他有出息，这种自相矛盾，是父亲觉察不到的。人不过是活在自己的命运里，超越那个命运，得要多大的能量才行？也许需要建个核反应堆—— 那当然是不可能的……

领导已经说到自己大学毕业以后的事情了，一九八二年，他被分配到一个县城工作。他学的是水利，所以全县各处跑，把各乡各村的水渠登记在册。

“…… 那才叫吃百家饭…… 老乡们给干部做派饭，能有什么东西？队里派到谁家，谁家就有点补助，但饭菜也讲究不了。那地方能有啥？除了两个蔬菜，就是一碗炖鸡蛋。炖鸡蛋你们该知道是什么吧？！对，就是蛋羹，鸡蛋打到大海碗里，兑上水，加猪油，撒点葱花香油。这东西当地农民平时可吃不起…… 我们吃饭，那家孩子就站在附近咽口水。我跟着的那个同志有经验，偷偷告诉我你吃这边我吃那边…… 然后中间就剩出一堵墙，鸡蛋墙…… 干部吃完派饭，剩下的那堵墙就是老乡的，那时候到老乡家都这么吃，从两边挖，剩下中间一道墙…… 那孩子就坐在一个箱子上盯着我们，大眼睛一眨也不眨……‘桥塌啦！桥塌啦！’，孩子突然大哭，从箱子上掉下来。我纳闷呢，什么桥塌了，对面那个同志就指指鸡蛋羹…… 那家人饭前告诉孩子，叔叔吃完饭会剩一道鸡蛋墙，孩子没听明白，听成了“鸡蛋桥”，‘桥塌啦！桥塌啦！’…… 恐怕是我一勺子下去挖得太深，‘桥塌啦！桥塌啦！”你听了别提多揪心…… 我跟着的那个同志常年吃派饭，说他常年就是被这些孩子眼巴巴盯着，那才真不是滋味…… 还有一次，是个女孩子，看着我们面前的一盘香肠…… 我让孩子来一起吃，老乡就拉着孩子说他早吃过了。说实话，有了上次塌桥的事儿，那盘香肠我也不敢怎么动。饭吃到一半的时候，那孩子突然喊了一句：‘我要把叔叔的香肠吃光！’”

一屋子人笑了起来。

“…… 现在有些人说改革改坏了，不用说别的，你给他顿顿蔬菜汤，三天一个鸡蛋，让他这么吃半年，让他孩子也这么吃半年，如果他还觉得不赖，他就有权利批评改革。否则就闭嘴—— 现在好些人，一顿饭几百块，吃完了抹抹嘴就批判改革开放，说不如回到以前，这种人不是傻子就是骗子。现在人的日子过好了，反而容易被傻子骗子忽悠，倒说明改革开放真是不够彻底……”

当年他和木实，为了争一片剩下的香肠，差点儿打起来了呢。可是他一点儿都不记得那些干部的面孔。

宴席结束出门时，他这个出国多年的人，也恰到好处地站在门内等待领导先出去。众人按着尊卑的顺序一个接一个踱出餐厅，聚到门口的大太阳下照相。要把餐桌上的秩序转移到镜头底下，让摄影师颇费了一番周折——众人你推我搡，都不肯往中间站。领导的谦让把场面弄得更为混乱，有那么几分钟，他们像一群在搬家途中被不知什么动物踢了一脚的蚂蚁，个个东躲西藏的。

他也驾轻就熟地和其他人推搡，制造一小场必要的混乱。这种虚情假意的谦卑在他体内蛰伏了七年，如今豁然苏醒，依然驾轻就熟。

等到终于把领导按到中间的位置让他无处可逃，大家就沿着这个中心一字儿排开，迎着黑洞洞的镜头喊茄子。

“大家跟我一起喊——”

“茄子！！！！！！”

16

涂门的记忆，覆着一层灰蒙蒙的颜色。这灰色之于摄影家，或许就是诗意，是缅怀；而于他，那是从涂门生活的最核心里弥漫出来的阴郁。是早晨母亲们对孩子的大声呵斥，是午后男人或女人当街的厮打，是夜半小巷里无穷无尽的流言蜚语，还有永远都抹不掉的趋炎附势。

但是总有一些畅快的印象从这背景里挣脱出来，在一些半梦半醒的时刻，他会想到那年月的雨。夏天一场大雨把整个县城泡在水里。水从院子里涌进家门，淹没所有的鞋子和床底下一切物件。若是秋天，绵绵细雨总要在瓦楞上攒够了，才一滴一滴沿着屋檐坠落下来。落进一只白瓷碗，叮——叮——叮——叮——叮，一声声传入耳底，是安慰也是一种规劝——如果在深夜，那就更好了，躺在床上，恍如在船上晃荡。世界就是一条温暖的船。如果是白天，他就从作业本上抬起头看窗外或磅礴或淅沥的雨，莫名高兴起来。

他家院子里养着几只鸡，那被雨水敲响的白瓷碗，便是供它们饮水之用。公鸡母鸡总是侧着脸饮水，每喝一口就仰一次头，翻了苍白的眼睑，刻骨铭心地望你一眼。

青砖垒成的鸡窝，铺着稻草，要时常打扫，不然就会弄得臭气盈院。现在他疑惑的是：当年他们是从哪里弄来那些稻草？

县委大院的家属区里，这样的鸡窝星罗棋布，整个县城更是不可胜数。半夜里公鸡的叫声一家家传过去，仿佛传递着一种酝酿了许久的行动信号。不知在鸡鸣第几遍的时候，与县委大院一墙之隔的军分区就响起军号：嗒…… 嘀嗒嘀…… 嗒…… 嘀嗒嘀…… 嗒嘀嗒…… 嘀…… 嗒嗒……，这是第一遍。

过了些时候，又是嗒…… 嘀嗒嘀…… 嗒…… 嘀嗒嘀…… 嗒嘀嗒…… 嘀…… 嗒嗒…… 不多也不少，总是两遍。在天蒙蒙亮的凌晨，这军号声带些凄惶的意味，让他不无道理地联想到那些从课本上读到的事情：平原上的围攻、草地上的行军、大反攻、歼灭战…… 这号声让一个半梦半醒的少年油然而生一种愧疚之情—— 你凭什么可以在这温暖安详的被窝里熟睡呢？

夕阳投上"解放电影院"宽阔的西墙，染开一片灿烂的橙红。他家与影院只隔一条石板路。影院西墙曾经开有小门一个，他家搬过来之前，门已经被人用红砖封上—— 想必以前从那里偷偷溜进去的人不在少数。他经常把耳朵贴在红砖上，听砖缝里流出的音声—— 并不能清楚听到人物的对话，只是嗡嗡的混音而已，这就把正在放映的故事渲染得格外引人入胜。他曾在电影院里看过他趴在墙上侧耳聆听过的电影，和他的想象差别之大犹若云泥—— 趴在墙上听到的那个当然更好。

有一阵子，解放电影院在周末晚上改成了舞厅（那么多的座椅是怎么搬出去的？）。先是交谊舞，后是迪斯科。凡是去跳的，都被人们看作放浪形骸之辈，音乐当然也都是靡靡之音。音箱就放在那堵红砖墙的位置。"梅兰梅兰梅兰我爱你，你像那梅花招人喜"。这是哪一年？八五或八六年？"梅兰梅兰梅兰我爱你，你像那梅花招人喜…… 看到了梅花就想起了你。"靡靡之音！"美～酒 加 咖 啡，我～们 来喝 一 杯……"靡靡之音！"今天又不是星期五，怎么这么倒霉地遇到了你…… 别管我，别管我，吃雪梨……"趴在西墙上侧耳听那些大哥大姐跳舞，想象出来的场面自然要比真情实况放荡得多。而这被夸张了的淫荡，竟不过是扭屁股，脸贴脸而已。他一直不明白，那么谨慎的母亲，居然没有发现那一堵西墙包藏的风险，竟然没有学孟母，以捍卫教化的纯正。母亲当然不会去跳舞，非礼勿视无礼勿听。或许正因为如此，她对那一堵西墙所包含的一切，也就在懵然无知中失去了戒备。

谁拎着录音机套着喇叭裤架着大墨镜？母亲拿出她最擅长的归纳法："那些不三不四的人。"收音机里的相声也在委婉地支持母亲："爹爹钱少我不能买，扯了二尺红头绳，蛤蟆镜子戴起来。哎～～～"

《少林寺》，对了，《少林寺》。这是父亲同他一起看的唯一一部电影。父亲单位发的票，中午十二点那场。电影演完了走出来，夏天炫目的阳光一下子在面前爆炸，你站都站不稳。

阳光灼得你心慌。更让你心慌的是那个叫觉远的小和尚，他领受了皇上的命令，喝酒可以吃肉也行，就是不能娶那个漂亮的牧羊女—— 可是跟牧羊女相比，酒肉又算得了什么？ —— 你一颗心悬着，满腹凄凉，但你不会对父亲诉说这些—— 牧羊女被将军撕开裤子的时候，你父亲的神情好生尴尬。即使在那个小小的年纪，你已无师自通，知道一个儿子在父亲面前要紧闭情感的大门。散场以后，父亲在电影院门口买了火红的李子，那是你第一次见到红李子，那么妖艳，不是食物应有的颜色。咬一口味道却是酸的，那层好看的外皮也是苦的。

《少林寺》之后，武打片纷至沓来，片名写在电影院的小黑板上，是一声声来自海妖的呼唤。你决心要看完每一部，一个都不落下。然而这个目标很快就变得遥不可及，武打片像台风一样席卷而来，令人目不暇接。聊可安慰的是，再没有哪一部堪与《少林寺》媲美。它是起点也是高潮也是结局，是新娘子走出闺房的第一个瞬间，后头跟着的无数热热闹闹的下坡路其实不走也罢。

同武打片一同到来的还有“严打”。“严打”“拉网”“清除精神污染”“扫黄”。有一双不由分说的大手在梳理着这个世界。县委大院门前的布告栏贴满打着红叉叉的判决书，抢劫犯、强奸犯、流氓犯，他们在镶有玻璃的宣传栏里成年累月地注视着大家。

他的一个初中同学的哥哥被枪毙了，因为一次抢劫——他抢到了五毛钱。这大约就是“严打”的含意了，让他联想起那些战争年代的电影，军官们抓起电话机：“给我狠狠地打！”

对这个同学的哥哥，你说不上有同情，他弟弟——他那个初中同学——其实也是欺人太甚的家伙。听说他被枪毙了，你也曾拍手称快。你挨过他的打，也挨过他弟弟的打。你恨他们。但当你的年龄一天天长大，你就感受到了一种耻辱。为了五毛钱去枪毙一个人是可耻的。

放学总要经过熟食店门口，挂在窗口的卤肉发出诱人的呼唤。真香啊！你总要深吸一口气，发出一声绝望的叹息。

那个姓耿的同学最不喜欢你这声叹气了，他轻蔑地说这叫喜形于色。是啊，直到现在他也还是太喜形于色了，这是骨子里的东西，是一条一不小心就露出来的尾巴。

耿的成绩好得吓人，尤擅长物理，是你的榜样，所以你从此经过熟食店就不再啧啧赞叹。

你们还会经过一个服装店，每每放了节奏明快的迪斯科音乐。你的脚步会不由自主地跟上那快乐的节奏，嘭嚓嚓嘭嚓嚓，你想手舞足蹈，可是断乎不可。

那是八十年代，距今不过二十年而已。再过二十年，世道又会是一副什么样子？

“阿里！阿里巴巴！阿里巴巴是个快乐的青年，阿里！阿里巴巴！阿里巴巴是个快乐的青年，oh oh oh oh 芝麻开门 芝麻开门，oh oh oh oh 芝麻开门 芝麻开门。”“成、成、成吉思汗；成、成、成吉思汗；有多少有多少美丽少女，都想嫁给他呀，都想做他新娘！……”在那个年纪，你不明白，为什么那么多美丽少女要嫁给成吉思汗。你以为，成吉思汗是不需要女人的，只是拿着大刀四处冲杀，要是身后跟着一帮少女吵吵闹闹地要嫁给他，真是荒唐可笑。

17

玫的母亲总说，画画的都是疯子。玫初二的时候，因为这个和母亲大吵了一架。盛怒之下，玫把自己的画统统拿出来烧了——这给她母亲的断言平添了佐证。

玫的母亲最终还是放她去读了美术高中，私下里等着她从歧途上爬回来。但凡玫有一丝后悔之意，她就眼前一亮。她对他妈妈泄露过这份秘密，当然也就会传到玫的耳朵里。但对于玫来说，这算不得什么秘密，昭然若揭，再没有什么比母亲眼中的那一丝光芒更能坚定一个女儿摧毁这份希望的信心。

公交车一阵颠簸，把他从梦里摇醒过来。车窗外，是熙来人往的大屯路。

仿佛边看电影边睡去的人突然醒来，他努力思索这些行人和街道意味着什么。

手机振响，伸手到裤兜里把它掏出来。老奕的短信赫然在目："避免疯狂的最好办法就是比疯狂更疯，也就是最后的疯狂。疯狂、沉默，再疯狂，再沉默。直到在疯狂中永远沉默。"

他准备把手机放回裤兜里，继续打瞌睡。

但是又一条短信追加过来："力拔山兮气盖世，时不利兮骓不逝。骓不逝兮奈若何，虞兮虞兮奈若何。我靠！大风起兮云飞扬。"

他把手机放回裤兜里，决定不拿它出来看了。

提示音嘀嗒又响。他想忍着不去碰它，终于还是向好奇心投了降。

"我的内心充满了忧伤、焦虑、悔恨、歉疚、急躁和痛苦，以及人世间一切有损于身心健康的不良情绪。我不下地狱、谁下地狱，看万山红遍，层林归于我主！"

他以为会把这种短信连绵不绝地发过来，但他再也没收到更多的。老奕显然是喝了酒，他清醒时很少发短信给他，有事就直接打手机。这家伙酒后发来的短信都异常悲壮，仿佛整个世界都对他不起。

有时老奕发来的短信又相当豪迈：公司将走向辉煌，马上就会改天换地。上周老奕还发短信过来，说他要成立一个国际联盟。他一点都不觉得这是虚张声势，老奕干得出来。他就是要声称另立一个联合国也不足为怪。

一直到了晚上，老奕都没有再发短信过来，这份平静反倒让他惶然。他脑子里不由得就想到一些血腥的场面。老奕是不可能选择上吊的，割腕是一种可能性，最有可能的是从楼上纵身一跃，因为这最富有诗意。他按捺不住被自己的想象激荡出来的恐慌，给老奕打了个电话。老奕在那一头软绵绵地说：“哥，这么大半夜的把老子吵醒，我还以为美国人侵伊拉克了呢。”

他说美军早已占领巴格达，他只是想瞅瞅老奕是不是还在人间。

老奕说他当然还在人间，天堂现在平安无事，比太平间还太平，暂时不需要他。

18

涂门的桥和水，这些被古代诗人反复吟咏过的景物，在他少年时代的记忆里被笼上一层淡淡的臭味——那是从酒厂烟囱里爬出的气味，不是酒的味道，是发酵了的谷物的酸腐，一种书呆子的味道。

涂门的夏天有烫人的阳光。他和玫有时候躲在电影院围墙高大的影子里听夏蝉吱吱聒噪。这声音，是把人内心的焦灼和烦闷直露地嘶喊出来。

电影院门口灰色的水泥台阶上满目是被践踏的冰棍纸，那些粘在地面上的，死心塌地，扫也扫不走，没能粘住什么的，就被风刮成孤魂野鬼，慌慌张张，喋喋不休。

散场之后从电影院里扫出的瓜子壳每每堆积如山。这用口唇完成的浩大工程，向你展现一个真相：电影和唾液腺之间有一层至为牢靠的联系。

八十年代，人们像狗一样恋家，把单位的东西偷偷拿回去，又在家里大打出手。同事们互相盯住职称、级别和婚事，时不时严厉打击少年犯罪，拉网，送到新疆或者青海，或者干脆毙掉。

他和玫那时相信，电影里的东西都会变成现实——在将来。

在那个重点中学，玫是唯一一个敢穿着短短的西裤上学的女孩。在初三毕业那阵子。只有她露着雪白的小腿和一部分大腿，在课桌板凳间招摇过市。他知道同学们不喜欢她这副打扮，他也一样，简直因为这个恨她。

玫似乎故意跟这许多的目光作对，我行我素到令人发指。也许她根本意识不到这种目光，只知道穿上短而白的裤子，以为一切都好——若是这样，她就不需要胆量了。想到她也许不是故意为之，他的恨意固然松弛几分，同时那暗暗的佩服也不免打了折扣。

初中的玫，依稀在目的尽是这些碎片。他一度为之烦恼的短裤，却是她留给他最鲜明的印象。她的脸，在记忆里越来越朦胧莫辨。他只知道它很美——这个结论，这个念头，跟它所从认定的事物一天天脱离开来，终成了孤家寡人，似乎没有什么根据可言。

她后来青年时代的面容，与少年时的脸孔，已判然有别——当然依旧很漂亮，应该说，更漂亮一些。但两种面容，简直可以说是两个人的，只是用同一种怔怔的眼神联系在一起。

他总是固执地回到她抽象的面容和醒目的短裤。从这些印象出发，他偶尔会抵达记忆深处幽暗纵横的巷陌：他和她坐在解放电影院围墙的阴影里，四周荡动着蝉的聒噪，遍地是被践踏成泥猪疥狗般的冰棍纸，还有一个老太太推着四四方方的冰棍箱像推着一整座城池在他们面前逡巡来回。老太太不时揭开木头盖子，露出脏兮兮的棉被，再揭开棉被，便有甜味的白气挣脱城池的束缚袅袅上升，仿佛打开了所罗门王的瓶子。

老太太时不时朝他们这边看上几眼，那样子，像是期盼，又似乎是批评。他不免想到：他们这样并肩坐着，在她眼里肯定不会是无可指责的。

现在那目光也成了一道谜题，没有可能被解开。他永远都不会知道，那个站在电影院门前卖冰棍的老人，看他们坐在电影院的阴影里，到底心头会掠过什么样的想法。

解放电影院是个太招摇的地方，他们坐在那里，突然就意识到这一点，于是站起来走散了。

初中的玫勤勉地画那些水墨的山水，都是不可触及的空灵之物。那时他并不喜欢写意的中国画，他更喜欢写实的风格和鲜艳的事物，他也喜欢印在画册里的法国印象派作品，什么莫奈啊，毕沙罗啊，德加啊，雷诺阿啊，总之，是那些赏心悦目，有如夏天的白糖冰棍的滋味的东西。

进了高中，也就没有工夫去想这些，是因为没完没了的考试，还是因为玫走了，他也说不清楚。再没有谁能借给他五光十色的画册。她去另一个省去念高中，一所美院的附中，开始画西洋画，先是水粉，然后是油画，再后来就考上了美术学院。

高中的时候，他每天都一个人从电影院的阴影里走过。那个老太太，夏天在电影院门口卖冰棍，到其他季节，就不知所终——她仿佛是一只蝉，只在最炎热的时候一现真身。

19

你被窗外喜鹊的聒噪吵醒。这些鸟儿，每天早上都要凑在一起大叫大嚷，没有一天缺席过。

你晚上嫌热，总要开了窗户，于是早上它们的那些喊叫就是在你耳根底下引爆的一颗颗炸弹，锲而不舍地粉碎你的梦。其实你并没有多少美梦可做，但即使是噩梦，也惮于被惊扰。

这次你还是和几个人在一个空旷的地方宿营，远处是延展不绝的群山。你们好不容易才把帐篷支起来，钻到里头歇息。你们都睡着了——在梦里睡着了。半夜里，一座大山朝你们推过来。看到它来势汹汹，你就慌忙翻身爬起，朝其他几个人大喊："大山来了！大山来了！"可是嗓音低到连你自己都听不见，而他们全都睡得比石头还沉。你从帐篷里跑出来，回头看到有人跟着你陆续跑出来。你看到有个人出来又反身伸手去拉帐篷里的其他人，就在这时候大山一下子就把帐篷和那个人吞没了……喳喳……喳喳……喳喳喳。

你闭上眼，希望能继续入睡——你当然并不是想重温旧梦，只是想把被噩梦蚕食掉的睡眠补充回来。

但是睡眠从来都不臣服于任何人的意志，它只是赐予、赠送，它对于强求者是冷酷无情的。他想起那个关于普鲁士的铁血宰相俾斯麦的故事：能战胜欧洲列强，但惨败于自己的睡眠……

他终于缴械投降，从桌上抄起一本书。他读到《巴曼尼得斯篇》里的苏克拉底说："那些我们所看见的，那些存在，相信有它们的某个相，恐怕太荒诞了。然而这在过去已使我不安：或者关于一切是同样的情形。后来当我刚一停留在这点上，我即逃跑，恐怕坠入愚昧的深渊，毁灭了我自己。我却逃到那里，到我们刚讲的有相的事物里……巴曼尼得斯说：苏格拉底啊！因为你还年轻，哲学尚未紧抓着你，像它——如我所见——仍要在将来紧抓着你的，那时你将不轻视它们中间的任何一个了……"

这本书成功地把他送入梦乡。

他不知道打哪儿传来哭声，他循声前行，穿过一条长长的街道，来到一条河边。一排茂盛的大树沿着河岸逶迤开去，定定地站立。当他听到流水声，哭声就从耳边消失了。这时一片叶子掉落下来，躺到地上。他伸手捡起它，触摸叶面上纤细的脉络。他依稀听到一个声音在问："哪一面是正面？"他把叶子翻来覆去：一面墨绿，另一面是灰白色。

然后他听到邻家的厨房传来急促的敲打，是剁肉馅的声音，咚咚咚咚咚。于是他知道那哭声、河岸、叶子，都不过是又一场梦。咚咚咚咚咚，这声音把他砍割成细小的碎块，再剁成微不足道的粉末。然后他就飘在空中。他看到手中的书页，继续读那些可怕的句子："单一的相，而且是同一个相，同时整个地在许多事物里，它们又是分离开了的，这样，它要和它自身分离了。苏格拉底说：不。至少，如若像日子，是单一的、同一的，它同时在各处，并不和它自己分离；如若这样，每一个相，单一的，同一的，也是同时在一切事物里。巴曼尼得斯说：苏格拉底啊！你愉快地使一个同一者同时在各处，仿佛你，如若用一张帆篷遮盖了许多人，说：一件事物整个地在许多人上面……"

在她要离开涂门的时候，他打算送给她的，也是一本书。他从新华书店里买来，塞在自己的抽屉里。

那是中考之后的暑假。她来找他，告诉他离别的消息。他当然无力改变任何事情——他如果相信祈祷，他一定会那样做。那时他能做的，就是到新华书店里买一本书，然后在扉页写上一句热烈的文字。

他磨蹭到她要走的那个星期才下了决心再次走到她家门口，拎着装了书的并不透明的塑料袋去。她家紧闭的房门解救了他，否则，他脱缰的心脏必定在她妈妈看到他的一瞬间招供一切，或者以狼狈的速度落荒而逃。既然她们不在，他就可以逃得从容些了。

第二天他又拎着他的礼物去了，当然她们还是不在家。

她后来告诉他，那两天她们去了山镇，去看她的父亲。在她的强求之下，又去了山村，看爷爷奶奶。等她回来，临走那天，她要来找他。她的脚还没有踏出门槛，就被妈妈发现了。她傻乎乎地据实以告，就像一只鸟儿主动撞到枪口上。刚从山镇回来的妈妈，正好把一腔愤怒喷射到她身上。

20

母亲城里生、城里长，一辈子都在跟细菌病毒做斗争。让她惧怕不已的这些微生物，她其实大部分都不曾见过，但在上大学时从显微镜里瞥到的那几眼就足以让她念念不忘。b-ing，d-u，xi-jun，几个声音，足以把她推进惶恐的深渊。

如果他不洗手就拿馒头吃，她一定胆战心惊，那表情，仿佛他马上就会伏地而亡。他知道她怕失去他，怕他死，但在他眼里她的害怕才是最可怕的，于是在她不在的时候，吃饭从不洗手，在她面前也是装装样子。

在母亲的想象里，细菌和病毒是一大片一大片的阴影，它们潜伏于手上、桌子上、地上、公交车的扶手上……伺机向她袭来。世界危险重重，是大片大片的阴影。她宁可待在家里，把手洗干净，然后一本又一本地阅读健康杂志，用科学的方式把自己吓得半死。

母亲用营养学对抗这个可怕的世界，一只鸡蛋就是一只精神的原子蛋，能够支撑半个早上的理直气壮的生活，两只鸡蛋那就更好了。

对于外祖母，母亲的母亲，他的印象已所剩无几。他隐约记得，在家里，她不是个和蔼可亲的人，眼睛里不揉沙子，一贯正确，稍有得罪便怀恨在心。而在外人眼里，她慈祥、亲切，菩萨心肠。她只是在人后数落别人的缺点。在他上小学的时候，她来住过一阵子。她识字，能看报纸，在与她同龄的老太太中间是罕见的。但他讨厌她那被识文断字加重了的优越感。

外婆还活着的时候，母亲对她颇有微词。然而外婆死后，母亲就逐渐对她津津乐道起来。一切怨言都烟消云散，外婆的形象冉冉上升，很快就到达了神的位置。过年总要给她烧纸，求她保佑他们不被生活中的不测和困难摧毁。这些想法是凭着一条奇怪的逻辑路线达到的：一个在活着的时候朝不保夕的老人，一旦失去生命，灵魂就能超凡入圣，足以撼动生者命运的铁轮。“给你外婆烧纸”这句话在过年的时候一俟被母亲用一种庄重神秘的口吻说出来，就有一种肃然起敬的气氛笼罩在一家三口周围。

在母亲小时候就去世的外公，就没有博得同样的待遇。“给你外婆烧纸”。而外公的灵魂被理所当然地忽略着。外婆活着的时候占据着影响力的核心，死后依然稳坐第一把交椅。

母亲洗碗：先用洗涤剂粗洗，然后用清水冲过三遍，最后要用开水烫过。但她的锅盖永远乌黑，积攒着经年的油渍。那没有关系，不成问题。他觉得她根本算不上一个合格的洁癖者，居然不去想象细菌从锅盖朝锅内爬进去的景象。

如果有天使的话，母亲就是恐惧天使，生在这个世上，就是为了感受这个世界的危险可怕。这是他小时候的看法，等到他长大成人，就发现世上比母亲更加夸张的恐惧者所在多有，天使的宝座根本轮不到母亲去坐。

母亲还是个积攒天使。一切据说将来会有用的东西绝不轻言放弃。这对他而言未必不是一件好事——这是他后来才明白的。那么多母亲总要像抓住稻草似的抓住儿女，恨不得粘在他们身上，他母亲不会这样。她只是紧紧地抓住那些空瓶子、旧报纸和空盒子，抓住那些早就不穿的衣帽鞋袜，用整整一间屋子去守护它们。他必须感谢那些空瓶子和旧报纸，它们可以算得上他的救世主，代替他这个罪人被钉在储藏室。它们也是母亲的天使。除了它们，谁能默默地陪着她，缓解她的寂寞之苦？

在家里，他父母之间，平时还算客气，互称同志。从未见他们拉过手，或者类似的亲密举动。温柔情感的流露是可耻的，绝不能说：“我喜欢你。”这句话几乎等同于通奸乱伦。

没有谁下过禁令，早就刻在骨头里了。

如果那时他看到父亲对母亲说“我爱你”，天一定会立刻塌下来，厕所周围的墙壁一定会轰然垮掉。

也不能说“我恨你”，必须也在禁止之列。“我高兴”“我愤怒”“我嫉妒”“我快乐……”都位列黑名单之上。

但可以大发雷霆——这是唯一光明正大的情绪。

父亲勃然大怒时，怨怼之情如决堤之水——但在发作的间隙，他总要小心翼翼做人，试图事事做到最好，做到无可指责。他在这样的恶性循环里不能自拔。

即使在大发雷霆的时候，也绝不能说“我恨你”。不能说你感觉到了什么。

等到他收到她从 HZ 城寄来的明信片。他就把那本没有送出的书，通过邮局寄给了她。

后来，经过了漫长的一个月，终于等到她的来信。她在信里冷静地叙说 HZ 城的一切，说她去看了雷峰塔，才知道它早就倒掉了，才忽然意识到课本上说的是一件真实的事情。

很多年以后，她告诉他，收到书，姑妈就先拆开来看了…… 她也就想到，不论她写什么给他，到他这边也应该是同样的命运。是的，玫寄来的每一封信，他的父母当然会看过。然而后来，到了高二的时候，他和同学们已经学会让人把信和包裹寄到学校的收发室，但那时候他和她已音书断绝。如果总是写天气，写学业，写志向，也就很快没什么好写了。

21

他又去图书城待了一整天。直到黄昏时分，载着满脑子的文字往回赶。从文字的世界里抽身出来，竟也有爬出沼泽地的感觉。

世界是陌生的，下班人群的匆忙毫无道理。公交车站上堆积的人群向道路蔓延，也蔓延得也毫无道理。在站台旁边停靠的公交车，呕吐似的卸下一大堆人，然后又把另一堆吞进去—— 还有一只看不见的大手在后面使劲推搡。他想到柴柯跟他说过的那种叫贪食症的心理障碍，吃下去又吐出来，吐出来又吃，有个地方总也填不满。也许人来到这个世界上，就是承载着填满每一个缝隙的使命？

来自身后的力量凶猛地把他朝车门里推过去，他不得不抬腿，迈步，把自己托付给这一股强劲之力。在车上，他是个陀螺，被继续推搡，沿着逆时针方向旋转。

“你对知识如饥似渴，其实也是一种贪食症，抽象的贪食症…… 用一种东西补偿另一种，从来就不可能真正成功…… 你得接受内在的那种空……”

七八年前，玫还在读研究生那阵子，也经常和她那些同学、教授们纠缠一些莫须有的观念。艺术应该是反映现实的吗？应该高于现实？现实与写实是什么关系？重要的是真实还是现实？真实是存在的吗？他隐约觉得，他们并不是真的想把这些东西搞清楚，只想一逞口舌之快—— 或者其实就像玩弄生殖器一样享受玩弄概念的乐趣。艺术家嘛。

跳完七重面纱之舞，捧着施洗约翰的人头：“…… 你总算要承受我的吻了…… 我要用我的牙齿，如同咬着水果一般地吻你…… 你为何要闭着眼呢？睁开吧！抬起你的眼皮，约翰！为何你不看着我？ ……”

“我对你们的弗洛伊德可没多少敬意，他充其量算个心理学上的托勒密。如果我看到我的父母在床上干那种事情，也许震惊一下子就过去了，假如他们相拥一吻——尤其是不在干那种事的时候，我会对宇宙的秩序产生怀疑……不，当然不是嫉妒……他们之间苦心经营的一道屏障被打破，世界的秩序轰然倒塌……这是不可饶恕的……那种着意营造的井然有序的世界只可以仰望和回护……”

“艺术不就是可以亵玩的小三？艺术那么强烈地担心着自己沦为非艺术，担心着失去艺术的贞操，纯属多此一举。弄完七重面纱，贞操总还是要失去……读巴尔扎克需要一个成熟和坚强的头脑，而读川端康成和海明威只需要一根敏感的神经就行了。你为什么厚此而薄彼呢……还有什么比你仰望的星空更虚幻的……

“那些不能被解释或者甚至不能被完全描述的东西，就是作品的精神价值。”

来山镇放电影的放映员跟他混得很熟，把胶片从一个圆盒子里拉出来给他观看。不论你拉出多长的一大段，都是一模一样的姿势。神奇的电影就是从这单调乏味的塑料片里释放出来的，这个事实还真让他大吃一惊，让他对面前的世界都产生怀疑：世界或许就是这样一片一片地被眼睛切出来的。或许世界就是一长串胶卷，你却从那里读出了它未必有的连续性。也许你就是一片胶卷，是未来人类眼中察觉不到的小数点之后的微不足道到的一个瞬间。

车窗外，国槐的花朵依然撒得遍地都是，花开以来，该有一个月了吧。这种披麻戴孝般的白花看上去要开整整一个夏天。洋槐可不这样，你闻到槐花香味的那天，才注意到它们的开放，而彼时就已荼靡花事，风吹四落的惨象接踵而来。

可是洋槐盛开的那几天，满树多么鲜活可爱，一串串玲珑垂挂的花絮把沁人心脾的香气撒得无远弗届。

他和所有的孩子一样，喜欢洋槐花蕊甜滋滋的味道。每年一到那时候，他们就冲进县委大院，火速攀上一座办公楼，伸手去够老槐树上纷繁的花絮，在看门老头追上来之前尽可能把衣兜塞满——只有被惊吓的收获才是最开心的收获。

那是一座灰色的办公楼，楼道窄得只容一人上下。若是有两人面对面走来，其中一个就得侧转身去。楼层之间有好几个楼梯，楼身也折成一个Z字形，这给看门老人的追赶平添了难度。他们在楼层之间迂回奔跑，七上八下的，一次也没有被真正抓住过。那时候他们当然不会照顾到一个老人的心脏，那恐怖的追赶让他们被极端的快乐所充满。

办公室里的人们，几乎从不出头露面，永远静悄悄地躲在室内。于是他们这些忘乎所以的孩子有时觉得自己占领了一座城池，他们在楼顶漆黑的防水沥青上蹦来跳去，绝不会意识到脚下办公室里一群神经衰弱者的痛苦。沥青里掺杂着石头子儿，一不小心他们就会被绊个跟头。如果是大太阳的日子，沥青还会胶水似的粘住他们的鞋。在他们步履维艰的时候，倘若看门老头冲到楼顶上来，他们就会像被粘在胶纸上的老鼠全军覆没——好在这种绝境从未降临。不知为什么，他们一旦跑到楼顶上，看门老人便弃之不顾了。可惜从楼顶上够不着槐花，那些花絮只在树冠中部生长，朝楼顶伸过来的树枝都是不开花的梢尖儿。

县委大院是由几座楼围起来的，构成一个回字形，中间是一小片广场。那座紧靠槐树的Z字形大楼立在西北角，它伸胳臂蹬腿，破坏了那个角落的完美。Z字楼应该是较早以前修盖的，至少六十年代就有。因为大家都说，那个年代有人从Z字楼的一间办公室里走出来，纵身一跃，坠在下面水泥地面的院子里。

除了槐树，Z字抱住的另一间院子里还有一棵楮树，夏天满树坠了殷红的果子，状如杨梅，但滋味寡淡，谁也不会摘下来吃，于是红彤彤地落了一地，招来鸟雀和蚂蚁。那是个背阴的院子，从早到晚，光线始终不能乘虚而入。红果子纷纷落在阴影里，砸出鲜血一般的汁液，有肝脑涂地、尸横遍野的感觉。他对这个院子全无好感。他母亲有好一阵子都在院子后面的一间办公室里上班，整日神情恍惚。他如今依然记得那些殷红的印章、成排的深蓝的簿本和绘着墨绿色兰草的白瓷茶杯。他放学后来到这间办公室，就要在百无聊赖中找些乐趣。他把曲别针一只只穿起来，做成子弹袋的形状挂在身上，或者捻一只图钉，让它在光溜溜的桌面上旋转。有的图钉旋转起来悄无声息，仿佛钉在桌面上，而有的图钉转得东倒西歪。那只悄无声息的图钉，在精疲力竭倒下去之前，竟会突然颤抖几下，显得异常痛苦，然后沿着一个弧线飞奔，必然落到水泥地面上去。必须把它们找回来以免被踩到脚上。有一种图钉的顶上有个小小的坑，它们转得最稳当，也最沉默，你简直觉察不出它在旋转。当它们转到强弩之末的时候，就突然原地倒下，不颤抖，不摇晃，也不奔逃，就好像从来都没有立起来过。现在他认为，每一枚图钉都有自己的气质，从它们旋转的风格上就看得出来。他那时折腾起图钉来真是乐此不疲，它们的细腿离开拇指和中指之前与皮肤摩擦的那种感觉至今还留在手指上。也许有好几千个图钉就这么被他扔出去了吧。如今他对此当然早已失去兴趣，却乐于回忆记忆中的那些千奇百怪的旋转。

县委大院那时还叫“革命委员会”，大家都简称“革委会”。这么古怪的词，现在恐怕连字典上都找不到了。他是在一个“革委会”附近长大的，这让他觉得自己来自很古老的过去。而那洁白耀眼的槐花和那黏乎乎的楼顶的记忆又让他觉得自己也许来自未来。

回字形的中心是一座巨大的水泥碑，恐怕比人民英雄纪念碑还要高大，自上而下是涂了朱红油漆的大字：“伟大的无产阶级文化大革命万岁！”那最后一个感叹号，是在他伸手就可以够得着的位置。那个圆圆的点，有拳头大的一窝，涂着红油漆。他经常用手去摸那浑圆的一窝——虽然粗糙，却很完整，他总是忍不住去摸它。碑身是很鲜艳的白色，因为有人定期粉刷而没有风吹雨打的痕迹。

有天他正坐在桌前写作业，听到巨大的“轰隆”声，自家的窗户咯咯颤抖，一块玻璃几乎掉落下来。第二天在上学的路上，他看到那座大碑已倒成一堆碎块。那么一个庞然大物，倒下后也只是很平庸的一小堆而已。

碑是用炸药炸掉的，定向爆破。它倒成那么规矩的一堆，有如坐化一般。回字形的中间，视野从此开阔了许多。但他觉得那完美的感叹号消失得未免可惜。

从此那个县城失去了唯一的高层建筑，直到十多年后，城中央立起一座宾馆，三十多层。当年的大碑如果还留着，一定败下阵去。接着县城加速变成一座城市，也从此开启赤字财政。宾馆是原来的县委招待所，这座标志性建筑把小城掏得光光的，一些工程队拿不到钱，就被拖垮了。百年大计总得拖垮几个小人物，倒也不足为奇。

“太阳和月亮，天天捉迷藏。太阳和月亮，天天捉迷藏。太阳和月亮，天天捉迷藏。”他下了车，站到一家音像商店门口，听到音响里一首儿歌反反复复这一句词儿。

他自然想起自己的孩子，那么小小的一团，被妻子抱走。那是她的财产，她把她抱紧在怀里，像抱住自己的前世来生。那样子让他恐惧。

他记得他给孩子买过一盘CD，女儿一听到音乐的节奏，就手舞足蹈。那时她还不会爬呢，躺在小床上挥手动脚，就像个被弄翻了的甲壳虫。

所有的儿歌听起来都有淡淡的忧伤。“那橱窗里的小狗，多少钱一个？—— 摇尾巴的那个？那橱窗里的小狗，多少钱一个……”“Twinkle twinkle little star, how I wonder what you are...”“伦敦大桥倒下去，倒下去，倒下去，伦敦大桥倒下去，我—亲—爱的……”“Incy Wincy Spider climbed up the water spout. Down came the rain and washed poor incy out.Out came the sunshine and dried up all the rain, And Incy Wincy spider climbed up the spout again. ”

In Dublin's fair city/ Where girls are so pretty/'Twas there I first met/ With sweet Molly Malone/She drove a wheelbarrow/Through the streets broad and narrow/Crying, “Cockles and mussels, alive, alive-o” /She was a fishmonger/But sure 'twas no wonder/For so were her mother and father before/They drove their wheelbarrows/Through the streets broad and narrow/Crying, “Cockles and mussels, alive, alive-o” /She died of a fever/ And nothing could save her/And that was the end of Sweet Molly Malone/ But her ghost wheels a barrow/through the streets broad and narrow/ Crying, “Cockles and mussels, alive, alive-o”

他站在商店门口，把这些儿歌悉数听完，才沿着铺满黄绿色的龙爪槐花的人行道往回走。龙爪槐花被行人和车辆踩踏成黏糊糊的尸体，把路面都染绿了。

22

十年前，在N城，那天上午，在学院区一条偏僻的小街上，他迎面看到一个女子。他立刻想到是玫。

他跟在她身后，一直跟到一处小区的门口，看她匆匆拐进一个漆黑的楼道。

他问门口小卖部里的老人：是不是有个叫宇文玫的女孩住这里？

可能、大概、也许。

他敲开她的房门，她一点儿也未显出吃惊的样子。她说她刚才在街上看见他就怀疑是他，但一转念就忘了。她问他现在在做什么，他说他从单位辞了职，去了一家公司。她问他今天在干什么，他说在找住的地方。

正好，隔壁那幢楼有间一居室求租。

那真是个得求人才能租出去的一居室，分明是间牢房，仅有的一扇窗子又窄又小，开在高处，又被几根食指粗的窗棂箍住了。白天也不能不开灯。

开灯，映入眼中的是一堆残破的家具：一张木桌、两把木制靠背椅、一张木床——用手推一推它们，都摇摇欲溃。厨房里的水槽免不了藏污纳垢，煤气灶披覆经年的油渍，灶边罗立的瓶瓶罐罐没有一个不裹在油灰里散发出神秘的气味——他觉得如果打开一个，就会有一团蓝色烟雾冲出来，在半空里聚成个魔鬼。

墙是灰色的，但它从前应该是白的，用抹布去擦也是枉然——经年的尘埃和油烟早已浸透进石灰的骨髓里去了。

黎的目光在窗子、木桌、椅子、木床、煤气灶之间游离，以这些物体为线索，勾勒了一个被遗弃许久的世界，正是个安顿鬼魂的地方。

黎在那间屋子里住了一年多。他把那些破家具堆到一个角落，买了一些塑料的家什，换了一只四十瓦的日光灯，如此一番收拾，屋子里也就有几分还阳的感觉。

那天真是奇怪的一天，碰到了玫，转眼又租了一间屋子，跟她成了邻居。一切都像安排好的似的，不太像生活本身的逻辑。碰到玫之前，他原本借助在一个同学家里，为了找房子来租，每天下了班就在那一带逛荡，渐渐地也就逛上了瘾——走街串巷，看一些光怪陆离之事。不过碰到玫仍是出乎意料的。

然而玫说，N城弹丸之地，早晚大家都会碰上。他可不这么看，他在N城从来没有在街上碰到任何一个别的熟人，一个也没有。上班的时候进单位大门，抬头低头都认识，一出大门，准保一个也碰不上。即使在离单位只有百步之遥的几家餐馆里，你也碰不上熟识之人。熟人上了大街，就像一把沙子落进草丛不见了。他们又仿佛《聊斋》里深夜来访的美女回到了他们原本属于的世界，青面獠牙，飘来飘去，根本不是你以为的样子。

玫租的那间一居室要舒适一些，墙上贴着崭新的壁纸，家具是半新的，最值得称道的是有一方落地大窗子，它使这间屋子有一种敞开心扉的姿态——相比之下，黎的屋子就内敛到阴险的地步。玫的房间也是在一楼，跟黎住的那幢楼之间只隔着一条路。

宇文玫那时在一个美术学院读研究生，她在大学毕业后就来N城了。在黎碰到她的时候，他们两个已经在N城的街上走来走去将近一年。

23

母亲的那个女同学在她们上大学的时候就死掉了。他家里有她的照片，她和他母亲，还有其他几个同学，亲热地站在天安门前冲着镜头微笑。清一色的军棉袄、长辫子。不知道母亲那时候怕不怕细菌，他没问过她。照片中的母亲就站在那个女同学左边，笑得并不开心，但还没有现在那种已经刻在脸上的恐惧表情。那个女同学人高马大的，比母亲高出一头还不止，是学校篮球队队员。她们一起去北京串联，不过没有参与什么政治活动，玩了几个著名的地方，就兴高采烈地回来了。

母亲的那个女同学是自杀死掉的，趁同学都不在的时候，把自己吊在宿舍里。

一场篮球赛上，她打得那么好，东奔西跑，“简直就是飞起来了”。对方的球员拉扯了她，想把她从天上拉下来，却把她的运动短裤拉掉，全校师生都看到了她裸露的身体。

她因此就不能继续活在这世上——她留在床铺上简短的遗言就是这么写的。

他母亲没说那个拉下别人裤子的女孩下落如何，想必自此不会有快乐的一生。

他有时能从这样的故事里短暂地理解一下母亲：她是从另一个世界来的，从外星球来，她眼中的世界，当然也就与他大相径庭。一只猫不能理解一只狗，一块砖不能理解一块石头，这毫无办法。

在N城，在那个小街里碰到玫的时候，她已经二十五岁了，他也二十六岁了。

那时候她的画里尽是些毛茸茸的白色物体：长毛兔、巴儿狗、蒲公英、绒羽、棉花、云絮、雪人、雪地、被胎、毛线、灯泡、墙壁、线团……。她甚至把桌上的一杯牛奶也画成毛茸茸的样子，再配上几粒白色药片——它们也被一圈月晕般的灰白色环绕着。那是玫的毛茸茸时期，一切无不雪白、轻飘，一阵风就能吹走。她把它们称为“白色承诺”系列。这几个字不能说不温馨，可又有点酸溜溜的味道。他劝她改个名字，可等她问他有何高见，他又说不出个所以然来。她甚至把树木也画成白绒绒的一团，被大雪覆盖或者雾凇凝结，更多的是患了白化病的树——白的枝、白的叶，甚至裸出地面的树根也是莹白的。背景却永远不白。目光在那些由天蓝、朱红、暗灰、祖母绿、土黄、鹅黄等构成的神经兮兮的世界里游走时，你只想逃到那些毛茸茸的物体里头去。

24

玫，我能进来？

请。

不打扰？

不打扰。

吃了吗？

吃了。

吃什么了？

什么都吃了。

玫拿了个馒头给他。

就这个了。她说。

这个就行。

水？

谢了。

没去上班？

星期六。

哦，星期六！

……

哥，你就打算这么过下去？

什么过下去？

不讨个老婆什么的？

不急。

25

大雨过后，山镇的天空被洗得一尘不染。太阳照在身上暖洋洋的，而空气凉意未散。吸入肺腑的那种冷，沁人心脾。人们在被雨水浸透的黄土路上跋涉，脚上带起一坨又一坨执著的泥块。脚下越来越厚、越来越重，等到不堪重负，就使劲甩一甩腿脚。被甩出去的靴子是乌黑的胶靴，弹性很好，质地像木耳，因为不透气，从脚跟那里总是隐隐发出一股皮革与脚汗混合的臭味儿。

载重汽车总是被涂成喜庆的天蓝色，溅在车身上的黄泥也就格外醒目，是熟透了的杏子的颜色。

汽车所经之处，麻雀像数不清的谷粒被突然抛起，漫天飞扬，慌不择路。

记忆我行我素，绝不臣服于常理，它留下什么，你就只好拥有什么。有些东西极其微不足道，却比最大的快乐、最大的悲伤都还要刻骨铭心。

只要一想起山镇，就有一只精致的松塔浮现在面前。褐色的敦实的鳞片簇生的小东西。他曾经漫山遍野地寻找它们，但没有找到一只有松子儿的。这么精致的东西，却又是无用的，只能投入炉膛里去烧火。

玫的怔怔的目光，是她给他的最初印象之一，那是她尚不知道害羞的年龄——他第一次看到她的在她长大成人后一定要掩盖的部位，也是在那个年龄。只一瞬，那令他惊愕的印象就牢牢地留在什么地方再也不会忘掉。不是美的震撼，也不是丑，那种不可思议的形状，给他带来一种恐惧——但并不是他熟悉的那种。

也许一切记忆都必须包含某种恐惧或者狂喜，否则，最熟悉的事物，在你眼中都熟视无睹。他回忆留学时待了数年之久的那个大学，他无法说出他天天上楼下楼的建筑是什么颜色，办公室是第几层。每日里上楼下楼，几年来该有上千次吧，都不能让他记得办公室在第几层。而且这才是几个月前的事。地面上铺的是什么？桌子是什么颜色？灯是什么形状？在什么位置有一台零售机？他的教授在哪一间房间？

都不记得了。

26

他来 N 城之前，也和一两个女孩子交往过，结果都草草分手。爱上一个人再容易不过了，而保持住这种情绪难乎其难。大约对方也是作此感想。他知道自己根本不是好人，对持久恒常的东西怀有敌意。他离开那座城市，跑到 N 城来，也是有逃跑的意思。

他记得那天他在玫的房间里枯坐，捧着她沏好的一杯绿茶——山镇茶场出产的。她说尽管离开山镇十几年了，那里的朋友还惦记着她父母亲，到春天总有人送些茶叶来——当然都送到了母亲那里，或者她这里——经常是硕大的一包，整年都喝不完。黎知道“硕大的一包”是什么意思，他们家也一样。山里人是以体积来表示情意的厚薄，拿到你面前的礼物，空间上总是超出想象。一大麻袋栗子，或者整整一箱松花蛋。有时也是求你办事，却吞吞吐吐，不好意思说出口，平日的直爽一扫而空。

茶里漂浮着一朵白雏菊，托着黄绿色的花萼，也是山里的。

“搁一朵吧，都说雏菊去火。”玫这样说着，未等黎回答，一枚干巴巴的雏菊便落在茶里了。说到“去火”二字，她变得不好意思起来，动作也粗糙了。

那朵其貌不扬的雏菊，在热气腾腾的茶水中舒展自己，第二次盛开了。它在水面上悠然浮动的样子真像一朵睡莲。

玫说，雏菊煮出来的水，隔夜就变成墨绿色，就像把山村整个春天的颜色都释放了出来。

黎想象着，夜深人静时，雪白的雏菊趁着夜色，把体内的绿色一点一滴地释放出来——那肯定是一件既痛苦又快乐的事情。

那天应该是个周六或者周日，因为他记得他整天什么事都没做，只是陪着她聊天。

他们比邻而居，来来往往，许多日子就这样过去了。

那阵子玫抱怨自己睡眠不好，终于买了安眠药。

安眠药，在他的词典里，是一种用来自杀的东西。

每天晚上睡前一粒，真的能昏睡一场，她对他说。

早上一片维生素片，这是她母亲寄给她的，隔三岔五打电话来嘱咐她服。她母亲坚信，一天一粒维生素，就能活到九十岁。后来又陆续寄一些别的药，但坚决反对她服安眠药。

于是早上一粒维生素，晚上一粒安眠药。

那天早上她端了茶，顺手就拿了一小把维生素片搁进嘴里。

吞下去就发现是安眠药。她像个服毒自杀的人那样交代后事：我上床去睡了，你一会儿喝完茶就帮我把门带上。

嗯嗯。

他在她睡去的时候，就去偷偷翻阅她那些神秘的地方。

这算一个只属于他的秘密，连玫也不知道。

他知道自己是坏人，一切被禁止的事都在心头唤出不可遏止的好奇。

他觉得玫的那些莫名其妙的同学和朋友在这方面比他有过之而无不及。

秋后的一个星期六，这些朋友拉上她，也把他捎上，去乡下吃农家饭。那时候或许还没有“农家乐”这个词呢，玫的这些无法无天的朋友算是开风气之先。

要烤的那只小山羊，在他们抵达老乡家的时候还拴在树旁咩咩叫唤，楚楚可怜的模样让人揪心。他们在出发之前，特地打电话给老乡，让他留着羊一条性命。

当然是等着他们来宰，吃新鲜的肉。宰羊的是个油画系的副教授，贴着羊脖子一刀下去，浓稠的血就从那个洞里涌出来，扑进一只铁桶。

烤羊腿、烤羊肉串，一切都是新鲜的。

他站着，麻木地看着眼前的几个人伸出血红的大手。

玫远远躲进老乡家里去了。

那几个人一只脚踩在羊脖子上，另有两只脚踏在它身上，几刀就把羊头切下。

“真可怜。”一个女的说。

“它腿还动呢，想要站起来！”另一个说。

“你给羊头照个相！”“别照这个，太血腥了。”“刚才它还活着呢。”“它命不好。”“让你这命好的人吃了。”“我要是这羊我就不吃草了，我吃草吃肥了我不就等人宰吗。”“它哪知道啊。”“……”他们七嘴八舌地说的这些糟心话，他至今都还记得。在这种事上，人永远无法自圆其说，就用无数言语来掩盖心头的慌张。

等到篝火燃烧起来，羊肉的香味弥漫出来，依然争先恐后。

那天他忽然想起，玫小时候是不吃肉的。他问她，是什么让她改变了习惯。她说她也不记得了。

27

他打开雅虎邮箱，收件箱里塞得满满的，几乎要掉到桌子上来。大部分是垃圾邮件，来自他根本不认识的人（来自火星也未可知）。他每次打开这个邮箱，主要的操作就是删除它们。

他差一点把安东尼发来的邮件也删了。安东尼是他博士班的同学，他们有好一阵子都没联系了。

安东尼同学，生理年龄五十，但在他肋条下跳动的那颗心脏却只有二十。五十岁读博士就是明证，但这还只能算旁证。

安东尼住在车库里，和三条狗相依为命。

房子已经腾空，打扫干净，等着买主。安东尼正筹备着回北方的宾夕法尼亚，去和父母住到一起去。他在外面闯荡了好几十年，年届五十，重新变成穷人。

安东尼的房子归在前妻名下，她跟他离了婚，正在打财产的官司，这已是他第三次离婚了。黎怀疑安东尼是被赶进车库里的——即便在等买主，怕也不用这么委屈自己。安东尼自己的说法是：他的腿是瘸的，既然要靠轮椅进进出出，车库里没坡没槛的，最方便不过了。

Reasonable.

他去安东尼的车库打工，帮他收拾屋子，顺带做午饭。冰箱里有上好的牛排，他煎了两块，一人一个，配上洋葱青椒，要说味道不好那是真没良心。安东尼养的三条狗在院子里逡巡，只要院外有个风吹草动，就斗志昂扬地吼上一通。

车库的墙上贴了一整溜的奖状：某某年，某公司最佳推销员；某某年，某公司优秀推销员；某某年，某公司十佳推销员……

他的车库被他搞得乱七八糟，只有那几张奖状规规矩矩地守住一面墙。

安东尼目前自己开公司，公司就开在自己的车库里。他倒卖古董，但那些古董恐怕也不值什么钱，就算追溯上去，也绝不会超过两百年，大多是从跳蚤市场淘来的旧货而已。

在“古董”们堆积如山的车库里，安东尼坐在轮椅上跟他畅谈东山再起的计划。

“I have a big project！”安东尼用的是马丁·路德·金的腔调。

然后他让黎从床底下拉出一个箱子。整整一箱透明的玻璃瓶子，装的是淡黄色的液体。安东尼公司推出的新产品，正在向好几家超市推销。

“柠檬油！”安东尼拧开一瓶，倒一些在自己手上，用另一只手使劲揉搓——“冬天你在院子里干活，涂上这个，任它风吹日晒！”他又拿起一块破布，搅了油，在他的旧电视的荧光屏上擦：“用这个油擦机器，全都不生锈！”

安东尼呵呵笑两声，压低声音：“我跟我女朋友干那个的时候——you know it！”

安东尼的“柠檬油”是一种矿物油，添加了柠檬香精，被他从矿业公司买来，装进他定制的玻璃瓶，一夸脱一瓶，贴上安东尼公司的标签，把他的床底下塞得满满的。

“Lemon oil！”“无色无味不燃烧，无酸无碱无腐蚀，万能柠檬油！”

“你可以用它擦一切东西，家具、电器、金属制品，everything.”安东尼撩开袖子，指着胳膊：“Look！ look！ Once I was burnt by a damned barbecue grill, just here. I apply a drop of it to here immediately. Tell you what! No scar at all! Magic!”

安东尼郑重地把两瓶柠檬油交到他手里。

无色无味不燃烧，散发柠檬添加剂气味的矿物神油，居然通过了海关检查，稳稳当当地落地北京城。

他走向厨房，从一个柜子找到这两瓶油，拿着它们回到电脑前，郑重地给安东尼回信。

他说柠檬油已经安然抵达北京，他会帮他找对这个产品感兴趣的商家，非典已经结束了……

28

2003年八月八号早上，他从火车车厢里钻出来，就看到了“天津”二字。二表哥开车来车站接他，把他拉到舅舅的住处，就上班去了。

“今天刚好立秋！”这是舅舅见面的第一句话。

“你是我们家的骄傲。”这是第二句。

他对舅舅说，你们这边好像才下了雨，街上还能看到水。舅舅就说，那是当然，一立秋，天气马上就不一样了，秋天就是秋天，咱们中国人的节气是很准确的。

他随声附和，说真是这样，记得上小学的时候，每年清明这天学校都组织郊游，但很难得逞，那天永远在下雨。舅舅说：“你们那个校长也够教条主义的。”

“对了，那个校长我还见过呢，”舅舅说，“那年我去你们家探亲，还给你们中学做过一个报告。”

他说您恐怕记错了，小学和中学那时还是两个学校，各有一个校长。

“你们那个中学校长还联系过我，他孩子想来天津上大学，后来他孩子没考到天津来——他考哪去了？”

“据说去南京了。”他说。这时舅妈端上两玻璃杯滚烫的绿茶，他站起来接杯子。

你妈妈身体怎样，你爸爸身体怎样，你在北京还习惯吧，你舅舅经常说呢，你是我们家的骄傲……

还好，还好，还习惯，嗯——。

碧绿的茶叶在杯里落下去又浮上来，浮上来又落下去，最后都踏踏实实地沉了底。

这个舅舅，一辈子都希望自己的孩子学富五车，但他有两个儿子都只上到专科就毕了业，只有最小的第三个儿子让他得偿所愿，考上了名牌大学。

“我总是跟人家说，我外甥考上××大学了，后来我又说，我外甥出国留学读博士了……”舅舅描述的这个蒸蒸日上的故事仿佛是另一个人的。他对他的下一个期望，是当上大学教授。

他想对他说，他已经永远离开大学了，但他拴住了自己的嘴，他觉得这种话全然多此一举。

舅舅当然要问他在做什么。他说他还在找工作。

来天津也好啊，NK就是很好的学校——你知道西南联大吗？那时候不就是北大、清华、NK？

从舅舅口中蹦出这许多梦幻的词语，已不是第一次了。他小时候，舅舅去看他，就用这种口气：不能考上北大、清华，也要上NK。那是二十多年前的事了，他刚上中学，舅舅却已退休了。NK两个字的魔力，到现在还残留在耳尖上。

舅妈端上一大盘点心放在他面前，拿出一根巧克力威化，剥去一部分塑料包装，把它递到他眼前。他顺从地接到手里。

“你有好多年没来天津了。”她说。

“好多年了。”

“有八年了吧。”

“嗯，得有八年了。”他像个鹦鹉似的重复她的话。

“你还记得你第一次来天津吗？”

“当然记得。”

“你才三岁，还穿着开裆裤呢。”

“呵呵。”

他真不记得那时候的开裆裤。他对舅妈说，他记得自己被大表哥二表哥带着去一个挺荒凉的地方，翻开石头捉蟋蟀。

“他们从小就贪玩，没一个成器的！”

他说他们捉蟋蟀的认真劲儿比得上一群昆虫学家，带着他千辛万苦地到处跑；谁说孩子们的玩儿就是玩儿呢，如果成年人能拿出孩子玩耍的认真劲儿做事情，什么都做得成。

舅妈露出一丝困惑的表情，说这孩子说话她都有点听不懂了。

“是啊是啊，社会学家嘛。”

他说那次他只记得捉蟋蟀的事情，他把后面这句话咽了下去：“对舅舅和舅妈都没有印象。”

是的，舅那是的舅、舅妈、外婆，他都没有印象了。那次在天津他记得的只是几个人在石头堆里捉蟋蟀。

但是在外婆的记忆里，他的那次天津之行该写进《惯儿行状录》里去的。他抢三表哥的糖果，不让二表哥睡在同一张床上，不肯吃饭，半夜里还强求妈妈带他出去看星星，被拒绝了就号啕大哭。

外婆的记忆被母亲复制了一份，在他这几十年的人生里滚动式播出。是啊，现在他能明白这次出访在多么大的程度上丢了她的脸。她当年千里迢迢地去外地上大学，远嫁涂门，已经把外婆气得要割袍断义，这又带回来个不着四六的孩子，唉。

他突然福至心灵，很多困惑豁然而解：外婆跟母亲的冲突（做什么饭啊，买什么衣服啊，送什么礼啊），外婆跟父亲表面上的和平和对他暗暗的嫌弃，父亲母亲的争执，所有的这一切，所有的这些让他觉得不正常的东西，都是再正常不过的。正是他的软弱，他才会觉得一切都不该如此。他应该把这一切当成最正常的东西，而把那些和平主义的训诚扔到抽水马桶里。

不管怎样，他们都活得生龙活虎的，根本不像他这样忧愁成性。

“你三岁的时候来，天天晚上要拉妈妈出门去看星星，你妈妈很生气，”舅妈指着茶杯说，“喝茶！”

“当时我们这边一到晚上一片天黑，这孩子从来没看到过那么多星星，”舅舅冲着舅妈说，“这孩子从小就跟别的不一样，有钻研精神。”

他内心几乎升起一阵感激。假如舅舅读过康德，肯定还会加上一句，“这世上，有两件事……”他觉得舅舅对自己的厚爱超出了自己可承载的程度，就像一家开在街角的小银行突然收到亿万存款，连那个成天无所事事的保安都突然紧张起来。他也知道这就是舅舅对自己孩子的态度，宠爱有加，搞赏识教育，满眼看到的都是优点，但最终让他大失所望。舅舅在世上摸爬滚打七十年，却还是对书本上的东西深信不疑。在这一点上他和他妹妹可真是不分伯仲，只是他妹妹只对书本上的健康知识深信不疑，对教育可是自信满满。而那些书呢？一会儿说为了健康应该多洗冷水浴，一会儿又说应该注意保暖，听起来切实可行，却又总是朝秦暮楚。

舅妈说，你就帮着孩子在天津找个工作吧，也好有个照应。舅舅就说谁谁谁是大学教授，是他朋友，谁谁是研究员，当年在一个单位里工作，关系不错——在国内嘛，找工作还不是要有点关系？！

他婉言谢绝，说自己的工作差不多也有点眉目了。

“在哪个大学？”

他说还没定。这些自相矛盾的说法搞得他坐立不安。何不直接说个清楚？但是舅舅肯定不会明白，他能够预料到他会有什么反应。

舅舅拿出工程部队军人的气度，把一条条克敌制胜的法宝交到他手里，很快就说到了一九六四年。没办法，他和舅舅见面不到半小时，舅舅就一定会谈到1964年。总这样，原子弹、中国人、美国人、革命军人……

关于一九六四年，舅舅就这么谈啊谈，居然一直谈到了中午。

舅舅把脸转向黎：“他们这一代——”舅舅摇头，再摇头。

他们这一代，黎觉得，应该是包括自己的，舅舅显然没有意识到这一点。

“你看他们，要房子有房子，要工作有工作，还老觉得谁都对不起他们。”舅舅边说边从怀里摸出一包烟，抽出两根，递给他一根。他诚惶诚恐地捏在手上，又从舅舅手里头抢过打火机给他点烟。

舅舅把烟盒放在茶几的角落上，跟茶几边缘的两道直线完美平行。舅舅总是把烟盒放得规规矩矩的，他又是怎么受得了大表哥和二表哥奔放人生的呢？

他记得二表哥对他说过，他的外婆，表哥的奶奶的父母家里曾在N城有一家织布的工厂。"你舅舅吃饱了撑的，非要去闹革命，把爷爷气得要死。"

外公倒是寿终正寝，舅舅因为那家他都没见过面的织布工厂，在五六十年代倒了大霉。

他忽然想起，舅舅比自己大了四十岁，论年纪，是爷爷辈的人了。舅舅对他，拿出的是比对他的表哥更多了几分的耐心。他也似乎最接近舅舅的臆想。他曾经成绩出色，考上了一个好大学，又读的是物理。上大学那阵子，舅舅几乎每学期都会给他这个"未来的原子能专家"寄一封信来，鼓励他勤奋学习。他也还算勤奋，直到那年夏天，他突然就放弃了物理学。

他辜负了他的期望，没能成为原子能专家，甚至也没有退而求其次，像出国时专程送行时舅舅期望那样成为"未来的社会学家"。

舅舅就这么认认真真地活着。这种认真有一种炮弹的味道、装甲车的味道，轰隆隆的，一下子就解决所有问题。

他简直想骗骗他，说自己是个作家，转念又知道这根本没法蒙混过关。好在他的社会学博士是真的，他为自己不在社科院或者大学之类的地方工作的解释是：正在集中精力把博士论文翻译成中文准备出版。

无论如何，他佩服这个舅舅，所有肉体的苦难在他那里都是小事一桩。当年他向他描述蘑菇云冲天而起的情景，那么神采飞扬，也许是那一片神采触动了他成为一个物理学家的愿望。儿时的这梦想现在无论如何也不会成为现实了。

他仍然需要一个让自己觉得生活值得一过的理由，这在舅舅那儿不成其为问题。在舅舅而言，生活原本就是值得一过的，他认为自己为这个国家献出过一切，没有什么可遗憾的了。

29

下午，他手里拎着舅妈交给他的两把雨伞，陪着舅舅在小区里散步。这是舅舅午睡之后的第一件大事，每天两点五十五分准时出行，风雨无阻。

小区里花草种得真不少，要是在春天，肯定一派锦绣繁华。当下在盛夏酷暑里，开过的花早谢过了，将要开的都还按兵不动，只有傻乎乎的蜀葵开得鲜艳热烈，花干直直地指向天空，串挂了无数红的、白的、紫的、杂色的灯笼。

"都说芝麻开花节节高，蜀葵开花也节节高嘛。"舅舅做了个毫无用处的总结。

"嗯。"他发出一声喉音，算作回应。你就是这样跟父亲说话的，就算有不同意见，最好还是点头为妙。

知了在大雨来临前沉闷的空气里持续而单调地滋滋有声，一改平日的抑扬起伏的任性劲儿，听起来像一件皮囊被不停地挤压。这种声音，十几年前的那个夏天他也听到过，也是一个绝对沉闷的夏天。高考的物理考到一半，天空突然阴沉下来，教室里鸦雀无声，窗外杨树上那只知了，就像现在这样压扁了声音呼喊：滋——————

父亲用油锅炸圆子也是这种声音。丸子被撂进热油里起初还挣扎蹦跳一阵子，渐渐地就妥帖了，安安稳稳地躺在热油里只剩了滋滋叫。他还记得那道他做错了的题目，是让他计算一粒电子穿过平行的几块金属板飞出之后的速度。他以为他算对了，结果却大谬不然。嗯，一只电子穿过那么多金属板，一定飞得比时光还快，据说这根本就不可能发生。沿着这个速度飞翔，时间都会停止不前。难道时间过得还不够慢吗？站在舅舅身边，或者父亲身边，时间就是以极慢的速度往前爬。

他仰头在树丫里寻找滋滋声的始作俑者，但它真身难觅。这声音把每个缝隙都充得满满的，就像空气在沸腾、无数细小的泡沫在纷纷破裂。破裂声前赴后继、左右迎合，汇成一大锅粥。

“你第一次来天津，你恐怕都不记得了。”

“还记得一点。”

“记得？你才三岁。”（此时舅舅旧话重提，显然是完全忘了上午在客厅里他们才刚刚谈过这段往事，这让他心头一惊。）

“只记得一点点——表哥带我去捉蟋蟀。”

“哈哈，这你还记得。你记不记得你把麻花藏枕头底下的事情？”

“哦，我妈跟我说过，说半夜里听到咯嘣咯嘣的声音，以为是老鼠。我可完全不记得，据说我妈还打了我一顿，我也不记得了。”

“你妈妈平日里对你迁就得很，碰到这事情，出手也是够厉害的——事实证明，她的方法是有效的。”

“嗯。”他又无话可说了。他知道舅舅说的事实是什么。舅舅也算是个人物了，可是对于学历，总有一种涤荡不尽的崇拜。没有念大学，对他来说真的像个伤疤，任凭风吹雨打都抹不干净。大表哥二表哥都对上学厌恶至极，或许也是这个伤疤的某种后果。

他对上学也是厌恶至极的啊。但是他如果不去上学，他恐怕都不会活到今天，也许是母亲活不到今天。与之相比，孟母三迁又算得了什么。而且比孟母要决绝十倍的母亲大有人在。在这一点上，舅舅和舅妈远不如他的妹妹和她的小姑子决绝。

母亲是上了大学的。但他觉得，母亲的这个学历倒像是她的伤疤。她从显微镜里看到过各种细菌，从此世界的可靠性就垮掉了。

他三岁随着母亲来天津探亲，是坐着火车来的。他记得在火车上，在餐车里，母亲从包里拿出酒精瓶子，用棉花蘸了给他和她自己擦手，坐在对面的乘客都露出愕然的表情。

这段记忆他是不会忘掉的，酒精的气味和那些人的表情，都已经印成底版，随时都可以冲出一大串活生生的照片。

“你因为她而羞耻？”

“我想是吧。”

“你因为她而羞耻。”

他想问那个心理咨询师，那又怎样呢，然而话题被他转到别的事情上去了。

雨点儿急匆匆地落下来，穿成一根根扯天扯地的线条，天地间正编织整饬的布匹，梭子呢，仓促奔逃的飞鸟就是，嗖嗖地从他们面前划过。这整饬的局面没有维持太久，不断壮大的雨点不但没有变得刻板，反倒越来越有活力，在大风的鼓动下跳荡奔突，把天地搅成一片混沌。真像英语里说的：天上下起了猫和狗。

他和舅舅坐在一座凉亭里，不断遭受雨点的旁敲侧击，各人身上都湿了一大块。

这种时候总能激起舅舅忆旧的兴致。当年如何在山林里冒雨行军，如何在野外的泥水沟里勘探，如何在四面透风的泥屋里度过冬天。舅舅愉快地回忆着这些痛苦，间或抱怨一下当下平静的生活。“他们整天就吃吃喝喝，不读书也不学习，将来怎么办呢。没有一技之长，到时候连饭都吃不上。”舅舅说的是已经当上厂干部的大表哥和某公司副总的二表哥。他觉得这种担心纯属杞人忧天，天下一多半人都饿死了也轮不到他们。他张了张嘴，马上把话制止在喉咙和牙齿之间。来天津之前舅妈就已经在电话里对他说，舅舅已经不是以前的舅舅了，自从他心脏出了点问题、天天吃药以来，他的担心一天比一天多，现在都已经到了不可理喻的程度。

舅舅说他辛辛苦苦一辈子也没攒下几个钱，一旦天下不太平，不知道这些儿孙怎么过活。

他忽然想起那个著名的达尔文，这个天才到了晚年，还不是一样担心儿孙没有面包钱。

大雨越来越凶猛，凉亭像一片树叶在汪洋里漂摇。他们不得不撑开伞，让它们担当凉亭未尽之责。

30

晚上大表哥带着他的儿子来了，这孩子已经上初三，个子高高的，都长到大表哥鼻子的位置了，超过大表哥指日可待。他可真瘦，就像一根立着的油条，而且还是那种过了气的油条，软软的，咸咸的，随时都能弯腰倒到地上去。大表哥三十多岁才要孩子，五十岁就头发斑白，这父子俩站在一起，倒像一对爷孙。

“看这孩子瘦的！”舅舅冲着大表哥断喝“我叫小甄给他停一个班她停了没有？”

大表哥说没有，说她觉得一个星期三个班不算多了，别的孩子星期天都还补一整天呢。

“补补补，不把孩子补死你们不开心是不是？”

“您是想让他考南开呢？还是不想？”大表哥对舅舅可一点都不客气。

舅舅咕哝了一声，大家都没听见他说什么。

“营养也够了，运动也不少，还这么瘦，怨谁呢。”大表哥补了一句，用这种委婉的方式向父亲道歉。

他觉得他有必要出面圆一圆场子，就说：孩子在这个年龄都要经历一段“豆芽菜时期”，过了这段就好了。

舅舅认真地盯着他问：“真的？有科学依据吗？”

他想摇头，但很坚定地点了点头。

“我看就是好日子过多了！我们插队那阵子——”大表哥正要把故事展开，却被舅舅一句话腰斩了。舅舅说：你们那叫苦日子？

“插队可不是好日子。”大表哥还想让那开了头的忆苦思甜起死回生。

“你们下到乡下去，能有老乡苦？”舅舅摇着头，走到厨房里去了。

“你不知道这老头子现在有多怪。”大表哥摇着头对黎说。

“呵呵，等你老了，你儿子也会这样在你背后摇头——对不对？”黎边说边把头转向豆芽菜，问这孩子。孩子颇有城府地腼腆一笑，算作回答。

“他敢！”大表哥虚张声势地喊。

“老弟，你还回不回美国？”大表哥问他。

“不回。”

“对，咱们不受那个洋罪。”

“也谈不上受罪。”

“弟妹和妞妞回来了吗？”

“没有。”

“她们不回来？”

“不回。”

“那你可辛苦了，两头跑。”

他无语，觉得如果据实以告，立刻就会有一场毫无必要的风波。

舅舅被舅妈从厨房里赶出来了。

“我怎么就不会做饭？我怎么就不会做饭？”

“爷爷你做菜不放盐，不放油，不放醋，不放酱油，不放辣，跟喂牲口似的。”豆芽菜一鸣惊人。

“不许胡说！”大表哥在豆芽菜后脑勺上拍了一巴掌。

“盐，盐是好东西吗？你奶奶怎么得的高血压？书上说了，油炸的东西最致癌了，要保持碱性体质，就要少吃醋。酱油可不是好东西，发酵过的东西，都不是好东西。你们整天看电视，就看那么些乱七八糟的，不好好看看健康节目——我可是跟你们讲了不少次了，别给孩子买冰激凌，谁知道冷饮厂里牛奶从哪进的。”

“那我们家是不是该养头牛？”大表哥一边一本正经地点头一边抛出个带刺的幽默。

“你还别说，你们小的时候，老乡就是把家里的奶牛牵到我们院子里来，你们喝老乡的牛奶长大，现在回头看看是享了多大的福分。”

在这一点上，舅舅跟母亲真可谓遥相呼应。

他走到厨房里去，舅妈正把一堆切好的萝卜扔进汤锅里。“博士！帮我剥两头蒜！”

他拿起砧板旁的蒜头，把蒜一瓣一瓣掰下来。那一层皮剥起来真麻烦。

“啪！”舅妈把蒜瓣放在砧板上，用刀把蒜头拍扁。蒜皮四分五裂，剥起来就毫无困难。

菜饭都端到餐桌上来，众人围着桌子按长幼尊卑落座，那场争论仍然没有结束。舅舅看着一大盘鸡汤说：“你们听着，吃鸡肉，汤要少喝，喝鸡汤不科学，鸡汤里最多的是脂肪。”

“别听他的！”舅妈舀了一碗汤送到他面前，又舀了一碗放到豆芽菜面前。

舅舅又摇头。

“你看，你舅舅现在就这么讨人嫌。”舅妈舀第三碗鸡汤。

“我不要，别给我盛。”

“没给你盛，我给我儿子盛。”

大表哥站起来，从舅妈手里夺过勺子。

“舅妈的鸡汤是一绝。”

“那当然，你有空就过来，提前一天打个电话就好，我把鸡炖上。”

“喝你一口汤，还搭上来回火车票钱。”舅舅一边说一边夹起一片肉细细端详。

“车票钱你老头子出呗。”

他连忙解释，说火车票并不贵。

“有了一顿充，没有了敲米桶，现在上上下下都这样，你回国了，可别学现在的人。”舅舅终于把那片肉放进嘴里了。

“他们美国人不就是没钱借钱也花。”

他不知道该点头还是摇头。

“你看看，这个鸡，弄干净了没有？”舅舅从鸡肚子里夹出个绿豆大小的东西。

“花椒！花椒你都不认得了！老头子，踏踏实实地吃你的饭！”

“我爸现在就这样，整天瞎操心，疑神疑鬼。”

“我老眼昏花了，你不也是，指不定放点什么在里头。”

“放什么，毒药？”舅妈生气了。

一直不怎么开口的豆芽菜这时候出来独撑危局，他说他爸爸插队的时候把一整只鸡放到锅里煮，越煮越臭，他说奶奶最细心了，鸡身上连一根头发都不会有。

大表哥赶忙解释，说插队的时候那只鸡不是他煮的，天天喝妈妈的鸡汤，怎么会犯原则性错误。他说插队的时候真的是很辛苦，大家好不容易下决心找老乡买了一只鸡，有个同学自告奋勇，保证不辱使命。结果呢，大家去上工，他把鸡杀了，毛也拔了，光溜溜地放锅里煮，居然不知道下锅前还需要给鸡做个外科手术。

大家呵呵地笑。

“你们下到乡下去，能有老乡苦？”舅舅又重复了那句话。

“那倒是，那边老乡是真穷，我们插队是六七十年代，等到我们八十年代初去蹲点，老乡家还是家徒四壁。”

“你们蹲点，说是跟老乡同吃同住，哪一个跟老乡一起啃窝头，‘派饭’不就是派老乡做饭！”

“我们可是给老乡钱的。”

“拿你们的钱，老乡会给你吃窝头咸菜？”

“当然不会，他们杀只鸡，或者炖个鸡蛋，都是他们平时舍不得吃的。”

“老乡们不会跟着你们一起吃吧。”

“吃派饭可一点都不轻松。我们两个干部去一家，面对面坐着吃一顿饭，老乡们绝对不肯上桌，我们就在众目睽睽之下吃饭。老乡有个孩子就蹲在墙角这么看着我们，”大表哥把两只胳膊撑在桌上托着腮，“我们叫他过来一起吃，人家就是不过来，你拉他他就往后蹭。其实没啥好东西，一海碗炖鸡蛋，我和坐对面的老曲你一勺我一勺，只舀自己这边的，中间留厚厚一道，谁也不去动。中间那一道是给老乡留着的。”

舅妈端着所剩不多的鸡汤起身去厨房。

“我们两个你一勺我一勺，”大表哥做着舀汤的动作，“那孩子就不错眼地看，他妈妈叫他出去他也不动换。我们一勺一勺地，突然孩子大哭起来，‘墙塌啦！’‘墙塌啦！’。”

“那孩子的爸揪着儿子耳朵把他推到门外去了，还朝屁股上踹一脚。我们就急了，怎么不分青红皂白打孩子呢。孩子爸爸说孩子神经了。”

“你们才神经了！”舅舅一点都不客气。

他告诉他们，真巧，这个故事他已经听到第二遍了，前天他还听人讲过一遍，真是太阳底下无新事。

豆芽菜说他都听过一百遍了。

这时候他的手机响了，是方磐打过来的，问他到天津没有。

31

第二天他坐了出租车，赶到方磐开在南开区的公司。出租车刚停下，方磐就来到车窗前，抢着要付车费。又是一阵你争我抢。

司机看看方片，又看看黎，伸手接过方磐的一百块钱，果断地平息了事态。

黎在N城那阵子，辞职下海的老奕认识了方磐。老奕跟方磐从生意上的往来逐步升级成私交，最终成了哥们。老奕是那种要让所有他认识的人互相认识的人。黎和方磐被老奕约了喝了几顿酒，也就难免滋生了几分交情。那时候他们三个人都自以为是文艺青年，臭味还是有几分相投的。

他跟着方磐走进大楼，钻进电梯，一直上到第十层。

不大不小的办公室里坐着七八个人，都目不转睛地盯着电脑。方磐对他们大声吆喝："弟兄们，瞧瞧我这位老兄，美国海龟！"众人就像广场上的行人听到几声锣鼓，一起抬头，投过来一道道迷茫的好奇的目光，挤出一些微笑，他也尴尬地把微笑挨个还回去。

方推开办公室，硕大的黑色办公桌背后坐着一个小个子女人，见他们进来，她从椅子上站起来，身上各种花边颤动，首饰晃荡，就像孔雀一下子开了屏。

"我老婆！"方磐骄傲地指着她对他说。

女人走过来跟他握手。

"小黄，这就是我跟你说过的黎博士。"

"哦，久闻大名。"

他不知道名从何来。

"这也是海龟。"老方又指了她对他说。

"哦。"

"人家学的可是MBA！"老方说。如果是老奕，八成会在后头加一句"不是什么社会学！"老方跟老奕到底是不一样的。

对了，前年老方给他发电子邮件，说他"上了一个海龟"，估计就是这位了。

老方的生意是把国外的医疗器械弄到国内来卖，这个已经干了三年多了。这三年，方磐没少跟他联系，希望他能在国外给他跑跑生意。方当然有他自己的路子，而且知道黎不是那块料，但邮件往来中他总要缀上一句：替兄弟留一下心！

事情就是这么奇怪，他跟老奕做过一阵子同事，成了老奕的"兄弟"，通过老奕认识了方磐，又成了方的"兄弟"，但是"兄弟"二字都打着双引号，是被这两个人册封的，他远没有找到那种推心置腹的感觉。当年谈文学似乎也颇热烈，但似乎也没有多少印象留下来。相比之下，他觉得跟老方交往起来比较自在一些，老奕嘛，总以为自己是上帝派来拯救世界的，那气势，像个煤气罐，他担心这家伙随时会轰隆一声爆掉。

老奕和老方除了都擅长把男人册封为兄弟，把女人拉拢成姐妹，相似之处其实真是不多，天知道他们怎么就那么结结实实地走到一块儿了。老奕绝不会向你吹嘘“我上了一个海龟”，而老方绝不会以为自己只要动笔写书，就能把几千年来的作家们都灭掉。

“兄弟在美国待腻了吧，那鬼地方有什么好，请我我都不去！”老方说。（如果是老奕，他就会加上一句“你总算学聪明了！”）

小黄笑着请他坐下，转脸对方磐说：“谁瞎了眼请你去！”

方磐说：“谁瞎了眼嫁给我这土鳖。”

“呵呵，你，也就床上那点功夫还行。”

他脑袋里嗡的一下。

你从哪个大学毕业呢？ CN？哦，北卡啊，我没去过呢。不是在美国读书，去旅游。认识他之前啊。还真没跟这土鳖一起去过。英国啊。也就那么回事吧——我的初夜就是在那儿丢的。生意还行。你别看满世界都是“made in China”，医疗器械领域，哪儿都是“not made in China”。像样的医疗设备你做不出来啊。能把太空船送上天管什么用，送什么上去，骨灰盒吗？才不是幽默，实话实说嘛。不是吗？！

“行了行了，你拿了大英帝国的绿卡了是怎么着。”老方从办公椅上站起来，走到门前，打开门吩咐人倒茶。

老方坐回椅子上去：“黎兄弟，有你嫂子在旁边，老有一种地震的感觉吧。”

他差点儿就点了头。

那是七年以前的事吧，也许八年？他和方磐在一家超大型的火锅店吃饭，店里座无虚席，差不多有上千人。场面没法不用“宏大”二字去形容。吃客们面对面也得大声吼叫方能产生温柔耳语的效果。吃到中途，方磐的老婆来了，表情怨艾，坐下来默默地吃。饭后三人走到街上，方磐他老婆就吵了起来，原来他三天没回家了，他今天约这个吃饭，明天约那个桑拿，就是不着家。他们且吵且走，经过一个茶座仨人就坐下喝茶，他免不了充当调解，极力劝和，就好像他对这桩婚姻负有责任似的。但他发现那是一件根本不可能完成的任务。一杯茶还没喝完，她就愤然离席，留下老方和他。“现在碰都不想碰她一下，反正是不想！”方磐这么跟他说。到了晚上，方磐就去找小姐。他不肯离婚，他说只要她不给他戴个绿帽子，他就一定凑合着过。后来她就索性找了个男的。离婚前，老方哭得像个被砸漏的水缸。

初恋，初恋啊，两个人的第一次啊，一夜都不睡弄都弄不完的第一次啊。老方一把鼻涕一把泪地回忆着他和老婆的清纯岁月，黎和老奕无能为力面面相觑。最后老奕一巴掌拍在桌上："够啦！"结果老方当真止住了悲声。

老方和小黄真是一对活宝，插科打诨，天马行空，赶得上一个相声专场。他不能不向他们表达羡慕之情，说你们谈笑间就把个公司 run 起来了，真正做到了举重若轻。方磐半是谦虚半是认真地说，闲的时候闲死，忙的时候忙死，关键是你不知道什么时候闲什么时候忙，有时候一分一秒都不容错过，有时候你觉得你出现在公司里都是多余的。

他在方磐的公司里待了一整天。晚上公司打了烊，老方和小黄又把相声专场原封不动地转移到饭桌上。不知谁起的头，说到老奕，就捅漏了话篓子。

"那人简直就是一头熊！"小黄伸出两只胳臂，向半空里做出拥抱的姿势。

"这个比喻很有意思。"黎想象着老奕的模样，在脑子里把它跟一头熊放到了同一个地方。

"你以前是他同事，以前他就这个样子？"小黄问他。

"胡子嘛，是后来蓄起来的，脾气嘛，好像越来越嚣张了。"方磐代他做了回答。

"我问黎博士呢，给我安静点。"

他不得不说了。他说，老奕身上有使不完的劲头，也许没找着合适的事做吧。人不过是自己性格的奴隶，老奕当然也不能幸免。

"他做事就像光棍床上搁了个大姑娘，你不让他干他偏要干，你让他干吧，转眼他就泄了。"小黄又震了他一下。

"八竿子打不着的生意，就找我们投个十几万二十万，我们小本生意的怎经得起那种折腾。"方磐摇头。

"不给他投钱，他把我家这口子骂得狗血喷头的，就好像我们前世欠他的。"小黄把一双手举到头顶上，做着"狗血喷头"的姿势。

没错，这的确就是老奕。

"你说当初我家这口子怎么就跟他搭上了呢，是不是都长得一副熊样？"

他尴尬地挤出一个笑。

"不能这么说，老奕还是很有才华的，他一个月能写好几十万字的小说，我们谁能搞得出来？"

"你看，我家老方到现在还五体投地着呢。小说是什么，小说就是个杂耍，他一口气能翻八十个跟头你也佩服他？"

"文学可不是杂耍！"

"文学怎么不是杂耍？！"

"文学就不是杂耍！"

这两口子打着口头的赤膊战，他忽然心烦。

“要不是我收编了你，你还在跟他手挽手地瞎折腾呢……”小黄扔出个撒手锏。

他忽然想起方磐前年给他发的那个声称“上了一个海归”的电子邮件，不禁哑然。

老方直了直腰板，转过脸来笑着对黎说：“你看，你嫂子不光地震，还海啸，兄弟我这日子过得容易？”

黎向他们诚恳地表达了羡慕之情，说假如他和他妻子都这么幽默的话，根本不至于离婚。

晚饭之后他向他们告辞，老方拉着他，说我们兄弟好些年没见了，你来天津一趟也不容易，不能刚开锣就散场。

小黄也过来拉他，说：“走，咱们私奔去！”

“行了，别把我这兄弟震到海里去。”

老方向他解释：“私奔”就是SPA，S-P-A。

他和老方各趴在一张床上，任凭女服务生用双手在他们背上摸爬滚打，屋子里弥漫着奇异的香气和海涛鸟鸣声。隔壁屋子里传来小黄的大嗓门，她和男服务生聊得正欢。

“你还写诗吗？”方磐歪过头来问他。

“早就不写了。”

“那太可惜了。”

“没什么可惜的。”

老方把脸歪到另一边对服务生说：“我还记得他以前写的诗呢，‘等着春天洒下细雨/等着夏天开花/等着月亮劝好自己/等着石头开口说话’，你说我这兄弟浪漫不浪漫！”

服务生笑着不说话。

“我这兄弟现在虽说算不上钻石王老五，也差不多翡翠赵老七了。”

“是吗？”服务生假装惊讶。

“除了排行老七是真的。”他也开个玩笑。

“哦，先生有那么多哥哥姐姐？”服务生很认真地问。

老方大笑起来。

老方算得上笔耕不辍呢，时不时通过电子邮件发一两首诗过来，据说还在报刊上发表过。他们以前算是文友，如果不是因为老方写诗，他就不会认识他。老奕下海之后认识的人无数，似乎也只有方磐和他最熟络。写过诗的人大约是一丘之貉。

“我给你们念我这几天写的。”老方果然又要发作。

“有酒且欢心/愧对沟边人/何当理桑麻/海内共青云/春来颜色改/冬去庭院深/拔剑伤秋色/推轩动春根。”

两个姑娘都点头，说方先生的诗写得越发好了。

“你们嫂子那个文盲，我一张口，她就捂耳朵，还不如你们两个有趣。”

“听说嫂子是海龟呢。”

老方把脸歪到另一边对服务生说，“我这兄弟也是海龟，也不写诗了！海外没有诗意啊！”老方摇头，因为被姑娘按着背，头摇得不能称心如意。

那姑娘转身走到一边又去拿油，小心翼翼地举着蓝幽幽的瓶子走回来，仿佛里头装着魔鬼。

他忽然就想到了安东尼的柠檬油。

32

三表哥把行李放回自己房间，走出来和他说话。

黎说，哥，周末还出差，真辛苦。

三表哥皱了皱眉：“出差算啥辛苦。”

然后两人就沉默了。

舅妈给三表哥沏好了茶，端到沉默的三表哥面前，说：“你们两个大学生好好聊聊。”

三表哥面无表情地点头。是呢，三表哥是舅舅家唯一的大学生。舅舅参加革命，中断求学生涯，对大学念念不忘，七十岁终于荣入老年大学。三表哥是舅舅和舅妈人生最满意的那一笔。北京大学，相当于祖坟上发生了火灾，一切不可思议之事里最不可想象的。

“哥，我看舅舅舅妈身体不错。”他没话找话。

“还不错。”

“哥，你们公司现在名气不小，在美国都老听说。”

“还行吧。”

“哥，国内现在变化可真大。”

“是吗？”

他实在找不出话说了，又是一阵绝望的沉默。

立式空调机在嗡嗡作响，这东西有年头了，他出国前来看他们的时候，它就已落户在此。即使夏天，如果没有表哥们在，老两口也是不开空调的。这台空调机大约因为劳逸结合，看上去和从前一样容颜姣好——平时它被老两口用一个巨大的塑料袋罩住，仿佛一棵无处惹尘埃的菩提树，默默而坚定地在那里修行了好多年。不过它的嗡嗡声还是透露了一点儿岁月的痕迹。舅舅舅妈的声音也是，表哥们就更不用说了。他自己在他们眼里想必亦复如此。一切都在变老。

突然，三表哥幽幽地说：“读过《推背图》？”

他说没有。

“好好读一读。”

“哥推荐的，我肯定拜读。”

“你们搞社会学的，不能不读。”

“是是。”

“现在发生的事、将来要发生的，《推背图》上都写得一清二楚。”

“哦？”

“读了就知道了。”

“是吗？”

沉默。

三表哥回到他屋里，就再不出来。吃晚饭的时候，舅妈把一碗米饭和一碗蔬菜送进三表哥房间，空着手默默退出来。他和舅舅围坐在餐桌边，也是默默地。

“不吃肉，不吃鱼，不吃鸡蛋。”舅舅幽幽地说了一句。

他知道舅舅在说谁，回应也是多余。

“革命了一辈子。”舅舅叹了口气。

他知道他的意思，回应依然多余。

“就差一身袈裟一顶禅杖了。”

“别瞎说！”舅妈终于开口。

“他以为他真是唐三藏转世？！”

沉默。

收拾碗筷的时候，舅妈告诉他，你三表哥去年去了一趟洛阳，到净坛寺走了一圈，看哪儿哪儿都似曾相识，说自己就是玄奘转世，十几世之前自己就是那个和尚。

“净土寺？”

“谁知道是净土寺还是土谷寺。”

他心头笑了起来——上大学的时候，“土谷寺”是同学们经常拿来开玩笑的。但舅妈肯定不是在开玩笑。她一脸严肃地说下去：回来就不吃肉了，鸡蛋都不吃，牛奶也不喝，我看他没嫌我们老两口不干净就算阿弥陀佛了。我们老百姓要是信个什么，不就是不可不信不可全信。你们读书人就认真得一点余地都没有——小黎你信啥？

他说他觉得自己是认认真真的怀疑主义者，这也算作没有余地吧。

她说过年的时候去寺里给菩萨烧香，都要替你们家也奉上一份，保佑你爸妈身体健康，保佑你留学顺利，这不，你好好地拿了学位回来了。

还以为都是母亲的观世音的功劳，看来他这点小事惊动了不止一个菩萨。不过话说回来，母亲的菩萨和舅妈的菩萨算是一个系统的。

舅妈满头凄楚的白发看起来太像一面投降的旗帜，她隔着两千年操纵了释迦牟尼的弟子，这个事实似乎并没有给她的自信增添砝码。他在脑子里想象着三表哥一身袈裟的模样——假如真有这么一天，三表哥住持净坛寺，舅妈岂不是也要对着三表哥顶礼膜拜。土谷寺、净土寺、净坛寺，现在她还敢拿它们来嘲讽，但这只是暂时的。

33

早上九点，方片打着哈欠开车把他送到火车站，又打着哈欠开车走了。回北京的这趟火车是从石家庄开过来的，十点经过天津，他在候车室百无聊赖地等着熬过这一个钟头。

他给舅舅打了个电话，说他已经赶到火车站，说有空再来看他。舅舅说你一定要常来，常来啊。他说一定常来，也请舅舅多来北京，他会带他到处走走，倾听他的教诲。舅舅说他会的。这时候他想到的是舅舅那间书房，堆满了过期的旧报纸、包装盒、塑料袋、瓶瓶罐罐。他绝望地想，自己到了舅舅这个年纪，会不会也醉心于广纳无用之物。他一点都不认为舅舅会到北京来，那个堆满瓶瓶罐罐的书房就是他的整个宇宙，他成天待在里面打瞌睡。我们当年我们当年，外婆当年就爱用这种句式，如今舅舅和母亲都抄袭了过来，将来他也一定会继承这份衣钵，这就是写在基因里的宿命。他觉得自己这趟天津之旅就是在拜访自己的未来。

天津站和自己小时候的记忆里的大不一样了。小时候他还记得舅舅带他坐火车，整列车上除了乘务员，只有他们两个人，绿色的椅子一只只全都空着，漆黑的火车头喷着雪白的蒸汽，还有很多威武的红色铁轮子，它们轰隆隆碾过铁轨的声音真是威风凛凛。

世界这只巨大的轮子就这样轰隆隆滚过了二三十年，以前憧憬过的没憧憬过的他也经历了不少，如今他坐在天津站的候车室里，发现自己依然是孤身一人，却没有憧憬相伴了。

有几分钟他使劲地盯着每一个走过来的人看——那么多人从他面前来了又走了，坐上不同的火车去不同的地方，他这辈子就见他们这一次，这让他觉得诡异，又有些悲伤。

几个年轻人坐到他对面，一群大学生，男男女女的一群，热烈地吵闹着，你掐我一把，我掐你一把，全然没有男女的忌讳。在你读大学的那个年代，这是绝对不会发生的。男女同学，如果不是情侣，那可真是授受不亲。

也就是那次上街的时候，他们才会在公共场合牵手。他拉着一个不认识的女孩走上十几公里，去外滩静坐。她叫许晶，无锡人，长得不算漂亮。他们走到街上，就以为是为这个国家尽一份责任。现在想来，当然没有任何道理。许晶又瘦又小，握在他手里的她的手也是软弱无力的。春夏交接的季节，没走多远，手心里都出了汗。

哥，你帮个忙？

好

你不一定肯

一定肯

你先答应

答应

玫走去关门，把窗帘拉了下来，开始支她的画架

这我可不干

你答应了

答应了也不干

怕了。

我怕啥

那就找个地方坐下来

我可没答应

画完了请你吃饭

我请你吃饭得了

那也行

那就不画了？

不行

坐那边去

你不如对着镜子画自个儿

画过了，轮到你了

34

T5683 次列车顶着一盏豁亮的大灯，嚎叫着冲进天津火车站。

“工作人员、接客人的同志请注意，石家庄开来的特快 5683 次列车已经到站，列

车进入七号站台……”

火车哐嗵哐嗵撞击铁轨滑行过来，越来越慢，但又好像永远也不会停下来。一节又一节，一节又一节车厢打面前经过。也许真的就不停下来了。

但是突然吱的一声，整条列车就像一个严酷的现实横在眼前。

他拎着他的旅行箱钻进车厢，坐到了一个在打瞌睡的女人面前。她睁开眼，望望他，又望望窗外。

“天津？”她问。

“嗯。”他点了点头。她就放心地把面孔捧回手心里。

火车微微一震，把天津站朝东边缓缓抛过去。

她挺漂亮呢。隐隐约约的香水味道。和自己大约同样的年龄，三十出头，对生活的骗局也明白一些了，仍然还有一些心有不甘，或者又可以说意犹未尽……

在N城那阵子，玫迷上了陶艺，她房间的角落里尽是怪异的瓶瓶罐罐。这些世上从未出现过的形状，给她的屋子营造了奇幻的氛围。他觉得自己或许没有资格对它们说三道四，不过他也的确不喜欢这些异类。它们折磨人，像许多个陷阱。它们莫可言状，一切比喻、象征和夸张都派不上用场。

他在她的学校看她做过一件陶器，是从一个橄榄形状里镂空出来，她抓住两头，把这个东西扭曲。那个样子看上去还不错，通透完整，如果就那样烧出来，他也说不上不喜欢。她绕着这个东西看来看去，说怎么看都别扭，就脱了鞋，伸出光脚踩踏过去。那东西立刻失去了那种饱满可爱的形状。玫拿了这个被摧毁的东西烧制成形。他知道它从前是怎样的形状，也就分外觉得可惜。不过他又觉得，那个东西所遭遇的，是最平常不过的命运。

有时候，他和她上街，在公园或什么地方，好好的，她就会突然生起气来，突然怒不可遏。有一次她把一整桶冰激凌扔在土里，用脚去踩，可是到下午又恢复平静，请他去吃火锅，点了一大堆菜，两人根本就吃不完。

火锅的汤底是乳白色的，据服务生说是用鲫鱼熬出来的。几根碧绿的大葱投进去，就更完美了。后来又扔进去两枚干红枣，它们在沸水里慢慢鼓胀丰满起来，绛红的颜色丝毫不与乳白的鱼汤和解。羊肉片切得薄如蝉翼，红白相间的亮色，可是碰到热水就瞬间暗淡下来。豆腐不怎么新鲜，闻起来有一星馊味，豆腐皮也这样。玫叫来服务生，让她拿回去换。服务生端起来用鼻子闻，说它们本来就这味道。怎么可能，自己又不是没吃过豆腐。服务生就拉下脸来，一手端了一个盘子进厨房，一会儿端出来两个一模一样的盘子，放在桌上，闻上去依然如故。他把豆腐丢进水里，捞上来再闻，馊味也就不太明显了。然后他把豆腐皮也倒了进去。荤素软硬林林总总一同赴汤蹈火，在锅里乱作一团。

那天的油碟太腻，菜又太多，食物在胃里盘踞不去，他记得第二天上午他们都没吃早饭。

35

他跟二表哥的交情也是从火锅开始的。在他上初中的时候，二表哥来涂门读高中——要是在天津，他只能读个普通高中，来涂门，他就插班进了涂门中学。

二表哥在涂门中学高中部读了两三年。高三下学期，二表哥还是不得不回天津去参加高考。

二表哥给他留下的印象，如果放在两年多的时间里来看，就单薄得让他吃惊。在他家里，二表哥安静得像不存在一样。成绩依旧一塌糊涂。后来他在放学路上碰到二表哥和几个哥们在一起抽烟，哼着流行的歌曲，他简直认不出他来。但他并没有到父母那里去告发他。这就悄悄达成一种默契，一些好感。二表哥送他礼物，一般是那个时候并不多见的食物，火锅也是那时候他请他吃的。记得是在某个暑假的一个下午，也许是一九八三年，也许一九八四年。因为那一年二表哥的一个朋友被抓进了监狱——入室盗窃和拦路抢劫两项罪名——很快就被枪毙。他做这两件事的时候刚好过了某个年龄的界限一个月。这个人撬开一户人家，吃光了厨房里的鸡，打开了一瓶陈年老酒，走的时候还带上它。他被抓走之前，站在路边等着二表哥下课——等得不耐烦了就到土产公司门市部买香烟，他上上下下摸了一遍也没找到钱。于是回到大路上，揪住一个学生要钱。他们当然没有这么多钱，他打劫了三个孩子，才凑够了买烟的银子。

他一直觉得，二表哥也许参与过撬门溜锁的事，要是那样的话，他的那条命算是捡回来的。不过他或许清白无辜，只是抽了那人的香烟，跟那个人分享过死亡的滋味。真相他无从知晓。但二表哥那个女朋友他是知道的。在他父母出差的那几天，他在他家的储藏室里撞见过他们。说撞见也许言过其实，他并没有让他们难堪，他只是透过门缝听到她几声凄厉的喊叫，以为她正在被他杀死在里面。在他犹豫的一瞬间，他们又变得悄无声息。后来他们走出来，走到下午的巷子里，踏着满地的泡桐树花走出了他的视线。

二表哥回天津以后，她还来找过他，问他二表哥的下落。他据实以告。他不知道她可曾去天津找过她，反正她后来一直在涂门待着，他再也没有听到二表哥提起过她——当然，他也知趣地从不在二表哥面前提起她。大学毕业那年他回涂门，还路过她在解放路上开的一家水果店。她看到他，就叫他过来，给他装了一大篮子苹果，并且坚决不肯收他的钱。他把钞票放在一堆鸭梨上转身就走，她追出来硬是把钱塞进他篮子里。他记得店里的电子秤旁边坐着一个男人，第二次路过的时候她给他介绍说那是她老公。而且他看到了她的孩子，被厚厚的小袄包裹得像只熟透了的桃子。那男人动了动孩子的胳膊，用孩子的语气说：舅舅好！他觉得自己仿佛真的做了长辈。这一转眼，竟有十多年了。坐在他面前的这个女人长得真像她——也许真是她呢。也许她旧情难忘，在人到中年的时候跑到天津来，车到天津，却又害怕得不敢下车。经过了十年婚姻，她也该到了闹离婚的年纪了，而二表哥呢，依然单身一人，但显然不是为了等她。

她当然不是她，你乘着火车，必须靠着这些胡思乱想度过百无聊赖的旅程。

36

三岁时候的那只蟋蟀还在他眼前晃动。大表哥翻开石块的一瞬间，蟋蟀愣在那里，也许是被迎头刺眼的光线弄蒙了吧。他不记得他们是把它捉进瓶子里了，还是它奋力一跃逃脱了厄运。

哥，请你帮个忙？
好
你不一定肯
……
这我不干
你答应过了
……
答应了也不干
怕了。
……
你真不干？
不干
那我找别人了

黎脱了衣服，坐在靠窗的一角。一缕光线打在他脸上，而身体的其他部分躲在黑暗里。其实也没什么大不了的，真豁出去也就无所谓了。玫的画架上方有一盏小台灯，光线吝啬地投在画布上。黎透过窗帘的缝隙朝外面张望。他看见五六个孩子在楼房之间的空隙里踢着一只球。黑白相间的足球在地上做着不规则的布朗运动。

几个孩子踢球的方式他闻所未闻。没有球门，也未曾分成两伙。只要谁抢着了球，便带着它朝没人的地方跑开，其余的几个就猛追上去，活像几条狗在拼抢一根骨头。

黎觑了玫一眼——她在画布上专心涂抹，台灯的余光隐隐勾勒她眉眼的轮廓。她的专注总能给他留下特别的印象，她不说话的时候尤为动人，仿佛有某种东西被保存得好好的，装在含蓄的瓶子里，瓶口用半透明的蜜蜡封闭起来。他不由得想起小时候，一小片阳光落在玫的眼窝下方，他用手去触它，而它却转而落在了他手上。

他下面慢慢变硬。在黑暗里，那东西一下一下挺直，就像一个懒散的人觉醒晨起，先是仰起头，然后坐起来靠在枕头上，再站起身来，动作支离解散，但觉醒是义无反顾的。

他的意志当然是要它老老实实，可周身的血液都流到那个地方去了，大脑因缺血而眩晕。这时玫抬起头，黎便将视线转到窗外去了。他盯住近处的一株水泥路灯柱，把自己弄得昏昏欲睡。她知道怎样对待这样的事情。

窗外几个孩子玩厌了狗抢骨头似的游戏，遂分成两拨，用四块砖头象征性地垒出两个球门。一边三人，没有守门员。比赛开始，孩子们又混战在一起，孩子们小小的意志在冲撞、躲闪、纠缠、撕扯。足球执拗地不肯朝任何一方的球门靠近，两个球门落落寡合地敞开。

他那个地方重又软弱下去，精神也慢慢恢复，从一阵困顿中醒来。他又转脸瞧了她一眼。她仍是低着头，专心专意地涂抹。台灯的余光依然含蓄地勾勒她眉眼的轮廓，他的眩晕重又徐徐升腾。

他觉得自己站在一座桥上，两边都是一片汪洋。那座桥颤巍巍的，是用藤条编织出来的一点儿也不牢靠的东西。

他的手机发出一声尖锐的提示，他从怀里掏出它，在火车突然激烈的摇晃中查看短信——是老奕发来的。老奕指责他没有把好事给他——关于安东尼的柠檬油的事这么快就传到老奕耳朵里了。

火车冲上北京站的五号站台，一车乘客纷纷起立，仿佛在向迎面而来的下一段人生表达敬意。行李在头顶上岌岌可危地移动，座位也都成了潘多拉的盒子，从下面掏出来的东西应有尽有。把脸埋在胳臂里睡觉的女人抬起头，茫然注视骚动的人群。她面孔上的血管受了肢体的逼迫，脸红得像个石榴。这石榴上印着两个纽扣的形状。

37

八月十一号下午，他又坐回电脑前——有好些天没碰它了，按下开关前，他甚至担心它已不能复活。而它一触即醒，咯咯嗡嗡，嗑嗑嗒嗒，诈尸还魂一般发出各种嘈杂的生命迹象。硬盘的吱吱声更是有一种苦思冥想的味道。谢天谢地。

他常常惊诧于机器运行的声音所具有的人味儿：一只电动剃须刀在电力不足时听起来有气无力的，恰似一个衰弱病人的残喘和呻吟；猛踏油门的时候汽车发动机会亢奋地怪叫，像一匹骡子遭到鞭打。它们说不定也有难言的苦恼或者快乐，只不过我们佯装不知而已。

但是反过来，你也可以说人不过是一台机器，所谓呻吟苦痛不过是一种物理上的衰弱和破损，所谓亢奋的叫喊跟一辆被猛踩了油门的汽车的呼叫也没什么不同。

至少一只猫儿是跟他一样痛苦的，他记得小时候踩在一只猫的尾巴上，听到脚下发出一声极为惨烈的呻吟。那痛苦是无可置疑的。一只鸟儿也一定人感受到痛苦，他听到过它们委婉的哀鸣。那么，一只电动剃须刀也许是会痛苦的吧？

硬盘的吱吱声更响亮了，还间或发出咔嗒咔嗒的卡壳一般的声音。他关了电脑，从抽屉里摸出一把螺丝刀，走到电脑后面，把螺丝一根根拧下来，取开机壳。

电脑在他面前袒露着星罗棋布的零件，倒也整饬规矩。一团电源线和几根数据线牵牵扯扯，就杂乱一些了。硬盘、软驱什么的在边缘占据了一些位置。除此之外，这电脑内部的空洞和它外在体形的饱满走着截然相反的路线。

他拨开牵牵连连的数据线，在电脑内部这儿敲敲，那儿碰碰，也找不出噪声的来源。

他接上电源，那咔嗒声居然没有了。但是当他把机壳再套上，咔嗒声又不请自来。

他索性让电脑敞开着，看着它开膛破肚的内部，听着风扇的呼呼声，敲了一小段文章进去。一个外科医生在局部麻醉、管道纵横的躯体面前，和拥有这个躯体的姑娘谈情说爱的场面应该就是这样吧。他必须对一个岌岌可危的身子上偶尔散发出的局部的完美，比如一只眼睛的妩媚，或者两只嘴唇的线条，产生犹如恋物癖一般的感动。

那些他敲进去的文字，正存放在什么地方？是身边这些愣头愣脑的零件里？这毫不神秘的空旷的内部，不像是能够寄托想象力的地方。嗯，如果有人把你的脑袋打开，也会作此感想吧。

或许那些文字只是屏幕上那薄薄的一层，肤浅且无用。

但是硬盘发出的吱吱声又像是有生命的，它在挣扎，求索、整合、犹豫、忽略、对抗，于是那空旷就有几分虚怀若谷的意味了。

他在硬盘吱吱声的陪伴下一直写到晚上，直到木实打来电话，说他在畅春园附近和人谈事情，完了想顺便来看看。他等了一个钟头，也不见木实来敲门。等到九点半，木实打来电话，邀他去一家烧烤店见面。

他走进烧烤店的“水乡”包间，木实正坐在一堆骨头竹签空啤酒瓶中间，往嘴里塞橘子瓣。包间里混合着脂肪、酒精、水果和香水的气味。他坐到木实旁边，发现香水味并不是从木实身上发出来的。

见面一定要先互相恭维一下。洋博士来了，我们蓬荜生辉。我哪敢在老板面前生辉，蓬荜还来不及。要不要来杯咖啡。老板的生活就是高级，半夜喝咖啡。我喝什么咖啡，还不是见贤思齐。那倒是，我是闲人。

女服务生进来收拾骨头竹签，擦桌子，拿走空酒瓶的时候，他也刻意地闻了闻，发现她并没有香水味。等服务生走出去，他就对木实说，把我这个大老爷们叫来做甚，前头的客人把你抛弃了？

木实说你的鼻子依然比狗还灵，小时候我不知吃过你多少亏。木实的意思是，黎小时候不用走到家门口，就能闻到厨房里在做什么，所以总是第一个冲进去。黎说你小时候经常把食物举到我鼻子底下问："闻闻，这个坏了没有？"

木实就像个没有鼻子的人，腐坏了的东西只有塞进嘴里才能尝异常。他的经典动作是把一口食物吐在地上，大叫"呸！呸！"有个糟糕的鼻子就不该同时又有个好奇的舌头，否则门不当户不对的，总有一个要吃苦头。

服务生又拎着啤酒瓜子肉串进来，叮叮当当地摆得一桌子都是。他忽然就想起来了：木实的风趣都是让酒给闹的。他和柴柯在这一点上倒是如出一辙。

木实把烤翅递到他眼前："尝尝这个，本店一绝！"服务生也在一旁附声应和。

他接过竹签，啃咬这被形容为"外焦里嫩"的东西，迎合着说果然名不虚传。

木实吸了吸鼻子，把一只装满鸡翅的铁盘子递过来，说这些都是你的了。

这时候进来另一个服务生，对木实说外头有个叫王芳的客人找您，她的手机落在您车里了。

木实蓦地站起来，又坐下来，从兜里掏出车钥匙，让服务生拿出去开车门。

服务生不接钥匙，说还是劳驾先生您自己去开。

"车里没值钱东西！"木实吼了一声，服务生才默默接过钥匙逃了出去。

黎瞪了木实一眼，继续啃他的鸡翅。

"博士，你又闻到什么味道了？"

"我闻到了八卦的味道。"

"八卦什么味道？"

"外焦里嫩。"

"胡说，我清清白白的一个人还能被你闻出八卦的味道。"

"王芳看上去不错。"

"她有男朋友。"

"那就拆散他们。"

"这就是你们美国人的逻辑？"

"我不是美国人。"

“中国人不干这种事。”

“那你就去大学蹭周末舞会，好多待价而沽的，你这样的一出现就会被一抢而光。”

“大学生？我跟孩子他妈就是大学同学，可不去受二茬罪——我怎么觉得博士近来庸俗了不少呢。”

“哈。”

“拆散别人我倒是真没这经验。”

“在战争中学习战争。”

“博士近来庸俗了！”

服务生又进来，把车钥匙还给木实。

“你在那边没见过他们母子两个？”

他说没有，他说他有一年去弗吉尼亚开会，他们两个正好去海边钓螃蟹去了。

木实说他们真是闲得无聊。

“你和嫂子是真离婚了？”他问木实。

38

午夜滞重闷热，感觉不到一丝凉意。若是在别日，此刻该是微风徐来的时候，凉爽的夜空气会从窗外灌进屋内，把周身毛孔里的热气抽丝一般收走。今晚的闷热与滞重不是这个城市的风格——她的午夜和正午本是阴阳两极，夜的凉爽和深情能够消解正午的炎热与残酷，让你对这个城市难生恨意。（此时在家乡，正是阴雨绵绵的梅雨季节，人们白天被热气围困，晚上也不被放过。）

但今晚，他期待的凉风弃绝了这个城市。在不同寻常的燠热里，夏蝉也苦不堪言，它们的像被热油煎炸的压抑的叫唤绵绵不绝，由纱窗的孔眼里渗透进来，钻入耳膜。这声音又好似一声叹息尽展所长，极其纤细却又无比结实。

这绵绵不绝的丝线并非粗细均匀的一根，而是忽而滑若游丝，忽而又疙疙瘩瘩磕磕绊绊。

丑时过后，蝉声戛然而止——它们一定是被睡神取走了一颗颗小灵魂。再经久的抱怨，也唤不来一个凉爽的夜，它们早该知道这一点。裹在酽酽暑气中入眠不也一样入眠？

一只夏蝉的梦该是什么模样——或者根本无梦，除了面前这个叵测的夏天，全然未有另一个世界。白天它们硕大的眼睛分秒不怠地盯牢这个世界，如果夜里还必须做梦，那就太残酷了。

它们的双眼黑得像浓缩了很多个夜晚——很多个忧郁的、无风的深夜。它们的身躯被烈日烤得焦黑，裂纹纵横。它们透明的、花窗一般的羽翼镂刻了莫可释解的符咒。它们从地下累年的苦修中探出身体，蜕变成这纤弱又执拗的形状，就是为了做夏天一根最敏感的神经吗？

也是在夜里，他看到在奶奶的草屋背后，依傍着水塘的巨柳下，人们堆积了麦秸和树枝，筑成半尺高的一簇。火点起来了，毕毕剥剥地燃烧升腾。黑夜掩去灰烟，只有火焰像一匹血亮的绸布被高高挑起。人们围作一圈，影子在身后扭得光怪陆离，那么多面孔在火光里熠熠生辉，那么多眼睛定定地盯住火的挣扎跳跃。向后退一些，躲远一点，在夏夜谁承受得了火的热度。

蝉们被火光惊醒——黑夜被撩开一个明亮的孔！它们张开透明的翅膀，吱吱叫喊，一个又一个，朝这一堆明亮的绸布飞落下来。飞进去吧，飞进去吧，穿过这绸布的帘，进入另一个豁然开朗的世界。那儿有饮不完的琼露，有无穷无尽的丛林任你栖息，有永恒的夏天和不期而至的风。有率性的歌唱、从容的飞翔、甜蜜的交媾、尽情的啜吮、踏实的睡眠、美妙的梦幻、欣喜的晨醒。

寅卯交接的时候，窗外的夏蝉旧调重弹。空气依然滞稠，但是渐次明亮的天光，正在把世界像谜底一样循序渐进地揭开。

他记得法布尔在他的《昆虫记》中说，蝉之所以鸣叫，或许是出于对歌唱的喜爱，因为没有什么证据表明这种声音能让同伴听到。

认真的法布尔真的去树下放枪，枪声竟然没把这些敏感的家伙吓跑。法布尔说，蝉是“极聋的聋子”，用四年在黑暗里的苦工换来一个月的幸福，用高歌表达最后的欢娱。

法布尔是错的，但他喜欢他的这个说法。

昆虫的世界当然没有浪漫的先例。他不能想象大自然允许任何一个纯粹仅仅为兴趣而生的器官，没有动物会为歌唱而歌唱。

39

她把画笔投进煤油里清洗的时候，黎扣着衬衫的扣子，走到画架前。

画布上的那个人，脸是不对称的，一边太大，另一边太小，像火焰那样扭曲着。他知道他的脸原本就不对称，而她极大地夸张了这个特征。

只有鼻子是写实的，但它过于明亮、过于执着地对抗着这个世界。

明亮的鼻子，不对称的两颊，加上眼窝下的白斑，活脱脱一张马脸。

身体在黑暗里若有若无，倒也实事求是。

只是在那个地方，它直直地挺立起来，让一束光落在上面，每一处细节都一览无余，那些血管、皱褶、弧度，全都历历在目，栩栩如生。

基本功扎实，他说。

她沉浸在思索里。

所向披靡，黎又补充说。

草稿而已，她突然说。

此后她在画布上修来改去，盯住局部没完没了地雕琢刻画，对颜色的细微差异斤斤计较。后来又添增了一些并不存在的东西：一把扔在地上的不锈钢勺子；几处漏进星状光线的窗帘破洞；天花板上垂下的昏黄的灯泡。最后她给他画上络腮胡子，他在画面里的模样看上去越来越粗暴……

这幅画后来不知所终——她说丢了。

那不是一幅毛茸茸的画，倒有几分血腥气，不是她那阵子的一贯风格。

40

她睡着的时候最完美。她睡着了的时候，有一种仿佛从花瓣里飘逸出来的神圣气息。

就像百合、苹果或者桃子，都是睡在它们自己的气味里。

他曾在她的睡梦里翻阅她的身体，像偷偷读一本被禁了一百年的书，小心翼翼地、悄悄地，带着恐慌和莫名的忧伤。

他从她蹙起的眉头读出她的忧伤，它有如一个硬硬的核，裹挟在香味里。玫从来不哭，但她凝望窗外的怔怔的目光、听到一个好消息时迟迟才涌向眼眶的微笑，都尽泄天机。

玫用一幅画描摹出来的忧伤是这样的：一只灰天鹅在湖上翕动翅膀，犹犹豫豫地飞过高空。湖水冻得结结实实，反射过来的，是如同刚磨出的刀刃上的光芒。

七月的窗外乳燕盘旋，吱吱喳喳的。每次他们做完那事，在半梦半醒里，它们稚嫩的叫唤是他们唯一能听到的声音。有时他也会想到外面静悄悄的蜻蜓，想到它们神秘的色彩、精致的身体、不可预期的移动。它们在空中两两成对，优雅、灵巧，完全没有其他动物在那种时候的蠢笨与可耻——只有蝴蝶除外。

两个人类之间的事，又是所有动物里最丑的。人如果真是上帝所造，祂真是太过草率了。

在某些疯狂的时刻，她会对他说，说不定自己哪天会赤裸着跑到大街上去。她说她是个疯子，基因里已经写好了的。“如果我就这样跑到大街上去，你一定要把我领回来，那会儿不管我说什么，也不要信我。”

他说他会的，他会到街上把她找回来，然后把她用链子拴好。

她说要是那样，你一定后悔不该认识我这个疯子，倒了八辈子霉摊上这样的事情。

他说哈哈哈，他说那是他最想做的事情。

从山村通往山镇的那条路上，有个人长年蹲在一棵大树底下，与那棵树形影相吊。你跟着白爷爷或奶奶往镇上去，经常看到他在树下喃喃自语。有时他朝树冠上爬去，蹲在里头朝路人撒尿。

你已不记得那是一棵什么树。树冠层碧叠翠，参差着薄而透明的叶子。秋天树冠消瘦下来的时候，那人就用玉米秸给自己搭一个窝。数九严寒时节，他经常从那个窝里爬出来，掸一掸落到身上的雪，或者在无风的晴天坐到小路中间晒太阳。

爷爷或者奶奶路过那里总会送他一些食物，他理所当然地收下，从不说感谢的话。

后来玫说，她肯定受了他的影响，有时看到一棵大树，就想上去抱一抱，或者爬到树冠里再也不出来。

所谓回忆，就是你回到过去的某个点，然后顺着这个点往下走。即使在回忆中，时间也不是倒着流的。

“Under the tree where the grass don’t grow, we made a promise to never get old.”

41

你在厨房里，从一堆瓶子中间拿起茶叶盒，又打开窗户，让风从外面灌进来。天空阴沉依旧，层云把太阳牢牢遮蔽。才早上八点多钟，风已经不凉快了。铁皮的茶叶盒摸上去也是热乎乎的，忠实地追随这桑拿天的温度。

茶是山镇所产，铁盒子上印着碧绿的茶树和雾蒙蒙的山峦。哪一座是你和她曾经迷路的地方？

你打开盒子，茶香扑鼻而来。你从已经开过封的锡纸袋里捻出一撮茶叶，放进一只玻璃杯，又从暖壶倒了热水进去。

干枯的叶子在热水的感召下默默恢复了它们原来的形状，回光返照似的秀出一片勃勃生机。喝茶喝的也就是这种生机吧。诡计多端的我们，对万千生命的榨取，可算是又全面又彻底。

你回到电脑前，趴在机箱旁边侧耳倾听它内部流出的呼呼风声——硬盘风扇在奋力旋转。前些天你换上了一只新风扇，这噪声丝毫未减。你与其是要消除这噪声，毋宁说是要消除自己隐隐的担心——它每天都在疯狂旋转，已经天长地久，恐怕旦夕之间也就暴卒而终。但你的确不曾碰到它们罢工的情形，因此你对这个只值二十块钱的小东西满怀敬意。它们没日没夜的工作，却不像人类那么易损。人类反倒像一种落伍的东西，一不留神就出了状况。

拉开抽屉，旧风扇正闷闷不乐地躺在角落里。是不是再买一套硬盘、主板、内存条、机箱，自己组装一台电脑，让这个风扇重新派上用场？这个想法真是不可理喻。

她把那个烧出来的坛子从桌上推到地上，它就乖乖地摔碎了。把碎片收拢到一大张报纸里，又用胶水把它们一个个拼凑起来——她就用这种方式表现“破碎”这个主题。

“破碎是走向再生的第一步，下一步是粉碎，就像面包师把谷子碾成粉，就像狼消化掉被它撕烂的羊。可是大家忍不住要去弥补，要去修理，把再生之路硬是堵住了。”她把粘好的坛子放回到桌子上去，把报纸揉成一团扔在墙角。那时N城正好是秋天，硕大的法国梧桐把窗外的街道塞得满满的。经过一个夏天，它们从去年砍掉的枝子的伤口上疯长起来，死死抓住头上的电线，不由分说地伸进千家万户的窗子，在风里像鞭子一样抽打路灯。

只消一场雨，就足以把那个炎热的城市送入秋天。一切都冷静下来，大街、阳光、路人的表情。但总有一些疯癫的气氛挥之不去，毕竟是个大城，有一切大城固有的紊乱和破碎。在分分秒秒间就会有什么被扰动起来：汽车从斜刺里猛穿，谁家阳台上突然撒下浇花水，路边小吃店油腻的汤汁流到路面上把谁滑倒，少不了一阵破口大骂……卤品店窗口总是红得鲜艳——成千上万的煮熟了的龙虾整齐堆砌在大盘子里——依然保持着生猛活泛的模样。只有龙虾的尸体最不像尸体。

“Red Coats，英国军队穿着红制服站成整饬的一排，殖民地人叫他们‘Red Coats’，‘lobsters’‘bloody backs’。历史是什么？历史就是，齐刷刷的枪口，‘bloody backs.’”“And bloody penis.”“Well, you brought another piece for the whole puzzle.”

她把扔在墙角的报纸捡了回来，把它跟拼凑起来的坛子也拼凑在一起，又在报纸上涂颜色。

后来她就站在桌前洗画笔。她那样子可真专注，把一只画笔插入装煤油的瓶子里耐心地弄掉上面的颜料，然后再放进另一只装煤油的瓶子里清洗。接着是把笔毛放在肥皂液里揉搓，然后在清水里把笔毛上的肥皂液涤荡干净，最后用吸水纸吸干笔毛。

每一根画笔都接受了同样的待遇，最后全部舒舒服服地躺在笔筒里。

在她洗画笔的时候，他就贪婪地望着她。

煤油的气味还是从前的哪种，温暖、醇厚，还有几分不安。如果“希望”需要用一种气味来诠释的话，那非煤油莫属了。

待窗外暮色渐深，他们就走到屋外去。大街上人头攒动，路灯灿然，树影婆娑，总有一些角落幽静得令人神往。

42

那是一张解放牌大卡车的黑白照片。谁送给你的，你已然忘记。大卡车的轮廓无可指责，完美无瑕，立体感跃然纸上。你太喜欢它了。你喜欢画汽车，常常一个人跑到街上，用从教室里偷来的粉笔画汽车。街上的行人说，瞧那个孩子，天天画汽车，他是中学教导主任的儿子。他们说“中学”，指的就是山镇中学，山镇只有一所中学。教导主任，听起来是一种可怕的职位。你记得父亲曾经站在太阳底下大声叱责两个学生，那时你正趴在他的办公桌上画汽车，隔着窗子看到那两个学生的面红耳赤，连后脖颈子都遭到了连累。后来他们耷拉着脑袋向远处撤退，四只胶鞋在雨后泥泞的土路上艰难跋涉。在那之前的几个小时，他们把老乡们横在水塘里的渔网拉出来，弄走两条大鱼。当时你也在作案现场，看见他们欢天喜地地捉鱼，你也兴奋莫名。那个水塘就在中学的边儿上。你觉得自己后来爱脸红的毛病就是那个时候染上的。

你临摹照片上的卡车，总也描不像，为什么你画的卡车总不能像照片里那样跃然纸上？很多年后你才知道透视、比例和明暗的道理。那时你怎能明白。你那时候还不知道纸上的线条，通过奇妙的处置，就会从二维的画面里跳出来。

你找到父亲，问他为什么你画的卡车总也不像一辆真正的车。跟人谈工作的父亲在你的追问下一定不胜其烦。而你在你自己这个世界里坚持不懈，不肯放过他：为什么？为什么为什么为什么为什么。

父亲的怒火，终成燎原之势。

为什么为什么为什么……

照片瞬间被撕成碎片。父亲拿着它们奔向门口，向空中一挥，碎片的雪就在四下里飘扬飞洒开来。

你被他也断然推到门外。

你站在门外哭了很久，在院子里收集卡车的碎片——它们散落在草丛里、石头上、台阶下，更多的，是落在排水管下的水泥沟里。它被撕得真碎，仿佛每一寸愤怒都找到了自己的替身。

“收起来，明天我给你拼好。”父亲送走了客人，踏着院子里的碎石走过来说。你顺从地跟着他上了街。

街上的情景，现在当然都不记得了。但是记得他在街上给你买的点心。馓子，对，那种点心叫馓子，零零碎碎的一大包，是油炸的面食。摊主问你：买什么？羊角蜜？金果？馓子？“馓子。”

痛哭一场后，一切食物都是美好的，一切事物也都展露新鲜别致的形状与色泽。回家路上，你记住了山镇中学东门外的一大片苍翠的竹林。修长的竹子拔地而起，弯成优美的弧度；竹节的薄嘴唇把苍翠的竹叶吹得嗞嗞作响。竹竿在风里摇得仪态万方，像许多亭立的女子相互扶持。搂得再紧一点吧，不然怕是要被风折断了细腰窄背。风并不总是彬彬有礼啊。大风朝密匝匝的竹叶里钻进去的时候叹着气，唉—— 哼。而正是在强劲的风里朝着一个方向侧身弯腰，那些竹子才显得格外修长。

手里的金黄馓子也是修长的，脆到一触即断。这种脆弱也是美好的。还有父亲，此刻也温柔了，比所有的父亲都更像个父亲。还有山镇安详的黄昏，太阳的余晖把万千事物都染成橘黄色；那么多鸟儿振翅朝山林上方的金子里飞去。毛茸茸的山岗都被渐渐升起来的雾气拥抱在怀里，仅剩朦胧而甜蜜的轮廓。有一段路崎岖难行，大块大块裸露地表的石头龇牙咧嘴，是父亲背着你过去的。

43

八月十五日这天早上起来，外面的天空突然高了、远了、蓝了，都是秋天的迹象。秋天，对于一个已确信这里的夏天会常驻不走的人来说是个始料不及的消息，或者是一种因为姗姗来迟，几乎已经没有必要的解放。天空的蓝色带着一种布道者的庄严，这庄严仿佛可以一直渗透到灵魂里。

有人在窗外吹口哨，反反复复只是一句。他支起耳朵听了好几遍，才明白是“树上的鸟儿成双对”。没有一个音发在适当的位置上，节拍统统打乱，属于它的委婉的情志也丧失殆尽。那个人大概也意识到了这一点，反复努力试图把自己纠正到这曲子情真意切的本来面目。

天道酬勤，此人终于弄对了一部分调子。“树 ~~ 上的鸟 ~ 儿成 ~ 双 ~ 对 ~~”。但黎又觉得他弄得过于正确了，反倒失去了他自己的特色。那人似乎马上又意识到了，改吹另一支曲子。然而受了上一曲的影响，吹出来的调子半是黄梅戏，半是别的。黎又听不懂了。那人重复了好些遍，黎才恍然大悟：“…… 你说说，俺到底哪儿好。”黎一下子明白刚才那人没法给“树上的鸟儿成双对”找着调门的原因—— 那时他用的是“……你说说俺到底哪儿好”的调子。

“×××，你说说，俺到底哪儿好，”那个人摸着了调子，索性一直吹下去，“你大大的眼睛像 ××。×××，你说说，俺到底哪儿好？你 ×× 的 ××，像 ××。”

黎很开心，伸头朝楼下望去。还是那个穿杏黄色衬衫的收废品的小伙子，正在树荫下忘乎所以地沉浸在自己的欢乐里。他瞥见黎探出头来，突然收声沉寂。

蓦地一阵蝉声打破了宁静，然后几只蝉同时叫喊起来，有的声音单调干枯，像蒸汽通过细细的管道，又像牙科医生的钻头与牙釉吱吱的摩擦；有的抑扬顿挫，呜咿呜咿呜咿呜咿呜咿，像一叶小舟在波浪里摇晃。还有一种故作矜持的叫声，呜——叽，呜——叽，呜——叽。也有的焦灼不安，像热水壶似开未开的时候，咝————————

他回到电脑前头坐好，打开电脑，打开电子信箱。

又有好些天没有开信箱了，满满的都是邮件。他逐一打开来看，却都是些无关紧要的内容。

有两封还算扣人心弦。那是他在美国留学时认识的一对夫妻。男的叫高波，女的叫安然。他们如今正闹着离婚。发过来的电子邮件硝烟弥漫。安然要通过他向她丈夫作严正声明：她不再回家了，让他不要再去找她。而丈夫希望黎劝说她赶快回家。高波发给安然的电子邮件都被自动退了回来——安然已经把高波的电子邮件设定为垃圾邮件。他们闹离婚已经好几次，一年有余了，黎也不是他们唯一的调停人，但看到这些信件，还是心烦意乱。安然总是埋怨黎没有尽到劝散说服之能事，批评他不顾她的感受胡乱撮合，高波怨他很不胜任和事佬的角色，“是不是你老黎离了婚，就觉得大家都想分手？”她说她是铁了心地要离掉。但是他说，要么在一起，要么一起都死。高波说她还爱着他。她说你不要自作多情。两人一致地埋怨他，在这一点上倒是同仇敌忾。安然已经找了律师，准备随时启动法律程序。美国的律师法官对家内之事可是乐此不疲。

44

关上电脑已经是中午，他出门上街，想随便买点什么充饥。

阳光落到身上，依然是迫害狂的温度——那是一种被电熨斗贴在皮肤上的滋味。可一旦走到树下，阴影就福音般洒下来。他走过恩威兼施的大街，觉得满街飘浮的蝉声愈发地放肆了。他来到畅春园门口，看到园内柳树杨树投下诱人的荫影，就不由自主地拐了进去，坐到一棵杨树的影子里看树梢上溜来溜去的光。

一个老人在另一棵杨树下抖空竹。那空竹嗡嗡地挣扎，就像是有倾吐不完的痛苦。（可不是嘛，被抛来抛去的，一刻也不能停歇，谁受得了。）老人看上去乐在其中，冲着他的空竹嘿嘿轻笑，也仰起头来朝他骄傲地打招呼。他看了一会儿，就走过去求他，让他也一试身手。

他从老人手里接过竹竿，遵照老人的指点把空竹绕好，学着他的样子用力拉绳。空竹当然不会听他的，它像一条被他从水里钓出来的鱼，摇首摆尾，三两下就逃脱了他的掌控。

老人拿过空竹，给他做示范：怎样用力，怎样保持平衡，然后又把它交回到他手上。这一番面授机宜仍然收效甚微，他把两条竹棍舞得呼呼作响，空竹却抱定了躺平的决心，让他把它劈柴火烧了的心都有。

他把空竹送回老人手里。老人呵呵笑着，说这玩意儿就得慢慢伺候，磨的就是工夫，你们年轻人有的是工夫。

他说也许这玩意儿要靠天分，练是练不出来的。

老人依然耐心地给他做着示范：你看，这样用力，用力，用力！

然后老人问他在哪儿上班，都快一点半了，是不是该回单位了。

他说他是个闲人，还没找到工作呢。

哦，现在跳槽的年轻人真多，干一阵子就换，不满意就走，哪像我们那时候，一个萝卜一个坑地干一辈子，是好是歹你都得耗着。

他说你们那时候也能调动啊。

调动，你以为平头老百姓的调动一下那么容易？

那倒是，我爸一辈子倒是换了几个工作，都是被组织上调来调去，一颗棋子一颗红心。

那就算好的啦，有人调你就是提拔你，你爸是当官的吧？

差不多算是。

也该退休了？

今年。

那他没给你安排个工作？

没有。

这样的官少啊。

我也不知道他一辈子干了啥。

人这一辈子能干个啥！我刚上班的时候，二十出头，风华正茂，觉得退休是下辈子的事。你看现在，我退休都快十年了。人这一辈子，快着呢！干不了啥。

他感到什么地方升起一丝暗暗的恐惧。这恐惧瞬间就压倒了空竹带给他的绝望。

他跟老人学空竹，聊天，又去小卖部买了零食和他分享，整整一个下午就这么过去了。

老人的大儿子都有四十岁了，小儿子三十多，他的孙子，小儿子的孩子，在这附近上幼儿园。他重新把空竹举到空中，让它在两根棍子中间服服帖帖地跳着芭蕾。

他一辈子都在酒仙桥的一家工厂里工作。退休前工厂改制，他也老了，他觉得自己就是一匹老马，拉不动车的老马，提前退了休。几天前他还回厂区看过，他待过的一个车间，被人租来做画廊。他说恁大的一间车间，摆了几块木头就叫画廊了。然后老人大大地嘲讽了艺术家们，说他们都是神经病。他说当年他厂里生产晶体管，那才是人的智慧，多少人费了多少心思，精益求精。你看这些艺术家，找个下午搬个石头搬块木头搁进去就成了艺术。

老人瞧了瞧手腕上的表，把竹竿往他手里一塞，说要去接孙子去了。在他目送老人走后，他又尝试着操纵两根竹竿，然而想把一样东西弄得团团转绝非易事。

老人转眼就回来了，他的孙子抢过竹竿，信心满满地摆弄起来，孩子的惨败不亚于他的。老人也耐心地教他，可孩子把竹竿一丢，就跑去玩滑梯去了。孩子在滑梯上朝他们招手，老人就急忙奔过去，在滑梯下端小心守候。

随着日光渐淡，草地看上去更绿了。被曝晒了一整天的青草，此刻发出好闻的清香。铁栅栏下长了好大一捧灰灰菜，挺拔俊朗，每片叶子上都薄施粉黛——这么多年过去，灰灰菜的模样一点儿都没变。

早春的时候他和玫、木实去野地里挖野菜，风还不是很暖和，树还没有绿，但是草先长出来了，尤其是那些被称作野菜的草——似乎有什么神明在催促它们，为那些在青黄不接的时节里挣扎的生命送上一点点接济。他们提着竹篮子，不分青红皂白，贪婪地挖了许多。他们弄回来的野菜难得变成餐桌上的食物，但他们年年快乐地抛出去挖，根本不管结果如何。

黄昏后，空气闷热，没有一丝风，知了叫得比白天还响亮——昨天也是如此。蟋蟀和油葫芦们未待天黑，早早地就开始窃窃私语，无论走到哪儿，都是它们的声音。他走向公交车站，在一排洋槐树下等车。他记得，五月初的时候，这些洋槐开粉红色的花，这对于槐树而言美得太过张扬。他抬头朝树上窥看：绿叶间夹杂着的零星黄叶也在提醒着秋天的到来。一辆骤然停下的公交车带过来的风，把一些抓不住枝梢的叶子拂落，纷纷扬扬的都是金箔一般的碎片。

45

瘦男子姓朴，是从美国来的。吃夜宵的时候，姚在他和他之间做着介绍。

“博士，你是基督徒？”

“不是。”

“你接触基督教多久了。”

“如果从上大学的时候算起，也有十多年了。”

“这么久，从来没想过成为基督徒？”

“没想过。”

“为什么没有？”

他说他还没准备好。

“博士，人不能靠着准备来代替旅行。”

他点头，朴就没有再问他。朴对他这样的人也许了如指掌。“还没有准备好”是永远的借口，耶稣基督在他心里永远不可能死而复生。

离开姚家，已是半夜，他在路边等了很久，才拦住一辆出租车。他把车窗洞开，让空气灌进车厢，但它并不能赶走暑气。

司机沉默了好一阵子，突然朝窗外吐了一口痰，与他搭讪，得到的是他并不热情的回应。司机又沉默下去了，拧开收音机，听一个嗓音沙哑的艺人说书。是个武侠小说，他小时候听过。艺人正说到精彩处，故事里的良家女子对一个女扮男装的大侠动了真情，非要以身相许不可。女侠有求于她，不得不虚与委蛇，用花言巧语骗得对方信任。然后呢，女侠潜入一座庄园，刺探一伙叛贼的动向。她趴在议事大厅的房顶上，屏息倾听屋内的聚会。屋里有九个人，为首的那人咳嗽一声，宣布说：今天我们十人相聚……

女侠大惊失色。

他想接着听下去，怎奈已到住处。他揣着恋恋不舍的心情下了车。

回到房间，拿起早上留在桌上的凉茶，一口气灌下肚去，咖啡因立刻窜进血管，在他大脑皮层的那些深沟浅壑里兴风作浪，让他久久不得入睡。

窗外蟋蟀们叫得好不热闹，织成一大张立体的声音之网。其中一只叫得分外响亮，似乎想要冲破这张大网而独树一帜。它是用锉刀在自己身上刻出金属的声音，唧唧唧唧，唧唧唧唧，重复着《诗经》的节奏。有时它又变奏成元曲的节奏，唧唧唧唧唧唧唧，唧唧唧唧唧。它整夜就这样不知疲倦地唧唧复唧唧。他倾听着这些执着的长短句，睡意像个被冷落而伤透了心的客人，再也不肯登门造访。

“促织鸣，懒妇惊。”心惊肉跳的，岂止是懒妇。

46

那年秋天他们被冲动驱赶，身不由己，魂飞魄散。他无法让自己不去做那些事，欲望是一个登堂入室的匪徒，把一切精细的考虑都断然推搡到角落里。

如今，只是随着年龄的增加，他才从这欲望里稍感解脱。

只要两人待在一起，有个略略可以遮掩的地方，他们就变得肆无忌惮。

在那个时候，那个城市，人们可以在任何地方弄到那些光盘。光盘里的男女做那种事的毫无羞耻的样子让他震惊。他自己即便在最缭乱的时刻，也不会那样完心全意地投入其中。总有一只眼睛在盯着自己。完事后，羞耻就从四面八方朝他涌来，让他恨不得读经诵典，向一切神仙忏悔。他向她承认他的不安，但她又笑他傻。他知道在他们各自的眼里，世界是不一样的。他不知道她眼中的他是什么样子。当她顺从了他的那些要求之后，什么都不说，就好像一切理所当然或者什么都不曾发生。如果她嘲笑他几句他倒觉得好些。她不置一词，他却自嘲不息。但他又不能自已。她的平静的态度在他的不安之上又加了一层困惑。但他委实不知可耻与无可指责的边界在哪里。难道一切不就是顺理成章。难道像他们那样的男女，不是就应该那样。没有谁说三道四，可他仍觉得自己蠢相毕露，变成自己的陌生人。

他记得小时候在山村，亲眼看到一个男人一口吞下一块比豆腐干还大的肥肉，那样子让他经久难忘。他永远不能像他那样大快朵颐，那种豪情不是他的人生剧本里的东西。那些光盘里的男女就是那个样子，饕餮之士，狼吞虎咽。但如若说他讨厌他们，也根本不是全部的事实。

有一次，在那个时候，她居然猛地把窗帘拉开。

另一次，房东来了，在外面敲门，他们屏住呼吸，心都要跳出来。房东要是开门进来，那该如何收场。房东敲门不应，就转到窗前来看，他们两颗心都提在嗓子眼里。房东走后他们面面相觑，脸都变了色，可还是继续他们的丑事。在那个小区的花园里也热烈地盛开着蜀葵，从窗口望出去是紫红的一大片，跟罂粟花一样的颜色。等他们平静下来，他会盯着蜀葵，看它们在风里寂寞地摇晃。

47

在美国他从来都不曾看到过蜀葵，就像他在中国从未瞧见过黑鸟，他们种来种去都是紫罗兰，五颜六色的紫罗兰，从容不迫地从春天一直开到秋天。房东 Joseph 的太太 Rachel 在她院子里也种了一大片紫罗兰，他和妻子租住在他们家那阵子，窗外的紫罗兰就那么踏踏实实地开着。Joseph 老爹对花花草草的可没啥兴趣，他如果不是在跟人谈上帝，就一定是在房顶上或车库里敲敲打打。一年一年的，Joseph 给自己的 house 加了好几个新房间。

有个学期，他的导师的科研经费告罄，他没了助学金，妻子又怀了孕，他就干起了给中餐馆送外卖的行当。他记得那天他把外卖送到一处豪宅外面，那户人家门前辽阔的山坡上弥天漫地地盛开紫罗兰，红的、黄的、白的、杂色的，仿佛全天下的紫罗兰都汇集到这里来了。他把一包芝麻鸡、一盒炸馄饨交给门房，拿到小费，掉转车头的时候，不禁感叹世间的美是多么叵测的东西。这极尽豪奢的美景，就是为他这个拮据窘迫的人准备的，而那个住在大屋子里拥有这整整一个山坡的紫罗兰的主人，未必能像此时此刻的他那样感动。这想法绝非空穴来风，他永远都记得小学的时候从一个同学手里递过来的那一小块牛肉干，只有黄豆一般大小，他第一次尝到它的滋味的一瞬间，他就有了一个不可撼动的人生目标：随时都能拥有一大把牛肉干。

那黄豆大小的牛肉干是起点也是终点，等他家的生活状况日渐提高，等到牛肉干已经不是稀罕之物，他并不能找回那黄豆大小的牛肉干仿佛惊鸿一瞥的滋味。只有一次，在他都三十岁的时候，在美国的某个地方，他和柴柯对酌，就着牛肉干下酒，一口气吃下去两磅，这个暴饮暴食的记忆，算是与那个最早的起点相可媲美。这大约便是豪奢之所以豪奢的原因：对于一个成年人，要想找回小时候经历的任何一种感动，都要兴师动众。生而为人，谁又能跳脱出这地心引力一般的必然性。但这并不能阻止他在看到这一大片紫罗兰的山坡和山顶上城堡一般的豪宅的时候，内心生出一种愿望：将来，他也要拥有这么一大片紫罗兰。

这瞬间的愿望当然没有转变成行动，他还是在读着那个在很多人看来莫名其妙的社会学学位，继续开着那辆贴着中餐馆招牌的老爷车送外卖。“中国船”，他打工的餐馆叫“中国船”，贴在车上的是两个英文单词“China Boat”。他的老爷车本来开起来就晃晃悠悠的，贴上这两个字，就像是在自我解嘲一般。

Joseph 老爹看到了他车上的“China Boat”，好奇地问他，然后恍然大悟地说：“难怪我觉得你们最近过得紧巴巴的。”

Joseph 和 Rachel 对他说，你们两个不能过得这么节省。他说过阵子就好了，两三个月后，他就会有助研津贴。

他们就对他说，先不交房租了，等你有了津贴，再慢慢还，任何时候都可以。Rachel 还强调：“我们说的是任何时候。”

他们租 Joseph 夫妇的房子，租金在那一带是最低的。他的那辆老爷车，Joseph 常帮他修理而分文不取。他始终觉得，来自 Joseph 和 Rachel 的恩惠，让他对这个国家产生了根深蒂固的好感。不论他在这里碰到多少不顺心的事情，这层好感都不可撼动。

“如果基督并未死而复生，如果经上的神迹只是传说，人的信仰怎会有根基？”Joseph 老爹在这个问题上从不动摇。Joseph 和 Rachel 不用电脑，只有一张信用卡，没有电视，把一天的大部分时间都留给了上帝。“上帝给了你几十年的生命，如果你整天操心吃什么，穿什么，住什么，哪一张信用卡的利息低，哪个银行的利率高，打折卡是不是到期了，孩子能不能上哈佛，昨天的肥皂剧今天会怎么演下去，克林顿总统的私生活，第 49 街上新开了一家沃尔玛，谁谁是不是看得起你，还要花多久你才能升到总经理或者正教授，你这辈子就在这些毫无意义的垃圾堆里打转，转瞬就过去了……”

离他们住的地方不远，有一座小山，春天山茱萸花开得到处都是，他们就到山上去看花。山茱萸有粉红的、紫红的、淡黄的、苍白的好几种颜色，只有苍白的山茱萸最刻骨铭心。妻子生气的时候，脸也是那样的颜色。而那些花，要开的话一夜间就陡然盛放，仿佛无数白蝴蝶翩然枝头，有一种悼念的气氛。如果说有什么花最适合开在坟墓侧畔，那一定是山茱萸了。以前他认为梨花最堪此任，可是梨花有热烈的花蕊和醉人的香味，脱不了俏丽奔放的气质。如果一片山坡上立满了墓碑，还是应该让山茱萸来守护这最后的地方。

48

他坐着，玫站着被他搂进怀里。她上身是深红色的衬衫，下身被他脱得一无所有，只有垂下来的衣角聊作遮掩——这样的记忆，决不会放过他现在这么孤独的人。他嘲笑自己，然而同时又觉得这样的记忆也算是人生的精华了。

那时她对他的好奇心也毫不逊色。

她在画布上认真地描摹阴茎，巨细靡遗，每根血管都处理得毫厘不爽。这世上，没有第二个人比她更清楚他的那个地方，比他自己还清楚十分。

米开朗琪罗的《大卫》，她说，那个身体的最动人之处，就是那个阴部，尤其是那两粒睾丸，每次看，心里头都塞满甜蜜的温柔，让人头晕目眩。

她就是这样子，性于她没有什么尴尬可言。她会在那种激情状态抓着画笔在布上涂抹，弄出来大片大片的色块，颜色明亮笔触热烈，一改平日的阴郁气氛。

她曾对女人的私处持批判的态度，她说她难以想象佐治亚·奥姬芙竟为此付诸毕生的心血。但她还是会用细腻的笔触画自己的私处。她说当她被激情充满的时候，她能把它画得婉约动人，“不过这算不得什么”。

而他总觉得男人的那个东西乏善可陈，更像一件罪恶的凶器。她说到《大卫》的两粒睾丸的时候眼中放出的光亮，他是无法理解的。但她画布上的男人身体丑陋得无以复加：面孔扭曲破碎，四肢比例被她肆意伸缩，生殖器官却永远完整真实，用她的话说，“那东西摄人心魄，满满的都是诗意”“它们的细腻和高贵是人的面孔不可比拟的”。

正是因为她，他才头一次真正留心它表面上河川般的血管，它的沟壑和边缘。如果不是她，他或许一生都会都不会用审视的目光关注它。

蚕豆花有浓烈的腥味，是精液的味道，她说站在蚕豆地里就像站在无数目光中间。那是她在二十五岁的时候，她还说，丁香、芍药和百合都有这种气味。

49

站在茶楼门口的服务生，这身衣服该叫“唐装”吧。是不是唐朝的还不一定呢。他们涂门当地就把它叫作“褂子”。小时候他还穿过褂子——在白奶奶家住着的时候。这种古装的扣子是一个又一个布团儿，像女人的乳头。把乳头一粒一粒穿过对面的布圈儿，就算是扣上了。他喜欢用手去抠弄这些布团儿，或者放进嘴里去咬。布团儿是咸的——难免粘着些鼻涕嘛。穿不多久就脏了，白奶奶用搓衣板耐心清洗，那些个布团儿要弄干净可不容易，所以那个木槌就派上了用场，乒乒乓乓地砸在这些小脑袋上，还真让他心惊肉跳。服务生的褂子上绣着龙凤呈祥的图案，是丝绸的吧。小时候他的褂子可是纯棉的，手纺布，听起来够浪漫吧。可是贴身穿了，就像套了一张砂纸在身上——那些经线纬线可不是从蚕嘴里吐出来的唾液，而是每一根都带着棉桃的坎坷经历。当然也经不起淘洗，穿不多久你就不知道它们本来的颜色了。“保持本色”这个词大概就这么来的吧。它们本来的颜色其实也没啥花样，只有蓝色一种。当然要是你仔细追究，它们其实蓝着不同的蓝。天蓝，靛蓝，深蓝，淡蓝，在蓝上也能做出无穷的花样。臭美的女孩和庄重的女孩，包裹在不一样的蓝色里，就像漂亮的女孩和不太漂亮的女孩的皮肤黄着不同的黄色。

“博士！”他看到方磐露出一个脑袋，朝他挥手。

他绕过面前被潺潺流水缠绕的假山，就看见围坐着的方磐、小黄、老奕和石青。

桌上点着蜡烛，还燃有一根线香，让空气里有股大雄宝殿的味儿。

“方老板黄老板来北京视察生活，欢迎欢迎。”

“来而不往非礼也！”老方朝正在坐下去的他拱了拱手。

“你敢对我们博士非礼！”小黄把一杯茶朝他推过来。

“我只敢非礼硕士，博士俺不敢，哈哈哈。”老方摸了摸小黄说。

老奕皱了皱眉：“老哥老姐，我找你们来可是谈正经事的——老黎，你那宝贝带过来了没有？”

他把背在身上的包取下来搁在桌角，从里头取出透明的玻璃瓶子。

“柠檬油。”

“这就是你说的无毒无色无味不燃不挥发抹哪儿都行的美国万金油？”小黄伸手来拿瓶子。

“正是。”

小黄打开瓶盖，凑到鼻子前头，用手在瓶口像一棵水草那样轻轻招摇，“嗯，还真有一股子柠檬味”。

石青也凑过去闻，“柠檬味。”她面无表情地说。

老奕端起茶喝了一口：“长话短说，老方，你那边能投多少？”

“现在谈投资还太早了吧。”老方接过小黄手里的瓶子，也凑到鼻子前闻。

“你闻能闻出生意来？”老奕把瓶子从老方手里夺过来放到桌上，“你们整天倒腾听诊器胃镜压舌板，把心思都折腾小了。博士，你怎么打算？”

“我嘛，我也就把这个瓶子交到你们手里，安东尼托付给我的事就算完成了，我可不想掺和。”

“你看看你，一个博士也把你读成这个样子。”

小黄又把瓶子拿到自己面前：“老奕，就算要投这个生意，我们不也得好好了解了解？这个油能干什么，不能干什么，嘴上说说可不行，我们也就是你说的小本生意人，搞不准新娘就上炕的事我们可不干。”

老奕盯着小黄，那眼神只能解读成鄙视。

“安东尼那边也得投啊，合资合资，他不出个十万美元，怎么做得起来。”老方的目光在老奕、小黄和石青之间游移不定。

老奕说：“他怎么也要掏个几十万美元——让他掏几十万美元，咱们也该凑个几十万人民币什么的。”

“对，把他这几十万美元套住，他想抽出来也难了。”小黄说。

老奕把目光定在小黄身上。

“要把这个人拴住，光是钱恐怕还不行。”小黄说。

“怎么，还要给他讨个中国老婆吗？”方磐开玩笑。

“说正经的，对方凭什么要相信你呢？凭什么要投个几十万刀？就凭黎大哥是他同学？美国人是傻子？他开始做这个生意，恐怕还是希望一手交钱一手交货，真得等到双方合作成熟了，合资的事情才有可能。我们能不能别这么奔放，先看看产品，先了解了解市场。”小黄看看老奕，看看老方，眼神里满满的都是鄙视。

这个时候呢，老奕点头，再点头，等小黄把话讲完，就抬起头来说：“这事情倒真适合写个剧本。”

50

那年秋天的晚上玫经常坐着呆望窗外密不透风的夜。她说黑乎乎的窗子是通往另一个世界的门，那种醇厚的黑色值得用心琢磨。到了白天她就在画布上平涂厚厚的黑颜料，又在背景上画了好些苍白、毛茸茸、神经质的小东西。她画人体也是用那种神经质的颜色：洋红、芥末绿、银河白…… 身体通通丑怪，面目洋洋自得，衣饰器物也都对自己本来的样子深恶痛绝。她把他也画成那副模样：欲望的部位被给予了特别的关注——凸出去的长长的嘴和阴茎，眯缝着的色眯眯的眼。她也画他在欲望宣泄后丧魂丢魄的样子：肉身呆滞无力，双眼空洞无光，抛投在四周的衣物都在逃离。他不得不承认，她显然抓住了他的让他自己都反感的某些时刻。他在自己面前无地自容，无端生出对自身的嫌恶。他对她说，假如她把他画得一表人才，也并不会有人来谴责她吧。她说她会谴责她自己。

不过转念之下，他又觉得画成那样子也未尝不可——那有什么关系？根本就无所谓。而且至少那个被精细刻画的欲望的部位的局部被她表达得相当真诚。

当时他对那些她嗤之以鼻的东西心驰神往：身披橙色秋叶站在篱笆墙边的橡树、绵延不绝的沙滩和点缀着岛屿的蔚蓝色大海、逶迤的群山和汹涌奔流的大河、血红的晚霞和瞬息万变的黎明、女子成熟的胴体和明净的眼眸——都是那些后来被用作电脑屏保的东西。那时候他喜欢安格尔的《泉》、莫奈的睡莲、德加的舞女。他觉得无论艺术家们搞出何等怪诞的东西吸引人的眼球，人们终归要把目光转回到这些天生丽质的事物之上。现在他不这么肯定了。然而他倒宁愿自己仍然喜欢这些东西。

做那种事情时，她感到快乐，结束后，她又恢复到悲伤。好在她还有半小时的满意时光，而他几乎立刻就觉得无聊。

他没有感到自己得到了她，反倒觉得是更加准确的失去。他试图说服自己不这么想，但毫无用处。在那个瞬间，他比任何时候都清楚地感觉到他们是遥远的两个人。结束之后，他们坐在一起，坐在床上，比他们坐在任何其他的地方还要遥远。在公园里，或着手都不碰手地走在大街上，他反而觉得她离他还近些，那个时候她才是他的。

在公园里，她去触碰一朵花，他觉得就像自己在触碰那朵花，他甚至能感觉到她的手被月季刺着了的时候的疼痛。而一旦到了床上，两个人就各自沉浸在自己稍纵即逝的快乐里。一下子就变得遥不可及。他观看着那个在不可理喻的激动之中的自己，明白那不过是他让她满足，她也让他满足，同时发生的两件事，像一桩买卖。她不知道他的快乐，他也不知道她的。

最初的时候并不是这样，那时她看得到他的欲望，她把画笔一丢，也顾不得什么了。她会因为他而感到快乐，而不是因为它。

无论如何，她毕竟说过，做爱之后心情就好多了，她会看到一大堆让自己高兴的景象，比如春天，比如色彩斑斓的花朵。他还记得那次，当他们都安静下来，她说，你看，那只围巾红得像火，正在燃烧呢。她说她还是第一次注意到那个围巾的颜色。那是他买了给她的，石榴红的。她把它挂在衣架上，已有一个多月。她居然不曾注意到它的鲜艳。

现在她说它真醒目，从周围的衣服和白墙里跃然而出，“以前怎么没有注意呢？”她为这个发现高兴了好一阵子。不过好景不长，心境重又低落。他也受了感染，情绪也有几分低迷。于是几次口角，几次争执。他已经忘了因为什么，全是些微不足道的事情，但谁也不让着谁。

51

他们在那个叫“玄宗”的茶楼里坐了整整一个下午，他们当中恐怕只有老奕是真要把柠檬油当作一桩生意来做——可是一旦老奕对什么当起真来，大家也就开始三心二意。

老奕突然掉转话头，说他在找好莱坞的李安导演，他有故事要拍电影。他说论编故事，地球上他还找不到第二个对手。

众人于是顺水推舟，把柠檬油的事情搁在一旁，撺掇老奕讲他的电影。

话说在唐王李世民的时候，有一西人传教士从东罗马帝国来到长安。他有个聪明漂亮的女儿玛丽亚，在新年的长安市上偶遇宰相的公子。两人一见钟情，竟至于私定终身。而宰相大人闻之瞠目，极力反对这桩婚事，况且唐王原本有意把公主许配给公子。此时西域某属国叛乱，朝大唐一路打杀过来。公子决然请缨，领兵拒敌。传教士之女趁机随公子出征，为公子出谋划策，大军一路势如破竹，歼敌擒贼。得胜归来的公子坚辞太宗钦赐的大将军之职，只求天子做主，赐他和玛丽亚好事成双。在众大臣的呼求之下，皇帝终于赐下谕旨……

老奕端起茶碗，等着大家的反应。他们沉默了一会儿，方磐说：“老奕，你故事写得越来越烂了。”

老奕一巴掌拍在方磐背上：“你懂个啥！”

老奕转过脸来望着黎：“博士！给他们讲讲！”

他认真地说：老奕写这剧本肯定花了不少心思，在这个故事框架里头，可以放进去很多东西。

老奕高兴起来：“博士，李安就由你来搞定了！你一定要打回美国去。”

他觉得背上也遭了重重的一击。

“李安这样的导演，每天收到的剧本肯定车载斗量。”小黄说。

“脱颖而出，兄弟，脱颖，才能而出！”老奕拍着石青的背说。

“不如让女主角来个穿越？从现代穿越过去。”石青推开了老奕的手。

“让男主角也来个穿越，双双穿越。”方磐说。

“放屁！现在的人就喜欢这种无聊玩意儿。”老奕恨铁不成钢。

大家没有理他，依旧兴高采烈地糟蹋老奕的剧本。

“让宰相的儿子跟传教士的女儿小时候一起长大，”小黄说，“同居——那个什么来着？”

“长干里。”老方说。

“两小——那个啥……”

“无嫌猜。”

“对，一定要有些个青梅子啊，竹马啊，纸鸳鸯啊之类的。”小黄拍着桌子。

“不如现代这边也来个forbidden love，这一对男女，也好事难成。古代那边呢，传教士要坚决阻止女儿的婚姻，嫁给异教徒？是可忍孰不可忍。”黎也跟着添油加醋。

“出征的情节可以好好合计合计，把文化差异也整进去，比如公子要处决战俘，女的反对。”

“笑话，大唐佛道立国，他们中世纪罗马帝国才惨无人道，角斗士不是他们整的啊。”老奕说。

“这是电影。”石青说。

“电影又不是笑话！”

老奕的手机响了，他掏出手机，听到对方的声音，马上就变得唯唯诺诺的，对方大概是要他过去一趟，他合上电话，匆匆同他们告辞，拉了石青一走了之。

“他找我们来商量事，把我们晾在这里算怎么回事儿？”小黄望着老奕和石青远去的背影，不满之情溢于言表。

“也许李安给他打电话了。”

“呵呵。”

老方转向黎，说，这么多年，我都见怪不怪了，博士你比我们清楚，老奕说要做什么事，谁也别跟他当真。

“我敢说，老奕当真会去找李安。”小黄说。

“他知道李安家门朝哪开？”

“他不是让博士上美国去找——你还回美国吗？”

“见到李安带我问声好，我老崇拜他了。”小黄笑着说。

“哈！那当然！”

……

他们对老奕委实有些残忍，他觉得，但他也按捺不住调侃的冲动。他说，老奕写东西就是粗线条的，有人帮他整整，说不定还不错的，至于拿到好莱坞去拍，真的是八字都没一撇。

“不如让大唐皇帝把公主抢先许配给公子，洞房花烛……”

“大唐公主嘛跟公子也必须是两小无猜，公主嘛，‘低头向暗壁，千唤不一回’，文静，有教养，嫁鸡随鸡嫁狗随狗，跟罗马女子要好好反差一下。”

“这情节太便宜了那个官二代，他凭什么啊。”

“便宜不了他，皇帝发现他婚后跟西女有一腿，必然龙颜大怒。”

“派他再次西征，这次可是跟东罗马帝国打仗。”

“历史上有这段吗？”

“莫须有。”

“官二代这个设置也很不讨好，不如就改成太子。”

“那公主怎么办？总不能让他们乱伦。”

“公主好办，大夏国公主嘛，来长安留学的。”

“这年月怎么那么多留学的。”

“皇帝不至于让太子去送死——东罗马帝国是好欺负的吗？”

“那就弄个皇后出来，太子不是皇后亲生的。”

“行了行了，抄袭还是免了吧。”

“大夏国是哪个朝代的事情，关云长大战秦始皇？”老方忽然拿出了考据的热情。

“穿帮了更好，正好可以穿越，三个主角都穿。”小黄一脸灿然。

“那就全面穿越。”

“东罗马帝国还真不强！”

“不都穿越了吗？你让一座西罗马帝国的兵营穿越到东罗马帝国跟大唐帝国打上一仗有什么不可以？”

“可以可以可以”。

52

傍晚他们三个正要离开玄宗的时候，老奕和石青又不期而至。

老奕重新坐到他们中间，说刚才在路上，把安东尼和他的柠檬油写进了剧本。

“我们这边有个女的，年轻漂亮忒有魅力的那种，安东尼一下飞机就被征服了。谁知那女的见几十万美元动了心，对安东尼谎称已征得我们同意，让她提出所有资金，去上海注册公司。临行前她给安东尼留了一张字条，说她会在一家宾馆等他。结果去上海一找，没有这宾馆，安东尼慌了，往回打电话，哥几个也慌了——根本就不知道提款这事。

这位老伙计安东尼一下子没了着落，几十万最后的家当化为零蛋，只能在黄浦江外滩徘徊，口袋里的人民币也花光了，成了盲流，望着东方明珠发怔。"

"安东尼坐轮椅的，怎么'徘徊'得了。"黎说。

小黄说："这个结尾太俗套，就凭你们这帮人的想象力……"

黎从纸盒里抽出一根餐巾纸，卷成个纸条，伸进瓶子里。他把这根浸满柠檬油的纸条伸到蜡烛上，它就冒着滚滚黑烟燃烧起来。

"冒烟了。"石青还是面无表情地说。

老奕不以为意，让大家继续编故事。但只有小黄热情未减，她说："那几个自作聪明的家伙人财两空，在北京和上海两地疯狂寻找安东尼和女主角。此刻同样身无分文的安东尼正坐在外滩看水——那水是海水还是河水他也搞不清楚。天色渐暗，行人来去匆匆，只有安东尼扶着轮椅的无家可归的背影定格在夕阳里，镜头离这个美国倒霉蛋越来越近，越来越近，直到看得清一张胡子拉碴的脸……这张脸蓦然回首……远远地，女主角正朝他慢慢走来……看到他转过脸，就朝他狂奔过来……这时，东方明珠塔也点亮了。"小黄涂了浓妆的眼角泛起了泪花。

"俗。"方磐说。

小黄伸出手来，向着空气做出扇他耳光的姿势。

"博士！给我来两句好听的！"小黄举着手做出还要扇人的样子。

黎说你可以跟黄家驹商量商量，在东方明珠点亮的时候，放那句"一个人在孤独的时候，走到人群拥挤的街头……"

"黄家驹已经死了。"

"我说，大家都是来干吗的？！"石青没好气地说。

53

几只麻雀落到榆树上，细碎的叽喳声不绝于耳，像满树的叶子一样尖锐繁密。如果它们落到槐树上，声音会变得圆润一些吗？

一只灰喜鹊陡然大叫，声音是片状的——像被斧子劈开的大片的棕褐色木头，并且丢得到处都是。又像一个大胆的画匠，把颜料随便甩在亚麻布上。此时蟋蟀的窃窃私语就算是点彩技法了，点点滴滴、一丝不苟——随着白昼的来临，它们的私语也渐次稀疏消沉，有一种大功告成的慵懒气息。而在深夜里它们的笔触热烈，立体交织的密匝匝画面令人目不暇接。

隐约还能听到蝉鸣，远远地、无力地，衰弱到经不起推敲。入秋以来，它们速速退出这个世界——这种小昆虫实在需要热烈的空气围绕着它们，夏天它们多么鲜活快乐，整个世界都是它们的，而只消空气稍稍冷却下来，它们就僵直了身体从枝头纷然跌落。

他走到小区深处，看到园中的月季、紫微、黄刺玫又热闹地开起来了，当然这份热闹与夏初时节不可同日而语。他是在它们开得最热闹的时候来这里的，之后的伏天里它们偃旗息鼓，他以为它们已谢幕退场，没承想还能等到一次卷土重来。现在的复兴虽然注定比当初的缤纷花事略逊一筹，可也颇有几分旧戏重看的亲切意味。

那棵木槿开得肆无忌惮。还有牵牛花，不再是零星稀疏的几朵，而是十几朵，几十朵聚成怒放的一团，在空中噼啪爆裂。

一个满头银发的老妇人，领着她的孙子在园中漫步。她在健身器材上难看地扭着身体，又用屁股一下一下使劲地顶着拉力器的把手——都这么一大把年纪了，她才不在乎别人怎么看呢。她的孙子，在草丛中间寻觅蟋蟀，又去攀摘珍珠梅细碎的白色花絮。转而鸡冠花殷红的花冠把他引到一棵石榴树下。然后这孩子站在树下仰头看树上累累的青果。

雯倩说她要离开这个国家。她说她无论如何要离开这里。

“难道有人要追杀你不成。”他笑道。

倒是希望有，这样就可以走得更加坚定。

他笑着说他可以扮演这个角色。

她也笑了。

滋————————滋，小区门口修车配钥匙的师傅在用他的机器打磨金属。

这时候蝉声又从什么地方升起来了，但转瞬即停。他侧过耳朵，等它再次发声。

“你说我是不是太贪心，想得到的太多？”她问。

人人都这样，看贪什么。

她说她是这么一种人，所有爱上她的人，她都不想让他们失望。

“听起来不错。”

她说那还用说，对于一个天生丽质的人……你不觉得我也不想让你失望。

“我没有——”

“你不用掩饰。”

她说在她年轻一些的时候，也就是五六年前，真是天真得像一张白纸。学中文的，却喜欢躲在图书馆一本接一本地读英文小说，渴望那种蔑视一切障碍的爱情。一毕业就去了一家外企，跟着销售经理在大江南北跑得马不停蹄。经理是有老婆的，但她还是“把那几年最好的青春挥霍在他身上”。她说他是个中国人，会一口比她流利得多的英语，在香港读过书。“我们什么都做过，但我没有负罪感。爱情就是两个人之间的事，不关乎任何其他人。你们美国人不就这样的吗？”

他说他不是美国人，而且他们当中的大多数并不读小说。

她的目光里满是狐疑。她说她都开始怀疑他是不是美国回来的了。

“后来你怎么就离开他了？”

她说随着时光的流逝，她能从他身上学到的东西越来越少，觉得他的观念也越来越保守。“那种关系就像嚼口香糖，嚼到最后就一丝味道都没有了，只剩了黏糊糊的纠缠…… 所以，必须结束。”

54

那几天他上班的时候魂不守舍，下班了更是惴惴不安。

怀孕的玫在他眼里变得分量沉重。她依然是美的，也许更美了，可他开始害怕她。有好几个晚上，他躲在外面同朋友们喝酒，直到深夜才默默归来。

这些朋友里就有方磬和老奕。对了，方磬的前妻在医院外科里工作，比方磬还大两岁。她在手术室里的时候，方磬就很放心地带女孩来赴饭局。这样的饭局上，起初方磬还说那个女孩是公司的秘书，但是秘书总在换，也就不遮掩了。

作为外科医生，方的前妻对人体的功能明察秋毫。她找黎询问情况，出语直言不讳：每次从手术台上下来，见到方磬，他都好像阳痿了似的，就算勉强做那事，也像是演习，有枪声没有子弹。她说方磬以前可不这样。

她甚至告诉他，她和方磬在医学院做学生的时候，俩人扶着骷髅架子，一个晚上做三四回都不成问题。“现在呢，恨不得一个星期也没一回。”

他觉得自己还是守口如瓶为好。

方磬说：除了老婆，也许这世上每个适龄女青年都还能让他一个晚上三回。

等到老奕也明白方磬带的那些女孩子根本不是什么秘书，就开启了规劝模式，晓之以理，动之以情。老奕自己的父母早已离异，他父亲找了个跟老奕年龄一样大的女人，老奕恨之入骨。老奕对方磬，在有一段时间里也是仇恨的。

方磬的前妻找到老奕，三言两语就查清了事实。

他担心接下来女医生会拿着手术刀斩草除根。但是一个星期过去了，一个月过去了，一年过去了，女医生居然给方磬生了个胖儿子。然后他们又在坐月子期间闪速离了婚。

玫画了一个小女孩，穿着花裙子，懒洋洋躺在秋千上。秋千在果园里，红彤彤的苹果挂得到处都是。女孩有两条乌黑的辫子，正朝天上甩过去。

还有几只苹果落在地上的草丛里。

她说秋千上就是她要生的孩子。

但是过了一天，她又说不想要了，她说永远不要结婚，永远不要生孩子，她不要那么可怕的未来。

他说那好。

但是她坐在那里轻声哭泣。

他拿了纸巾给她。

她就把纸巾扔在地上。

他想象她的肚子一天天大起来的样子，恐怖的乌云就从四面八方升起来。那种感觉，只有面对一群荷枪实弹的人的时候才有。

55

那个星期天的中午，他和几个朋友在小咖啡馆里聊天，他喝了两杯咖啡，心脏就跳得不可收拾，他就干脆搭了车赶回住处。

打开玫的房间，屋里空无一人，只有画架孑立，颜料横七竖八躺在地上，与平时别无二致。

但是桌上有她留下的字条，素描纸的一角，压在一罐颜料下面，在灰蒙蒙的屋子里触目惊心。她说她去医院，去把孩子拿掉。

他拿着字条，好几次都想冲到门外去。但是又折返回来，就像碰了壁。有一阵子他紧张得不得了，心脏跳得更加疯狂，有一阵子忽然轻松下来。可是一旦坐下来，心脏就又跳得颠三倒四。他抓起她用来擦颜料的布，把出汗的手心抹得五颜六色。

后来他终于冲上大街。

那家医院其实不远，妇产科也并不难找。

那个护士对他说，根本没有叫宇文玫的人来过，或者任何一个姓宇或者叫什么玫的。

那护士对男人说话的时候，语调里有一种显而易见的嘲弄，她说你找对医院了没有？！别在这里瞎耽误工夫。他就掏出那片素描纸，看那两行已经模糊的铅笔字。护士伸过头来看了，然后一脸鄙夷地说：你再等等？

那个下午，他看到好几个女孩子从手术室里蹒跚而出，坐在走廊的椅子上哭，旁边有安慰她们的男人。也有的孑然一身，默默地坐在那里发愣。那些男人也谈不上安慰，大多只是木然地坐在女人身边，像个扔了块石头不小心砸碎了花盆的熊孩子。

他觉得他和他们都是一丘之貉，战胜不了荒唐的情欲。

生活这个魔术师把绒布猛然揭开，就让你看到了两排直愣愣的椅子和蜡黄的面孔。

走廊上的座椅，半数红色，半数蓝色。有那么一会儿，他极力想弄懂为何他们要把椅子漆成这两种颜色。然后他就开始数椅子。他发现红椅子和蓝椅子数量对等——但是，那颗不踏实的心催他又去数了一遍，一遍又一遍。有时候它们数目相等，有时一种比另一种多一个。直到现在，他也不能确定那个产科门口，到底哪一种颜色的椅子多一些，或者，它们的数目真的正好相等。

他看到护士走到那些红色的椅子前头，撵那几个男人女人，说别老在这里待着了，回家养着去！以后能小心就小心点儿！作孽啊。

那护士该有五十岁了，也许六十，她真该有条扫帚拿在手上，赶这些狗男女。

这是离他们的住处最近的医院，他每天下班都要经过它。他和玫到街上散步的时候，起初也老经过这里。后来她就不愿意走这个方向了，医院里从早到晚人头攒动，门口总有乞讨的人展示最不幸的身体，寿衣店毫无同情地开在最显眼的地方。走到医院门口，这个世界的残酷总是一览无余。

从医院出来沿着大街往回走的时候天色将晚。在一处小区的门口，他站在一棵榆树下看落在枝头的麻雀。榆树的叶子细碎，麻雀们也又小又琐碎。那么多的它们在枝丫间上蹿下跳，个个精力充沛活力四射，它们根本不拿这个世界当回事。

56

他躺在床上，接受着失眠的惩罚，睡意像救世主一般迟迟不肯降临。

窗外的蟋蟀和油葫芦们仍旧吵嚷得沸反盈天，千万种调门混成一片，连成一体，结结实实地占据着世界的中心。中秋即将来临，现在是它们这场演出的最后一幕，却听不出告别的意味。当然这声音也算不上欢愉，不过是无数执着的叫唤，就像早市上买卖者的吆喝，即使再夸张，骨子里都是认真的。

在近处的什么地方，有一只蟋蟀怯怯地、缓慢地发出自己的声音。这声音从喧嚣的背景里零星凸显出来，丝毫没有争取的意思。唧唧————唧唧————唧————。几声叫唤之后，就会沉默良久，仿佛在苦苦寻找再次发声的理由。

冷不丁一两声犬吠凄凉，而在吠声消顿之后，你内心却浮出一点点温暖的、家园般的感觉。你在这个小区住了好几个月了，头一次在夜里听到这种叫声。城里人家养的狗，到了晚上是沉默的。白天也一样沉默——在这一点上，它们也和主人们的气质保持着一致。

在白奶奶的草房子里深夜侧耳倾听窗外那个神秘的世界——那世界广袤无边，无穷无尽。你，玫、木实、白奶奶，守着四壁之内的温暖。狼的叫声是一种哭腔，有一种叵测的悲伤，它们在虫鸣交织而成的温暖帷幕上扩散。

到了白天，外面的世界豁然开朗，光线暗淡的屋内反倒阴森抑郁。

还有那么多探究不尽的奥秘：屋背后的柳塘里的鱼儿吃什么而活？冬天它们被凝固在冰层里为何不会死掉？蜜蜂从哪里来，水下的淤泥为什么是柔软的……

第二天早上，他在小区里的草地上遇到一只狗。它毛发蓬乱，骨瘦如柴，夹着破扫帚一般的尾巴。这就是昨夜那一两声叫唤的源头。给他的失眠的深夜带来温暖的，居然是这条郁郁寡欢的丧家之犬。

它在草地上转悠了好几圈，像是在寻找什么，又像是漫无目的。黎盯着它看了它一会儿，便转眼去瞅一户人家铁栅栏上攀爬的丝瓜藤。焦黄的丝瓜花百蕊齐放，好不热闹，不知秋之已至。他又去看火红的月季、洋红的凌霄花、雪白的珍珠梅，都没有颓败之象，全是一副不肯离席的执拗劲儿。这就是中秋时节了？这个城市的气象，才刚刚可以用“秋”字来点缀一下。

人所设定的季节总跟实际的情况发生着错位，立春、立夏、立秋、立冬，都是欲立而未立，倒像是潜入前一个季节的卧底。而人的生息，跟季节也发生着另一种错位。当年在读书的时候，总是在挥汗如雨的日子里准备着考试，其后暑假才过了一半，天气却凉快下来了。冬天也一样，期末考试安排在滴水成冰的腊月，而美其名曰的“寒假”期间，天气已然开始暖和。

黎再去看草地，那只流浪之狗已了无踪影，让他怀疑刚才所见或许只是个错觉。他赶紧转眼盯住那些花，确信至少它们并非源自他的想象。这时一个穿棕色夹克的佝偻老人打视野当中穿过，手头拎着一袋橙黄的胡萝卜。黎注意到，作为这个场面的背景的铁栅栏是被涂成草绿色的，栅栏后隐隐透出的房门是乳白色的。胡萝卜的橙黄，在这一切的背景之上是那么的醒目。他看着那一团橙黄的颜色凛凛燃烧着划过紫色的牵牛花丛，划过草绿色的铁栅栏，消失在乳白色的门背后。

只穿 T 恤衫在小区内走动，吹来的风已有些砭肤。黎抬头看天空，淡蓝背景上有薄薄的云絮贴在东南方的一角。他以一棵树为坐标，怔怔地盯住那朵云——它果然纹丝不动。这天空，有时风起云涌瞬息万变，有时就像现在这样稳若磐石。

他回到住处，坐到桌前，打开电脑。然而不管他如何滑动鼠标，它所操纵的箭头执着地朝屏幕的左上角飘过去。他重新开机，鼠标依然故我。他决定上街去买只新鼠标，此时电话铃响了，是柴打过来的。

柴又要他代表他去开个会，“会后有饭局！”仿佛黎已经食不果腹，需要这个大好机会补充一下卡路里。

57

这个饭店肯定是从单位招待所发展而来，会议室里的茶具，依然是雕兰描竹的白瓷杯，一个个唯我独尊。杯盖上那个乳头似的白色提钮，小时候他再熟悉不过了。他曾无数次躲在角落里，捧着这样的白瓷杯，把白提钮含在嘴里不敢出声。

他把杯里漂浮的茶叶吹向一边，趁着它们还没有折返回来，迅速吸了一口。小时候，他要在茶叶漂回之前吸一口茶汁，就难免被烫了嘴唇——能从容喝一口茶且不被烫到，也不弄得满口茶叶，这需要好些年的历练。

后来，九十年代，有人送过他一只玻璃茶杯，杯口有一只细密的金属网，吹茶的功夫就变成了屠龙之技。是的，这小小不言的革新，是围着一张大会议桌正襟危坐的父辈们开了无数会议也不会带来的，他们用嘴吹着茶水开了一千年的会，红头文件传来传去，似乎也没有解决什么问题。

他给柴发去短信，说会已经开了一半，so far so good。柴回信，说这会本来就该你去开，这种事从心理学角度没什么好讲的。

“必须严惩不贷，”他抬头看到那个法学女教授正在慷慨陈词，“跟未成年少女发生性关系，这样的成年男人，不是强奸犯还能是什么？！”

那个看起来有六十岁的老头儿立刻就反对，他说这有什么可行性？一个十四岁的女孩子蛮可以长得像十八岁。这老头儿也是法学教授。

另一个女人说，把那种行为定义为嫖宿幼女，那幼女都成了妓女了——妓女是一种性工作，幼女达到工作年龄吗？

一个看上去四十多岁的男人说您这么说其实也不对，在我国性工作是不合法的，况且除了嫖，还有宿，嫖和宿不是一个概念。再说，妓女在我们国家不是一种工作，成人干这个也是违法的，跟年龄没有关系。

“如果一个十九，一个十七，定义成强奸是不是过分了？”老法学教授说。

如果法律没有一个确定的界限，就不是法律了，女教授冲着老教授大声说，况且，一个十九岁的大二男生，骗一个高中女生的感情，是太容易发生的事情了！

老头儿说：那也会出现反过来的情况，而且成年人也会骗成年人，照您的思路，那就干脆定个法律，不以结婚为目的的恋爱都是强奸。

女教授说您这是胡搅蛮缠。

老头说：怎么是胡搅蛮缠？！我觉得法律工作者应该讲究理性！

女教授说，哼，你们那套理性害了多少未成年少女！

角落里另一个中年男性开口说话：今天，专家里头只有这一位女性，我们要好好听听女专家的意见。

女教授说这我可不爱听，这里只有专家，没有什么女专家，要看谁在理。

一九八三那一年，涂门县政府门前的宣传栏里张贴的不再是红头文件，而是一张张打了大红叉的海报，犯罪分子的名字和他们的照片赫然在目。强奸犯、抢劫犯，一律判处死刑，押赴刑场。

那个时候他走过海报栏前，丝毫没有感到过同情。那些被打上红叉的人，是从外星球来的，在他的生活之外，跟他毫无瓜葛。

但是班上的那个姓晋的同学就不一样了，他哥哥是被枪毙掉的人之一。晋找了一群人打他，因为他父亲那时在检察院工作。他父亲其实跟这些审判没有一丁点儿关系。但他当时在检察院工作，这就够了。

58

他从医院回来，去敲她的门，仍然一片死寂。

他趴在窗台上朝屋里张望，透过窗帘的缝隙，所见无非家具们的隐约轮廓，还有凌乱的画具骨架一般支棱着。他回到自己住处，以为她会来找他，但又冥冥中知道她根本不会来。

第二天他就到所有她可能去的地方去找她。他到她学校找了三次，第三次才有她的一个同学告诉他：她办了休学回家了。他就买了火车票去上海。

从N城坐火车去上海，要穿过那么多的城市和田野，要用一整个白天的时间才能到达。城市让他慌张，田野让他惆怅。那一天在火车上，他的心脏跳得那么忐忑和绝望，就像一头被豺狼追赶的麋鹿。

玫住在一条与淮海路交叉的小弄堂里，他知道那条街，但并不知道她家确切的号码，幸好那条街并不长，两边的建筑最高也不过两层，陈旧的楼房，有半个世纪以上的年头，或许一个世纪了。他敲了几家摇摇欲坠的门，居然并不费力就打听到了她家。

开门的是玫，她以为寄住在她家的外甥女放学回家了，应声走下楼梯，那一声呼唤倒也能听出几分快乐的色彩。她看到他的瞬间，笑容僵在脸上，转身回楼上。

他随着她拾阶而上，脚下的木头阶梯挣扎着发出一声声凄惨的喊叫。

她妈妈显然已经知道他们的事，她看他的眼神能把他摧毁殆尽。他顺着她妈妈的指点乖乖坐到沙发上，诚惶诚恐地接过玻璃的茶杯放到茶几上。他几乎是哆嗦着从包里掏出要送给她的茶叶，涂门绿茶，苦涩得像个孤苦伶仃的老人。她接过了茶叶去厨房做饭，把锅敲得当当作响。他们三个在沉默中吃了那顿蛋炒饭。餐桌上摆了两样菜：小青菜和带鱼。他把那青菜的绿意和带鱼的腥气牢牢记在心里，任何时候想起来都宛然在目。他怕她妈妈，怕得要命。

第二天他们去街道办事处询问办理结婚证的事，人家告诉他们，必须在男方的户籍地去办，双方单位都必须开具证明。可他并不知道自己的户籍在何方，他毕业被分配到一个城市，但他并没有去。他工作的单位一直催着他去调档案，他都懒得去办。后来去公司，就似乎没有必要了。

街道办事处的那个人又说，女方还在读研究生呢，学校能开得了介绍信？

是啊，当然不能，研究生禁止结婚。

他们两人又走到街上去，还没走到街角就开始争吵。他怒气冲冲疾步而走，她跟在他后面。他快走她也快走，他放慢脚步她也慢下来。现在他都不记得他们因何而吵，也许是因为领结婚证的挫折，但那事本该让他们同仇敌忾的后来他们走进一家小饭店吃午饭，听着她咯吱咯吱咀嚼芹菜的声音，他觉得他已经开始讨厌她了。

几个月后他去了美国，走之前从 N 城给她打了电话，她没说几句话就挂了。他本是要跟她和好的，但是她的态度没有丝毫缓和的余地。他说他要去上海找她，她说不必了，就算你过来，也见不到我。

他是从上海走的，他到她家去找她，但她并不在家里。在那边，他给她写过一封信，她没有回信，他就没有再写。那时候开始有电子邮件了，但他一直没有找她的 E-mail 地址。

后来他结了婚，生了女儿，转眼就进入这个世纪了。妻子怀孕的时候，他又一次感到恐慌，而妻子毫不犹豫地生下了她。

59

九月七号这天晚上，没有了蝉鸣，蟋蟀们的唧啾更显得凄惶，有点曲终人不散的意思，更有电影看到尾声时的心情——半心在银幕上，半心已是场外了，众多小小不言的担心已在侵蚀浪漫的情怀。

这时他听到桌上的蝈蝈和着外面的蟋蟀唧唧有声，旋即又沉默下来。他买这只蝈蝈有好几天了，本以为它可以给住处带来一丝生气，可它安静得像个潜伏者。有好几次他都以为它死了，忍不住把笼子拿过来透过小孔翻来覆去地窥看。它那样子可真像死掉了，任凭他抖动笼子它都无动于衷。笼子是六角形的精致的细竹编织物，上面的小孔也是六角形的。他用一根火柴撩拨蝈蝈细长的两根触须，它们不耐烦地摇动了几下，才让他放心下来。

离中秋节只有寥寥数日，阳光扑在身上不再热辣灼人。十几天前还像魔鬼一样残酷的太阳，如今和蔼得有如下凡的老神仙。冬天正在逼近，到那时候，阳光就更会变成一种恩典。

邻家的鹦鹉已经不在笼子里扑腾了。他们半个月前买的那只鸟，起初不论他何时开窗，都能听到它的呼喊——它并不满意命运的安排，一心想冲破牢笼。现在它似乎已然安之若素。

那鹦鹉是什么颜色的呢，白的还是黄的，大的还是小的？他根本就没有见到过它。邻居的那个小女孩倒是经常高声逗弄：“说话啊，你说话啊，说早上好！说早上好！坏鹦鹉！”有时鹦鹉听得不耐烦了就大叫一声：“哎哟！！”

电脑屏幕前有两只空塑料瓶子矗立，是他昨晚从超市买的冰红茶。他并不特别喜欢冰红茶酸涩的味道，但是昨晚他面对电脑屏幕，望着比他还沉默的蝈蝈，感到极端的无聊，便用茶的滋味麻醉自己，结果让他的失眠雪上加霜。现在这两只空瓶子并排站在桌上，很有点理直气壮。瓶子的包装上是某个女明星的倩照和她潦草的签名。两只瓶子上两个一模一样的美女，以同样的角度斜对着他，加上两笔一模一样的签名，让他恍惚。

冰红茶旁边立着一只圆柱形的茶叶盒，黎知道里面空空如也。盒子外面印着云雾缭绕的群山，迷蒙虚无。茶是山镇茶场所产，包装也绝非从前因陋就简的风格。只是那云雾缭绕的景象，断不是山镇群山的常态，想必是某个摄影家用心的捕捉。他有好几个这样的空盒子，但并不放在一起。若放到一起，群山绵延逶迤，说不定会很好看。（然而也许未必如此。两只一模一样的盒子摆在眼前，就告诉你它们不过是两只盒子而已。）

看那些苍翠的群山，那些缥缈的云雾，他有时产生非分之想：或许那云雾之间，是个可以藏身的最后的退路也未可知。

深夜秋雨裹挟着雷声潸然落下，刚才还热热闹闹的蟋蟀已缄口噤声。

雷声并不饱满，与它在盛夏时的万钧之势已不可同日而语，几串闷响之后就消停了下来，然而雨持之以恒的，雨点儿打在窗外的树叶上，紧一阵慢一阵。凉风穿过纱窗，在屋子里旋转。是不得不换上长袖衣物的时候了。

他眼前又浮起那个场景：玫穿着深红的衬衫站在他怀里——他现在可以肯定，那时刻，就是人生的精华了——空前而且绝后。

当然你不该忘了更早的时候：在初中，你们约好了在电影院门口见面；当你远远地看到她坐在台阶上等你……

他忽然想到，她的衬衫的红色，就是那种叫“花大姐”、学名“斑衣腊蝉”的昆虫的后翅的那种颜色。平日里“花大姐”收起后翅趴在臭椿树上，让背上的灰斑混同在树干晦暗斑驳的颜色里。而当它振翅飞翔，就会把鲜艳好看的红色展露无遗。

第三章　何所似

01

九月十号那天他早早从床上爬起来，去卫生间用冷水抹一把脸，再奔到厨房胡乱喝些隔夜的冷粥，就匆匆出了门。

下楼，胸口也有什么东西在次第下沉。终于下到楼道口，又有一股莫名的忐忑浮升上来。

但扑面而来的凉空气刺得他精神一振。他看到对面人家窗口的铁护栏上，牵牛花藤蔓簇拥逶迤，铺成一面蓊郁翠绿的墙。一只只单薄的喇叭兀自支棱着淡紫、靛蓝、纯白、紫红的颜色，在冷空气里瑟瑟颤动。几日前天气骤然凉快下来，它们就是从那个时候开始陡然盛放的。

它们排众而出，当逢其时，算是仲秋时节最醒目的点缀了。其他的花草，诸如紫薇、月季、蜀葵之流，已经开始憔悴寥落。他抬头看天，那里又高又远，蓝得让他眩晕。

小区门口，一辆出租车打他面前驶过，猛地刹住自己。

“去哪儿？”

“西客站。”

“好咧！”

他钻进车里，司机利索地把空车牌扳倒，一脚油门，已到大街上。

这是个健谈的司机，一路上问这问那：“先生接站去啊？”……“令堂多大年纪了？”……“退休了？”……“退休前做什么？”……“您多大岁数了？”……“有孩子了？！”……“女儿几岁？”“……”

黎一一作答，在这个城市，现在没有第二个人比这个司机更了解他的家事了。

打听完他的情况，作为交换似的，司机把话题转向自己，说自己有个儿子，十多岁了，在上中学——“还是女儿好！”那口气有安慰他的意思。

“女儿怎么就好了？”

“儿子是啥？就是个名分，啥都指望不上！”他把头往座椅上一靠，闭了闭眼，“你说我吧，”他又睁大双眼，“你说我吧，给爹妈钱，还得偷偷摸摸的，不能让媳妇儿知道了，不然她就不乐意了。”

“哦。”

“可她对自己爹妈上心着呢，一星期跑好几趟……”

他说这些话的语气是轻松的，置之度外，像在讲别人的事，黎听不出一点儿埋怨的意思。当他说“不然她就不乐意了”的时候，嘴角还挂出一丝狡黠的微笑，那意思是，“我才不会让她知道！”

黎有点喜欢此人了。

“先生得有四十了？”司机问他。

“差不多。”

“三十八？”

“三十四。”

“那！远着呢。瞧我，四十！！”他叹了口气，“人过四十天过午！”他摇了摇头。

黎胸口突地一跳。

司机扭开收音机，音响里传出刘宝瑞的声音：“……进了城，不知道考场在哪儿，骑着马满处转悠，走到棋盘街，看见对面来了群人，当中有个骑马的，前边有俩人打着气死风灯……”司机脸上笑意荡漾。

车窗外高低起伏的楼宇，一座座扑面而来，又倏然远去。房产公司的巨大广告牌挂得到处都是，“易墅世界”“福桂花园”“沁园春景”……为了脱俗，煞是费了一番苦心，却落了个附庸风雅的毛病。他比较喜欢那个“水上人家”，听起来特像那么回事，让他想到在美西海岸看到的那些船屋：漂在水上，白花花的有如一大群水鸟，热热闹闹又孤苦伶仃。在他二十多岁的年纪，他对这种船屋别提有多神往了，渴望有朝一日自己也能把其中一个据为己有。但现在，如果让他选择，他宁愿住进深山里，一个人安安静静地过日子。这不仅仅是兴趣的改变，而是有什么东西在把他朝另一个地方推过去，那地方他曾经避之不及（十年前，到一座山里了此一生的想法会让他备感揪心，那时他一心想去美国，去纽约，老觉着前头得有一些灿烂辉煌的东西等着才行）。但如果能在水上漂着也好啊，漂得远远的。现在他向往的已不是一只白色的游艇，而是那种载沉载浮的感觉。

十年，十年就把一个人修理成这样。

车外的景致很快就让他麻木，他合上眼，想睡一会儿，同时又担心马上就要到车站了。他在懵懂中看到女儿的脸：白皙、饱满，鼻尖上落着一点儿阳光，这阳光伴着一缕馊乎乎的，却并不难闻的气味——是她尿湿了床单。还有若有若无的奶腥气。没有孩子之前，人家孩子身上的奶腥气总让他退避三舍，简直令他作呕，没想到这气味终于和温暖的记忆混合在一起。早上起来女儿不肯穿衣服，半裸着在床上奔来跑去。好不容易把她捉到了，强迫着套上衣服，就把她惹恼了，哭成个泪人。饼干破了一小块，也哭成泪人。她头发稀少，洗完头，一绺绺的细毛纠结成坨，露着头皮。他用电吹风给她吹干，她就舒坦地眯着眼睛，睫毛颤动的时候还闪着泪花。头发吹干了蓬松松的，有点儿卷曲。头是很好看的饱满的形状，额头微凸，双颊丰润，是个漂亮姑娘，像她妈妈。她扎了个冲天小辫儿，用一只红色的小卡子卡住，是她妈妈扎的，他也试过几回，扎得实在太难看，不成个样子。她顶着个冲天小辫儿成天在草地上跑，跑着跑着就跌倒了，顺势躺在那里就不起来——晒太阳——那是在美国南方的小镇上。

出租车折下高速路，沿着一个弧线转到一条东西方向的大街。离心力把他朝一边抛过去，又缓缓把他扶正。哦，自从回国，他还没系过一次安全带呢。他看到西客站高耸的钟楼－－模样不怎么讨人喜欢，方不棱登、突兀倔强，就像在和整个世界闹别扭。

出租车终于爬上螺旋形的通道，上到车站二层入口处，好不容易才找到一个停车的位置。他付了车钱，带着些不舍的情绪跟这个健谈的司机道了别。

买站台票，下到南二出口，重又惴惴不安起来。

从南二出口进去，便是一个郁闷的大厅，接站的人或站或蹲，百无聊赖。他在一根廊柱旁站了一会儿，四处寻找电子屏幕。他注意到廊柱旁支了一个牌子，上面写着“油漆未干”。因为这几个字，他反倒想去摸一摸。

他看表，还有十多分钟火车就要到站，那种惶然又无端地升腾起来。

他盯住电子屏幕上头的红字，发现从 H 城来的列车晚点了，不由得松了口气，转而又是一阵不安－－毕竟母亲在路上，终归是要来的。

女儿在两岁之前很大方，无论她在吃什么，只要别人问她“能给我一点吗？”她就毫不犹豫地拿出一半来，甚至把手里唯一的一份举到你面前。她因此博得了大方的美名。可是两岁之后就画风突变，她总是转过身去说不！或者拿出极其微小的一丁点儿。自己小时候最初的一些记忆也和这样的冲突有关。这些冲突里最清晰的是父母阴郁的脸。他们非常担忧他的道德状况。他更怕母亲。当他倔强时，她担心他将来会变成个杀人犯。“你还会杀人咧！”这是她家乡的方言，意思是，如果不防微杜渐，将来必是大奸大恶之人，会干最可怕之事。当然她最担心他的健康状况，担心这个唯一的孩子会生病死掉，突然从她的生活里消失；她肯定承受不了这样的打击。如果神话里有担心女神，母亲就是她的化身。担惊受怕，畏首畏尾，用她的杞人忧天统治着三口之家。妻子对女儿也一样，给她穿得厚厚的，怕她冷着了，感冒了，恨不得把她放进消毒柜里保存起来。

别去想这些，你总不能老这样怨天尤人。

02

母亲终于带着她的唠叨驾临北京城。一下车就问他吃过早饭没有。没有。没有？！“早饭是一天最重要的一餐；健康杂志上最近就有关于早饭与某些疾病的相关研究，证实民间的说法‘早上要吃饱，中午要吃好，晚上要吃少’很符合科学道理…… 早餐必须保证一个鸡蛋和一杯牛奶；我跟你爸胃都不好，你年纪还轻，可要注意。你一个人在外地我们也照顾不到，我们大人说这些都是为你好你可要听进去你不要嫌我啰唆，什么都比不上身体重要不是说嘛身体是革命的本钱要是没有身体了什么奋斗什么追求不都是一场空？你们现在还年轻不知道厉害其实你也老大不小了孩子都有了我看你现在又瘦了你现在一个人了得知道自己照顾自己早上起来煮两个鸡蛋又不费事冲一杯牛奶更简单你不要怕麻烦身体可是你自己的像我们年轻的时候就不注意身体大人跟你说这些东西都是我们亲身体会你怎么能不吃早饭呢你回来也有不少天了你都是这么过？你在美国都是怎么过的要不是我身体不好我早就去美国看你们了我就知道你们照顾不好自己……”

“妈，我已经不是个孩子了。”

“你连个早饭都不能按时，一天一个鸡蛋都坚持不了，你还说你不是个孩子，你看你现在一个人跑到北京来过的什么日子……”

他望了母亲一眼——她更老了，是真正的衰老，不同于年轻时的娇弱，或中年时的病厌，不折不扣的老态龙钟。他觉得自己如果再抱怨她，天理都难容了。

这种时候，他的注意力就涣散得不可收拾，母亲的话语被阻挡在耳膜上，沦落成细小的、密匝匝的噼啪声，有如急雨敲打油布伞。母亲几十年来要求全家人早餐必喝一杯牛奶，吃一到两个鸡蛋，这是她的营养学的两大支柱——“两只鸡蛋主义”和“一杯牛奶主义”。只要有机会，她就要向人传经布道。

两只鸡蛋一杯牛奶，母亲向他重申了多少回？肯定不下于一千次，应该是一万次。鸡蛋和牛奶就是母亲的圣母玛利亚和耶稣基督，小时候只要他不肯吃鸡蛋或不肯喝牛奶，就会遭到苦口婆心的规劝。吃？吃！吃！必须吃！！他恨牛奶和鸡蛋，如果这个世界上有什么最让他讨厌，那就是牛奶和鸡蛋。

他领着母亲从南二出口出来，等出租车，听着母亲第三次重申她的牛奶鸡蛋主义，声调情态都和他小时候一模一样，这让他恍若隔世。

“有个老妈在你耳边三令五申，也不能说不是一种幸福。”这是柴柯曾对他说过的双重否定句。这句话让他觉得自己连抱怨都是一种罪过。

他于是询问母亲乔迁新家的近事，她果然被引到这个题目上来，放下了牛奶鸡蛋的布道。她说动迁当日，在原来的屋子里用电饭锅蒸了一锅饭带到新屋子里，也就是把“财气”带过去了；没请搬家公司，请朋友们帮着搬，有十几号人，于是新屋子里“人气”就旺起来了；还给菩萨烧了几炷香……

一锅饭能有什么财气？搬个家惊动一大群人，未免多此一举。她马上面有愠色：宁可信其有，不可信其无，当年你中考、高考、出国，哪一次不是菩萨保佑？

世界听菩萨的，而菩萨听母亲的。

高考那阵子，母亲把白瓷的菩萨小心供在客厅里，在她面前郑重地奉上香火，叮嘱你千万不要碰倒了它。日光灯照耀下的菩萨，在乌烟瘴气里依然森森耀眼，让你莫名胆寒。母亲上过大学，年纪轻轻就加入了组织，然而终于禁不住菩萨的召唤。让他胆寒的菩萨，却能驱散她心头的恐惧，这是他用尽他所有的智力也理解不了的——不过她也从未试图劝他与她共事一神。她是怎么知道此事毫无指望的呢？

出租车终于钻进小区，停到楼前。他付了车费，提着行李领着她上楼。才打开门，她便要去煮鸡蛋。他说他已经买了速冻的水饺。而她说超市里的水饺来路不明，怎可贸然食之。他只好让她去煮。

你又想起了小时候母亲煮鸡蛋的情景：一只银灰色的钢精锅里不多不少地倒上冷水，把几只鸡蛋小心搁进水里，蛋落到锅底会发出极其细微的“噔”的一声——鸡蛋在沸水里翻腾时也会碰击锅底发出噔、噔、噔的声音；火候要恰如其分，早了淌黄，打开蛋白就会泻出腥味的液体；晚了干硬，吃下去噎喉咙。母亲喝牛奶、吃淡而无味的白煮鸡蛋时满怀虔诚，先要仔细洗净双手，才可在桌前若有所思地吃。对了，若有所思，心事重重，不论做什么——他多多少少继承了这种性格。

两个鸡蛋、一杯牛奶，一朝不如此，就会整日忐忑不安：营养不足了，白血球下降了，血小板不够了，方方面面都在想象界里乱了套。

03

鸡蛋煮好了，母亲并不吃，她说她在车上吃过了，昨晚上火车前带了四个，两个晚上吃，两个今早吃。

她把鸡蛋捞到碗里，端到你面前。你说你最恨吃鸡蛋了。

她皱起眉头，说你不可以这样率性，这是为你好……

她说你这么大了都三十多了难道分不清好歹……你听到这里就想把一碗鸡蛋都从

窗口扔出去。你赶忙溜进厨房，给她冲了一杯牛奶，端着它放到她面前——放牛奶的动作生硬鲁莽，牛奶差点儿泼将出去。她看着玻璃杯里动荡不休的白色，眼里蒙上了湿润的一层。他只好坐下来剥那两颗精神原子弹。

你已经三十多岁了，都有女儿了，可是一切还是老样子。

她说她明年就退休，退了以后就会常来。她说你必须被好好看管，从来都不注意生活。你说您退休以后在家享清福，别跑来跑去受累。

你嫌弃我，你嫌我我也得来，我这是为谁辛苦？你打小就不知好赖，信马由缰的；你在美国我抓不住你，不然会让你离婚？现在的年轻人怎么都这样，说结就结说离就离，我跟你爸爸吵了一辈子还不是好好的，过日子哪有碟子不碰碗的……

你说你已经不是年轻人了。

你才三十出头，怎么就不是了，你这个年纪不好好生活，不好好干事业，对得起谁？

你说你并不想干什么事业。

离个婚就心灰意冷？人一辈子谁能一帆风顺？毛主席不是讲过，胜不骄，败不馁。

您的毛主席还说过“天若有情天亦老”，您不一样烧香拜佛？

你留学都学了些啥？就会了翻嘴吊舌！我说的是好话还是坏话？你出去打听打听，谁家父母不是为儿女好！

你小时候她就这样，手往门外一指——“你出去打听打听”——把你指向真理的源头。你当然不会出去打听，修辞你还是懂的。有一种逻辑颠扑不破：我是为你好，所以我是对的。一旦你承认了她的正确性，立马就相安无事。

你把鸡蛋塞进嘴里，抬眼看她苍老的脸上的悒悒神情。你喝一大口牛奶。她也把杯子端起来，若有所思地啜饮。你预感一场争论才刚刚开始。你们棋逢对手，谁都不会甘拜下风。

然而电话突然响了，你马上起身朝它冲过去。

是高波，这阵子他几乎天天在这个钟点打电话给你——高波在美国，时差十二个小时，这个钟点那边的电话费是打了折的——从漫长的电话线传过来的声音有气无力的。他说他老婆找了律师，铁了心要跟他离婚。又说安然是个忘恩负义的婊子、巫婆、该死的荡妇，他让你给他出出主意，“好好治她一回”。听这些，你的心情就速速跌回洞底。

高波说，这“婊子”“荡妇”“小市民”“忘恩负义的猪”“想跟我离婚，去找美国人，我绝不会便宜了她。”

“你要我做什么？”你有点不耐烦了。

“给她打个电话！”

“打电话？”

“你跟她说，高波这人什么都干得出来，他什么都不在乎。”

“你自己跟她说不就行了。”

“我当然会！”

“我可不想再掺和你俩的事了。”

“你别跟我废话，就跟她那么说。”

“都到这份上了，离婚也未必不可以考虑……”

“说什么呢？！”

“你是想跟她过下去，还是——”

电话那头沉默了十秒钟之久。

然后突然传来恶狠狠的声音：“这婊子！我要她不死脱层皮！”

“都到这份上了，还真不如离了。”

“你跟安然也这么说过？！算了！你跟越林是一路货！”咔嚓一声，对方把电话挂了。隔了整整一个太平洋，那一声咔嚓依旧是不折不扣的。

他很想给越林打个电话发发牢骚，但想到贵得离谱的电话费，只好作罢。在得克萨斯读书的时候，越林算是跟他交情较好的一位了。有一阵子越林当了学生会主席，张罗各种活动。高波跟安然的婚事就是越林操办的。那是一九九八年春节过后，大陆学生会租了学生活动中心的一间大会议室，里里外外张灯结彩，仿佛要拍好莱坞版《红高粱》。越林跑前跑后，把场面搞得热气腾腾的。一群美国学生也被引来看热闹。高波穿了一件不知从哪儿搞来的马褂，安然套着旗袍，被围在一堆夹克、牛仔裤和西装中间，活脱脱一个片场。他俩拜了天地，对唱了《夫妻双双把家还》，还颤巍巍咬烂了一只不大不小的苹果——通红的“蛇果”。出国前他在超市里看见过蛇果，贵到离谱，而到了美国才发现是最寻常不过的一种苹果。吃完了 CiCi Pizza 送来的外卖，众人作猢狲散，几个跟安然和高波比较熟悉的留学生开了车直奔他们的新房——高波租的一居室——各自带了啤酒、白酒和饮料，在逼仄的新房里喝了个痛快。

现在高波对越林又怨又恨，在给黎的电话里老提到他，“这个吊越林……”“吊”是高波的家乡话，大约是“鸟”的意思。

前些天越林也给黎打了一个电话，说高波是“疯子”“偏执狂”，愤慨之情溢于言表。黎暗地里想：只要把他们两人的话语相互传达，一定能掀起一场惊涛骇浪。信息就是力量。高波给越林贴的标签还包括“笨蛋”“蠢驴”“成事不足败事有余的猪”。

半年前，安然同高波大吵一架，大打出手。安然从家里跑出来，开车一路向北，经过越林在达拉斯的住处，就停车哭诉一番。

越林和他老婆好生相劝，又给高波打了电话，她才回到休斯敦。关系缓和了一个多月，怎奈又闹将起来，此后战事步步升级，每回都是又撕又打，伤痕累累。安然当然不是高波的对手，向朋友们四处打电话求助。越林在电话里劝她："如果实在过不下去，那还不如离婚。"高波家里有两个电话听筒，分别安在两个房间里。安然给别人打电话，高波就在另一间房子里上演《窃听风云》。

过不下去，不如离婚——拿着听筒的高波想钻进电话线，直接奔到越林家去掐死他。

前几天越林对黎说，高波给每个熟人打电话，要他们劝安然回心转意。安然对所有人都坚定地答复：再劝，她就去死。

"都闹到这一步了，再不离就要出人命了。"黎对越林说。

"谁说不是！谁离开谁过不了？！高波这神经病！"

黎拿着听筒，不知该说什么好。

04

黎挂了电话，下楼去超市买烟。正午过后，阳光灼人眼目，空气暖可慰人，对面楼下的牵牛花统统合上喇叭，收缩成蔫唧唧的死样儿，它们清晨花开时倔强峭拔的情态一扫而光。他带着玩世不恭的心情想到那个古希腊的传说：狄奥根尼告诉亚历山大，"别挡住我的光！"

如果牵牛花能张口，它们一定会说："别再有光！"

马路上行人如织，超市里也摩肩接踵，处处弥漫着节日气氛。人们都莫名其妙地激动起来，买走整盒整盒的华而不实的月饼。那些大盒子套小盒子层层包装了的精致的面团，尽管滋味难以下咽，却是皇帝的女儿，从来不愁下嫁的人家。

一到感恩节，他的那些美国同学和老师就在家里烤火鸡。光溜溜的大鸡烤出炉，多半没滋没味，他们也还是年年非此不可，就仿佛他们对火鸡积攒了一整年的仇恨。"这就是象征生活，人对象征的需求，就像青蛙对臭水坑的需求。"他的一个教授一边切火鸡一边如是说。

黎几乎是刚到美国就认识高波了，在那个得克萨斯小镇的大学，大概没有中国人不认识高波。黎是在学生活动中心的乒乓球台子上第一次碰到他的。台子周围全是中国人，玩坐庄，谁先输六个球谁就下台。黎不是越林的对手，转眼就下了岗。然后换上高波。

高波的球技不俗，但急于求成，下手猛狠，一再失分。当他们两人都下了台，高波很殷勤地问黎是不是新生，从哪儿来的，学什么专业，有没有全额奖学金。听说他是学社会学的，就劝他赶快转专业，说这个不好找工作，最好转计算机，学统计也行。以后每次碰上，高波都会殷切地询问：你是不是已经转专业了？

半年后高波搬到了黎住的街区，成了邻居。隔三岔五，高波会来他这里小坐聊天，他才知道高波已经三十多了，来美国前是一个中学的校长助理兼教导处主任，发表过十几篇教育论文，刚来美国读的是教育学专业，现在已经转到计算机系了。

“计算机火啊！”高波说。

有一次高波对他说，他来到这世上，是带着使命的，他说他要改变美国。这听起来不免滑稽，让他觉得他精神上有问题，可转念一想：难道一个男人就不能有点抱负？一个孩子都知道在裤裆底下夹个扫帚满屋里飞，你能说他精神有问题？

高波追安然是花了一番心血的。他说他对她是“典型的一见钟情”。他说他在学生活动中心打乒乓球，瞥见到一个女孩在隔壁的台球室举杆击球，那潇洒的动作、专注的神情和额头上垂下的一绺黑头发立刻把他“击碎了”。高波就是这么说的，“被击碎了，啪！”一个三十多岁的老男人说这种话委实令人肉麻，但黎转而又想：人家毕竟还是个光棍，说不定还是处男之身。

高波问他，想追安然，怎么办？黎说你给她打电话，约出去吃饭不就得了。

“不妥不妥，这么直露，后果不堪设想。”

“后果不堪设想。”这种用词十分醒目，甚至算得上独树一帜。

半年后高波和安然居然就结婚了。婚礼办得也算热闹，安然的脸上也洋溢着幸福的花朵。唱《夫妻双双把家还》的时候，她和高波对视的眼神竟然一往情深，就像世界上一切事情，开头总是最好的。

越林在电话里说，当年高波追安然的时候，也找他出过主意，他也是让高波直接去约她。高波当然也嗤之以鼻。几天后，高波撺掇越林以学生会的名义办个活动，去离城十里的一处湖边钓鱼，烧烤，高波主动请缨，四处打电话联系中国留学生。

没错，他记得正是那次烧烤，高波用他的 HONDA Accord 把安然接来送去，一段孽缘就是从那个时候开始的。

“这小子能折腾！”越林曾感叹，“机关算尽！”

“机关算尽”这个词就是给高波量身定做的。他在教育系读着博士，拿着全额奖学金，却一门门地选修计算机系的课程，等到计算机课程修得差不多时，就马上转入计算机系，转眼毕了业。高波有这个能耐，让整个世界为了他的目的运转起来，这倒真是高波所神往的大人物们共有的特征。

几天前，越林在电话里愤愤地说："高波还以为安然依然爱他，跟他闹离婚全是别人怂恿，这些人包括你我。他说一个女人能有什么主见呢，还不是你们把她脑子搞乱了…… 他给中国驻休斯敦总领馆打电话，要领事前来调解，我靠！我看他下一步该去找联合国秘书长，给他开个圆桌的安理会怎么样……"

05

回到楼上，母亲对他说，刚才那个叫高波的人又打电话来了，我说你不在，他说明天还会打过来。

母亲问是谁跟谁要离婚。黎说你不认识。

母亲说："这种事，从来都是劝合不劝散，你可千万别说傻话。"

看到他没吭声，她又说："你肯定说傻话了，我听得出来。"母亲望着他，露出忧国忧民的神情—— 只要发生芝麻豆粒大的事，她就会把这种表情抹得满脸都是。

"说不说傻话结果都是一样的。"他说。

"那是他们的事，你犯不着掺和，犯不上让别人因为这种事记恨你。"

"……"

"人活世上，多个朋友多条路，多个冤家多堵墙—— 你记着。"

"离了好。"他又在故意刺激她，他知道，但还是忍不住脱口而出。

"咱们是中国人，你出了趟国，该学的学，不该学的不学—— 你记着。"

你记着，你记着，你记着。

他从塑料袋里掏出一只梨，用水果刀茫然地削它的皮。梨汁顺着刀片漫延到手指上，黏若胶漆，不胜其烦；梨子对刀片有粗涩的摩擦力，像一层砂纸。不论劝合劝散，你也确实没资格说三道四，你自己的事就已经一塌糊涂了。高波死缠滥打，那他就让他死缠烂打，高波紧抱不放，那就让他紧抱不放，也许他脑子出了毛病，天知道。或许你脑子才有毛病，who knows。母亲每事必问菩萨，她脑子是不是也有毛病。或许天底下的人都有毛病。他把削下来的一卷梨皮—— 为了不让它断掉，他削得小心翼翼，简直就是在拆解一只炸弹—— 扔进垃圾袋。他把赤裸的梨子递向母亲，才意识到她还在说话。从那把水果刀落在梨子上到他把梨子递给她，这之间该过去好几分钟了吧，竟把她的声音全然屏蔽在外。现在他集中注意力，努力捕捉她的懿旨，希望能把漏掉的内容恶补回来。

"…… 宁拆十座庙，不破一门亲……"还好，依旧是老调重弹，也许你根本没有漏掉什么，就像听一首熟悉的歌，从任何一个地方你都能抵达全部。

"…… 当年玫玫她爸……"

你的耳朵立刻竖了起来。

玫的父母是早就离了婚的，但详情不得而知，玫也几乎不说。以前母亲也不跟他提这些，现在不知怎的，她仿佛下定了决心，要把这陈年旧事泄露给他。

母亲陶醉于叙述的快感，他又从塑料口袋里掏出一只梨，继续用刀子削它的皮。只要不打断母亲，她堪比一座广播电台。

拜母亲这座电台所赐，加上过去玫透露给他的一星半点消息，还有他那些未必靠得住的记忆，凑合到一起，发生在六七十年代的那些事情就慢慢有了轮廓。

“文革”时期那些热烈的年份，玫的父亲刚好大学毕业，从上海被分配到涂门。一年后，他和他的大学同学在上海结婚，然后带着她回了涂门。玫的父亲是学美术的，理所当然地去了县文化馆。

真正的工作是没有的，写写大字报，开开会，有时也奉命画几幅巨型宣传画，日子就一天天过去了。“你别说，宇老师是真有才，革委会那个巨幅主席画像就是他画的，跟照片上一模一样……那个黑痣……你知道主席是有黑痣的对吧……”

大家都把玫的父亲称作“宇老师”。其实他在文化馆时并不是老师，当老师是后来的事情了。宇老师复姓“宇文”，涂门人却都叫他宇老师。

在宇师母眼里，宇老师遭到涂门的潜移默化，退步得不可原谅：那种跃跃欲试的劲头没了，变得懒散拖沓，甚至有点儿吊儿郎当。有一天，她看见宇文老师坐在床上毕毕剥剥嗑着瓜子，一条腿搭在小凳子上神经兮兮地抖动，就怒不可遏：侬活脱一个涂门小阿飞。

他们开始吵架，吵得一塌糊涂，后来就动手打。

再后来，宇老师喜欢上了一个女同事。他想离婚，然后跟那个女人结婚。而人家是有夫之妇。他就劝人家也同丈夫离婚，但她丈夫怎么会答应。宇文老师对那女人的丈夫说：“要不咱们互换？”他的意思是，他把老婆给他，他把老婆给他。这话传到宇师母耳中，她就要回上海去投黄浦江（她是不屑于投涂河的），她说脸都被宇文这个瘪三丢尽了。这种事向来是纸里的火和水里的油，怎能不暴露无遗？大家乱作一团，满城风雨这四个字都无不足以形容当时的状况。都说宇老师疯了。那是一九七〇年前后的事情。

师母再也不能和宇老师相提并论，离婚！必须和这个荒唐的男人划清界限。但是单位岂能放过宇老师？坚决不准。这期间师母却突然怀了孕。

玫在母亲肚子里当仁不让，一天天蓬勃起来，势不可当，宇文老师也就越来越沉默。孩子足月顺产，是肉乎乎、乱糟糟的一小团。来道贺的人络绎不绝，都带着同样的礼——风靡一时的用纸盒和油纸包装的奶糕，上面印着的胖宝宝是社会主义最好的广告——来瞻仰这小小的肉体，心头暗暗残忍地猜测，“这孩子是谁的？”嘴上更是要说：

“宇老师，这孩子像你！”

这孩子当然是宇老师的，瞧她手舞足蹈、疯疯癫癫的样子！

一天深夜，宇老师把这肉乎乎的一团抱进怀里，在房间里踱来踱去。窗外的路灯漏进斑驳的光，妻子睡熟了，模样堪与最恬静的女人相比，几乎让他感动。他扭头看到衣柜旁放着一只空空的布口袋。那是装面粉用的，每个月他都会拎着它去一趟粮站，用粮票和钞票换一袋面粉回来倒进厨房的洋铁桶里。一袋面粉倒下去刚好装满一桶，不多也不少，每次他扯开布袋，都有一阵白色的烟雾在桶口悠悠飘浮，许久才会散去。

此时他踱到空口袋跟前，抓过它，翻开来用力抖它，路灯微弱的光下是看不到飘浮的粉尘的，但他能闻到生面的腥气。他在纷纷扬扬的面粉味里把玫放进口袋，把它背在背上出了门。

涂门火车站位于京浦线上，即便深更半夜，也老有南来北往的火车毫无必要地停靠在空无一人的站台上。他没进候车室，而是沿着站外的围墙走了百十米，从一个生锈的敞开的铁门钻了进去，又顺着围墙跑一阵子，就上了月台。正是料峭的三月，冷空气打月台对面的田野坦荡地吹过来，钻进他的裤管和袖子。他把口袋从背上放下，抱到胸口。他站在蓝幽幽的一处灯下，感到怀里的那一团在微微扭动。这时一列打北边来的火车嘶叫着一头扎进车站。这是终点到上海的火车。“济南— 上海”，车厢上的牌子清清楚楚地写着这几个字。

他钻进车厢，看到满车都是熟睡的乘客。还好，居然还有个座位等着他。他把布口袋放到车座上，从怀里掏出一只小奶瓶，里面有白色的液体，是用他们送的奶糕加热水兑出来的。他把瓶子放回贴胸的衬衣口袋，朝窗外看：火车又开了，刚才站立的地方那只蓝幽幽的信号灯正朝北方退去，愈退愈快，转眼就不见了。车厢痉挛，一车熟睡的人都在颤抖。

他怀疑自己是不是疯了，这念头像划过车窗的灯光转瞬即逝。他坐下，把布袋抱在胸前，袋口突然张开大嘴，他看到玫的小腿一阵痉挛，一阵撕心裂肺的哭声随即冲决而出，热乎乎的尿液把他的衬衫裤子统统濡湿了……

06

一年后宇文老师回到涂门，据说他的疯病在上海治好了。

婚依然要离，这次倒是水到渠成，领导们对疯子网开一面。离完婚马上被调到山镇中学当老师。在他强求之下，玫也被他带走，大家都有点顺着他的意思－－谁知道把疯子惹急了还会闹出什么事情。

后面的情节，黎已经能用自己的记忆补充。他记得在那张黑白照片里：他拉着玫站在一棵马尾松下，玫穿着肚兜——从黑白照片里看不出是什么颜色；而黎什么都没穿。黎大约三岁，玫两岁多一点。他曾和玫挤在一辆解放牌货车的驾驶舱里，趴在车窗口，看宇文老师站在外面举着一只黑色照相机对他们说：玫玫，笑一笑！（但她不笑）。“玫玫，小黎，笑一个？！”于是黎把所有的笑容胡乱堆在脸上，那表情被啪的一声装进黑匣子。在照片上，玫仍然愁容未展，而黎笑得太过夸张，是把玫的那一半笑容也抢夺了过去。两张照片都待在黎的一本老相册里，这些年跟他满世界辗转，但他很少翻开它。他也用不着去翻，那些人和物全印在脑子里。他记得玫在照片里梳着两只短短的马尾辫儿，一边一个，搭在肩膀上，跟背景里的松影同样的黑。很神气的两只小辫子，在她摇晃脑袋的时候，它们就活泛起来，让他不能不想到拨浪鼓，还能听到嗙嗙嗙嗙的声音。

母亲说：当年宇老师闹离婚，两口子都来我们家，玫玫妈老是哭哭啼啼的，宇老师一言不发，我只相信那句老话，“宁拆十座庙，不破一门亲”，你看现在，虽说他们离还是离了，我们两家什么时候断了来往？宇老师是不是老打国外寄信来？玫玫妈也老给我们打电话。

于是黎不无理由地询问玫的近况。

“她倒是不怎么联系我们，你们这辈的人，人情都淡了——听玫玫妈讲，小玫跟一个军校老师结婚了。”这我早知道了，他还是教哲学的呢。“关系不太好。”可以想象。“但还凑合。”你跟父亲争吵一辈子，不也凑合着？

他不知道母亲看待婚姻生活的标准，他没问，觉得不必多此一举。“玫现在画得不错。”应该会吧。

“前阵子来 H 城参加一个画展，顺便来家里看过我和你爸”。这我倒不知道。

他专心听着母亲的絮叨，装出一副漠不关心的样子。他没有想到，他和玫的事，母亲居然一无所知。或者，母亲是装出来的，但这种可能性被他断然否决，母亲绝不是那种能沉得住气的人，尤其在这种事情上。

后来，宇老师喜欢的那个女人的丈夫从革委会的楼上跳下去摔死了。黎知道他摔死的地方，小时候有人在那个长着棵楮树的幽暗的院子里指给他看过，其实就在他母亲办公室门口。现在母亲告诉他，是宇老师把他气死了，但也很难说，他是个反革命，一直就很倒霉，日子原本就没法过下去了，而且他老婆确实要跟他离婚，不过宇老师的主张也许就是压在他可怜的后背上的最后一根稻草。小时候你在那个楼上摘槐花的事情你是不会忘掉的，你现在还能闻到槐花烈酒般的香气！楮树上杨梅形状的红果子，落下来就摔得肝脑涂地的，红彤彤地染了一片……

07

第二天他陪着母亲游圆明园，在那些人去楼空的阁台亭榭间转悠了一整天。旅游之于母亲，一向是最无足轻重之事。她难得对什么感兴趣，除了工作，除了养生。况且，她此番来京的中心思想是重申一杯牛奶主义和两只鸡蛋主义。至于那一堆石头是英法联军还是八国联军，或者别的什么人的罪证，那又与她何干；更不用说池子里的荷叶与浮藻游鱼了。

他小时候，她总有太多工作。从不迟到，从不早退，一天的事，决不留到第二天。于是每天晚上都在家里加班。就这样干了一辈子无关紧要的工作，却比那些掌握世界命运的人还要呕心沥血。评先进年年有份，他却并不以她为荣。先进工作者的奖状拿到家里，她的喜悦是发自肺腑的，而他觉得无非挂在驴鼻子上的胡萝卜。有一次他居然把这个想法脱口而出，刹那点燃了她心头的火药库，她且怒且哭且诉，说他看不起她，说他从来都不把他这个妈当回事。阿弥陀佛，这种场面当然不是绝无仅有。在他小小的年纪，自然找不到合适的词语形容这样的窘境。当他终于找到这样一个词，是很多年之后了。“阅尽沧桑”——就是这几个字。当她且哭且诉，他看着她，觉得自己就像已经过完了好几辈子。

他还没有长大成人，母亲就已经像神农氏一样尝尽了百草。身上总有病，却也查不出个所以然。医院岂能被难倒，西医败下阵来，中医披挂上阵，开起药来依旧头头是道，补虚清热理气安神。

就这么多愁多病地过了大半辈子，像一只所有音符都落在低八度音域里的曲子，算不上悲歌，也难得有几声欢乐。但在他大约六岁的时候，她带着他游了一趟青岛。是她单位组织的旅游。一路上，她变得快言快语，心情振奋，一点儿也不像个病人。她还和他一起在沙滩上捉螃蟹，用沙子垒城堡，捡贝壳，晚上联欢的时候，还唱了一首歌。等他们回到家里，起初一两天她还谈论沙滩和天空，仍然高高兴兴。两三天后，原来的那个母亲班师还朝，回到工作、争吵、生病，遍尝百草的人生轨道里。

从圆明园回来，母亲就再也不想上街。她待在家里，东摸西碰，都是一些无关紧要的琐事：热杯牛奶，擦擦桌子，扫扫地，洗洗碗，看看电视里的天气预报和法制频道，脑袋里转悠着一些杞人忧天的想法。就这样度过了第三天和第四天。

第五天也是漫长的一天。早上依然是从重申两个鸡蛋和一杯牛奶主义开始的，用时半小时。这种苦口婆心就像一根又一根 TNT 沿着矿脉一尺一尺爆破进去，他担心忽然什么时候整个儿坑道就呼啦一声坍塌下来。

他拿了本小说躲进卧室里去读。

“你要不要再出国？”不知什么时候，她已站到他背后。

“不了。”他继续读他的小说。

“你打算在这里干什么？”

“不干什么。”

“不干什么，怎么能不干什么——有什么事不能跟家里人商量商量？”

“不用。”

“你越来越看不起你这个妈了！跟你讲话，头也不抬一下！”

“我在看书。”

“你就在乎这一会儿工夫？看什么书－－我看看－－不就是本小说？你有时间看小说就没工夫听我说句话？！”

他合书抬头：“我自己的事，我自己可以解决。”

“你看不起这个妈！你最好把你这个妈扔得远远的！”

他把小说扔在桌子上，说了声“下楼去买东西”，转身就逃了出去。

游移不定的日光一会儿洒在街上，一会儿又把自己紧束在云层里。他穿过挂甲屯桥，沿着那条灰蒙蒙的小街走了一段，就来到大街上。一辆碾路机正隆隆开过去，气势煊赫。他面前一块水泥地面被压得四分五裂，尽是光怪陆离的碎片。他俯身翻开一块，发现水泥板的背面粘拉拉杂杂的石头子儿，像一张被麻风病摧残了的面孔。他拎着这块不大不小的水泥走了一段，才意识到自己在毫无必要地移动一件重物，赶忙就把它扔回到地上。

站在这条街上，除了国槐，满目都是笔直的线条：B 大学笔直的围墙，十字路口笔直的斑马线，笔直的马路牙子，笔直的居民楼和公共汽车……这些线条让他生出一些疯狂的念头。看着压路机把路上笔直的线条一路压碎，他感到一阵释然。

他在畅春园门口小卖部买了一包烟和一只打火机，踅进公园，坐在那些假山乱石的怀抱里吞云吐雾。

08

在 N 城那阵子，玫经常套一件白色的宽大的连衣裙，像孕妇穿的那种。斑驳着洗不掉的油彩。起初穿着画画，后来索性穿着上街。众人的目光，她依然是不在乎的。如果在公交车上她要他吻她，就毫不犹豫地踮起脚尖。他只好慌忙敷衍，努力装得入情入理。

他们晚上坐在大排档前吃消夜，臃肿的白裙把她包裹起来，在路灯光下熠熠生辉。他会想起那些布娃娃——被包起来，陈列在橱窗里等待出售。

他打开过这礼物，在她昏暗的斗室里，在稍不留意就满手油彩的桌边，时间停滞，空间凝固，只有那些斑斓的颜色在眼底明灭。等他们再度回到这个世界，挂在墙上的电子钟告诉他那并不是一段很长的时间。短暂的变数，一列火车过桥时的回响和轰鸣。这一瞬间，如果用时间去衡量，在漫长的旅途中本是微不足道的。

从任何地方开始，都可抵达这些记忆。

看到一块奶油蛋糕，眼前就出现二十四岁的玫，密密匝匝的二十四根细蜡烛，把蛋糕打扮得像只圆梳子。

为什么一定要插二十四根。两只粗的，四根细的，不就可以了。可是她偏要这样。

她说必须这样。

于是他就任她埋头兢兢业业制造一座蜡烛的丛林。

他也能从一些词语直接抵达这些记忆。比如“虚与委蛇”。

她问这个词是什么意思。

不知道，但是听上去摇曳多姿，像烛光一样。

长江边上的N城，夏天燠热无比。她鼻尖上的汗，一粒粒细小的水珠，她拿着画笔顾不上擦，他看着，也不忍动手。

在世上，不要有光
在水下，不要有盼望
……

他觉得自己注定会失去她，尤其在他读到她的诗句的时候。

09

母亲坐晚上九点的火车回了南方。她在北京的这个星期和上帝创世的那个一样漫长。她梳理了他生活中每一处细枝末节，不放过一根头发：早中晚餐要吃什么，应该在几点吃；早上该几点起床晚上该几点睡觉；晚上煤气灶应该关掉几个阀门；抽水马桶要怎样清理。洗澡间的窗玻璃必须换掉，否则洗澡的时候漏风容易感冒；每天必须吃两个苹果——这是专家说的；桌子的高度不合适，会伤害到脊椎；要想身体好，应该喝白开水，而不是喝茶，更不应该喝咖啡——这也是专家说的；朝南的窗子该换一个窗帘了，应该是那种双层的，一层是布另一层是纱；你不可以用铝锅烧水，必须改用铁锅—— 专家说的；手机不要放在衣兜里；晚上《新闻联播》可以不看，天气预报怎能不认真对待？你再也不能抽烟了；电饭锅用完，插头一定要拔下来，电脑也一样，还有手机充电器，电吹风，电风扇，统统都要拔下来；出门前最好把电闸关掉；家里怎么能没有灭火器呢？不要买韭菜，但青椒和大蒜不施农药—— 专家说的；路边的摊贩卖的肉夹馍千万别买了吃，餐馆也少去，现在到处都是地沟油—— 专家说的；楼下孩子弹钢琴声音应该再小一点，能跟他们说说吗？

她的叮嘱变成一万根毛细血管深入他的大脑—— 她给自己描绘出来的这个岌岌可危的世界他并不陌生，她一辈子就像达·芬奇一样有她自己的蒙娜丽莎，虽然细节总在变化，那嘴角的一抹诡异的微笑是不会变的。

这铺天盖地的关怀抵得上一次沙尘暴。你真是忘恩负义啊，你哪怕反过来关心她一点点呢？你居然打小就希望个不一样的母亲，她能高兴地说：你看，天气多好，咱们出去走走！

他希望她快乐，想告诉她这个世界的真正的危险根本就不在她担忧的这些事情里。“你可不能这么说，小心撑得万年船，而且专家的话还能有错？”她绝对一招致命，让你这颠覆她世界观的小小的企图胎死腹中。

送走她，一个人回到住处，已是晚上十一点。虽然如释重负，却马上感到了孤单。

肯定有哪里不对了，他弄不明白，捋不清，抓不住。和衣而卧，怀着愧疚跌进梦里。在梦里他看到母亲在缝纫机边忙碌，把那个“飞凤”牌缝纫机踏得呼呼作响。她在给他做一件草绿色中山装，上上下下有许多口袋。他把它穿在身上，摸索着口袋们，暗自欣喜。他把能找得着的东西都放进这几个口袋：铅笔、橡皮、小刀，还有一块吸铁石，然后他发现自己飞了起来，风鼓动所有的口袋，呼呼作响……

突然朝一个幽深的井底跌落下去，他惊出一身冷汗，立刻从梦里醒来。四周一片漆黑。他伸手拉了日光灯开关，灯光抖动几下，并没有嘭的一声亮起来，而是发出一阵颤颤的幽光—— 灯管坏了，那微光比真正的黑暗还让他觉得暗淡。索性关了灯，坐在伸手不见五指的空气里。周围黑色的液体泛着泡沫，汩汩有声。床背硬硬的木头刺硌着脊椎。闹钟的针头走动，突–突–突–突，一声声在渺茫的空间穿行熄灭，同什么都不相干。他诧异自己白天为何只是偶尔才能听到这声音—— 它从早至晚何曾停息？现在想把这声音抛开，却不能了，突–突–突–突–突–突–突–突，执意撩拨神经，一秒钟也不放过。一些形象纷至沓来，他看到茫茫的大雪，风吹在脸上像刀子—— 却新鲜异常。蛰伏在暗处的冬麦悄悄伸展自己，水灵灵的叶子每一片都乍泄生机。玫正在用毛笔在纯白的宣纸上画一片叶子，是兰草，它沿着一条弧线飞向大片的空白，然后是第二片、第三片，叶子下面涌出嶙峋的石头—— 她用雨点似的笔触表现凹凸起伏与阴阳向背…… 他听到军号声在凌晨时分从军分区大院流出来，似一声声呜咽流向整个县城。军分区家属宿舍房前屋后盛开娇艳的月季。它们的明亮和妩媚在他心头点起火焰。那是个花瓣们熊熊燃烧的地方，可是每天凌晨飘来的呜咽依然令人畏惧…… 他又伸手拉了日光灯开关，灯管闪烁两下，随之雪亮的白光一下子迸发出来涂满整个房间。他坐到桌边看窗外，路灯已然熄灭。

他伸手碰了一下电脑开关，原本阒无声息趴在桌上的它马上吱吱叫着恢复了神志。他拨号上网，浏览着几个常去的网站，觉得自己和这个世界复又以某种方式联系起来了。他在一个论坛上停留了半个小时，看到那么多人在争论着一个永远都不会有答案的问题。他打开 google，在那个诱人的空白里敲入玫的名字，点了回车键，呼啦啦涌出数百条结果。他逐一点开，在第五十条找到了玫的个人网页，只有她的一张照片和几幅作品，简简单单的，有太多的空白有待填满。黎犹豫再三，就着上面的电子信箱给她写了一封信，问她是否一切都好，说自己在网上看到她的画很高兴。

10

他没想到玫会打电话来。侄女儿好吗？嫂子好吗？她问他。她说她下个月刚好要去北京，参观一个美术双年展，顺便看看他们。她在电话里笑起来，说她还没有见过嫂子和侄女呢。

很好…… 她也很好…… 她们没回国…… 我们已经离婚了。

挂上电话他就不知所措了，蹒跚到厨房去冲一杯咖啡。

从厨房朝外望去，是一丛盛开的牵牛，蔚然十几朵，一律蓝紫色，倔强地朝天举着—— 真奇怪，快到中午了那些花瓣居然都还没有萎缩。

她的声音好像没有太大变化。但应该是有的，七年前是不是应该更清亮一些？是吧。头脑里硕果仅存的几个声音片段，模糊到无法拿来比较。

他下结论似的告诉自己：嗓音是有些苍老了。她在电话的那头想必也有同感。

他又走到电脑前，伸手碰开关。电脑呻吟着开动起来，风扇和硬盘的噪声合在一处从机箱上的孔穴里汩汩而出，这平时他浑然不觉的声音现在竟也搅得他心绪不宁。

他去摆弄电脑，搬一搬、敲一敲，想让它好歹安静些，怎奈它我行我素，根本不想照顾他的心情。

一只棕色信封赫然从电脑下面现身—— 牛皮纸的棕色信封，他不用打开，就知道是母亲留下的。她钟爱这种颜色的信封，“信封就是信封，就该是棕黄色的、用结实的牛皮纸做”。现在流行的白色信封在她看来太过轻浮。他几乎同意这个想法，但他还是喜欢白信封。

他打开它，从信封里抽出一沓百元钞票，没有字条，没有只言片语。她一个月的退休金，该有一半都在这里了。他把抽出来的钞票插回信封，电脑里发出的噪声让他更加烦恼。

涂门东关有一处绿树成荫的高地，是个小山包，一条公路从半山腰上经过，弯出一个L形的圆润的弧度。从那里可以俯视涂河，也可以俯视涂门体育馆那个巨大的足球场。每次他沿这条公路经过这个优雅的弧度，都会莫名地感到平静和安宁。那段路，是在中学和他家之间所有的路途中最远的一条，永远尘飞土扬，是货运卡车和手扶拖拉机的必经之地，但他只要有机会，就会拐到这条歧路上，沿着那L形的弧度幸福地走它一趟。

他给母亲打电话，说他看到她留下的钱，说自己从一个翻译公司里接些活，挣的钱足够养活自己了，等等，等等。你无法说出那个“谢”字，这个字在你们之间遭到禁绝。你对几乎每个人都说这个字，习以为常，但从不对他们说。“谢”“爱”“想念”“眷恋”，这些都是乱伦的字眼。

电话那头的母亲听上去很高兴，并且趁机重申她的两只鸡蛋主义和一杯牛奶主义。他茫然放下电话。

电话铃又响了，他以为还是母亲打来的。慢慢抓起它贴到耳边，却是姚的声音。

“星－期－天，嗯——星－期－天－早上－你－有－空吗？……有－有－就来－吧，欢－迎。”姚语速迟缓，慢到让他揪心。

11

星期天早上，他坐了公交车，来到姚在知春里的住处。室厅里依然人满为患，他和他们打了招呼，就坐进众人挪出的空隙里了。

弹吉他的男人把中断的曲子又接起来：“就是这样，乏善可陈，但因我主流血深恩，又因我主召我亲近。”他姓桂吧，桂花的桂，也许姓张，嗯，那个花白头发的好像才姓张。“我姓桂，桂花的桂。”哦，还会有别的“桂”吗？姓“贵”？“贵姓？”“姓贵”。一到严肃的场合，你就浮想联翩，打小就这样，只要有人说“大家注意了”，就等于打开了潘多拉的盒子……

你脚上的袜子有个破洞，大脚趾就从那个洞里伸出来。你把大脚趾缩进袜子里，让它保持着极不舒服的状态。但这状态维持不了多久……

"…… 上主羔羊，我来，我来，就是这样，不必等待……"

漆黑硕大的蝴蝶趴在合抱粗的树干上，翅膀上有两个深红的圆圈，宛如一双眼睛狠狠盯住他。这双眼睛让它更加盲目，他伸过手去它都不动，听任他把它捉回家，装进玻璃瓶子里。它在瓶子里分娩，把卵涂在瓶壁上，牵牵连连的到处都是，一粒粒像是用用唾液包裹了的菜籽儿。（烤薄饼的时候，白奶奶会把菜籽撒在饼上。菜籽儿僭越的是芝麻的位置，而芝麻早已因为稀缺而尊贵到不肯再与薄饼为伍。）产卵之后，大蝴蝶就死掉了。他就把它钉在墙上——它在墙上呆了很久，得有一年吧。"我怎么一点都不记得了？""你一定也不记得那些菜籽儿，它们后来都发了芽——我是说，它们在瓶子里都化成一条又一条蠕动的虫子。""我最怕蠕虫了。""可是很多孩子都羡慕我有整整一瓶子的蝴蝶虫。他们围着瓶子又吵又闹，说等它们变成蝴蝶，一人要分一只。"

哦，蝴蝶，挂在墙上的玻璃镜框里压着一只蝴蝶。最吸引你的是它翅膀上的蓝紫色。上次来的时候你就看见了——上次是谁穿着蓝衬衫？——大家唱了一首又一首，恐怕永远就这么唱下去了。据说在天国里只有一件事可干，那就是唱歌，永永远远唱下去，赞美上帝，但愿还有别的事可做。半明不暗的客厅里，蝴蝶的那对翅膀算得上华丽了……

"让我为你所差，为你所用，我们是你的器皿……让我为你所遣，为你所生……我们这不配的葡萄枝……"

唱完第六首，角落里突然站起一个男人，在陡然的宁静中开始祷告，还是上次那个姓朴的人。

大家把《圣经》合上，也把那种严肃庄重的气氛合在书里头。有人端上水果。

齐弟兄，早上来的时候没堵车？还好，李姊妹，星期天嘛……SARS 来得快去得也快……天气热了……你再给他打个电话……车是不错的车……公里数……望京？嗯，还没到望京吧……他们说医院能做的都做了……他老师让他站在外头，写检查……不够五百个字不行……这也是最好的安排……嗯嗯嗯、嗯……

角落里一个女孩突然站起来，她把《圣经》举到面前，大声对布道者，其实也是对所有人说话。

姚对黎耳语说，她是 ×× 大学的研究生，也是一个慕道友。

姚又对黎耳语，说他是 ×××× 大学刚毕业的学生。

小伙子坐下来，女孩也坐下来，袜子上的破洞真烦人。大脚趾从洞口伸出去，你简直想把冒出来的那部分切掉。

12

将近中午的时候，众人陆续离开姚家。你也告辞，姚把你留住了，他说他有两个月都没见你了，想和你好好聊聊。

当然可以，反正你是闲人一个。

你和他乘电梯下到一层，出门厅，走进阳光凶猛的楼外；等眼睛适应了这光芒泛滥的天地，你就看见围墙边的柿树上蹲着好几只红柿子，围着果子的一些柿叶也铁锈一样红，你不免心头一怔——真的是深秋了。

你们在小区里一家川味菜馆吃午饭。饭菜差强人意，厨师很舍得放辣椒，端上来红彤彤的一片，有层林尽染的气氛。

姚说自己平时不吃这么辣的东西，“但因为你是四川人……”你马上更正，说自己不是四川人。

早知就不在这儿吃了，姚边说边从裤兜里掏出一版白色的药片，告诉你这是奥氮平，治精神分裂的，他有精神分裂症，好多年了。他掐破锡箔纸，从一个坑里抠出药片塞进嘴里，举杯灌下一大口茶水。

“吃药的时候喝茶不好。”你说。

“真的？”姚很认真地盯着你。

“听说而已。”

“是，好像有人这么讲过。”他放下茶杯。

“在美国的时候，医生老对病人说，吃药前后，不要吃鸡蛋，不要喝牛奶，倒是从不提喝茶的事。”你把自己的建议又否定掉了。

“哦，牛奶也不能喝？”还是一副极认真的神情。

“医生这么说，也许有几分道理吧。”

“那我今后也得注意。”姚举手叫来服务生，让她倒些凉白开给他。

“你觉得今天那个××大学的女孩怎样？也姓姚的那个？”他看着朝厨房走过去的服务生，对你说。

“看上去不错。”

“我喜欢她，打算跟她结婚。”

“你女朋友？”

“还不算是。”

“哦。”

“我能从她眼睛里看出她在乎我。”

“啊？”

“我每天祷告。”

“嗯。”

姚说，上帝以彩虹同他立了约，立约之后，他父亲就不再打他了——这是很多年前的事了。

你瞅着躺在桌上的药片，疑问都涌到嘴边了，但你管住了自己的舌头。

他把药片从你的视线里拿开，塞进上衣口袋，然后举起一根筷子说：“我知道你以前写过诗，我好久都没和写诗的人聊天了——你有没有读过劳伦斯的《虹》？嗯，那是一本关于渴望和希望的书，是小说里的诗，‘二月里橡子躺在树林的地面上，外壳已然爆裂，并且被抛弃，赤裸的果仁从壳里蹦出来……’”

他居然能大段背诵劳伦斯。

他说他父亲是一份文学评论杂志的总编，打小就逼着他读书，不过劳伦斯不是他逼着他读的。

你就对他说，你在美国南方待过好些年，那儿春天遍地都是萌发的橡实，粉红的、光溜溜的真像婴儿。可是它们都不会长成大树，发芽以后不久统统死光。就算有几个长成树苗，整理草坪的工人也会把它们连根拔掉。

他盯着你，慢吞吞说：“那多可惜啊。”

他从裤兜里掏出另一版药片，耐心地剥它的锡箔；那东西在他手里挣扎，发出自暴自弃的刺耳声音。

“凡事祷告，凡事感恩，借着信心祈求，必能得着生命。”他说。接着又开始谈劳伦斯：跟老师的老婆私奔的劳伦斯，儿子与情人的劳伦斯，基督徒的劳伦斯，写诗的劳伦斯，被骂得狗血喷头的劳伦斯，被捧到天上的劳伦斯……

服务生送过开水来，姚把白色的药片塞进嘴里。他问你一本劳伦斯都没有读过吗？你不想扫他的兴，说自己很喜欢《儿子与情人》。

劳伦斯你当然是读过几本的，放在当今，这样的小说平淡无奇，你好奇的倒是他提起劳伦斯的兴奋劲儿。

姚接着又说起托尔斯泰、高尔基、陀思妥耶夫斯基、大仲马……

你说你真佩服他，读过这么多经典。他说这些是经典中的经典，你都没有读过吗？你说你读过《罪与罚》和《三个火枪手》，《罪与罚》很好，《三个火枪手》很无聊。

“是么？你没读过托尔斯泰，真是太可惜了。”

姚找你大约只为聊天，并非要在那个女孩的事上兼听则明。你从辣椒丛林里刨出鸡丁，放进嘴里咀嚼。鸡软骨有塑料的质地，正适合用“味同嚼蜡”这个词来描述，又联想到“味同嚼辣”，就觉得自己竟至于如此无聊。

从餐馆里依然能侦察到那几棵柿子树，树下偶尔有行人走过，都没有在意树上的果子，任它们在枝头痴痴地红着。

他坐着公交车回到小区，找个安静地方坐下来晒太阳。天气不冷不热的，让人容易忘掉天气的存在。等他晒到傍晚，就有一阵冷风来驱赶他。他躲到一个角落，然而这风锲而不舍，一定要把他赶回屋子里去。这是这一年的第一场秋风。

风在长街短巷里东奔西窜，根本没有固定的方向，耐心亦不持久——它这儿摇一下柳树，那儿卷一把白杨，又痉挛似的撼动幼小的香椿和雪松。

风来的时候，那棵巨大的柳树站在旋起的烟尘里被摇得四分五裂，粗枝大干朝不同的方向扭去，本来完整的一棵大树倒像是好几棵拼凑起来的。

劲吹过后总有或长或短的几分钟宁静。这时柳树又复归于一体，依旧郁郁葱葱，气度不凡。

这个园子里的秋意算不上浓重，要是不去注意枝丫间殷红的石榴，仅凭着突然盛开起来的月季花，你会错以为又回到了春天。

在涂门他家邻居在门口种的是亮黄色的月季，也许还有其他颜色，但肯定不如黄色的惹眼，一大捧亮黄的火焰能把所有其他颜色淹没殆尽——只有蓝紫色还能与之对抗，然而并没有这种颜色的月季。他站在邻居门口看花，就有窃取了别人成果的感觉。“来来，进家里来玩。”他们不知道他是来看花的。他顺着这句话踏进他们的客厅，半推半就地捧住他们递过来的花生和糖果。

“手里拿的什么？为什么不经我允许吃别人的东西，跪到搓衣板上去！”量衣尺落在屁股上算不得痛，那种扁平的噼啪声带着不可预期的凉意。她好像被什么吓着了——她自有她的道理，谁能保证他们不会毒死他？

这里的仲秋真好，即便是傍晚，如果迎着风一路走下去，感觉到的也是爽朗而不是寒冷——但你最好不要坐下来，一旦血流舒缓，身体就感到冷了。母亲从来不会说“真爽、真快乐、真好”，她的快乐被偷走了。你是不是该给她带来一些快乐。

13

十月十一号早上七点，你站在火车站的四号站台上东张西望。离那趟从南方来的火车应该抵达的时刻还有半个小时，这种张望显然是自作多情。但那些在你周围走来走去的其他接站者分明也一样的不可理喻。

一列火车呼啸着冲到面前，丝毫没有停下来的意思，而当你觉得它会这么一直冲过站去的时候，它又突然醒悟，嘎的一声刹住自己。

它不是从玫的那个城市开过来的，你却无端地激动起来。

你转身朝三号、二号、一号站台那边望过去：此刻它们全都空空如也。

你回过身，然而进站的这列火车挡住了视线，你只好仰头越过车厢顶端，把视线高高落在一堵围墙上。有没有五号站台？六号？刚才你并未留意。你又转身朝一号站台方向看。车站竟是这么小的一个地方—— 在以往的印象里，北京火车站是无远弗届、了无边际的，它是另一个世界的朝此世伸出的一个触角，分享着另一个世界的广阔。

现在你看到了墙外巍峨的楼房把北京站团团围住…… 车站不过是本城一个极为有限的区域，被严严实实地圈在一个范围之内，精确到一尺半寸，不可越雷池一步。

而每个站在风里延颈伫望的人都怀揣着自己的北京站：无边无际的北京站，茫苍辽阔的北京站，登上时光的列车跑向秋天的北京站。

七点二十分，在四号站台前停了很久的那列火车长长地叹了一口气，悄然放弃了北京站。

直到那车完全离开，你才意识到它是辆空车，没人下来也没人上去。

“旅客同志们请注意了，旅客同志们请注意了，从 ×× 来的 ×× 次列车即将到站，停靠四号站台……”

众人骚动，东奔西跑，大家并不能确定火车会从哪个方向来。火车并不因这盼望而改变速度，况且那期望的方向也许正好与事实相反，甚至那车也许并未真的在朝这里驶过来。

七点三十分，一列火车果然漫卷着秋风冲进站来，眨眼就停在你面前。

车厢里满满的都是人。那是很多的愿望装了十几节车厢从南方结结实实运过来。乘务员厉声喝住站台上迫不及待的人群，把慌张的旅客从车厢里赶出来。

他徘徊在 10 号车厢的门口，端详一个又一个陌生的面孔。他又凑到窗口隔着玻璃朝里面窥看，直到人去车空。

他摸出手机，给她打电话，才发现手机里提示他有一堆未接来电—— 他的手机振铃一直关闭着。早上他把手机从充电器上取下来，匆忙中就没有打开铃声和震动。

她说她临时在保定下了车－－去看她的一个舅舅。她说她一直在给他打电话，总没有人接。电话里有孩子在哭，玫的嗓音在悲天惨地的哭声里载沉载浮：…… 我那个外甥女…… 别哭啦别哭啦…… 跟她哥哥争玩具…… 别哭了！ …… 打起来了…… 人家生了两个…… 一个还是美国人呢………… 后天…… 后天！ …… 后天！ …… 还是这趟车啊……

你松了一口气。

14

两天之后他又去接她。火车到站，车门洞开，他就趁着乘务员帮一个旅客往外推箱子的当儿钻了进去，挤在人堆里四下里张望。

从角落里站起一个似曾相识的女人。多看几眼，也就确定是她了。

他帮她从行李架上、座位底下取出一件件形状各异的物品，掩饰着忐忑的心情。她也没有亲热的表示。他觉得自己应该上去拥抱一下，但又觉得此举颇不能自圆其说。

她并未像她给他发的电子邮件里讲的那样“老得丑得不能看了”，但第一眼见时他还是吃了一惊：曾经那么鲜活的面容，而今已失去了大部分的光彩——固然也不能说光彩尽失，只是那最鲜明，最富有表现力的一层，正被造物主无情地收回。她更成熟了，更有气质，也可以说更有魅力。可这些经由岁月积淀出来的魅力，倒像一座被悠悠历史磨砺出来的深沉宫院，越发使人怀念当初它那花团锦簇的原貌。

他们被涌动的人潮裹挟着走下地下通道，排在长长的队伍里面等待出租车。车久等不至，偶尔开来一辆，却已载上了乘客，打你面前姗姗飘过——那些人真会钻空子，提着行李绕到街上，把出租车提前拦下了。

漫长的队伍毫无动静，大家在渺茫的希望里孑立沉默，是送葬一样的心情。他们终于等得不耐烦，决定溜出去坐公交车。

外面飘着蒙蒙小雨。就这么一会儿就下了雨，下火车的时候天上还好好的呢。玫瞬间从她的行李中摸出一把雨伞，像变了个魔术。他们在伞下等了许久，终于开过来一辆公交车。他们好不容易把一堆行李弄上车。

司机是个急脾气，把车开得险象环生。公交车先在停车场里东奔西突，转眼就上了大街。在大街上飞奔一阵子，又突然钻进偏僻的小街。雨下得更大了，司机一边咒骂天气，一边关掉驾驶室的窗子，一边急转弯，结果车头擦着了一个披雨衣骑自行车的人。对方东倒西歪，好不容易勒住了缰绳，马上指着驾驶舱骂过来——车窗是关着的，听不清他骂什么。但司机有隔墙之耳，停车，开门，冲下去站在雨里一通回骂。骑车人也绝非息事宁人之辈，他一边骂，一边利利索索地把自行车支到路边……

女售票员见状，忙从后门跳下，去充当和事佬，她说：大雨天的，大家都不容易，有什么可吵？！是规劝，又是命令。然而口角依旧节节升温，俩男人已开始挥臂抡拳。女售票员倒是处乱不惊，投身于两人之间，一番强拉硬扯，好歹分开了两位战士的物理距离，然后把骂骂咧咧的司机推上了车。

司机关上车门，拉开窗户，朝那人投下最后一颗语言的炸弹：“下次别让我碰见你！”脚踩油门，公交车一下子就溜出去了。

玫一直默默地瞧着这一切，脸上是那种不在此世的神情。这种眼神他再熟悉不过了。

到了深秋，这个城市才真正显出一些秋意来。一行白蜡树通体灿烂，金黄的叶片被挥霍一般地漫处飘洒，又被卷进车窗。一个女孩俯身捡起一片，吹了吹它，又掏出餐巾纸擦它……

雨停了，街道上骤然明亮起来，太阳钻出了云层。

此时公交车转到一条两侧洋槐矗立的大街，在绿叶掩映中前行，仿佛又回到了夏天。然而夹在绿叶间的几缕黄叶，犹如黑发人头上的几缕白发，使这条街反而比那条到处是白蜡树缤纷黄叶的街道更显得凄清。这是一条紧贴着公园的街。公交车绕着公园驶了小半圈。他们能透过院墙上的铁栅栏看到园内碧绿的杨树和柳树，全无秋天的气氛。一株枣树，枣儿已被摘尽，恢复了一树油亮喜庆的颜色。月季的艳丽、鸡冠花的火红，都是在和浓重起来的秋意分庭抗礼，当下还算势均力敌。

天气并不冷，秋天最可人的一面还在延续。可是寒流随时都可能从北方袭来。

他们在西苑下车，徒步走向小区。如果此时还像在公交车上那样沉默，就会让一种尴尬太过肆意蔓延。他赶忙找些话茬来说，指着一户人家的花圃：你看那边有一丛大丽花开得风华正茂，一副舍我其谁的骄傲样子，五月的牡丹也莫此为甚。而她呢，觉得墙角草丛里星星点点的野菊花才最妩媚动人，还有那几棵高耸的万寿菊，又张扬又内敛。她指给他看那棵椿树——它半数的叶子都已是铁红色。她说她很久都没见过这种大红大绿的树了。

15

他们俩在客厅里卸下行李，他去烧开水，翻箱倒柜找茶叶，而她趴在一扇窗前朝外张望。

她说对面人家的窗栅栏上支棱的几朵牵牛花开得很冷艳。

他说你要是早来一个月，就能看到它们开得铺天盖地到处都是。

她说就这么一朵半朵的最好了，枯藤黄蔓上挣扎的鲜艳的一朵，自有一种绝望的美。

他心头一紧——这种说话方式，她没改变呢。但是他说那倒也是，而且要是你早来一个月，在这个钟点，那些牵牛花早就闭合了，morning glory 嘛。

“现在它们就这么一整天支棱着？”

“差不多吧，等到下午它们还会这么支棱着，不知道晚上怎样。反正一到深秋，牵牛花就不能收放自如了，都乱了方寸。”

“呵呵。”

“也许这种花准点儿开开合合的，才叫人感觉有灵性吧。”

她打开面前的窗子，说都能闻到牵牛花的香味。

“牵牛花是没有香味的。”

“可我闻到了啊。”

“闻到了就好。”

“这地方真安静！”

“嗯。”

“比坟地还安静。”

“你可真没变。”

“要是没变就好了——你在火车上都没认出我来。”

“我认出来了。”

“吓，你端详了半天，火车都要开走了，你还没找着我。”

“第一眼就认出来了。”

“骗我。”

“真的。”

“呵呵。”

“我说的是真话，第一眼就认出来了。”

“得了吧，你就像打扫战场的人辨认尸体——‘辨认’出我来了。”

“何出此言。”

“莎士比亚不是说过，老女人的脸，尸横遍野。”

“莎士比亚真时髦。”

“他还说过，女人脸上的光，就像草上霜，到不了中午就无影无踪……又像老房子上的瓦，一过三十，就噼里啪啦往下掉，接都接不住。”

他默默把茶杯端到她面前。对于她那些残忍的自我解嘲和杜撰，他还是像以前那样不知所措。

他请她去外面的饭馆吃饭，但她说还是借他的锅煮一碗薄粥。她动手把电饭锅里剩下的米饭加了水，通了电，又把丢在地上的一堆白菜洗干净。

他只好下楼去买一些卤菜和饮料，顺便买一些洗浴用品。

等他回来，屋里已弥漫了炒蔬菜和米粥的香味。

见他买了卤肉回来，她说她忘了告诉他，她又基本上不吃肉了，说够你自己吃就好了。

两个人坐下吃饭，面对面的，就都有些恍惚。这么多年不见，她改变的、没变的地方都让他吃惊。

她又对他说，她猜到他在车上不会认得她。

“彼得三次不认主，我起码第二眼就认出来了。其实，我要是不钻到车厢里张望，要是我站在大街上，你肯定也不认得我。”他说。

“你？你还是原来那个样子。”她说。

“头发都要白了。”

“哪里白了。”她用筷子指他头上。

“全都酝酿着呢，哪天早上一觉醒来，就白茫茫一片了。”

“我才刚来，就把哥愁成这样。”

他挠了挠头，把粥碗端起来喝，结果烫了手。

“你还是像以前那样爱叹气。”她说。

“叹气了？”

“你看，还跟以前一样心不在焉。”

“……”

炒白菜的滋味真好，你不免要奉承几句。而她呢，说自己也就会炒个白菜，你让我炒个黄瓜我都不会，在家里都是他做饭呢。他更要奉承了，说你真有福气。

“……”

她放下筷子，端了他和她的碗去厨房里盛粥。

他听见铁勺剐蹭锅底的声音，嘎－嘎－嘎－嘎，她端着两只碗摇晃着走来，这声音这姿势都再熟悉不过了。

单从面容上看，比起记忆里的玫，她更像他平日里碰到的很多三十出头的女人——她们之间，要比她和七年前的她有更多的相似之处。但只要她一开口说话，时光马上就穿越回去了。

16

他们吃了午饭，她洗了澡换了一身衣服，他们就去畅春园里坐在太阳下晒了一个下午。是玫的提议，她说阳光如此之好，若不出去晒晒，都辜负了太阳的一番好意。

坐在晴朗的天空底下，霸道的阳光把话语都驱赶到角落里蛰伏起来。此时此刻，理论上说应该千言万语，也许该讲几句不着边际的话，但太阳这个正人君子好端端地趴在树梢上，他觉得有必要搜索一批外交辞令。

几只灰喜鹊落在草地上喳喳不休，用你听不懂的语言大肆吵嚷，这种鸟儿从来都是火暴脾气，沾染了本城大老爷们的习性。更远的地方，一只花喜鹊展开蝴蝶般花哨的翅膀从一棵柳树飘向另一棵，在枝头挣扎着立住自己——“花枝乱颤”说的便是这景象。那边几个老人围成一圈儿下棋，站着的坐着的都大有人在，一律心无旁骛，但嘴巴是闲不住的，高声的是争执，低声的是催促，偶尔重重的啪的一声，是棋子敲在棋盘上发出来的，至于这一声意味着坚定还是虚张声势，那就无从辨别了。时光在这一群人四周凝固不动，如果你走过去看上一局再回来，玫就会变成个老太太了。

公园南侧的一溜儿柳树，仍然碧绿着千条万条垂落的枝子，又让不冷不热的微风耐心地抚慰。而那些风穿过一株杨树，就把满树叶子摇得稀哗作响——那热烈劲儿，就像一千个孩子同时得到了满意的玩具。

他有义务率先打破沉默，他说这里的柳树，春天白絮飘得呼天抢地，毛茸茸的小东西被风从树梢上一把一把地揪出来，撒得像谎言一样满世界都是。他说那场面总让他想起小时候穿的一件羽绒服——不知怎的它破了个洞，风一吹，白色的羽毛就漫天飞舞。她说你太夸张了，而且那时候应该还没有羽绒服。你知道我说的是什么时候？如果不是羽绒服，棉袄，棉袄就不能飞出棉花了吗？那更不可能，棉花是棉花。为什么我们那边的柳树就不飘絮？她说她也不知道，“山河破碎风飘絮”，以前想当然就是蒲公英。她说岁月吹在人的青春上，可不就像风吹在鸭绒被上，光鲜的羽毛先是一点点、一点点地被吹走，后来就索性一大把一大把地被薅出去，一直薅到囊空如洗。他说这个比喻有点吓人。她说这还不是明摆着。

如果文天祥不是被押解到北方来，兴许一辈子都不会知道柳树也会大量飘絮，更不会写出“山河破碎风飘絮”这样的句子。也许当命运把他抛弃的时候，他摇摇手里的铁链子，问狱卒：官人，天上飘的那些都是什么东西？狱卒也许朝他吐一口浓痰，骂道：你个书呆子！

风这会儿在使劲地摇晃柳树，柳条横侧着飞起来，悬在半空久久都不落下，弄得他心里也不踏实了。他用想象力在空气里点缀了飘浮的柳絮，让它们在眼前悠然晃动，赶走莫名升起的那一点慌张。他不是不记得半年前屏住呼吸走在铺天盖地的柳絮里就像走在流言蜚语里，那感觉一点儿都不浪漫，但谁又不乐于遭受想象力诗意的欺骗？

她说柳树是最富有诗意的树，然而到目前为止，还没哪个画家能把柳树诠释得令人过目不忘。是吗，世上有些东西就是比另一些更走运，你们画家画松竹梅兰，废寝忘食，不厌其烦，千年如一日，可是对狗尾草、红薯藤、芹菜叶子啊什么的就麻木不仁，厚彼而薄此。不，你不能说兰草比狗尾草更幸运，被人画到纸上布上算什么幸运。是啊是啊，一个被画到布上挂到墙上的女孩也许感到幸运，一朵花怎么会让幸与不幸这种俗事动摇真心；人也许是唯一能感到幸运的生物呢；如果是，那么人就是唯一能感受到嫉妒的动物了；也就是说，还有什么比人更不幸呢；不过就算是一条狗，也会嫉妒另一条狗嘴里的骨头吧；人就更不用说了，年轻人嫉妒老年人的地位老年人嫉妒年轻人的活力和时日，女人嫉妒男人男人嫉妒女人，嫉妒是人类身体上掩饰得最好的一个器官不是吗。

她扭头瞥了他一眼，此时两个少女手挽手打他们面前款款移过。他悄声说，左边的那个肯定嫉妒右边的那个，反之亦然。

我嫉妒她们——多年轻啊，往街上一走，就是在众人的目光里游泳，就算是嫉妒的目光也好啊。

你以前可不这样，你以前会说，哼——

走到远处去的少女扭过头来看他们——大概是听了他“哼”的一声——又扭回头去交头接耳。她们在议论他们呢。两个中年男女在公园里正襟危坐，想必自有一番隐情。最有可能是两个贱人，中年夫妻怎会双双出来坐着晒太阳？

他看看太阳，它正一意孤行地朝西边扭过去。一棵杨树不知不觉地挡在了他们和太阳之间。

他们被杨树的阴影驱赶到了另一张长椅上。

一个老人拉着个蹒跚学步的孩子走到他们视线里来了。这孩子迈几步就朝一边歪过去，像是保持不住自己的平衡，老人就伸出另一只手扶他。有几次，孩子显然是故意的，引得老人一阵责怪。老人背上还背着一只蝴蝶风筝，被风吹得呼呼作响。蝴蝶翅膀朝两边伸出去，给这个老人烘托出一个展翅欲飞的姿势。

老人把孩子安顿在一张木椅上，自己走到空旷的地方去放风筝。他把风筝朝半空里扔出去，马上拉着绳子跑个不停，而风筝总是翻着跟头跌到地上。三番五次也没有进展。只要看到一点点像是要起飞的迹象，那孩子就激动不已，拍手叫好，然而每次都令他失望。黎走过去，从老人手里拿过线轮，一边放线一边远走，一直走到离老人几丈远的地方。老人把蝴蝶举到头顶上，等他跑起来的时候就松了手。风筝乘势扶摇，朝天空升上去了。孩子跳啊叫啊，朝这边奔过来，只跑了几步就扑倒在地，这历经坎坷的孩子终于放声大哭。玫走过去抱起他，把他抱到老人那里。黎也牵着线走过来了。孩子在玫的怀里破涕为笑，黎伸手做出要抱的姿势，孩子扭身拒绝。

老人从黎手里接过线轮，继续把风筝往高空里放，孩子就在玫怀里挣扎起来。玫放下他，他就奔到老人膝前要去拿线轮。

他们回到长椅上坐下来继续晒太阳。如果许多年前，命运的钟摆稍稍拨动一下，也许此时就是你和玫带着孩子放风筝。这想法让他伤感起来。为了医治这莫名的情绪，他祭出脑子里的那个被称为“现实主义”的利器：嗯，如果你和她带着自己的孩子在这个园子里放风筝，生活早就索然无趣了吧，互相恨到咬牙切齿也未可知；倒是现在，她怀里抱着个陌生的孩子，而你让遗憾揪着心，或许这就是最好的安排……

你女儿三岁了吧，她问他。四岁——我听我妈说，你一直没要孩子？是的，孩子投胎在一对工作狂家里，肯定生不如死。军校里的教授也很忙吗。那当然——他还是副教授——他永远都在忙，但凡有个假期什么的，就趴在麻将桌上。

“我问他，你就不能抽空看看我，抽出一分钟看看我，一秒钟也行，我就那么难看？你打出一粒五饼之前还端详一阵子呢。”

“呵呵呵！”

“你猜他怎么说？”她学着丈夫的口吻，“就算你是嫦娥，我也不能天天盯着月亮对不对？”

“这人倒蛮有意思，不像个军校教授。”

“不像个军校教授？！你听听他说的：三十岁以前的女人像丫鬟，谁都想使唤；三十岁以后的都是皇后，谁都不敢来见。”

“呵呵！”

“你们男人都这样。”

他提醒她，该给教授打个电话报平安。

“为什么女人到哪儿都要向你们男人报告？”她掏出手机，眨眼就发了个短信出去。她告诉他，她给他发了个俩字电报：活着。

他耸耸肩，抬头看天上。老人和孩子的风筝已经飘进渺茫的高空里去了，它飞得如此之高，变成幽蓝背景里的一个红斑点。

17

早上起来，推开客厅的窗子，冷风就像个不速之客直愣愣地冲进来。

他们都套上厚一些的衣裳。走到门外，阳光仍然灿烂，风也是轻的。可是一旦走到房影树荫下，轻风马上伸出细密的牙齿啃咬肌肤。冬天怕是很快就来了，这地方会不会下雪？当然应该会。数年前有个冬天，他在这里待过两天，雪虽没有下，北风让他好好领教了什么叫凛冽——或者说，这是他第一次真正知道什么叫凛冽。今年会是他第一次在这么北的地方过冬，他是无处可逃了。

他们从小区里出来，穿过挂甲屯桥，就来到畅春园公园门口。公园上空居然有几只鹰——它们展翅翱翔，保持着以逸待劳的姿态。黎一边寄望那真是一群鹰，一边寻找相反的证据：姿态未免有几分僵硬，盘旋的弧度也不够自然，哦，几只风筝而已——这地方哪里会有鹰。

是某个风筝俱乐部的成员们，正把一只又一只鹰形风筝送上天空。如果你不吹毛求疵，它们也算配得上“栩栩如生”这个陈词，它们的利爪和尖喙也能秀出一种刚毅的劲头。

这一群风筝控，行囊都是专业范儿，放零件的木箱光鲜锃亮，还题了一首诗在盖子上：“鹪鹩寄高枝 / 大鹏振远翅 / 清秋风自好 / 冲天一次飞。”不怎么押韵，意蕴还行。猎猎飞翔的纸鸢把他和玫的视线抓了许久，他们走出畅春园南门的时候，几乎是倒退着出去的。

人行道上一溜儿国槐，花全谢了，垂着无数碧青的豆荚，像一串串玉雕的珠子。他记得出门时，小区里那几棵国槐还零星挂着雪白的花絮。

他们登上公交车，在司机的催促下挤到车尾默然站立。他一向讨厌挤在人堆里，能不坐公交车就不坐，可是有玫在旁边就不一样了，有那么一会儿，他真心希望车里头更拥挤一些呢。

倒了两趟车，花了差不多两个小时，才抵达五四大街。条幅老远都看得见。“2003年中国北京国际美术双年展”。没错，就这里了。以前他在网上看到过中国美术馆的形状，没留下什么印象。现在身临其境，这敦厚憨实的建筑依然显得过于平常。玫特意挑了一个周二过来，期望不至于太拥挤。他跟着她，在一个个光怪陆离但观者寥寥的展厅里徜徉，心情是茫然的。如果十年前，他会让她给他讲讲行内的门道。现在他对绘画的感觉是冷淡的。再也不会有小时候第一次看雷诺阿和莫奈作品时那样的激动，也不会有青年时看到凡·高的那种震惊。周围的观众们大约也心同此感，草草看了，匆匆走了。

这幅画叫《灰色玫瑰》，一团红颜料涂在一张黄褐色的马粪纸上。纸中央，被抠掉一个不规则的椭圆，又被涂成黑色。在这漆黑的圆洞周围，压着那团红颜料，又被胡乱涂了一些黑色的杂草般的线条。这隐喻多么肤浅啊。

他在这画前怔怔地看了一会儿，就转脸去找玫。偌大的展厅里全无她的踪影。

他蓦然拐入旁边的展厅。里头竟人满为患，齐白石作品展。他看到了老人在八十八岁高龄画的虾、七十多岁时画的红梅，还有九十三岁时写的字。整整一生多么漫长。

你是在何时喜欢上齐白石的？小时候，第一次看到他画的扭曲的桃子、潦草的葫芦和稚拙的油灯，你不是觉得既丑且怪？在那个年纪，你只会对惟妙惟肖的描摹啧啧称奇。年龄就给你设定了一个又一个审美上的囚笼。

他找到她，站在她背后看她。她站在一幅画前默默端详。是一位香港画家的作品，《结婚》。一对新人儿，并肩立在“囍”字前，女人一身红装顶着红盖头，男人一身黑衣胸前挂了一朵大红花，头顶白帽子。旁边还有一幅呢，还是这两个人，红盖头已然暗淡，从石榴红退成了粉红，身上一丝不挂了，站在已经没有“囍”字的窗前（那窗子也变小了，牢房的小铁窗）。男的呢，黑色的婚衣变成白色，大红花不翼而飞，面孔隐退到墙影里，看上去仿佛那身衣服里根本就没有一个躯体。

他告诉玫，说他到外面透透气去。

穿过展厅后门，就有新鲜空气扑鼻而来。美术馆后院里一点儿也不比展厅冷清。篮球场大小的一块草坪上散坐着晒太阳的人们，孩子们奔来跑去，兴奋异常。他穿过扰攘的人群，走到草坪中央的一棵核桃树底下抬头张望。几颗没落干净的核桃黑乎乎地挂在梢间，绝望而又庆幸。

他坐在核桃树下无所事事，等着她出来。这是两点钟的时候。

他被冻醒过来的时候，才意识到自己睡着了。虽是一天最暖和的时辰，虽然身穿夹克，他还是感觉到了冷。冬天真的要来了。他又看了表，才两点半。

这刹那的睡眠，他还是做了梦。梦见好几个人在一座大山前面搭帐篷。有人大喊：大山来啦！大山来啦！于是大家纷纷从帐篷里逃出去，他也从帐篷里往外逃，大山已推到面前。他看到大山把两个人压在下面…… 还是那个梦，山是黑色的，帐篷灰色。那几个人的面目，仍然统统看不清楚。

小学的时候，每到清明节前，学校总要组织春游。无非是带上吃的—— 无非一些茶叶蛋和面包而已—— 去爬那座并不太高的山。大家听到这个消息就心花怒放翘首以盼。

几乎每年到那天都会下雨，春游也就顺势取消。那是一支年年都要在眼前挂几天的胡萝卜。

就在他们已经学会绝望的时候，四年级那年，清明节那天早上居然多云无雨，老师们终于义无反顾，决心把他们带上山顶。他们先爬到半山腰，吃零食、喝水。午后又爬到山顶上，在蒙蒙细雨里吃掉剩下的零食，喝掉剩下的水。有钱的孩子去买汽水，他想象着“北冰洋”的滋味，那想象出来的滋味是空前绝后的。母亲不会给他这笔开销，她对一切精致包装过的东西心存怀疑，不无道理地以为精致的背后必定暗藏金钱上的阴谋。他也继承了这种基因，对于出手阔绰之人一向抱有成见。

那是一次平平安安的春游，没有人死掉，也没有出什么别的事故。

核桃树上掉下一片叶子，他捡起它，被无聊催生出的一丝残忍让他撕烂叶片，慢慢剥出光溜溜的叶梗，随后又捡起另一片叶子如法炮制。

她站到他面前，对他说，三点了，哥等在外面着急不？他说不着急，反正也没什么事。她说她想进去再看一会儿。他说没关系，就在这里等你。

她说好，但并没有走。

她也从地上捡起核桃树叶，扯掉叶片剩了叶梗。她把它伸到他双手擒着的一根叶梗后头，朝自己的方向拽过去。这是小时候玩过的游戏—— 北京这边的人叫“斗百草”—— 他忘了在涂门，或者在山镇，它叫什么，那时候只是玩，对于给它取一个名字并无兴趣。他还记得小时候玩这个时，越是想把对方折断，自己的反倒更容易最先折断。

此刻他手里的叶梗特别柔韧，把她的一下子就切断了，此后依旧节节胜利—— 直到玫把它一把夺了过去……

她又走向展厅，消失在门背后。他盯着满地的断梗看了一会儿，也站起身，走到小卖部去买水。

他差点儿张嘴问服务生要“北冰洋”。

18

他们从美术馆里出来，已是下午四点多。在 103 路公交车站牌下等待，没多久车就来了。

车上人头攒动，倒算不上摩肩接踵——毕竟下班的高峰才初露端倪，是早春气象，如果再等半个钟头，那才是千朵万朵压枝低的仲春。

一份匆忙的气息已开始在街面上弥漫开来。公交车一路狼奔豕突。每打开一次门，那种匆忙的气息就趁势涌进几分。公交车是一只铁皮的气球，沿着大街一路被吹啊吹啊，直吹到只剩了薄薄的一层。

玫抱着一根垂直的不锈钢扶手，他握住一个把手，抵抗着突如其来的惯性和四面八方的肢体，努力维持着平衡。

每一阵加速，公交车发动机都拼命喘息——哼……哼……在喘息声里它经过了故宫后门敦厚的城墙和刻板的雉堞，又经过北海亚麻布般细细编织起来的水波和它在夕阳下鲜亮的反照。他看着玫耳朵上悬垂着的水晶耳环随着加速减速摇摆不定，在上百种汗味中间辨认她的忽浓忽淡的香水味儿。

他们初中的数学老师，一个四五十岁的先生，经常说他最看不惯洒香水的女生。其实那时只有玫才偶尔用香水。嗯，他觉得自己应该好好思考一下那个年代发生的事情，或者人性中一些最微妙的角落。为什么一个中年老师会那么说话？

他又想起上大学的时候，他们班的一个女同学打扮得光鲜夺目，是那种随时可以走上 T 型台的装束。这身打扮把男生们都吓跑了。她的过分的修饰唤起的是他们莫名的惊慌。要是在古代，需要找个女人投进河里以消灾弥难，怕是非她莫属。

面前的玻璃车窗被谁关上了，他定定望着玫从窗上反射过来的面容。他冲那个面容微笑。

她上身穿着的薄毛衣，是靛蓝和乳白的毛线混织的。毛衣总让他感到温暖。他也喜欢她牛仔裤的形状，更喜欢它在小腹处微微凸出的一个饱满的弧度。他喜欢这些弧线，还有扣子、扎头发的松紧带等等所有这些成为她身体的必不可少的一部分的东西。

在这个季节穿一件薄毛衣在中午还是有点儿热吧。但是早晚却又冷到她不得不用这件衣物抵挡。或许一件夹克衫更适合这样的季节？但是这样的薄毛衣又是为什么季节而生的呢？等到再冷一些，这件千缝万孔的衣服显然无法抵挡真正的北风。他发现自己对于女人在什么季节穿什么衣服竟是一无所知。妻子跟这样的男人离婚，这就算一条过硬的理由。

他们在B大西门下了车，那是离他住的小区最近的一个公交车站。他们穿过马路，走进蔚秀园。走到荷塘边的小路上。黄昏若有若无的雾气笼罩了塘边的柳树，也笼罩了塘中荷叶。这种雾气渐渐从外面浸润到心里，让他想速速穿过这不详之地。

暮色里他还能闻到麦秸燃烧时发出的辛辣的香气。他四处查看，一无所获。或许这就是暮色本身的气味？

这时候玫伸过手来，握住了他的，他俩默然走着，默默穿过蔚秀园的后门，走到那个被称为“万泉河”的水沟边。花坛里碧桃的叶子黯淡下去，成了阴郁的赭红色；一溜儿屋墙上，爬山虎那些常被太阳照射的部位最先染上了铁锈红，这颜色传染似的正朝更多的叶片蔓延。他能感到她掌心里脉搏的跳动。

他们走到水沟边的超市里，买了一些蔬菜、一些水果和肉，就匆匆撤离。

这个钟点，小街上的人们都有一种百无聊赖的表情，从餐馆里飘出来的菜肴的气息也是慵懒的。水沟里飘上来的臭气，到了黄昏这个时候也有了几分亲切。黄昏嘛，就是应该这样，菜肴的香，水沟里隐隐的臭，如果再加上麦秸燃烧般的辛辣的味道，谁都不应该讨厌这么富有人情味的时刻。

终于回到住处，打开灯，打开热水器，打开电视，打开冰箱。

你把米放进锅里，用自来水淘洗，打开煤气灶，把锅放到火上。玫从她的箱子里翻出衣物，去浴室里洗澡。她说，有粥就好，菜嘛，咸菜就行。

你炒好了土豆肉丝，粥就烧开了。把粥火关小，把土豆肉丝盛到盘子里端到客厅桌上。玫还在浴室里洗，燃气热水器的轰鸣一点儿也不叫你放心。你不由得想象几百条细密的水线落到玫身体上，汇聚在那些你曾经熟悉的地方。

如果是在十多年前，你一定会想方设法一窥究竟。

你抓过电视遥控器，在频道之间跳来跳去做着叛徒。

玫已经出了浴室，站在你背后。电视上在放着年代久远的电影。你把遥控器交到她手里，走到厨房去看粥，琢磨着今天是什么日子，为什么会跑出这样一部电影，《洪湖赤卫队》。十月十四号不像任何特殊的日子。

你熄了火，把粥盛进两个碗里，端进客厅，放在桌上，又去端来一盘咸菜。她放下遥控器，走到厨房去拿筷子和餐巾纸。

这时候，电视上几个女赤卫队员一边划着船，一边在湖中采莲蓬。

女赤卫队员手拿莲蓬，朝湖边挖藕的男赤卫队员顾盼。

一个男赤卫队员，一边用手搓着藕，撸掉藕上的泥，一边痴望着女队员。

“革命的导演还是有胆子的。”玫说。

“可不，这种镜头，枪毙都够了。”

玫抿了抿嘴——这动作是很动人的。

当年你们在山镇中学大操场上看《洪湖赤卫队》，嗯，露天电影。

在那个年纪，单是“电影”两个字就已经把你的魂勾出去了，更何况还是露天的。

这些个被勾出去的魂在山镇上空游荡，在人群上空游荡，像一群布谷鸟。啵啵呱咕，啵啵呱咕！你们哪能记得电影的情节，你还不懂人间悲欢。画面在记忆里也是模糊一片。现在重看，一幕幕似曾相识，但几乎可以算作一部新电影。

露天电影，根本就是上辈子的事。

19

她说她太累了，想早些休息。他就从卧室的衣柜里拿出他的铺盖走出去，想把它们搬到客厅的沙发上。她说今天该轮到她睡沙发了，总让他睡，心里怪歉疚的。他说其实他平时也喜欢睡在沙发里，在那里睡得踏实。她坚持。他就对她说，其实多数时候他都是睡在沙发上，在床上反而睡不着。她也就松了口。

她说她平时总要看着电视才能入睡，他就把电视搬到卧室里。

玫在床上把自己裹进毛毯里，只露出脑袋，怔怔地盯住电视。

“热不热?

“不热。”玫摇了摇脑袋。

“看电视睡觉可不是好习惯。”他说。

她谢他，说哥你真好。

他差不多要睡着的时候，听到她在耳边唤他。她说，看了电视，倒睡不着觉了，要不还是出去走走。

他们走到大学校园里已经是夜里十一点。校园里寒意萧索，实在不是个适于散步的夜晚。空气也已不是中秋时节的那种爽朗可亲的感觉。裸露在外面的肌肤，感受到的是这个世界的冷漠。吸进胸口的空气也硬生生的咄咄逼人，让你明白你每时每秒需要的这种东西，也不是理所当然地属于你。

每一阵风吹过，都有杨树叶子跌跌撞撞掉下来。地上的叶子在风里翻滚，与水泥路面的磕碰历历可闻——这样的温度这样的风，让世上的活物死物都多了冲突和敌意。

“如果我是一只鸟，在这种天气里，心头就会慌慌的想飞走。”她说。

“那是一定，能飞走的就都飞走，不能飞走的就得找好藏身的地方。”

“为什么人到了这种天气也慌慌的呢？”

“人不也就是一种鸟。”

“鸟终归有地方可去，人就不行了。”她说。

“天冷的时候你本该朝南飞，结果上北方来了，这叫倒行逆施。”

“你说人也跟鸟似的，没有个什么国家啊，民族啊，到季节大家就凑成一队朝一个地方飞过去该有多热闹。”

“人也可以是叶子，风一吹，瓜棱瓜棱地滚到哪儿算哪儿。”

未名湖是一大碗水，在幽暗的路灯下悄然晃荡，湖面上吹过来微风，带来水的腥味。影影绰绰的垂柳也在湖边晃荡。只有那座博雅塔立在高处岿然不动。

“有多深？”她指着水。

“估计能齐腰就不错了。”

“怎么还淹死那么多名人？”

“其实没一个是在这湖里淹死的。”

“老舍不是？”

“这湖里就没淹死过什么名人。”

“等我出名了，我就到这里来跳一回——这水多好啊。”玫做了个投身的姿势。

“自杀可不是洗澡。”

“这湖里就没死过人？”

“只要是湖，就该死过人。”他改口说。

“屈原是投了汨罗江对吧。”

“你怎知道他投江了？”

“你不会说他上吊了吧。”她说。

“你看，王国维才死了没一百年，老舍死了还没五十年，戈麦才死了十多年，都让人丢到一个湖里来了。”

“至少他们都是投水而死的吧。”她说。

“我不知道。”

“屈大夫要是不投河，其实也没多少其它选择。”

“也有不投河的。”

“要轮到你，你是投河啊，还是上吊？”

“我觉得吧，屈大夫八成是被他那个时代宠坏了，他也不就失个宠而已。”他说。

“你也失个宠试试？”

“对一个从未得宠过的人，妹妹这么讲是不是有点残忍了？”

“割腕也不错。”她笑着说。

转到湖北侧，这边的路灯更昏暗了，他们险些撞到一对紧抱的男女学生。这两个学生裹在一起站在冷风里，样子倒像在抱团取暖。但其实肯定是一阵突如其来的激动让他们不能自已。那无法阻挡的初恋啊！

在这条路上，他看到过很多这样的情景。谁不是这么过来的呢。这或许就是他们这一生最好的时刻了，将来大半辈子都念念不忘的。

如果他们知道不能天长地久，能看到自己的将来，他们是否还会如此情真意切？

他们走到一排粗大的杨树下面，听到风把叶子呼啦啦吹响。她伸手去摸这棵树粗糙的树干，又撺掇他去摸。她说你感觉到了没有？这棵树是伤心的。当然当然，他说。她伸开双臂抱住杨树，把脸也贴在上面。

她说她好久都没有抱一棵树了。

20

那只黑母鸡歪过头，翻着白眼，把坚硬的喙抵在水泥地面上摩擦。嚓嚓，嚓嚓。转而又用这尖嘴去啄地上的碎谷粒。哆、哆、哆哆。有一粒不老实的谷子在地上逃来逃去，它就锲而不舍地追上它，直到把它征服。这时又奔来一只来杭鸡，黑母鸡迎着它奋力一啄，却被它闪身躲过。于是黑母鸡低头更急切地啄食谷粒。他朝它们又撒下两大把谷子，以平复黑母鸡的那份焦急，于是整个世界就包裹在安慰人的哆哆声里。

那时家家都养鸡，改善营养，也给剩饭剩菜一个妥当的出路——要是直接丢进垃圾箱，就等于犯了罪，是那种上天都要来惩罚的罪。狗也是要养的，要不掉在地上的骨头就未尽其用。猫儿活得太挑剔，发情的时候叫得也太凄惨，不养也罢。诚然还是会有人甘做猫奴，毕竟鼠辈们总是不请自来，稍不留神就让它们反客为主。鸡窝靠墙垒在院子里、窗户底下。夜间有什么响动，屋里便能有所察觉。那就要忍耐一下它的气味了，南窗下的怕南风，北窗下的还好——毕竟冬天的时候不怎么开窗子。故而南窗下的鸡窝，打扫要更勤些。黎明时分，鸡鸣在整个城市蔓延传染，仿佛一场叛乱。如果晚上没把窝门锁好，黄鼠狼必然乘虚而入——你在屋里睡得好好的，也许什么声音都没听见，第二天早上起来，就少了一只如花似玉的芦花大公鸡。其他的鸡呢，若无其事，该吃吃该喝喝。而主人无法假装从来都不曾拥有它，从鸡窝门口逶迤远去的一溜儿粪便更是不争的事实，它给你勾绘了那只老在院子里昂首阔步的王者被命运拖走时的一段心路历程。

家里有录音机之前，电视倒是终于买了一台——是在八五年前后。录音机，如果让母亲找一个形容词来描述它，一定是"堕落的"。录音机是堕落的，小青年们拎着上街，碰擦擦碰擦擦，"我一见你就笑，你那翩翩风采太美妙……"都是小流氓。电视呢，电视机是奢侈的，所以直到大家都有了才能有，也算后天下之乐而乐。洗衣机是任劳任怨的，缝纫机是不折不扣的天使，把人的聪明才智延伸到新的疆域。母亲把缝纫机擦得油亮，平时用绿色灯芯绒布遮盖起来，从不让他去染指，直到现在，它看上去还如新贵一般鲜亮。

前院的邻居可不管这个，他们的儿子二十多岁了，头上就顶着一个鸡窝。这位仁兄把磁带咔嚓一声别进录音机里的响动，整个大院都听得见。

"……阿里，阿里巴巴，阿里巴巴是个快乐地青年……吼吼吼吼芝麻开门芝麻开门……成、成、成吉思汗……有多少有多少美丽的少女，都想嫁给他呀，都想做他新娘！"

母亲来自冥王星，前院的哥哥来自氪星球。

这个哥哥的流氓时代稍纵即逝，他结婚，离婚，招工，做小买卖，再结婚，如今在家待着看孩子。他再也不会拎个双卡录音机上街了，他儿子都该上中学了。

母亲后来也买了个大个儿的录音机，她提着它上街，一直走到小广场上，和一群年龄相仿的中年妇女练气功。"开……合……开……合……开……合……"

那阵子当然也有不那么流氓的歌曲，歌颂美好未来的，一听就知道土生土长。"再过二十年我们再相会举杯赞英雄光荣属于谁。""属于八十年代的新一辈！"歌里当然也少不了爱情，"自从相思河畔见到你，满心的话儿没法告诉你……"

春天是短暂的。你搞不清楚春天是一段什么样的时间，过春节的时候还冰天雪地的，等天气真正暖和起来，又立夏了，月季已开得红火。清明前后是名正言顺货真价实的春天，涂门又成天下雨，精心准备的春游老被临时取消，让你高兴不起来。春游的一项要事是扫墓，大家严肃站立，朝山顶上水泥的坟墓和墓碑敬礼。那时候你想到：人原来是要死的。你不记得当时是否为此而恐惧过。在更小的时候，你以为人是一成不变的。但真相总要一点一滴呈现出来。当你面对那些墓碑的时候，某些令人震惊的事实已是常识了，但坟墓与死亡的关系如此具体，你无法规避它们的迎头痛击。诚然，死亡当时离你似乎还很遥远，你几乎可以把自己看成不死的。

那天从美术馆回来的路上，玫说，在她十几岁的年纪，相信自己是不会死的，尽管看到有人死去，觉得自己会得以幸免。她说三十岁是一个槛，三十岁的时候，突然就觉得死是个根本回避不了的话题。

把他从梦里唤醒的，是母亲的电话。都早上八点了，怎么还在睡觉？昨晚几点睡的？十一点？怎么可以十一点？养生专家都说了，早睡早起身体好。哪个专家？洪H…… 什么？你都不知道洪H！你们成天学习工作，就不肯花点时间照顾一下自己…… 你还不信专家？人家那么有名，总还是有他的道理。早饭还没吃？专家说了，七点半以前要吃早饭，过时早饭赛毒药…… 你别不信！你是专家还是人家是专家……两个鸡蛋一杯牛奶，最好是白水煮，不要吃茶叶蛋…… 豆浆？现在大豆都是转基因的，在美国的时候你没听说？美国人把转基因大豆都卖给中国人…… 丧尽天良……你别不信，外国人的话能信吗？自己的妈总不会害孩子，如果我不是你妈我会对你这么好？ …… 哎哟又是半个小时过去了，八点半了你赶紧起来—— 对了忘了对你说个事情，×× 台的法制频道每天中午十二点的节目你要看…… 现在社会上这么乱，不怕一万就怕万一…… 就为一部手机就把人家推到河里…… 不要靠近河边…… 我上次看你住的那个房间啊，没有防盗门，能请房东安一个吗？没有可偷的？没有可偷的更危险！你不知道现在社会上多乱…… 在家里搁点钱也算是个办法—— 可是你知道小偷拿多少钱才满意？ …… 要是房东不肯出钱，问问他我们给他装他愿不愿意？

他握着电话，看一只蟑螂从暖气片下面探出头来。它起初畏畏缩缩地、缓慢地往前移动。但是突然就猛跑一阵，在客厅中央刹住自己，又一动不动了。他抓起桌上的一本书扔过去。那书翻了几个跟头，撞到了墙上。逃过一劫的蟑螂朝墙角飞蹿，转眼就和那里的黑暗融为一体。

“你那边怎么了？”

“有个蟑螂。”

“蟑螂！怎么还能有蟑螂！我上个月在你那边怎么没看到？ …… 你怎么可以让蟑螂待在屋子里？！”

他说并不是他让蟑螂待在他屋子里，它们不请自来，从来就没把这里当成他乡。

她说她不想听他开玩笑，要是他不把蟑螂都赶出去，她就过去帮他赶。

你可真像个恶婆婆呢，他张嘴想开她的玩笑，但马上闭了嘴。她会把这当成嘲笑的。真不知道自己哪根弦搭错了，在那个几乎没有人开玩笑的家里，他居然长成个动不动要开个玩笑的人。

她继续展开关于在这个悲惨世界如何自保的长篇大论，从禽流感一直说到恐怖主义。

那只蟑螂重出江湖，在茶几下面探头探脑。他拿起另一本书，却对自己投掷的精准度失去了信心。

以前在美国的时候，她会隔着整个太平洋和他召开只有两个人的安全理事会。在女儿出生的时候，就为了孩子是仰着睡还是趴着睡的问题，她给他们打了不下十个电话。以至于这个问题经历了否定、否定之否定、否定之否定否定…… 最终变成了一个悬而未决的难题。在第十个越洋电话抵达美利坚合众国的时候，女儿都已经能自己翻身了。

美利坚合众国的蟑螂体态辽阔，个头比得上花大姐。“那还了得，美国怎么会那么脏。”在她的想象里，美国应该干净得像个五星级厕所。当然从那以后，她想象里的美国就是蟑螂们的乐园。当然还有“9·11”，在她看来，一个几乎没有围墙的国家是多么天真可笑。

在他上中学的时候，他经常和妈妈争吵。吵到最激烈处，他就说她不好，一点儿不像别人的妈妈。她就气得发抖：“你妈妈从来没有坑人，骗人，蒙人！”是的，坑蒙拐骗与她无缘，从这方面来说，她算得上一个纯正的好人。可他不明白为什么这个话题怎么就跑到她是不是个好人上去了。

她会不停地说下去，说她这辈子不欺下不瞒上，从来都没有做过对不起别人的事。

她会说她对白奶奶都那么好，虽然那并不是你亲奶奶。

她会说她对她的妈妈，也就是你的姥姥也是仁至义尽，“尽管你姥姥对我并没有对你舅舅好”。

她会说她对你爸爸好，从来都是以他的工作为重，不然她今天也不至于还是个科级干部。

她会说你有这种思想就是不对的，哪有儿子对妈妈这种态度。

这些说法就如同一种文化遗产，必须原封不动地重复着自己。直到现在，如果他再触动她那根神经，她说出来的话还是一模一样。

他不知道他对什么更绝望一些，是她那种一触即溃的脆弱，还是那些车轱辘话语。

她和他父亲年轻的时候据说还是有过激情的，不然怎么会有他？他在她的故纸堆里还找到过她亲手抄录的《九九艳阳天》的歌词。那肯定是在他出生之前的事了。他多少年都没有看到她兴奋的样子，电影自不待言，小说就更不会读，“那些都是假的”。父亲甚至连电视剧也不看。他们两个对那些最简单乏味的事情产生了相依为命的情感：填表格，看文件，听天气预报，洗衣，买菜，做饭……他们书柜里的那些书，在他还是个小学生的时候，他们都还提到过，但生活和工作慢慢就把他们吞噬干净了。

“那些都是假的。”

他们是对的，在他们的生存空间里没有那些东西的位置，没有人会跟他们谈巴尔扎克或者卡夫卡，他们谈章三的升迁和李四的被罢贬，谈养生、谈儿女。巴尔扎克？为什么巴尔扎克？

当邻居家的那个哥哥的录音机释放疯狂节奏的时候，他们的那种充耳不闻是完美的，仿佛经受过最严格的训练。

“我一见你就笑，你那翩翩风采太美妙，和你在一起，永远没烦恼。”这放荡的歌词和曲调，也许因为太过离谱，仿佛一种超声波，反而让他们的耳朵失了灵。

也许，他就是凭着一双敏感的耳膜，在内心里发生着悄然的叛乱。

21

窗外的麻雀喊喊喳喳的叫唤时而细密紧凑，犹如一串悬坠的小葡萄（叫“玫瑰香”的那种）；时而硬朗坚定，东一声西一声，像秋天山谷里偶尔遁地的核桃。有时两种声音碰到了一处，像两个性格迥异的人在各执一词：急性子的口无遮拦，碎碎叨叨；慢性子的深思熟虑，字字千钧。听得窗外这般热闹，他不无道理地以为今天是响晴的天气，起来走到客厅的窗口，外头竟然一派阴郁。

玫也起来了，她已收拾停当，推门立在他面前。一身紧凑的薄毛衣和牛仔裤，羞涩的转瞬即逝的微笑，耳坠幽幽晃动。她说外头阴沉么黑的，都不想出门了。

“老天强颜欢笑这么些天，总得让它喘口气。”他说

“你在说老天爷，还是在说你自己？”

接着她说你看外面那个蓝色的垃圾车，停在路中间，旁边是天蓝色的垃圾箱；垃圾箱顶着杏黄色的盖，立在树下，那个暗黄的是桃树吧，柳树是橄榄绿的，香椿墨绿，李树紫红，那么一大堆好看的颜色。

他朝窗外看去：那些熟悉的景物纹丝不动，委实一幅图画。垃圾车一定是重新油漆过的，熠熠生辉，是辆新车也未可知。收垃圾的那个人不知哪儿去了。

半空里一只麻雀追着另一只，飘忽起伏仿佛两只灰蝴蝶，或者水里两条游鱼。它们的路线多变，忽高忽低的，这么飞着一定特别费力气。后来它们就不得不落在一户人家窗下的空调机上，在那儿蹦跳追打。它们把另外两只麻雀也招引过来了，也落到空调机上，四只麻雀闹作一团，绽开一朵朵快乐之花。

但是它们突然“哄”的一声散开，噗噜噜逃开去，仿佛有什么可怕的危险临近了。

落在最后的那只麻雀向高空飞去的路线是锯齿的形状，这小东西每用一次力，就稍稍蹿高一些，然后滑落，便再使一下力气，就又蹿高一些，然后又滑落下去…… 飞得如此吃力，想必不是一种可以翱翔的鸟。

在他印象里，它们的飞翔，多数就是这样的逃窜。十四年前的那个夏天，南下回家的火车在一处小站奉命停了很久，就有一万只麻雀跌进道边的草丛里。在火车重新起步的那一声痉挛里，它们轰的一声四散飞去，那景象明明白白地印在他脑子里……

麻雀是一只能凑合着过日子的鸟。

他注意到，她的毛衣是蓝紫色的，他喜欢她毛衣的这种颜色。

他们在小区门口早点摊子上吃了些油腻腻的炸油条和小笼蒸包，就又走到公交车站去了。

22

中华世纪坛地下一层，挂着不止一幅本次双年展获奖作品。她拉着你看乔治·巴塞利茨的《攻击2》、艾哈迈德·纳瓦尔的《21世纪的埃及A》，还有阿尔曼的雕塑《铁饼运动员》。她问你喜不喜欢，你直言不讳，说都是平庸之作。然后你说自己这个大外行，根本就不该在这里班门弄斧。她笑了，说你这些年总算变谦虚了。她把“谦”字的声音发得轻轻的，把“虚”字发得重重的，听起来全然不是这个词本来的意思。

你把她丢在《铁饼运动员》前头，拐到走廊里去晃荡。上到一层、二层，又下来，你觉得在这个地方比在任何地方都无聊。这个建筑落成后，你在网上看过它的照片，浮雕、雕塑、立柱、灯光，一应俱全，像一首应景的诗歌，气势庞大又浮华。还好，这跟展出的作品的平庸正好相得益彰。

你又来到玫身边，她正站在奥马尔·加利亚尼的《新的解剖》前头，也是获了大奖的作品。她问你此画如何，你说外行哪里看得懂。然而你忍不住又说，你不明白人为何要如此浪费生命。

她摇头，却不置一词。

你又走开了，一层、二层，上去下来，找个角落坐下发愣。百无聊赖的感觉像一群虫子啃咬着他。

每次妻子在商场时装店里流连忘返，你就得好好地招待这一大群虫子。你完全不能理解一件牛仔裤和另一件牛仔裤的细微差别有何耐人寻味之处，或者一只Coach钱包和Polo钱包能有什么异曲同工之妙。而且它们居然能让一个人纠结缠绵半个下午，比对待生活中一切重大考验还要煞费苦心。

楼上楼下的这些画作，能被一群评委分成三六九等，有的大奖加身，有的名落孙山，然而它们没有一幅能打动你哪怕一分钟，这个事实也像一群虫子那样啃咬着他。

是你老了吧，你这副心思，跟老人家们不分伯仲。老人家们都会这么说：这东西，有什么意思？其实最没意思的就是你自己不是吗？但也兴许是他们老了……

23

他们两个从幽闭的展馆里钻出来，阳光劈头盖脸洒了一身，一下子就把他们拽回尘世。天空蓝得让他内疚——你居然躲避这么璀璨的秋天去看什么画展。看着那不加分别地慷慨洒向一切的阳光，那种谴责又加了一层。

这是下午三点钟的时候，他们走到公交车站的站牌下。与其说是在等车，不如说是在等待被这个华丽的世界重新接纳。

玫拿出地图举在阳光下，在上面寻觅。她还不想立刻回家—— 毕竟时候尚早。

她把全部心思都扑在地图上，毫不顾忌从纸上反射过来的灼眼的光。

车来了，朝天安门方向的，她拉了他一起上车，任它朝着离家住处远的方向移动。（她朝车门冲过去的时候，如果不是他扶着她，肯定会撞在车厢上的。“我看地图都看瞎了！”）

虽不是高峰时间，车厢里已经挤满了人。上了车的玫更是什么都看不见了，跌跌撞撞地由他扶着往人群里移动。

她又怔怔地盯着窗外，双手抱紧一根垂直的铁扶手，被车子摇来晃去。

他抬头看车窗上方的广告牌：一个面孔似曾相识的相声演员，脸盘硕大如深秋的向日葵，举了一盒蟑螂药，朝全车厢的人微笑，“一只中毒，一窝死光”。他努力回想这个演员的名字，觉得他应该姓李，或者姓赵，可是那个名字沉在记忆的深渊里打捞不上来。小时候听他的相声多开心啊，如果没有相声，那一段生活该失去多少颜色。

玫也回头看这个大脸男人，转过身来告诉他，这不是李 ×× 吗？对，没错，正是此人。

她又转过头去看外面的大街。阳光实在太好，连大厦背后的阴影都有一种亮晶晶的、新鲜的黑。他站在她背后，一会儿看她，一会儿看大街。她的耳郭有一个弯曲的弧度，就在耳郭中间那儿，一个小小的 S 形。以前，不论多少年前，他都没有注意到这里——他从来都没有好好端详过她的耳朵呢。耳垂上挂着的一小串菱形的水晶饰物，随着车的移动悠悠晃动。是啊，那些年，你会注意到这一串饰物，却不会有一秒钟去注意耳郭中间这小小的 S 形。

脖子的线条还像以前那样优美，这是年龄最后才会征服的地方。画家加利亚尼用灰色线条勾勒的美女，脖子上却描了红色的肌肉和血管。《新的解剖》。也无法打动他。

24

晚上快九点了他们才回到小区门口。芙蓉里餐馆外人头攒动，老远都能闻到烤羊肉串的焦煳气味。他们在店外好不容易找到了一张桌子。老板娘对黎带来的这个女人饶有兴致，满脸都写着疑问与好奇。可是黎什么都没交代。

电视机开着，神舟五号正绕着地球悬转—— 发射显然成功了。电视里记者在全国各地采访。一个老人竖起拇指，说，除了美国、俄罗斯，（他拍了拍胸脯）就是咱们了。

某大学的学生在校内游行，在铺了红布的大台子上签名。

“烤十串羊肉，两个馒头。”“师傅，您那是羊肉吗？”“老乡！再拿两瓶燕京！”“老板娘恁磨叽。”“椒盐虾不放辣椒！”“有冰过的吗？”“去你的！”“我他妈的一听，这不行这个，你别看他说得跟真的似的，就凭他那……”“我跟你说，你还真别把这事看得那么简单。”“我也不是说就打算不跟她过了，你瞧瞧她那阵势，是个女人不？”“他那个什么他妈的就知道成天跟我讲这个，要不是我看他……”“再来二十串！”“你说谁把他放在眼里！”“老颜，过来过来过来！”“你说你再能，你上得了月亮上去？”“那傻X！要不是我告诉他……”“你说人活这一辈子为了什么？”“我说咱们就好好干，我就不信咱们弄不过他们。”“不会吧……”

他和玫一人一杯扎啤，在等待肉串出炉的漫长时光里各自喝掉了大半。落进空腹里的酒精就像一支发现自己中了空城计的军队，掉转队伍直扑出去。他感到地球正沿着一个轴线转动，而这个轴线又沿着一个巨大的圆圈在旋转。“我现在才知道每个人都抱着自己的地球在转。”他对她说。

“在世纪坛待一天，真的等于一个世纪。”他又说。

“那你也算延年益寿了。”

她挥手叫老板娘过来，要人家再拿两瓶啤酒。他说他不能再喝了。她说你不要装，那年你一个人就喝了一瓶白酒。这绝对子虚乌有。你干过这种事，我绝对相信自己的记忆。他说他总还有些自知之明。她给他又把酒倒满。他就举杯，说，喝吧，事实胜于雄辩。她把杯子举起来一饮而尽。他说不管怎样，酒是好东西，诗人不是说了嘛，喝酒之前，我们都是陌生人，喝了酒才知道咱们是亲戚。

他真的喝多了，控制不住秤砣似的脑袋，跌倒在桌上。他感到她的伸手过来拉他，扳他的头，可他的精神就像医院里吊针瓶里的药水，一滴一滴落下去，落下去，又是沙漏里的沙子，丝丝袅袅地做了沉淀物。

……

他抬头睁眼看四周，已是深夜。身上披着不知谁的一件夹克。她说是她找老板借的，你这么不胜酒力，居然还逞能。他说明明是中了计。她说财色你两样都没有，谁会把大好的计谋浪费在你身上。他说多谢提醒。他知道自己酒还没有全醒，否则不会这么油嘴滑舌。他喝了一口她递过来的热茶，既浓且苦，有如她的风凉话。热水一下子流窜到五脏六腑。她还在喝酒，他劝她不要再喝。她说没有对手的局面，就根本不成其为局面。这么奇怪的话从何说起。他叫来服务生，让她给他们各盛一碗粥，服务生说没了，说你们还要不要烤肉串，马上就熄火了。哦，是啊，后半夜了，该结账了，结账。

深夜餐馆里外的顾客所剩无几。没有了四周吆五喝六的噪音的掩护，酒又慢慢醒了，气氛就变得严肃起来。

他们赶紧回到住处，房间里也冷。他只有一床棉被，让玫盖了，自己躺在客厅沙发里盖一床毛毯。他套上了长袖的内衣和长内裤，这么一弄，盖了毛毯又嫌热。一只蚊子在他的头顶上盘旋，有气无力地哼哼着——它在寻找最后的机会。就在一周前，它们还在空地上集结成黑压压的一团，上下翻飞，情势蔚为壮观。现在它们都成了散兵游勇，变得畏首畏尾，再没有了朝着目标不顾一切地猛扑的劲头。

他敲了她的门，问她有没有蚊子，需不需要点根蚊香。她说没有。他回到客厅，钻进沙发里，忽然想到：现在怎么就没有蟋蟀在叫唤了呢？一点儿都听不到了。这种情况，应该有一阵子了吧。初秋的时候，深夜里蟋蟀们的一声声泣诉是对失眠者最好的安慰了。

25

后海两岸参差错落的咖啡馆，多是民宅改建而成。那些原本昏暗粗糙的四合院，一经整饬装修，一律脱胎换骨，老树新花般铺陈开来。门口再支几张桌子，放几把椅子，坐几个俊男靓女，该有的气氛情调就都有了。

如果你进了门，并不在大堂里逗留，而是穿过它，一直走到后院去，瞬间就回到逼仄杂乱的另一个世界——那种毫不讲究的市井生活，跟精致不沾边儿。那是砖头瓦片和蜂窝煤的世界，是竹竿油毛毡旧轮胎之类似乎毫无用处但又不能不敝帚自珍的物品的栖息之所。

这样的院子里，突然就走出一个支棱着牛仔短裙，一身的曲线都是魔鬼勾勒出来的北京女孩，她踹开脚边的旧轮胎，三步两步就走到大堂里去了。如果你不去和她攀谈，只是面对面坐着喝几口咖啡，她就是你的百花园和苹果树。这时候她父亲也许正光着膀子坐在后院里喝大酒，母亲看到女儿跟一男的对坐，心头的算盘就哗啦啦响个不停——如果你想到她当年也曾年轻过，也曾穿着牛仔裤摇晃着这样的曲线走过整条街，你心头的某个地方会小小地绝望一下。

这些时髦的咖啡馆，可比作老翁怀里的少妇——当然也可以更严肃地比喻成庸常生活中遭遇的爱情，以及一切无中生有的事物。总之是那种经过修葺，看起来诱人，但仍然力有不歹的东西。

这地方当然是谈情说爱者的天堂。一对对门里门外泡着的，尽是年轻缠绵的人。他们把人生的精华浸在懒洋洋的光线里，那种退居深院的未来的生活还远在不可想象中。

他和玫找了一家装饰清淡的咖啡馆，坐在门外屋檐下（她说她不喜欢屋内蓝紫色的灯光——那可是她那件薄毛衣的颜色)。好在天还不算冷，就算是坐在水边，风依然是温和的。

有好一阵子，她低着头，沉浸在自己的思索里不跟他说话。他便顺手从书架上拿出杂志来看。无数的图片：花朵、风景、人的面孔，都色彩斑斓。

咖啡端上来了，焦苦的香味在空气里萦回，白瓷盘里的方糖的整饬的形状仿佛一触即溃。套在她手腕上的那串木头珠子在阳光的拥抱下粒粒都是那么顽固，她的面容在下午的光线里变得明亮了。

后来她拿起一本杂志，翻到中间的一页，给他读一段文字：

你知道，顺着大街走到底，就有你要的那种伞。好好的，听命于你的那种伞。蓝色涤纶布套在骨头上，举在电闪雷鸣里。也许一阵风就能把它吹走。你不会爱上它，但是，总要有这样一把放在身边……

他想把杂志从她那里要过来看，她不给他，问他写得怎么样。

他说想必很多女人都会被这种文字打动。

玫把杂志递给他。他赫然发现作者是宇文玫。

然后他就庆幸自己刚才没有更信口开河一些。

生锈是一种堆积，就像盐附着在岩上，安慰没有用处，只有较量。而且，谁能是水的对手呢。那种伞，并不是延缓了你的淋湿——你举起它来，心头就已经湿透了……

他看完她的文章，把杂志郑重地放回她手里，说："真是才气四溢，洒得遍地都是！"

他见到了她脸上难得的笑容。她说文章被编辑砍掉了三分之二，那被腰斩的部分，才是她真正的风格。她说这幸存的一小段很无聊，但他们喜欢的无非是这种无聊。

"对嘛，否则我怎么会听不出它是你的手笔。"他说。

那三分之二他能想象出来，那伞是不会那么幸运地在一个人心头湿漉漉的，一定要有一把刀子一下一下地畅心快意地割它。

伞的梦想，就是走向自己的反面。如果不是一块布紧紧地攫住它，它就会奋不顾身地为一种哲学做见证。它用骨头思考……

然后他对她说，这段文字真的很好。他这么说是心悦诚服的。

他合上杂志，端起已经凉了一半的咖啡。微风从水面上吹来，翻动他放在茶几上的杂志，一页一页翻下去，颇有耐心的样子。

翻到最后一页，几朵精致的玫瑰豁然眼前，配上不折不扣的说明文：卵形花蕾，单朵着生，高满芯，翘角，卷边花朵，深红瓣面，有绒光，黄褐色花蕊…… 单朵花期约五天，花径十到十六厘米，花瓣三十五枚，淡香…… 长椭圆叶片，暗绿，有光泽，两侧略内卷，前端锐尖。叶缘锯齿浅细，不规则…… 褐色勾刺。植株直立生长，强健、高大，修长、硬挺……

他说，在他留学的那个学校，社会学系的那层楼里，挂了好几幅乔治娅·奥姬芙画的花朵。

她抬起头，望着他，用了好几秒钟才从思索中跋涉出来："嗯？"

他把刚才的话重复一遍。她说："挂在哪里？"

"就挂在会议室里。"

她笑。

服务生端来另一杯咖啡，小心摆放在他们面前，意味深长地说了句"请慢用"。就好像端来的是一套工具—— 钳子或者螺丝刀—— 你慢慢地使用。

慢慢地，直到慢出某种情调来。

"活着，就是慢慢地折磨自己。"多年以前，她对他这么说过，但他不记得是什么时候了。

他对她说，他的一个哲学教授，写了本书，厚厚的一本，黑色的封面。他问教授为何印成那般颜色，教授说：思想是黑色的。教授年轻的时候研究心理学，后来就去研究哲学。这个教授姓黑，系里还有个老师姓绿，这些当然都是巧合。

她看着杂志封底上的玫瑰照片，说玫瑰是雌雄同体的，男人用它示爱，女人也可以用它自恋。

她又说，如果奥姬芙不画那些花瓣，只画那些冷得发抖的空房子、白骷髅和淡远的群山，绝对不会那么出名。她的成功，毕竟也是靠了绘画之外的因素。

"绘画之内的又是什么？"

"世上只有一幅画，在它被最后完成之前，每个画家都有机会涂上一笔，但这一笔涂在什么位置上，会不会被下一笔覆盖掉，全没有任何保证。"

她又说，一想到自己的所有作品都可能是一场无用的尝试，这一生最可能就是被抹去的一笔，就不能不感到绝望。

"还好，我只是偶然才这么想—— 毕竟，绘画本身的乐趣是谁也夺不走的。"

她又说，那些大师们的作品和言论对绘画的乐趣而言是一种致命的干扰，但要摆脱它们又谈何容易。

"也许人拥有了一点天赋，也就等于拥有了一种魔咒。你看，"他指着路口那个正在从垃圾箱里掏出矿泉水瓶的女人说，“很多人一生所为，注定不落痕迹，可是人家并不惊慌。他们根本不在乎自己一生的努力会不会被涂抹掉。”

他还想继续安慰她，说即使那些流传下来的东西，在问世的时候也鲜有得到承认的。即便创作者呕心沥血，得到的也大多是批评和谩骂。他说到那个在一片批评声里病逝的比才，因为弄了个《卡门》，三十多岁就在唾沫星里一命呜呼。被埋没的天才更是不计其数，那些终于被推崇的天才，无非经受了一次庸俗化的洗礼——他忽然觉得自己这番胡言乱语与其是说给她听的，倒不如说是讲给自己听的。

“人一旦拥有天赋，就唤出了心头的魔鬼。”他把先前说的话改换了一种方式。他想起她的一幅画：一条蛇盘住一块白色的石头，高昂起头，朝天空红色的太阳吐出芯子。她曾说那是毒蛇，摸上去烫手的毒蛇。

他告诉她，这些年，他反复做一个梦：和许多人在一座大山前面搭帐篷。然后睡到帐篷里。到了后半夜，有人喊：大山来啦！大山来啦！大家纷纷从帐篷里逃出去，他也往外逃，但是又好像站在外面，看着别人从帐篷里往外跑。有个人从帐篷里跑出来，没有立刻逃走，而是转身伸手去拉一个正从帐篷里往外爬的人。可是大山已经推到面前，生生把两人都压在下面。他说没人能明白这个梦在说什么，就是弗洛伊德再世也枉然。

她说她一点都不相信弗洛伊德那些鬼话，可他孙子卢西恩是天才。

他俩从咖啡馆里出来，就有一个穿黄马甲的人蹬着三轮车拦在他们面前。“逛胡同！”这分明是一道命令。

“多少钱？”

“一百八！”

他和她一齐摇头。

“一百！”

他和她沿着小街走过去，黄马甲蹬着车锲而不舍地跟着他们。

"八十?!"

"七十?!"

他们走出去不过十数米，价钱就像股市一样狂跌下来。

“你们自己走马观花，哪比得上我一路给你们介绍？咱们几个景点顺着来，一个都漏不了……”

他向车夫撒谎，说十分钟以后就走，去天安门，黄马甲就不再追随，踏了车飞也似的走了。

离咖啡馆最近的胡同其实不远，沿着小街走几分钟即至。刚拐进去，就被一个卖明信片的女人拦住了，她说：“北京的胡同！来这儿的不都是要看看咱们的胡同？！胡同文化，咱给你讲。”

他们说他们已经买过，她就换了话题：要坐车吗？几个景点…… 他们摇头的时候，两辆黄包车不知打哪儿来的，眨眼就停在面前。“你们自己走马观花，哪能比得上我一路给你们介绍？咱们几个景点……”他以为还是刚才那个人，定睛一看却又不是。

“三十？！”

“二十五？！”

“二十？！”

“十块？！”

从一百八降到这个叵测的价钱，他们觉得这车是肯定不能坐的了。

这条胡同，就是印在明信片上寄得满世界都是的那种，高墙阔路，干干净净，墙用灰漆染过，路用水泥涂过，门用朱漆油过，电线光缆被煞费苦心地收拾过，找不到一丝线索；至于屋顶上的瓦，一定是昨天才被扫荡过，看不见一棵草。规划设计者深谙“胡同”二字的精髓，要的就是那几根线条，几块颜色。人们天南海北地来看什么？几道灰墙，两扇大红的门，一两头石狮子，然后就带着他们的相机兴冲冲回家。

人们大老远地跑到皖南去干什么呢，看看白白的墙，黑黑的瓦，弯弯的翘角，有几何的地方就有诱惑。

总有一两扇大门敞开或虚掩，谁能拒绝好奇心的驱使，不探头向里张望。

你捏着一颗惴惴的心，打劫一般让自己的双眼闯入红门后面的世界，扑面而来的却是对几何学坚定的拒绝：摇摇欲坠的椅子、不知作何用处的散落的纸盒子、胡乱堆在一个角落里的竹竿和砖头、零件与零件之间的联盟正在解体的生锈的自行车、空且脏的可乐瓶和矿泉水瓶子、啤酒听（倒是花花绿绿色彩纷呈，怎奈都被恶心踩瘪压扁了）……伴随着这些破旧家私的，是用粗糙的砖头分割成的笼子一样的房间，像是原来的老房子发生了分裂繁殖，不把院子填满决不罢休。

等你把眼睛迅速收回，已悔之晚矣，那个场面永远定格在脑膜里。

但是到了下一个门口，倘若门庭虚掩，你仍旧忍不住要去窥看，一次次重温相似的视觉震撼。

在 N 城的时候他住的那个房间又潮又暗，门口的杂乱，比这胡同里的院子有过之而无不及。那里夏天巷子里也一样闷热难熬。

怎么说 N 城也是举世闻名的火炉，即使到后半夜，空气依然高烧不退。但那也不能阻止他们在湿漉漉的床单上奋不顾身。这些过眼烟云的事情或许不值一提，但它们是不速之客。一本过期的杂志，一架破自行车，一条晒在阳台上的花格子床单，都足以把他一下子拽进记忆里，想从这样的记忆的泥沼里拔腿出来绝非易事。

他在昏暗的灯光下查看她，小心地掰开她，去看她的花朵。那个在小时候玩伴之间被描绘为世上最该鄙视的部位，抗争似的散发着夺目的光芒。这夺目的光，她是不知道的，她怎么可能知道。即使她在深重的颤动里呼喊，她也不可能知道。

现在即使他想让这些记忆变得不值一提，它们也会像那些开在胡同里的凌霄花，只要院门微微敞开一条缝，只要不经意地一瞥，它们就在你面前愤怒地开放。

26

到傍晚，从后海到什刹海的一家又一家咖啡馆里紫色或者蓝紫色的光都变得分外耀眼。玫看到这些灯光，脸上是惊惧的表情。她说她怕紫色的灯光，不知道是从什么时候开始的。看到蓝紫色的灯光就要发疯。

“你的毛衣是蓝紫色。”他说。

“我不怕蓝紫色，怕蓝紫色的光。”

“I don’t see any difference they have.”

“对你这种色盲来说当然没啥不同。”

他们拐拐折折，就逃进了德胜门内大街。这条街灰暗、纷乱、自暴自弃，大约就是后海那些遍布咖啡馆的胡同获宠前的模样。

逃离了蓝幽幽的咖啡馆，她就说她肚子饿了，“让我们找一家黑黢黢、油乎乎的小餐馆，好好吃一顿！”

德胜门内大街就是为了这个愿望而存在的，但得把“找”字换成“挑”字。那么多饭馆张着粗糙的门面热切地等待拣选，朴实的香味坚定地飘溢出来。

他们犹豫再三，终于下决心走进一家东北餐馆。

吧台前，老板娘正用一根大号鸡毛掸驱赶苍蝇。那虫子显然不肯离开这丰饶之地，在大堂里执拗地盘旋。

看到黎和玫走进来，老板娘带着一丝尴尬的表情罢了手，把鸡毛掸子啪的一声扔进吧台后头的椅子上。二位里面请，里面请。

他们找了张靠窗的桌子坐下，被老板娘撺掇着点了一大堆菜。

老板娘走回吧台前，把手上的菜单交给一个刚从厨房里出来的服务生，然后绕到吧台背后，在饮料架子上找啤酒。她伸手拿酒瓶子的动作小心翼翼、郑重其事，仿佛在挪动世界的支柱。她捧着这个支柱走回他们面前，用开瓶器粗暴地撬开盖子。

二位一定是外地人——什么地方？——涂门？——我们东北也有一个呢——哦，是那个涂——姑娘你这身衣裳真漂亮——我这身？都老太婆了——那可不——来了十年了——地道的东北人——我口音不像？——哦——呵呵呵呵呵。

一个女服务生把凉拌黄瓜和炒西芹端上来。那只苍蝇就从暗处飞来，在菜盆上方冉冉的热气里杀进杀出。他不时用手驱赶它，玫却心满意足地盯住它，看它沿着飘忽不定的路线东奔西走，说它一忽儿东逃西窜，一忽儿急不可待的样子很有点男性气质。

他又拿起筷子驱赶这只公苍蝇，也驱赶她的比喻。

“不如给它添双筷子，也好对影成三人。”玫说。

筷子和苍蝇在空中狭路相逢，它的身体斜斜划过饭桌上空，坠落到了看不见的地方。

“多热爱生活的一只苍蝇，你跟人家莫非前世有仇。”

“前世我也是一只苍蝇，它抢了我老婆。”

窗外的老街店铺杂陈，车辆穿梭，好不热闹。然而它又像是有什么苦衷，处处流露不假修饰、邋邋遢遢的痕迹：这儿立一根摇摇欲坠的电线杆子，那儿挂一只自从挂上去以后就再也没有被擦拭过的油漆斑驳的招牌，四合院的大门紧闭——从门上的灰尘和门口胡乱堆砌的砖头木板来看，内里绝不会有迷人的景致。路上拥堵着的汽车，几乎是被推搡着往前挪，没来得及充分燃烧的汽油从车尾温暾暾泻出来，整条街都浸在这种微热的臭味像一截便秘的肠子。

女服务生端上东北乱炖。那只前世的苍蝇不知从哪儿借尸还了魂，再次翱翔在饭桌上空，朝菜肴频频袭击。

老板娘握着苍蝇拍不动声色地凑过来，趁着苍蝇落在墙上的一刹那一击致命，刚才还活蹦乱跳的家伙，立刻在墙上涂抹成一幅抽象画。

“终于结束了担惊受怕的一生。”他说。

刚把苍蝇送入历史的老板娘朝黎和玫瞅了一眼，堆出一些微笑，又走到吧台后头去了。

电话响了，老板娘抓起听筒，贴在耳朵上，旋即被烫了似的拿下来，递给身边的女服务生。

“谁说没我就嗨不起来？！”——“讨厌！”——“你们那老远呢”——“别来别来”——“胡说！”

她眉飞色舞，夸张的情绪也感染了老板娘，在一旁怂恿：去吧去吧。语气里还有几分幸灾乐祸的意思。

服务生放下电话，老板娘依然兴致不减：“明天早上要是来不了，想好了谁替你？”

服务生说：“赵姐，那哪能够，还能耽误上班。”

老板娘说：“那可备不住，你们年轻人，一扑腾起来——哦，呵呵呵呵。”

“呵呵。”经过她们身边的另一个女服务生跟着笑起来。

整个饭店里，也就只有她们三个，再加上玫和黎，五个人。

“赵姐，晚上跟我们一块儿吧。”

“哈！我老天巴地的可不跟你们掺和！”

一整天的行走之后，他们的食欲就像一支被整顿过的军队，旗鼓鲜明，斗志昂扬。老板娘和服务生们半荤半素的玩笑是撒在饭菜里的调料。

他对她说，他在山镇第一次见到那种蓝紫色的叫“老鼠花”的东西，也吓了一跳。他不知道自己为什么那么害怕。

“花得有个好名字啊，‘老鼠’两个字就把一生都葬送了。”她说。

“是啊。”

“长得差不多的花，一个叫‘老鼠花’，一个叫‘薰衣草’，后果就很不一样。叫翠花的只能去上酸菜，叫娘娘的就成了皇后。”

她说到“上酸菜”的时候显然压低了声音，他知道她不想冒犯两个服务生。

她看到他盯过来的眼神，说：“我可没把自己当娘娘，我就是个命苦的翠花。”

他不想和她比谁更命苦，他说：“圣人不是说了吗，命运不过是水桶里的波澜。”

老板娘走过来，问饭菜咋样。当然答案只有一个：好，真好。

好就多吃，“你们南方人吃得惯？”

吃得惯，我们那边也不算南方啦。

“在我们东北人眼里，你们都是南方人。”

他们不想把自己放入南方人之列，就说他们家乡那边的饭菜可像东北菜了，浓油赤酱的。

老板娘也乐于听到这两个南方人努力向北方投靠，说浓油赤酱我们可有的是，“要不再来个小鸡炖蘑菇！”

他俩吓了一跳，说现在都要撑破肚皮。

老板娘又是一阵得意的大笑。

饭后她拉了他出门，在更浓的汽油味里继续往南跋涉。她对这条街可谓一见倾心，说这里分明是二十年前的上海小街，在车水马龙里凑合着过粗糙而亲切的小日子。

“亲切从来都不会是精致的。”她说。

越往南走，这条街越显出局促的模样。人行道上，地砖坑坑洼洼，四分五裂，走上去坎坷不平。鸡窝似的小棚子时不时挡在面前，却听不到一声鸡鸣——不是因为时辰不对，它们是用来储放蜂窝煤的。棚顶盖了石棉瓦，再用板砖随随便便压在上面。

他们蜿蜒前行，绕过一个又一个被鼻涕涂抹的电线杆子，从装饰材料商店门前纵横的锋利的玻璃旁边小心绕过去，在刺鼻的甲醛和香蕉水的味道袭来时掩鼻疾走。木质的铝质的玻璃的建材堆在店内，或者靠在门口的墙上，尖锐的几何形状和它们勉强的平衡都让人提心吊胆。

只有点缀在其间的性用品商店最让人放心，透过韬光养晦的店门望进去，惊鸿一瞥的是大大小小的精致多彩的盒子。这种商店取的名字五花八门。立了“性卫生用品”招牌的，是不折不扣的写实主义；叫“性保健用品”的，就有点儿虚头巴脑、欲盖弥彰了，大抵算现实主义的路数；而“计生用品”的，过于主旋律，有扛虎皮作大旗的味道；叫“情趣用品”的，是无可救药的浪漫派，该用棍子打死。

在这些躲躲闪闪的名称后面，店员多半蔫头巴脑了无生气，其中一家居然还在窗口摆了个肉案，上面垛了几块红红白白的肉，一个光着膀子的男人，正拿一把菜刀在一根铁棒上磨……此人倒是长得虎虎生威。

玫掏出她的相机，把画面尽收匣中，包括那个在性用品商店光着膀子磨刀的男人。她的镜头在一家西点店前停了会儿——这大约是整条街上唯一一处窗明几净的地方，被前后那么多粗糙颟顸的店铺挤在中间仿佛被劫持了一般。你定睛看去：雪白的生日蛋糕在透明的柜台玻璃下被灯光照耀得精美绝伦，根本不是凡间之物。但是——不知怎的——这蛋糕店跟整条街的风格似乎又是极般配的。

“你拍的这些会不会被你画到画里头？”

“我也不知道。”

“我觉得你肯定会画那个在性用品商店里卖猪肉的光膀子男人。”

“何以见得？”

“我就是知道——你会让他坐在肉案前，右手杀猪刀，左手大蛋糕。”

“我会让他举着二斤猪肉现身蛋糕店。”

“胡子拉碴的猪肉哥手持二斤里脊肉，穿过马路送给蛋糕店如花似玉的妹子，这个创意好。”

“我还想画那个老板娘，她挥着一只苍蝇拍，飘在半空里，在只有一桌客人的饭店里追着苍蝇打打杀杀。”

“下头得坐个光着膀子的男人，从性用品商店里那个。”

“你怎么老提那个人。”她说。

“也许那就是我的梦想——光着膀子卖猪肉。”

“我看是，你提着二斤猪肉，腰上别一把杀猪刀，穿过鸡窝和蜂窝煤闯进蛋糕店，向如花似玉的蛋糕妹送上二斤猪肉。而这妹子是安徽来的，在老家已经有人给说了亲，是个工地上的头儿，钱比你多，人比你帅，你唯一占据的是地理优势。猪肉你当然有的是，可是蛋糕妹爱那个租住在大杂院里的白面书生呢。这书生，穷、丑、脾气怪，可人家据说是××大学的研究生毕业，正把自己锁在屋子里写著作。蛋糕妹听到XX大学、研究生、著作这些字眼儿，就像遭了雷击，浑身都软……”

“……”

“…… 老板娘追着苍蝇打，飘在半空里。美貌已被时光剥得干干净净，除了生活，就没别的好指望的，嗯，光膀子男人……”

芙蓉里餐馆的庄老板喝醉了就口无遮拦。他说劳累一天，晚上跟老板娘躺一张床上，看着已经被 X 了一百遍的老婆，啥感觉都没有。偶尔弄一回，把床铺搞得湿乎乎的，完了立马就觉得犯了罪似的。他说，女人呢，女人说她也有被强暴的感觉。老板娘听不得庄老板在外人面前口无遮拦，就拎着热水壶过来，趁人不注意在他胳臂上拧一下，庄老板就扭头冲老板娘喊一句：我编了？！老板娘就一声不吭地拎了水壶逃回厨房。他们的大儿子在上高中，以他们为耻，但又不忘伸手要钱。他们也乐意给，对孩子爱得发疯，恨不得把心都掏给他。

他们走到街道居委会门口。一条红色横幅逶迤地挂在外墙上。这是秋季征兵的宣传，红幅上贴着白色醒目的字，被路灯照射得熠熠生辉：一人当兵，全家光荣。

他们终于走到大街上，地安门西大街。站在街边，过往车辆的喇叭声和车轮滚过路面的沙沙声淹没一切。身后他们刚走出来的、号称“德胜门大街”的小街里涌出的另一种声音试图与地安门大街的洪流抗衡。那声音就像煤气炉上一壶水将开未开时发出来的，也像夏蝉的嘶鸣，像极远处传来的喊叫。从每一根生锈的铁栅栏、每一块破烂的砖头、每一只被踩烂的蜂窝煤上发出来的呼喊汇作一处涌向地安门大街。在德胜门大街和地安门西大街的交会处，德胜门大街的最后一家店铺是寿衣和花圈店。他拉了她汗津津的手，沿着敞亮的地安门西大街快步走开。

27

十月十七日这天他们打算待在住处不出门。几日的奔波，都已身心俱疲。可是还不到中午就有电话打来，是老奕。

约他“小聚”，有事相告。

他推辞说家里来了客人，远道来的。

有客人正好，你的客人就是我的客人——我还以为你蒸发了呢，给你打了几次手机都没人搭理！

他说这两天忙得顾不上，手机都没电了。

你敢不搭理我，还错过了我俩的婚礼……

当然是老奕和石青的婚礼，可这毫无悬念的消息还是惊了他一下。那“嫂子”呢？他想问老奕，立刻觉得这问题既愚蠢又无意义。

他和玫赶到海淀图书城附近的一家饭店，老奕和石青已经在那里等着了。那两个人一身素装，跟婚前没啥两样，这让他略感意外。难道他们会穿得花团锦簇地赶过来？

他马上就见识了这两口子的新生活。老奕点菜，石青总不满意，说他口味又重又土；老奕说话，石青就锲而不舍地纠正他的“n”与“l”，“k”与“g”。

石青居然能抽出精力，在驯夫之余意味深长地打量宇文玫，小心探听她的来历。

“画家！我最喜欢画家了！”石青伸手去拉玫的手，“我也学过画画呢！”

老奕乘机掏出手机。

在一个钟头之内，又有几位客人纷至沓来：某报社的编辑一位、某部门的科长一名、“胜子”王胜国，最后一个是石青的大学同学——这位倒是提前约好的。

大家端酒起立，祝老奕和石青百年好合。

“老奕，你娶了石妹子，石妹子就是我嫂子了。嫂子不是一般人，是天人，老奕你要好自为之。在这辞旧迎新之际，必须赋诗一首……”报社编辑一番莫名其妙的话语倒是很适合这个莫名其妙的饭局。编辑说：

宝玉藏青山，兰舟赴长河；
百年一同席，干戈化玉帛。

“不好，不好！”老奕摆手，“你把句子写得刀光剑影的，是何居心。”

科长就说：“周编辑深得人生真味，百年同席，可不就干戈玉帛——稍不留神，玉帛就成干戈，干戈也成玉帛……”

老奕大摇其头，抬巴掌拍黎，说老哥你总不能闲着吧，你是诗人呢！

他说他都有半辈子没写诗了，就别让他丢人现眼了。周编辑和张科长也跟着劝，说大喜的日子总要来两句的。

他笑起来，说自己可没有诸位出口成章的才气，宇文玫是个画家，经常给画配诗啥的，这个机会不能把她放过。

玫瞪了黎一眼，说自己哪里会作诗，现在简直连画也不会画了。

胜子说：“宇文大姐，连我大老粗都给大哥写了几句呢。”玫问他写了什么。他就站起来：

年轻的时候，如果你爱过一个人，你一定要好好地……

“闭嘴！”老奕在桌上拍了一巴掌。

胜子呵呵笑几声，又去撺掇“宇文大姐”。玫举起酒杯一饮而尽，说她酒已经自罚，要是再逼她她只好上吊。

石青瞪了她一眼。

“我在网上看了个段子，”周编辑开口道，“老婆是一种不动产，自己不动，也不许大家动——老奕，别把嫂子变成不动产！”

老奕沉下脸，编辑的笑僵在半空里。

胜子又站起来，说各位前辈，我念一首我读书的时候写的诗给大家听听：

我爱过你风中的荷花
雨中凋谢过的雪
我爱过被你打碎的月亮
被你呼吸过的阳光
……

玫说这孩子必须刮目相看。

老奕说：“我这兄弟，虽然有点风花雪月，可在我们当地也算老奕第二！”

石青说：“你别自作多情，胜子弟小荷才露尖尖角，而你已江郎才尽。”

编辑说：“要是在唐朝，石妹子就不是老奕的了。”

胜子的脸红了。

老奕指了指黎：“兄弟，告诉他们什么叫诗！”

他拱了拱手说：“在座的人人都是一首诗。”

石青指着老奕说：“我们家这位是一首打油诗。”

28

老奕在北京的第一年，黎就来过北京一趟。那是九十年代的事了，老奕住在地下室里，写诗，写小说，写剧本，筹款办杂志，向往必须到来的美好未来。

他们闷在污浊的空气里喝酒，喝到酣处，老奕就奔到角落，摸出一大本手稿丢到他面前。

他捧着稿子读得心烦意乱。老奕看在眼里，就劈手夺了回去。

知音难觅！老奕老是这么说。

老奕攥着啤酒瓶子在屋里转圈，把洗脸盆、衣服架子、开水瓶轮番碰响，从抽屉里摸出一本汉语字典，随便翻到一页，找一个词写在纸上——祭祀。然后继续翻字典：沁人心脾、鸱枭、切线、消失、岗楼、款步、静心、纫佩、街灯、威迫、茫昧、同道、原本…… 老奕学着古人的样子走七步：

沁人心脾的岗楼消失了
原本祭祀的街灯
威迫甲板茫昧的切线
鸱枭款步
纫佩静心的同道……

他离开北京那天，老奕就是用写了这诗的纸包了一串葡萄塞到他包里。后来这张纸被夹在一本小说里，随着他漂洋过海去了美国。

他离开北京不久，有好事者告诉老奕：半个世纪前达达派诗人扎拉就这么干过，人家是把报纸剪成碎片，放进口袋，出门逛街。等这些碎片饱览世间万象，诗人就回家打开口袋，把纸片抛向半空。待尘埃落定，纸片凑在一起……

“凡是我想到的，别人早都干过了。诗不写也罢。”

结果又过三个月，老奕搞成一部长篇小说，一百万字，拿给出版社，被客客气气地退了稿。

老奕也给他寄了一本。是《尤利西斯》的风格，又有几分《弗兰德公路》的路数，总之是那种让正常人的大脑如临大敌的东西。老奕追问他写得怎样，他就很想说些伤人不利己的话，但最终未置一词。但是经过这么多年，“沁人心脾的岗楼”和“甲板茫昧的切线”像个钉子户依然占据着他的记忆，而那些大师们的曾让他心驰神怡的诗句却被他一个又一个忘却了。“沁人心脾的岗楼”获得了与他的那些最尴尬的往事、最沉痛的记忆等量齐观的历史地位。

29

在石青的牢牢管制下，这次老奕只勉强喝到半醉。在东一句西一句的祝福声里，石青把老奕推进出租车，自己跟着钻了进去，她的那张很有面积的笑脸被啪的一声关进车内。

玫和他回到住处，坐在客厅里闲聊。饭局的余波还在，玫对石青和老奕的好奇居高不下，向他刨根问底。他忽然意识到，正是他在 N 城重又见到玫之后不久，老奕才来的北京。那阵子老奕似乎还没有后来这么折腾，以至于他都没怎么在她面前提起过她。

他一鳞半爪，提纲挈领，仍然是个说来话长的故事。才讲到一半，玫就叹了气："可惜我是画画的，我干吗不是个小说家啊。"

他说你现在改行也还来得及，然后他说老奕何德何能，有女人为他下嫁也就罢了，居然还有想为他改行的。

她笑了，说改行的事可是你说的啊。

阳光斜斜地注进屋子里，窗外的树被风吹得晃晃悠悠。依然枝繁叶茂，碧青喜人。天空也蓝得陌生。玫说，这么好的天气，真想用那个蓝色好好洗个澡，在太阳底下洗。

"洗澡间就在太阳照得着的地方，你站在里头就能有这个效果。"

"那我得去买件衬衫，这几天都忘了洗衣服了。"

"等你买到衬衫，这么好的阳光早就成夕阳了。"

哗啦啦的流水声从洗澡间里传来，把整个客厅都装得满满的。充满客厅的，还有玫的声音。她在洗澡间里和着哗哗的流水唱歌：

"我是一棵秋天的树，我是一棵秋天的树！"

这习惯她可一点都没变，洗澡的时候在哗哗的流水里唱，一旦关了水龙头，又一声不吭了。流水把她冲得肆无忌惮。七年，七年的时光足以消磨掉她面容上的光泽，也足以把浴室门外的自己变成个彬彬有礼的半大老头。

流水声停下来，她也不再是一棵高调的秋天的树。她对着门外的他说，真是呢，太阳居然能照到浴室里来，你真有福气。

这也能算福气？

当然算——被太阳这么照着，谁不觉得自己像一幅油画？有种特别受重视的感觉。

你刚才还是一棵树呢。

"我是一棵秋天的树。"

哗哗的流水声又响起来了。

如果树能在太阳下洗澡，人也就不至于太寂寞。在古人眼里，树也能忧愁风雨，那样的世界当然不会太寂寞，他们还认为自己不会死掉，灵魂什么的会天长地久，一切遗憾都有挽回的机会。现在呢，昨天跟你没有关系，将来也没有，只有此时此地。此时此地其实也还是不怎么有。他透过客厅的窗户看外面的树，看树叶子上的闪光。

她推开洗澡间的门，穿着他的黑格子衬衫走到客厅里。衬衫长长的一直拖到膝盖。她打着哆嗦冲进卧室穿外衣——这种迅敏在她倒是少有的。

她从卧室里大叫着逃出来——那么一只小蟑螂就把她吓成这样。

受她之托，他去处死那只不识时务的虫子，但找了许久也杳无踪影。

他回客厅里向她报告了一次子虚乌有的胜利。

她倒也没要他提头来见，于是一个谎言得以圆满，下次他当然可以淡定地说：“怎么，又有蟑螂了？！”

忽然他想到他的某个教授说过：如果你不了解你的敌人，你就不了解你的朋友。呵呵，他笑了起来。

玫看不到他的表情，她看着窗外：“这里阳光怎么能这么好？就像中央银行地下室的黄金都化掉了—— 不行，我得搬到这里来住！”

她说她要去看银杏树，B 大校园里的银杏树。

她套着他的衬衫，罩了她的夹克，被他领着走进融化掉的黄金里。

那些花也暴露在光天化日下：菊花和一串红是当仁不让的主角，开得肆无忌惮。一户人家门口，珍珠梅和黄刺玫在顶稍勉强吐出几穗花朵，不甘于退场却败局已定。紫薇花已凋落殆尽，光溜溜的树干举着琐细的叶子抖个不停。他胸头掠过一阵莫名的不安。这不安是轻的，像一片羽毛。

铁篱笆上残存几朵牵牛，在大太阳底下愣愣地开着，显然不再回避阳光。同样不回避阳光的还有紫茉莉，这种原本只在傍晚之后才开放的含蓄的花，在当下的衰败中硕果仅存，也张开了动人的喇叭迎接着日光。秋天的含蓄的声名，让人忽略掉了它的另一种热烈和无忌。都说夏天是热烈而开放的，其实人们也忽视了夏花的含蓄和拒绝。

那只熟透了的柿子就在他们面前突然落到地上，硬邦邦的水泥路面立刻淌开一摊黏稠的橙色液体、一枚触目惊心的尸首—— 那个瞬间就这样定格。

他们终于走到银杏树下，仰头看它硕大的树冠：这棵被砍掉顶端的树，枝条从旁侧汹涌而出，横向生长，蓬勃成一堆巨型的草—— 它立在大屋顶的清代建筑前头，显然不便于参天而起。叶子呢，黄的、绿的、黄绿相间的，把一棵树涂抹得斑驳陆离，并不是期待中的一树灿烂的金黄。他们来得还是早了几天。

她说你看湖边几棵槐树差不多就要黄透，比银杏树还漂亮。

可惜槐树的黄叶抓不住枝子，风一吹就走，也许下一阵风就是这些黄叶的末日。

她说现在都深秋了，天气还远远谈不上萧瑟，难道这里还不算真正的北方？

也许古时的气候跟现在不一样。

“雨中山果落，灯下草虫鸣”说的又是秋天还是冬天呢。如今山果才落，而虫子早就销声匿迹了，就算南方也是这样啊。

那首诗据说有两个题目，一个是《秋夜独坐》一个是《冬夜书怀》—— 哈，你是画家，总不至于那么较真。

画画的，所以才较真。

哦。

我不画世上没有的东西。

比如长獠牙的鬼？

鬼是存在的。

是吗。

你心里就有鬼。她说。

我心里还有一盏油灯。

也许你就是鬼。

我是。他说。

我也是。

也许你根本就没来北京。他说。

也许你正在做梦。

也许—— 他伸手拉她的手，说你掐我一下。

也许你是个傻子，从来只会做梦。

花坛上一大片一串红在金色菊花的映衬下红得很不像话。

她给那棵银杏树拍照，一会儿站在远处，一会儿凑到近前，从地上捡起扇形的叶子又是拍又是看。

他等到不耐烦了，就催她走，说一棵笨银杏树竟能受到如此这般宠爱。

她说你要再捣乱，我就在你家里住一百天，烦死你。

30

五岁的玫，要一百粒糖、一百件带花纹的衣裳，妈妈离山镇有一百里远，爸爸会讲一百个故事。

村口那棵硕大无朋的银杏树，有一百丈高。

“它本来就有一百丈高嘛！”

在一个夏天它被一声巨雷劈成两半，一半倒在地上，另一半立在村口，岌岌可危，似乎一阵风就能把它吹倒。然而此后年复一年，它依然立在那里。被烧灼过的伤口一直保持着焦黑色，那颜色就像一种耻辱，是雨水洗刷不掉的。

她说她慢慢就把那棵树忘掉了，最后剩下的就是那个黑乎乎的伤口。

那半棵树在劲风吹过时，依然发出浩大的喧嚣，被扇动起来的叶片摇得更加歇斯底里—— 肯定是那个致命的闪电把某种疯狂注入它体内了。

当山村上空的雷鸣从远近的山峦上滚过，整个世界就像一只硕大的气球被一双大手挤压，啪的一声就碎裂成无数小块。在这种时候，玫就会双臂抱在胸前，身子蜷缩在椅子里，随着玻璃的抖动打着战。白奶奶就不声不响地把她抱进怀里。

他和木实老拿她取笑。白奶奶就自相矛盾地说："我们小玫胆不小，我们才五岁嘛。"

他父亲在发怒时，也是一只破裂了的气球。轰的一声。不知是父亲在模仿雷鸣还是雷鸣在模仿父亲。可惜那些让父亲雷霆震怒的事，他大都不记得了。

父亲自然是个好人，在外人眼里，是个太过和气的人，总是对别人的事尽心尽力，在比他有权势的人面前怯生生的。嗯，他只记得他在当教导主任的时候冲着那几个偷鱼的学生发过一次火。

到了夏天，银杏树枝丫间尽是碧青的果子。他们仰头观望，对这些形状平和的小东西垂涎欲滴，以为它们成熟后就会像杏子、桃子和李子那样甜蜜。他们流着口水，想尽办法从那高高的树冠上弄下果子来。可是即使拿来最长的竹竿，依然不可触及。

等到了秋天，银杏果不撼自落，一粒粒柔软饱满的橙黄色果实毫无保留地铺在树下。他走过去，掰开它们，便有最恶心的气味扑鼻而来。他还没有明白是怎么回事，果子已经被远远地扔出去了。

白奶奶把银杏果叫作白果，把它们捡回家，除掉令人作呕的果肉，把果核洗干净，放在太阳下晾晒，它们就变成牛奶那样纯正的白色。她把它们用铁锅炒熟了，分给他们，一次一小捧。"吃多了会七窍流血。"他偷偷去厨房里拿，一下子吃了一堆。那个下午他恶心腹痛，坐在太阳底下等着七窍出血。等到黄昏，太阳都流血了，他还好端端地活着。当然此后他再也不敢多吃。

31

空气无可救药地冷下去了，颐和园东门内，堆碧叠翠的柳冠已被淡淡地抹上了一层晦暗的颜色。但树叶子毕竟还固执地绿着—— 如果与春天的时候比，如今这一溜儿柳树倒还更繁盛些。白蜡树就不行了，一身黄叶在无风的时候也自甘堕落，但凡有一阵小风，一树的叶子更是逃得争先恐后。

他俩避开树荫，在太阳下慢走—— 曾经狂暴灼人的骄阳，现在成了宝贝。阳光体贴入微，让人后悔自己在两个月前还在咒骂它。

昆明湖边荷塘，还残存几抹绿意，然而定睛看去，却都是败叶断梗，有几根荷梗无叶可举，就直翘翘地指向天空，犹如一声声控诉。

莲蓬们早已干透，一律铁锈色，莲子也早就跌进水里去了，那些蜂窝似的孔洞，把一种倔强抛投过来，让你的内心不得安宁。

她拿着相机跑来跑去，去拍荷塘里的败象，又在柳树的阴影里站了许久，沉浸在焦距和光圈里，整个世界只剩了方寸之内的细节。

她坚定地站在暗处，直到拿着相机的手在风里颤抖——毕竟深秋了，空气已不能不冷。他把她拉回到太阳底下。阳光贴上他们被风吹冷的脸，就又暖融融的了。

她一张张翻看才拍下的景物。那些景物一旦捉到盒子里，一定变得更丑或者更美，不复原来的模样。他不知道镜头是汲取了这个世界的精华，还是扮演了一个奸臣的角色，隐瞒了一切真相。

小时候，你最想去的地方是桂林。现在你终于到了这样的年龄，知道世上并没有桂林。同时也知道，这世上没有香格里拉或者西双版纳。

在那棵高大的杨树下站着一个小男孩——那男孩自己解开裤子，朝树干撒尿。他的母亲站在一旁，半是自豪半是歉疚地微笑着他还是她的合法玩物嘛。玫马上举起相机对着他照。那母亲竟也不加阻止。

等你们绕着昆明湖走到玉带桥，日头就开始越过天空的中点。你们在桥边坐上渡船，朝湖的东北角漂过去——去玉澜堂看那几棵玉兰。

这时节玉兰当然不可能开花。但如果你还没有跨进那个门槛，总有花事烂漫的痴望挥之不去。

“原来这就是玉兰树，我窗子外头就有一棵！”你恍然大悟。

“是吗？那我要在你那里住到明年春天。”

“My pleasure.”

“Are you sure?”

“Definitely.”

“I don’t believe it.”

“You can count on me.”

“小时候白奶奶跟我说，这种花蕾叫‘辛夷’，后来我家有个邻居女孩就叫‘辛夷’，我觉得这名字特别好听，比我的‘玫’字好听十倍，可别人老开她的玩笑，叫她‘辛阿姨’。”

“没有哪个名字经得住恶意的联想。如果往好处解释，也没有哪个名字不意宏旨远。小时候大家对待别人的名字都恶意昭昭的，一定要榨出最不堪的含义。”

“我就被叫过‘语文妹’，结果呢，为了给这个外号凑一对儿，我们班就有了‘数学哥’。”

“那是什么时候，我怎不知道……”

一个女导游举着一面小白旗踏进门槛，身后鱼贯一大群游客。没等客人站定，她就迫不及待地开讲：“……太监李莲英就去报告太后，说皇上屋里有动静，太后赶过来，珍妃就躲到柜子里……太后指着门口两块石头骂皇上，说你干这种事，一点都不念及母子之情……皇上也指着石头骂太后，说你还母仪天下呢……”

他们跟着导游拥到玉澜堂后院。后院里有巨石一块，被五叶地锦修长的藤子紧紧抱在怀里。五叶地锦的叶子色彩斑驳——赭红、橘红、玛瑙红、亮黄、黄绿、墨绿。玫怔怔地盯着它们看了许久，然后举相机拍了一张又一张。

她说她不能想象自己怎么能在一幅画上把藤子对石头的丝丝入扣的搂抱再现出来。她说这搂抱都抱出了血来，又像一个念头攫住了头脑，回忆抓住了心，也像一阵复杂的情绪突然把人拽入苦思冥想。

嗯。

这次导游保持住了耐心，等大家都凑齐了才开讲：“……宜芸馆是光绪的皇后隆裕住的地方。这个皇后是慈禧老佛爷替光绪包办的，光绪对这个皇后啊——没感觉——这个隆裕皇后啊……吃饭有个习惯，大家猜猜看？……看电视？哈！当然没有……大家现在过得比皇后还好……猜不到？她一边吃饭，一边看金鱼……鱼缸就在那间屋子里，大家可以过来看看……她虽然过的是锦衣玉食的生活，吃的用的都是最好的，但是作为女人的一些享受恐怕从来没有。”

“什么享受？”有人明知故问。

导游充耳不闻，继续说：“你们知道，宜芸是什么意思呢，芸是一种香草，可以夹在书页里防蛀虫的，所以宜芸就是藏书的意思，乾隆皇帝曾经在这里读书，宜芸馆就是他建的……‘霏红花径和云扫，新绿瓜畦趁雨锄’……帝王也是人，何曾不向往农家子弟耕读散逸的生活呢……”

另一拨游人跟一个举着小黄旗的导游也进了院子。原本已塞满了的后院居然还能吞下一批新人。黄旗导游走到墙边，把嘴对着手里的扩音器，说你们注意到没有，这里本来有一道门，戊戌变法失败以后门板就被拆掉，门洞用砖头砌上了——大家仔细瞅瞅，是不是隐约还有门的形状？

“有有有有！”大家凑近细看这堵曾让一个时代无可奈何的墙。它居然毫无特别之处，就是一堵普通的青砖墙——你小时候，各家垒鸡窝用的，就是这种砖。

他们又走回昆明湖畔，沿着长廊朝西，一路上抬头看梁枋上的彩画。有一搭没一搭地，她指了梁上说这个是哪吒闹海吧，可怎么没有风火轮？那个叫程门立雪？怎么还骑着毛驴啊。这人长得像关羽，为什么没有青龙偃月刀？白胡子老头面前的那位到底是刘备还是张良？

他当然答不上来，可能，也许，大概，差不多。只有岳母刺字他确定无疑，历史上似乎再没有第二个母亲干过这样的事。

她说你还算中国人吗？中国人的事你全都不晓得了。他说他至少还能认出岳母刺字，不像有人连草船借箭还要琢磨半天。

你是说我？说我？

一路上胡说八道，就来到苏堤上。她说这和杭州西湖那个苏堤可没法相提并论。是吗，杭州我还没去过呢。

没有去过的地方是最好的地方。

我脑袋里的杭州，肯定比你的美。他说。

他们站到了桥上，桥下的水是平的，仿佛冻住一般。印在水里的桥，也比脚下的桥美，那是神仙们待的地方，凡人当然不可触及。他把这个意思说给她听，她就指着水里说：两个凡人不也都在水里？

要是在十年前，水里的两个凡人八成会拥在一起，时间就此停止，整个世界再也不会是问题。

“苏州你好像是去过的，不，是离苏州不太远的地方，无锡。”她说。

水中的他们的背后，又凑上来一个人，粉红的宽边的大帽子，粉红的连衣裙，粉红的坤包，一身打扮都是十七世纪的。

他们转身看她，这个穿越过来的女人把他们吓了一跳，而她只顾目不转睛地望着秋水。

玫冲她露出微笑，可她目光从他们两人中间穿过，一动也不动。

他们两个赶忙逃下桥去。

她该有五十岁了，或者六十，不知道从哪来。这附近的人总能看到她，叫她粉红娘娘，也有人叫她粉红姐姐。颐和园是她光顾最多的地方。也许她把自己当成慈禧太后，来看看自己的园子。也许她就是太后老佛爷本尊。有人说她是用海军经费修的这园子，有人说根本就没这么回事。在这个池子里操练海军？开什么玩笑。或许她是法国王后呢——被砍了头的是法王路易多少世的王后？被砍了头的王后也不少了。跑这里来瞅瞅北京的秋天有什么不可以？

他们逃进那个挂满国画的小展览馆里，站在一大群用橙色颜料勾出的柿子前发呆。是大美术学院的大教授画的成百上千的柿子，《万事如意》。他去数标价上头的零，说等哪天他开一家画廊，一定往宇文玫的画上使劲儿加零。

不是往画上加零，往标价上加零，她笑着说。

等你有一大把零的时候，就会有无数的人盼着你疯掉或者死掉。他说。

士为知己者死也是可以的。

32

“这就是你想见的心理学家，柴博士。”他站在门口，指着站在门里的柴对玫说。

“别听他瞎扯，这里没有心理学家，哈哈——快请进。”

柴的妻子汪雪从厨房走出来：“这个就是宇文画家吧。”

“也不是什么画家，画画的。”玫说。

“我在网上看过你的画呢，真不错！”

“都是没人要的。”

“哪会！我想找你要幅画，怕你不肯呢。”

“嫂子要，当然送，不过恐怕只能用它盖酒坛子。”

“他们家可没酒坛子。”他说。

“我们家有醋坛子。”柴说。汪雪举手要打。

他和玫落座沙发，柴的妻子又回到厨房里做饭去了。柴不知从哪儿弄了一套功夫茶具，又是洗又是烫，在他们面前耍得眼花缭乱的。

旬旬从里屋跑出来：“叔叔，叔叔！”

“你几岁了？”

“阿姨四岁半了。”

“不是阿姨四岁半了，是我四岁半了。”柴说。

“爸爸怎么会四岁半？！”

大家哄笑。

“上幼儿园了？”玫接着问。

“中班了！”

“幼儿园好玩吗？”

“也好玩也不好玩。”

“什么最好玩？”

“在院子里玩。”

“什么最不好玩？”

“老师生气。”

“你们老师经常生气吗？”

“有的经常有的不经常。”

“你喜欢哪个老师？”

“我喜欢妈妈！”

“他现在可崇拜他妈妈了，我和他妈争起来，他永远站在他妈妈那边。”

“男孩子是不是都这样？”玫去拉孩子的手。

“也就这时候——所谓的俄狄浦斯期。”柴说。

“旬旬，你最喜欢妈妈什么地方？”玫松了孩子的手。

“妈妈漂亮！还会做饭！”孩子斩钉截铁。

“再过几年，这些都算不上优点。”柴终于把茶沏好了，一一端到他们面前。

“再过几年，他会把你排到前头？”玫问。

“那倒不至于。”

“那就看你的表现了！”汪雪走过来，弯腰拿热水瓶。

“这不是表现的问题。”

“没自信了。”汪雪提着瓶往厨房里走。

“可不是自信的问题——谁能替代妈的地位？”

“可我打小就跟我妈不好。”玫说。

“因为你是女孩。”黎说。

“女孩也差不多，除了三到六岁之间的俄狄浦斯期，其他时候也还是妈最重要。”

“那我跟我妈可不行。”

“最想要的未必能得到，心理上的母亲和事实上的母亲也未必是同一个人。”

“柴博士总能自圆其说。”黎说。

“我觉得博士有道理。”玫说。

“这不是道理，这是真理。”柴说。

“你看，”黎对玫说，“心理学家的理论自信！”

“博士，要是我找你做咨询怎样？”玫说。

“那可不行，我可以帮你找一个咨询师。”

“又来了，”黎说，“这也算双重关系？”

“当然。”

“也许有天我会请你帮忙找一个，现在倒不急。”她说。

“阿姨，你跟叔叔是一对儿。”

“你懂什么是一对儿？！”他心里一惊。

“结婚呗。”

“叔叔是阿姨的哥哥。”他说。

旬旬指着玫："那你也姓黎啦？"

"阿姨姓宇文。"

"语文，阿姨姓语文，爸爸！"

"别胡说，阿姨姓的那个宇是宇宙的宇，阿姨是复姓。"

"我知道，都跟爸爸姓。"

大家笑起来。

"叔叔是阿姨的表哥！"

"你怎么知道？"

"只有表亲才不是一个姓。"

"旬旬真聪明，晚上阿姨带你去看电影。"

"我要看 Hulk，我要看 Hulk。"

"别闹了，到你屋里去。"

"我要看 Hulk，我要看 Hulk，我要看 Hulk。"

"有这个电影吗？"

"在中国没有。"

"我要看 Hulk，我要看 Hulk，我要看 Hulk。"

汪雪在厨房里喊旬旬："过来，帮妈妈剥蒜！"

旬旬转眼就从客厅里消失。

支开一张圆桌，客厅就几乎被占满了——它本来是一只方桌，掰开四道原本折下去的弧形桌板，就拼成一张大圆桌。从厨房里端出的饭菜一盘盘安顿下来，香味也把一间客厅占妥帖了。

这韭菜是我高中同学种的呢，绝对绿色有机。汪雪说。哦。人家也是博士。是吗？以前教书，现在不教了。何以为生？老婆工作呗。他呢？在家待着。哦。身体不好——自己租一块菜地，有一亩多呢。真好。他农村的老妈来看他，看到他又种地了，抄家伙就打。啊？！儿媳妇说，你再打，他就死了。啥病？不知道。这些蔬菜？倒不都是他种的，他也就随便种种，想种什么种什么，今年种的大部分是葫芦。西葫芦？——不是，就是葫芦。他说，什么没用种什么，更把他妈气得要发疯。此人特别有趣。这是他种的扁豆。他高中的时候可不得了，天天玩，还老考第一。天才。博士毕业才二十六岁，三十岁就种地去了。种了好几年了。除了种地还干吗？画画。风格？没风格——他说没风格，想画葫芦画葫芦，想画蚊子画蚊子。要去拜访？他不见外人，就是老同学要见，也得提前半个月约。他的画？没有！他不送给别人。不是在宋庄种菜，不是，离宋庄老远呢，他可不打算做画家。

宋庄！旬旬说，去过！

喜不喜欢？玫问旬旬。

不喜欢！

为什么？

他们农村人都不会画画！

别胡说，他们是画家，汪雪说。

他们都不会画画！

旬旬三口两口扒拉完米饭，就跑到里屋看电视去了。

他想起了柴柯让他代替他去开的那个会，就对柴柯说，一群搞法学的人开会，怎么会请了搞心理的人去？

“该不该取消嫖宿幼女罪，不仅仅是个法律问题。”

他说他没想到一个科研项目结题会也能开得剑拔弩张。

柴笑起来。

“他们想取消嫖宿幼女罪，代之以强奸罪。在场的一个女社会学教授说，未成年的少女，不能决定自己的性行为。一个成年人明知对方未成年仍然与之发生性关系，即使在对方是为了金钱等条件的情况下，也必须视为强奸。结果另一个大学的法学教授就说，未成年人凭什么就不能决定自己的身体和谁发生性关系？成年人又能明智地决定自己的这些事情吗？”

“思路很清奇啊。”柴说。

“爸爸，什么是强奸罪？”

“你什么时候又跑出来了，去看电视去！”

“什么是强奸？”

“小孩子不用知道这个！”

“就是要知道！”

“就是不经别人允许，抢了别人的东西。”黎出来圆场。

“幼儿园天天有人强奸！”

“小孩子不算，大人抢小孩的东西才算。”黎说。

“那我们老师也强奸！”

“滚屋里看电视去！”柴说。

旬旬又飞奔进里屋里。

“开完会大家一起吃饭，那个法学大教授给大家看相，说那个女社会学教授‘一生会有很多烂桃花’，应该注意多吃水果，然后就能修成正果。奇怪的是那个女教授好像很相信的样子。”

“开会的时候他们不是吵起来了吗？”

“可是到饭桌上，他们就一笑泯恩仇了。”

玫起身离座，朝卫生间的方向走过去了。

“啥叫性交啊！”旬旬举着个手机奔过来。

汪雪一把夺过儿子手上的手机。“这孩子真不让人省心。”

柴掏出一张钞票塞到旬旬手里，“去买个冰激凌！”

孩子转眼就消失在门口。

“现在的孩子好奇心怎么这么重！”汪雪说。

“那可不，”柴说，“我们上小学那会儿，有好几个同学吹了大气球带到学校里，都不知道那个是避孕套。”

玫回来了，带着不易觉察的笑意，坐下来的样子还挺迷人的。她以前总是左右微微地摇晃两下才弓身坐下来，那是她自己都没有察觉的动作。现在她不了。

他看着她，那个军校教师魁梧的身体把她压在身下的情景就像个幽灵一般冒了出来。

柴有的时候会说他，你的想象力过于丰富，不适合做社会学家。但他对这个说法并不买账，他觉得有时只有想象力才能抵达现实。

“这种事有时候发生，当然并不经常发生。”玫在说话，他吓了一跳，意识到她在回答汪雪的问题。

“所以光参加画展是不行的是吧？”汪雪接着问。

“除了毫不妥协的个性，他们在其他方面很难说有什么不同。”

33

晚上回到住处，都早早睡下。他躺在客厅的沙发里，等待困意降临。窗外落起了安慰人又折磨人的秋雨。

没有比这更从容的雨了，一滴滴一声声不紧不慢，仿佛从上辈子慢慢落到这辈子里来，又朝下辈子一直落下去。有人在上楼，把楼梯踏得咚咚作响，急切的心情昭然若揭。继之以开门的吱呀声和关门的哐当声，然后便是长久的平静。

这幢楼的邻居，你所识寥寥，你不知道楼下弹钢琴的小女孩是谁，几岁了，更不知道住在楼上的那对夫妇长得什么模样。那对夫妻每隔些日子便把床板弄得咯咯作响。他们的节奏，起初是慢的，最后总要变成疾风暴雨。后来浴室里哗哗的流水声为一切加着妥帖的尾注。前天晚上玫正坐在客厅里读《格林童话集》，那声音又在上面热烈地响了起来，你别提有多尴尬了。你没话找话地说你为什么还读这种小孩子的书。她说这可是你的书，他就无话可说了。她指给你看那个驴王子的故事，说没想到它居然是个大团圆结局，在她记忆里，王子失掉了驴皮，变回翩翩青年之后，既悲伤且害怕，绝望地离开了公主。她说那是《格林童话》里最好的故事，比《灰姑娘》还要好，比安徒生的《丑小鸭》还好。

你怎么会有一本格林童话呢。

窗外雨声渐密，起身走到窗前，只能看到树木的剪影。路灯都灭了，雨是看不到的。在你二十多岁的时候，你还写过诗呢。就是关于这雨，这路灯的，你不也都不记得了吗？无非是孤独和盼望萌生的惶恐。后来出国，结婚，毕业，盼望就如同拿到法庭上的伪证被一条条驳斥——可是半夜站到窗前，惶恐依旧，孤独依旧。妻子女儿安谧的呼吸，当然不能成为一种安慰。没有什么可以成为一种安慰。

当年在 N 城的时候，玫不是写过一段关于雨的文字吗？

……下雨的声音最让我放心，密密麻麻的，是一针一线踏踏实实织在心上。这时候屋子格外的实在，格外的是个能遮风挡雨的地方——还有什么比这默默地依靠更踏实……盼的就是这样的天气，淅淅沥沥、铺天盖地的……整个世界就成了一大块布，我是绣在布上的一朵花，针脚细匝匝的，是梅花或者荷花……待在屋子里听雨，就像把洗得干干净净的脸贴在枕头上，柔软体贴……而雨不疾不徐，像是有什么牵挂，又像是无所用心——连命运都拿它没办法……

34

早市里人潮翻涌，人声鼎沸，头上多云的天空是一张厚厚的锅盖，扣在偌大的城市上方，让这喧嚣更是无处逃散。

如果你留意，就能发现这喧嚣是二合一的。一种是背景，混混浊浊，像煮开一大锅面糊，是人的话语、禽畜的嘶鸣、器物的碰撞、脚步的杂沓……汇在一处，被搅拌被揉碎，一大锅声音之粥。

听这宜四够叽个还呢肉一鸡多不七当称要斤您元菜找号小啊
仨绿东棉每待有发包样嫩么茄早钱什嗵也头噢虾错锅俩才撂
就料霉嘞瞧点可过尺看当冬拉亮提换尺后枣身了旧开土怎皮
货长嗳您白假咯朵麻牛件挺瞧拎假要厂便梨毛称腐公高牌甜
顾芹嗒巧收磨叶走八鲤呢水别辣哪可递看嘭多铁起正老切卜
您煮北骨成藕臭都够搁布盐气上磁咚人单电赔虫旧不鸽甭毛
有滑全玻劲得红早厚一纯骗还笋比嗵儿除萝厚去割家斤操蹭
糊腰拆磨子递事北原弄从番货近叽倒蛤青再米找活木说钳元
野给食把轮酒呃想锅化柿猪也谁易我片就芥包鸡乱裂吃呢怎
是那铜赖茶生来价臭关朋油个钱水花模咱爆好拉奇短准鹌百
大呃裹塑白老蟹芝耳拼酱亏够号笨嗵多急远菜把干六新剁样
挺柚买兹羊上栗去蛤说面作七栽捆见块褪算尖零翅生对能又
葡药认猛留四炸核苦个能韭剁已我海缠块收喀洞尝绿钱啊后
办堆软豆铁们半葱冬腌那您刚的断捞短要最索鲜平出薯给捏
短多价切西心九兔黑就河芽袋卖放新蘑水您胡重这圆杂通小
地了赔知哪夹多膻涨鹑如南闻明瓜呵倒几兔够泥敲轻皮酿呢

另一种，是在你身边不远处东一声西一声猛然响起的。“一块钱三斤！”“冬枣！冬枣！”“一堆一块！”

走在早市里，就是在声音的海洋里悬浮，那偶尔的一声“冬枣”就是海妖的诱唤。

如果不在这声音之粥里撒进去一些调味品，那就太不早市了。调味品当然应有尽有：瓜果蔬菜的气味、皮革的气味、织物的气味、家禽的气味、肉的气味、干果的气味、金属的气味、人的气味、糕点的气味……

你们飘到肉铺门前——它被含蓄地包裹进一座长条形铁皮建筑的内部——被几声吆喝拽了进去。肉案一字儿排开，挂在钩子上的红白的肉体鳞次栉比，朝这个通风不畅的空间散发尸体的气味。这气味熏得你晕头转向。玫更受不了这震撼的场面，扭头走了出去。

但在那红白的肉林之间，肉案的主人们，男男女女的莫不泰然自若谈笑风生。你看见一个男人躺在一把油乎乎的褐色竹摇椅上抽烟，明灭的烟卷离一只诡谲的猪头仅仅半尺之遥。男人从椅子上站起来，问你“买肉啊”，那人身后的摇椅就欢欢喜喜地像个不倒翁一般摇晃起来。

你看到他挥起斧头乒乒乓乓砍在骨头上，碎骨四溅，那人的手指离斧头的落点也就寸许距离。你想提醒他注意安全，但这恐怕会招来一个鄙视的目光，所以不说也罢。这样的砍切，在偌大的肉铺里，当然是此起彼伏，整个肉铺都在一片杀伐声里震颤。（但每个手指都不可思议地保持了完好无损！）

你拎了骨头，走到禽肉案前。你看到翅、爪、腿、肉都被分门别类，规规矩矩地摆放在许多个搪瓷方盘内。十几只褪了毛的整鸡，在架子上被挂成一溜儿，光溜溜的脖子一律直勾勾地悬垂下来。

你离开这惨淡的场面，就走到水产柜台前了。海蟹装在深色的塑料盒子里，淡水蟹则装在颜色淡些的塑料盒里。他凑近去看那些被捆住了钳脚还在扭动的螃蟹，它们锲而不舍地吐着泡泡。泡泡噼噼啪啪地破碎，比墙上那只闪烁的电子钟更形象地数算着它们最后的时光。离它们不远，是脊背黝黑的淡水鱼在硕大的水盆里无声地游弋。。

一个中年女人，头搁在手掌上，胳膊肘撑在一张桌子被拉开的抽屉上，在岌岌可危的平衡里闭目瞌睡——到处血迹斑斑，只有那个放钞票的拉开的抽屉还算干净，勉强可以作为一个支点——只是她随时都有可能倒下去。他走上前去看她面前水盆里活泛的鲫鱼。

陡然“泼剌”一声，是一条鱼奋力跳出了盆子，重重跌在水泥地面上。头破血流的鲤鱼用尾巴愤怒地拍打脏兮兮的地面。卖鱼人劈手抓起它，丢进铺台后的水桶里。哗啦！

你朝南侧出口走去，听到背后嘭嘭两声，以为那条鲤鱼又逃了出来，回头看，是一条黑鱼在肉案上跳起又落下。卖鱼人伸手把它压住，一把亮刀在它脑袋上坚定地一拍——“啪”——黑鱼就一动不动地躺在那里了。然后那把亮刀三两下把它一侧的鳞片剔除干净，再翻到另一侧，动作依然干净利索。然后一把不锈钢的剪刀，直伸进它的泄殖孔，朝鱼鳃的方向剪过去，一路势如破竹。再剪开鱼头和鱼身相连的那块骨头，剪开腮，用力一剜，血红的鱼鳃连着五花八门的脏器都被拉了出来。从他抓起那把剪刀，到他把这条鱼里里外外收拾得干干净净无可挑剔，也就转瞬间之事。

可这条被掏空了内脏的大鱼，突然从那致命一击带来的昏厥中苏醒，张嘴，摆尾，从肉案上蹦了起来！

他速速迈出铁皮房子。

铁皮屋出口的左右两侧蹲着好些硕大的铁丝笼子，大部分笼里囚着菜鸽与鸡鸭，还有一种褐色羽毛的斑点鸟儿，无动于衷地立在笼子里听天由命。而鸽子们推推搡搡，你争我夺，在这方寸之地依然不打算妥协。一只金色胸脯的灰鸽子正向一只母鸽做着求爱的动作：在咕咕的叫唤声里抬头低头抬头低头——那嗓音也就随之高低摇荡。

鸡被囚在最硕大的铁笼子里，却没有鸽子们的活力。它们百无聊赖地东啄一口西啄一口，喉咙里阴阳怪气地喊上一两声，似乎别无所求。

几只鸭子被拴在一起，抛在鸽子笼前的水泥地上，在它们自己的暗绿色湿粪里互相牵扯，让排泄物沾了一身。

一排笼子的尽头，是一张木头桌子，一根长长的细竹竿绑在桌腿上，直伸向空中，竹竿顶端悬了一面白纸牌子。黎眯起眼睛瞅这面反射着阳光的白旗，看到了“现杀现卖”四个字。“杀”字被刻意放大了一倍，又在这个字四周圈了血红色的圆。

他看着父亲薅鸡脖子上的毛，摧枯拉朽一般，脖子上马上就露出一块青色的皮。用刀在这一块皮上轻轻一划，殷红的鲜血就喷进一只雪白的瓷碗。父亲让他攥紧鸡腿，别让它动弹。两只热乎乎的腿在他手心里挣扎得像一棵狂风里的小树。

血快流干的时候，愤怒的挣扎就变成无力的颤抖。

血在洁白的瓷碗里像时光一样凝固下来，安顿成一块红豆腐。那洒尽热血的雄鸡，依然在角落里微微颤抖。在那个家里，他从来没有握过另一个人的手，他们从不握手，从不相互触摸身体的任何部位——那热乎乎的鸡腿握在他手里，竟然是温暖的。

一滴水落到他脖子上，把他从回忆里拉出来，他发现自己仍盯着那个被圈住的“杀”字。

另一滴雨水，就在这个时候落到脸上。

下雨了，一丝焦灼的气息在人群里蔓延。但这焦虑蔓延着也消弭着，人们重又淡定下来。雨，毕竟还没有真正成为一场祸患。

他和她走到萝卜茄子和青椒中间，被它们鲜艳的颜色一再诱惑。

“青椒多少钱一斤？”

“一块四。”

“那么贵？！”

“这还叫贵，都这价！”

“那边还一块三呢。”

“那边？您看看我这青椒，那边的能往家里买？！”

“我看差不多嘛。”

“差不多！您仔细瞅瞅，仔细瞅瞅，您知道这批发价多少？卖一块三赔本赚吆喝！”

“您哪能赔了，有错买的没有错卖的。”

“嗨！妹妹，瞧您这话说的，混碗饭吃要这么容易，姐姐我这一把年纪的还会跟您计较一毛两毛的？”

“我要两斤，两块六。”

“两块六不行，说真的，妹妹，两块八真的不赚您钱。”

“那算了。”“妹妹”把抓在手里的一把青椒扔回筐里，转身走。

“妹妹，妹妹，妹妹，两块七！”

“两块六！”

等“妹妹”提了青椒走开，他和她就搭了“妹妹”的便车，买了两块六的青椒。

卖菜的女人一边称青椒一边教训蹲在她身后弹玻璃弹珠的小孩子——他身穿蓝色碎花的上衣，下身黑色开裆裤，露出一部分屁股。她要他好好待着，不要东一头西一头的瞎跑。

“叫爷爷！”卖豆腐的摊主逗他。

“叔叔！”孩子叫道。

“叫爷爷！”

“叫他叔叔！”孩子母亲说。

“叫爷爷！”

“得了，你不老！”另一个摊主说。

“该怎么叫就怎么叫！”

“别难为人家了！”

“我是你爷爷！”孩子突然站起来，虎视眈眈地看着豆腐摊主。对方挥手做了一个打人的姿势。孩子就冲他扮了个鬼脸。

“骂人可不好！”母亲吼了一嗓子。

“这孩子有种！”卖豆腐的说。

35

村里的打谷场上，那头被捆起来的猪是黑色的。它仰面朝天，喊得撕心裂肺。它的恐惧和绝望就像烙铁一样烫进他心里。直到现在他还能听到它震天动地的叫唤。如果这世上果然有个上帝，这个上帝为何对这悲惨的呼求充耳不闻？

有人在猪脚上割开一道口子，把一根中空的铁管伸进去，从另一头向里面吹气。在更惨烈的叫声里，它的身体稳稳地鼓胀起来，慢慢胖成一个椭圆的球。随后就有人用一根木棍在它身上猛打。

嚎叫从惨烈变成衰弱，终至于无声。

杂沓的人影在安静下来的它的身体四周闪动。

这身体成了一个祭坛，又可以说是一块正在被瓜分的国土，总之需要保持许多微妙的平衡。

他不记得他们是怎样把它剖开的。只记得那些肥腻的猪油堆成一座小山。它的躯壳，被高高地挂在树上，根根肋骨血红而倔强……

他们这些孩子，每人都分到它身上一点废弃不用的部分。它的尖蹄甲是鞋子的形状，塞入一小团儿它自己的油，插上一根棉条，点上火，就成了一尊灯盏。他没有分到蹄甲，但还是求到一点儿猪油。他把油塞进一块掏了凹槽的地瓜里，也插了棉芯点火。

在玫的一幅画里，有个小姑娘目睹这个场面，躲在角落里瑟瑟发抖。

那时没有人注意到她，他也没有。他沉浸在自己的恐惧里，后来就举着猪油灯和一群孩子欢兴高采烈地跑到田野里去了。

第二天早上，他们每人碗里都有一只蒸熟了的猪脚，被诱惑出来的食欲赶走了心里的嚎叫，他和木实比赛着把整个猪脚都吃下去了。

玫没有动她的那份，也没有喝碗里的粥。她离开饭桌时看他的表情是嫌恶的。

36

他们从早市回来已是中午。他炒了青椒，她做了麻辣豆腐，像模像样地吃了一顿午饭。

然后出门，沿着小街向西，一直走到万泉河路上。上立交桥，站在桥上看西边的山峦。天空依旧那么高那么远，抹上生机勃勃的蓝色，又让徘徊的云在山腰上投下乌黑的影子。

“那边是香山？”

“不知道。”

“我看就是。”

“可不一定。”

“据说叶子红了。”

他们走到正在修建的海淀公园里，找到一个小水塘，就不再往前走，坐到水边的银杏树底下晒太阳。

水可真浅，薄薄的一层，仿佛拿块抹布就可以把它抹干净。一群麻雀落到水中央，站在那些露出水面的石头上顾影自怜。

虽是一汪浅水，把整个太阳装进去也绰绰有余——那反射过来的光线还有点气势汹汹的样子。

几片银杏树叶掉到地上，躺在炫人眼目的金黄色里。玫走过去弯腰捡起一片，站在阳光下仔细端详。他抬头朝树上看：多数叶子黄得不够彻底，青色的底蕴尚未褪尽，最后的那一丝绿痕显得很是不合时宜，是秋天的反动势力。而落到地上的，倒是新鲜且张扬。

“诗人说‘蝉鸣黄叶汉宫秋’，现在哪里还听得到蝉鸣。”

“早来一个月就好。”

“那时候树都还绿着吧。”

“当然，但你听到蝉声一起，碧绿的槐树上透出几片黄叶，就像黑头发里夹杂的几根银发，敏感的人就不免有几分末日的感觉。”

“第一缕白发，就像一个常胜将军的第一场败仗，你看，你看我这里……”

“哪里有！”

水面上荡起几十个同心圆——是一对深蓝色的蜻蜓反反复复下降到水面点触出来的。它们在水面上空捆在一起游弋飞翔，模样可真够笨的，扑棱棱的两对翅膀费力地把两个身体托在空气里。真担心它们一头栽下水塘。

它们从他们面前沉甸甸地飞过，仿佛一只满载核弹的轰炸机发出轰鸣。

须臾又飞来一只红色的蜻蜓，冷不丁朝这一对冲去，推撞，干扰——怎奈收效甚微，缠在一起的那一对坚定不移，弄出更多的同心圆。

就像一切抵达巅峰的生命必然的模样，义无反顾且经得起考验。

倒是那不速之客先折腾累了，迫降到塘边的水泥地上。

他凑过去，把手掌拢成一个罩子，朝这个单身汉笼罩下去，翻开却是一场空。

它没有远走，也没有被他的偷袭乱了方寸，而是抖擞精神，朝那一对儿冤家发动新一轮攻势，推撞、骚扰，百折不挠。

等它又落回地面，居然还是刚才的位置。

他又过去，屏住呼吸，猝然扑向一双花窗般的翅膀——这次它被捕了。

一双祖母绿般的大眼睛绝望地瞪着你。

“小时候我们把蜻蜓尾巴弯过来，把尾尖放进它们嘴里，它们就会认真地咬住自己的尾巴，就这样——”

“阿弥陀佛。”她说。

六根细腿绝望地踢腾。

“放了它。”她说。

他把它放回到地面上，它就一动不动地伏在那里。

“你把它弄死了。”她说。

她伸手去碰它，它突然振翅，转眼消失得无影无踪。

他说他女儿最喜欢追着蜻蜓飞跑。

“我在你家看过一张她满月时候的照片呢，眼睛大大的，很聪明的样子。”

“只要有一双大眼睛，就会被误以为聪明。”

“那可不一定——谁会觉得汽车聪明？”

他笑起来，说他一直觉得汽车很聪明。

玫也笑了。

一只肥胖的花喜鹊正在草地上高视阔步，身子一扭一扭的，通体青黑而腹部雪白。它听到玫的笑声，倏然飞起，露出同腹部一样雪白的翼端。

一辆挖掘机东摇西晃地开进视线，直开到一片被挖开的泥地旁边，用它那硕大的手腕翻云覆雨，把那个伤口一般的坑挖得更加触目惊心。

“孩子妈妈得了抚养权？”

他点头：“她也离不开她妈妈。天知道那孩子要是跟着我，会什么样子。每天早上醒来，看不到妈妈，就会大哭大闹；若是拍她哄她，她闹得反而更厉害了，两条腿又是蹬又是踢的，疯了似的。”

“女儿不喜欢你？”

“平时还好，我去上班，她会追着我不放，说‘爸爸喜欢你！’可是清早起来那会儿不行，一定要她妈。她又踢又蹬的时候我抱起她，说，看看我，是爸爸，你不是喜欢爸爸吗？她就提高嗓门，哭得声嘶力竭，好像是说‘爱谁谁！我只要妈妈！’”

“作孽，都还不知道怎么过日子，就生孩子养孩子。”她眉头忽然暗淡下来。

“谁知道该怎么过日子，就算你活了两辈子，你知道该怎么过日子？”

“倒也是，就算活了十辈子，天知道怎么过日子。”

“爸爸喜欢你！”她张开小胳膊喊，要的就是他的拥抱，“爸爸喜欢你！”

“我要妈妈，要妈－妈－要－妈妈，要妈妈～要妈妈～妈妈～妈妈～嗯嗯嗯嗯——

“我要妈妈，要妈－妈－要－妈妈要妈妈～要妈妈～妈妈～妈妈～嗯嗯嗯嗯嗯嗯——

她说，在她来北京之前的那个星期，她坐公交车去城西，有个男人就坐在她旁边。

“后来上来一个抱小孩的女人，坐在我们前面一排……”

“然后呢。”

“孩子在座位上爬来爬去，趴到椅背上朝我和那个男的这边看，突然孩子眼睛一亮：‘爸爸！’那女的回头，也看到了这个男的，就用力拽了孩子的腿，抱回到自己怀里。孩子使劲挣扎，‘爸爸！爸爸！’挣不脱就大哭，声嘶力竭。一车人都盯着我们看。那个爸爸去握孩子的手，伸了半截，妈妈劈手把孩子扭到另一边去了。车到下一站，女的就抱着孩子挤下车，爸爸望着窗外哭叫的孩子，一脸茫然。然后大家都朝我看——你说我招谁惹谁了。”

“呵呵。”

“他们把目光在我和他身上移过来移过去——这帮天天看电视剧的家伙，马上就在脑子里编了五十集的连续剧。好在那个男的很快下了车，可是，可是大家还是盯着我看…… 老哥！你怎么无动于衷的。”

“你是希望我抹一把同情之泪？”

玫挥了挥手：“我忘了你是甲壳类动物，连口水都没有。”

“谁说没有，没有怎么吃东西。”

“你们喝风。”

37

他们回到住处，门口站着雯倩，她说她等了好一会儿了。她看到玫，就露出异样的神情。他给她们相互做了介绍。

他对玫说，雯倩要出国留学，他差不多算她的英语老师。他对雯倩说，玫是他的发小，是个画家！

我是他妹妹，玫插进来说。

不是亲妹妹，胜似亲妹妹，雯倩点着头，莫名其妙地说。

那倒还不至于，玫说。

他们都进了门，气氛依然不尴不尬的。

雯倩说，她从小就想要个哥哥，可是只有一个讨厌的弟弟。

雯倩又跑到厨房里，做饭，洗菜，忙得不亦乐乎。

玫盯着他，低声说，这个挺能干，长得也好，稍微老了点，你是从哪里淘来的？

“我在书店买了份挂历。”

“她午夜十二点会挣脱你的魔爪，一下子跑回墙上去。”

“但愿如此。”他说。

吃午饭的时候，雯倩问宇文玫，她准备在北京待多久，说她可以陪着她到处走走。玫说不必了，有哥陪着呢。

雯倩又问她的画什么风格，在互联网上查得到吗。“说看您的气质就像大画家。”

玫说哪里，连画家的边也沾不上。

但是雯倩没有放过她，拿出手机在网上搜索。玫说你不值得浪费你的话费流量。

“您的大作？”雯倩把手机举到她眼前。

玫点头。

“没想到您是这种风格呢。”

哈哈，黎笑着说，我妹妹看上去是白雪公主，可是伸出手来都是魔爪。

“怕了吧！”玫对雯倩说。

不怕，我觉得，自己也有个爪子呢，看你的画，骨头里的猛虎都被你唤出来了。

“那可不是我的意思。”

“心有猛虎，细嗅玫瑰，说的就是这个吧。”雯倩说。

“什么意思？”玫问。

“In me the tiger sniffs the rose.”雯倩说。

“In me past, present, future meet. To hold long chiding conference. My lusts usurp the present tense……”雯倩又说。

“注意连读。”他说。

“Well, and strange reason in his seat.”

“Seat 的 t 还是要发音的。”

“Thanks, you are so kind correcting me.”

玫说姑娘你能不能说国语？

离开的时候，雯倩说她最近就不来打扰了，要是画家需要她，她会随叫随到。玫说不用，北京她一点儿也不陌生，而且还有哥在。

那好那好。

雯倩匆匆下楼，留下他们，气氛又尴尬了一会儿。

然后她说，你俩一唱一和的，还真像搭伙过日子的，上得厅堂，下得厨房，闻得了油烟嗅得了猛虎！

你想象力还是那么丰富。

不知道床上怎么样——你们……

你的思路可以不用这么奔放吗？

哈——她来过不少次了吧，看她熟门熟路的样子。

来过几次，然后她爸生病，她回南方照顾她爸去了。

你今天怎么没给她来点洋酒什么的，威士忌，碰个杯——tigers！

她不喝酒。

这你都知道。

酒精过敏，她说的，她说受了伤用碘酒她都要过敏。

你可真体贴。

她真是来学英语的，每次都把书好好地带着。

Of course.

38

公交车跑到离香山还有三站地的地方，就被卡在漫长的车流里寸步难行。女售票员先把嗓门调成咏叹调，压住众人的喧嚷："你们小点儿声，成不成！小点儿声小点儿声！"接着用宣叙调广而告之："这几天全北京的车都往香山赶，后头这段路没俩钟头肯定到不了，我可不是吓唬你们！"

乘客们纷纷知趣下车，投入汹涌的人潮。

她哪里是吓唬，一路赶过去，都是死蛇一般逶迤的车流，一直绵延到香山脚下。

香山脚下也必须是人的海洋。

他领着玫绕到香山公园北门，然而迎面扑来的依旧是壮观的人海。他们只好任人群裹挟着朝山上冲锋。石阶当然是不够用的，草坡土路都被用来络绎不绝，举目望去，漫山遍野无处没有攒动的人头。

"我们来干什么的？"

"看红叶！"

"红叶呢？"

"满山都是！"

"嗯，就差一个'红'字。"

他对她说，这一面是北山，因为背阴，红叶才难得一见。与其说是安慰她，不如说在安慰自己。

他们一面喘气一面埋怨那个写散文的家伙。其实那文章里到底写了啥，他们都不记得了。他对她说，他敢打赌，他们这些往山上爬的人，十个也未必有一个知道《香山红叶》里写了啥。

风从山下吹上来，从白蜡树上拽走一大把黄叶，撒得石阶上下到处都是。可是柳树、白杨、火炬树、黄栌、国槐、银杏都还与这妖风死命抵抗，紧紧抓住叶子就像吝啬鬼抓住自己的零钱。只有槐树略表对白蜡的同情，勉强朝风里丢出几片黄叶——槐叶又轻又薄，像花瓣，飞洒一种恰到好处的陪葬之情。

风爬到半山腰就成强弩之末，刚才还在摇晃的边珊枝叶一下子就静默了，连人声也沉寂下来。

"小时候我读到'蝉鸣黄叶汉宫秋'，一下子就忧伤得无以复加，感觉这种诗句就像魔咒一样。"她说。

他从台阶上捡起一片银杏叶递给她，说他小时候收集了好些这种东西，夹在书里当书签，其实那些书他都没怎么读。

他们爬到离山顶还有三分之一路程的地方，站在石块间休息。从各条路线爬上来的男男女女都汇集此地，喝水，吃点心，戏谑谈笑，摩肩接踵，就像一家早市直接空降下来了。

朝香炉峰顶爬上去的最后一段路程，他们足足花了一个钟头。

最后那几十个阶梯，是他把她连拖带拽弄上去的。

“你不能轻点儿，我的骨头架子都被你拽出去了！”她说。

他反倒故意使劲拽了她一下。

“哎呦，哥，你是想把白骨精拉走，把你老妹扔在荒郊野岭。”

“哈！”

“假如你手里拉着二十岁小姑娘，肯定会像在旱地里拔小葱，小心翼翼地做着伪君子。”

“你可真幽怨。”

“而我这三十多岁的老女人就是湿泥地里的萝卜。”

“等你四十多岁，我就把你当野草，薅起来直接往山上扔。”

“雯姑娘呢？快来快来！”

香炉峰上，游客们东奔西走，举着火腿肠，捧着方便面，躲开扔在地上的矿泉水瓶。方便面廉价的香味扩散得无远弗届。

他和她来到悬崖边缘，举目朝南坡下眺望：果然有几处红叶零零星星点缀其间，还有一处居然凑成一片。“就像几个伤心人聚到了一块儿。”她说。

几只被呼啸山风驱来赶去的塑料袋飞出山崖，在一片广阔空蒙中悬浮，其中一只被大风捧到极高极高的地方，就再也没有落下去，而是消逝在茫茫的远方。

那几个人，两男两女，在黄栌树下留影，赌气似的摘几片叶子。他们不年轻，也不能算中年。他们把自己摆得姿态万千，但右手一定要举出个“V”字。其中一个男的蓄着胡子，上嘴唇灰黑的一抹，平添阴柔之气；另一个，光头无须，要是再给他一把菜刀，就是《水浒》里的人物。那两个女的，双腿一样的修长，臀部一样的圆满，腰身纤细着同一种纤细——这些曲线的终点——两副面孔——却长得潦潦草草。

她俩可真像，兴许是一对姊妹也未可知。

“好看不？”玫幽幽地问。

“也不完全好看。”

站在石头边的那个女人，对光头男人大声说她好失望啊，说她根本没看到照片里的红叶。那个男的呢，说他觉得还可以，红叶不就在那边吗？况且站在山顶上能看得老远就蛮不错。另一个女人问他，你就真的一点儿都不失望？他就笑起来，冲着空旷的山谷喊了一嗓子："嗷——————"

他们下山，走的是和来时不同的路线，所以稍稍平坦一些。都说上山容易下山难，其实下坡路还是轻松了许多。已是下午五点多了。天空一扫阴霾的局面，晴得理直气壮。正在消退的晚霞把林木渲染得超凡脱尘。他们降到山下，沿着一条被柿子树守候的大路朝东门撤退，抬头仰望沉甸甸的果子把树枝压得命运一般逶迤曲折。有一棵柿树的叶子落到一无所有，光溜溜的枝条正好把自己编织成曲折隽永的图案。盘曲的枝子朝幽蓝的空气延伸过去，柿子就是这曲折路途中映射霞光的一汪又一汪潭水。

他们坐在一块石头上。她捶着自己的小腿，说自己很久都没爬山了。多久了？至少得有一年了，上一次是爬黄山，爬到天都峰，两条腿就不是自己的了，一双手也不听使唤，心脏都从肋骨缝里跳出去了，这种时候才知道你对自己身体的统治根本不是理所当然。如果不是在天都峰上好生安抚它，这个身体就差点儿叛乱了。呵呵，每个人都是统治阶级——人至不济还有自己的身体可以统治。

暮色渐深，天空蓝着愈来愈深的蓝，柿子们也就红着越发销魂的红——它们用轻盈飘逸替代了原来的摇摇欲坠，一只只都朝天空飘上去，这些生动的小灯笼，把上天烘托得玄乎其境。那些枝子呢，越发曲折深远，把已被暮色赋予了灵魂的小东西们煞费苦心地攥在手心里。柿子圆润的形状，让眼睛对天空的弧度变得敏感了——天空朝高处升去，仿佛在尽力挣脱束缚。

"无法想象天上那些柿子跟那些码在水果摊上的是同一种东西。"她说。

"它们连一丁点儿区别都没有。"他指着落在地上摔碎的一只说。

她站起来，这突然的动作惊走了落在石头上的几只绿头苍蝇。

山门外喧哗依旧，人群从各条山道上俯冲下来，汇成一大锅粥。公交车、私家车、出租车，都被困在人潮里难以自拔，只能以蜗牛的速度挪动。这时候乘车等于自甘沉沦。走吧。走到植物园，走到香山环岛，走到正蓝旗，走到丰户营，依旧摩肩接踵。

他们一直走到娘娘府，才算成功突围。立到公交车站牌下，又是一番苦等。

"刚才弃暗投明，不肯与公交车为伍，现在又盼着人家脱颖而出，这才叫自欺欺人。"他说。

她笑而不语。

街边摆摊的人们面容欣慰，偷偷取笑着这条从数里外绵延到眼前的人流，高一声低一声地兜售玉米和糖炒栗子。糖炒栗子有一种烧焦了的甜香气味，对空肚子是难以抗拒的诱惑；而玉米就香得通情达理，它们只是从锅盖下含蓄地探出隐约的一丁点儿，而锅下的炉火在暗下去的空气里越发张扬。

公交车总也不来，凑过来的私车正好可以漫天要价，原本打出租不过二十多元的路程，现在要涨到六十块。炸臭豆腐的倒是因为要收摊，喊着将两元一串的豆腐降到了一元。豆腐外焦里嫩，抹上辣酱，味道不容否定。他们凑过去吃了一堆，依然无车可坐，但也不能就这么吃下去。只好跟私车讨价还价，谈到四十元，还是无法从心头抹去被宰杀的悲壮之感，于是又回到公交车站牌下站着傻等，此处已攒聚二三十人，统统朝着来车的方向延颈伫望。

来了来了，大家涌上前去。然而那车在站前犹豫了一下，略略减速，随即加速开走了。车里面的乘客对司机的停车企图一定发出了不无理由的抗议。看着公交车摇摇晃晃地开走，站牌下兴起了一阵小小的骚动。信心的动摇使得同来的伙伴发生路线分歧，主张继续走下去的，主张留下来再等的，主张对私车让步的，分成了人数不等的宗派，一时间竟闹得沸沸扬扬。那个曾跟他和玫交涉过的车主又做了让步：三十五块，不能再少了，再少就赔了。

39

这是个少见的沉默的司机，除了必不可少的几个控车动作，他连身体也懒得移动。

黎想打破沉闷的气氛，就问了一些无关痛痒的问题，司机的回答像他的头发一样又短又硬。

“师傅哪里人？”

“北京。”

“北京哪里？”

“延庆。”

“干这行挣钱吗？”

“不挣钱谁干！”

“延庆有什么景点？”

“八达岭！古崖居！”

“古崖居是什么，以前没听说过。”

“古人住的地方呗。”

“哪个朝代啊。”

“原始人！”

黎和玫面面相觑。

司机顺手打开了收音机，显然是不耐烦于他的盘问。收音机里是马三立和王凤山你一句我一句的相声。

马三立：“请大客，摆几十桌。哪儿吃？”

王凤山：“哪个饭馆儿？”

马：“鸿宾楼！”

王：“唔。”

马：“鸿宾大宴，坐几十桌。结婚会友了，哪儿吃呀？”

王：“哪个饭馆儿？”

马：“悦宾楼。”

王：“啊。”

马：“过年，请亲友吃饭，哪儿吃？”

王：“哪个饭馆儿？”

马：“艳春楼。”

王：“噢。”

……

马：这几位商量，大伙儿做买卖，立合同，哪儿吃？

王：哪个饭馆儿？

马：聚合成。

王：噢？

马：立合同了，聚合成！

王：打起来了！几位打起来了，了事，见个面儿吧，哪儿吃？

王：哪个饭馆儿？

……

马：搞对象。看完电影儿，俩人吃顿饭。

马：哪儿吃？

王：哪个饭馆儿？

马：会芳楼！

王：唔。

马：雅座单间儿，小屋，俩人儿……

王：……哎哎？！

马：唔。搞得不错，俩人订婚！订婚啦，哪儿吃？

王：哪个饭馆儿？

马：同和居！

王：噢？

马：同心合意，永远同居。

王：多好！

马：同和居嘛！结婚，哪儿吃？

王：哪个饭馆儿？

马：天合玉！

王：哦？！

马：天作之合，玉美良缘！

王：好！

马：结婚，天合玉。

王：唉。

马：离婚！

王：啊？！

马：俩人要离婚，吃完这顿算散啦，哪儿吃？

王：（提高嗓门）哪个饭馆儿？

马：饭馆儿不行啦！

王：上哪儿？

马：吃包子！

王：怎么？

马：狗不理！

王：嗨！

……

他拿过玫手里的数码照相机，看她在山上拍的照片。（这一次，她把她的胶卷相机冷落了，任他背着它上山下山。）她拍了半片儿干树叶，几根半枯的草，几粒碎石子，石头上的缝隙…… 她还追上一个女孩子，拍她背在背上的拧成麻花形状的花夹克。一只翡翠般的刀螂趴在青石台阶上，迎着碎玻璃一般尖锐的阳光；它的影子在石阶上拖得长长的，沿阶流下，就像是从它身体里淌出来的。在另一张照片里，它用两只大眼怔怔地望着镜头，一双前腿举在三角形的脑袋下面作揖。

"昆虫都不像是有生命的东西，像是用零件拼装起来的。"她说。

“唔，影子反倒更有生命力一些。”

“可不是嘛。”

“初中的时候生物课上讲昆虫，这个管道，那个液体，就像讲汽车发动机。”他说。

“人也好不了多少。”

“据说这种虫子交配以后就把老公吃掉了。”他说。

“为什么不吃呢，留着也没用，还招惹事端。”

“你说她是欢天喜地地吃呢还是泪流满面地吃？”他说。

“肯定是欢天喜地啊，谁泪流满面的还吃！”

“‘嘎嘣嘎嘣’，先把那个三角形的小脑袋吃掉，然后慢慢吃那两个前腿，就像吃一堆汽车零件。最后剩下一对没滋味的翅膀留作纪念。”他说。

司机把收音机拧到更大的音量，他们才意识到他一直在听，而且听不下去了。现在收音机里只有马三立一个人：

……要买煤，他是连末儿、带块儿一块儿。你买，买二十斤煤，买三十斤煤，又是煤末子又是块儿，反正给你送来了。人有一车，往你院来了，往里一撒，那时候也没有几层楼啊，都是小院儿，有大院子，有小院子，有小竹院子，三两间的，四五间的，大杂院儿的，这都很多。就给你往那儿一撒。这煤里头呢，也有块儿，也有末儿。那块儿呢，当然挑出来，这末儿呢，怎么烧呢，你要弄煤球儿，必须得加黄土，你不加黄土呢，它就不黏，它就散了，它就不是煤球儿了。咱北京这样儿，天津可不是。天津他是你要那块儿……

40

出租车把他们抛在小区门口的时候，已是晚上八点。

他们照例在芙蓉里餐馆吃饭。这个时段，来就餐的人已寥寥无几。也因为天气转凉，坐餐馆门口吃烤串的也不多了。庄老板和一群朋友聚在一张方桌周围打牌，吆五喝六的，把失去的夏天的气氛承揽了过来。

看到黎和玫，老板把手里的牌交给身后的看客，过来打招呼递烟。

“羊肉二十串！”老板朝一个正在打牌的胖子喊了一声，报出了一个自作主张的数字。

胖子是新来的二厨，也是B省人，炒菜总放太多的醋，庄老板叫他老醋。老醋朝店里大喊：“小韩出来！”小韩就应声而出——一个十几岁的小伙子，手持蒲扇，奔到木炭将息未息的烤肉架前去煽风点火。烤肉架离打牌的人群不过数尺，被他这么一扇，烟灰们一下子就活跃起来，飞到半空里，朝打牌的人群恩赐一般洒落下去。

“轻点轻点！”一圈人口里埋怨，却顾不上掸走身上的灰。

庄老板回到桌前，抢回自己的牌，断喝一声把一张老 K 扔在桌上。老庄今天手气不错，他的白瓷茶杯下压了厚厚一沓十元的钞票，杯子被高高抬上去，有几分巍峨，又有几分摇摇欲坠。

老板娘忙里忙外，时不时拎着暖瓶过来给这帮牌友添茶倒水。

黎和玫坐在杨树下的塑料桌边，等着他们的羊肉串。小韩正一根一根往烤炉里添木炭——现在从炉子里飞出的不再是烟灰，而是扭曲的青烟。风的方向游移不定，有那么一会儿，青烟固执地朝牌友们凑过去，招来一阵笑骂。骂该死的烟，更是骂该死的小韩。

庄老板转过身来朝黎再扔过一根烟，继续埋头打牌。老醋站起来去看小韩——老醋两只耳朵上都夹了木头夹子，有七八个之多。他今天手气不佳，耳朵上的物件就是明证。他伸手在火上烤了烤，骂了小韩几句——耳上的夹子给他带来的滑稽相使他骂人的气势都减了好几成。

老醋折回来继续打牌。然后他们突然哄笑起来，老庄一巴掌拍在老醋背上，说醋哥你今天手气连狗屎都不如，你那一手抓的不会是屎吧。老庄把新斩获的钞票压到杯子底下去，把一把牌再次递给身后的看客，起身朝餐厅里走。

一阵脚步杂沓，牌桌四周随之骚动，茶杯纷纷跌落摔碎。刚才还其乐融融的场面，转瞬间变了画风：几个壮汉，把牌桌前的四个人按倒在桌上，四张脸压住桌面。庄老板呢，他蹲在地上一动也不动——有只大脚踏在他背上。

公安便衣和这几个被控制住的人保持着各自的姿势，看上去颇有雕塑感。

一个便衣在抱怨：“你还敢打！你还敢打！”他脚底下是小韩。小韩仰面朝天，躺在炉子和牌桌之间。

“谁是老板？”

“我——我就站这看看！”

大脚使劲踩下去，庄老板就喊了一嗓子。

“闭嘴，掌握你们好几天了！”

庄老板没有闭嘴：“我就站着看看！”

便衣和老庄他们就那么僵持着，直到警车闪着耀眼的光穿过小街开过来。

一干人等被塞进车去，拉走之后，芙蓉里餐馆就突然沉静下来。

“你们换卤鸡腿行吗？”老板娘幽幽地出现在他们面前。她的意思是说，烤肉串的都给抓走了，这羊肉串是烤不成了。

“行——他们……？”

“送清河那边去了。”

“没事吧。”

“没事，明儿一早八成能回来，”老板娘端起桌上的茶壶，“你们一人一个？今天下午才卤好的。”

她把茶壶端进餐馆里去了。

他看到刚才他们打牌的那张方桌的角落里，规规矩矩地趴着一只红色香烟盒。它历经刚才的风云，居然仍旧稳笃笃地趴在桌角。

41

在被抓走的人里有个瘦高个，对，就是那个穿紫红色衬衫的。他在这里陪读——他老婆是博士后。没错。博士后。他成天在这里打牌，没事做，他恐怕也是不屑做。他以前是咱们B省一个大学里的工人，保卫处的。他老婆上大学的时候就在那里读书，一个学工科的女孩子。现在他们儿子都上初中了，他们来北京两年了。他现在不干什么，除了跟庄老板打牌，就是给老婆孩子做饭。现在做饭也几乎不必了。他说他老婆喜欢吃他做的饭。是吗？大概日子过得还不错吧，怎么勾搭上的？呵，这可不像你说的话。你总该知道点底细，看你好像跟他们打得火热。B省的那个大学有上百亩的林地，你知道的，鸳鸯林。当然，我都去过。到晚上，尤其是夏天，林子里尽是一对对的大学生。著名的鸳鸯林。当然，除了那个大学的学生，还有其他学校慕名而来的。难得那样的好去处，有树有水，还有齐腰深的荒草。大学生开的都是风气之先——保卫处的人经常深夜打着手电发动突然的袭击——他们把这种突袭称作撵鸽子，当然是保卫处发明的词。保安也都是二十左右的年纪，这种事他们最乐意干了。瘦高个也在这些人中间，每次行动他都是甘做马前卒。后面的事情倒也稀松平常：有一天这个打着手电冲锋陷阵的家伙摸索到密林深处，鸽子四散而逃，只有一个女孩按兵不动，她坐在一棵大树下抱着腿哭。失恋了。她说:“关你啥事！”对，关他啥事。他们就这样认识了；后来他在校园里碰到她，就请她吃饭——他说过，只要有胆子请女孩子吃饭，人家又答应了，后面就没有不好办的事，仿佛他是情场老手似的。据他说，他老婆不算漂亮，但“好歹是个大学生”。她一路念了上去，念到博士；现在天天待在实验室里——细节？就这些了，我都没见过这个女人呢；瘦高个儿现在的话题都围绕着儿子打转，说儿子在北京念书，都学坏了；不是那种坏，说孩子讲究吃喝攀比，运动鞋要买几百元一双的……这孩子我也都没见过。再浪漫的事最终都要沦为注脚，冉冉而升的终归是柴米油盐父母子孙。嗯，开花总要结果嘛，假如林妹妹爱看的是树杈上的果子而不是落到水里的桃花，多年以后，贾老太太就会沦为林老太太的注脚。这是个小说素材呢，再往后，还可以弄出好多故事来。比如？比如这个女博士爱上了别人，就是那种懂点诗词歌赋，最好是那种懂点叔本华哈贝马斯马尔萨斯什么的像你这样的；然后一个铁三角横空出世；一边是结结实实的生活和曾经的浪漫，一边是叔本华哈贝马斯马尔萨斯，惺惺相惜；狗血洒得到处都是——我还得把女主角改成学哲学的。玫同学，我认识的写小说的已经够多了。我要是写了小说，一大批作家都要失业。别人说你是画家，你都谦虚成画画的，怎么一说写小说，就突然自信要爆燃？那可不一样，只有心狠手辣的人才会成为好作家，这个能耐对于画画就毫无用处。你是说你是心狠手辣之辈？那还用说——这男的嘛，爱上了餐馆的女服务生——他天天跑来打牌，其实醉翁之意不在酒，你们这些傻子都看不出来，人家是闻着青春的气息来的。你不是说铁三角？且听我说——这女服务生其实爱的是你，听到哈贝马斯就腿软……

你画画画成精了。

最后一幕：女服务生躺在你怀里，你手执一本哈贝马斯，读给女人听。

然后这女人抓起哈贝马斯朝窗户外头扔——不成，每次她都要你手举一本哈贝马斯。

她说完这些，就喝完最后一口咖啡，进里屋睡觉了，留下他在客厅里完成杯里的茶。

42

公元二○○三年十月二十四号这天早上，安然打电话来，她说："你告诉高波，我恨他，一天也不想跟他过下去了。"她说她提到"高波"俩字都恶心。

他说，高波上个月打过电话过来，让他劝她好好过日子。。

"这个废物！"安然挂了电话。

他知道她是在说高波，但着实觉得她也是在说他。

活在这世上，谁不是废物，他自我解嘲地想。

这些天从越林那边辗转传过来的关于高波和安然的消息，让他觉得自己仿佛是个过了奈何桥却忘了喝孟婆汤的人，被前世的烦恼继续纠缠着。是啊，其实人生的每一阶段都是一世那么长，在美国的那几年得用什么汤才能忘掉？

他不得不承认，母亲的那番话是他的醒世通言，别人的情感纠葛，你一定要像对待一座破庙那样小心翼翼，不要立于危墙之下。

他忽然想起小时候的一件事：母亲撮合过一桩婚事；男的又瘦又小，是父亲单位里的司机；女的是母亲单位里的会计，高大魁梧的漂亮姑娘。后来两人居然结婚了，婚礼热闹隆重，他作为媒婆的子女也受到了邀请。接着女的就当仁不让地怀了孕，老挺着个大肚子在街上幢幢然来去。然后就是孩子满月，四处赠送用红墨水涂过的熟鸡蛋，送到他家的时候，他也被母亲命令着吞下一只毫无滋味的鸡蛋——蛋白都被蛋壳外面的墨水染成粉红色。孩子倒是白白胖胖的，像他妈妈——不过老是伸着腿哭。然后这桩婚姻就像涂在墙上的油漆开始剥落，显出一切变旧了的事物必然出现的面貌。然后女的经常哭哭啼啼坐在黎家的客厅里倾诉，男的则一脸严肃，说出来的话都富有哲理。当然，男的和女的从不一块儿来，否则男的未必就能维持住形而上学的耐心，女的也未必仅止于哭哭啼啼。“她是嫁给谁都不会满意，还是嫁给我不满意，到目前为止我还不好下结论。”这位瘦小的司机先生当时说出的这番话，让他怀疑世道出了问题，让一位天才沉沦下僚。后来他才知道瘦司机是副县长的儿子，他对于人生的需求就是在驾驶座上看书打瞌睡。

他们最终还是离了婚，孩子归男的还是女的他已不得而知。此后每当母亲重操媒婆旧业，这桩婚事老是被算到她既往的成绩单里去，而当她想给年轻人上一堂“婚姻要慎重”的公开课，这桩离婚又会被拿来当成反面教材。一向低调的母亲，仍然有政治家翻云覆雨的潜力。

很多年以后他还见过那个男的一次，人到中年了，长得粗壮些了。依然开车。现在那个孩子应该大学都毕业了吧。他觉得命运太不严肃，把一个人弄到这世上来，往往凭着一个念头甚至一个玩笑就够了。

上个月越林打电话来说，高波闹离婚的这阵子也没闲着，找了个女朋友。“这事千真万确，”越林说，“另外呢，安然给我发 E-mail，说她也有男朋友了，是个美国人，说要我转告高波，她的男朋友会保护她的。高波听说之后，说要跟姓安的同归于尽。”

越林说这事弄得太不像话了，再闹我都想跟他们同归于尽了。

越林说婚姻真是不利于世界人民安定团结，应该当作淫乱活动禁止才对。越林的老婆应该不在电话旁边吧。

他安慰越林，说你又没义务管他们的事。

越林说是啊，我要是像你这么淡定就好了。

他苦笑。

他和玫出了门，去金五星逛了半个下午。

天气又阴又冷，冻得人心灰意懒。他们早早回了住处。

进门没一会儿，电话铃就又响了起来。这次是高波。

“打了你几次电话你都不在。”

“出去办事了。”

“你刚回国，哪有那么多事。”

“事总还是有一些的。”

“你不是躲我吧？！”

“哪里。”

“安然给你打过电话没有？”

“上午刚打过。”

“她跟你说什么？”

“她说一定要跟你离。”

“说原因了？”

“她说她恨你。”

“你觉得她是真心实意的？”

“是。”

“你觉得我该怎么办？”

“应该离婚。”

“——你还算我兄弟吗？！你怎么老是帮着那个婊子说话？！”

“那你想怎么办？”

高波说，世上无难事，只要有百分之一的可能，就尽百分之百的努力。

他对高波说：这些都是骗人的。

“我算看透你了！”高波挂了电话。

他抬头看到玫正盯着他，耸了耸肩，又朝窗外看了一眼，说从这里望出去能看到对面人家栅栏上的牵牛花呢，还有一棵石榴树，石榴又大又红，晚上我去偷两颗回来。

她说你就不怕有人出来打断你的腿？

43

老奕在后半夜打电话来，说他把三本尼采的书都烧了：《查拉图士特拉如是说》《论道德的谱系》《权力意志》。

通常这个钟点老奕都酩酊大醉的，如若打电话来，说的都不是人话，但这次那头传来的声音四平八稳。

是吗？他也报之以平稳的冷淡。

老奕就又四平八稳地重复了一遍，说他把《查拉图士特拉如是说》《论道德的谱系》《权力意志》都给烧掉了。

一定是受了什么刺激了。

老子能受啥刺激，老子怕啥刺激，只有你们这群小资才啥都受刺激。

“那我代表小资斗胆一问：尼采怎么着你了？”

“尼采能把我怎么着！”

“那我就放心了。”

老奕让他保重，说深夜打搅，莽撞为歉。

他把手机扔回桌上，睡眠已求之而不得。

玫在卧室里倒似乎睡得踏实，没有一丁点儿声响。有那么一秒钟，他都担心她死在里面了——鲜血从门缝里流出来，一直流到他面前。

今天就是“霜降”了。老奕说他用半个月重读了尼采，然后说尼采是个疯子，尼采的激情是虚假的。要是玫死在屋里怎么办？应该先擦干净血迹。霜降每年都是十月底吗？这个时候走过幼儿园，就听不到孩子们的哭声了，都像霜打的茄子。九月初那阵子，你都不能打幼儿园门前经过，真是哭天抢地——这是人之为人必须遭受的吗？打针的时候更甚！我们面对断头台绞刑架的恐惧莫此为甚。“打针”俩字就足以把孩子们吓到半死，满院子狂奔——不论男孩女孩！上了小学，男孩女孩就开始疏远了。咫尺天涯。写在墙上的文字满满的都是恶意。“某某某大坏蛋”“某某是乌龟”。你绝对看不到“某某某我爱你”——这种念头必须掩藏起来的。“某某某大笨蛋”“打死某某某”，这才光明磊落。要是玫死在屋里怎么办？尼采说上帝死了，我们将走向远方？“我不打针！我不打针！爸爸打针妈妈打针我不打针！啊！——”每个活到少年时代的人，都死过很多次，碰到过最可怕的事情，然而及至成年，见到真正的死亡仍然惊恐莫名——长大了不能哭不能闹，就需要一整套哲学掩盖这样的事实：死是必然的。玫当然不会死，她在卧室里好端端躺着呢。香山上的红叶更红一些了吧。“一切都被质疑和超越，只有艺术永恒。”只有那些杰作，同上帝一样被安放在一个永不下落的位置上。这也正可以说明，艺术原本子虚乌有。“如果艺术的目的是震撼人的心灵，艺术就难以逃脱过时的命运，毕加索就过时了，毕加索在毕加索自己的心里都一次又一次过时。”山镇中学食堂的大蒸锅里一顿能蒸多少盒米饭？也许是一千盒。这是个天文数字，却能囚到几口蒸笼里。食堂背后水沟里的馊味永远不绝如缕，夏天那可就更是拒人于千里之外。如果谁的饭盒被人拿走了，这个倒霉鬼就只好饿着。早上上课的时候在脑子里打着转的准备一口吞下去的红烧肉没了，红烧肉在空中飘浮，一颗心已坚硬如铁——找到这个龟孙子，要从他大腿上割一斤肉下来。龟孙子当然是找不到的，倒霉鬼最终会在食堂后头的臭水沟里找回自己的空饭盒。盘算着下次撒点什么毒药进去。那种馊味儿，就是北京人叫“豆汁儿”的食物的味道。“没有爱上豆汁儿就不能算北京人。”

玫推门出来，说他这么一直亮着灯，肯定是被失眠给闹的，刚才一定是嫂子从美国打电话来了吧。

多年前，黎第一次见到老奕那阵子，老奕把尼采的三本书供在书架最显眼的位置，逢人就滔滔不绝谈唯意志主义，那时老奕对尼采比对他老子亲——每每提到他老子，老奕都是以“那狗日的”作定语，谈到尼采就毕恭毕敬。他会在滔滔不绝的当儿突然断电似的一下子停住，起身直奔三本书，这动作至今历历在目。“听听！一切善都是本能——因而都是容易的。艰难是一种抗议，神与英雄属于不同的类型……”“我的幸福公式：一个‘是’，一个‘否’，一条直线，一个目标……”

老奕的尼采，也曾在他内心掀起过波澜。

这些年老奕烧过自己写的文章，烧过《圣经》，但尼采回回得以幸免。这次终于轮到这个屹立不倒的家伙，但是他并不感到意外。

他觉得，自己和老奕的这种关系，毁于一旦是迟早的事情。

44

他以为大山子一定是个山高林峻之处，或者至少该有座像样的山。宇文玫一路上努力纠正他的幻想，而当他站在人来车往熙熙攘攘的酒仙桥路上，看着一片破败的厂房，还是感到意外。

坚硬灰暗的老厂区，处处是陈旧的管道和厂房，铁的一律生锈，砖的全都斑驳。多数厂房显然早已不事生产，那几家在开工的，倒显得莫名其妙了，弥漫着穿越般的灵异气氛，连噪声都像是隔了几个世纪传过来的。

一切都与山无关。

那个角落里居然立着几棵阴郁的柏树，它们被街上飘过来的尘土覆盖，灰头土脸的，毫无生机可言。

它们和山镇中学后院里的那几棵柏树有着相同的阴森气质。都是好些棵站成一群，立在寂寥破败的铁窗后头。山镇中学那个后院没人的时候，总有乌鸦落在树梢上压着嗓子叫唤。柏树上苍白的小果突兀愣登、密密麻麻，发出一股股女巫的味道。

“女巫的味道？”玫说，“你确定不是男妖的味道？”

哈，也许，柏树非妖即魔，我小时候就是这么想的。我现在在想，宇文玫也是一枚妖魔。

有时候我也这么想。

他们拐进一家轰鸣着的巨大厂房。那轰鸣并不是机器的喧嚣，而是从一只硕大的扬声器里放出来的音响效果。有一溜儿灯泡粘在地上，交替发出刺目的光芒。四周的墙上都还残留依稀可辨的标语：伟大的导师，伟大的舵手，伟大的工人阶级……听毛主席的话。这些文字，在他儿时，是俯仰可见，如今回忆起来，已恍若隔世。

她说她经常站在山镇中学家属区的院子里看乌鸦。看它们不祥的身影在柏树内外忽隐忽现。大人们都去上班、孩子们都去幼儿园或者学校的时候，院子里安静得像一块坟地，乌鸦嘶哑陡然的叫唤就是在召唤死去的人。它们总是在黄昏时分一哄而散。到了夜间，柏树上会传出猫头鹰一声声嘹戾的诅咒。那时他已经回到涂门，在涂门师范第一附属小学读书。她说她在镇上，交不到什么朋友，她天生是个孤僻的人。

她说正是从那个阶段开始，她开始琢磨一些文字——比如，写诗。那时还是写古体诗，要押韵，要写成豆腐块的样子。“当然，现在看来，写得真是不好。”“人生几度重阳日 / 相聚必有离别时 / 莫咏清风叹明月 / 悲欢离合古有之”。

她说那个时候谁家也没有电话，要是有，她一定老给他打，开头一定是：“哥，我想你。”

他说那可不一定，即便现在的孩子，话也都憋在心里，不会这么坦白。

她说美国人是不是很坦白呢？

其实也差不多，当他们说“I miss you”的时候，那口气分明是：“嗨，好久不见了。”人总是要把自己遮掩起来，不是偷偷摸摸地遮掩，就是大大方方地遮掩。

站在这家画廊门内的，是一尊硕大的裸体女人雕像，也只有这种庞大的厂房才搁得下她，该有三米高吧，通身朱红——这颜色有一种枪林弹雨般的冲击力，让他头晕脑涨。站在她四周的，是七八个丑怪男人，傻的、残的、病的、疯的，统统不到一米高。女人微微岔开双腿，用一副逼真的生殖器向这个世界示威——它就盛开在你眼前，不肯被遮挡，也不肯模糊一丝细节。那七八个男人，就该是从这里生出来的——可是他们又病又小，就像是对她的羞辱。

她说她在小时候，小学前的年龄，对色彩和形状的感受最为敏锐，眼中的花瓣、手中的卵石、入睡前出现在脑际的纷杂的意象，都如奇境般诱惑着她，可惜那时她不知道怎么把它们画出来。现在呢，要找出那样的感觉又不容易了。

这番话，在七八年前，在 N 城的时候，她都对他讲过一次了。

你在那个年龄，这世界不是也令你目眩神迷？自行车不锈钢的闪亮的铃铛、杏花微绽的一道粉红的裂口、腊梅凝脂般的花瓣、解放牌汽车旖旎的天蓝色、大雨过后被大货车碾压在黏稠的土路上的轮胎花纹。还有玻璃弹珠脆亮的花彩——那彩心一瓣一瓣地扭曲着各种鲜艳的褶皱，这形状又牵连着宝塔糖的样子。宝塔糖上波浪一般的线条，汇成一个甜蜜的尖端，周身的淡粉红色正好和砂糖的甜味属于同一种情感。

她说她不会忘了夏蝉蜕壳后趴在清晨树梢上的翡翠般的身影，两只翅膀就是两片马赛克的花窗……摆在一个孩子面前的，永远是视觉的盛宴——而你到了三十多岁，上帝就把这个盛宴从你面前撤走。

她说昨天傍晚坐车回家时，看到一辆出租车的尾灯把两团红光投射在一辆公交车的车厢上，车身上的那两个红印子让她触目伤怀……

从顶棚上倒挂下来的一群裸体，辨不出性别。胳膊是扁的，都扁成蝙蝠的模样；躯干是透明的，没有五脏六腑；腿是细长的，而且柔软，不可能对任何事物构成支撑。这么一大群怪物从天而降，你心头就被压出一堆黑黢黢的情绪，如果不是玫仰头站在那里久久不动，你早就溜出去了。

偌大的一间厂房。一根透明的管子横陈。管子里排成一行的小人在向前迈步疾走，走到终点就掉进一个黑洞，但是不一会儿又从另一头的洞里走出来，如此周而复始。管子旁边支着三个帐篷，一个帐篷里，一群人围在集成电路板前不知在鼓捣些什么，另一个帐篷里是几只牛羊和老虎，还有一个帐篷被紧紧封着，内中无从知晓。厂房的一面墙上，贴着一行用紫红色霓虹灯弯成的闪烁标语：“过去所有残酷的如今都是温暖的。”

有时候 N 城会下很大的雨，从早上一直下到晚上。这种铺天盖地的雨，把心情浇得透透的。那种时候关于未来就不会太抱希望。玫喜欢坐在窗前看雨，他有时陪她看一会儿，就钻到书本里。当时他最喜欢读历史，渐渐明白一切欣欣向荣的东西都有衰落的一天。在弥天漫地的雨声里读一场又一场衰亡史，这样的记忆是难以磨灭的。

这画廊并不敞亮。挂满了几面墙的花朵。一定是受了 Geogia O’Kaffe 的影响，把每一朵花都画成生殖器的模样，男性的或者女性的，房子也如此。在一幅大画里，高大的厂房烟囱直冲云天，吞云吐雾，而房门状若阴户，作者给它取名为“家”。至于几枝类如女性生殖器一般重叠繁复的玫瑰和如男性阴部一般直率的瓠子，模仿 O’Kaffe 的痕迹昭然若揭。

她在 N 城那阵子就用她的照相机拍过生殖器。那时候的相机都是用胶卷的，她不好拿到街上去洗，就把自己住的地方弄成个临时的暗房。她说应该把它们看成器官而已，它们并不是附在身上的魔鬼。但他觉得它们的确是魔鬼。

她拍自己的私处，变换着角度和焦距，尝试着不同的用光。有的拍出来纯粹是一些色块，另一些就清晰得不可原谅。

她说，那些被称作“色情”的东西被百般诋毁的原因其实不在于情色。一首情词，一部大片，一段英雄与佳人的故事，要比它们色情百倍。一部 AV 或者地摊文学之所以惹怒淑女夫子们，是因为它们把这个世界的真相太过直白地展开在他们面前，乃至于把这个世界弄得太不色情了。

这个大厅里塞满黑色海绵泡沫，人们从泡沫里爬过去，跌跌倒倒的，就到了第二间展厅。一群恐龙站在桌上，在它们四周，是用各种蛋壳做成的城市景观：摩天楼、高速路、立交桥，用的是鹌鹑蛋、鸡蛋、鸭蛋、鸵鸟蛋，应有尽有。这些景观给观众一种危若累卵的感觉。

可是这种小聪明又有啥意思？他对她说，又有啥意思呢？

她什么也没说。

四周的墙上贴了几幅画，分别叫《他们军粉》《他们同志》《他们结婚》《他们小巢》。他就对她开玩笑说，“他们画家”面对这个复杂的时代真有点力不从心了。他突然意识到，玫也算个军嫂。但玫弓着她的腰，并不在意他说什么。

一家纪念品商店，店主是个外国人，他卖“文革”时期的旧物：红宝书、像章、领袖像、红头文件、革命宣传画、老照片。在一张照片里，毛主席向兴奋的人民挥手致意。人群里有你的父亲。你凑上去细看，但并不以为能找到他。

你小时候，家里还有一盒子主席像章呢，亮晶晶的圆铁片，直径不等。后来都不知所终了。你是不会把主席的头像别在胸口上了，你会把别的什么东西别在胸口上。你父亲至今还把主席的石膏像供在堂上呢。

在这一堆根红苗正的物件中间，挂了一大张彩色照片，显然是近期之物：一个裸体少女躺在白布上，胸头大腿全被胡乱安放了食物的垃圾：螃蟹壳、虾脚、橘子皮、鱼骨头……他站在这照片前看得出神，老板走过来对他说：“It’s the best-selling here.”

你点头，在大脑里搜索英文单词：“sounds good.”

“You have fun!”这个外国人透过他的有口音的英语读出了勉强。

你和玫又走到外面。

“男人一生只死一次，女人要死两次。”她突然说。

“哦？”

“她变得不漂亮的时候，她就死了第一次。在那以前，她可以和一切最美的东西放在一起——哪怕和最丑的东西放在一起也无妨。”

你点头，然后不能不补上一句：“刚才那照片，真透着几分才气，可是买了它挂在哪里呢？”

“挂在小资的客厅里肯定不合适——你要是用显微镜贴近俊男靓女的皮肤去瞅，还未必比这张照片好看。”

“生活不忍用放大镜看，两层玻璃底下，只能看到沟壑纵横和蠢蠢欲动。”

“看多了就好看了。”

天空阴沉下来——吹到脸上的风也冷起来了。来的时候还能看到太阳呢。他们钻进一间不大不小的厂房。

依然是阔大的空间，开得进七八辆东风牌大卡车。但只有一串小火车，儿童乐园里常见的那种小玩意儿。且慢：每个车斗里都有一堆水泥做成的粪便。

玫走过去，伸手去触摸水泥粪便那螺旋的形状——艺术家不在呢，不然说不定就有一声断喝。

她说她的一个朋友，把孩子们写在墙上的污言秽语都拍下来，再画到一块儿，弄了一幅巨画。

他说艺术家突然都变成了心理学家、社会学家、哲学家，都在干别人该干的事。

"谁让你们人文学者都不务正业。"

这螺旋的形状其实挺美，他看着她的手指沿着粪便的曲线滑动，竟有几分嫉妒。

然后他们就走到那个画满《非典系列》的画室里，画家用千篇一律的线条勾绘出的形象有一种令人难忘的怪诞。

我觉得她能红，她说。

何以见得。

连你都盯着她的画看了十几秒。

这能说明什么。

说明她在你眼里红了。

我可没觉得有多好。

可你盯着看了十几秒。

是我的错。

她能红。

听你的口气，就好像在说她会倒霉一样。

我只是实话实说而已。

你说她画了啥？

其实也没啥，她玩得挺用心。

不要告诉我你们画家干的就是这个勾当。

其实也很少有别的勾当可干了。

她会比你红吗？

我只会蓝。

说着说着就进了另一间展厅，迎面而来的那幅大画里、一个男人蹲在画框的中央，身后是他自己的红色的影子。另一面墙上是一大片水，这个人在水中央游泳。第三面墙上，那个游泳的人把自己埋在水面之下，只露出一个脑袋。最后的一幅还是一片大水，只有一只空空的游泳圈浮在水面上。

她说你看，就这几幅画，你也才盯着看了几秒钟。

一目了然。

哼，你们这些中年男人，只有看到年轻漂亮的女孩子，才目不转睛。

到了下午，天空死阴，空气凛冽——寒流来了。穿着秋裤和单裤在室外行走，已难抵御寒风。后来冷雨零星滴落，他们躲进一间酒吧，用滚烫的咖啡驱散寒意，后悔早上出门前没有套上更厚实的衣服。她说她从南方赶来之前，没有想到这里的十月会如此寒冷。

他说他也没想到。

酒吧墙上的风景画，后期印象派或者表现主义的老风格，让他觉得自己终于回到人间。咖啡的香味也是凡间的，踏实温暖，让他感到放心——尤其是幸灾乐祸地看着窗外的柏树被突然的北风推搡撕裂的时候。随着身上寒冷散去，心思也开始活泛起来。他轻声说，你看那两个孩子，还是初中生吧，拉着手坐在角落里谈笑风生，居然全无忌惮。

她说你无法想象他们能走多远，等他们上了高中，早已历尽人间沧桑。在他们眼里，我们才是一对不谙世事的中学生。"贱人""一对贱人"，他们还会用这样的词来形容我们。他们会说，你们到了这把年纪，还在试图补偿青春，完全把日子过颠倒了。

哈，你这么一说，我都感觉有必要过去祝福他们。

"也是一对贱人。"她说。

墙上画框里那个女人双手托腮，张着大嘴，露出整齐白净的牙齿。她身后黑色的背景上甩了红色的颜料，这就让她看起来像是倒在一场命案的血泊里。但她面容姣好，双眼熠熠生辉，分明是在青春的巅峰上，仿佛最悲惨的命运也摧毁不了她。

"今天是'寒衣节'，你知道什么是寒衣节吗？"她问。

45

他们早上起来走到户外，踏着遍地的杨树落叶，沿着那个叫万泉河的水沟走了好一阵子。杨树枝头一夜间就疏朗了。一股寒流不由分说地薅枝扯叶，宣布冬天的到来。农历的节气仿佛上帝口中的命令，它说要有霜，便有了霜。

他们凑到万泉河边看沟里的水。水面上漂着的黄叶承受着臭气的包围，也承受着来自他们的毫无必要的怜悯。它们当然不会自怨自艾。

这个季节站在河边，那沼气已然脱去浓烈的脾性，变得适可而止——毕竟不是夏天了。现在不用掩鼻就可在沟边从容漫步，微腐的沼气反倒让这个大沟增添了几分平易近人的味道——对，老奶奶的那种味道！

整个上午他们都泡在那个叫 FRANZ 的咖啡馆里。是黎提议的。玫又嘲笑他是"不可救药的小资情调”，但也没有反对。

有几条汉子围坐在FRANZ咖啡馆内的一个角落里抽烟喝扎啤。他们身材魁梧，声音洪亮，把香烟吞吐得弥天满地。他们时不时朝玫瞥上一眼。黎熟悉这样的眼神，在N城的时候，只要有她在旁边，就会有许多目光朝他们投过来。除了她的美貌，她的打扮在她的容貌之上也添增了引人注目的成分。

透过烟味，他还能辨出线香的气味，循着它，就看到吧台后面的一尊关公。这尊神仙通体金黄，横眉立目。这地方该是个茶馆，大碗大碗的茶叶熬成黄褐色，碗最好是缺了口的，顾客们蹲在条凳上，上半身应该是光着的，汗水粘住胸毛，大巴掌偶尔无意地到裤裆里抓一把。如果这样，玫就会变得兴致勃勃，就会口口声声说要把他们都收到画里头。

一只毛茸茸的白色巴儿狗踏着碎步溜进门来，随之而入的是牵着它的那个姑娘，一个中学生模样的女孩子。老板娘认识她，把她引到位子上，高一声低一声亲热地跟她交谈，又跑到吧台后打开音响。那些壮汉的目光，也就弃暗投明似的转向了她。

巴儿狗在仍然地上且嗅且行，来到玫的脚边，在她袜子上若有所思地闻来闻去。玫伸手去摸它毛茸茸的尾巴。那蓬松的小东西在半空里满意地摇个不停。主人冲它喊唤一声，它就不情愿地朝她那边奔过去了。于是他们知道那狗叫雪儿。此时音响里蹦出跳荡的音符：

浓茶加咖啡，一杯又一杯。
为了写情书，我已快崩溃。
为何恋爱中，就数我吃亏。
我依然…… 继续受煎熬……

“我已然怎么了？”玫问。

“不知道。”

春风到夏天，会不会再吹
爱人到中年，会不会还美
不管是与非，爱谁就是谁
只有你是我心目中，最美的蔷薇……

巴儿狗随着旋律一刻不停地摇着尾巴。

“看它多高兴！”她对他说。

“你怎么知道它高兴？”

“我就知道，只有傻子才不知道。”她说。

为你摘一朵红色的蔷薇
你却只喜欢绿色的蔷薇
你一爱什么我都必须给
到头来你还说我是花下的农家肥……

勺子在咖啡杯里叮当作响，声音是从带狗的那个女孩那儿传来的，她的位置离他们不远。她跟服务生也熟，问音响能不能开大点儿啊，于是那首歌就充斥了整个 FRANZ：

哦我的蔷薇我的宝贝我的最最美
我愿意看你开放，看着你枯萎
哦，我的爱像泼出的水再也收不回
你是我心目中，最美的蔷薇……

她说她养了几回小动物，留下的都是悲伤的回忆。养过一条狗，后来丢了，你应该知道，在山村的时候，你走之前还没丢。那只猫，它有几天没回家，又过几天，就见它挂在离我们家不远的一家人门前，内脏掏空了，皮剥了就挂在门旁边。他们把猫吃了。

时间，一点一点敲打在窗口……
就这样爱了恋了怨了盼了想了忘了那又怎么样……

她说她看到这些小女孩，就打心眼里佩服她们的爸妈，把她们一个个养得这么活蹦乱跳精致漂亮的，得操多少心！

他说你也可以养一个啊，十年二十年以后，就有个克隆的你牵着小狗出来喝咖啡听情歌。

她说她是不会要孩子的，不然说不定哪天孩子就伤了，残了，死了，被人欺负了，可怕的事总在角落里虎视眈眈，天知道会发生什么。你有过多少幸福，就会原封不动地变成报应。

一阵内疚像云雾弥漫开来。当年他听到她怀孕的消息，没感到一丁点儿惊喜，而是仿佛站到了悬崖边上。现在他想说对不起，可他觉得要是说了，更显得虚情假意。

他听到妻子怀孕的消息不也是那样？试纸上赫然的两条红线就是一份判决书，判的是死刑。他不明白这种害怕意味着什么。当然不是因为怕孩子把她夺走了——根本不像蹩脚的精神分析师说的那样。当他和妻子决定要生下孩子之后，他就变得一心一意了，天平偏到另一端。可在下定决心之前，那种恐惧时时往胸口翻涌。当然就算天平摆到了另一端，那一层畏惧无非是一场被暂时平息的叛乱，总有一种蠢蠢欲动的担忧潜伏在他不知道的地方。妻子总认为这是因为“宇文玫的影子”出现在他们中间。他对于她的追问总是守口如瓶，一个字也不会提到她，而且他根本不认为他们之间有什么“宇文玫的影子”。

他又听见她说：“如果一切顺利，孩子长大了又能怎样。你别看她们牵着小狗出来喝咖啡，仿佛天使一般，在家里她也许就要了爸妈半条命——想想自己小时候对父母的那种态度，当年他们要是知道我的心思，他们跳河都该跳好几回了。”

“那倒不至于。”

“哎，你比我清楚，我只顾着班门弄斧了。”她端起咖啡。

“她还小，还需拭目以待。”

“其实人生是怎么回事，谁不是早早就知道了，如果不是心存侥幸，谁还愿意活下去。”

若把什么都看透了，日子真没法过了。如果一个人傻傻地盼望着活着，是不是更有道理呢。至少在盼望的时候还能活得有滋有味，至于到了真相毕露的那一刻，咔嚓一下子，痛苦一下子，崩溃一下子就过去了，之前漫长的盼望总还是赚的。就在好多年前，在N城的时候，他就和玫说过类似的话。那是他们看《蝴蝶夫人》之后，她忧悒不乐，他就这么说：跟女主角周围那些老谋深算的人相比，傻傻的巧巧桑反倒活得更划算。他还说，巧巧桑自杀身亡，无非是普契尼的一厢情愿。她肯定能战胜那种绝望，把自己托付给另一个傻乎乎的盼望。

带狗女孩的几个朋友来了，一群跳来跳去的中学生济济一堂。坐在角落里的几个汉子似乎受够了这一群孩子的吵闹，付了账摇晃着出了门。

哗啦啦啦啦这场雨
哗啦啦啦啦这场雨……
哗啦啦啦啦这场雨
哗啦啦啦啦这场雨……

后来一把小提琴缠绵地拉了一段前奏，随后的歌声细若游丝，被中学生们叽叽喳喳的吵闹淹没了。

“小提琴在高音部分游走，就像是有人在你伤心的时候笨拙地规劝。你痛哭流涕，他还说：人死灯灭，不能复生……”

音乐停下来，他们听到老板娘大声对服务生说，昨天在早市里砍人的那家伙被抓到了。

“哦？还以为人早跑了呢。”

“谁说不是，你砍了人还不跑远点儿。”

“那卖香蕉的也是该杀，短人家秤，还那么横，这回碰到硬茬了。”

“我看起初杀人的那个也不是冲着杀人去的，他带了一帮子人过去，把人家的香蕉都踩得稀烂，恐怕就是想泄个愤。”

“那怎么就死人了？”

“卖香蕉的也不是善茬，他不也有一帮子人。”

“卖个香蕉就给捅死了，你说冤不冤。”

“生死是阎王爷的事，谁拦得住。”

“一刀扎在心脏上，也太倒霉了。”

咖啡馆外，靠近河沟的地方，立着一棵高耸的柳树，硕大的树冠被秋风扯得四分五裂，朝着不同的方向狂摇乱舞。这个城里，这样奔放的柳树还真不少。这棵树的背后，是一座公交车站、好几路公共汽车的交汇之地，车来车往好不热闹。总有人在那里等车、上车、下车，一刻也不停息，就像一颗看不见的心脏把血液送来又送走。再远一些，是一溜儿灰色的高高的墙，披覆着爬山虎的藤蔓，叶子在冷风里正在变成紫红色。墙那边就是那个被烧成废墟的著名的皇家花园——不过夏天满池的荷花开得极好，春天道旁的碧桃也开得灿然，现在隔着墙，什么都看不见——墙那边现在当然不会有荷花，也不会有碧桃，墙里头的秋天是什么样子，他还没有去看过，所以觉得一定比别处的好。

46

玫：那天你怎么恁大火气？

黎：你一个人气呼呼地走，就好像我是仇人。

玫：嗨，那天是谁气呼呼走在前头！

黎：你。

玫：好吧，你就篡改历史吧。

黎：你妈也凶。

玫：你又不是娶我妈。

黎：我看你也哭丧着脸，心里就想“我是不是勉为其难啊。”

玫：说实话，我妈对你印象不差。头天晚上，她对我说，“这孩子还说得过去，’像自言自语又像征求我的意见。我真不知道你怎么就把她讨好了。

黎：我可没看出来，她铁青着一张苦大仇深的脸。

玫：她从来就那样。

黎：她真的不讨厌我？

玫：是啊，她说你还过得去，我心里就更恨你了，讨厌你了。

……

玫：反正不能让她遂了愿。

……

玫：她要是怒发冲冠，把我们赶到大街上，那倒是成全了你。

……

玫：反正不能让她如了愿。

黎：也许正好你让你妈如了愿呢。

她瞪着他，一副像是困惑又像是吃惊的表情。然后她用铁勺轻轻敲咖啡杯，叮叮的声音从音乐的间隙里蹦出来，都蹦到他耳朵里。

“你后不后悔？”她把勺子放下，又拿起餐巾纸。

他说他不后悔，都是命运的安排。然后他觉得这种话太过陈词滥调，就开始画蛇添足，说就算一个人什么时候拿起勺子，什么时候放下勺子这样的小事，都是命运的安排，更不用说——

“你就没想过掐掐命运的脖子什么的？”她把勺子又拿起来。

“哈！你知道这是骗小孩子的。”

“你恨不恨我？”

“没有。”

“你恨我。”（她下了结论。）

“该被恨的人是我。”他赶忙说。

“你当然可恨。”

“嗯。”

“你干吗一个人气呼呼走在前头？”她问。

“走在前头的是你。”

“你生谁的气呢，总不至于是我妈。”

“那倒不是。”

“那就是生我的气。”

“是你气呼呼走在前头。”他说。

“走在前头的是你！”（她做了个绝望的手势。）

黎：你拉着个脸，一点儿不像要嫁人的样子。

玫：那是我错了？（她摊开手。）

他摇头。

玫：那天你就不能精神点儿，心花怒放点儿？就算你不给我下个跪求我什么的？

黎：我不一直都这样？

玫：至少给我点希望。

黎：可是你满脸都是不高兴，我觉得我在强人所难。

玫：那就是我错了。

黎：我错了。

玫：你得正式地、认真地跟我再说一遍。

黎：好，我错了。

玫：把“好”字去掉。

黎：我错了。

玫：哪儿错了？

黎：哪儿都错了。

女孩和她的几个同学牵着巴儿狗出了咖啡馆。她的白色运动鞋踩着杨树的枯叶沙沙作响。巴儿狗在门外使劲地摇了几下脑袋，向前小跑了几步，蹲下身子，举起后腿挠它自己。它的主人自顾自往前，没走几步就把绳子绷直了，于是它起身，又向前小跑了几步跟上去，再蹲下身子，抓紧时间举起后腿挠自己。

她告诉他，那个孩子，不是在N城打掉的，是在上海。在上海他们两个在街上吵架的时候，那个孩子还好端端地在她身上。

47

开往南方的那趟火车距离检票还有一个多小时，第四候车室已经挤得水泄不通。他们站在两排座椅之间的过道上，前后左右聚满了人。就算这样，还是有不少旅客不畏艰难，硬要从人堆里奋勇向前钻，以便无限接近检票口那两扇不锈钢的栅栏门。他们时不时就被这些锲而不舍的人弄得像陀螺一般旋转起来。

几个卖杂志的小贩也在人堆里出没，把手里的杂志摊成两把扇子——这样正好让旅客们瞅见一溜儿封面，无外乎什么什么奸杀案啊，什么流氓大亨传奇婚史啊，什么乱伦故事啊……但是杂志名称都正气凛然的，什么法制啊，公安啊，什么剑啊，盾啊。

小贩注意到了黎的目光，就一把杂志马上就伸到他面前，一位身材窈窕的半裸的封面女郎几乎贴到他脸上。他把脸扭离赤裸的身体，把头摇得像个拨浪鼓。等那人垂了眼离开，他扭头看到玫意味深长的笑脸。

候车室尽头的大屏幕电视上一对古装男女正打得不亦乐乎。他们各执一剑，一会儿飞到水面上，一会儿又飞到树梢上，衣袂飘飘，身手不凡。这场面突然变成一间富丽堂皇的客厅，一个三十多岁、保养得出水芙蓉般的女人把一杯冒着热气的东西端给她丈夫，然后他们依偎到一块儿，露出很幸福的表情——××红茶，×××××。

玫揪了揪他的胳臂，把他拉回现实；他看到玫的发髻，是用一条浅棕色的布条束在脑后的，一丛黑发又从髻里蓬松出来——她知道如何把自己打扮得夺人眼目。从侧面看她的身材，仍旧让人怦然心动呢。他禁不住吻了她一下，就吻在那个髻上。她一定是感觉到了他，转过脸来望他，又转过脸去看屏幕。这时候，屏幕上投出一朵菊花，从细小的一团迅速盛开，被放得越来越大，最后占据了整个屏幕。

离发车还有五十分钟的时候，检票口的不锈钢栅栏门突然哐啷一声。这声音就像一颗石子落入水塘，在苦等人群中间激起了骚动。座位上的、席地而坐的、坐在行李上的人也都纷纷站起来，一齐向检票口延颈伫望，朝前凑去。然而在大家挤成更加严实的一团团人肉疙瘩之后，栅栏门却并没有打开。大家空欢喜一场，但已无法回到以前略为宽松的状态，只好默默承受着这个误解造成的窘境，把身体扭得更加千姿百态，以维持最后的尊严。

在这个没有一寸私人空间的候车室里，玫还没有走，他就已经开始寂寞了。

有人朝栅栏后的工作人员高声骂了一句，“操！”

他以为此后必有一番风波，干戈大动的场面都在他脑子里勾勒出来了。

然而什么事都没有发生，被骂的人装聋作哑，继续在那个千夫所指的栅栏后头踱来踱去。

还是装聋作哑吧，此时此地是整个银河系里人口密度最大的地方，骂两句算什么。

他闻到玫的香水在人群里不合时宜地飘浮，与候车室大行其道的汗臭调和成一种不伦不类的气味。可惜它不是一种颜色，否则倒可以涂在画布上呢。

又是哐啷一声，然后就是更有希望的一阵哗啦声，于是人群挤得更紧凑了。他和玫被人裹挟着往前拥，渐渐拉开了距离。他觉得自己是一根落进汤里的骨头，被推啊，拖啊，翻啊，撞啊，这才是不折不扣的身不由己。

就这么冲过了检票口的不锈钢栅栏。他的站台票，检票的人都还没来得及剪掉。

栅栏外，人群一下子散开，大家稍稍整理行李衣衫，便朝着站台的方向狂奔。

列车倒是逆来顺受地卧在那里，不像是要突然逃走，任凭乘客在它面前拖拽着行李东奔西跑。向左还是向右？问那个站在门口的乘务员？她忙着查票，根本顾不上搭理你，还是先向左吧，错了再折回去……

车厢狭小的过道里飘浮着袜子的臭味，是谁已早早地把鞋脱了，让憋屈了太久的脚丫子出来透透气。车厢里满满的还是人，放行李的，往铺位上爬的，还有在缝隙间钻来钻去的孩子——他们大声喧哗，乐不可支。

人们安顿下来，各自占据了属于自己的空间，车厢里就有了几分祥和的气氛。互相小心地做着介绍，换铺位的换铺位，打手机的打手机，革命是再也不会发生了。

他和玫面对面坐在窗前的弹簧椅上，窗子正对着另一趟准备南下的列车——对面那趟车的旅客还没上车，从那些拉开的窗帘看进去，一律是空无一人的寂寥的车厢。铺位摆脱了人的限制，仿佛拥有了灵魂——那是通过整齐、干净、沉着来展现的一种秩序之魂。

“餐车应该在十号车厢，不远。”他对她说。

“嗯。”

“别吃盒饭，油乎乎的对胃不好。”

“嗯。”

“代问阿姨好。”

“好。”

他听到人们交头接耳——他们说，刚才，就在他们上火车的那会儿，有个人从车站的钟楼上跳下来，在广场上摔死了……

48

你突然意识到窗外的建筑在移动——车开了。

怎么没听到乘务员的催促？

火车无情地驶出车站，穿过一个又一个立交桥。一幢幢高楼擦面而过，道路上车辆如梭，华灯初放。这个世界如此井然有序，每一件物体都在既定的轨道上奋力奔跑。

火车转眼就滑到城市尽头，这里是一家又一家堆叠架积的废品收购站。

然后是破旧的村舍。

车厢的扬声器在送放歌曲：“……毛主席呀派人来 / 雪山点头笑啰彩云把路开 / 一条金色的飘带 / 把北京和拉萨连起来……哎……感谢他给我们带了幸福来毛主席呀派人来 / 神兵下凡界啰风扫乌云开……哎……感谢他给我们带了幸福来……哎……感谢他给我们带了幸福来……”

乘务员乘着歌声的翅膀出来查票。

“查票了，查票了！”“北京有个金太阳 / 金太阳 / 照得大地亮堂堂。”“上铺的！”“亮堂堂 / 哎 / 那不是金色的太阳。”“没空铺了，赶紧回硬座去！赶紧的！”“那是领袖毛主席发出的光芒！ ……”“怎么回事啊你这包里装的什么东西。”“这谁的袜子，这么大的味，找个塑料袋装上！”“红米饭南瓜汤 / 挖野菜也当粮 / 毛委员和我们在一起 / 天天打胜仗 / 咳啰咳！”

你向乘务员好是一番解释，说自己是送客人的，忘了下车，等到了霸州一定知错就改，她就放过了你。这时候，关于毛主席的歌已经放到第六首了。

“…… 毛主席的战士 / 最听党的话 / 哪里需要到哪里去 / 哪里艰苦哪安家 / 祖国要我守边疆耶 / 扛起枪杆去巡逻 / 打起背包就出发……”

等他听完了《心中想着毛主席》，就有一个声音从扬声器里钻出来：前方到站霸州车站，下车的旅客请做好准备。

车到霸州已是六点多钟。下车的人寥寥无几，上车的也屈指可数。他在站台上站了一会儿，透过车窗看玫的脸。她双手支着下巴朝他这边望过来，他心头一软，就想拉她下车。

然而火车头发出了一声沉重的叹息，把身后的一节又一节车厢悉数拽走了，把他往相反方向抛开。那些轮子一丝不苟地碾压铁轨，发出一声声铿锵的拒绝，让他不能不肃然起敬。

49

霸州开始下雨，犀利的北风忽然把瓢泼的雨水卷上站台，没有一个地方可以让他躲藏。他打着哆嗦随着几个旅客朝出站口逃亡。

补票，买票——那趟能把他送回北京的火车还在路上，还有两个小时的路要赶。

候车室里空荡荡的，毫无人气。但总比淋在雨里好，他绕到一个角落坐下来，透过窗玻璃看天空灰蒙蒙的一角。大雨使劲敲打一扇撑出去的玻璃窗，噼里啪啦，水星四溅。霸州算是彻底湿透了，除了躲在候车室里，哪儿都别想去。两个小时说长也长说短也短。如果此时走到街上，看看霸州到底是个什么模样，两个小时显然也是不够的，顶多在车站附近留下个片面印象。然而就算走遍全城，谁又能不偏不倚？

他已经很多年没有在这样的小火车站上逗留。上一次是什么时候？什么地方？他不记得了。这几年自己开车或者坐灰狗，流落到前不着村后不着店的地方的时候也所在多有，在得克萨斯，在内华达，在阿拉巴马，在北卡罗来纳。陌生的滋味是苦的，但也许将来他就要靠着这些刻骨铭心的苦味回忆支撑老年生活。

十四年前那个六月，霸州车站也是在下雨，雨势比现在小些，他举着伞，缩在车站外的一个屋檐下等一辆向南开的火车。那几天是买不到长途车票的，霸州、沧州、德州，每到一地，他都被赶下来。继续待在车上也无济于事…… 待他终于混到涂门，已经是三天之后了。

卖报纸的人走到他跟前，把几个头条新闻塞进他的视线。

周杰伦上海开个唱，叫价百万
刘嘉玲：愿与梁朝伟相伴至世界末日
电视剧《曹雪芹》将亮相央视
查尔顿 vs 阿森纳 亨利怒吼庆祝任意球破门
华盛顿举行反战示威 要求美国停止占领伊拉克
神舟 5 号载人飞船安然着陆
“政治野心”导致俄罗斯首富被捕?

他卷起报纸奔上站台：一列火车嘶叫着穿过车站，并没有停下来，转眼铁轨上又是空空如也。从南方来的那列火车晚点了。

他掏出手机来看：“因为绝望而果断，因为恐惧而勇敢，因为压迫而坚定，因为愤怒而冷静，因为痛恨而豁达，因为轻蔑而潇洒，因为残缺而完美，因为沉重而高飞……”这是老奕发过来的。他简直有点痛恨他，同时又担心这是不祥之兆。

他站在月台上，脑子里老是出现那样的情形：一个人从高高的桥上飞身而下，向水面接近，在消失之前体验着自由的快感，另一个人卧在铁轨上，等待一列火车吼叫着接近。

50

玫总是说起那张破碎的试卷。他们在涂门的时候、在 N 城的时候，她时不时旧事重提。试卷是纯白的，上面用油墨印了考题。完美的长方形，也许是八开纸的。试卷在露天里被微风吹着，是秋天还是夏天，那倒不记得了。是一次会考，就在山镇中学礼堂外的空地上。她是山村小学一年级的学生，她的同学就坐在前后左右。山镇所有小学的学生都集中在那里，举目望去，尽是黑压压的人头。几个老师或站或坐，虎视眈眈。

终于交卷了，玫挤进推推搡搡的人群，一张张试卷飘着白旗。玫向那一溜儿威严的桌椅接近的时候，被什么划了一下，那张纸就从中间破裂开来，差一点儿就一分为二。当她把试卷交到主考手中，迎接她的是瞪过来的目光和一声呵斥：“怎么搞的！”

那呵斥和目光带来的恐惧一直伴随着她。

她说她在九几年的时候到过山镇中学，那一年她突然就想起这事，想去打听那张试卷的下落。“也许我能把它补好呢。”

玫说她那次是为了那张试卷回山镇的。

他说她疯了——那是他唯一一次在她身上用这个词。

他说她疯了——那是他唯一一次在她身上用这个词，是他和她在N城的时候。

Crazy

May

我根本就不需要河流
尽管，我哪里舍得
身上的肉、
肺里的血

就像风左右着天气，秋天
左右柴堆里的火、
藤蔓上的云

冬天九死一生
大地只允许一种白
被江水切割

我根本就不需要河流
……

51

高波又从美国打电话来。高波说，她这样闹下去，对谁都没好处。

“别再闹了。”高波来来回回说这句话。一个钟头以后，也是用这句话收的尾。

他问高波：你一定要跟她过下去？

“我是相信你才给你打这个电话！”

“要是她坚决和你……”

“老黎，你这么个态度我怎么指望你？”

他说他答应和安然再谈谈，但他觉得安然并不是那种听劝的人。

“必须给我再试试！”

好吧。他不明白自己为何莫名其妙地就当上了马前卒，似乎还应该鞠躬尽瘁才行。他有点佩服高波，此人能让周围的每一个人都觉得好像欠他的。

给安然打国际长途并不容易，他的电话没有开通国际长途业务，他需要到街上的电话营业厅去拨国际电话。

电话营业厅在麦当劳旁边，他就去要了一杯咖啡，拖延着这项挽狂澜于既倒的重任。

他喝完一杯咖啡，又去要了一杯。当他去要第三杯的时候，就有一个声音开始骂自己。一时间他分不清这声音是自己的，还是高波的。

安然接了他的电话，说她知道他一定是受高波所托。

他说就算没有受他之托，他还是会打这个电话——这当然是在撒谎。

安然说她刚和高波吵了一架。说他把她带到Zaxby，请她吃炸鸡翅。她不吃，他就把鸡翅塞进她嘴里，说，吃！婊子养的。

哦，Zaxby，女儿最喜欢Zaxby的辣鸡翅了，你还可以买Zaxby的辣酱回去，抹在自己炸的鸡翅上面。自己炸鸡翅当然便宜得多，可是Zaxby风味的辣酱是自己调不出来的。他妻子很擅长炸鸡翅，孩子很爱吃，但孩子还是更喜欢去Zaxby。你问她去哪儿吃饭，肯德基还是麦当劳，她会斩钉截铁地说“Zaxby！”发音纯正，Zaxby！从一个黑头发黄皮肤的孩子嘴里冒出那么标准的发音总有点怪怪的。Zaxby的味道也有点怪，那种与众不同的味道是如何搞出来的？他们当然不会告诉你，神秘配方嘛。

“你说，我怎么能再跟他过下去？”

他不说话，他想把自己的舌头用一根钢丝结结实实地捆上。

“你让他死心好了，我已经有男朋友了。”

……高波说她找了一个墨西哥裔男朋友，说她就是为了气他，不是真心实意的。

他用那根钢丝狠命捆自己的舌头。

“我现在听到‘高波’两个字就想吐。”她说。

Zaxby，北京有没有 Zaxby？自己也喜欢 Zaxby 啊，跟女儿一样。

“你怎么不说话？”

“唔，我觉得，你们的事，得慎重考虑。就算找了别人，碰到矛盾不还是要解决不是吗。”

“你们都把我往火坑里推！”

“哦，这种事，离还是不离，还是慎重一点，我看有的人，是分居一段时间看看情况。”

“都把我往火坑里推！”

他走出营业厅，去推自己的自行车。它被围困在一群自行车中间，他不得不像拉一头死驴一样把它拉出来。他听到极轻微的“咯噔”一声，然后旁边那辆自行车抖了一下，又恢复了平衡。然而正当他放心地撤离的时候，旁边那辆刚刚站稳的车哗啦一声倒下去了，砸在另一辆自行车上。然后整整一排自行车，就这样一辆接一辆次第倒下去了。每一辆自行车倒下去之前，都奋力地挣扎一番。最后这一排十几辆自行车全都自暴自弃地躺平在人行道上，场面真是耐人寻味。

他把自行车陆陆续续扶起来，一共十二辆，正好一打，全都锈迹斑斑，躺下去确实比立着更加恰如其分。

他扶起最后一辆车，直起腰，就有一个男子迎面递上一张彩印的光鲜的打印纸。是汽车市场的广告，香车美人，女子身穿红色比基尼，车也是红彤彤的，车门洞开，女人与汽车相互烘托着一种与这深秋的气候格格不入的裸露。把这张纸翻过来，是一辆黑色的庄严肃穆的奥迪，颇有灵车气质。

那家音像商店依旧歌声震耳：“当花瓣离开花朵，暗香 ~~ 残留。香消在风起雨后，无人 ~~ 来嗅……”他唱得真不错呢。

他推着车慢慢南行，心思却被歌声拖着拽着久久不能散去。

等到歌声淡去，那辆黑色的奥迪又在面前晃荡。

他回国前，去世的 Dr. Gray，不就是被一台锃亮的黑色面包车载着，从教堂送到墓地去的吗。之前他还参加了在殡仪馆的 wake。教授躺在棺材里，安静得像一把收割了的麦穗。逝者的亲朋好友陆续到来，强作笑颜。这是庆祝死者的灵魂升入天堂的时刻，应该满怀喜悦。对于一个顺顺当当过了一辈子的人，脑溢血算是上帝最后的恩赐。绝对的功德圆满，“遗憾”二字根本没有立足之地。

“当花瓣离开花朵……”

刚回到家，高波就打电话来了：“那个婊子说，连你的朋友那个姓黎的也不站在你这一边了，说要我们‘好合好散’——你安的什么心！”

“当花瓣离开花朵 ~~~~”

52

“哥哥，南方这周天气本来很好，昨天才立冬，今天就下了雨。还打雷了——起初我还以为是个错觉，侧耳等了半天又听到另一声，也就放心了。好日子总会到头。冬雨一落，也就山穷水尽了，栖栖惶惶的冬天说来就来，干啥都只好缩手缩脚的……晚上喝了一大杯浓咖啡，喝着喝着就想哭——我也不想这样。后来又喝了一大杯，就彻底睡不着了。这阵子工作也踌躇不前，画了几片叶子，但面目可憎，令我失望，像极了月前奔到香山放眼一看时的心情——谁让我满怀希望呢，本该料到的。不过那人山人海的场面，现在想来倒也温暖。其貌不扬的黄栌叶，点滴坠在枝间任由季节洗劫，不卑不亢也不悲不喜。我想要把蓝色画得明亮开朗，必须让人感觉到叶间流动的空气，包括话语在叶脉上颤动的样子——有人提醒过我，别对绘画寄予厚望，可我怎可能不，难道让我对生活寄予厚望？对恋爱婚姻儿女绕膝寄予厚望？……五叶地锦的一片叶子上，由鹅黄而绯红的渐变就是流淌着的期望，爬山虎沿着墙壁攀缘而上的细致的路线也是如此……秋天来时，我尚未准备好去接受它，秋天走了却又追悔莫及，我对这些耿耿于怀……离京那天，城里的白蜡树、槐树都站在失魂落魄里，可是火车滑出城，城外反倒一派春天气象。田野铺一层葱绿的幼麦，道旁依偎几蓬灿烂的黄花。你误以为火车是在春天里奔跑。到了南方，麦种才撒下不久，大块大块的土地整饬井然，只是偶尔才能看到的似有还无的黄绿色，那就更是春天的感觉了，倒像南方的春天比北方还要迟一些。南方野菊花就更多了，有时一小蓬，有时一大片，有时就那么零星几朵，它们点缀在田埂上、路基旁、小树丛里，或者谁家荒芜了的坟头上……”

“都立冬了还打雷？好些年没在南方过冬，都不知道那边冬天的滋味了。北京这边的冬天仍然不能算名副其实的冬天。现在银杏树上灿若云霞，树下风翻金黄——你要是这个时候还在这里，面对这么多完美的落叶，肯定舍不得走。天空更蓝更嘹亮。我还发现有一种叫小叶鼠李的灌木，叶子是杏黄色，比银杏还更灿烂一些。你真该一直待到现在这个时候……进入十一月的另一个好处是，屋里不再有蚊子，就是有，也都衰弱到下不了口，再也不用在半梦半醒里扇自己耳光了……”

“哥，发给你我最近写的诗，不许笑我。

在一座城池里陨落 / 没有什么可以褫夺 / 晚云丧魂失魄时 / 放弃一场初雪 / 必须在玻璃上抹去银河 / 再抹去青山如黛、日月如落叶 / 必须把尼罗河洒满伤口、顽石立上陡坡 / 再让十一月撕开银杏的颤抖、让十二月 / 沿着江水倒流……（《挽歌》）”

53

在N城的时候，她偶尔把某些残忍的细节只鳞片爪地透露给他。

比如那个姓唐的老师，她叫“唐师父”的，总要批评她，说她画的画陷到局部刻画里头去了，“这是你们女画家的通病，不要老盯着那一点点地方，大气一点。”她说那个时刻她就喜欢那种被不轻不重地骂一顿的感觉，她会因此怦然心动。

“学过中国画不是吗？难道老师没有教过你大处着眼？！”

这种时候她不住地点头，根本无力反抗，觉得自己软软的，只要老师轻轻一推，她就会朝一个方向倒过去。

她透过窗户看爬山虎。它从墙根下朝二楼爬过来，那些裂开的叶子，那些蓝黑色的球果（跟蓝莓一个颜色呢），那些细小的手掌。她站到光线黯淡的地方。在她身后，唐师父手掌上的颜料斑斑俱在。她说他动作粗鲁，但她依然觉得温暖。

那一丛爬山虎，在阳光下已长得很茂盛了，把一楼的墙面遮了一半，不计其数的叶子搅了银色的光在风里展动。她说她喜欢这景象，千万片叶子热烈晃动的光芒是给人百般慰藉的。

他看了看日历：已是十一月十五号了，二〇〇三年马上就要过去。这一年消逝得如此之快，用“白驹过隙”来形容一点都不过分。

那棵桑树昨天还满满地披覆一身黄绿色叶子，今晨它脚下铺了厚厚的一层，树上的叶子每一秒都在往下坠落，眼看着就要把自己褪得一丝不挂。这棵树仿佛摆脱了植物性，幻化成一只动物——当风朝这边吹过来的时候，它就更像了：那些叶子在地上磕磕绊绊地奔跑，就像是在抢先逃离一种灾难。

他看到一个中年人路过这棵树，自言自语说：“咳！昨晚下霜了！”

54

十一月二十七号中午，他打开电脑，收到玫给他发的电子邮件：“冬天来了……”

他回复道：“那边天气如何？”

她立刻回信——她在线上——她说天气还好，只是心情不好。

他不知道用什么话来安慰她，就发了一些照片给她。这些照片，是她在这里的时候，他用手机给她拍的。

她回复说，看到照片上的自己，以后再也不敢给自己照相。

她说你看上去还是个小伙子呢。

他发了一张在中国美术馆拍的照片：她坐在核桃树下，毛衣是紫色的，笑得满面春风。他说他难得看到她这样的神色，依然是个小姑娘。

她说她都不记得自己当时在想啥，怎么会那么开心。

他关了电脑，走到小区里，看到道旁的碧桃、丁香、榆叶梅，都光秃秃地立着，被一层灰暗的氛围笼罩。在这光景下回忆她们夏天明妍的风姿，就别是一番滋味。

他注视着亲切温暖的天空：它是没有废墟的，历史在上面也留不下一丝痕迹，真正的天长地久。

你在植物园温室里看到过热带植物，一年四季都保持繁茂的样子，然而没了日新月异的变化，没了起伏涨落，这繁茂就有一种死亡气氛，仿佛被法师的魔杖点过，定格在时空某处。

玫已经走了一月有余。一个月前，玫就在身边，仿佛触手可及。更早一些的时候，他期待着她的到来。一切都必然成为过去，面对这种绝对的必然，你已经开始心悦诚服。青春也无非是躲在身体内的一位过客。二十岁的年纪，胳膊上套着红的和、黑的两道布条，和同学们手拉手在大街上走，没有什么靠得住的理由。

“今天是感恩节！”冷不丁地，他听到一个老人在对另一个说。

“那又怎样？！”另一个答。

“马上都十二月了。”一个说。

“又赚了一年！”

“活一年赚一年，活一天赚一天！”

“您今年七十了吧。”

“七十？！七十五了！”

“怎么看也不像！”

“不像？！一把老骨头——你才六十五吧？”

“六十六了。”

“嗯，小——小！”

两个老人从他面前走过去，都套着厚厚的滑雪衫，其中一人手里拎着一棵大白菜。

“年轻人过什么感恩节、圣诞节，老祖宗那些大小日子都忘光了哦。”一个说。

“可不是！”另一个说。

他们走到光秃秃的柳树下，和原本站在那里的第三个人侃侃而谈。

“你们没仇吧？没恨吧？我说你们缺的就是那个沟通。”“你们俩一个七十，一个八十了，共同在一起的日子还有多少？”“我说，你们俩都这样。你们俩说话的口气都有点，嗯—— 生硬。”

他听了半天，才明白“你们俩”并不在他们中间。

这棵又高又大的杨树，叶子都快落光了，树枝赤条条地支棱着，只有最贴近主干的位置残存一些叶子，越往下越多。这谢顶的杨树，走的是和人类一样的路子。要不了几天，这个城市的大部分植物就会变得光濯濯的。北风为了完成它的使命，花了一个多月的时间呢。

当然还是会有一些冬青、黄杨和松柏悄悄地做着季节的叛徒。而这也真是多此一举，它们的绿色总显得刻板暗淡，让人不觉得这些颜色和生命力有什么瓜葛。

他弯腰从树下捡起一片叶子，端详它锯齿形的边缘。叶脉的延伸是刻骨铭心的，不论过去现在，都固执地长成那个样子。

他回到屋内，打开网页百无聊赖地浏览。

一直到深夜，直到那些载重卡车轰隆隆开进城里。

这几天午夜入城的货车明显稀落下去了。严禁超载货车进城，报上登载的消息得到印证。运输商贩赔本失业，城里的农产品涨价了。

他收到老奕的短信：我以穆罕默德，耶稣基督，释迦佛祖的名义命令你……

这家伙又喝醉了。

55

二○○三年的最后一个月的最后一个星期，雯倩来找他。她说，过年的时候，她要带他去见她父母。他出了一身冷汗。他说他不明白她何出此言。

她说现在的车票非常难买，她会托关系买两张火车票，春节前几天走。

“让我见你父母？”

“这么大的事，不能不征求他们的意见。”

“我们之间能有什么事？”

她愣了几秒钟，就走到厨房里去做饭。

他请她出去吃饭，但她坚持要做。

他们默默吃完午饭，收拾完厨房，他就从书柜里找出一本原版的英文图书送给她。

到了晚上，他收到她的短信，说她看错了他，说他根本不值得她关心。“像你这样的，在街上随便都能找到一个。You stupid.”

他没有回复。

“不识抬举的东西。”她又发短信说。

他走到窗前，看见窗外的玉兰举起一树光溜溜、密匝匝的枝梢，每个梢头站立一只毛茸茸的倔强的花骨朵——数也数不清的饱满的花蕾，活像那么多按捺不住的念头。花蕾的那一层硬壳死死地抱着花朵，有一种同归于尽的决绝。

他想象着花瓣的香味被包裹在这些灰暗的壳里，等到春暖花开时，噼噼啪啪，一齐怒放出来。

56

他出门，在微弱的路灯光下穿过两个住宅区，就来到B大学西门口。他径直朝门里走去，没有遭到阻拦。非典果然已成过去时。

攀上小石桥，下桥，往右拐，一直走到荷塘边。

“You stupid.”他收到她另一条短信。“在美国，如果骂一个人傻，怎么说？”“You stupid.”“You stupid!”

他约好了和柴聊一聊，但是看到这一片亮晶晶的水，就被蛊住了。

荷塘里，秋天断落的荷叶大多不见踪影，只有寥寥几片皱缩着挂在梗上，犹如仅存的落败的旗帜。支撑在水面上的断梗，有的弯曲，有的僵直，已非秋天时的交错纵横，而是一派少有的简洁，塘面也因此显得宽阔了。

此时的荷塘是有字的天书，这儿一个字母“D”，是弯成弧线的荷梗与它水中的影子；那儿一个“L”，是伫立在风中的秃梗和它水中的自己刻意维持的角度。斜斜地有一个“V”字，是朝水里俯身下去又从水里折身而起的。更多的，是他不认得的古老文字，希腊文、阿拉伯文、古埃及象形文字，仿佛巴别塔建造失败后的光景。这些文字任由自己躺在黑亮豁朗的水面上，你无从解读。

水面之下想必盘根错节。不过，冬天嘛，就算纠结，总还是会消停些，也就蛰伏着暗暗较劲。等到春天，在鸭子首先知道池塘暖和起来的时候，它们就又要撕咬不休、丝丝入扣了吧。

那是一条窄河，双岸砖舍林立，依偎撑扶，层层叠叠的尽是灰墙黛瓦。都是摇摇欲坠的老房子，窗子向河面推开，与对岸人家近在咫尺，把河道压成一条窄缝。玫和唐师父就站在其中一间老屋的二楼上，借着暗淡的光摸索。她说她看着对面人家的窗口，心头是惊慌失措的。那扇正方形的黑洞洞的窗子，非常严肃地谴责着她。那是一九九〇年夏天。

回到承泽园小区后门口，他看到那个卖水果的女子仍然立在摊位前头。她守着这个摊儿，足足有半年了吧。 现在这钟点，她整个人就是一幅剪影。周围的一切形状也是：落寞的瓦砾堆、光秃的龙爪槐、粗糙的住宅楼。

装水果的箱子堆在她身后，耸立到半空里，像个碉堡。她面前呢，是水果和花生瓜子的铺陈…… 苹果和梨子比邻而居，花生和葵花子情投意合，山楂旁边驻守着酸枣，物以类聚，相似的味道决定着它们的位置，显然是刻意为之。

有些水果是不可或缺的，比如苹果。酸枣就可有可无，山楂也差不多是。最鲜艳夺目的小番茄，分明就是蜡做的假玩意儿。一定要整个儿放进嘴里再咬，要不然“扑哧”一声，酸溜溜的汁液就会射到你最不曾预料的地方——倘若在人堆里，那就更尴尬了，那个人面对这个小小不言的飞来横祸，既不好发作，又难以付之一笑。

多数时候，她都没精打采地趴在一只敞开的木盒子旁边不停地磕着葵花子。空瓜子壳顺手丢落，在地上白花花铺了一层。风一吹，哗啦啦的声音居然是一段音乐。咬一口小番茄，你的口味要在蔬菜和水果、葡萄和青椒之间举棋不定，这种困惑消解了你对它的容貌的好感。而且它的那种酸，不是老陈醋的那种荡气回肠的酸，也不是山楂的清新直率的酸，而是一种幽怨郁结的味道。

他买了十个橘子，在她称分量的时候，他问她甜不甜。她毫无悬念地说甜、可甜了……

57

一月六日，他挤在人堆里，任由一趟公交车载着他穿过半个城市。

等车开到郊区的终点站，除了司机和售票员，就只剩他孑然一人。

木实的公司仍被一大片草地包围着，草当然已是枯草，楼前的荷塘冻成了一面完整的镜子。在朗日的照耀下，冰面大约稍稍融化了一些，看上去竟然温润如玉。

女秘书认出了他，把他径直带进木实和张总的办公室。张总很客气，请他在沙发上坐下，告诉他，小白在售楼处处理问题，说不准还要多久才能回来，不过应该也不会太久。然后张总坐回他的办公桌前发愣，再后来就从抽屉里掏出个杏核在黑亮的桌子上投来掷去，发出复杂的卡塔声。那声音是个二重奏：杏核在子上蹦跳的卡卡声和杏仁在杏核里挣扎的塔塔声。两种声音交织在一起，配合得天衣无缝。

张总又从抽屉里抽出个刻刀，在杏核上耐心地钻研。刀子在木头上啃咬的声音扯心扯肺的。他想问张总在干啥，但见他专心致志，又不好意思打扰。

那刻骨铭心的啃咬声终于停顿下来，张总从裤兜里摸出个耳勺，从杏核上的小孔里掏出杏仁的碎片。那些碎片真像耳屎！

一勺一勺的杏仁渣子扔在桌面上，白酥酥地撒了一片，又被张总收拢了扔进字纸篓里。

张总掏空了杏核，就把它举到唇边，用力吹出一口气…… 嘘——！

对这声音不大满意，张总拿过刻刀继续钻研。

“张总最近不忙？”他忍不住了。

他抬头看了看他，说还好。张总把杏仁举到眼前，对他说，您觉得这玩意儿怎样？

他说他以为张总是在弄个乐器。

张总说当然是个乐器，说完就把它放到嘴边又吹了一口，那东西就发出了一声尖厉的呼啸。

他说没想到这么小的杏核，居然能发出这么响亮的声音。

张总说那可不。

张总说他当知青的时候，闲着没事儿就跟当地的一个雕刻匠学收益，在皖南。张总说他还能把椰子壳弄成个乐器。

他说有这本事真好，艺多不压身。

“下辈子就想做个雕刻匠。”张总说。

他说还是搞房地产挣钱，手艺人太辛苦啦。

“有钱难买愿意！”

他说看张总这么清闲，想必是客户都忙着过年了，来买房的少。

“那可不是这个道理，你得有房子卖才行。”

他说那就是房子都卖出去了，恭喜恭喜。

张总说哪里。霍地站起身，指着窗外的一个方向说，瞅瞅，就那块地，他们就跟你这扛着，死都不肯搬，要换在别的地方，找个推土机上去就给他们平了。

人家要价高？

要说高，也不能算高，可是你给他们，别人怎么想？都是一个村的。能闹的都多给，将来谁不跟你闹？是不是？你说干我们这个容易吗？钉子户和买房的，两头都是爷。

他笑了，说不管怎么说，还是你们吃肉人家喝汤。

张总也笑起来，说我们哪里吃肉了，国家吃肉，我们喝汤。张总又把杏核拿到嘴边吹了一口。这一声倒是真嘹亮。“国家的事情，谁说得清？谁搞得明白？你搞明白得执行，搞不明白还得执行。对不对？”

“胳膊拧不过大腿。”他随声附和。

现在要批一块地下来您知道有多难？前些年 ××× 上台以后搞绿化，到处栽上树，退耕还林，后来又把树砍了，说不能占用耕地造林。你说谁搞得清？你想弄块地愣是批不下来—— 你这回是来找小白买房的？

没有没有，他说。

有也没什么，房子这东西，你能买多少买多少，你可别指望房价会降下去，你看现在这地价……

他说他真不是来买房的，他是个彻头彻尾的穷人。

张总摇摇头，又低头摆弄他的杏核。

木实出现在他眼前：“博士久等了！”

张总问小白，最近在忙什么？那老头咋回事，够凶的。

木实说，人家买了三套房子，到现在才拿到一份购房合同，能不来闹？去年买房子的时候就闹过一回。现在要过年了，老头一定要年前把手续都办完。

“过年还有工夫来闹！”

木实说他给王芳打了电话，那边说会尽快。

木实打了一个电话出去，几分钟后进来一个女职员，把一只信封塞到木实手里，木实就把它转交给他。信封里是一张回 H 城的火车票和几张订票费发票。他谢过木实，说要是没有你，他就打算走回去了 。

木实说他乐意为博士效劳，请代他向伯伯阿姨问好。

他说欢迎他过年的时候去 H 城做客—— 这当然是客套话，高中以后，木实几乎就没有来过他家。也许在高一的时候，他和他叔叔来过他家一次，坐了没有半个小时就走了。

他问木实过年回不回山镇，说他想去看奶奶。木实说欢迎欢迎。

58

他回到住处已是晚上九点。来回三个多小时的车程颠簸，加上回来前他和木实喝了顿酒，他下车已经散了架。早早地躺到床上，却并不能入睡。穿过半个城市，酒精仍然在血管里奔跑。这是一年最冷的时候了吧，即便屋子里有暖气，你也能感到严寒百折不挠地从窗户的缝隙钻进来。“这个季节，如果被扔到户外，一袭单衣，只消一个小时你就会一命呜呼。人就是这么脆弱，所以所谓的叱咤风云，简直自大到可笑。人怎么可能伟大……”

“嘭！”窗外一声爆竹炸响，旋即归于宁静。他侧耳等待—— 却再也没有追随了它的第二声。

窗外的宁静是踏踏实实的。

离春节还有半月之久，谁深更半夜放爆竹？而且还是绝无仅有的冒失的一声。

一定是谁家孩子，等不及新年，把买到的爆竹拿起来又放下，拿起来又放下，终于禁不住诱惑，偷拆一只，用火点着了——肯定会招来一阵责骂，也许挨一个巴掌也未可知。

但这孤零的一声，足以荡动心头的喜悦。就要过年了……

那种绿色的爆竹，如今再也见不到了，是白奶奶从镇上买来的，它们颠覆了人们对爆竹习以为常的颜色。而且它们整饬饱满，精致鲜亮，排成得意扬扬的一大串。他母亲绝不会买绿色的爆竹——既然爆竹一直都是红色的，绿色的就属于离经叛道之列，有魔鬼藏在里头。

把母亲和白奶奶放到一起，足以颠覆那些关于年龄与代沟，关于保守和进步，关于读书和智慧的一切想当然的看法。

那年月，礼花这种东西无疑是奢侈品。虽然很少买，站在摊前看看也让人心花怒放。那些缭乱的色彩和图案，野兽派画家见了也要自叹弗如（那时他当然不知道野兽派）。

还有一种叫“电光炮”的，电闪雷鸣的脾气名副其实。你掰开一只，那火药的银子一般的鲜亮的颜色让你心头一颤——相比之下，普通爆竹的黑色或者铁锈色火药就显得太过和气。

紧裹着银子的层层厚纸，又被一层精致的有白条纹的蓝色亮彩纸包裹，气度华贵。引信也不是一般爆竹绵绵无力的那种，它既粗且长，但是你把这种爆竹拿在手里点着了，它根本不给你留下扔出去的时间。

电光炮坠在一长串普通爆竹的最后，是压轴戏，让一串絮絮叨叨的喜庆的喧闹声有个坚定的结尾。那时候一切事情都要在最后有个高亢的结局：歌星们——那时候还叫“歌唱家”——的演唱，学生们的朗诵，老师们的发言，领导们的致辞……最后一句总要突然提高一个八度，变成慷慨激昂，然后大家一齐鼓掌。在小学的作文作业里，无论写什么内容，终了总要归结到为国家努力奋斗上去。

经过普通爆竹的一长串啪啪声的铺垫，最后的几只电光炮才是高潮，咣！咣！咣！咣！高潮之后便是荡气回肠的宁静。

窗子外头安静得忍无可忍，但是突然有两只猫儿你一声我一声地，婴儿一般号叫起来。嘹唳的呼唤让人不忍卒听。

号叫的间隙里，他又听到闹钟突突的走动，一声声都牵肠挂肚。

“你妈在街上走着走着，心口突然就是一拧，她说就像被猫抓了一把，然后胸口一直隐隐地疼，在床上躺了一个下午，到晚上好多了。”父亲一向大事化小小事化了的语气，反倒让他更担心，下午接电话时，他手心里都是汗。他瞥了一眼闹钟，时针直直地指上去，分针直直地指下来，僵在那里，只有秒针不知疲倦地兜着圈子。窗外猫声式微——它们大约是跑到远处去了吧。

白奶奶家的那只猫一定有一百岁了，可是年年都要在谷仓产下一窝小东西。就产在谷仓的角落里。等小猫儿稍稍长大，就是活蹦乱跳的一大群，个个精灵古怪。这是白奶奶最烦恼的时候，她要走家串户，把小东西们一个个送出去——这也是玫最不情愿看到的事之一。

有一次，老猫刚刚产下幼崽，他们仨就沉不住气了，趁它不在的时候溜进去探看，抚摸毛茸茸的小家伙，还把其中一只捏得大叫起来。第二天这群母子就从谷仓里消失，老猫每天照旧回来吃饭。它看他们的神情是冷淡的，也是淡定的。“它把它们一只一只叼走，就咬在脖子后头……”白奶奶向他们解释，做着示范。

它是一只邋遢的老猫，冬天老是钻进灶下的灰烬里过夜，把一身皮毛燎得满目疮痍，一股焦煳味儿。这泥猪疥狗般的身体到了春天，总能开花结果，生出一大堆嗷嗷待哺的小天使。

他走到阳台上，在冷空气里站了一会儿，抬头看到一轮满月吃惊地望着他。

不知为什么，几天后，老猫又把孩子们弄回仓库里来了。这一次，他们都不再去招惹它们。小猫们长大，依旧一一送给了别家，只剩了一只。那是一只黄褐色的猫仔，身材细长，喜欢绕着桌腿蹭来蹭去，冬天喜欢伏在人的腿腹间取暖。它长得最像它妈妈。

59

火车抵达 H 城已是第二天早上。他下了火车又上了出租车，交代司机奔赴一个他从未去过的地方。在电话里，父亲告诉他，新家在南郊，在湖边，好多退了休的老同志都在那儿买了房子，价格还不贵。湖景房，听上去很美。他听到“老同志”三个字的时候还愣了一下呢。

出租车穿过闹市，驶过依然粗糙的小街，只用了二十分钟就又出了城。这是穿过开发区的一条过于空阔的公路，两边店铺杂陈、然后是林林总总的企业工厂，大学的新校区紧随其后、接着是用矮墙隔开的规划用地，是一大块一大块的尚待实现的梦想。

车在这条大道上奔跑了十几分钟才穿出开发区，终于看到幼麦葱茏的田野，还有色彩暗淡的青菜畦——这儿的农民喜欢在冬天种那种叶子皱巴巴的青菜，它们看上去就像从土里挤出来的一骨朵一骨朵的绿色泡沫。偶然能看到几处亮黄的菜心，从暗绿的泡沫里迸出一点儿生机来，让人心头一颤。在一个叫“二十里头”的地方，出租车拐上一条窄窄的旧公路，不久又穿过一个集市——这在过去就应该是一个镇子了吧，他从未来过，现在它肯定失去了独立性，成了 H 城城区的一部分。小摊位沿着公路一字儿排开，摆上过年必备的杂货：红艳艳的门对子、斑斓多彩的烟花爆竹、白净光洁的碗盘碟勺、闪亮的不锈钢锅具、图案千篇一律的搪瓷洗脸盆（白盆底红边，内底必有一大朵红牡丹）。塑料的年画只有两个题材：财神爷，戴着秦汉时期的帝王冠冕；毛主席像，向四周放射金光。

烟花爆竹算是这些年货里最为精致的。这些终将粉身碎骨的勇士，制造它们的人有一种残酷的冲动——把它们做到尽善尽美。以至于这些完美的东西落到孩子们的手里，往往不久于世间。

他们总是把爆竹攥在手上点燃，在引信燃尽前的瞬间才扔出去，让它们在空中爆响，然后那些绿的、红的、白的、灰的纸片儿就像桃花一般纷然飘落。这种英雄主义会把女孩子们吓得捂紧双耳，也是把自己置于险境。而且这么做，现在想来也未必能从她们那里夺得好感吧。当然那要看什么样的女孩了，如果是那种烈如西风的，也许……“电光炮”是不可以拿在手里点燃的，它们的性子急如星火，从被点燃到轰然爆响，中间并没有时间上的差距，爆炸的威力也摧枯拉朽。如果谁想要丢掉半根手指，或者一只眼球，那就拿在手里试试吧……但是性情温和的普通爆竹，也并非慈心永驻。有时候它们被扔出去以后却闷声不响，直到你跑过去捡起它一探究竟时，它却马上在你手里冲冠一怒。他还记得手心遭到的强硬的一击，瞬间一只手就麻木了。他以为这只手从此将和他阴阳两隔。没想到它慢慢又回到了他的身体上，也把一大堆疼痛的感觉带了回来。

烟花就比较昂贵，大人们轻易不买。如果有了一个，有耐心的孩子会把它留在家里，等到最后一刻才拿出来——那一般就是正月十五了。点着的烟花呼呼簌簌地响几声，噼噼啪啪地亮几下，并不如期待中的那般灿烂，达不到包装上的图案所勾起的幻想的美妙程度，而且短暂得不可饶恕。闻着硫黄古怪且悲凉的气味，心头难免怅然，也有灿烂之后的惋惜。

玫在这种时候拍着巴掌又蹦又跳的，仿佛看到了天堂的颜色。她甚至会冒着刺鼻的硫磺味儿把空烟花筒的包装图案小心揭下来，夹在一个小本子里。她收集的糖纸、火柴皮、烟壳和邮票珍藏在好多个本子里。凡是有图案的废弃之物都受到她的垂青，收藏的核心态度是多多益善。

他们被堵在集市上，有半个小时几乎寸步难行。

“这帮爱凑热闹的愚民！”出租车司机居然操着北京司机那样的口吻抛出这么一句，让他大感意外。

“是有点过分，看到有车过来，让都不让一下，路都堵得死死的。”他露出了党同伐异的嘴脸随声附和，和司机之间的距离一下子缩短到同仇敌忾的地步。

司机指着窗外："就这群老百姓，真是不可救药。"

这更出乎他意料，他指着司机后视镜上挂着的毛主席像说："这可不像挂毛主席的人说的话。"

"我就这么一说！"

这时有一辆黑色轿车鸣着喇叭打对面劈开人群开过来，他们也趁着这个机会向前挤过去，慢慢移到了集市边缘。

"托当官的福，总算过来了。"司机一边加速一边大声说。

他没有答话，是路旁挂在铁钩子上的一溜儿惨白的猪尸体吸引了他的注意。尸体后头的肉案上平排了整齐的猪头，真正的身首异处。

"听你北方口音啊。"司机似乎感觉到了他的尴尬。

"哦，老家是涂门的，不南也不北。"

"那倒是，过了淮河才能算北方人。"司机说。

"您是本地的？"

"地道的！"

"嗯，听口音就是。"

"我老婆就你们涂门那一带的。"司机边说边加速超过了一辆货车。

"哪里？"

"丰阳！"司机在一串准备右转的轿车后面减了速。

"嗯，不远。"

"丰阳是个穷地方！"司机摇了摇头。

"唔。"说到丰阳，外地人都说那是个穷地方，他其实从未去过。"你们过年是去丰阳还是留在 H 城？估计是两头跑吧。"

"那当然，两头跑！丰阳讲究可多了！"车又可以放开速度了，两边又是麦田，司机猛踩油门，"这两年没法跑了。"

"哦。"

"老婆乳腺癌晚期，还跑什么跑。"

"乳腺癌？"

"查出来就晚期。四十岁的人，乳腺癌晚期，你能相信不？"

他觉得怎么表达同情都不免虚伪，索性沉默了。

"医生说她活不过一年，现在都快两年了，所以你看还是不能啥都信医生的。"

"那倒是。"他附和他。

"多活一年就算一年，您说是不是？"

他点头，但觉得这个头点得太过残酷。

“你去过大兴？”

“大兴？”

“你们北京的大兴。”

“当然去过。”

“你们北京的大兴有神仙！”

“神仙？”

“…… 我带着老婆进去，在他面前坐下，他就眯着眼睛瞅了一会儿，然后又闭上眼睛，等了好些时候，睁眼就说，身上有肿瘤。”

“那岂不比透视还厉害？”

“还有更奇的，神仙接着说，她肝上还有囊肿，不过是良性的。”

“这也说中了？”

“那当然—— 你说我不信他信谁？”

“怎么找到神仙的？”

“熟人介绍呗。”

他想继续问他，那个熟人，知不知道他妻子的病，有没有看过体检报告。这种问题简直就是挑拨离间，他又沉默了。

司机似乎看透了他的怀疑，就告诉他，那个神仙给他老婆开了药，服了一年，她还活着，其他什么的都不重要了，花十万块钱买来一年的阳寿，怎么说都是划算的。

他当然还是不信，医生当然要说得保守一点，谁不怕惹上官司，况且这些预期，大约也都是些统计平均数。但他不会把这些残忍的想法说出来，就算直言不讳，也毫无意义。

司机猛踩油门，汽车在一马平川的公路上飞驰，时速 150 多公里，他觉得自己飘到了半空里。他说，您这肯定大大超速了，被抓到恐怕不会从轻发落。司机说没有问题，他们抓不到他。没有摄像头？有也不怕。司机说他有朋友和这块儿的交警队长交情深厚，“所以没的关系的，上次还开到 160 了呢”。

他不由得一阵绝望，他说，大哥，您还是慢一点，大过年的，出点事对谁都不好。

司机松了松脚，车速马上降到了 120，他总算重返人间，拥有了几分踏实感。

一大片居民楼赫然在目，它们背靠一座小山，面朝一片湖水，环境果然可圈可点。这就是父母退休后的安顿之所。他钻出出租车，辞过了司机，拉了拉杆箱在小区里陌生的人行道上惴惴不安地走。

他们住得不高，在第二层，他提着行李登上二楼，伸手还没有够着门铃，防盗门就不触自开。父亲站在门内，说他在楼上看见他下了车（表情里有三分得意，还是那种自以为能干的大包大揽的口气）。他笑了笑，把行李拖进门，心想：刚才拖着行李在人行道上垂头丧气的样子可别泄露了什么秘密出来。

屋里除了墙壁和地板是新的，新家里一切照旧，连客厅里那张破沙发都还是十年前买的那个。母亲让他洗澡，以便把路上带来的尘世的细菌统统歼灭。要是在从前，尤其青春期那阵子，他一定要负隅顽抗，故意往沙发上一坐，或者拿起东西就吃。他老想说服母亲相信这世道还不至于那么凶险，人类还远没有被微生物逼到绝境上去。但他从来都以失败而告终—— 他怎么可能成功，上帝对她太残忍，在她四十多岁的时候，出门旅行，居然就感染上了疹子，全身的皮肤红了好一阵子，得有一年吧。五十多岁的时候感染上了肺炎。她小时候就更倒霉了，她弟弟不到三岁就在她眼皮底下患传染病去世了。对于天生谨小慎微的人，老天显然觉得她的谨慎还需要人间灾难的打磨方能达到炉火纯青之境，所以额外降下比其他人更多的考验。

从行李箱里取了换洗的衣物钻进盥洗室，站到洁白无瑕的浴盆里。母亲隔着门喊他，要他把电热取暖器立刻打开。话音未落，她从外面把开关扳上去，他头上瞬间点亮一盏小太阳，心情居然一下子抖擞起来。如果这会儿家里没人，他一定会像帕瓦罗蒂那样扯开嗓子，把这个太阳好好歌颂一下。

你要是高歌一曲，他们一定以为你脑子出了什么毛病，肯定要关心一下你最近的精神状态。尤其是母亲，她真的能觉察到你一根头发丝那么细的忧愁，然后就好生规劝。这是件非常要命的事情。洗澡水从莲蓬头里不由分说地洒下来，起初是冰冷的，渐渐地就有了些温度，后来就变得炙手可热，让他不得不逃到一边去，把裹了毛巾的胳膊伸展到极限，好不容易握住了那个调整温度的旋钮。由于开关的转动和水温变化之间有一段不知道多久的延迟，他把握不住旋转的分寸，一会儿太左，一会儿太右，搞得水温像世界政治局势一样叵测。

小时候你可真不喜欢洗澡，那时是用一个大木盆当澡盆，人站在刚没过脚面的水里，或者坐在里头，用一块大毛巾把水从头上洒下来。头和脚不分彼此，都泡在同一种脏水里，这混乱的场面如今回忆起来真是不可想象。即使对万物的秩序保持着绝对警惕的母亲（要知道，一家三口各自的洗脸毛巾、洗澡毛巾、擦手毛巾、洗脚毛巾，都五颜六色授受不亲地一字儿排开，像开着万国的博览会）也竟然把这个明显的疏漏忽略过去了。也就是说，母亲的谨慎绝非无懈可击，远没有达到明察秋毫的境界。而且他们弄的洗澡水总是烫到可以褪毛。一个孩子对于温度的感知，总归是与大人不同。他们却不知道。现在想想也算是一件好事。哗哗的流水把他埋没在恍惚的蒸汽里，也把他的想法冲到下水道里。在他把身上擦干的时候，他暗暗给自己定下最新行动纲领：高挂降旗，永不争辩。

他从浴室里迈出来，看到母亲坐在客厅的沙发上，胳臂上套着血压计，眉头拧成疙瘩。他走到客厅中央，听到她向他解释：医生嘱咐她，每天准时量血压。

“医生说十点左右量血压，她就准准地十点开始量，早一分晚一分都不行。你妈妈就这么教条。”父亲把视线从报纸上移开，抛出一个毫无新意的评论。母亲把那只没套血压计的自由的胳臂伸出来，朝父亲摇动："别说话！别说话！你这一说话我血压又上去了！"

“你妈妈就这么教条。”父亲对这句话驾轻就熟，语气里透出来的近乎是一种欣赏。年轻的时候父亲可不是这样，那时父亲也有改变世界的雄心呢，这个世界里至少包括他和母亲，当然单位上的事总是第一位的——这也算一种幸运。现在父亲几乎换了一种眼光，一切的事情都变得可以用欣赏的眼光来看，至少可以以看戏的眼光来看。比如在报上看到哪里有病人伤了医生，或者哪里暴力拆迁死了人，他默默地看过了也就算了，如果有谁提起，他就会说：怎么办呢？中国不就这样？要是几十年前，别说抗拆，抗什么马上都打成反革命。

测量终于完毕，收缩压 100，舒张压 70，母亲松了一口气。

他找母亲要来化验单，单子上的字迹并不特别潦草："心绞痛待定"。

“人老生病，树老生虫，自然规律！”父亲甩出这么一句，又埋回到他的报纸里。

这是父亲退休后的第一个春节，往年来客络绎不绝的这几天，如今突然就门可罗雀了。但过年必备的心情不会稍有懈怠，不论哪一个春节，从腊八到正月初三，母亲一定进入一种诚惶诚恐的状态——尤其是在提起那些死去的亲人的时候。但“死”这个字万万不能说出口（对孩子们可要当心了，这些小恶棍最喜欢拿条白布或者白色厕纸缠在头上，而且专挑过年的时候干这种勾当！）。至于一些在平时尚可忍受的小失误，比如筷子掉到地上，或者摔烂了一只碗，此时也都罪不可恕。当然门对子贴得够不够对称、鞭炮够不够响亮、年夜饭的菜碗是不是成双成对、筷子和勺子的颜色是不是整齐划一、盘子有没有裂缝……诸如此类的细节也都非同小可。假如发现一把剪子成了漏网之鱼（它本该在大年三十以前被绳子五花大绑），她一定矍然心惊。但是菜刀可以堂而皇之地出现在任何地方——毕竟没有了它们，这大过年的就要饿肚子。习俗的那些自相矛盾之处她视而不见，必须照单全收，非此不能保证未来一年的平安。

春节原本是个越过越没意思的节日，而这一大套繁文缛节，生生把它的必要性提到了无与伦比的高度。平时马马虎虎的父亲，也在她的感召下心细如发、成为萧规曹随的典范。母亲的禁忌直接受命于天，不再是“妇人之见”，他的谨言慎行也就不能不发自肺腑。她这几天一下子就拥有了绝对权威，仿佛摩西抱着一块石板下凡之后的样子。

他问母亲有什么可以帮忙。她说家里的葱用完了，要是你能到菜市场买葱回来就好了。她告诉他菜市场的位置，到哪里左转，到哪里右转，直行多少米，一般葱是多少钱一斤，又说现在过年葱会涨价，但不会超过多少多少钱一斤，如果葱卖完了，就买些小葱回来——“你知道小葱是什么样的吧？”——小葱一般是多少多少钱一斤，现在过年，再贵也不会超过多少多少钱。她说她前些天应该多买一些的，当时觉得还不必着急，没想到心脏出了毛病。她说什么事都不能想当然，都要留有余地。她说如果你在楼下找不到菜市场就问一问路上的人，当然有的人也不一定知道，现在好多人都是来探亲的。住在这里的老人多，问老人应该没错。不过老人有时候也犯糊涂，讲事情讲不清不楚的。她说来探亲的人很多开着车，把小区的路都堵上了，现在的人买那么多汽车干什么，建这个小区的有关单位也是欠考虑，怎么不事先考虑好停车位。她说你在小区的路上走也要小心汽车，他们在小区里开车也横来直去的。她说算了，还是她去买吧。

他绝望地看着她穿了鞋，跟她走出门。她说，你不用跟着我，只是去买一捆葱而已。但她又说，你跟着也好，兴许还能买点别的东西带回来。他跟着她下了楼，转眼就到了菜市场，其实只是隔着一幢楼而已。

你想吃苹果吗？她指着一堆红富士问他。他说他不想吃水果，如果她想就买一些。但是她又指着香蕉问他要不要。他继续摇头。她几乎把所有水果都指了一遍。然后她说，每天都要吃一些水果，养生专家说的。你在北京，有没有看那个养生专家的节目？

他说他不看，电视上那些专家最胡说八道了。

怎么可以这样讲，也不是谁都能上电视的。

那当然，如果不能让你们老年人都听起来信以为真，怎么能在电视上混。

我们老年人？你们现在这些年轻的什么都不信，谁都不信，这样下去怎么行。

您这一辈子倒是谁都信，就是没信过自己。

你这话真稀奇，信自己，啥叫信自己。又是你们那个什么社会学吧。早知道你就不该学什么社会学，你中学的时候数学那么好，跑出去学什么社会学！当初就不该让你由着性子来。

那就按您的意思来？

怎么了？我是在害你？！

我没这个意思。

那你什么意思？！

我的意思是，你能不能站在别人的立场上考虑一下问题。

难道我是站在我的立场上考虑问题？！

别人观点跟你一不一致，你就一定要证明自己是对的。

我是那种故意跟人对着干的人吗？！

谁知道呢。

只有小孩子才这样想！只有不懂事的孩子才这样想！！

您这么大年纪了……

我这么大年纪怎么了？！我这么大年纪怎么了？！你跟一个有心脏病的老人就这么讲话？！

60

他上小学的时候，他家屋檐上生过一颗马蜂窝。那东西一天天膨胀壮大，就像房子长出的肿瘤。忙碌的马蜂们，在那颗肿瘤上钻进钻出，把房檐当仁不让地变作自己的殖民地。有一回他拿一根长长的竹竿去捅它，立刻捅出了个大麻烦：它们倾巢而出，带着复仇的嗡嗡声朝他包抄过来，他在崎岖曲折的巷子里绝望地奔跑，好几次都撞到墙上。他额头上的那个包，比屋檐上的那个还要突兀。

“电话！”母亲在客厅里喊他。

是高中同学邱建国，说在H城的高中同班同学约好了要聚一聚，庆祝大家的三十五岁。三十五岁有什么好庆祝的。当然要，半辈子了，今后就算过一天少一天了。听上去太吓人。谁说不是，但掐指一算，都是秋天的蚂蚱了。这么恐怖的聚会谁愿意参加？你还别说，一呼百应。这馊主意是你出的吧。我这就算通知到了哦，等着洋博士给我们上一课。

那个小城里还有一个脸上挂了一团肿瘤的人，等他离开涂门去上大学的时候，那人的肿瘤已经和脸一样大了。但那人总是傲然走街串巷，从不躲躲闪闪。如果换作他，他总是想，要换作他，早就不知藏到哪里去了。

邱建国以前可不是那种爱张罗的人，高中那会儿闷声不响的，上了大学以后就像换了一个人。以前的邱同学文质彬彬的，看上去是君子里的君子，让班主任的女儿都喜欢上了他。班主任的女儿就在隔壁班里，秋天爬山的时候也跟着他们这一班人。她怎么可以那么活泼又温文尔雅，让他们班的男生都想入非非。隔壁班的那个学霸也喜欢她。她考上H师范大学，邱建国考得很不理想，但复读后第二年终于考到了H城。学霸对她的攻势顿时遭遇滑铁卢，邱建国和她甚至在上大学的时候就睡到了一起。第一次是在他宿舍里，隔着蚊帐，据他说，宿舍里还有其他人呢。大学毕业后的第一次聚会，邱同学就是这么吹嘘的。当然，她不在场。

他和她离婚已经一年多了。原因无非是他又有了人。在五星级的宾馆里做中层，管着一群花枝招展的女孩子，简直像耗子掉进了猫窝里——多年前的一次聚会上，就有人当着她和邱建国的面使用了这赤裸而又奇怪的比喻。而她呢，发出一声轻蔑的“哼”，说，那好，省得我给这只耗子收尸了。大家哄堂大笑。那时她有这个自信，她还不到三十岁，依然是大家眼里熠熠生辉。倒是邱建国，需要随时为捍卫一方领土操碎了心。

大年二十九的晚上，H城的高中同学在星云饭店聚集，满满围了一大桌。在H城的同学如今可真不少。几年不见，都变了样子，面对面也要辨认一下。虽然各自有各自的变形风格，却也有一个共同方向：面孔更为模糊，体重一律增加，看来伙食都很不错。自打从那个重点高中考上大学，青灯瞿影的苦逼生活也就一去不返，从被抓得死死的小孩子变成现在这个样子也只用了十几年。坐在最尊贵的位置的王宏伟同学都当上处长了。当年他的外号叫哈密瓜，现在他环顾左右，用领导者特有的语调说话：这个——哦——国有企业……改是要改的，但是……总不能一蹴而就……

当年他们每人都有绰号一个，男生是瓜类，女生是果类。邱建国的外号是黄瓜，他是菜瓜，他们都还记得。他们说，菜瓜，当年你面有菜色，现在依然如故，美帝的牛扒和黄油没把你养肥？

他说他当然不肥，不能跟诸位相比，H 城连水都是肥的呢。

邱建国说你人没养肥，胆养肥了，在网上看到你在你个人主页上大放厥词。

他都放了啥？给我们通报一下，冬瓜指着黎说。

他说中国式的教育是一种伪教育——要是没有我们中国式伪教育，你菜瓜怎么有机会去美帝吃牛扒？

西瓜迟到了，他来的时候大家已经一起干掉一盅白酒——那也是必须的。除了唯一一个到来的女同学苹果在喝红酒，无人甘拜下风。

迟到的西瓜一口气喝下三杯古井，面不改色地举筷子寻觅已被众人动乱的麻婆豆腐。

“今天伙食不错！”西瓜说。

“郝总都说伙食不错了，看来伙食应该是真不错了。”苹果说。

“那可不一定，他们卖房子的最能忽悠了，能把厕所当宫殿卖出去。”南瓜说。

“忽悠？现在谁不是房子到手，噌噌就涨上去？雷锋叔叔能做到吗？”西瓜说。

“哈，郝总是活雷锋，全国人民都被你们弄得倾家荡产！”邱建国说。

“视角不同，观点也就不同。”瓠子瓜说。

“这是哲学家！”邱建国指着瓠子瓜对黎说。

瓠子瓜当然是哲学家，哲学博士毕业。

“美国人是不是说过，要买最好的房子，最差的车？”苹果说。

“哪个美国人说的？”

“这里有个美国人。”

“我不是美国人。”

“各位，房子一天一个价，该买就买。”西瓜说。

“别忽悠咱们，物极必反的道理我们还是懂一点的。”瓠子瓜说。

“物个什么极，必个啥反，地价在那摆着，刚需在那横着。”郝总说。这个说法听起来很耳熟。

“要动手的，早动了，指不定哪天又掉下来了。”冬瓜说。

“黄瓜都住上了。”西瓜指着邱建国说。

邱建国说西瓜他们公司那条街上有个风水公司，他在买西瓜他们公司房子那阵子，就请那个风水公司的大师去看了现房。“买房子就得买现房，看图纸能看出什么名堂来？”

苹果说那可不一定，看图纸也能看出讲究，比如入门不可见厕所，卧室不可正对大门，客厅要在套房正中间……

“苹果！”南瓜说，“你是化工教授不？怎么对封建迷信就没有抵抗力呢。”

“风水是老祖宗传下来的，你说迷信就是迷信了？”苹果略有愠色。

“你们公司旁边的风水大师是你们御用的吧？”南瓜转脸问西瓜。

“什么御用不御用，你得听听人家讲的有没有道理。”西瓜说。

邱建国说，其实有没有道理并不重要，买房子这种事，谁心里能踏实？你看人家三言两语就把话说到你心里头去了，舒服啊，窗子朝哪里，大床要多宽，客厅要多大，真的是头头是道…… 还有那大师的女徒弟，伶俐得很，宇宙洪荒地一路给你讲下来，哪个时辰启明星从哪个窗户射进来，哪个时辰从哪个阳台上看得见北斗七星，那家伙，你觉得要是不买那房子，简直要把后半辈子断送了，哈哈。

南瓜说风水都是骗人的。

苹果说南瓜你现在怎么那么偏激呢，她说她有个同事跟他一样的，买房子的时候他老婆找了风水师，人家说那房子不好，可他偏不听啊，结果几年下来，他老婆查出乳腺癌，差点没命。

南瓜说苹果当年高中的时候你可是我的偶像，成绩比我好一大截，现在怎么信这个了。大家就纷纷露出诡异的笑容。

邱建国说，那就跟偶像喝一杯！

瓠子对南瓜说，人家当年超你一大截，现在还超你一大截，根据福柯的分析，科学只是解释世界的一种方式，科学和玄学的差别，只是范式之间的差别而已。

南瓜说你哲学家也胡说八道。

“菜瓜还没说话呢，美帝说一说哈！”冬瓜拍拍他肩膀。

“说啥？”

“你们美国人怎么看风水。”

“我不是美国人。”

“你孩子是，你就是美国人的爹。”

“该打！”苹果说。

“菜瓜，美国人怎么看宅子？”邱建国问他。

他说他不知道。

“你信不信风水？”苹果问他。

他说他小时候看过一本讲风水的书，看了以后吓得要死，后来不看了，也就慢慢忘掉了。

瓠子说，菜瓜那叫敬鬼神而远之。

“你家孩子生在美国，命真好！”苹果说。

那可不一定，他说。

“不一定？跟你说，在中国，把一个孩子生下来，就开始爬高山，一步踩空就掉下去。”南瓜说。

“你那孩子聪敏伶俐的，你担心个啥？”邱建国对南瓜说。

“这小兔崽子，才上幼儿园，就人精似的。我们两个大人都对付不了他。”

“那是你们太民主了，什么都跟他讲道理。”苹果说。

冬瓜说：“你们做家长的担心个没完没了，不就是怕他们将来不成功嘛？”

西瓜说那倒不是，我女儿将来能考个好大学，找个好工作我就知足了，就这也不容易，成功什么的倒也不指望。

“那因为你就是成功人士。”苹果说。

我算什么成功人士。

年收入六位数还不算，那我们都是叫花子了。

“你得和中国人民比！”冬瓜对西瓜说。

“我接的都是上千万的单子，一年上亿……”西瓜说。

“冬瓜，你在研究所做到副研究员，你觉得你算不算成功人士？”

“当然不算。”

“那我看我们这里只有哈处是成功人士，哈处！”西瓜冲正在跟邱建国交头接耳的哈密瓜喊了一嗓子。

西瓜问哈处，他请他帮他侄子安排个工作怎样。哈密瓜说现在体制内找个工作可不容易，但一定尽力。这时候苹果问他，你回国做什么工作。

他说他正在找。

一直沉默的地瓜突然问他：你为啥回来？不会在那边混不下去了吧！

他看着地瓜，竟无言以对。

邱建国说，地瓜！菜瓜回来报效祖国，就算这伙计在美帝那边待不下去了，我们也欢迎！还是那句话：敌人反对的，就是我们拥抱的。邱建国做出个拥抱的姿势。

他看着邱建国，说感觉自己腹背受敌。

哈哈哈哈，一群瓜类笑起来。

苹果说，黄瓜拥抱菜瓜，场面太美。

大家举着杯子站起来，酒在大玻璃杯里晃荡，每一只瓜类都比二十年前更像瓜类，唯一的苹果却不怎么像苹果了。他祝大家身体健康，说就像黄瓜在电话里说的，从今以后过一天少一天了，都多多保重。

喝喝喝喝喝喝。香烟从空中抛过来，大家把火点上，把整个包间弄得烟雾迷濛，苹果不抽烟，但对这吞云吐雾的场面习以为常。她说西瓜你不是戒烟了吗？怎么又抽上了？

地瓜说你没见西瓜酒也喝上了，烟也抽上了，这才算回归组织怀抱了。

邱建国向他耳语，说去年西瓜的父亲患肺癌去世，年纪轻轻的，才六十不到，西瓜真是受了挺大打击。“他是真吓坏了，半年里滴酒不沾，烟也不抽。”

西瓜说：“人活一世，该喝喝该抽抽，就让生死由命去吧。”很有点无畏的样子。

大家又把酒杯端起来。生死由命。喝喝喝。

“冬瓜！地瓜！不许开小会。”

“什么不可告人的？大声说出来！”

“他们能有啥不可告人的，直不楞登的俩瓜。”

“说！”

“报告领导，没有！没有不可告人的。想有也没有。”

“菜瓜，你在美国买不买股票？”

他说没有。

“嘁！你去老牌资本主义国家待这么久，不买股票，白瞎了。”地瓜说。

“地瓜操着中国大盘，还替美帝操着闲盘。”冬瓜说。

“中国这大盘俺可不敢操，那是主席他老人家的事。俺从大盘里夹一块豆腐就行了。”

“地瓜要吃谁的豆腐？”

哈哈哈。

“要不我们把你弄到美帝那边去？！”邱建国说。

“我对我们国家有信心！——话说回来，去年道琼斯止跌回升，看上去形势大好。你不买股票太亏了。中国股市算是有惊无险，没起色也没大震荡，这当口就是买股票的好时机，要对国家有信心！牛市就在不久以后……”

“地瓜，你这些靠谱不？”苹果问。

“老同学！我地瓜可不是闷声发大财的人！”

“呵，你还不闷声，今天要不是苹果来，你肯定在家闷声了。”邱建国说。

“呸！”苹果说。

“哈处！黄瓜乱说话，严重无组织无纪律，给他行政记过处分！”

“哈处可处分不了我，等我找到组织了再处分也不迟。”

“哈处给他们公司空降个书记管管他。”苹果说。

“民营企业，空降个书记，岂不是不伦不类。”瓠子瓜说。

“那可不一定，他们等着党来召唤。你们美国人下了班，不也到教堂去活动去？组织活动不能留死角对吧哈处？”冬瓜说。

“我不是美国人！”

王宏伟端起酒杯：“今天给地瓜行政记大过一次，一杯！”

“不行不行不行，三杯是起码的。”

为苹果青春永驻干杯，为我们宝刀不老干杯，为国家兴亡哥们姐们继续发财干杯，为过年干杯，为同学一场干杯，为上证指数干杯，为恒生指数干杯，为妻妾成群干杯…… 一直喝到信口开河戒备全无。

“你—— 考上北大，也就是运气好，高中—— 中—— 那会儿你哪是我的对手！”冬瓜对瓠子瓜说。

“那就新仇旧恨一起来！”西瓜撺掇冬瓜和瓠子瓜喝两个。

大家要邱建国自罚三杯，因为他毁了他们心中的女神—— 班主任的女儿。

邱建国果然站起来喝掉三杯。

大家于是惊呼邱总神勇果敢，有这个风范毁掉他们的女神也是应该的。

黄瓜把酒杯翻过来，让大家检视空空的杯底。

这时候地瓜去拉苹果的手，“妹妹！”苹果像被烫着了似的躲开。“妹妹！”

哈密瓜说：妹妹不是你的了！

众人又是一阵哄笑，苹果脸上立马掠过一道霞光。

“有地瓜在，姐夫怎么放心放你过来！”邱建国和苹果开玩笑。

“我一会儿打个电话，叫你们姐夫把你们这帮坏蛋都抓进去住一个晚上。”苹果说。

“我要住单间！”

“我也要！”

“我也要！”

“看来你们好日子过腻了，监狱都抢着去。”

“我要个双人间！”

“呸！”

几杯酒下肚就开始胡说的他们，在如此漫长的觥筹交错之后，并没有谁倒下桌去，个个保持住了旺盛的战斗力。

“菜瓜！你酒也不行，烟也不行，跟苹果妹子为伍，简直惨不忍睹！以后你、你在咱大中国好好改造，别上美丽尖头巴脑国去瞎耽误工夫。”邱建国重重地拍他的肩膀。

他们决心离开饭店的时候是夜里十一点，那时苹果的丈夫——众人的姐夫——已经

第三次打来电话了。

“苹果！妹夫真没劲！人不来，还老打电话！”邱建国说。

苹果站起来去取大衣，地瓜顺势拉住苹果的手：“妹子留步！”

“地瓜！你知道你拉了谁的手？”

“谁的？反正不是你的。”地瓜说。

苹果红着脸，努力要从地瓜的手里挣脱出来。

地瓜说：“妹子！要是妹夫欺负你，跟哥说，有哥在！”

“别胡扯！你算老几！”邱建国把地瓜按回到皮沙发上，回头叫服务生，“美女，给他倒杯浓茶！”

“我没醉！”

苹果趁这个当口溜走了。

服务生站在门口喊：下班了！下班了！！

哈密瓜对地瓜说：瞧你这出息，都快到吃嫩草的年纪了，还去惹老女人！

众人大笑。

大家分头打出租车而去。他和南瓜走一个方向，同乘一辆出租。车开出去不久，天上下了雨，汽车雨刷在模糊的车窗上艰难地磨蹭。南瓜说：从现在到春节这几天，恐怕都不会有好天气了。

这场聚会从头至尾，就这句话让人感动。

他掏出手机，看到一连串的短信——都是老奕发来的。

第一条短信说：她是个婊子。

第二条短信说：石青是个婊子。

第三条短信说：老子还会东山再起！

第四条短信说：我代表穆罕默德、耶稣基督、释迦佛祖和一切天上地下的神灵诅咒你们下地狱。

他心里一惊。

然后他看到好几个未接电话，都是一个号码，他以为是老奕打过来的，拨回去，却是石青在接。

石青说你可接电话了。

“怎么了？”

“你看到老奕的短信了？”

“是啊，莫名其妙。”

“他前一阵子怀疑我和胜子有一腿，后来又怀疑我和郭子，现在轮到你了。”

“荣幸。”

“黎博士，你告诉我，老奕他以前是不是就这样？”

他愣了一下。她在那边斩钉截铁：“你们都瞒我！”

他说老奕现在和以前是差不多的。

她说你还在骗我。

他说他对老奕其实也不能算很了解。

她说黎博士你也不是个诚实的人，她说她很失望。

他问她老奕出了啥事。

“他是个疯子！”

“你现在还好？”

“我那几十万全给他打了水漂。”

“做啥事能花掉几十万？”

“懒得跟你讲！”

“你们还好吧！”

“离了！”

石青突然挂了电话。

“遇到麻烦了吧！”南瓜说。

“……”

“谁跟谁离了？”

“你不认识。”

“哦。”南瓜点头，好像明白了什么的样子。

南瓜以前可是个急性子，吃药的时候总是把药片先搁到嘴里，然后四处找水。那时候还没有矿泉水，热水瓶里倒出来的都是开水，救不了他嘴里的药。他会到处找同学茶缸里的残汤剩水，也不怕染上肝炎。他长得胖乎乎的，不认识他的人都以为他是个慢性子。有时候他在教室里找不到水，就朝洗手间飞奔，就会被嘲笑说喝尿去了。为什么那阵子南瓜总在吃药，你并不清楚。虽然他一而再再而三地飞奔找水，但似乎永远接受不了教训。

回到家，母亲居然还没去睡，眯着眼等在客厅里。

以前他在美国远隔千山万水，一个月也未见得打一个电话。他几点入睡，是否安全，她并不那么担心。现在他在她的眼皮底下，她就担心他遭遇无妄之灾，比如过马路被车撞死，比如坐出租车被司机抢了劫，比如喝酒喝破了肠胃，比如…… 她的担忧毫无逻辑可言，避免成为她担心的目标的唯一方法就是不要在她眼前晃悠。（如果他对人说，有一种孝顺就是从父母面前消失，必然会遭到许多毫不留情的批判。）

他走到厨房里去做一碗粥。米搁进电饭锅，水也加了进去。他正要把电饭锅插头插进墙上的插座，却从那里爬出一只蟑螂。那虫子慌不择路，一下子掉在案板上，他拿起一本菜谱朝它打去。拿开书，它一动不动地伏在案板上。他以为它死了，转身去拿餐巾纸，却瞥见它突然伸腿展角，一路狂奔而去，消失得无影无踪。那种匆忙逃窜的姿势使他立刻想到了美国和北京的那些蟑螂，它们仓皇逃窜的样子如出一辙，竟然让他生出一种他乡遇故知的感觉。

母亲进到厨房里来——他以为她已经去睡了。她告诉他，煮完粥一定要把电源拔下来。

他说你去睡吧。

她说你一定记住，煮完粥要把插头拔下来。

他说他知道了。

母亲离开厨房，走进她自己的房间里——他不记得从什么时候开始，她和他父亲就不怎么睡在一个房间里了。每次重温这个事实，他都不能不忧从中来。他不知道自己为何会对此还那么在乎。本是一件和他毫不相关的事情。

打小他就知道母亲对电器有一种特别的敬畏。在她眼里，电线是一根火舌，煤气罐是一枚炸弹，煤气灶是地狱的入口。她是对的，其他人与危险共舞还自得其乐，活得委实不够理智。

母亲又站到他身边，说她实在是不放心，要等他煮好了粥她才去睡。

这个在外面喝了酒回来的儿子，会不会趴在灶台上睡着呢？在居安思危方面，她有着永不枯竭的想象力。但是她的想象力依然不够奔放——为什么她不担心他会突然疯掉，把这个房子付之一炬？这其实是她最该担心的事情。多少年来，她活在这样的危险里而浑然不觉呢。

手机里又蹦出一串短信，还是老奕发来的，大意依然如故：石青这个婊子！

在 N 城的时候，老奕也这么闹过几回。有一次老奕的父亲来 N 城，把他弄到第四人民医院，老奕住了两天就设法逃了出来。

老奕声称自己是 N 城飞跃疯人院第一人。可是他的疯狂太有限，大家都拿他没有办法。

61

大年三十早上起来，他忽然想给姚打个电话，自从九月从姚的住处回家，他就再未和他联系过。

接电话的是姚的父亲，说姚又病了，住在医院里。

姚父问他："你们给他介绍过什么人吗？"

"您指的是——"

"给他介绍朋友？"

"朋友？"

"女朋友。"

"没有。"

"那你知道点情况吗？"

"不太清楚。"他撒了个小谎。姚父的语气有点强硬，他本能地觉得最好不要据实以告。

"他的事你一点都不知道？"

"不知道。"

"你知道谁有可能知道？"

"不知道——老伯，姚大哥住哪家医院？"

"安定。"

"安定医院？"

"安定医院。"

"过完年回北京我去医院看他。"

"谢谢你！"

他预祝老伯新年好——但这种虚伪的祝福让他心有不安。他挂了电话，看到母亲正坐在沙发上择白菜。他走过去帮忙，被她很坚决地制止了。

她问他谁生病了。

他说是个邻居。

她问那人生的什么病。

精神病。

她说那不是和小玫她爸一样的吗？

他说也许吧，精神病也有大大小小很多种。

她说小玫她妈命真苦——"你在美国见到小玫她爸了吗？"

他说见过。

他过得怎样？

他说他好着呢。

人好好的怎么会得精神病，她自言自语。

他说其实谁不是疯子。

你不该这样愤世嫉俗。

他问她她需要他做什么。

她说要是你真想帮忙，就去帮我到厨房看看煮牛肉的锅开了没有。

62

从年二十八就开始忙活的年夜饭，到了大年三十这天中午都还没能尘埃落定。要是算上贮备和计划的日子，那就是一个更漫长的工程。而吃这顿饭统共不会超过一个小时。

在他还小的时候，父母对这个节日的态度比现在还要郑重其事。年夜饭桌上必须有两条一模一样的鲤鱼，不能吃不能碰，留到十五以后。每条鱼身上各放一根青葱——“轻轻松松？”一定要炸上满满一大盆丸子，圆圆满满团团圆圆。白菜和豆腐放在一起煮，整整一年的平安要拜托它们。至于用鸡蛋皮包的水饺，他从来没明白个中奥义。如果他问了，母亲就会得意地讲个没完，仿佛介绍一件镇宅之宝。这些神圣的繁文缛节，父母并没有要求他在国外也照此办理。当然了，父母在年三十弄的一桌饭菜的魔力是无远弗届的，即便在美国，他也能遭到这一桌子青菜豆腐鲤鱼丸子的保佑。不过他们这独善其身的态度多少还是有些自欺欺人，或者虚伪，总之属于他们难以自圆其说的众多行为中最难以自圆其说之列。

有时候他觉得年夜饭就像风湿病一样的东西，一到过年就发作。或者像附体式的癔症，每一次发作都必定沟通阴阳两界，出凡入圣。元宵节的元宵、端午节的粽子、中秋节的月饼，这些球状、三角锥状和圆饼状物体到了那几天都仿佛见性成了佛，承担了有机化合物之外的重担，保佑着一个家族的宠辱兴衰。

今年这场仪式与当年已不可同日而语，在他朝门上贴对联的当儿，母亲对下联一角上的明显折痕居然表示了宽容，“算了，就这样了”。要是在往年，她一定会后悔一阵子：买的时候怎么没仔细看清楚，现在去退换是不是还来得及？若是父亲买的，更是可以放心谴责。

“算了，就这样了。”她伸手把那个角落用胶水牢牢粘住，仿佛如来佛祖把孙猴子压在五指山下。

他仿佛看到了一点儿希望。

下午四点，母亲数过了准备好的饭菜，赫然发现它们不是双数，终于忍无可忍。

“早知道……”“你怎么能……”“你就是……”

“行了行了！！！”父亲不胜其烦，吼叫起来。

为了和父亲的一声大吼相匹配，母亲把嗓门也提高了一个八度，“大过年的你怎么又这样子！！——你都六十多岁的人了怎么还这样子。”

“我不是说了，再做一个嘛！！！”

“做就做，你吼什么！！”

“啰唆！”

“啰唆？！谁家年夜饭是凑合出来的？”

黎走到厨房门口，对他们说：“你们都给我闭嘴。”

他们没有吭声，他接着说：“不就过个年？！你们是农村老头老太太？！弄个年夜饭又是年年有余，又是白菜豆腐，又是奇数偶数，有病没有？！”

他们显然是被他的气势镇住了，居然沉默不语。

父亲和母亲从不动手，只是互相吼叫，像极了一对狒狒。他们年轻一些的时候，愤怒更饱满些，势若奔雷。现在不同了，立秋之后，雷声就再不会有三伏天的气势。入冬了呢，虽有狂风，就再也不会有暴雨。比如现在，他们一言不发，切菜的默默切菜，洗藕的默默洗藕……他们是要弄个藕片炒菠菜吗？菠菜不太吉利吧？一波三折？无独有偶？在这种时候，他觉得自己的智商是很不够用的。

他们是要做一个藕片炒荷兰豆！白的绿的，看上去就吉利。平时他们会加一把黑木耳。现在可不行。藕片为何当选，他无从知晓，荷兰豆呢？不，他们决不相信它来自“荷兰”这个莫名其妙的地方。“不就是豌豆嘛！”——父亲这么说。“豌豆是世界上最圆的豆子，什么豆子会比豌豆还圆？”——父亲算个诗人呢，真正的诗意的栖居。好吧，豌豆角炒藕片，圆圆满满……如果加点儿醋，豆角和藕片都会脆嫩些，但藕就不会那么白了，豆角也就没那么绿了，嗯，加上几朵黑木耳不就是为了遮掩这个小小的遗憾……

“不要加醋……”他远远听到母亲打破沉默，向父亲下达了最高指示。

此刻他站在阳台上，母亲的话语突然被一阵狂暴的鞭炮声淹没。别人家已经开席了。

洗那些菠菜干什么呢？

那也许是清明节前后，因为那会儿街上总有人蹲在筐箩后头卖雏鸡。不过那次父亲给他买的是两只鸽子，所以未必就是清明了。反正春天是肯定的。温度刚刚好，风也不大不小。他跟在父亲后头必须一路小跑……

刚出壳的两只小东西，相互挤挨着瑟缩发抖。他站在摊前看得入迷。

鸽子他当然是想要的，但决不会去向父亲请求。

父亲很少顺应他的欲求，母亲也一样，所以他是不会向他们提出什么要求的。但是那次父亲给他买了两只鸽子。

“未能得到一寸蓝天的人，反而会渴望拥有整个天空。”有一次，柴这么对他说。

他觉得自己算不上想得到整个天空的人，这或许因为总还是得到过半寸、一平方厘米的吧——也许还不止。

那对鸽子养在他家的院子里，是他们住在解放电影院背后的时期。鸽子越长越大，后来就让他羡慕地飞在天上了。一对灰鸽子，人们常说的所谓的“菜鸽”，不能用来传书送信，生命的终点在餐桌上。雄鸽的脖子上有一圈亮晶晶的翠绿色，这种美丽的装饰，对于餐桌是多余的。

雄鸽发情的时候，那一圈翠绿色就在太阳下熠熠生辉。它的求爱是世上最优雅的一种：咕咕恳求，从不强人所难。雌鸽子呢，默默躲闪，仿佛事不关己，但终会顺从，让雄鸽子得偿所愿。彼时雄鸽子就谈不上优雅了，急匆匆的，仿佛一生仅有的一次机遇必须牢牢把握。短暂的一瞬过后，生活一如既往，或者说真正的生活才刚刚开始。

一旦它们的窝里多了两枚完美的白椭圆。他就等于听到了海妖的歌声，受到魔鬼的诱惑。他会一次又一次偷偷跑到窝边，急切地想看到小家伙是否已经破壳而出。

他最不该做的，就是老去打扰他们。他朝孵在蛋上的鸽子伸手过去，它就会警惕地站起身来，朝他发出呜呜的威吓，这时他就能看见它身下那两只洁白的鸽子蛋。他用这种方式骗它们站起来，以为比它们计胜一筹。

小鸽子终于破壳而出，然后他就更频繁地去骚扰它们。几天之后，母鸽子一飞冲天，就再也没有回到窝里。它肯定早就不堪其扰，只是不能半途而废，才隐忍到小鸽子出世。现在，好了，它终于撂了挑子，把嗷嗷待哺的孩子留给了它们的父亲。

又过几天，雄鸽子也一去不返。

养鸽子这件事本来就遭到母亲的反对。臭烘烘的窝、丢在院子里的粪、四处飘摇的羽毛、咕咕噜噜的从不停息的求爱，于她而言都是无穷尽的折磨。在她工作的地方，一根头发掉在地上都要捡起来。而且那时候居民的鸡窝已遭到清理，整洁秩序已然成了主旋律。

神经衰弱，等到他成年，他才理解这个挂在她嘴边十多年的神秘的词语。这四个字有一种诗意，一种谦逊的优越感，就像一个人拿了第一名，却又和和气气地说自己其实只是运气好。

也许一个只有像母亲这样“神经衰弱”的人才会心甘情愿地嵌在单位精确的齿轮箱里顺畅地运转——在单位里，能听到她的欢声笑语。

可是回到家里，她就突然失了动力，空了挡，丢了速度；她愁眉苦脸，最轻微的震动都让她不胜其烦。

她说她在单位里是一个受人尊敬的人。“而你们从来看不到我的长处。”

是啊，他们很少关注她值得称道的地方。她对他们也一样。

两只鸽子都飞走以后的一天中午，她说她要把小鸽子送给别人。

他就哭起来。

哭！你看看你的成绩单，养这又脏又没用的东西。

她对丈夫说：都是你。

她对他说，这个家还轮不到你说不行。

不许哭！父亲对他说。

他哭你管他干什么！她对丈夫说。

他多大了？！父亲说。

还不是因为你！她对丈夫说。

父亲突然起身，冲出门外，冲向鸽子笼，把那两个小家伙从安乐窝里掏出来，捧着它们奔向解放电影院高高的石头围墙。

父亲借着一路狂奔所残余的速度，把它们扬手扔过高墙。它们转眼就消失在石头围墙的背后。

很多年后，他会这么想：也许父亲比他还想养那几只鸽子。

一到夏天，父亲的后背摸上去总是黏几几的，像一面油漆未干的墙。他经常用手去摸这堵墙，那是他和父亲唯一亲密的接触——这是在他上中学以前，或更早一些的时候的事情。等他上了中学，这样的接触也变得仿佛有失检点一般。

青春期的时候，父亲不会和他谈到女孩子（他们一起看女排打世锦赛的时候，父亲都不好意思看女排队员修长的大腿呢）。他和他，也不会谈到人生和未来，能相安无事已经很好。

63

初一的时候，有一阵子，他时不时会在课桌里发现一个小礼物：一只苹果，或一个橘子。是玫送给他的。他非常不喜欢她这么干——他的同桌是班上的中央广播电台，这样的事一旦泄露，一定会变成爆炸性新闻。

后来班主任找他谈话，他靠着矢口否认才勉强过关。

一次体育课上，玫凑过来，叫他“哥哥”，他说她最好不要在这里这么叫他。

然后她就真的不这么做了。

但他老是能在课桌里掏出一个苹果。

早上来到学校，他会先伸手到桌斗里摸索一番，然后才把书包塞进去，免得碰出一个东西来让自己当众出丑。他课桌的面上有个破洞，他也试图先通过那里窥看桌斗里的状况。可它的直径只够插得进铅笔，从那里看进去只有一片漆黑。

那天他走进教室，就看到那只苹果被一支铅笔举在他桌上——铅笔的另一端插在课桌的破窟窿里，看上去倒是稳稳当当。见他进来，同学们哄堂大笑。他就把苹果拔下来，扔到窗外的草丛里去了。

他们教室的窗外苦菊丛生，焦黄的小花从春天一直开到秋天，在阳光充足的时候灿烂，在天气晦暗的时候忧伤。蒲公英也年复一年，稳稳地在荒地里占据一席之地。那是教室和学校围墙之间的一溜儿无人问津之地，是他悬挂白日梦的地方，他靠着那个窗子坐了三年，瞅见过无数朴素的白蝴蝶在同样朴素的花丛里寻寻觅觅。若是偶然一只彩蝶闪现，就是一次小规模的颠覆和政变，你明知道它们不可能大行其道，但在一瞬间，你又满怀欣喜。那个时候学校还没有兴起定期调换座位的风气，坐在前排的，就永远在前排，坐在窗边的，就一直坐窗边。他觉得那个位置多多少少影响了他的性格，他的白日梦像墙边的野草，在那三年里欣欣向荣。甚至到了高中，当他不得不坐到不前不后不左不右的中间位置的时候，他的思路也总不能坚定地跟着黑板，而是一不留神就变成脱缰野马。

后来他的桌斗里就再也没有出现过苹果或者其他任何一种水果，他每天早上伸手先去摸索桌下的习惯，却心有余悸地保留了一段时间。那是一段从惴惴不安向怅然所失再朝着茫然失落慢慢偏移的时期。在那一段日子里，蒲公英经常被大风抛向空中，朝他们的窗子直扑过来。他们用书本和练习册去驱赶，或者把手掌合并成牢笼，或者直接用嘴去吹它们。最后一种做法遭到老师们最激烈的反对。

64

大年初一早上并没有多少电话打来。要是在往年，早上九点以后它就是他们家的主人，把父亲母亲指挥得团团转。

他能猜到每一个电话大概来自何方神圣。一旦父亲的语气有一种屈尊俯就的意味，那一定是某个亲戚。如果父亲亮出过分的热情，声音浑厚，那就是平级的同事们。偶尔父亲会变得小心翼翼，脊柱弯成一个不易觉察的弧度，那就是他上司了。这时候他要是打扰父亲，会被他用很不耐烦的手势赶走。

他还是孩子的时候，在大年初一，总是百无聊赖地看父亲接听电话，慢慢地也就把这个世界的微妙情势尽收眼底。

虽然母亲一般而言是个比父亲更容易焦虑的人，但在和领导们通话的时候，反而淡定得令他惊讶。即便地位比她高出一大截的，她也能侃侃而谈。这并不意味着她对那个隐藏在以太里的金字塔一无所知，这方面她一点儿也不比父亲迟钝，她的淡定是隐藏在以太里的另一个谜——要知道，仅仅让她不洗手而去拿一块馒头，她都会心惊胆战。父亲在清洁问题上多多少少还是受到了母亲的蛊惑，戒掉了随地吐痰的毛病，也绝不会把袜子扔在床上，饭前便后必洗手，但要达到母亲的标准，此生怕是断无可能。

她对于领导又是格外的服从，并不是因为恐惧，而是因为信任。父亲没有这份信任，也不像母亲那样安于现状，大概也就因此不能不紧张。他给老领导们打电话，或者接他们的电话，背上仿佛压着太行王屋二山。

他是多年以后才明白，为什么在山镇中学的一间宿舍里，当父亲和人谈话的时候，他拿一张汽车照片去打扰他，就能点燃一个火药库。

下午有贵客临门。

"山镇中学的邱同学，现在是邱大教授了，拿国务院津贴！"父亲指着教授兴奋地对他说。

邱教授说他只不过是在锰矿勘探方面做了点事而已。

"做了一点事？好家伙，国务院津贴，我们涂门出去的还有谁拿得到？"

邱教授说，山中无老虎，猴子成大王而已。

"哈哈，你就是我们山镇中学的老虎。"

"黎老师太抬举我。"

"锰是制造钢材的吧，据说中国产量不小。"黎小心询问。

"储量是不小，可是品位低，可开采的有限。"邱教授说。

"现在不像从前了，我们有自己的大教授，帝国主义想卡我们的脖子也卡不住！"父亲说。

邱教授露出一丝受宠若惊的神情，说如果没有黎老师，他这辈子也就在山沟里放羊了。

"那可不一定！是金子哪里都会发光！"

"我最佩服老师的乐观。"

"实事求是嘛，我们几个老师当年都看得出来，小邱是块材料。"

教授说，人这一辈子，能抓得住的机会并不多。在那个关键点上如果不是有您和白老师，我有没有这辈子都还不一定。

"当年你们年轻，还是小孩子，碰到点事就觉得过不去了。"

"那时候您也年轻呢，才三十出头吧？"

“那是，转眼又快三十年了。”

“三十年，说来也长，可是转眼就过去了。”

父亲对他说，邱教授当年上学可不容易。成绩好得很，但是初三毕业的时候没有被推荐去上高中。去考艺校，人家也不要。坏分子的儿子，哪个学校敢要。什么叫坏分子？他爸不就是砍了一棵灌木当柴火，酸枣算是什么树？那边山上到处都是酸枣，你说它是灌木是乔木？有人去查书，书上都说不清。连大队里那几个人都有不同意见。

“那天我从涂门艺校出来，就在涂门大街上转了一整天。然后就走到涂门师范里头，最后看一眼我向往的学校。本来是打算爬到学校后头的水库上往水里跳的，鬼使神差，在校园门口碰见白老师。白老师一年也难得来涂门几回，没想到就碰到了。他说小邱，你到这来干什么？我说我最后看一眼学校，白老师就起疑了。”

“你最应该感谢的是白老师。你要是上了水库，这一辈子就算早早画了个句号。其实你父亲哪里是什么坏分子？破坏大队生产的坏分子？笑话。你爸的帽子是个‘待定坏分子’，大队里都没有记录。那年开学的时候我在高一的名单上看不到你的名字，就问他们，邱先怎么没在名单上，他们就说你爸是坏分子。我说那邱先表现怎么样？都说表现很好。我说，毛主席不是说了吗，重表现不重出身。”

他说当他被叫去读高中，感觉就像判了死刑的人突然无罪释放。高中三年，那可真是只争朝夕，老师叫干什么干什么。

“恢复高考那年让你考清华，你觉得出身不好，能考个涂门师范就不错了，将来像你爸那样当个老师。可你考不上，你怎么能考上？那学校后门太厉害了，名额都叫走后门的占了。第二年叫你考清华，考外头的学校，你有那个水平。你没敢报清华，石油大学也很不错，你现在干得不比清华的差。”

“坏分子”——他们说起这个词，带有一种含冤负屈的口气，是在说，坏分子是存在的，只是邱的父亲不是。他们谈起那个倒霉的老人，就像谈起一个被班主任误会了的优等生。他们谈起“平反”“整顿”“恢复”这些词的时候，也是这般情状。

你父亲哪里是坏分子，他在旧社会教私塾教出的人才比我们现在一个学校都多，参加新四军的就有好几个，有个还当了副部长。那阵子副部长也自身难保，后来他出来第一件事就把你爸的“待定坏分子”的帽子摘了。其实也谈不上摘，这顶帽子根本就没有记录。

坏分子、待定坏分子、帽子，他们谈论这些冷飕飕的词语，像谈论一种虚拟的游戏，险象环生，但终究毫发未损。

母亲从门外进来，说邱教授你来啦！来了就来了，干吗还带东西。

邱教授说他给老师师母带来的深海鱼油，是在瑞士买的，对老师师母的身体有好处。

“人来了就行了！”父亲也露出受宠若惊的表情。

邱教授离开之后，家里又冷清下来。他们打开电视，看昨晚已经看过一遍的春晚。

“我谁都不想忽悠了…… 这一进门你给我定仨职称…… 我可是正经人啊……”赵本山和高秀敏正努力拯救一个毫无笑点的小品。

“老李在里头还胖了一些。”他听见父亲对母亲说。

“在那里头还能胖？”

“都在里头了，该担心的也不担心了，该怕的都怕过了。”父亲说。

“薛老师现在情绪怎样？”

“好多了，她在电话里讲起老李，已经不气不急—— 老李要不是想当那个省委书记，谁会搞他？”

“他要是一分钱不贪，也不会进去。”母亲说。

“那倒是！”

“你在美国见过他家老三？”母亲问他。

“见过。”

“他听说他爸出事，自己还扛得住？”

“还好吧，他一直就那个样子，碰到什么事都像没事儿。”

“他这辈子就待在国外了？”母亲问。

他说他不知道，他只是见过他几次而已，其实他们两人在一起简直无话可说。

天全黑下来的时候，母亲对他说，昨天，你不该跟我们发火，晚辈怎么可以跟长辈发火，长辈再有错，晚辈也应该平心静气地跟他们讲。

他说你们管不住你们自己，我和你们学的。

被怼回去的母亲在沙发上默默地坐了一会儿，就站起来去了厨房。

65

他走到阳台上，看到远处灯火灿然，几座高耸的大楼被灯光勾勒出璀璨的形状，飘在半空里，仿佛不在这个世界上。

小区里有人放焰火。

一团橙黄的火焰拖着颀长的尾巴冉冉上升，愈来愈高，愈来愈高。他的目光追随这团火焰，头也就仰上去，再仰上去，直到那橙黄的一团疲惫下来，暗淡下来，那条明亮的尾巴也慢慢消失。天空复又黑暗。

但是突然，一大朵紫红的菊花在最高处怒放，半边天空骤然豁亮起来。

紫红的花瓣四处飘零，直到在半空里泯灭殆尽。

头顶重又黑得不落痕迹。

隔了许久，另一束火焰划着亮线升上夜空，升上去，升上去，然后慢下来，暗下来。他屏住呼吸，等着天空又绽开一朵紫红的菊花。

不过这次炸开的花瓣是亮绿色的。

第四章　不可触及

01

三月中旬的一天夜里，他从梦里醒来，听到屋外狂风大作，树木如浪涛一般喧腾。屋子四壁咯咯作响，像不堪重负的牛车行将崩溃。客厅和卧室之间的木门咣当作响，被推开又合上，合上又推开。他赶忙爬起来检查窗子，发现它们都关得好好的——是屋外的风透过不易察觉的缝隙，给屋内灌注了饱满的张力。

他拖来一把椅子抵住那扇门。但是一只看不见的手三两下就又把它推开了。

风并不冷，可也决不暖和。

他记得白天走过街上，道旁的白杨树枝丫间已然花芽萌动，望去尽是密匝匝的黑点，原本疏朗的树冠骤然浓密起来。春天是一行酝酿了许久的诗，只差一丁点儿灵感便要脱口而出了。迟迟才来修剪树木的工人，把斫下的白杨树枝弃在道旁，他凑过去看：一根根枝条上鼓胀着花芽，一派触目惊心死不瞑目的景象。榆树下也扔着枝条，密密鼓胀出来的黑色的毛茸茸团块，是榆钱花蕾……

他不会忘记多年前玫画的那根榆枝。那还是她的毛茸茸时期，花蕾们神经质地簇拥着，推挤着，膨胀着——春天正残忍地把它们唤醒。

风声继续浩荡，轰隆隆势若奔雷。他在门板的撞击声里辗转反侧，脑中尽是缭乱的思绪。

这是小时候父亲讲的一个故事：春风打南方一路奔到北方，北风却不肯交班，于是两兄弟大打出手……这故事从前在他曾是匪夷所思的，因为不论山镇还是涂门，春风都是悄悄赶来，不动声色，委实像个姑娘——春姑娘。东风莅临，北风早就杳无踪影——北风到了南方也知进知退了。也有所谓的“倒春寒，”冷空气一番佯攻，撒下几滴冷雨，但转眼就又草草收兵。

父亲是北方人，他讲的全是北方的故事，永远成不了南方人，四十多年来，连口音都不曾改变——尽管父亲十七岁就离开了北方。他就是那样的人，死心塌地守着什么，雷打不动的。

两阵大风间隙的片刻宁静里，他听到窗户上有什么东西在发出声响，像一张砂纸在石头上打磨，又像一根指甲在玻璃上一次次划过。他重又爬起，凑到窗前，透过玻璃朝外看。隐约可以看到窗台上有个黑乎乎的东西在颤动。他仔细辨认，也看不清那是什么。伸手扭开台灯，射出去的灯光勾勒出一只灰色的鸽子，它在风的驱赶下尽力维持着平衡，惶然不知所措，朝他投过来的眼神又诧异又惊恐。他也吃惊地望着它，望了好一会儿，才回过神来。

又一阵大风朝窗子扑来，把鸽子重重地压在玻璃上，他又听到沙沙声——它的脚爪在刮爬玻璃。他甚至看到它翅膀下纤细的绒羽在玻璃上压出的雪花的形状。

他打开窗子，发现自己和它之间还隔了一层铁丝网纱窗。纱窗被无数铆钉固定在窗框上，是不可能被弄开的。此时曙色初绽，窗外那株木兰在微弱的曦光里听任大风摇撼，扭曲的枝丫把一根电话线压得紧绷欲断。

突然风就停了下来，一阵寂静，木兰挺直腰身，骄傲地举着一团团渐次清晰的花蕾，电话线也恢复了舒缓的线条。

鸽子猛然起飞，羽翅把空气拍得噼啪作响。只一瞬间，窗台上就空空如也。

他到厨房去冲一杯咖啡，抬眼又瞅见玫送他的那幅画：变了形的罐子，剥好的葱和蒜瓣；深蓝的底色，家常的意境，却浸淫了神秘气氛。他很喜欢那几瓣亮白的略微变形的大蒜——玫怕是要嘲笑他这个品位的，她会说你对这些干净明亮之物的偏好是彻头彻尾的小资情调。去年她送他画时，有两幅让他挑。他挑了这幅，另一幅画的是几只质地坚硬的水果：苹果、梨子、芒果，栖在绿色天鹅绒的台布上。水果们显然出了状况：梨子上有霉点，苹果上有烂癣，芒果爬满黑色的斑块，它们像一群百治不愈的皮肤病人，自暴自弃地凑在一起。他佯装内行，赞不绝口，说这些不可收拾的水果是对什么什么的颠覆，说自己会把这彪悍的作品挂在最显眼的位置。而玫一把将它夺回，把“罐子、葱和蒜瓣”塞给他。她说她对他了如指掌，这几只水果落到他手里，下场不会比她更好。她说这画倒也没啥了不起，自己笑话自己都还来不及。

他又望窗外，风似乎松了些，仍可听到树梢被摇动时发出的呼啸声。玫此时在什么地方，在做什么？你自己今天该做点什么？

在婚后的最初一年，他也经常这样半夜醒来，就再也不能入睡，脑子里尽是排遣不掉的疑问：自己在什么地方，在干什么，为什么如此茫然，该不是自己出了什么问题；他畏惧时光的流逝，仿佛被扔到火星上。女儿的出生也并未让他欢喜——当然当他把那小小的一团抱进怀里，胸口也不免涌动一些温暖的情绪。女儿安静、沉寂，长到两岁出头就显出心事重重的性格，像他。这就是生而为人的不幸：在性格方面，你无法选择你的继承。女儿对自己的东西特别在乎，随身老携着一只小猪形状的布包，走到哪儿就带到哪儿。到幼儿园去接她，她从不会忘了把小布包带回家。包里塞满林林总总的小玩意儿，如果别的孩子抢了它，她就哭得万念俱灰，什么都别想让她平静下来，劝慰莫不失灵，安抚一概无效。她太爱哭了，稍不如意就号啕一场，令他束手无策，让他每每心生绝望。好在后来他无师自通，摸索出绝招一个——给她变戏法。当他突然从袖口里摸出一粒巧克力，她一定止住哭泣。他再把它变作没有，她就破涕为笑了。她现在肯定又长高了许多，在这个仿佛停滞了的世界里，只有她日新月异，一天一个样。不知现在她长成什么样子了。

他听到邻家正把燃气热水器打开，煤气燃烧时发出声势浩大的呼隆声，宛如一列绿皮火车冲过站台，听起来很是不祥。他忽然意识到，自己正住在煤气管道纵横交错的一处老住宅区，煤气穿过整座楼，昼夜不息。这想法在心头唤起一缕不安，但它像浮到水面的几粒气泡，几声破裂之后又归于宁静。

四年多前，女儿刚生下来那阵子，每天早上他醒来，看着趴在床上一动不动的婴儿，都会伸手去她的鼻子下面摸一摸，看看她还有没有鼻息。夜里从梦中醒来他也会这么做。那时的女儿面团一般柔软，熟睡的样子过于平静，纹丝不动的，他总担心会有意外发生：鼻子被什么堵住喘不过气来，突然死掉了。后来她一天天结实起来，内里长成硬硬的骨架，他也渐渐放下心来。她也有了自己的主意，日渐任性乖张、颐指气使。他想学美国人的样子循循善诱，不要像自己父母那样以势压人，结果倒成了事事迁就，无数的纠缠和冲突，每次都让他泄气，然而一旦出门在外，他又惦记着她。他回到家里，女儿的笑脸总能尽释前嫌。

北京整整一冬天只下了一场雨，其他时候多半阳光绚烂，这样的大好天气会让人想到永恒，或者幸福什么的，每个抑郁的人在这样的天空底下恐怕都会得到医治。接下去的春天将会如何？去年他是在春天的尾巴上来这里的。当时漫天飘扬的都是柳絮杨絮，同样飘浮着的是 SARS 病毒。人们戴着白口罩在街上惴惴不安地疾走，一颗颗心都悬着放不下来。当时他患了重感冒，咳嗽了一个多月，胸口隐隐作痛，每天早上起来第一件事便是摸摸脑门，以讳疾忌医的心态估约着自己的温度。那时在公共场合，一口痰、一声咳嗽都有耐人寻味的含义。它们代表了一种可能性，和死亡暗通款曲，让人感到周遭笼罩瘴疠之气，或者某种类似雪崩的事件正气势汹汹地奔过来。甚至一些地名也被赋予了焦灼的含义。有人不再买香蕉，因为那是从“广东”运来的；有的父母不让孩子玩广东产的玩具；小汤山一带的房价跌了下去。人们都成了艺术家，联想、移情、投射、通感，各种念头嗡嗡作响，纷至沓来。再荒诞的流言都能落地生根。他还记得去年秋天母亲来时讲述 H 城的事情：某天早上突然满城爆竹轰然作响，硝烟弥漫赛过旧历新年。人们口口相传，说放爆竹，喝绿豆汤，烧艾草，就能祛除瘟疫。绿豆马上脱了销。都说距 H 城五十里的一个地方，一个雷雨天诞生了一男婴，落地便会说话，他说，你们要燃爆竹，喝绿豆汤，烧艾草。据说男孩说话时空中有炸雷滚过，人们看到一条巨龙自东北朝西南方向游去……

他回到卧室打开电脑，拨号上网，给前妻发了一封电子邮件。这是他近一年来第一次给她发邮件，他觉得有点唐突了。他找她要女儿的照片，这应该属于一个正当的理由。

然后他在网上漫无目的地浏览。在他常登录的几个论坛上，那么多熟悉的网人仍在不知疲倦地打着笔墨官司。当年在美国，有一阵子他也成天挂在网上，跟那些素不相识的人谈天说地，常常彻夜不眠。他只对学术网站感兴趣，没有在网上交过什么朋友——如果不把那些辩友算上的话。辩友的“友”字是不作数的。

他到玫的个人主页上看了看，还是老样子，他看到她在照片里怔怔地望着他。是她二十出头时的影像，还很年轻，面容色调明亮，甚至可以算作明快。照片里她站在一堆乱石间，身后是几座峻峭的山峰。应该是在黄山拍的，是夏天，她背靠铁栏杆，深蓝的裙子上盛开朵朵欢喜的白花，衬衫也是白色的。九十年代在N城，他见过那条裙子，白花是雏菊，花蕊是淡黄的，但在照片上只能辨别出花瓣的乳白……

他也给玫发了一封电子邮件。关电脑时天光大亮，他透过窗子再看窗外木兰：几处花蕾已悄然裂开，隐约绽露白色花瓣，像一触即发的棉桃。闹钟的秒针在他右耳的位置突突突地跳动，时间就这样分分秒秒跳过去，一阵揪心的紧迫感飘浮起来，悬在半空里。

02

他置身一个院落，面前是熟悉的景象。他知道现在是秋天，因为栽在院脚的几棵菊花含苞待放，还有几株胡萝卜茎葱叶绿，一派生机盎然。院中是涂门的灰红色泥土，青石的地砖上，青苔随处可见，长在潮湿角落里的格外葱翠。他深吸一口气——空气里满是青苔的腥味。这种味道他再熟悉不过了。他的视线穿过锈迹斑斑的窗子：他看到母亲，一个三十多岁瘦弱的女人，正在卧室里踏着缝纫机赶制一件深蓝色上衣。他没去惊扰她，而是用手触摸窗棂，铁锈的粗糙感再次证实面前一切的真实性。他在院子里泡桐树下捡起一片落叶，硕大的叶子碧绿鲜活。夏天总会有一些这样的叶子，毫无征兆地从枝头掉落。泡桐树干裂开无数粗犷的灰黑色口子，噙着冰凉的水，应该是刚下了一场雨。他仰视庞大的树冠，层层叠叠的密叶间已无蝉影，几声鸟的啁啾是打院外传来的。

他高兴地对父亲说：“我们回来了！”父亲说：“不可能。”他说他确实正看着、摸着过去的景象。他跑到那个花池跟前，拔了两个萝卜出来，对父亲说，你看，你看，这不就是我们家种的萝卜？他知道他父亲无法进入这个院子，但他可以把院子里的东西拿出来让他看，向他证明，自己可以在过去和现在之间往来，回到过去不是什么难事。

可就在此时双眼突然睁开，窗外投进刺眼的光线，梦中景象立刻荡然无存。

他从两重的梦境中醒来，伸手触摸摆在桌上的咖啡，它已经是凉的了。

整整一天，他都被这个梦里的情绪萦绕着。

随后的一周，他还是这样。他在键盘上敲敲打打，不知自己写了什么。

直到三月下旬，他才挣脱出来，发现自己闷在屋里已十天有余。

03

他站在桥上，望桥下一池碧绿的水，再一次意识到当下已是货真价实的春天。三月下旬，在这个北方城市的这个角落，春天的最初颜色不是江南的嫩绿鹅黄，反倒是一派秋色：白杨树一夜间吐出颀长的铁锈色柔荑，密匝匝垂遍枝头，远望有如一树枯叶。风一吹，柔荑潇潇落下，在地上铺成肃杀的一大片，尸横遍野一般。然后春天才从这一层凝重的秋意上萌生出来。

他是来找柴的，走到 B 大学西门的桥头，却被这一池绿水吸引住了。一群锦鲤贴着水面游动，露出斑斓醒目的脊背。它们大多橙红色，也有几条颜色浅些，有近乎亮黄色的，甚至有一只干脆纯白。这些游动的线条洒脱灵动，如行草，如幽兰——难怪聪敏如庄子都以为鱼儿一定是快乐的了。那场在濠梁之上的争辩，庄子显然输人一筹，靠强词夺理才勉强护住了面子，这在庄子可并不多见。即便是圣人，也难免得意忘形，被人抓住了破绽，遭了迎头痛击。当然也可以说，庄子把惠子的怀疑主义引向极致，让他自相矛盾，于是不战而胜。

单独一条鱼，你无论怎么观看，都具体而真实。而当它们聚集成群，就变得倏忽不定，无从把握。它们在水中的路线千变万化，形状逐刻不同，全然无法预期，也难以追忆。仿佛是时间拉扯着空间一刻不停地奔赴未来，因果的链条毫不松懈地向前延展。一群游动的鱼实在是“易变性”这抽象理念的道成肉身。不过只要稍稍注意一下水池周遭用石头砌成的四壁，便可发现这石头的界限岿然牢固，丝毫不被它所包纳的易变性所侵染。它不容置疑，说一不二，半点逾越都不允许。如此一来，这群鱼的不可捉摸，也就只不过囿于这四壁之内了，有了表演的性质。他们游动起来的时候浩浩荡荡、川流不息，有一股情不自禁的乐观劲儿。

他索性伏在桥栏杆上继续看鱼，让念头像一匹野马无羁地奔游。

玫在他头脑中的影像，他可以在任何地方看到，可以从一块白色的石头上隐隐察觉，也可从街上行走的某个女子的侧面勾勒出来－－他学会了在这样的瞬间扭开视线，以免她消失—— 一旦她们别过脸来，她就瞬间化为泡影。

只是这个影像有时又变成他的前妻，她也有那种忧郁的神情。他之间的怨恨，在记忆里开始模糊消散，但也并不能彻底释然忘怀。一个人孤单寂寞，两个人龃龉互恨，而憎恨的结果是更多的憎恨。最初的怨恨缘何而起，也已不得而知。两人就像装在一个瓶子里的两只鲜活的玻璃球，总在碰撞。原因是碰撞，结果也是碰撞。这使他联想到这座城市的一个景象：新司机总在车后窗贴上两个暧昧的字眼：磨合。是车打算跟这个城市的交通脉搏磨合，还是司机在跟这生疏的车子磨合？这种含混反倒使这两个字拥有了全面的概括性。

他又觉得这联想未免不伦不类，他和前妻毕竟不是司机和车子的关系。

04

大约是初二还是初三的时候，1983 年？ 1984 年？春天，或者夏天。他记得那时候杨树叶子既绿且亮，是成千上万面小镜子—— 风一吹，它们就欣喜若狂地把明晃晃的光线攥进手心，又急忙把它投入虚空。天气不冷不热（这么看来，应该是春天吧），他和玫在涂门中学背后的河边信步，沿着堤岸一直走到水库脚下。水库把那条河拦腰截住，坝下的水就瘦成了涓涓细流，仿佛徒步即可抵达对岸。其实它并不浅，若是蹚水而过，不用走到河中央就会没顶。

他们沿着水泥台阶拾级而上，直登到坝顶。他们趴在围墙上极目远眺：浩瀚无际的水一直铺展到天边—— 这就是他们的海。

大坝左侧青山如黛，起伏绵延，把水库略略搂抱成一个开阔的弧形。弧形中段有几条渔船停靠岸边，载沉载浮，一根根灰白的桅杆倔强直立，顶端消失在林木朦胧的背景里。

他们来看朱鹮。那是个漫天传闻的年代：哪儿哪儿发现了一种绝迹多年的珍稀动物，哪儿有人看见野人或外星人。大家对新异之事突然焕发好奇之心，每每信以为真。

哪儿有朱鹮？

他说他昨天就在这儿看到，雪白的好大的一只一闪而过，就落在那条船上，停了很有那么一会儿。

“也许不过是一只白鹭。”

他说他保证，它跟照片上的一模一样。

她说兴许它只在这里停留了一下而已。

他信誓旦旦，说它今天应该还会来。

他不知道为何要信口雌黄。有她在，他就变得爱说些不着边际的话，把八字没有一撇的事情讲得煞有介事。

那时候他说过“干一番事业”之类大而无当的废话。他不知道“干一番事业”的念头是打哪儿跑出来的，仿佛肉体上突然增生的一块肿瘤。那时他一度想成为国画家，他对那些松竹梅兰之类颇感兴趣。他不会忘记更早以前，小学时，他的语文课本上有一篇关于鸬鹚的课文，配了彩色插图：波光粼粼的水，修长的鸬鹚，画面让他莫名激动。现在想来，那只是一幅再普通不过的插图，于他却是意义非凡。那是某种能够直接进入内心的东西，淡淡的色彩就好像是直接涂在他的脑膜上，有芳香的气味，有甜味。那个时候的玫在他眼里也是熠熠生辉。她神情恍惚、目光忧伤、身体温暖，她的一举一动在她的四周形成了一团柔软芬芳的雾气。他见到她，总觉得自己是在水上漂着。在十几岁的年龄，玫有如一枚刚刚成熟的杏子，新鲜、光亮，还有若隐若现的、带着腥味的香气。

如今他会把她那时候的印象同更早的一个记忆并置在一处：一棵夏天的石榴树的火红的花瓣——这是他童年的最初记忆，四岁或者更小些。

他们一本正经地谈论学业和理想，真的没想到要做别的什么。对，那应该是初二的时候。到了初三，就会有那种念头挥之不去。是从精神上增生的一块肿瘤——或者那曾经的病灶顺着季节的温度发作。

他当画家的理想当然不了了之——理想大多如此。不过对于玫来说，画画从来就是她的现实。

05

他从桥上下来，沿荷塘边上的小路朝南走了一段，然后登上一列石阶，便站在塞万提斯雕像下了。他穿着文艺复兴时期西班牙式短裤，一只手握书卷，另一只手指向前方，模样真像个教导主任。顺着塞万提斯的手指看去，是一座灰色的矮楼，楼下局促的花坛里开着迎春花，已有些花团锦簇的模样了。

再往前走出一小段，向左一转，就置身于一边是网球场，一边是清真饭店的小路上了。

柴果然在办公室里，还是那样探着头，在电脑上检索文献。

柴的背后，是几支白色的书架，此外这间办公室里就别无他物。这是几个人共用的办公室，其他几个老师似乎并不怎么来。他在柴的办公室里坐了半个钟头，聊了些无关紧要的事情。

他告诉柴那个梦境：秋天的院子、菊花、两只胡萝卜、青苔、他的母亲、深蓝的上衣、生锈的窗棂、硕大的泡桐叶、泡桐树干裂开的口子、冰凉的水……

“生锈的窗棂让你想到什么？”

“凄凉、无奈、无处可逃。”

“那个院子呢？”

“就那么大，好在还有些花草。”

“院子周围呢？”

“对我来说是没有意义的，我不可能去。”

“如果去了会怎样。”

“母亲必然不高兴。”

“你怎么知道她会不高兴？”

“我不知道，我也奇怪我会这么想。”

“如果你走出去，比如，拜访一个邻居，你母亲会怎么想？”

“她会嫉妒。”

“为什么？”

“她会觉得我对别人比对她好，我也奇怪我为什么这么想。”

“在你母亲眼里，邻居们都是些什么人呢？”

“低她一等，下里巴人，没有教养。”

“你也这样认为吗？”

“我有时候这么觉得，有时候又不这么觉得。”

他用柴的借书证去图书馆借了一本书，拐出校园西门，沿着大街往南走。

他本想去海淀图书城去看看，但是路过畅春园公园，就不想再往前走了。他有整整一个冬天没进这个公园。园里正有一种春色从萧条的气氛里隐喻浮出。对，是那些柳树。垂柳的细枝上一粒粒牙苞鼓胀，看去像一绺绺修长的发辫。黑人小孩经常梳这种发辫，细细的、一绺绺的，还缀着色彩鲜艳的饰物。把头发编成这样，得花多少心思啊。

“在你母亲眼里，世界是什么样的？”

“危险，不可靠。”

“那你觉得呢？”

“有时候这么觉得，有时候也不一定。”

“你觉得我可不可靠？”

“有时候…… 哦，有时候……”

面前是大理石的溜冰场，踏着轮滑鞋奔突往来的全是孩子，叽叽喳喳的，莫不兴奋异常。有个穿黑衣裤的大男孩，该有十八九岁了，在教那些孩子。他要他们把腰低下去，降低重心，“压一压！压一压！”最小的孩子大约只有五岁，但滑得特别轻快，像只燕子飞来飞去。

女儿熟睡时，偶尔会蹙紧眉头，额间挤出细小的皱纹，仿佛睡觉是一件很严肃的事情。这是她两岁以后的表情，那时她已经长得结结实实的，开始为自己寻找各种各样的烦恼了。

他听到一串愠怒的责备—— 不远处的一张长椅上，一个中年妇女在对一个小男孩说话。她说你怎么这么笨，要是你再这么搞，我就把你扔到街上。她说，我花了恁多钱，让你上这个班，可你啥也没学会。她说，是“Is it”不是“It is”，她说，“跟我念：‘Is it a book?’”

“It is a book？”

她怫然变色，胸口如同波涛起伏。他别过脸去，听到一声响亮的耳光。

“呜……”

几根柳条被风撩起来，飘啊，飘，又落回原处。反正你们我们都要死的。

在他很小的时候，中心街两侧鳞次栉比的都还是白墙黑瓦的老房子。房顶上荒草长得老高，而且居然还能开出花来。年年如此。当街的多是店铺，土产公司、布衣店、理发店、饭馆…… 都开在长草的老房子里。土产公司和布衣店打烊的时候是用一块一块木板封起来的。土产公司和布衣店或许是一家呢。他记不得了。如果是一家，布衣店就不太可能做衣服。国营商店不会推出如此琐碎而又贴心的业务吧。也许做衣服的是另一家店铺。他哪里能记得住。in the street 还是 on the street，中学学了那么多年英语，自己还是搞不清楚。那么多年，老师们认认真真地教他 in 还是 on，ed 还是 ied，ted 还是 tted，上帝啊，你干的好事，语言不就是个地狱吗？

他看到那妇女拉着儿子打他面前走过，母亲的脚步又急促又绝望，孩子拖拖拉拉的，用空出来的一只手胡乱抹着眼泪和鼻涕。等他们渐行渐远，哭声和诘责声依然断断续续传达过来。

那次在坝上他和玫始终未能看到朱鹮，玫也不相信他看到过。她说朱鹮那么稀罕的动物哪能随便就看到。

他是在一本杂志上读到报道的，说涂门发现朱鹮，后来就有许多人都声称看见了，个个言之凿凿。

他意识到从旧历新年过后不久，至今已很有一阵子没有玫的消息了。十天前他给玫发过一封电子邮件，她没回复他。

公园对面的小区，楼上有人在晾晒被子，粉红的被面敛垂在水泥栏杆上，被人用一只羽毛球拍噼噼啪啪地拍打。隔了这么远的距离，他看不到灰尘，心头却有无数细小的微粒在飘着，散着，许久都落不下来。

他记得他的手曾在她的曲线上滑过，她的腰，凹下去，像是一个深谷，一个缝隙，或者一道伤口，如磁石般牵引着他，让他生出抚伤惜痛的感触。他有向那儿深沉下去的冲动，有一种归宿般的情绪。他想到一个开满杜鹃花的谷底，或者一片深秋的澄碧天宇沿着弧线高高升上去。他可以听到水在潺潺流动，花在绽放，一些轻巧、亮丽的鸟儿打眼前掠过。

他手里的这本书写道：每个人一生中最为主要的事情莫过于自言自语，而心理学家们却把这最为重要的心灵事实拱手让给了作家们，他们不关心别人在想什么，甚至不关心自己在想什么；他们殚精竭虑地将心灵世界对象化，零散化，逻辑化，就像物理学家们对物质世界所做的那样。这样做最终的结果将是，每一个对心灵世界发生兴趣的人，第一个要抛弃的，就是心理学……

那个被扇了一记耳光的孩子会对自己说什么？那个母亲在绝望的时候如何安慰自己？那个从他面前蹒跚而过的老人呢？那个用球拍敲打被褥的女人是不是只是默默用力，而丝毫不会有浮生若梦的闪念？

那只扑闪着翅膀落在杨树叶上的蛾子在想什么？女儿因为饼干破碎而号啕大哭的时候乃是为何所伤？你不可能知道另一个人如何自言自语。只有在某些短暂的瞬间，你才会觉得你了解一个人，感受到他。比如，那个在公交车上被你踩了一脚的人陡然的一声大叫，你一下子就对他的痛苦了然于胸。（也许一个施虐者，只有将痛苦施加于人，方能感到自己与这个世界骨肉相连？）

妻子对于女儿的一举一动都了然于心，懂她的牙牙之语，仿佛女儿肚里的蛔虫。但他每每悲观地想到，十多年后，她们就再也听不懂对方的语言，一切交流都仿佛鸡同鸭讲。

06

窗外那棵落寞的木兰举了一身白花站在黄昏里。他望着一团又一团在晦暗里晕染开来的神秘的白色，禁不住要去数它们的数量：一、二、三、四……十七，大约十七朵。只要有白色的一团，他就算为一朵。而一些已经陨落，只剩了焦黄的花蕊的，还有一些耷拉在枝头、已经衰成铁锈色的，也就不计其数。

只剩十七朵。就在一周前，满树白花还数不胜数，仿佛能够战胜兴衰的铁律，永远繁华下去。（站在一树娇艳的木兰前面，人是会感到自卑的。）

此时黑暗正在蚕食四下里建筑的轮廓，也在吞没枝丫间的缝隙。十七朵花在暗下来的空气里越来越苍白，就像一声声绝望的呼喊。(如果它是一棵广玉兰，你是不会错认的。木兰树相比之下还是太过小巧。涂门的广玉兰，叶片硕大，还是常绿植物，长在他们那个亚热带小城，并没有任何一种植物与之沾亲带故，仿佛一种外星生命，这让生物老师都挠着头难以自圆其说。

去年他住进来的时候就一直在猜想它是一棵什么树。那时他已经错过了花期，满树尽是卵圆的油绿的叶子，他以为它是一株山毛榉。冬天它一树黄叶早早落了，他又否定了这个看法。在美国的时候，离住处不远的公园里就有一群山毛榉，秋天满树枯叶是青铜色的，至隆冬也不凋落，甚至到了来年春天依然故我—— 彼时它周围的树木早已绽露新芽，每每让他怀疑山毛榉已命穷魂断。可是到了夏天它突然勃发，转眼间就恢复了亭亭如盖的气象，融入四周葱茏的绿色之中，就像一个起迟了的人物突然醒来，匆匆钻入一场热闹的舞会而丝毫不见违和之貌。

在美国南方度过的那些夏天，他惊讶地看到那里也到处盛开广玉兰。这种作为他家乡的特征的花树，一下子就磨灭了大部分异国情调。夏天的广玉兰，就像春天的柳树，会在任何地方磨灭掉他的思乡之情。好在美国不怎么能看到柳树，也没有梧桐和榆树，冬天也不会有落在石桥上的雪—— 有雪而没有石桥是不会有江南的。

很多年后，他才知道，美国的南方，原本就是广玉兰的故乡。

07

他在深夜关上电视，再次朝窗外望出去：一辆汽车亮着尾灯朝小区漆黑的纵深驶去。是一个居民夜归，还是一位客人在寻找朋友的住处？这辆车在小区里晃动着车灯转来转去寻寻觅觅的样子真让他感动。

车拐了一个弯，消失在一堵墙背后，漆黑的夜色又从四面八方合拢过来。电话响了。

是前妻。她说她很忙，没时间扫描照片，也没有数码相机，等空下来再说。她问他的地址，但他并不清楚现在这个住址能否收到信件。他把柴的地址给了她，说如果有信要寄过来就在信封上注上“转黎源收”。她说那就这样吧。他以为她会像以前那样速速挂断电话，但没有等来那一声。他们在电话的两端沉默了几秒钟。他想问她现在过得怎么样，转而又觉得不该无事生非，于是他问：“Amy 好吗。”“还好。”“识字了吧。”“识了几个，会念‘妈妈’了。”“呃，还会其他的？”“鱼、小草、butterfly、apple、applejuice。”“会数数了？”“会。”

她说有苗不愁长，转眼就会成大姑娘了。

哦。他心头有一小阵痉挛。

放下电话，他又趴到窗口去看木兰。它们借助他的灯光，把自己明明白白地勾勒出来。作为回报，它们把淡淡的、纯正的香味，断断续续地通过纱窗的小孔送进屋子里来。

广玉兰巨大的花瓣凋落之后，剩下的是一个纺锤形的硕果。小时候他总以为它们是可食之物，可是等到它们裂开的口子里露出的鲜红的种子，他望而却步。

08

二〇〇四年三月二十九号这个周六上午，老奕打来电话，说他要和石青复婚，当天中午请客。

你不是开玩笑吧。

老奕说他向毛主席起誓。

他将信将疑，可冲着毛主席他也要去一趟。

那家饭店果然聚了一桌人。全是男人，只有石青一个女的。他问老奕婚礼啥时候开始。老奕说这就是。石青向他抛过来一个礼节性的微笑，好像对这种安排已心满意足。老奕又招来一桌三教九流之人，有的他认识，有的不认识，生生熟熟的凑成好不热闹的一大圈。最奇怪的是木实也在。

“祝奕总石女士百年好合！”

“郎才女貌，比翼齐飞！”

“事业兴旺，家庭幸福！”

“早生贵子，一生平安！”

“事事如意，家和事兴！”

“……”

大家此起彼伏端酒起立说废话。

才半个钟头，老奕已被灌下半瓶白酒。他就像一条被撒了盐的蚯蚓，在椅子上扭来扭去，最后终于按捺不住，挺身站到椅子上去了。

“弟兄们，我老奕这些年混迹皇城，没能飞黄腾达，但也算可歌可泣。弟兄们没少帮忙，我老奕都牢记在心。”砰砰砰！老奕拍胸脯，“弟兄们，我就借着这个机会宣布，我们的网站‘世界有线联盟’今天成立了！大家都是第一批会员！咱们的第一笔业务，就是筹拍一部电影。一个小人物拯救了大世界的大故事！一部进军好莱坞的大电影！”

众人面面相觑。

老奕蹲身从石青的包里摸出几张 A4 号纸，站起来念念有词：“电影的主角，我给他取个名字叫孔秦。什么意思？随你们怎么想！孔秦，哈佛大学政治学系博士候选人——

哈佛大学有政治系吗？老黎！这个你帮我查查！——孔秦这个人，博士学了一半就放弃学位回国了。回国干吗？苦读中国古典文献，终有所悟。于是独自一人翻越喜马拉雅山。在山上碰见了基地组织——他与恐怖主义分子舌战三天三夜，谈儒家、墨家、道家，谈禅谈佛。对方哑口无言，百舌难辩，最后终于放下屠刀，愿秉承东方普世文化之原则，加入到大同世界来。但以美国为首的帝国主义分子就在这个时候乘着战机飞到了基地上空，打算对组织进行最后的围剿。枪林弹雨啊，弟兄们！枪林弹雨！孔博士与这些基地成员结成了战斗的友谊。帝国主义终于夹着战机的尾巴逃走。孔秦掩埋了朋友们的尸体——嗯？没有爱情情节？有有有有！（老奕稀里哗啦地翻几张纸）孔秦和金发碧眼的美国女郎——被囚禁在基地的美丽女记者艾林达。而这个女记者正是当年自己在哈佛留学时的女同学……最后孔博士领着艾林达和几个基地的幸存者从喜马拉雅山上逶迤而下——呵，我喜欢这个词，逶迤而下！”

老奕从椅子上蹦下来：“怎么样？！”

大家依旧面面相觑。

报社编辑率先打破沉默，说剧本有深度，有思想，肯定会横空出世。

科长说这是对西方意识形态的有力回击。

老奕问黎意下如何。

他说，嗯，挺好，挺好。

老奕两眼放光：我是认真的。

“认认真真的破烂东西。”石青说。

老奕又站起来：“弟兄们，只有电影能给世界带来永久和平，弟兄们！”

老奕一双大手在空中翱翔。石青说你给我把手放下来！

那双手从空中跌落，众人哀悼了几秒，才又闹哄哄续上话题：世界真是不太平，人民真辛苦，邪教真可恶，只有中华文化才能拯救世界。突然报社编辑和科长争论房价的持续走高是否构成泡沫，谁也说服不了谁，科长提高了嗓门，大声嚷嚷：刚需啊同志！要注意地价啊同志！那声调仿佛老奕附体。

老奕那双手像房价似的按捺不住，再度上扬，飞到半空：“弟兄们！你们在等什么？”

石青把筷子往桌上啪地一敲，老奕就告别似的朝众人挥了挥手：“没事！没事！”

石青对老奕喝道：“你能不能安静点儿！”

“你休想管我！”

“想造反？！”

老奕摇了摇头，从桌子底下抽出一瓶啤酒，歪嘴咬开瓶盖。

“喝！”他站起来把众人的杯子倒满，又给自己的杯子斟满，扭头看石青，似乎想给她也倒上一杯，但见一双加长了睫毛的妩媚大眼虎视眈眈地在朝他瞄准，只好作罢。

“喝喝喝！喝死你！”

黎正把杯子举到唇边，听到这一声诅咒，虽知不是冲自己而来，仍不免心头一颤。

“啤酒！别他妈大惊小怪！”

“还敢污言秽语！”

“夫人，吃菜！”老奕把一块肉夹进石青碗里。

“拿走！”

“你有啥好气的，都两度明媒正娶了。”

Eng-eng-eng-eng-eng——石青趴在饭桌上哭开了。

黎看见老奕抬起右手，以为他要朝石青安慰过去，但见他的大巴掌在面前晃了晃，松松垮垮地落回大腿上，说：“没事！”

“老黎，你说，他这人是不是有毛病？”石青抬起泪眼。

“别跟她瞎耽误工夫，喝酒！”老奕把众人的杯子又倒满了，把空瓶子塞到桌子底下，又变魔术似的从下面拖出两瓶，正要打开，石青大喝一声：“放下！”

“又咋了？！”

“你敢再开！”

他朝窗子外面看去：一大群人围住一个不知何时搭起来的戏台。一家公司在搞促销。台子上竖着木头的隔板，分出前台和后台。从黎的角度看去，前台后台尽收眼底。

一位男歌手在前台弹唱：“——还有多少话要说，还有多少泪要流——才能让你回心转意——”。此时的后台，一字儿排开三个女孩，下身一律棕底黑斑点的短裙，上身是金底黑斑点的胸罩，活脱三只金钱豹。她们耷拉着厌倦慵懒的眼皮——眼睑上闪烁诡异的深蓝色——全都半睡半醒——只有背上缚着的几根修长的雉鸡翎倒还神气。

忧郁的男歌手终于演唱完毕，金钱豹们立刻打起精神，把灿烂的笑容堆满双颊，跃上前台，朝人群鞠躬不迭。音乐响起，节奏不快却很有力度，一下一下耐心地砸着三只金钱豹。她们的手臂抬起来又放下，转动身体，左一下右一下扭动臀部，抬起一只腿让叉开的裙摆露出大腿，再转动身体，摇头，然后又是左一下右一下扭动臀部。九根雉鸡翎在空中尽情抖动。

三个女孩蹦跳着下台，两个高个子女孩穿着婚纱走上台来，她们代表某个婚纱摄影公司，神情庄重，动作高雅，完全配得上王子或者酋长。

夹在头发上的零零碎碎的东西是塑料做的，甚至还有花纸片儿，他担心这些穷凑合的玩意儿编在妻子头上拍到照片里会不伦不类。照片洗出来，证明他杞人忧天，那些塑料花朵、彩色纸片在相框里熠熠生辉，完全配得上妻子的一头乌发。他们那张野外的照片是在公园边上的一片杂草丛里拍的，洗出来竟有荒郊野外的效果。他不得不佩服摄影师化腐朽为神奇的能耐。摄影师要求他们做出浓情款款的模样——那种眼神只可能在初恋时才有——然后让他们奔来跑去，在你最预料不到的时候按下快门，不时上来给他们涂脂抹粉。“再把头朝下低一点——再低一点——对了——看她眼睛——你头抬高一点——就这样别动！——好，你们换一下位置……”他们差点儿笑出声来。

婚纱女孩们也下了台，一个中年妇女出现在众人面前，用更严肃的表情唱道：“……五十六个民族，五十六朵花，五十六个兄弟姐妹是一家……”

09

婚宴结束的一瞬间，石青就恢复了她礼节性的微笑。两位新人邀大家去家里坐坐，大家一概婉拒。

黎和木实结伴而行，在出租车上，他问木实怎么也在这儿。木实说你肯定忘了，有次请你吃饭，老奕正好来找你，我递过一个名片给他。

“他没拉你入伙？”

“那还能不？他觉得自己可牛了。”

“最近房子卖得不错？”

“要不要来一套？别看我们房子远，将来地铁一通，你看——”

“满大街的售楼小姐都像你这么说。”

“求着送你银子你不要。”

“是我不识时务了。”

“别成天猫在家里，好事不会自己找你。”

“你刚才还送我银子呢。”

“你最近在忙啥？”

“没忙啥，呵，每个人都这么问我。”

“看你成天闲着，羡慕。”

“你是挖苦我。”

“我说真的，你看我多惨。”

“你们这号人都这么说，好像人家逼着你招财进宝。”

“你还别说，有时候忙得好像被人把枪顶脑门上。”

“真能夸张，明明是钞票顶在你脑门上。上次那个人的三套房子你们给人家了没有？”

“那老头啊？”

“对。”

“那个王芳惹的祸。”

“王芳？”

“给抓起来了，她把人家的房款截了，老头三套房子，上百万！她给截了。差点没出人命。我们公司背了多大锅，你上网瞧瞧。”

“看她长得挺清秀的……”

“唉，人不可貌相——她男朋友在牢里，她想弄些钱打点出来。”

“哦。”

“你说她脑子不是进水了。”

“钱要回来了？”

“还好，她倒是都搁银行里存着。”

“追回来不就得了。”

“那也不能便宜她。”

“会坐牢？”

“最少也得五年吧。”

“五年可不短。”

“他们可以在牢里团聚了。”木实说。

10

这是去年玫来时随身携带的一张照片，是从她的作品上翻拍的。画里一个女孩子，蹲在一串儿铁栅栏后面，大约是在车站等车。身后紧随着的是一长串拉杆箱，一个挨一个，成一列火车的模样。箱子五颜六色，暗绿的、深蓝的、赭红的。女子红衣黑裙，面目秀美——在玫的画里，人的面孔难得被描画得干净漂亮。画的背景里还有一只高耸的烟囱，她说那是涂门酒厂的，凭记忆而画——其实也无须记忆，天下的烟囱大抵相差无几。

画中的烟囱，同他记忆里的也大同小异，在灰色的背景上冒着白烟。烟雾蒸腾翻滚，你都可以闻到它酸苦的气味——腐烂了的谷物的味道，穷困书生的味道。画面上没有那条河——它从酒厂边上流过，和烟囱里飘出的白烟气味相投，在酒厂停工的当儿，河水继续散发那种酸味，好让它无时无刻不笼罩在城南一带。

河两岸的住户和单位都把垃圾倾情投入，把它弄得越来越窄越来越臭。

在这条气味熏人的河边走着宇文玫，她每天都要沿河边走一两里地，上学或者放学。

初中的玫，面色清新，有如一枚刚摘下来的苹果——新鲜、性感，光彩照人。

她说那时候的她和现在的她完全是两个人，现在已经没有资格说那个走在河边的小姑娘是自己了。不过她转而又认为自己某些地方从来就不曾改变，即便这些年刻意自我敲打，也未能撼动它们分毫。比如那种情绪：走在河边，忽而生出一阵莫名的忧伤，好想纵身一跃，与河水合二为一。它跨越二十年的距离，依然原封未动。

她说是那河水的臭味救了她——或者，也许是耽误了她。

她说她最喜欢看北京街头老太太们举着花里胡哨的绸扇子扭秧歌。“那么扭啊扭的，自暴自弃地陶醉在自己的世界里，看上去一点儿都不美，真好。”

这幅画里的少女、烟囱、拉杆箱不是宇文玫作品的常态，当然不是。这样的画面才是：卧室里一对男女，都是又丑又怪，女人的脸蛋被涂成洋红色，男人面色死灰。满床滚动着苍白的卫生纸。男人在床上没精打采地抽烟，目光呆滞。女人站在他旁边，脸上洋溢着不知是兴奋还是嘲讽的表情。女人的脸扭成茄子的形状，男人的则是一只梨。画面必须大红大绿。

他说她把生活的庸常和微不足道展现得淋漓尽致。

她说有个女作家看了她的画，居然声称她看到了爱与被爱的无限美好。

“那是个傻子。”她说。

“也许我就是这个意思。”她又说。

“她们爱怎么说怎么说。”她再说。

她说如果她知道了自己要表达什么，然后去表达了，那就不是在创作，而是在表演。“表演！你知道吗，那些所谓的艺术家，不过是舞男舞女不是吗？”

“那有什么不好？”

“没什么不好，你舒舒服服地坐在沙发里，那些人在台上扭扭扭，你在台下流着口水看看看，有什么不好？你幸福的口水流成一条河，一条河啊，老兄。”

“好好，幸福的口水流成一条河。”

“他们说凡·高的向日葵表现的是生命力，而我看到的是垂死挣扎。人家说乔治娅·奥姬芙创造性地重新阐释了花朵，改变了人们观察花朵的方式，我认为她画得不过是生殖器——尽管她自己也不承认。艺术家其实很自恋，而艺术恐怕是自恋唯一能得逞的职业。在艺术史家嘴里现代主义的一个又一个流派仿佛春花一朵又一朵，我却觉得是一次又一次失败的尝试。人家说现代艺术反映人类生存的困境，我觉得那不过是画家的个人困境而已。我们用一个画家的作品去代表一个时代，无异于拿一面旗帜代表一个国家，那显然不是旗帜自己的意思。在我看来并没有什么大师。我们为什么要向大师致敬呢？大师为什么需要观众向他们致敬呢？人为什么要害怕自己不懂艺术呢？”

11

他从妻子和女儿住的公寓里搬出去时是七月的一个晚上。

趁着她们都熟睡的时候，他打开门走到院子里，在那里站了一会儿——美国南方的夏夜一点儿都不凉快。现在想来，那个地方的夏天没有蝉声。或者有，他不记得了。或者，偶然有一只小个儿的灰色知了，比一枚蚕豆大不了多少，叫声倒是震天动地的。肯定没有山镇的那种大个儿的蝉，一身乌黑，翅膀宽阔——像两扇刚刚擦干净的大窗户——趴在树上叫得几里路都听得见。

他走向停车场，拉开车门，关在驾驶室里坐了很久。如果不是有一辆轿车开着耀眼的前灯从他面前划过，他差不多就会驾驶室里头睡着了。

然后他从裤兜里再次掏出车钥匙，插进方向盘下的钥匙孔，沿着顺时针方向拧了一下。发动机抖个不停——这是一切在熟睡中被吵醒的生物共有的反应。

他拉开手刹，把这辆老爷车赶上了路。

从东海岸到西海岸，开了好几天时间。在路上，他反倒觉得踏实。

窗外喜鹊的聒噪把他吵醒了，他睁眼看见被窗子框住的多云的天空。它灰蒙蒙的，就像一张阴郁的面孔。

他爬起来走到阳台上，看到园中两株杨树已然出落得葱茏华丽。一株瘦骨伶仃的香椿树举着几撮铁锈色的新叶站在一边，树下有个老妪正端着绑了水果刀的竹竿，锲而不舍地剥夺它少得可怜的叶子。

香椿树背后，是一株婆娑的丁香，一簇簇热烈的紫色花絮打密叶里挤出来，非要把行人所有的注意力都抓过去不可。墙角的二月兰也紫着同样的紫色，算是相映成趣，但二月兰低调多了，如果人们的视线不去眷顾那些街角墙根，错过它们是必然的。（“四月是残忍的月份！”）

柳絮在半空里飘荡，一忽儿高高升上去，一忽儿低低落下来。有一朵居然落在阳台栏杆上，他忍不住伸手去抓，它却又淘气地飘走了。浮荡在空气里的柳絮给这春天注入了一种活泼的精神，如果没有它们，这个缺水的城市的春天怕是要美中不足。不过对这些小精灵的感受也是因人而异，对此不胜其烦的也大有人在。

他从孟斐斯大桥上开过去的时候，深夜的收音机里居然有猫王在独唱，他可是孟斐斯的大名人，虽死犹生。“Love me，tender，love me true…”。呵，孟斐斯大桥就像N城长江大桥，不长也不短，穿过去就不再是田纳西了。上大学的时候他也在校园食堂临时改成的舞厅里跳过舞，在桌椅环伺的“舞池”里磨蹭过。偶尔他们会放一段猫王的歌，大家扭一扭，装出疯狂的样子，然后又一本正经地踩三步四步。哒哒哒－哒哒－哒哒，哒哒哒－哒－哒哒，哒哒哒－哒哒－哒哒，哒哒哒－哒－哒哒，哒哒哒－哒哒－哒哒，哒哒哒－哒－哒哒……所有的不幸都是从这故作矜持的哒哒哒开始的。

早上从小石城开出去，郊外层林尽秀，朝霞漫天。到俄克拉荷马，已天光大亮。

他沉浸在晨醒之后的胡思乱想里，从阳台又折回客厅。然后到厨房里打开煤气灶，把锅安顿在蓝幽幽的火苗上，从米袋里抓一把米扔进去，又从火苗上拿走铁锅，把它放在自来水龙头下面加水。等铁锅重新被安顿在火苗上，他心里也踏实了一些。

他在俄克拉荷马城迷了路，把车开进了市中心的一片荒地。他在灌木和杂草中间停车，失掉了方位。（那时候还没有GPS呢。）他和整个世界一下子断了联系。杂草、灌木、陌生的时间和地点，让他脱离了轨道，流落到火星上。一根光秃的灌木上还挂了一对白色的胸罩。（后来他才知道，那是俄克拉荷马爆炸案的现场。）那一对胸罩，当然和很多年前发生的爆炸案毫不相干，无非是一次野合的见证者。但它在一派残忍的荒芜之上，又毫无同情地抹了象征虚无的几笔，让一段脱轨的生活变得更加难以忍受。

一阵喧闹，有人在大喊。“别让他走！……”

他闻声返回阳台上。朝楼下的路口聚拢了一群人，五个或者六个，多是出去晨练的老人，被木刀竹剑之类的“武器”武装着。他们围成一圈，在那个圈子的中央，站着一个秃了顶的老人——他揪住一个白衬衫的年轻男人。

“放我走！！”那年轻人挣扎着，一脸苦相，大约三十出头的年纪。

“这是什么地方，敢在这里撒野！”

“放我走！”

“这是什么地方！打女人？！”

“老伯，求你，放我走。”

“放你？叫保安来！”秃顶老人朝一个老太太发出命令。

“求您了老伯，她是我老婆！”

“老婆更不能打！”“她打老婆！”“……”大家纷纷表达愤慨之情。

“求您了，我给您跪下了，我老婆跑了！”他指着小区大门那边。

“跑了就跑了——打女人！——这是什么地方？！”

黎朝小区门口的方向看去，没有那个女人，只有一个保安朝这边奔过来。

“她跟别的男人上床！”

“那也不能打！”

“他就这样，啪啪啪啪！”一个老妇人向拿竹剑的妇人比画着扇耳光的姿势。她把“啪啪啪啪”发成“pia－pia－pia－pia。”

“那你就跟她离婚！人怎么能打！！”拿竹剑的老妇人喊。

“老伯，放我走！”

“你哪个楼的？！打女人！知道这是哪儿？”

“老伯！”

“哪个楼的？！我今个儿不去晨练了，非搞个清楚不可！”

保安站在人群的边上听了一会儿，就靠上去扭住年轻人的胳臂，押着他朝小区门口走过去。几个老人组成的同仇敌忾的团体顿时解散，只剩了一个老妇人向一个刚刚路过的老人比划：啪啪啪！

他回到卧室，透过窗子看窗外春天早晨特有的那种慵懒的宁静。他注意到那株木兰已芳菲落尽，不知何时钻出来的嫩绿的叶子遍布枝丫间，大大小小的，看上去很琐碎。如果盯住一片叶子仔细地看，它鲜嫩的样子倒也招人喜欢。

在新墨西哥的阿尔伯克基，坐在一家麦当劳里，他透过窗玻璃，看到一条流浪的黑色大狗垂着头悄没声地从一片盛开的紫罗兰花坛旁边经过。它绕过紫罗兰，朝花坛后的草地上慢慢移动，沉默地像个影子。这让他比在俄克拉荷马的荒地里还感到孤独。

12

他又来到阳台上，一边回味刚才的闹剧，一边观看园中唯一的那棵柳树。它不复初春时节朦胧氤氲如点彩法的图画，已披上一身醉人的浓郁色彩。柳树的下方，几株连翘仍然举了金黄的花朵，但那金黄已越过灿烂的顶点，正暗淡下去。

第三天清早，他把车开到一片高地上，白雾从四面八方涌来，把路都遮没了。他在一个小镇上停车，踅进一家小酒馆去问路。酒馆里坐了一屋子美国老人。美国农民的表情和中国农民居然别无二致，让他几乎立刻就联想到白爷爷的脸，或者福克纳的印在小说扉页里的那张饱经风霜的面容。这些跨越时空的面孔，告诉他命运是一种比人种更为强大的东西。

他注意到园中几株国槐才刚刚开始萌芽，仿佛被季节落在了后面。它们还挂着几串去年的干瘪的荚果。每一棵植物对春天都有它自己的感应，更不用说人类了。他想象着那个年轻人早上回家，打开门，看到自己的女人跟另一个男人睡在一起的情境。他无法想象那是一种什么样的感觉。但他觉得老妇的建议应该是对的：离婚吧，痛痛快快地离个婚。这世道，男人女人都转了基因，婚姻不是给这种转基因作物准备的。离了就别重蹈覆辙。不过转念之下他又为自己这种毫无必要的严肃劲儿感到好笑——也许那个男人应该跨过那一对男女的裸体，去衣柜里拿出几件衣裳，带着大彻大悟的心情走出家门，一路上看看春天的柳绿花红，慢慢地就有轻松的旋律从心底飘升出来了。

在弗拉格斯塔夫，一家 Pizza 饼店里，一对男女在吃冰激凌。男的把冰激凌伸到冒着热气的咖啡里，女的伸出舌尖去舔。一个中年妇女把控着自己硕大的身躯，摇摇晃晃地在大街上走。（在平坦无碍的大街上，人也可以走出一种船夫的感觉！）

一个年轻男子西装革履，拎着个亮晶晶的黑色提箱，匆匆走在清晨七点钟的大街上。每个人都有自己的生活要过，有自己的工作要忙。你盯着被你放在餐桌上的车钥匙，竟然萌生一股相依为命的感情。

去年秋天开得那么好看的月季，当下为什么还没有踪影？他又走回卧室，打开电脑，逼着自己写东西。回来快一年了，他弄出的文字少得可怜。他没有多少借口可以安慰自己，这一年足以证明他不是一个醉心于文字的人。他关掉电脑，决然走出门去，在大街上溜达。四月真是匆忙的月份，万物蠢蠢欲动，一日三变。桃花早已凋落干净，迎春花屈指可数；只有丁香与海棠恰逢其时，盛开到毫无保留。他站在一株同样热烈的碧桃前，努力分辨它们与桃花的区别。这种花太过娇艳了，反倒不像是一种活着的东西。

海拔在变，植被在变，口音在变，那么多人在生活的碎片里奔波，你发现孤独的旅途反倒让内心变得同仇敌忾起来。等你把车开到大峡谷，推开门站在悬崖边上，那种同仇敌忾在巨大的深渊面前顿时微若芥子。

后来他站在胡弗大坝的坦荡开阔前，就有跳下去的冲动——那是一种与翡翠般的湖水融为一体的冲动。也许一个酒鬼，面对一瓶空明澄澈的伏特加，被勾起的就是这种义无反顾的冲动。

手机又在上衣兜里震颤，仿佛一阵怒放的心花。他掏出它，把耳朵贴在它能发出声音的位置。

是柴打来的。

旬旬的妈妈回了老家，去探视一个病重的亲戚，她不想让旬旬看到患者临终的凄惨模样，考虑再三，让他留在北京，让柴柯带着。“反正时间也不久”—— 这是她的自我安慰。柴柯晚上课题组开例会时，这孩子一个人在柴的办公室里偷偷而大量地玩电子游戏，让他很不放心。于是黎自告奋勇，让柴把孩子送到他这儿。

他终于把车开到西海岸。他在高处停车，看浩瀚无边的太平洋怒涛翻滚，就暗暗决定，如果有可能的话，他人生的最后一秒要在这里度过。

13

旬旬的妈妈不在北京这十天，旬旬在黎这里表现得相当乖巧，堪与最老实的孩子媲美。而旬旬平日里在自己家完全是一只猴子，上蹿下跳，掘地三尺，令他父母大伤脑筋，而他在黎这里竟能淡定地坐着看电视，不吭一声。如果黎让他在电脑上玩一会儿游戏，他就千恩万谢的，并且随时都愿意把手里的键盘交出来。这副老实样，倒让黎有点萌生歉意。柴说，这猴子在家里只有生病的时候才这么消停。柴经常用“猴子”指称儿子。他说这猴子在你那里变得老实巴交的，倒让他明白了一个道理，难怪不管多能折腾的浪子，到美国都服服帖帖地念商学院。

旬旬甚至要求黎在幼儿园放学的时候去接他。他跟柴一同去了两回，老师都认识他了，以为他真像旬旬说的那样是他叔叔。

等到孩子对他的房间熟悉起来，便从乖巧里释放了一点点好奇心，屋子里就开始活泛起来，有的东西就不再老老实实地待在一个固定的位置。圆形的物体被用来检验惯性和摩擦力，片状的要接受空气动力学的试验，方块状的，诸如书啊，盒子啊，箱子啊之类，一律纳入乌托邦工程。但他的淘气也到此为止，吵闹是绝对没有的。

旬旬玩累了，就趴在地上看他的迷宫书。这孩子特别喜欢玩走迷宫的游戏，随身带着好几本迷宫读物，摊开书一趴就是半个钟头。他会拉着黎一起走迷宫，然而黎对此兴趣阙如。生活里的谜团已多得不可胜数，何苦再去自寻烦恼。旬旬显然不做此思想，他对那些城堡啊，武士啊，阶梯啊，暗道啊，机关啊钟爱到茶饭不思，恨不得钻到里头去。

女儿两岁的时候曾对自来水一往情深，确切地说，是喜欢打开水龙头看水哗哗地流淌。这种快乐是如此令人羡慕地纯粹，每每让他不忍以环保的名义去阻止。她冲破一切阻碍抵达水龙头的决心也是义无反顾的。

如果旬旬拉着他打牌，他是会答应的，但也一定心不在焉。他们玩最简单的打法，一人出一张，谁的大谁赢。一来二去，旬旬搞清了牌的大小，就乘着他不注意，理牌的时候把大鬼小鬼放在第二张和第四张的位置，执意让黎先抓牌。黎没意识到五岁的孩子会有如此手段，上当几次才幡然醒悟。孩子们的心思复杂程度总超出成年人的预期，他觉得自己要不了太久就会被这孩子哄得团团转了。他想到自己小的时候，常常眼睁睁地看着大人们说着最傻的话做着最傻的事，就试着把自己摆在当年父母的位置上，嘱咐自己一定要小心孩子的那双眼睛。

那双眼睛有时候真的是雪亮的呢。

妻子问女儿：我们家谁最漂亮？女儿说，我！妻子问他：我们家谁最漂亮？他说：当然是孩子妈妈啦。女儿就抓住他的胳膊，指着自己的鼻子说，我！那是她两岁多的时候吧。他还要故意逗她，说他觉得还是你妈妈更漂亮一些。她就大哭起来，说不要爸爸了，不要爸爸了，不要爸爸了。

他不会忘了一个多月前的事情。那天旬旬的妈妈过生日。旬旬想给她一个惊喜，就让柴柯偷偷领着去买花，当时黎也在，就一同去了。旬旬用压岁钱买了四朵太阳花，小心举着走出超市，没走几步，第一朵就从花茎上掉了下来，好在还有三朵。然而没走几步第二朵也掉了下来，旬旬就有点失望了；再走一会儿，第三朵掉了下来，旬旬护住他最后的希望如履薄冰地走。到家门口，最后那一朵也无可挽回地凋落完毕，他就大哭起来。

那是哪一年，在奥斯汀，第六大街，一支来自西弗吉尼亚的乐队在酒吧里演出，金属破碎的声音把桌椅酒瓶震得瑟瑟发抖。他发现自己已人到中年，没有了大张旗鼓的冲动，看到别人这样，也只觉得愚不可及—— 这一定是老之将至的征兆。似乎是为了报答听众对他们整晚的喧嚣嘈噪的忍耐，那只来自西弗吉尼亚的乐队唱了一首“来自我们家乡的歌”：“...country road, take me home, to the place, I be long...”那是他们整晚唯一的善举。

14

满天飞扬的柳絮和杨絮，因为过浓过密而失去了韵致，天地间仿佛摔破了无数鹅毛枕头。墙角、草丛、人行道窝凹处，都积攒厚厚的毛絮。风一吹就四处滚动起来，仿佛谎言一样越滚越大，在四下里流窜。

下午四点五十分，他站在已经干涸的蔚秀园荷塘边等着幼儿园开门。四周都是翘首以盼的家长，把幼儿园门口的一小块空地挤得水泄不通。父亲们、母亲们、爷爷们、奶奶们、姥姥们、姥爷们、叔叔们、阿姨们人头攒动，场面蔚为壮观。他们都试图第一个冲进幼儿园，第一个出现在自己孩子面前。

他站在这群人中间，以偷窥的心态观察着四周的人群。这么多人面朝幼儿园挤在一块豆腐干大小的地方，有一种默哀的气氛。如果再有一丛松柏和菊花，再奏上一段哀乐……就是最恰如其分的悼念。

他抬头望去，发觉人群中央矗立一株硕大的松树。它被一圈石头围住，又被两只碗口粗的铁柱子支在腰上。这是一棵已经垂垂老矣的树，若不是有那两根铁柱子撑着，怕是早就倒下去了。

他几乎天天都打这幼儿园门前路过，却直到现在才意识到这棵松树的存在。它孤零零地矗立在这里，本是最不容易被忽略的东西，简直就是标志性的事物。

两扇大门突然洞开。人群像开了闸的河流，又像个被狠狠捅了一下的蚁穴，园里园外一阵大乱。苍老的、幼稚的、快乐的、焦灼的声音的泡沫四溢。失而复得的欣喜，散而后聚的幸福。

他走到旬旬的班级门口，走到把守在那里的女老师面前。她认识他，她把脸转向屋里："旬旬！你叔叔来了！"

旬旬就抱着他的小书包冲了出来。

他谢了这个漂亮的小老师，拉着旬旬朝园外走。旬旬挣脱他的手，跑到滑梯边上去了。转眼就爬到最高处，瞬间就滑落到地上，一遍又一遍地验证着万有引力定律。它一视同仁，把一个又一个孩子拉下平地，半个也不放过。他们也都不亦乐乎，享受着坠落的快感。

旬旬又要荡秋千，这是回家前必须完成的第二件要事。他不能袖手旁观。他推他一下，再推一下。又推一下。旬旬就飘得越来越高了。"我飞到天上了！飞到天上了！"

两岁半的时候，女儿真的像那个鬼才弗洛伊德说的那样，在演绎肛欲期的行为。一切都贴上了"臭粑粑"这个标签。臭粑粑爸爸、臭粑粑妈妈、臭粑粑蛋糕、臭粑粑太阳和月亮。当他喊她"漂亮宝宝"的时候，她也毫不犹豫地更正他："臭粑粑宝宝"。喊她"臭粑粑宝宝"，她就乐不可支。"谁是最漂亮的臭粑粑？""我！"必须是她……

转眼旬旬又落在跑步机上了，脚下两块踏板此起彼伏，比命运还要坎坷。

他看到另一个孩子把跑步机踩得更加凶猛，分明是在和旬旬一较高低。旬旬面对突如其来的挑战，也不甘示弱。然后那孩子就从跑步机上突然翻身落马，扑通一声摔在地面上。他躺在地上愣了好几秒钟，仿佛正在脑子里把颠倒过来的世界拨乱反正。然而看到朝他奔过来的母亲，他就哇的一声哭出来了。母亲把他抱进怀里，也用嗔怪和安慰的话语把他包裹起来。

你从来没有被母亲这样安慰过呢。安慰是一件可耻的事情。一只沙包从面前飞过，落到冬青树丛里。一个女孩追到冬青树丛前，这里掏一掏，那里掰一掰，做着绝望的努力。冬青树旁的黄刺玫鲜艳明亮，每一朵都从枝梢上弹出来，飞向他的双眼。

“推！再推！”

“不能再推了。”

“要推！”

那是一个母亲在推动女儿的秋千。

女儿两岁生日那天，他骑着自行车在她面前做出种种惊险动作，然后就如愿以偿地摔在石头上。腿上划出一条血口子，把女儿吓坏了。后来结了痂的伤疤黑乎乎的像条虫子，他老是要去抠它。妻子坚决制止他这个动作，担心它会感染。妻子不在的时候，女儿就接过了监督的任务，只要他的手伸向那里，她就站到他面前理直气壮地说不许。她是认真的。

那个漂亮的老师锁上了教室门，朝办公室的方向走过去了。身材真的很好，皮肤也白，腰身的晃动宛若一种温柔的乞求。谁在填充她的另一半世界？她会喜欢孩子吗？

旬旬和他的同学蹲在地上看一只螳螂，他们用树枝去拨它，它就愤怒地飞起来，在他们的头顶上打转。这只草绿色的虫子落到了银杏树叶上，他们就追随到树下，轮番蹦起来去够它。“呼呦！”“呼呦！”

螳螂趴在叶子上泰然无惧，任凭两只小手伸上来又落下去。

旬旬向他跑过来求助。这是他不能拒绝的。

他也像两个孩子一样起跳，他碰到了树叶，碰到了绿色的虫子，那是它的腿吧，直直的一根线，一点点刺手的感觉。它飞起来了，他感到手指上吹过一阵震颤的绿色的风。然后它就浮在半空里了，仓仓皇皇地它越过围墙，逃到墙外去了。

他们一起朝着围墙怅然凭吊。

一岁半的时候，女儿经常说“破”！“修”！——破的东西都必须修好。“痛”“贴”！——对身体遭受的伤害也格外敏感。但安慰也格外有效。一根被门挤压的手指，贴上一个创可贴，痛苦立马烟消云散。或者用嘴给她轻轻一吹，那创伤也不治而愈——仿佛那疼痛不是一种内在的神经活动，而是某种落在表面上的、类似灰尘的东西。

大喇叭里传来园长的声音，请孩子和家长马上离园。闭园的时间到了。

“从前，有一个国王，年纪很老了。他没有孩子，就想在全国的孩子里找一个，将来继承他的王位。”旬旬念了开头，把书交到他手里。

这方法很奏效，他觉得如果自己不念下去，正等于钦差念完了圣旨而自己不续上个“谢主隆恩”。

“但是怎么才能找到一个合适的呢？国王让大臣准备了一些花种子，发给全国的小朋友，说：‘谁能种出最美的花朵，谁就是那个继承王位的人。’”

旬旬伏在他腿上，用两只手掌支着头。

“过了许多日子，国王让全国的小朋友带上他们种的花来宫殿里。一下子，宫殿里有那么多漂亮的花！五彩缤纷，姹紫嫣红！每个小朋友都捧着一只开了美丽花朵的花盆。”

旬旬站起来，凑上来看书，他被“五彩缤纷”“姹紫嫣红”激动了，想看看书里的场面。书里画着卡通的孩子，手里捧着卡通的花，离旬旬头脑中的五彩缤纷和姹紫嫣红实在太有差距。旬旬像一只失气的皮球一样软下来。

“旬旬背诗！”旬旬从他手里拿过书，塞回小书包里去了。

“呃？”

“今天老师教的。”

“好，好。”

“梅–花，王–安–石，墙–脚–数–枝–梅，凌–寒–独–自–开，遥–知–不–是–水，没–有–暗–香–来。”

“遥–知–不–是–雪。”他纠正他。

“不–是–水！”

“不是雪。”

“是水！！”他和他一样坚决。

“好好，水，水– –‘为’有暗香来。”

“没有暗香来！”

“为有。”

“没有！”

“好！好！没有没有– –旬旬都会背诗了，呵。”

“老师教的！”

“今天教的？”

“好几天了。”

“真聪明。”他拍拍他的小脑瓜。

“我聪明吧。”

“聪明。”

“难以置信？！”

“难以置信，简直难以置信。”

旬旬全然没把这个称赞放在心上，转而要他去拿照相机。

没想到这孩子还惦记着这事——十多天前，旬旬在黎的房间里摸出了他有两年都没用过的照相机，挂在自己的脖子上，要给黎照相，可是相机里没有胶卷，黎就信誓旦旦地说，下次他买了胶卷，就教他照相。“现在就是‘下次’了。”旬旬从他手里夺过了童话书，把它扔到了桌子上。

现在都用数码相机了，不知道胶卷还有没有卖的。

他领着他出了门，去超市找胶卷。还好，胶卷有的是，连冲胶卷的服务都有。

当然应该有，去年秋天玫来北京的时候，随身带的那堆东西里不就有一只装胶卷的佳能相机吗？

回到小区，旬旬举着相机把镜头对准这个世界一通扫射，杨絮、丁香、碧桃、水泥路面、柳树、石凳、废弃的塑料袋、二月兰、行人、窗户、栅栏、黄刺玫、流浪猫、葡萄藤、垃圾箱，统统都不放过。

这四月下旬的春天已然抵达它的尾声，看看碧桃就再清楚不过了。虽说碧桃树上依然花团锦簇，可是暖风一吹，花瓣们再也守不住自己的矜持，地上撒得到处都是。再看看丁香，已铅华洗净，只剩了碧绿的叶子在风中摇曳。就在一周以前，白的、紫的丁香花尚是此城最赏心悦目的景物。现在它们退隐在树丛里，曾经的灿烂不着一丝痕迹。（在其他的季节来这里的人，恐怕不会意识到这是个遍植丁香的城市。）如今紫藤垂吊着蓝紫色花絮，金银花含苞欲放。

旬旬举着相机像举着一挺机枪，三十六张胶卷转眼一扫而空。

明天，旬旬的妈妈会回来，旬旬不会经常到他这里来了，想到自己又将恢复那种孑然一身的孤独生活，不由得心头怅然。

黎领着孩子又出了小区，把照片送到冲印商店里。

然后他们沿着大街往回走。走了一半的路程，孩子忽然说：“叔叔，我们回去吧。”“回哪儿？”“拿照片啊。”

“哪有那么快，刚才阿姨不是说了，明天来取。”

“明天，要等到明天啊。”

“对。”

“那我们跑吧。”

“跑。”

他们跑了一会儿，孩子站住了喘气：“叔叔，我们跑快一点，明天就会来得更快了吧？”

“不知道。”

“会的！”

“会吧。”

“那再跑快点。”

于是两个人又迈开双腿，在人行道上飞奔起来。

15

高波从美国回来，带来一个女的，是韩国人，他说他跟她是在网上聊天认识的，她也在美国留学。女的姓金，有一张韩国女人特有的大脸颊，估计有三十多岁。高波对她低眉顺耳的，动不动就问她，“Kim，what do you want?”

黎请他们去韩国餐馆吃烧烤，金在饭桌上不停地抱怨烧烤不够正宗，“假如在我们韩国——”这是金的口头禅。高波扬手，用蹩脚英语大声说：“Mr.Lee，my brother! You find a better one for our Kim next time.”弄得半间餐馆的人都侧过脸来侦查他们。

高波声称要结婚了，这次是带着金去他河南老家探亲的。黎端起酒祝贺，跟他们挨个儿碰了杯子，心里却没有一丁点儿祝福的意思。结婚这种事有什么好祝贺的，他鄙视所有离了婚居然还结婚的人。

高波带着金回了河南，两天后又回北京。韩国人回韩国了，高波留在北京，成天泡在酒吧里，没几天就搭上一个北京女孩。他带着这个女孩北上北戴河，南下青岛，不亦乐乎。等高波从青岛回来，带的又是另一个女孩子。

“你说，我该不该跟金结婚？”高波问黎。

黎不置一词。

“或者娶个中国姑娘？”

黎依旧守口如瓶。

“你这人真奇怪。”高波说。

“你啊，就像个财主，把长工叫到客厅里，问他咱中午是吃熊掌呢？还是鲍鱼呢？”

"哈哈！"

这话真管用，高波再也不追着他问。

此刻他们坐在一家书店的咖啡厅里，窗外一幢大厦在正午强光下朝他们这边投出漆黑的影子，白的、松散的柳絮在影子里幽幽舞动。

这时店内响起一首咏叹调，柳絮们立刻被注入了灵魂，舞得格外幽怨。"上帝啊，请你怜悯，上帝啊，求你怜悯……"

一片柳絮飘到角落里——那里长着一株白牡丹。但被风吹得只剩了区区一片花瓣，地面上倒是哪儿哪儿都是白苍苍的落英。这种象征富贵的花朵，其实既单薄且短命。反倒是黄刺玫的不起眼的花朵整月整月地开着不肯退席。二月兰琐碎的花朵也缠缠绵绵、此起彼伏，仍然随处可见。

玫采来一枝芍药花蕾插在空墨水瓶里。青色的花蕾摸上去结实可靠，看上去天衣无缝，他根本不相信它愿意推苞绽放。可是几天后，花蕾绽开一道裂纹，缝隙间透露出殷红的颜色。看着那殷红的一道口子，他的心头就突突蹦跳起来。然后某天这颜色猛然顶开花苞，怒放成流光四溢的一大团。

他也喜欢黄色的腊梅，或者纯白的梨花，第一次见到它们时那种惊喜，后来遭遇的爱情与之相比都黯然失色。

他不像玫那样害怕紫色的灯光，也不害怕其他紫色的花。但是鼠尾花是曾让他畏惧过的。在那个阳光灿烂的正午，木实站在他身边，举起手指向一个地方，说："鼠尾花！"他顺着他的手看过去，一丛灿烂而邪恶的东西就在面前盛放。给一种美丽的东西安一个邪恶的名字，总能得到这样的效果，仿佛用黄色与蓝色总能调出绿色来。

春天芍药从地下发出一根根枝叶鲜嫩，在白奶奶的院子里欣欣向荣。抽芽，生长，开花，在短短的时间里一气呵成。他会联想到一列冲出隧道的火车，朝气蓬勃，满怀希望，快速奔向下一个站台。在他幼小的年纪，对花的喜爱是真心实意的。后来他才明白，那就是爱情的感觉。当花儿再不能像以前那样激荡心胸，当少年时代开始，这种从心底里发出来的热烈就只指向了女孩子。现在他宁愿自己还能爱上一朵芍药或者石榴，那毕竟是一种可能的爱。但只有在那个年纪，四岁或者五岁，他才能全心全意地爱上一朵花。

白爷爷那一小块栽种芍药的自留地，在村子的最北端。在沤麻制绳的季节，人们会把芍药根刨出来，用竹刀细细地刮去外皮。刮好了的根是乳白的颜色，一根根并排放置，裸露在阳光下，他忍不住用手去拨弄这些白色的被看成药材的根茎，每每被制止。

美国南方现在这个月份一定到处都盛开紫罗兰，这种花就像一种背景、一段音乐，从开春一直演奏到秋天。鹅掌楸高大浓绿的树冠上，偶尔能找到淡黄色的小灯盏。鸢尾花幽幽地开在暗处，山茱萸乳白的花瓣落得遍地都是。月季早早地就开了。紫藤像一些阴谋在林间暗处悄然蔓延，待你注意到它们，它们已是花团锦簇。

那年春天，妻子在窗台上养了一盆小型的玫瑰，花朵比五分硬币还小。玫瑰出落得瘦骨伶仃，每长高一点儿都得付出莫大的气力。花倒是开了不少，有一阵子真可用“繁花似锦”来形容。可是过了夏天，这荼蘼花事就到了尽头，花瓣渐然褪色，从绛红沦落成粉红，后来干脆变成苍白。浇水、施肥，都无济于事。“没想到这小小的植物如此难伺候。”妻后悔不该买来，说她养过的花草不在少数，都不能善终，总是死于非命。但她决定对这种命运进行一次反抗，把花盆移到院子里，放在阳光下。这是她从书上看到的：花色变浅，是缺了阳光。中午炎热的时候她就把玫瑰移到一棵香枫树下，让它躲进树荫里。真是体贴入微。花朵也争气，竟然慢慢变红变紫。正当他们弹冠相庆之时，它的叶子上开始出现霉斑，一路蔓延开去，嫩芽老叶无一幸免，后来就连花朵也被感染殆尽。霉菌是从香枫树上飘下来的，他们从超市买来药水喷洒涂抹，也无力回天，几个星期过后，花盆里就只剩了一丛秃枝裸梗。

杨絮被一阵风吹往同一个方向，原本悠游散漫的它们，像是突然听到了号令，找到了希望，都沿着一个路径急急奔去。绵延不绝的杨絮就这么在窗玻璃前自左至右划过又划过。

然而一阵乱风袭来，有序的队伍马上四分五裂，各自为政，于是便是一派风雨交加的景象。当这阵乱风衰弱下来，杨絮在空中载沉载浮，犹豫不决，似乎再也找不到原来的方向。

他看到一个女子在街道上掩鼻而过。她穿着短裙，露着一双光洁的腿，躲避着扑面而来的白絮。

衣兜里的手机在疯狂振动，还是老奕的电话。老奕和石青恰好也在中关村附近。

老奕和石青真的在上岛喝咖啡。他向他们介绍了高波，又把他们介绍给高波，四个人坐定，老奕就开始抱怨，说咖啡厅这种鬼地方是小资产阶级的大本营，也是腐蚀劳动人民的地方，你们两个洋博士再往我面前一坐，足足验证了先烈的那句话，革命尚未成功。

“你歇歇吧！你还敢自称劳动人民。”石青把老奕的杯子朝老奕面前挪过去。

黎向高波解释，说老奕家里是开厂子的，老奕是个少爷呢。

“挣点钱攥在手里，像攥着自己的性命，典型的农民。”老奕说他爸。

“你要是做事靠谱点，他们能不帮你？现在也就只剩了我收容你了。”

老奕又要喝酒，石青坚决阻止。老奕就说石青太不仗义，好不容易请一次客，都不让客人尽兴。

石青招呼服务生过来，给他们一人要了一瓶啤酒。

高波是沾酒就醉的，喷着酒气把这些天回国的艳遇，一五一十交代出来。把石青听得目瞪口呆。

老奕趁石青上卫生间的时候，又点了几瓶酒，偷偷放到石青看不到的地方，把瓶盖子都打开，等石青发现，为时已晚。

酒喝到微醉，石青向老奕下了禁酒令，但是老奕抓住酒瓶子不放。

“再喝，就砸碎你的狗头。”她说的真就是“狗头”二字。

“老子就是要喝，你个臭小资！”老奕的巴掌在空中挥舞，做出要把“臭小资”赶出家门的姿势。

她伸手截住他在空中飞翔的手臂：“你敢！”

手臂像一条被斩断的蛇，啪的一声跌在桌子上。

老奕闭了嘴，安静了十秒之久。

但是那条蛇仿佛听见了笛声，死而复苏，又在略带馊味的啤酒气味里生机勃勃地抖动。石青绝望地抱了头，用胳臂捂住耳朵。

“听着！”老奕冲石青虚张声势地吼了一声，“别老想着改变别人，改变你自己！”——这话听起来有点迂腐，但显然震了石青一下。她放下胳臂，抬头望着老奕，目光如炬：“咱们离婚！”

然后起身便走。黎和高波想站起来去追，被老奕一左一右按在了位子上。

“喝！！”

16

高波飞回美国那天，黎去机场送他，发现老奕也在那儿，也是来送高波的。他绝望地发现，老奕已经和高波打得火热。

他觉得老奕像他染上的一种病毒，他走到哪儿就传到哪儿。

时间还早，正好可以去喝酒。酒一沾唇，老奕又要大展宏图。

“公司已增资一百万，正在办网络经营许可证。下一步我亲自抓网站建设，重新改版，目标定位在全球最大的影视门户网。我准备明年下半年再次办理增资三千万。后年开始筹划融资包装在境外上市。公司现在仍举步维艰，但是目标坚定，方向明确：上市！有专门的代理公司和财务评估机构。这次就是把网站作为非专利技术折算增资。网站建设得好，赚钱或融资都应该有可能。现在国内对公司上市的门槛已降低到三千万资产。我委托公司一个副总抓日常业务和项目。我亲自抓网站建设和融资。五月份差点谈成一笔六千万的风险投资。公司目前的经营战略是在不断开拓新业务新项目的同时利用网站进行滚动式融资和资本运作。要想真正能把公司撑起来只有走资本运作的路子。网站就像软件产品，属于高科技无形资产，非正式评估是价值五百万，等我有点小额资金周转，可以先增资到一千万。这段时间跟几个所谓资本运作高手讨教，还是他们提示我，所谓赚钱不如借钱、借钱不如圈钱、圈钱不如卖钱，比起他们我感觉自己很 out 了。昨晚跟我的技术主管聊到两三点，点击率和排名榜都只是一种传统推广方式，小网站要短期内脱颖而出，办法很多。所有网站的所谓点击率都是假的，风险投资商和政府主管部门都瞒不过，我有更好的办法，三个月内我要把网站的架构和血肉充实完善起来再谈融资。好比你发明并拥有一项专利技术，经过评估，价值一百万，但是你的发明一旦开发出产品并投入市场，产生效益，你也许就会身价上千万乃至资产过亿。我下一步要采取的是'蛇吞象'的战略战术，也就是说在保持小规模盈利的基础上融资上市，并购别的项目型公司和企业实体，进而扩大规模在股市上运作。前段时间遇到一个人，他身份多重，大到香港一家五星级酒店的董事，小到杭州某区县的一家加油站的站长，名下有十几家企业，同时用这些企业的总资产继续并购融资。为商之道跟治学带军从政是一个道理，最高境界都是战略和战术的统一。今年我似乎悟出很多东西，真正感到自己以前的浑浑噩噩冥顽不化……"

在老奕滔滔讲述的间隙，高波抽空向黎打听安然的近况，问他最近安然有没有和他联系。

他说去年聊过一次，就再没联系了。

高波说安然和他闹离婚肯定不是她自己的意愿，而是有人怂恿。

黎早就被高波放入怂恿者之列。他屏息不语，等着高波的谴责。但是并没有。

高波居然和他没有彻底割袍断义，还保持着貌合神离的朋友关系，已经算是意外之喜了。

他又听到老奕在大放厥词。

"诚心、正意、格物致知修身齐家治国平天下！谁要想毁灭中国及其代表的国家或民族传统，那就看他有没有能力先毁了朕！"老奕瞪了黎一眼，又瞪了高波一眼，又给自己倒酒。

"智能机器人的实验和研发因为自身技术手段的局限性，在全世界都即将走到尽头。"老奕看着高波说。

"你们这些王八蛋好好看看尼采：当一个落后的文明向一个先进的文明学习的时候，往往继承的都是先进文明的那些腐朽落后的东西，他妈的学一点真东西回来！"老奕看着酒杯说。

他想问老奕，尼采不是已经被你付之一炬了吗？这时候老奕的电话响了。

"她妈的，她就一直跟老子闹腾，整个一发情期症状！"老奕在说石青。

高波说，石青是个很不错的人，你娶这样的女人算你的福分。

高波愣住了："你这什么意思？！"

老奕说你敢勾引我老婆，你敢动她一个手指头……

这酒喝得越来越荒唐，他提醒高波，时候不早了，还是早点进去办手续，国际航班向来比较麻烦。高波气呼呼拉了他的箱子往门外走，老奕伸手拉住了他。黎以为一场肉搏在所难免。

黎看到老奕郑重其事地把一大本 A4 号纸交到高波手里，千叮咛万嘱咐：一定要找大导演，小鱼小虾的就算了。高波一本正经地点头，把剧本塞进他的旅行箱："您这个剧本我看过，主角叫孔秦，对吧？东方智慧战胜恐怖主义，美帝霸权，恐怕不是好莱坞的路数。"

"嘁！你当我是傻子，好好看看剧本！这次美帝开着直升机上珠穆朗玛峰，救他们的美女记者！孔秦嘛，还是哈佛政治系博士——你帮我查查，哈佛有政治系吗——他学成回国，在大学里当教授，结果备受排挤。一怒之下，他跑到西藏支教去了，认识了美国美女记者艾林达……老兄，好好看看剧本。我是傻子吗？好莱坞……"

黎困惑地看着老奕跟高波握手道别。当高波走到安检门口，回头向他们招手，老奕居然伸手做了个"V"的手势，两根又粗又长的手指头在空气里得意地晃啊晃的。除了电闪雷鸣，这世上恐怕再没啥能镇得住这双手指头了。

17

808 路公交车斜穿过整个城市用了漫长的两个钟头。他早上十点坐上公交车，抵达大北窑已经中午十二点。

在大北窑，根据电话里那个女人的描述，他应该能在这里找到 930 路公交车，但是他举目四望，这个神奇的数字并没有出现在任何一个地方。他问了一座报刊亭的主人，她说，下早了，还得一直朝西走，一直往西走，看见大望桥就到了。

于是他就沿着她指引的方向走。

后来他就真的看到一座立交桥。但是依然没有 930。又走过一个街区，在一个叫"八王坟"的地方，终于看到了。这回竟一溜儿有好几个站牌上都写着同一个数字——930。"到宋庄吗？""宋庄？往前走！""到宋庄吗？""往前走！"……只有最后一个站牌前的 930 是开往宋庄的。

他站在站牌下，抬眼看到的是街对面远远耸立着的两只巍峨的烟囱。

下次来，下车就对着这两只烟囱走过来就行了。

"您是宇文玫她哥？"电话里的人问。他愣了一下。那人就当成默认，继续说："好好的画儿，用刀都给割了，您来劝劝吧，我看她不对呵。”她的北京口音让他困惑了几秒，又恍然大悟，她的一句话浓缩了太多的信息。

“……您先坐车到大北窑，完了找930，能快点儿吗？割了画她还喝酒……”“好、好、好、好。”

一辆褴褛的公交车停在面前，那样子就像落魄了一个世纪。他看看表：已是下午一点整，他在这个鬼地方滞留了一个钟头之久。

公交车颤巍巍爬上京通高速，突然就撒开了欢似的狂奔起来。

路两侧尽是新建的住宅楼，全没有郊区景象。过了大会桥，又过了管庄，才显出一点郊区的样貌，房子开始老旧，店面也暗淡下来。然而再往前开一阵子，又是簇新的楼群耸然林立。不过那个叫“宋庄”的地方迟迟不肯到来。城市仿佛一首冗长的交响乐，一直要演奏到地老天荒。

但是眨眼间，930一头扎进一座蓬头垢面的小镇。他看到朝着公路包抄过来的，是几处废品收购站和几家堆放了破旧门窗和木板的建材市场，满目尽是废旧到了极处不知还能派上什么用场的物件。公路两边的商店也一律灰头土脸，让白花花的阳光稀里糊涂地照耀着。

他被公交车抛到了遍地尘土石子的街道上。未等它开走，便有好几辆机动三轮车扑上来。他说他要去宋庄，他们说这就是宋庄——宋庄镇嘛。他稍一犹豫，就发现自己已经被围在七八辆三轮车中间。他拿出手机，打算给房东大姐打电话。一个司机恍然大悟地在车把手上一拍：“画家村！上车！四块！”

司机说你长你这模样的都是去画家村的。

三轮车漫卷尘土在宋庄镇上飞奔，然后下了大路在一条窄一些但笔直的水泥路上继续疾驰。。拐弯的时候，三个轮子有两个都离地而起。

在他的肠胃尚未被飞奔的三轮驱逐出身体之前，司机已经把他放在任庄村委会门前了。司机问他什么时候走，他可以来接他。他说他也不确定，司机便带着困惑的表情把车开走了。

他站在村委会门口，立刻失去了线索。这是平原上一个粗糙的平凡的小村庄，攒聚着砖砌的民居，外墙一概刷成蓝白两色。在一个小卖部门口蹲坐着老人们，毗邻着它的是一家粥饼铺，门口东一株西一株歪歪扭扭地站着高大的洋槐，树上挂满了沉静的白花。槐花的香气、葱油饼的气味和不知从哪儿飘来的隐隐的尿臊味儿混作一团。

此时小卖部门口的老人投过来大惊小怪的目光。他迟疑地朝他们走过去，站在四处飘舞的杨絮里向他们打听那个叫“淑珍”的房东家住何处。

18

被涂成暗红色的院门紧闭着，从院子外面能只看到一株柿树——并不很高，勉强越过房檐。炫目的日光慷慨地洒在屋檐和柿子树上，他都能听到一种噼噼啪啪的落雨般的声音。

他敲开紧掩着的门，站在院门内的是个中年妇女，大约就是淑珍了，他还没有来得及张口说话，玫就大惊小怪地跑了过来。

哥？你怎么知道我在这里？！

我把自己打晕，就一路走到这里来了。

胡说八道。

真的。

“这就是你哥？”淑珍用怀疑的目光盯住他。

哥！她对淑珍说，这就是我那个爱管闲事的哥。

“瞧你这妹妹怎么跟哥哥说话的！”淑珍说。

淑珍回到厨房去了。

玫说：刚才我在看蚂蚁打架，它们突然一阵骚动，你就来了。

她把他拉到柿子树下。树下的空地上，有两群黑压压的蚂蚁，正短兵相接。

已经尸横遍野了，和所有的战争一样，打得没一丁点儿新意。

“年年春天它们都打一仗。”淑珍走到他们背后，手里拿着一把笤帚。

玫怔怔地看着淑珍把两群蚂蚁扫进簸箕里，看她把簸箕拎出门，把它们倒进门口的垃圾箱。

她把他拉进她屋子里，把窗户打开。那间屋子朝东，是光线最好的。但是下午的阳光投在一屋子油画上，也没能给任何一幅带来温暖。有好几幅画是被刀子割开了，亚麻布的质料从油彩里冲决而出，像是要反抗作者对它赋予的意义。

大部分被割坏的画作是血红色的，画面上是四溅的血、流成河的血、血红的树、血红的房子。

他站在这堆血淋淋的画前，觉得五脏六腑被撕来扯去。这当然不是他第一次看她此类大作，但他从未习以为常。他躲到墙边，去看贴在墙上的一群不干胶小纸条。窗子外头吹进来的风，把它们吹得翩翩飘动。上面大多是她的一些想法，或者画作的构思，比如“一只流血的鸡蛋”“一大群受伤的乌鸦”“一个正在死去的死神”……

只有一张纸上写着几个电话号码，第一个是他的，号码前没有名字，只有一个字“哥”。

他回头看她，她就用食指指向天花板——在那上头，居然也固定着一幅画。因为高高地悬在那里，所以才没有被破坏掉吧。

她说那幅画的视角是一个人躺在地上看星空。

她要他把画取下来。

他把椅子拖到屋子中央，踩上去，手伸向天花板，发现指尖跟天花板之间依然咫尺天涯。其实他爬上椅子之前就意识到了，但还是多此一举。他从椅子上蹦下来，说去找房东大姐要张桌子。她说好，可是突然就抱了他失声痛哭。

19

她哭完了，就带他去村里走走。

普通的农舍、普通的院落、毫不起眼的华北农村。但是洋槐花浓郁的香气和杨树叶新鲜的摇晃是亲切可人的。一大片碧绿的荒草似曾相识，它们安抚着他从陌生感里破土而出的一丝惶恐。

一群绵羊散布在一片白杨树下，埋头默默吃草。它们冷不丁发出的一两声咩唤，抵得上最熟悉的亲人的问候，是对那种惶恐的更好的安慰。然后他就看到一个深蓝衬衫、黑裤子的老人站在角落里低头抽烟，显然是这群绵羊的主人，他手里光秃秃的鞭子便是明证。老人抬头茫然望向他们，那神色除了好奇之外应该还有一层嘲讽：“又是两个城里来的疯子！”

“其实你没必要来。”她对黎说。

“不过你来也好。”她对没有应答的黎说。

“也许你来得很不情愿。”她说。

“就算不情愿也很好。”她说。

“怕你出事。”他终于找到一句话。

“我能出什么事。”

“担心而已。”他说。

“现在你放心了，可以走了。”她说。

“走不走你说了可不算。”他说。

“你是我哥吗？”她说。

“算是吧。”

他们经过一栋两层的农家小楼，一个满脸胡子的大汉叫住他们，邀他们进去一叙，那汉子显然是认识玫的。（此人长得还真像老奕！）

客厅里墙高窗阔，偌大的一间厅堂只挂了五幅画：一个人蹲在地上愁眉苦脸地望着自己的影子；两个人蹲在地上愁眉苦脸地望着自己的影子；三个人蹲在地上愁眉苦脸地望着自己的影子；一群人蹲在地上愁眉苦脸地望着自己的影子；无数人蹲在地上愁眉苦脸地望着自己的影子……

他们沉默着走出来，踏上一条南北方向的狭长水泥路。路对面是铁栅栏围住的一排厂房和一大片空地。空地上还残留几株桃树——以前这里八成是一片果园。有个工人正手持电锯，切一棵碗口粗的桃树，钢锯在树腰上凶猛啃咬，发出高亢的怪叫：吱……啊，吱……啊……

走到水泥路尽头，就来到村外的田野里。鳞次栉比的蔬菜大棚占据着他们看得见的所有土地。透过塑料布，他们能看到浑圆的番茄、蓊郁的莴笋和挺拔的空心菜。莴笋高大肥硕，番茄已有红意，空心菜碧绿俊朗，莜麦菜苍翠欲滴，都被收拾得干干净净。

与水泥路连接的这条土路，穿过一行行大棚，就成了“丰”字中间的那一竖。他们走入“丰”这一竖里，不用走出多远，就意识到它与其说是一条路，倒不如说是一条街。

一人多高的砖棚子，十步之内必有一个。棚顶上胡乱铺了油毛毡、塑料布、又用乱七八糟的碎砖压住——怕被风吹走。门是用形状乖张的木条拼出来的——真正的柴门——绝不可能不漏光透风。凡是开了灯的棚子里，你的视线可以直接钻过无处不在的缝隙一窥内貌。有人蹲在棚子里看电视，荧光屏的闪动扑朔迷离，让你觉得它在讲述最神秘的故事。你抬头看顶棚上，每一处都蹲着一只铁锅大小的卫星接收器——这么高级的玩意儿，是用树枝和砖头固定在随风起舞的破塑料布中间的，保持着好多种委曲求全的姿势。

如果两个棚子之间的距离大些，它们之间一定隔着个干粪堆。粪肥在热辣的阳光下发酵，发出最浓郁的酸臭味。他们走在这条路上，就是在酸臭的熏陶里漫步。

他说他难以想象，谁能在粪堆旁边的棚子里笃定地生活。

他们就可以，她说。

一个大号的干粪堆旁边站着好几个女人，她们围成一个小圈子，用难懂的方言热烈地谈笑，看到他和玫，就忽然安静下来，悄声细语，动手动脚。你挠我一下，我挠你一下，或者伸腿踢谁一脚。都是二三十岁的年纪，或者也许更年轻些，烈日的曝晒下，肤色一律黄褐，只比那些干粪的颜色略浅些——这一定会使她们看上去比实际年龄苍老许多。从她们的动作和笑容里看得出来，还是春暖花开的年纪。

当玫和黎走到离她们四五步远的地方，她们突然止住交谈，用困惑的目光扫视他们。

等他们走到她们眼前，她们又回到谈笑风生的状态里去了。一个灰衬衫女人附耳对一个高个子女孩说了一句什么，人群发出一阵窃笑。高个子女人伸出手，在灰衬衫的腰上推了一把，对方一个趔趄，跌倒在干粪堆上。其他几个女人在干粪的臭味里张口仰面大笑。

粪堆上的女人爬起来，掸了掸身上的干粪粒，也加入还没有止住的哄堂大笑里。

他们两人在笑声的尾巴里站住，跟这群女人打招呼。

“你们从哪来？”黎问她们。

“张家口。”她们终于说了普通话。

“河北张家口？”

“是！”她们又笑起来。

20

他五月三号早上坐公交车斜穿市区，一路上眼见着天色越来越暗，回到海淀是正午时分，天却黑透了。他走下公交车，听到几声闷雷滚过天空，是催促，也是威吓，他知趣地加快了脚步。

他去卫生间冲了一个热水澡，又随便下了一碗挂面。抬头又看到了玫送给他的那幅“罐子、葱和蒜瓣”。

“生活里除了琐碎，还有温馨。”妻子会对人这么说。妻子或许真是这么想的也未可知。当他出差在外，有时他也会惦记着女儿，惦记妻子，这些都发生在女儿两岁以前。再往后，他会觉得一个人待着更好一些。有好几次，女儿不知怎么被惹着了，号啕大哭。哭的时候一屁股坐在什么地方，地板或者沙发上，嘴张得大大的，一粒粒牙齿闪烁着委屈的亮白色，像是失去了所有的指望。这样子并不难看，反倒让人萌生惜孤怜弱之情，是她的错也不是错了。如果成年人这么哭天抢地，难免让人觉得面目可憎，即便那人的伤心有一百个充分的理由。这大概就是成年人畏于哭泣的原因吧。

女儿大哭的时候全无避讳，尽洒伤心之泪，而由头或许只是被断然拒绝了买冰激凌，或者自己弄破了一只气球。她沉浸在悲痛之中的时候，两只小手垂在身体两侧，手掌摊开，张着大嘴，一副自暴自弃的模样。哭声震天动地之时，安慰和哄劝都枉然无用，只会让这哭声所传达的委屈和怨怼之情更上一层楼。只有魔术能转移她的注意力，让她回嗔作喜。他把一只乒乓球塞进自己的袖管里，却从嘴巴里拿出来，她的小眼睛里立刻绽放异彩，破涕为笑。此时你必须接着表演下去不可停顿，否则那舒缓开来的面容就会重又皱缩回去，大张了嘴继续哭泣。他会把乒乓球从嘴巴里塞回去，又从后脑勺那边拿出来。呵呵呵呵。这么简单的游戏，五分钟就能让她忘掉方才的千般委屈，重又兴高采烈起来。

妻子说，你为什么不可以这样对我？你这样对我该有多好。有时妻子也哭泣，但无法博得他的同情，反倒让他不胜其烦。他不知道自己什么地方出了问题，肯定有什么地方出了问题。他想搞明白，却打不起精神。有时他觉得自己拙钝可笑，什么社会学博士，连一个小小的家庭问题都找不到靠谱的答案。那些教科书啊，论文啊，报告啊，研讨会啊，经典阅读啊，似乎对他的生活毫无帮助。

有时一句话，一个举动，就让妻子怏怏不乐起来。她会阴沉了脸一言不发，默默地干她的事。这种时候他知道他不能去问，否则会招来一声呵斥。他对她也开始挑三拣四起来，曾经燃起的东西在熄灭，甚至变成一种反过来伤害他们的东西。

她扭住他的胳臂："你打呀，你打呀，你不就是想打我吗！"他狠狠地将她推在了沙发上。她爬了起来，"你打呀你打呀！"

他扇了她一个耳光。

他感到有无数条胳臂在朝他伸过来，抓着，撕着，推着，有火苗在胸口燃烧，他看到自己的拳头落在她身上。

而另一个自己正冷冷地站在一边看热闹，看这一切能糟到什么程度。

电话铃响了，是警察打来的，警察问，我们能到你们家来吗？好吧，来吧。

21

下午，天空更昏暗了，锅底一般蒙在城市上方。他打开卧室里的日光灯，窗外就黑成了夜晚。阴风惨戚地拂过杨树也拂过窗玻璃。杨树浓盛的叶子狂舞乱抖，柔弱的柳树、榆树、石榴和国槐更是不能不东倒西歪。他看着那些被弯曲到极致的枝条，觉得马上就会听到咔嚓的断裂声。如此紧张的局面能被这一声咔嚓打破也好。

然而真正打破局面的，是从天而降的瓢泼大雨。肯定有好几条天河同时决了堤，水浪打在窗玻璃上，汹涌澎湃，噼啪作响。他担心玻璃马上就要爆裂，洪水就要长驱直入把这间房子灌得满满的。

暴雨兴风作浪之后，那些娇弱的牡丹一定只剩了残枝败蕊，刚开不久的槐花想必也在劫难逃。

这场永恒的大雨洗劫了整个世界，一分钟、两分钟、十分钟、二十分钟、一小时…… 然后，上苍开始回心转意，天空逐然泛白，最后白到在房子里看书都不用开灯。

雨停了，风依然恣意横吹，把那棵笔筒粗的玉兰树弯成四十五度，它的枝条更是扭曲得令人提心吊胆；穿过杨树的风仍旧极尽喧哗，像是有一大锅开水被煮沸了。不知为什么，阴沉的天空让他感到满意温暖，而眼下突然清白的天空倒让他感到无着无落。打小就喜欢风雨交加的天气。夏天的滂沱大雨，秋天淅沥的冷雨，春天润物无声的细雨，冬天的雪…… 而雨霁后的世界是令人困惑的。

天空转而又开始暗淡下来。

他以为它会一直暗淡下去，又送来一场滂沱大雨。

但是它暗了一会儿，转而又亮起来。

亮了一会儿又暗淡下去。如此反反复复，首鼠两端。亮的时候，他可以辨认空中斑驳的云块。暗的时候，他就需要开灯才能在屋子里走动。

22

（木实第二天出国，两个月）商议两个月后见白奶奶。

“你把老哥忘了！来北京也不联系。”木实端起茶杯去碰玫的。

她的杯子立在桌上，不在她手里——她正低着头，把膝盖上的餐巾翻来覆去。她的杯子被木实推出去一厘米之遥，茶水都晃到了桌布上。玫抬脸送出一个歉意的微笑，伸手去扶它。

“她打小就这样，”木实对黎说，“忽然一下出现了，忽然一下又没消息了——咱们以后得好好管管她——咱们来点白的？——服务员！”

黎说她现在不能喝酒。

“你说妹子不喝酒？！哈哈！”

他说她现在真的不能喝。

玫伸手抓过酒水单，呼啦一下掰开它，仿佛把它开了膛破了肚——她叫服务生送一瓶干红过来。

玻璃杯里滴滴是血，红得醒目，红得揪心。木实要了香烟，亮红包装的中华牌，也红得招摇。他瞅着红的酒和红的烟，能感觉到一小阵眩晕。她还好，跟他们一起抽烟，喝酒，但不怎么说话，也不怎么吃菜。木实本是安静的人，却突然滔滔不绝了，还有几分大言不惭，他说他最近买了一幅大画，是个画国画转行油画的家伙的作品，“以后一定会涨上去，你们等着瞧吧。”木实对玫说你一定要在北京扎了根，“有哥哥我你还怕什么？”玫说她给他带了礼物，也是一幅画，搁在住处，早上出门前看外头大风大雨的，就没敢往外拿。木实说你跟老哥还客气啥，我大老粗受之有愧。玫又低了头。木实说他去过 798，“那真是鬼子待的地方”，说妹妹你可别学 798 的那帮孙子，我看他们的画都想一头撞死自己，“好歹我也是半个企业家，我也大学毕业，怎么就看不懂他们在搞啥。”

玫还是沉默。

“他们倒是越倒腾越值钱了。听说洋人最喜欢他们那些玩意儿，”木实把脸转向黎，“你们搞哲学的不也一样，一张嘴就是黑格尔叔本华？我们伟大的孔子孟子哪一点不如他们？”

黎说自己不是搞哲学的。

黎的更正不过是秋风过耳，木实继续说：“你只要在大姑娘小媳妇面前抖什么福柯什么叔本华什么尼采什么赫拉克利斯托夫司机，她们立马两眼放光，是不是？”

“现在‘总经理’仨字效果更好。”

“呵，”木实冷笑一声，“生活多美好，可听这帮哲学家一哼唧，不去自杀都说明你还没活出层次感。”

此时热菜纷至沓来，冷盘凉盏仓皇撤退。木实给沉默的玫倒酒，布菜，送餐巾，忙得眼花缭乱。玫也似乎高兴些了，说，一晃这么多年，我们都成老头老太太了。

“哪儿的话，你看这，”木实指了指黎，“小伙子！你看我，”他拍了拍自己，“老小伙子！你看你——”

“老太婆！”玫接着他的话。木实哈哈大笑。

“谦虚不好！”木实抓过酒瓶子，站起来添酒。

“小伙子跟小伙子干一杯。”黎端起酒，迎着木实伸过来的杯子撞过去，一声脆响，红酒在杯里东奔西突，像一匹随时会脱缰的马。

“老太婆跟小伙子干一杯。”玫也活泛起来。

“老太婆再跟小伙子干一杯。”

酒是舌头的润滑剂，黎也活跃起来，说咱们可得注意点儿，这小丫头会把咱们的丑态都画到布上去，这小丫头记性可好了，心眼可坏了。木实说管她呢，要是能在妹妹手里遗臭万年，那可太荣幸了。木实又把酒杯举到她面前：“没经过你哥批准，就嫁给那个当兵的了，无组织无纪律！”

“人家是教授。”黎说。

木实扬手：“敬礼，向军嫂敬礼！”又转向黎：“敬礼！”黎马上还礼，觉得自己丑态毕露。

吃了饭，照例是去唱歌，两个小伙子你一首我一首，玫坐在一边，又沉默下去了。木实拉了玫，要和她合唱纤夫的爱。她摇头拒绝，木实把麦克风硬塞进她手里。“妹妹你坐船头，哥哥在岸上走，恩恩爱爱纤绳荡悠悠……”

“小妹妹我坐船头，哥哥你在岸上走…… 我俩一起……”起初她唱得勉强，后来就抓了麦克独自唱了又唱。

趁着玫陶醉在独唱里，他告诉木实，你看她老是闷闷不乐的，应该是病了。

“她以前不就这样。”

玫放下麦克，问木实：白奶奶身体还好？有好几年没见她了。

“年初的时候老太太踩在冰上滑了一跤，骨折了。”“严重吗？”“这把年纪，能不重？今后恐怕就站不起来了。”“站不起来了？”“骨头倒能慢慢愈合，就是腿脚没力气，气色也大不如以前——这么一大把年纪，人生七十都古来稀，八十多岁的人可不就朝不保夕。”

他和她都说要回山镇看她。木实说他下周出国两个月，等他回来三个人一块回去。

他们都说好。

23

警车从大路上拐下来，沿着弯曲的小路一直摸索到公寓楼前。立足未稳，车顶上已豁然盛开两朵蓝紫色玫瑰。车里跳下来全副武装的美国警察——在闪烁的蓝紫色光芒的照耀下，他就是从火星来的。

驾驶舱的门也被推开，走下来另一个火星人。

两个警察走到他们面前，一个是矮胖的中年人，另一个是瘦高的青年。

他们检查了他们住的两间屋子，问他们在哪间屋子里发生的冲突，为什么有个花瓶是碎的，有没有惊动熟睡的女儿。

没有。

他们问她受伤了没有，他威胁你了没有。

没有，没有。她一下子变得很镇静。

他们拿出一张纸，让他写下经过。

他写道，他们之间这阵子矛盾重重，关系每况愈下，他变得越来越容易被激怒了。

“你威胁要打她？”

“是的。”

瘦警察掏出手机，拨号码，向某个人报告。

瘦警察放下电话：很抱歉，你被捕了。

24

五月七号是个大晴天，杨絮柳絮被太阳榨干了水分，就飘扬得分外轻盈热烈。他走到楼外，一头扎进扑面而来的鹅毛大雪里，一路上屏住呼吸，看百花依旧蓬勃盛放——只要真正的夏天还未到来，灿烂就是这么一味地前赴后继。

山桃树上是不会有花瓣了，毛头小青果已有杏仁大小。但是碧桃依旧挂了几朵残红，这种花木在清明前后满树火红，就像是要榨干自己奉献出去。现在它们真的被榨干了，光秃秃的枝头没有一粒果子。但是蔷薇和月季突然开得满世界都是，墙头、屋角、人行道上、马路中央的花坛里，连最不起眼的角落也会有几朵忘情的花蕾绽放。（是啊，哪一朵月季会因为自卑就不开花了呢？）

他在万泉河边一棵满覆白花的山楂树下站住，掏出手机看时间——时候还早，上午才刚刚开始。山楂树旁边是碧绿的丁香树，丁香花凋谢完毕，他细看丁香树上细碎的荚果，这时倾国倾城的槐花香味就朝他飘过来，抬眼是一株高耸的老槐树，枝丫间垂下千万条纯白的玲珑的花絮。

畅春园是柳树和杨树的天下，落在地上的毛絮，乘着风势滚雪球，慢慢地壮大成白猫银兔，如果被草丛牵挂住了，就在你眼皮底下挣扎跳荡，你都听得到它们张皇的叫唤。

他拍掉落了一身的雪花，穿过公园来到街上。这条街也站着一溜儿槐树，然而树冠里盛开的是紫红色花絮。这妖娆的颜色残忍地颠覆着他关于槐花的记忆。你在“革委会”大楼上够槐花的时候，根本就不会想到它们还可以是红色的。山村人把槐花裹上面粉，放在蒸笼里蒸熟，也必定是白色的。现在倒好，这一溜儿妖娆的紫红花絮，对于粮食而言是一种不祥的颜色。

夏天立足未稳，春天退而不去，这个城市的季节交替总是拖拖拉拉的。要是在南方，比如说N城，这个月也该有几次汗流浃背的时候。然而时隔多年，他的记忆已不大可靠。他总要把盛开的槐花和知了的叫声放到一起，但又知道那些小东西须得等到六月才有出头之日。也许槐树的白花留在他内心的就是彻天彻地的喧嚣——这种喧嚣在一身紫红花朵的槐树上是看不到的。也许知了透明的羽翅经由阳光的雕琢，与槐花共享了他对于玲珑的理解。

槐花就该是白色的。而且就该属于夏天。

玫在那些夏天爱穿着颀长及膝的大衫，看上去就像只套了这么一件衣裳。那阵子也流行这么打扮。站在你面前，你就有伸手去撩起来的冲动。当然下面不可能什么都没有——你一边诚实地这么思考，一边又止不住玄想。那时他二十六岁，也还不老，也勉强能算是个小伙子。彼时倒是唯恐自己不够老成，有那么多好奇心需要扼住。现在他觉得年轻还是好的，有一些东西让你情不自禁还是好的。

一棵石榴树上居然挂了一朵红色花蕾。这个时候石榴开花是不是早了些？其实你并不知道它该什么时候开花。你把视线转到爬满五叶地锦的墙上，对层层叠叠的墨绿肥润的叶子注目良久——几天不见，它们又长大了许多。

那阵子她画起画来可是毫不留情。她画个穿连衣裙戴两道杠的女孩子躲在幽室的角落里自慰，或者画个大个子警察站在旮旯里小便；她画一个少女拿着亮晶晶的镊子拔胳肢窝底下的体毛，一个勃起的士兵站着的姿势。她对这个世界真是一丝一毫都不留情面。总想颠覆什么扯碎什么。

有一种石英是紫色的，一粒粒晶莹剔透，就像石榴子一样牢牢附在石头内部。你有时在某个宾馆的大堂里看到一个，担当镇堂之宝的重任。石头外表是椭圆的，包着黑不溜秋的凝固的岩浆。这些不起眼的丑石，被切开一个剖面，就露出饱满的紫色石榴子。在 N 城的时候玫也有一块石英，只有鸡蛋大小。他触摸过它被切开的光滑的平面，把那个醉人的平面贴在脸上体验那种凉飕飕的感觉。那种平滑和光润是很有浓度的。

她说这是一个梦：在晚上，自己变成个完全不同的人，跑到什么地方，找一个自己喜欢的男人，英俊的、健壮的，或者差不多的，和他去开一间房间，互相都不知道对方，今后也都不知道。不交谈，不说那些傻话。只是一次。她说，你看我，就是狐狸精一个……

昨夜他梦见黄土路两边秋天收割后的田地。被大火焚烧过的黑色的稻田。小路极尽蜿蜒，把他一直引到一堵高墙前。从一个半开的石门穿进去就看到两层的房子。房前有水塘一个，芦苇丰茂，萍藻坦然。一楼的门关着，但没上锁，推门迎面是一龛壁炉，壁炉里只有燃烧后的木头的黑色余烬。他看到桌上有笔墨纸砚、有白色的瓷器。地上会不断长出一些宽叶肥厚的草，有的开了粉红色小花。上二楼，打开镶着玻璃的木头门，屋里有玻璃柜台，柜台里有金银项链、玻璃饰品、笔和古籍，有一个紫檀的茶几。一楼那些宽叶肥厚的草长到一定的高度，把一楼塞满，就不再往上生长了。二楼与一楼之间始终相安无事……

咖啡馆里人真少，星期五嘛。谁一大早跑这里待着。但除了你，人还是有两三个的，都在面前摆个笔记本电脑，耳朵里塞着耳机，与世无争地沉浸在自己的世界里。你也该弄一台，走到哪里都带着，能上网时就上网，不能上网，就看下载了的电影。

他找了角落刚坐下，柴就到了。

“社会学家来得真早。”

“教授也不晚。”

这种无聊的玩笑，你们在美国的时候就习以为常。

服务生把茶水单拿了过来，他们看也没有看，就都点了卡布奇诺。

“你真的不打算在大学里找个工作？”柴问他。

“当然。”

“你的书写得怎样？”

“一些。”

“一些是多少？”

黎说也就几万字而已。

柴说也许你真的不适合来大学，要是来我们这里，写写书就只有死路一条。

“十五年建世界一流大学，我知道。”

“Publish or perish。”

“十五年够你们用？”他问柴。

“有些人认为它可能，它就可能。”

“呵呵。”

服务生端来咖啡，香气在桌面上弥漫。槐花的香气也从窗外飘进来。黎就对柴说，槐树是他家乡的主要树种，就像杨树在这里。槐花盛开的时候，就有成群的养蜂人守在郊区的槐树底下，这样酿成的蜂蜜叫“槐花蜜”。他说他一直以为槐花蜜会有槐花的香味，后来才发现所有的蜂蜜都有槐花的香味，或者说槐花的香味其实就是蜂蜜的味道。

柴说你像个依然在写诗的人。

他说他没有，他可以向雷神起誓。

柴说那我得躲远一点。

“宇文玫倒是一直写诗，”他说，“找你就是要聊聊她的事。”

“我倒是好奇一个画家的诗会写成啥样。”柴说。

他就从手机里找了一首，递给柴看：

一棵树凭什么挣扎
一块石头凭什么说谎
时间凭什么不老
新鲜的血凭什么酝酿
你站进春天，
凭什么就站在月光够不着的地方
……

“悲天悯人。”柴说。

“去年你看到她，有什么印象？”他问柴。

“她看上去不怎么开心。”

“她前几天把自己的一堆画都割了。”

“用什么？”

“裁纸刀，一刀一刀划得挺认真的。”

“啊，没伤自己吧。”

“那倒没有。”

“以前她这么干过？”

“没有，据我所知没有。”

“你很了解她？”

“可能—— 还算——”

“就凭她把画毁了，倒也不能说明什么。”

“你这么认为？”

“我是说，还得了解更多情况。”

“比如？”

“比如睡眠和饮食？”

“她整宿整宿睡不着觉，饭也不想吃。”

“多久了？”

“不知道。”

“有没有那种念头，嗯，比如—— 自杀？”

“倒也没有—— 也不能算全没有……”

“那有什么？”

“现在她倒是没说什么想不开的话，但是很多年前，有一次她和我走到楼顶上，她就很认真地对我说：虽然在十层楼上，可是从这里看下去，感觉地面很亲切，像亲人一样。在那之后的一天晚上，她就一个人跑到楼顶上，趴在栏杆上往下看。”

“现在她一个人住？”

他点头。

“去医院看看。”

“医院？”

“精神科。”

“你还是觉得她有病。”

“那倒也不好立刻下这个结论。”

“都去精神科了，还不是有病？”

柴叹了口气，说，你还是慎重点好，嗯，不过这事好像也不该你管，可是，你和她到底啥关系？”

“跟你说过，发小。”

“嗯，青梅竹马，你是说过，还不止一次，”柴点头，“但我总觉得你们有点不清不楚的。”

“青梅竹马可不都有点不清不楚。”

“她现在，想问题啥的都还正常？比如有没有比以前迟钝？”

“比小时候？”

“比我上次见过那会儿。”

“没啥太不一样吧——真有必要去看医生？”

“有。”

“她这些年偶尔也去过，开了点药，就被打发回来了，药都没吃几天，没住过院。”

“就这么随随便便的？”

“去年你还说过让我去看。”

“……”

“你看我现在不是活得好好的。”

柴笑起来，说要是换作自己，也一定能撑就撑，不轻易去精神科，谁不怕被人当成“疯子”。但其实所谓的正常人经常疯得更厉害，有药治的都不能算大病。

“这话我爱听。”

“你对她可要小心，最好有人能在旁边整天看着，晚上也是。”

他说他觉得老奕才是个不折不扣的疯子。

柴又笑了，问他老奕又有什么新计划。

“给了我一沓剧本，让我跟好莱坞的大导演联系。一个星期以前他还请人带了这剧本去美国。”

“也许人家真能搞个大事出来。”

“天知道。”

“你认识的文艺青年真不少。”柴露出一点嘲讽的神色。

“你认识的医生也不少啊。”

“不可同日而语。”柴说。

“玫这阵子好像特别能写，差不多每天都能发一首诗过来。”他又把手机又举到柴面前：

再见，阳光
再见，落进枯井里的雨
再见凌晨的恐惧、
黄昏的彷徨

再见咖啡的香和苦
再见呕吐物
再见，再见。
再见最粗暴的伺候和最彻底的冒犯
再见每一毫米的距离、
每一秒的速度、
再见，每一次呼吸
……

25

他推门进屋，里面几乎伸手不见五指。他摸索着走向窗户，拉开窗帘，光就一下子涌了进来。他看到玫坐在窗边一把椅子上，扭过头来冲他微笑。他拖了一把椅子坐到她旁边。她重又低了头，坐着不动。

“去吃饭。”他说。

“一点儿都不疼。”她说。

“血流得很厉害？”

“都喷出来了，老高。”她把右手抬起来，在光里比画一下，就落到左腕裹着的纱布上，他心头猛然紧缩，接着是一阵莫名的恐慌。

“以后别这么干了。”

“不会了。”

“去吃饭。”

“不去。”

“真不让人省心。”

“那你赶快走。”

“你可真行，会给自己动刀子了。”

“特意找了一把生锈的，觉得割得够深了，都喷出来了，可是——”

“以后别这么干了。”

“人家说，生锈的剪子，会得破伤风，我想，这下可以死得稳当一些。”

“他们给你打针了？”

“打了。”

“现在能出门？”

“能。”

“那就出去走走。”

“不走。”

“能抱我吗？”她又说。

她身上是凉的，手上更凉。他抱着她，就像抱着一座石像。从她鼻孔发出的气息也是微弱的。

她问他他是怎么知道的。他说那个叫淑珍的房东大姐又给他打了电话。

她说她已经猜到了，她说她特意提醒了她不要说出去。

她桌子上的台历，过去的日子一天天都被她用黑色的圆圈框起来，一直框到五月六号。

他站起来，走到一张桌子旁边，拿起一只瓷杯，里面是发了霉的茶。他把它拿出屋子，凑到院子里的自来水底下去冲洗。洗干净了，拿回去放在桌子上，然后打开一只铁盒子，从里面捻出一撮茶叶，放进茶杯，再把铁盒子盖紧。（小时候，他母亲总是在这个当儿说“盖紧了，别让它跑气”，仿佛茶叶盒子里藏着好运一般。）他拿过热水瓶，揭开盖子，热气一下子弥漫出来，直扑到脸上。他把热水倒进茶杯，直到杯子里的水线升到离杯口一厘米的地方。那些茶叶都跟着热水升到杯口，一根根倔强地支棱着。

他捡起一堆用过的勺子、碗、筷子，统统拿到自来水下去洗。淑珍见了，拿来一桶洗涤剂让他用。

等他洗完了这些东西，拿回屋里，看到玫正端着她的茶在喝。她说忽然发现你变能干了，在美国一定没少过苦日子。他就说，在中国过的苦日子也不少。他又去收拾她扔在地上、堆在桌上的乱七八糟的颜料。颜料的化学气味能把一切艺术拉回现实，至少对他来说就是这样。对他来说，再有魅力的油画，凑近一闻，剩下的就只是颜料的属于尘世的气味。

她放下茶杯，走到他身后，用没有受伤的右手拉他。

她拉了他出门，又出了院子，沿着小巷子一直往北走，不一会儿就走到四下里都是大棚的蔬菜田里了。一周前，黎第一次来这里时，大棚里的番茄还是淡青色的，现在它们纷纷把最招人眼目的色彩东涂西抹，离光彩照人只差半步之遥。那些傲然高举的朝天椒亮红如火，黄瓜绿得刻骨铭心，番茄们丝毫也不掩饰它们的丰腴。那些紫色的茄子虽然根根下垂，因为它们的圆润和光洁，一点儿也没给人留下低迷的印象，反倒显得比其他果实更加神气。

他对她说，这个季节的蔬菜水果就是这么完美，你不喜欢都不行。

她问他在路上看到樱桃没有。

他说上个月水果摊上就有樱桃卖了，他说他要带她去镇上买樱桃。

她说不了。她说她最近经常梦见樱桃，在梦里伸手向翠绿的树上摘一粒红樱桃。梦里的樱桃树很痛苦，每摘掉一粒它都会呻吟一声，但她执意翻开树叶，寻找藏在叶子背后最后的樱桃……

她想起父亲给她买的樱桃。那是在上小学的时候，她和父亲去上海，下了车已是晚上。里弄口的路灯下，卖樱桃的人一动不动地坐在那里。慵懒的路灯照耀铺在盒子里的果实。它们鲜亮无比，一枚枚都像蜡做的。父亲给她买了一大把，让她捧在手里。在路灯下，她的手也变了颜色，仿佛是别人的。

26

这天晚上，玫向房东大姐借了一条麻将席，把它横铺在画室地面上，给黎做了个像模像样的地铺。黎躺在席上，直到深夜都睡意阑珊。后来他拉亮了墙角的灯，发现自己被那么多稀奇古怪的眼睛包围着。墙上墙下画中的人和动物，瞪着一双双不知疲倦的眼睛守候着他。这几天她倒是修复了好几幅作品。

玫像个影子一样飘进来，叼着烟找她的打火机，把一堆颜料翻得噼啪作响。

"又抽烟。"

"也许我明天就死了。"她穿着白色的长睡衣，关了灯举着火在屋里走。面前这个他曾经无比熟悉的身体浮在半空里，只剩了光和影子，就算它瞬间消失不留下任何痕迹都不足为奇。

天早早地就亮了，他瞥见墙角的一幅画：白墙白顶的房子，一只有蓝色条纹的白色动物正从房内穿墙而出，半个身子在外面，半个留在里面——它被卡住了。墙上有一只插座，三相插孔的。有一根乳白色电线沿着墙根游走，消失在画布边缘。还有一扇窗户，露了窗帘的一角，窗帘上有弯月的图案。他盯着白色动物的那双漆黑明亮的眼睛，觉得自己会被吸进这一双黑洞里。

靠着这幅画的另一幅，是尖顶的木头房子，粉白的外墙，边缘用红色线条勾勒出来。墙的中部，开两扇正方形窗子，也用红色的线条勾出来。血红的线条和苍白的墙，看着看着就让他喘不过气来。他看另外一幅：一条伸向远方的石子路，两边是缭乱的草地。在画面上方，一只灰色的伸着长长的脖子的大雁斜斜地飞翔。大雁画得很写实，呆呆的血红的眼神、笨重的身子——他觉得它随时都要掉下来。

一座三角锥形的比金字塔瘦高一些的灰塔，从顶部的尖端朝画面外发出红色的直线……他从墙角的纸堆里找出一首诗：

听一只鸮鹰半夜里嚎叫
六百朵窗花从梦里醒来
被你杀死的红狐狸和四条野狼
没有一条不曾复活
在毒死一只猫儿的腊月
秤眼里悲歌如注，喜歌如浮屠
放一只失色的瓶子汲取黑暗
放走一匹被囚禁的马

27

安定医院的院子里，紫薇花在枝头神经质地燃烧，丝毫不让人感到放心。月季开得倒是娇艳，阵阵浓郁的略带腥味的香气仿佛从前世飘过来。大厅里人来人往，想从他们中间区分病人和家属并不容易，他觉得那些医务人员穿的白大褂才是最疯狂的颜色。

那个看上去大约十多岁的孩子，双眼射出的光芒仿佛打碎的窗玻璃一般尖锐。孩子朝挂号窗口里面大吼："你就知道挂号！就知道挂号！挂号！挂号！挂号！"他妈妈把他拉到一边，拉到靠近厅门的位置好生劝说。她说："咱们今天挂不上了，明天再来好吧。"她从塑料袋里掏出一只大面包，递到他面前。他劈手夺过，像消灭仇敌似的几口就把它吞下去了。这孩子看到黎在注视他，就盯着他喊："你别老坐在门口！你不就是要凉快吗？！你能有多热？！"黎几乎想据理力争，说自己坐在这里根本不是图什么凉快，而且这儿离门口还老远呢，但他张张嘴，就放弃了这不明智的念头。孩子把脸转了回去，也把怒气转向别处："我要喝水！渴死我你就高兴了！！"他妈妈赶紧递上一瓶矿泉水。他把瓶子举得高高的灌下去，就像是在喝仇人的血。他放下瓶子，朝挂号的地方继续咆哮："你就知道挂号！就知道挂号！！"

玫本不肯来，但昨晚突然同意了，她说你要我去我就去，我看看北京的医生能有多大能耐。

医生是个五十出头的不老也不年轻的女人，愁容不展，双眉紧锁。

"哪儿不好？"她问。

"哪儿都觉得不好。"

"讲讲到底哪儿不好，是哪儿疼啊，还是哪儿不舒服啊，说清楚点儿！"

“我哪儿都不舒服。”

“什么叫哪儿都不舒服。”

“就是哪儿都不舒服。”

“你是干什么的？”医生搓着手。

“画家。”黎替她说了。他注意到，医生的眉毛是画出来的。

“那也算是知识分子了，对不对？用你的脑子想想，哪儿不舒服？！”

“心情不好。”

“对嘛！说了半天才说到点子上了，好，跟我说说，心情怎么不好？”

“想自杀。”

“只是想自杀还是真的自杀过？有什么行动没有？”

“没，没什么行动。”她撒了个谎，下意识地把手腕朝袖子里缩了缩。

“脑子里为这事做过准备吗？比如说时间、地点？”

“没有没有。”

“心情不好的时候都想什么？”

“觉得人人都很假，没人真正在乎我。”

“那陪你来的这人是谁？”

“我哥。”

“他在乎你吗你觉得？”

“还行。”

“什么叫还行？是在乎还是不在乎？”

“说不清楚。”

“又说不清楚。”

“嗯，有时候觉得他很好，有时候觉得不好。”

“一家人可不就这样！你觉得自己怎样？”

“有时候挺好，有时候不好。”

“觉得自己好的时候会怎么样？”

“不怎么样。”

“什么叫不怎么样。”

“觉得自己好，还能怎样？”

“比如尝试一些平时不敢做或者不愿意做的事情？”

“想成为毕加索算不算？”他插了一句。

“我从来都没有想成为毕加索！”

“你哥还挺幽默的呢，画家可不都想成为毕加索、凡·高，心情好的时候会有什么行动吗？比如几天彻夜不睡画画儿什么的？”

“哪有那个精力。”

“觉得自己不好的时候呢？”

“觉得自己什么都不行。”

“哪儿不行？”

“别人都觉得我不好。”

“别人觉得你哪儿不好了？”

“我也不知道。”

“别老说不知道，你是听到什么人说你不好了，还是怀疑人家觉得你不好了？”

“不清楚。”

“跟你说话怎么这么费劲——你才三十多，长得还漂亮，怎么就不开心？”

“不知道。”

“你听到有人说你不好了吗？”

“没有。”

“除了觉得自己不好，不开心，还有别的感觉吗？”

“什么都没意思。”

“说具体点儿，跟我说具体的。”

“做了事情老不满意，怎么做也做不满意，还不如不做。”

“你还工作吗？”

“做。”

“睡眠怎样？”

“睡不着。”

“说具体点，一天睡几个小时。”

“说不上来。”

“怎么又说不上来！”

“每天，大概五六个小时吧，早上要是不起来，就睡得多了。”他说。

“多到什么程度？”

“十点钟起来吧。”他说。

“几点钟睡？”

“没准。”她说。

“大概几点？！”

“有时——十一点，有时十二点——自己都不知道自己几点睡着的。”她说。

“结婚了？”

“结了。”

“房事怎么样？”

“说不上来。”她不安地换了一个坐姿。

“别老说不上来说不上来，就说——当着你哥哥的面也没什么吧，看病嘛！”

“不多。”

“说清楚点。”

“没想过。”

“什么叫没想过！”

“有时候——还可以。反正——记不太清了。”

“哎哟，跟你说话可真费老了劲喽。”

黎觉得这绝望的一句忽然把这个眉头紧锁的医生变得有趣了。

“还有——”玫说。

“还有什么？”

“老觉得时间过得慢。”

“怎么个慢法？”

“就好像——嗯——就好像时间冻住了一样。”

“把胳膊伸出来！”

……

28

从医院出来已接近正午。他们在医院门口的小街上走了一程，就来到了月季花盛开的大街上。月季花有好几种颜色，朱红的、杏黄的、纯白的、橘红的，争辉斗艳，美得不可方物。

玫说她饿了，跟医生聊饿了。他就笑出了声。

他领着她拐入一处小街，钻进一家生意冷清的川菜馆。

刚落座，他又犹豫起来，说你今天要吃药，麻辣腥荤都该避而远之。

她于是就点了一大盘辣子鸡丁。

这种心态马上就传染了他，他点了一锅水煮鱼——平时他是绝对不会点它的，总有人告诉他，水煮鱼里的油是从地沟里捞回来的。

服务生把菜单拿进厨房，厨房里立刻彤云四起，大动干戈。油炸干辣椒的气味登堂入室，他们两个也都咳唾成珠，不得不撤退到离厨房最远的桌子旁边重新落座。那个服务生在麻辣的空气里气定神闲，靠着吧台幽幽独唱：“谁在用琵琶弹奏一曲东风破……”

辣子鸡丁端上来的时候，他忽然想到姚就在这家医院里住院，都好几个月了，自己一直也没来看他。

水煮鱼也端上来了，一片片雪白的肉在油水和青黑色的花椒丛林里载沉载浮。玫给他夹了一块，也给自己夹了一块。他们把鱼肉举到嘴边吹它们的热气。他看她噘起的嘴唇、颤动的眉毛和鼻尖上伶仃的汗珠，就说你这种吃相真是久违了。

“很难看吧？！”

“不难。”

她咂嘴，伸手把嘴角的油抹到脸上，说：“难不难看？”

“看了医生，你好像大彻大悟了似的，人家并不是心理医生啊。”

“你看，再过个十年，我就只好把眉毛剃掉，用毛笔画一个，可以直接拍《画皮》了。”

“你不觉得那个医生人挺好的吗。”他说。

“怎么，你喜欢这样的？”

“望之俨然，即之也温，听其言也厉。”

“你对你妈该是有多不满意，才会见个老女医生都那么亲切。”她笑了。

“这跟我妈有什么关系？”

“那你该去问你那个男闺蜜柴柯，他不是学精神分析的吗？”

“你真相信弗洛伊德那一套？”他递给她一张餐巾纸。

“弗洛伊德哪一套？”

“什么事都扯到爹妈那边去。”

“这我可不懂，弗洛伊德我可没读过几本，我倒是真佩服他孙子。”她说。

“看得出来，你深受那家伙的影响。”

“这你都看得出来。”

“你亲口跟我招供过。”

“我说过？一个画画的，才不会承认自己深受谁的影响，除非你刑讯逼供了。”

“不至于吧。”

“当然像我这种画得很差的人，承认不承认都没什么关系。”

“又来了。”

“真的。”她说。

“我不懂绘画，但我喜欢你写的诗。”

“你喜欢哪一句呢？——你看，你想不出一句来。”

“我只是，从不在大庭广众之下读诗而已。”

“哼。”

“真的，诗是很隐私的不是吗？”

“哼哼。”

（“让我们各自孤独，让我们一起庸俗。”这是她写的吧？）

下午他和玫拎着一篮子水果又回到医院，设法找到了姚所在的病区。

探视室里人头攒动，病人一律穿着灰条纹的病号服，医生一律白大褂，只有来探视的亲属穿得杂乱无章。

他们坐在一张桌子旁边等着姚出来。一个男护士打开锁得严严实实的通往病房的铁门，朝里面喊了一声：“姚 ××！有人探视！”许久才有一声呼应。姚面无表情地慢吞吞走出来，身后的铁门咣当一声关上。

他看到黎就变得有几分兴奋。你来了，你真好，我生病就没人来看我了，一个人也没有，连我爸也很少来，你真是好人，还带水果来？这位女士是谁？是嫂子吗？你不该买这么好的水果，放在这里反正也搁不住，一会儿工夫就被人拿光了，病友拿，医生拿，护士拿，一会儿就都没有了！我就不该到这儿来，谁让我自己一定要来呢。现在想出去都出不去了，你看那门！

“你自己要来？”玫问他。

“当然！不是我自己，谁有权力把我弄进来？！”

“为什么来啊？”

“黎兄弟知道。”

“我不知道。”他说。

“你怎么不知道，全世界都知道，你们不看电视？”

“不看。”

“她跟你说什么了？”姚问他。

“谁？”

“姚姊妹？”

“不知道，我跟她没联系过。”他扭头向玫解释，姚说的这个女孩子也姓姚，但并不是姚的亲妹妹，是个陌生人。

“她什么时候来接我？”

“她说要来接你？”

“没有，可我已经住那么久了。”

“她会来接你吗？”

“我的意思她应该很清楚了。”

“你为什么不直接跟她说？”

“我自己住进来，她就该知道我的意思。”

“什么意思？”

“我是为她才进来的。”

“你是想治好了，和她——”

“我没病。”

“哦？”

“我是为她来的。”

“哦？”

“她总该明白了，我不是要图她什么，是真心喜欢她。”

“来住院能说明什么？”

“证明我喜欢她。”

“你是说你治好了以后——”

“我没病！”

来了一个穿白大褂的男人，坐到姚的左边。他对黎和玫说，姚恢复得还可以，但还需要继续住一段时间。黎问他还需要住多久，医生说现在还不清楚。

“现在是时候了。”姚说。

“当然，不是今天，也不是明天，但还是很有希望的。”医生含糊其辞。

“他如果想出院，现在可以走吗？”黎问医生。

“现在还不是时候。”

“我想什么时候走就什么时候走。”姚提高了声音。

医生有点无奈地看了黎一眼。

一个五十多岁的男病人，坐在靠他们左手的一张桌子旁边，对面是一个老妇人，大约是他的家人。老妇人起身而去，许久也不回来，男病人等得不耐烦了，走过来，坐在黎对面，直盯住他。

“您好！”黎说。

“您好！”男病人说，“这是我的病友！”他拍拍姚的肩膀。

姚看了看他，说：“我不认识你。”

“怎么能够！”男病人又拍姚的肩膀，冲医生大声说，“陈医生，你没向他传达？！”

医生笑了笑，旋即恢复严肃的面孔，说：“×××，你母亲走了？让护士带你回去。”

“她去上厕所了！她不是我妈！”

医生又露出一丝无奈的表情。

“她不是你妈，那她是谁？”姚认真地问。

“养母，她是个地主婆！”他把身子朝前倾了倾，瞪着黎，神秘地说，“猜猜我爸是谁？”

“谁？”

“毛主席，我爸是毛主席，我妈是江青。”他认真地说。

“你爸是毛主席？你当我是傻子？”姚说。

男病人把嘴撇向一边：“他们没向你传达？”

“谁？”

“政治局。”

“你家住哪儿？”姚问。

“中南海。”

“那你怎么到这来了？”黎问。

“我有精神病！”

“哦。”

“我睡不着，老说梦话，他们就把我送这里来疗养了。”

“这就是精神病？”

“对！吃了药好多了，能睡着了。”

“您在这待多久了？”

“不知道”

“才来一个月——他在另外一家医院住了有二十多年了。”医生接了个话茬。

“我从中南海出来就到回龙观医院疗养，二十多年了。他们害我，说我有病，现在那两个人都被枪毙了，一个叫赵援朝，一个叫赵自强，都被枪毙了。我爸是皇上啊，他们想害我容易吗？都被枪毙了。”他做了一个举枪射击的手势。

“你爸为啥不把你接出去？”黎觉得这么问有点残忍，但还是脱口而出。

“现在这里很好，他们派我管理这家医院，研究我提出的理论，很好！医生们都很听话，我对他们很满意！毛主席说了，让我好好工作，有问题直接去找他。”

“你提出了什么理论？”姚问。

男病人再一次盯住医生：“你没向他们传达？！”

“你就跟他们说吧。”医生一脸无奈。

“你看，”男病人伸出左手的拇指，再伸出右手的拇指，并在一起，说，“这个，这个，你看，怎么样？如果这边跟这边不齐，怎么样？你们明白？”

“不明白。”大家都摇头。

“那就看这个。”他把右手的小指伸出来，再把左手的小指伸出来，并在一起，说：“明白？”

“你直说吧。”姚不耐烦了。

男病人又朝前凑了凑，依旧神秘地说：“相对论。”他朝四周望了望：“别告诉他们，”他指了指周围，“帝国主义会用我的理论打击我们。”他又转向陈医生：“你要好好研究！”

姚的身影消失在铁门后面。门再次锁上。

他们正要走，男医生示意他们坐下。医生说他得跟他们说几句。他说你们回去不要去跟那个女孩子联系，别拿他的话当真，“毕竟他是在生病，过一段时间他就能明白了。”

“他能恢复？”

“当然有可能控制住病情，现在的药还是很有效的。他复发也是因为他停药。自作主张。这种病，复发一次重一次。”

“他希望自己像正常人一样不靠药物也能生活。”

“家人和病人都要现实一点，这种可能性微乎其微。”

“他说服药以后脑子不好使了，空了。”

“凡事有利就有弊，不服药，发作起来什么样子你们都清楚。”

“他关在这里面，会不会更刺激他？”

“你们放心，这里又不是监狱，他们的生活也不是你想象的那么单调。我们还有各种辅助疗法，我们有绘画、舞蹈、音乐治疗。我们还有模拟情景剧。有的病人病得久了，情感上很淡漠，人际关系也疏远，家里人来了，带来水果，交给他们，都很木然，连谢谢都不说。我们平时就做一些模拟，让一个病人演家人，另一个演病人，家人送水果来，就说：‘谢谢！’开始怎么都不说，木实地看着，送点心来，也是一样，愣愣地看着。模拟还是有效果的，有的就能说谢谢了。当然药物的作用是主要的。外面的人很多都对精神治疗有误解，以为我们成天就用电抽搐疗法。还有哲学家们，你听说过福柯没有？哦，听说过？其实病人就是病人，把疾病上升到哲学层面去是很危险的。”

他们走出医院已经是下午四点了。医生真是健谈，简直可以上百家讲坛。“我看他比百家讲坛上的那个什么北大教授强。”玫这么评价。

这时候阳光依然很强烈，空气有一种不祥的炎热。从重症病房那么个玄妙的地方走出来，他觉得自己需要重新适应面前这个平庸的世界。

他们在医院门口的小卖部驻足，买了两瓶饮料，站在遮阳伞下默默地喝。

遮阳伞在日光的笼罩下白得刺眼。他仿佛听到阳光撞击伞面发出噼噼啪啪的声音。他看到遮阳伞上写着一行字：

维思通，重整破碎世界，再造幸福生活。

“精神病药广告。”卖饮料的女人看出了他的好奇心。

“哦。”他说。

“你俩来看病人？”她又问。

“嗯。”他说。

“得什么病？”

“他们叫‘精神分裂’。”玫见他迟疑着不回答，就代他答了。

“严重！”她点了点头，又摇了摇头。

他们从遮阳伞下走出来，直到走出了医院门口的小街，他才觉得自己逃出了医院余威笼罩着的领地。那街，那把遮阳伞，卖饮料的女人，冰冷的矿泉水，都有一种疯疯癫癫的气质。他知道是他想多了。

“他真是自己来的？”玫问他。

“那怎么可能。去年秋天他就说有人要害他，大家就觉得有点不对劲了，后来越来越糟，有一天他在厨房看到他父亲朝他走过来，就拿起一把菜刀砍过去了。”

“啊？！”

“他说他父亲要把他交给公安局，说他父亲是日本特务。”

“真砍了？”

“那还有假？要不是他父亲躲得快，早就是一场血案。”

“他喜欢那个女孩子？”

“当然。”

“你看他们有希望吗？”

“没有。”

“干吗那么肯定？”

“这还不明摆着。”

“怎么就明摆着了。”

“你是不是想跟我说——一切皆有可能？”他问。

“你去留学，变笨了。”

“何以见得？”

“没想象力了。”

“是吗？”

他们终于走到公交车站牌下。

公交车多极了，一辆接一辆的，来了，停了，走了，只有他们等的那一辆老也不来。

29

姚曾经结过一次婚。姚的前妻小伍，是安徽农村的女孩。她和几个姐妹到北京来打工，曾在姚家做过保姆。

他看过姚前妻的照片，长得蛮好看的，眼睛大大的，会让他联想到蜻蜓。

女孩后来发现姚有病，就和姚离了婚。后来她就在一些娱乐场所里工作。

姚说离婚以后他还爱着小伍。他说有一次她回来看过他。她打扮得浓妆艳抹的。

那以后姚发过一次病，有一天姚走在街上，听到鞋店门口的音箱里有人老在喊："五块八块！五块八块！"姚就发了疯，说小伍被人砍死了。那次他被送到医院住了半年，家人把小伍找来，但是姚不认得小伍了。姚说他的小伍不是长那个样子的。后来小伍打扮成他们结婚时的样子，姚说大家是找个别人来哄他的。姚对小伍说，不要来骗我，我还爱小伍。

小伍说我就是小伍，我们离婚，因为你吃那种药，维思通，给不了我作为男人应该给老婆的东西，这些我们都没有跟其他人说过，我就是小伍。

姚说，当年我们在为那些事争吵的时候，全世界都知道，每一份报纸上都有我们的事情，头版头条。

然后小伍再也没有回来找他。

有好一阵子，姚坚定地认为小伍被人大卸八块了。

但是药物治疗起了效果，现在他知道小伍离开了他，但并没有命丧黄泉。姚找过她好一阵子，当然找不到。一切在他和小伍之间的人物，都坚定地担负起屏障的使命。在他们的故事里，小伍游走于不同的城市，给人的电话号码永远是错的。即使在药效最好，他最清醒的时候，姚也不曾怀疑周围的人在隐瞒她的行踪。这也许是他天性里的某种东西，也许正是这种东西把他推到了疯狂的境地—— 谁知道呢。

小伍的家乡在安徽的最北边，靠近河南的地方。姚去那里找过她，在她家里住了几天。她的家人告诉他她还在北京，也给了他她的电话，但是那个号码始终没有人接听。后来那个号的主人就停机了。

现在他渐渐明白小伍不再想要他，他们已经没有可能。走到这一步真的花了很多年。姚说小伍的家实在是太穷了，那种地方怎么会养出那么漂亮的小伍。他说小伍曾经就是他的宝贝，野地里长出的一枝罂粟花。姚真的有一个诗意的灵魂，但他的语言通常是陈词滥调，除了这个似乎在哪本书里出现过的句子。小伍，野地里的罂粟花，也只有在野地里才活得茁壮。她怕的不是风雨，而是烦琐的规矩底下一无所有的幸福生活。

30

他和玫回到他住处，他劝她当晚别回去了，这个钟点往回赶，半夜都到不了家。

她说还是先把药吃了。

他给她倒了白开水，打开那两个神秘的药盒。

“这医生，我要是能说清楚，还找她干嘛。”她说。

“早上一片，晚上睡觉前一片。”

“我倒要看它们如何重整破碎心灵。”

“那是维思通。”

玫从他手里接过药片往嘴里扔，咯吱咯吱咀嚼起来，眉头皱成个核桃。

“苦。”她说。

“这药是让你嚼的吗？”他把水递给她。

她吞了另一片，喝了水，就坐下来，说她要看它们能把她怎样。

他打开电视：一列火车穿过铁桥，开到冰天雪地的平原上。一个戴皮帽子的男人翻身上马，朝丛林骑过去。镜头一转，从房门外走进一位气宇轩昂的国民党军官，他对一个老头说：“三爷，夹皮沟的小火车已经修好了，今天，还运出了一车的木头！”“车上有当兵的吗？”“有！”

她把两盒药重新装好，塞进包里。

“你可别偷着吃。”她说。

电视里，三爷旁边走过来一个肥头大耳的绸衣男人，“三爷，这‘共’军小分队，给奶头山来了个一杆亮！连四旅的九彪，都他妈一勺给烩了。”

“你可别偷着吃。”她又说。

“那可不好说。”

“从共军这么轻而易举地就端掉了号称天险的奶头山，可见‘共’军这个二〇三不可小看哪。别看他年纪轻轻，却是个足智多谋、善于用兵的人哪。不可小看！”“三爷！您的意思是——咱威虎山是不是——”

“不过你要是偷吃了，也许能长一对翅膀，变成个老天使什么的。”

“变魔鬼的概率也许更大一些。”

“那就等着瞧吧，我马上就变。”她张开胳膊。

“瞧你瘦的，不把你想象成蝙蝠也难。”

“你还记得你偷药那件丑事？”

“我又不是吴刚。”

“吴刚是砍树的。”

“对了，药是后羿偷的。”

“是你偷的。”

“呵呵呵呵。”

“你居然偷了白奶奶半瓶薄荷片。我这些年经常脑补你偷药的情境：月黑风高，你偷偷从铺位上爬起，钻进奶奶屋里，伸手去拉抽屉……”

“真有想象力。”

“看！都十分钟了，什么都没发生！”她指指自己的脑袋。

“薄荷片，我怎么会去偷薄荷片。”

“就你这记忆力，怎么弄到个博士学位的——你不记得，我们小时候，白奶奶每天晚上让我们几个睡前含一片？”

“好像真有这么回事。”

“你这个呆子连薄荷片都馋。那其实算是一种药，你能偷了半瓶。”

“被发现了？”

“那还能不？半夜里你还往我嘴里塞，吓死我了。”

“然后你举报我了。”

“摸摸你那个良心谁稀罕举报你。”

“我把薄荷片往你嘴里塞，你没有惊叫什么的？”

“不记得了，我记得的是，那以后你每天给我一片，还有给木实。”

“如此胡作非为？”

“谁知道你怎么想的——但是半夜里塞一片薄荷片给我，还是很期待呢。”

“被收买了。”

“只是我们都没成仙，你倒是跑到月亮上待了几年，还是回到凡间。”

“我是怎么被发现的？”

“这很重要吗？奶奶拉着你的手，说要把你送回镇上你爸那里去，你拼命挣扎，就像一条狗被主人拉着过独木桥的情景，如今还是记忆犹新。”

“哈哈，后来呢？”

“没有后来了，你哭了几分钟，就跟木实出去捉知了去了。”

“哦，夏天。我在夏天的时候记性都不大好。”

电视里《林海雪原》第十五集也到了尾声。

“…… 同志们，今天，我们又失去了七位亲密的战友，他们当中，最小的就是高波。再过一个月，就是高波的生日，二十岁的生日。高波自幼是个孤儿，从河南，流浪到了关外，是革命队伍收养了他。他也是在革命队伍里长大的。无父无母，无兄无弟，只有无数的革命同志。今天，他走了，在他未满二十岁的时候，我们把高波，葬在夹皮沟这块土地上……”（高波！）

“冬天你的记性就好？

“我记得的冬天的事情比夏天多，尤其过年的时候。”

“过年不算，你冬天还记得啥？”

“冻疮，冰锥子，《林海雪原》……”

“我给你织的围巾呢？我们用胡萝卜做鼻子的雪人呢？你生冻疮还出去打雪仗，回来冻得半死，奶奶把你的手捂在怀里暖，你抓她的奶子……”

“Oh my God。”

“你那时候可一点儿也不害臊。”

“你咋记性那么好。”

“因为—— 我嫉妒你们，奶奶还是更喜欢男孩。”

“那不会，走亲戚的时候她带得最多的是你。”

“我怎么不记得。”

“你看，记忆一点儿都不靠谱。”

两小时过去了，她说她胃里不舒服，胀得难受，就跑到抽水马桶前，揭开盖子干呕，但是什么也没呕出来。

黎把她扶到床上躺下，她很快就睡着了。

又过一个钟头，玫醒来，又去卫生间里吐，吐出了两口混浊的液体。她说嘴里苦，但是胃里好受多了。又说肚子痛，解开裤子就坐到马桶上。

黎给她调了一杯温水，递给她，她一口气喝个精光。

再递上一杯，她摇头，推开，要他把卫生间的门关上。

玫第二天中午才醒来。她打开门，摇晃着走进客厅，说头有点晕，脚底下轻飘飘的，好像踩在棉花上，身体也是轻的，好像一阵风就能把她吹走。然后一个接一个地打哈欠，这些哈欠看上去个个柔弱无力。

她说打哈欠的时候，连嗓子都是软的。

“嗓子还能软？”

“嗓子就像棉花一样软。”

他说腰软腿软，嗓子怎么会软。

她说算了，就不必对牛弹琴了。

他把做好的粥给她端来，她说胃里有块石头，吃不下去。

“都是你干的好事！”她说。

他看到她脸上掠过一丝光彩，须臾又黯淡下去。

31

但他们并没有马上把他抓起来，胖警察和瘦警察低声交谈，然后瘦警察又给那个不知在什么地方的上司打电话，说这两个人情绪还算稳定，女的并没有受伤。胖警察回到那辆闪闪发光的警车上，瘦警察留在他旁边，跟他东一句西一句地聊。

“你是学什么专业的？社会学？读博士？好啊。我弟弟也在学社会学。我在这个学校读教育学硕士……”

看得出来，他想稳定他的情绪，按照危机干预的程序很牵强地走着套路，他觉得大可不必。

“我也在中学里实习，教那些小东西，懒惰的小东西……没别的办法，让他们重复、重复，再重复，效果不错。你说呢？”

他说他不懂教育。

瘦警察的手机又响了。

“上头说了，必须把你送交监狱。”瘦警察给他戴上手铐，领着他上了警车。

警车开出学校，开出大学城，就开进大学城外春天的田野。

瘦警察说：“It's ridiculous! After you get back, find a lawyer for yourself.”

“Thank you, whatever.”

监狱离大学城并不遥远，那个警察开车不到二十分钟，就把他送进了高墙。

解开手铐，填表，签字，按手印，照相，换囚服，然后被关进一间几乎空无一物的拘留室。

一只长条形的木凳，牢牢固定在墙上；一只抽水马桶，去掉了盖子和坐垫；门上有玻璃窗，透过这个窗子，狱卒可以监视室内的举动。为了防止自杀和他杀，倒是煞费苦心——进来的人，脾气大约都不温柔。

又被塞进两个人，都是年轻英俊的墨裔，二十来岁的模样。他们用他听不懂的西班牙语交谈，叽叽咕咕的，他能感觉出一种淡定无所谓的态度，显然不是第一次身陷囹圄。

有那么一小会儿，他和他们都沉默着，那时他们就露出些迷茫的神情。拘留室里有点冷，空调开得太低。那些美国人，一年四季开着空调，又喜欢跑到沙滩上去晒太阳，凡事不做到极端不回头。

门哗啦一声洞开，一个女警察站在门口："Does any one of you need some breakfast?"

都已经是早上了。

他在办公区的一张桌子边安顿下来，和那个女警察面对面坐着吃饭盒里撒了胡椒的牛肉饼和摊鸡蛋，还有一杯咖啡。这杯咖啡让他从寒冷中暂时解脱出来。他问她，我什么时候能出去？ "Today, or tomorrow, if you're lucky." 她微笑着说。

他确信现在是早上了。

他们给他和两个墨裔小伙子一人发了一卷铺盖，他们扛着它们，穿过一道又一道门。每经过一道，背后都咔嚓一声落锁，仿佛有好多个世界要跟他们挨个儿决裂。

最后那道门是电动的，开门关门的声音惊天动地。于是就进入一个长长的两旁都是号房的通道。看到他们这批背着铺盖的新人，号房里的先来者都兴奋地奔到门后，扒到铁栅栏上向他们行注目礼——他们和他们一样套着橘红色的囚服。

"Do you know chemistry? chemistry?!" 他听到一声喊，扭头看去，也是一个墨裔。他摇了摇头，继续往前走。Chemistry，呵呵，他学的是最没有用的 sociology。

"Do you know how to cook?" 另一张门后的另一个人朝他喊。

他没有搭理他，how to cook，他当然不知道 how to cook，他从来就没有喜欢过化学。

他扛着铺盖，觉得自己大概一辈子都要在这里度过了。这时他想起小时候，母亲那句"你还会杀人咧"，她那算是有先见之明吗？

终于走到属于他的号房，里头有个高大的黑人，默默地看他在铁床上摊开铺盖。这事一点儿都不难，一分钟以后，他就躺在铺位上，透过狭窄的玻璃窗子望出去。窗外当然不会有风景，十步开外就是一堵高墙，墙上缠绕着蜷曲的电网——电网上方倒真有一块蓝幽幽的天空。

那个黑人坐在对面床头，翻一本黑皮的《圣经》。他该有三十岁吧，也许四十。他不怎么会判断黑人或者白人的年龄。

那人念完了一段，就坐在床上发愣。不知愣了多久，最后抬头对他说："Hi, pal, how're you doing?"

"Good, how are you?"

"So far so good, your name?"

"Mike, call me Mike."

"Mike, I'm King," 那人指了指自己，"for what reason?" 又指了指门。

"I threatened my wife."

"Oh," 他点了点头，"so you're Chinese."

他点头。

"Do you know Kongfu?" 那人抱拳。

"Not at all."

"Pity."

"So you read your Bible everyday."

"Almost. Nothing is better than God, you know."

"Probably."

"Do you Chinese believe in God?"

"Some do, some don ’ t."

"How about you?"

"I've no idea."

"How can you don't know?"

"I don't know."

"Do you love your wife?"

"Loved."

"How about now?"

"No idea."

"Do you hate her?"

"Occasionally."

"She do anything bad?"

"Not really."

“So you don't know how to be good to each other.”

“Maybe.”

“Listen, if both of you love God, you'll love each other.”

“Hope so. Why are you put in here?”

“I don't know.”

“How come.”

“OK, I beat somebody, but not my wife.”

“Who did you beat?”

“This is unimportant. All you need to know is, God loves you.”

“Really?”

“Of course.”

中午他们都从号房里走出来，走到分发盒饭的推车前头，推车的人也穿着橘红色的号服，当然也是犯人。

“Do you know Chemistry?”又听到了那句话。

“Stay away from him. Every time he sees any Chinese, he would ask him whether he knows Chemistry or not.” King说。

他当然明白，如果他懂化学，就可以帮他们cook，海洛因，或者别的。

“How did you get in?”

“Threatening my wife.”

“She made you feel angry?”

“Probably, how about you?”

“I took other people's cars.”

“Cars?”

“Yah, I opened the doors of their cars, and drove them away. Many of them. Haha.”

“Oh?”

“This time, I got a Cadillac.”

“Really? But how long will you stay here?”

“My mother bailed me several times. I guess she is still good. Ha.”

汉堡的滋味很一般，嚼碎的面包和牛肉饼的滋味混合在一起，没有了番茄酱或者蛋黄酱的从中调和，有一种不共戴天的感觉。一群怪人都鼓着腮帮子大嚼，把本来就被磨碎过的东西再次磨碎。那时候他想到了小时候在山镇玩过的游戏：四个孩子分别扮演警察、小偷、官人、士兵，一旦你抓阄抓到官人，就尽可以要求警察打小偷的手掌心，打多少都行。他已经不记得士兵的角色到底是干什么的了，只是记得他做过一次官，要一个孩子打木实的手掌心。他想试试这官人的身份好不好使，就提出打木实一百下，那个孩子毫不犹豫地执行了。他想要撤回他的命令，却遭到一致的反对。那孩子就真的打了木实一百下。

在N城，玫说她在做那种事之后，脑子里就会浮出许多鲜亮的植物，不知道都是些什么——直直地钻出地面，碧绿多汁，仿佛用手一碰就会流出浓浓的绿液——就像新鲜莴笋被削去外皮后的样子，而且也有莴笋那样生机勃勃的筋脉。她说它们肯定不是莴笋，而是一种她看过但早已忘掉的野草。有时她看到的是碧蓝的天空，还有雪白的鸟，有时也有红色的芍药花含苞欲放。等到这些鲜亮的印象渐次消逝，一切就又恢复如前，内心重又枯萎……所以总想做那种事，才会感觉到自己是活着的。

32

他们拦下一辆出租车，对司机说要去天通苑。司机大摇其头——谁会在这个钟点去那个鬼地方。

“今天星期六，总比平时通畅一些。”

司机拍一下额头，说自己都晕了，开了一夜的车，都忘了今天礼拜六了。“五月十五！礼拜六！要搁平时，打死也不上那边去。”

“早高峰那会儿，天通苑好比撞了冰山的泰坦尼克号，都在往外逃。”他边说边把玫拉进车里。

司机把空车牌扳倒，“那感情！泰坦尼克号上才多少人？！”

他随声附和，说天通苑至少赶得上一百个泰坦尼克号。

“您看吧，过几年，天通苑人口就能达到中等城市规模。”司机加速通过一盏黄灯。

“您看吧，到那时候，什么治安啊，福利啊，教育啊，生老病死啊都成问题！几十万人挤在一起，得有多少麻烦？不能不提前考虑。”司机说话的口气像个政治局常委。黎和玫不能不点头。

“您俩住天通苑？”

“没有，去看朋友。”

“那好。你们说，在北京生活，痛苦指数那么高，为啥大家都往北京跑？”

“师傅您是老北京吧。”

“根本不算！我来都不到五年，你们口音也都是外地人。”

“是啊——您觉得北京怎样？”

“北京能怎样？你看我天天拉着个车满北京跑，整个一骆驼祥子！”

“呵呵，师傅以前在单位上班的吧。”

“这您都看得出来？！——当年我大小也是个科长。”

“干吗出来开车？”

“还不都为孩子。”

“孩子在哪上学？”

“都上大学了！”

“什么专业？”

“土木工程。”

“男孩？”

“女孩！”

“学工程，一定很聪明。”

“聪明谈不上，反正从小规规矩矩的，不给我惹事儿。”

“那真不容易，现在的孩子可不好管了。”

“那可是！我对我女儿说，大三以前，别谈什么恋爱，谈恋爱我削你。大三以后，可以试试，外地人免谈，得有北京户口，得有房子。”

“孩子大了，还管得住？”

“管得住管不住的，还不得吓唬吓唬？！你看现在风气多坏？！电视里尽教人学坏。”

司机瞅他一眼，他赶紧点头称是。

“我们国家啊，就是缺少意识形态建设，从小就没教孩子自尊自重，尽教他们应付考试了。现在的孩子懂什么啊，什么都不懂，”司机加速超过一辆面包车，“我和孩子她妈谈恋爱那会儿，晚上出去看个电影，都得跟爹妈请示，上哪儿看，看什么片子，几点回来，都交代得清清楚楚，一点儿都不敢马虎，不让去就不去。你看现在，头天出去，第二天回来！这些哪里教的？电视上！你看外国那些个电影——”

“您女儿上大学了还住家里？”

“那当然！就这还管不住呢，要是搁学校里，不知道给败坏成啥样。”

“唔，学生宿舍还比较规范吧。”

“规范个球？！去年孩子考上大学，我带她到校园里一走，您看那墙上贴的，日租房、钟点房、短租房，就差洗头房了。您看大学的领导也不管，日租房、钟点房，都干吗使的，你校长书记看不见吗？校长书记干么去了？！都去洗头房了？”

“呵呵。”

“我女儿要敢给我弄个未婚先孕回来，看我不把她打死。”

“打死啊？！”

“对，再把那个男的打死！”

“呵，就算您摊上这种事，您恐怕也未必舍得动她一根手指头。”

“哈哈，算您说着了！女儿嘛，就是和儿子不一样，儿子你指望他出息，女儿，你就希望她平平安安的——从小到大，我还真没动过她一手指头。”

“呵呵呵。”

他们下了车，站在一群巍峨的住宅楼前。玫说：“你跟司机师傅一唱一和的，都赶上说相声的了。”她掏出手机，朝耸入云霄的楼上拨了个电话。

“如果哪个女孩子摊上这么个爹，也不知道是走运还是倒霉。”在玫跟楼上的那个人通话完毕，拉着他进电梯的时候，他不由自主地发出评论。

“你将来也会变成那样的爹。”玫说。

“绝对不会。

“那就等着瞧吧。”

电梯载着他们冉冉上升，终于停在了上不着天下不着地的第十八层。

那人已经等在门口，高高的个子，一袭袈裟，首无寸发，让人不能不肃然起敬。临行前，玫就已经交代他，这是她大学同学，现在是比丘尼了。

玫奔上去和她拥抱，她哈哈笑起来，听上去依然是凡间的声音。一旦止住笑声，重又肃然可敬。

客厅里真宽敞，窗明几净，一尘不染。厅中央支一个画架，画布上藤缠萝绕，细密得让人喘不过气来。比丘尼向他介绍：藤子是茑萝，她喜欢茑萝缜密悠长的气质。

嗯，在我家乡这叫五角星花——您看，我们那儿的人就没文化，茑萝，这名字多好。

呵，谁说的，宇文玫也是你们涂门的。

他转向玫：你算哪里人？

我嘛，我现在跟姐姐一样，四海为家。她抓过比丘尼的一只手。

你尘缘未了，莫学姐姐。

姐姐就是来救小妹于尘网的。

比丘尼伸手在玫头上弹了一下——也是凡间的动作。

她请他们在长沙发上落座，把原本扔在沙发上的玩具熊和毛绒兔都推到一边，说她跟另外三个女人合租这四室两厅的套房，“她们都进城去了，都是爱玩的小孩子”。

玫问她师兄还好？她双手合十，慢慢答道：清远师父潜心佛卷，日精月进，可望而不可追。

一下子就生分了。

两个女人沉默无语，他听得见挂在墙上的电子钟哒哒哒的走动声。

比丘尼站起来，去厨房端出洗好的水果。

葡萄粒粒饱满，都是沉着的紫黑色；一群抹着红晕的青桃，被从窗子透进来的明媚光线一一点化。看上去都不是凡间之物。比丘尼把它们推到他们面前，他就带着歉意掐了一粒葡萄放进嘴里。

葡萄是酸的。

她把桃子递到宇文玫手里，又指着盘里的桃子让他自取。她说桃子上市了，北京的桃子真好。

玫说她以为桃子主要是南方的水果，这次来才知道北京农村也疯了一样大种特种。

比丘尼说桃子禀性温良，没有比桃子更温良的水果了。

是啊是啊，过去的女孩子都爱叫桃子，他也插话进来。

比丘尼和蔼地瞅他一眼，说民间用桃符辟邪，是老传统了。

玫问她，出家人是否还信辟邪之说？她笑而不答。

然后她和玫东一个西一个谈起她们熟悉的那些人。谁在哪里办了一个画展，谁出名了，谁出国留学去了，谁结了婚生了孩子，谁离婚了——那些他知之甚少甚至一无所知的人，看来也在大同小异的命运里奔波。

从一间卧室溜出一只尖耳朵的小狗，比丘尼召唤它，它就犹犹豫豫地、一步一停地挪过来，好不容易才抵达她脚边。她说它怕生，见你们来了有点胆怯。她说它是她在附近捡到的。他站起身凑近看它，它就趴到比丘尼脚上瑟瑟发抖。他只好离它远些，又回到原先的座位上。这似乎也安抚不了它，只要他身体有一丝移动，它就颤抖一阵子，显然怕得要死。但是玫不论怎么轻举妄动都没关系。

比丘尼说捡到它的时候它就这样子，战战兢兢，眼神别提有多可怜了。她说她出家前也养过一只狗，一只土狗。

她说她去云南出家的时候，临走前家人不知道，她只是悄悄跟狗说了。“我告诉它要照顾好自己，我再也不回来了，当时它很难过，送我到街口，看着我上了车。我一到云南马上就出家闭关，手机都交了出去。一个月后才又拿到手机。我哥说我走了没几天，狗也走了，再没回来，他以为它去找我了……”

转眼已是中午，她和她去厨房里忙碌，炒蔬菜的气息从排气不畅的厨房飘出来，满客厅都是。他喜欢卷心菜被花生油煎炒出来的销魂的香味，豆腐与西红柿一起加热时发出的味道也摄人心魂。自来水呼呼流动的声音听起来煞是舒畅，还有洗碗槽里杯盏的碰撞清脆悦耳。他自告奋勇，打算助她们一臂之力。她们坚持说厨房太小，要他在外面歇着。

嗯，她们在流水和盘盏碰撞声的掩护下嘀咕细语，他也的确应该离得远远的。

葡萄在茶几上继续黑暗，它们旁边的桃子在正午时的亮光里分外妖冶。

在他知道了葡萄的酸味之后，就敬而远之，不会再贸然伸手去摘。他又去拿桃子，攥着它站起来，踱到窗子前头。从高高的十八层楼上望下去，一瞬间整个世界都是摇晃的，手里的桃子一下子就出了汗。

……

电梯门在面前合上，他们一起下坠的时候，比丘尼挥手道别的形象就定格在他脑膜里。

“清远师父是谁？”

“你觉得是谁？”

“我——觉得肯定是个重要的人，就凭你见面就问……”

“她男人。”

“哦……”

“不是你想的那样——他们出家前是两口子，现在不是了。”

“那你跟她见面没两句就聊这个——”

“出家人哪像你这么矫情，人家出家也出在同一座山上，一个山南一个山北。”

“还依依不舍。”

“那倒不是，要是不出，还不定谁杀了谁。”

“不会吧？”

“当然！”

“既然不共戴天，又何必咫尺天涯。”

“什么事经你一说，就好像一点道理都没有了。”

“我还是挺佩服他们的。”

“那必须。”她看着电梯的不锈钢墙壁里的自己，理了理一头秀发。

“哦。”

“等我更衣剃发，拈花而笑，才不在乎你说三道四。”她说。

“阿弥陀佛。”他合十。

“我都给自己想好法号了。”

“说说？”

“招远！”

“呵呵，听起来像铁甲舰的名字——法号不是自己给自己取的吧。”

她说她就是要给自己取。

电梯终于降到第一层，叮的一声脆响，天空在面前先是被撕开一道口子，停顿了一下，然后豁然大亮。

33

她说她已经跟姐姐说好了，下个月就去她们山上出家。（她的高跟鞋在坚硬的水泥路面上嗒嗒作响）。

“可惜了一头秀发。”他伸手去摸她的头。

“我是认真的。”

“是吗。”

“我可不是说着玩的。”

“嗯，这事你干得出来。”

“你这辈子，就没动过一点点出家的念头？”（她高跟鞋的嗒嗒声突然停住了。）

他也站住。下个月？你们在厨房嘀嘀咕咕，不会就是在合计这个吧。

她说这种事哪里需要背着你，你又不是我妈——就算是，也休想指手画脚（高跟鞋又嗑哒嗑哒一路向前。）

你这个姐姐，啊，比丘尼，就这么出家了，她爸妈不受刺激？

太受刺激了。

没出啥事？

当然得出点事。

嗯？她看上去挺平静的。

出事也不会按你想的那种出。

唔。

她家的事可不是你想的那样。

那就是她爸妈也出家了。

嗒嗒声又戛然而止——“还真不能当你是个傻子。”

她说她父母离婚了，对外还是一对夫妻，不然，六十多岁的人，怎么向亲戚朋友交代？邻居们又会怎么想？老领导老同事怎么看？反正家里房子够住，楼上楼下的，父亲住楼上礼佛读经，母亲住楼下过俗家生活。

父亲把阳台改造成个小厨房，每天给自己煮方便面。为啥要离婚？他说那是他一辈子的理想，青灯黄卷，面壁参禅。当然他们年轻的时候也是自由恋爱，互相也碰出过愚蠢的火花。父亲跟母亲一直过到了六十岁，一辈子都在喊“离婚”二字，到退休，等女儿出了家，就不再只是喊喊。狼一定得来。

最后一仗打得最惨，父亲把一整盒的百忧解吞下去。是的，百忧解，他退休前就开始抑郁了，医院的门槛都被他踏破。自杀得很凶猛，母亲好歹妥协了。父亲也不能不退一步。去办证，但不能告诉外人，楼上楼下各自生活，两不相扰。

她妈妈是会计，爸爸退休前是文化馆馆长。馆长大小是个官，可钱包里永远只有100元钱，不过在那个城里足够搭车去任何一个地方好几个来回的了。有饭局咋办？那只好硬着头皮蹭。嗯，在妈妈看来，100元真是不少了，谁谁还只有50元呢。花这一百元也不容易，每天晚上要报账——“你说说钱花到哪去了？”买烟要有小票，买个煎饼要让卖煎饼的写个条子，活要见人死要见尸。当然有对不上账的时候，横竖没法说明资金流向，就被一直逼着问。问也问不出来怎么办？下个月扣，扣得所剩无几的时候也是有的。但这当然不是离婚的唯一理由。她爸吞了一盒百忧解，妈妈算是松了口，改成一个月报一次账，允许一些误差。不不，坚决要离，另一盒百忧解拿在手里。死！他们三四十年的婚姻以一种悲壮的调子收场。谈到这里的时候可以配上贝多芬的C小调第八钢琴奏鸣曲。

她妈妈当然不会善罢甘休。爸爸不在家的时候，她就跑到楼上去看他的房间。偷偷给自己配一把钥匙并不算难事。检查厕所里的马桶和洗漱台上的头发，当然被子床单也是不能放过的。她的行踪一旦被发现他就和她吵上一架，锁就被换掉一次，如是三番五次，父亲就只好继续祭出百忧解这面大旗，重整破碎的阵地。是的，这一招百试不爽。善哉。

34

还不到盛夏，天气已然火热难当，走在街上，不由自主就想躲到国槐的影子里。国槐呢，虽然荫泽行人，自己却备受袭扰——槐蚕正在它们怀里大肆啃咬。如果让槐蚕挑一个词来形容它们理想的太平盛世，那一定是“枝繁叶茂”。

枝繁叶茂的槐树上垂下万千绿丝绦，绿丝绦上悬着槐蚕的小身躯，身躯在风里挣扎摇晃。挣扎也只是加速了跌落。纷纷摔在树下水泥地面上，若不是被行人踩烂，就只好与命运做最后的顽抗。

此时一只布谷鸟躲在不知哪棵树里纵声高歌：“光棍好苦”“光棍好苦”。

你脖子上有个冰凉的东西在蠕动，你把它摸到手里，拿到眼前，吓了一跳——那是吐着绿色唾液的柔软一团。

在家乡，这东西叫“吊死鬼”，但它们不是长在国槐树上，那里根本没有这种树，它们长在梧桐树上，身子是黑的，体积也比槐蚕硕大。

更小的时候，在山村某个割麦子的夏天，你就从胸口摸出过一条黑色的肉乎乎的吊死鬼，让你大惊失色。

这当然也不算什么，关于蝇蛆的种种记忆才是最惊心动魄的。有时是在肮脏的公共厕所，有时是在一块腐烂的咸肉上，有时是电影里的某个镜头，它们堆积在一起，仰着尖尖的、试探的头，扭着臃肿的身子和像是折断了的尾巴——还有什么比这更令人作呕？有，这些蠕虫身上插着的密匝匝的绒毛，才是视觉的地狱。

你有时故意迎着这些惊骇、恶心、肉麻的感觉，试探自己的胆量，尤其在女孩子们面前，更是要装着满不在乎。你把一条毛虫放在手心，举到玫的面前，看着她尖叫着逃开。如果她找来你父亲，那也是你咎由自取。

麦当劳门口有人在扫地，把虫子都揽到铁簸箕里。这也不是办法啊，树上还是会前赴后继地落下更多的蠕动的躯体。

其实玫最怕的是蛇，一条挂在路边灌木上的蛇蜕就能让她落荒而逃。而你偏要伸手去够它——若是没有她在身边，你也未必如此妄为。

玫也有不怕的东西，比如针头。五岁的时候就她那样，医生给她打针，她从来不哭，连害怕的表情都没有。斜着身子淡定地注视着针头刺进自己白皙的肌肤，像是等着接受某种馈赠。

要一杯咖啡吧。

靠窗的地方亮晃晃的真好，最喜欢坐到靠窗的地方，可以看到窗外的树。这个距离，隔着玻璃，树上的虫子是看不见的，树依然是俊朗挺拔、完好无损的样子。

石青来了，窗边的你看她进门，就起身迎接。

“博士，你来得好早。”

“嫂子有事吩咐，我必须快马加鞭。”

“博士要点个什么。”（她看上去心事重重的。）

“嫂子坐这里等着吧，我去买。”

“说好了我请客。”

“还是我来。”

“博士，你都留学回来了，还学我们的假客套。”

“我是认真的。”

“你就认真地坐着吧，我给你买个牛肉汉堡。”她怎么知道你爱吃牛肉汉堡？

石青走到收款台那边去了，站到队伍后面。她个子真高，就算在这北方，她依然鹤立鸡群。

窗外开过一辆铁罐车，停在街对面。

你又听到布谷鸟的叫声在半空里飘浮，“光棍好苦”“光棍好苦”。它跑到城里来干什么。这儿根本不是一只布谷鸟应该待的地方。可你看到一只喜鹊，就不会这么想。看到一条哈巴狗也不会这么想。布谷鸟不可以出现在川流不息的大街上，在麦当劳外头更是莫名其妙——布谷鸟从来都躲在你看不到的地方。“光棍好苦”“光棍好苦”。你都三十多岁了，也还没见过一只布谷鸟。你没见过的多了，人活一辈子，其实也见不到多少东西。

罐车的司机从车上跳下来。

石青端着盘子走回来。她身材健壮，像个男人，真的是从苏南来的？她可一点儿也不像那个地方的女人。

汉堡、薯条和可乐都摆在面前，你闻到油炸土豆的荡气回肠的香味。

她把番茄酱也摆到他面前。她面前只留一袋薯条。

减肥？

她笑着点头。

“嫂子增一分则太胖，减一分则太瘦，一袋薯条太少，几只鸡翅太多，一只汉堡才刚刚好。”

“你不要诱惑我！”

布谷鸟又叫了起来。

“博士，我说要请你去个像样的餐馆，你客气，你太客气了，我可是有求于你。”

“嫂子太客气，我文不会打官司，武不会做生意，哪有能帮到嫂子的地方。”

“博士，这事你真的要帮我。”石青脸上严肃起来。

司机戴着口罩，朝国槐树举起一根管子，管子里立刻喷出白色液体。

“他在杀虫子。”石青向他解说窗外的画面。

他有点不好意思了，“哦，我洗耳恭听。”

“博士，你认识老奕多久了？”

“很多年了，快十年了吧。”

“你们以前是同事？”

“这你都知道的。”

“以前他也这样？”

“什么样？”

“就他现在这个样子。”

“他现在不是挺好？”

石青做出了一个绝望的手势：“你不觉得他很不靠谱？十年前他就这么不靠谱？”

“嗯，他想法一直比较多，也容易变。不过想法倒是好的。”

“他过去干成过什么没有？或者出过什么事没有？”

“上班的时候，倒是没出过事，上班嘛，难免跟领导有点矛盾，谁跟领导没矛盾过呢。”

“他做生意成过没有？”

“哦，这个我不怎么清楚，嫂子一定比我清楚。”

农药的味道朝街这边飘过来，那种不祥的味道，难以用语言描述。走在街上的行人用袖子捂住鼻子，都远远绕到街这边来。

“老奕的事你为什么都不参与？”

“嫂子，我自己不是那块料。”

“博士，我就是想听听你的真心话——你说老奕靠不靠谱，他以前靠不靠谱。”

喷药的人把杆子伸向另一棵树，乳白色的液体突然喷出去，在液体的浸润下，树叶子更绿了，苍翠欲滴。农药的味道更浓了，他端起咖啡，都闻不出咖啡的味道了。“嫂子，老奕志向高远，想法多，人也好。”

“博士，跟我说句实话——老奕过去得过什么病吗？”

喷药的人关了开关，呜呜呜的噪声戛然而止，从树梢上淅淅沥沥滴下药液。“树杪百重泉。”恐怕还有无数槐蚕的尸体正纷纷坠落吧，隔得那么远，根本无从辨认。

“博士，你跟我说句实话，就算他得过神经病，日子该怎么过不是还要怎么过，你知道他过去得过什么病没有？”

“我不知道，您怎么突然有这个想法？”

“博士，有个人提醒我，老奕这样子会不会是轻躁狂症。你都认识他快十年了，也算是哥们了，多少总知道一些情况吧，老奕他以前——”

“和现在，差不了多少。”

“你说我是不是该找个医生给他看看？医院他是不肯去的，那天我只是稍微提了一下，他就跟我大闹一场。”

柴这个名字冲到你脑膜上，一个念头在脑子里转了一圈，又慢慢沉落下去。你庆幸自己没有张嘴。喷农药的机器又响了，呜呜呜呜呜呜呜，第三棵国槐又在栉风沐雨。

“嫂子，您自己觉得老奕怎样？”

“博士，要不是有互联网，我这辈子都不可能碰到他。互联网这鬼东西，三两下就把你一辈子毁了。”

“两口子过日子的事，我是最没有发言权了。”

“我无非就想听你讲两句实话——网上网下老奕怎么就像两个人，网上署名老奕的帖子都是他写的？”

“这我可以保证。”

“他怎么就可以那么才华横溢。”

这你倒并不完全同意，但你不知道这算不算嫉妒——毕竟你也曾被他的文字激动过。出口成章的老奕怎么不算才华横溢？可如今你面对老奕那些恢宏的句式，已经激动不起来了。“伟大的 ××× 曾经说过……”“要是以天才的 ×××× 的逻辑，你们这些……必将……”“依照 ××× 的……理论，××××……必将被……”“深受误解的……在著名的……里说过……”

罐车司机打开驾驶室的门钻进去了，好敏捷的身手。

“博士，你说他做起事来，怎么就换了个人，就像脑子进了水的。”

这话说得真不好听。

罐车司机把车开到视线以外了，然后又是呜呜呜呜的声音。那几棵刚喷完农药的树看上去鲜活可喜。

“嫂子，您对老奕太关心了，希望他能干出名堂来。”

“博士，为了他的那个网站，我把自己辛苦挣的钱都搭进去了，他说不干就不干了，又要拍什么电影。他把我几十万花光了说不干就不干，要去拍什么电影！”

“嫂子，您挣点钱不容易，还是不要拿钱出来冒险。”

“现在说这些不是太晚了吗，要是你早提醒我——嗨，就算你提醒我，我也不会听你的。”

谈话又朝着危险的方向挺进，你赶忙说：“嫂子，老奕不走寻常路，也许哪天事情做成了，连本带利就都挣回来了。”

“博士，你大概不知道他前前后后借了别人多少钱。”

“不知道。”

“我看他怀疑你我‘有一腿’的时候，你也不急不气的，淡定得非常不正常。”

“出现在嫂子周围的适龄男子，老奕都会怀疑一遍的，他在乎你啊。”

“你肯定有很多事瞒着我，关于他的。”

药罐车开到街这边来了，那个人就在眼皮底下举起喷管。

“嫂子，我们得赶紧撤，这农药……”

她摇头，说你这人支支吾吾，一点都不爽快。

“嫂子，我知道的都告诉你了。”

“别叫我嫂子，姓章的才是你嫂子。”

他愣了一下。

“你不是有个章嫂子吗？”

他说嫂子不要草木皆兵，姓章的只是老奕以前的合作伙伴而已。

“呸！半夜里发短信过来，一口一个老公——你们合起来骗我。”

“她不知道老奕结婚了？”

“怎么不知道，知道！”

“那你有什么好怕的。”

“我怕什么，大不了把他给阉了。”石青居然笑了起来。

他也笑了。

“博士，你大老远从美国弄两瓶矿物油回来，是想干什么？”

“我也不知道。”

“安东尼最近联系你了没有？”

“偶然来回几个电子邮件。”

“他没催着你开拓市场？”

“哈，嫂子，安东尼是看错人了。”

“你打算拿他的油来干什么？炸油条吗？”

“呵呵。”

“说实在的，那玩意儿擦擦金属，擦擦乐器啥的倒也可以，是叫矿物柠檬油？听着名字就很奇特。”

“你要是想做这个生意，尽管拿走，安东尼的联系方式也拿走。”

“你自己留着喝吧，我嫁了个老奕，够糟心的了。我说，你就不能认识几个靠谱的人？”

农药的气味果然飘了过来，像坏消息一样愈来愈清晰，越来越难以否认。

这时手机在他怀里抖动了一阵子，是有人发短信来了，而且不止一个。

他从上衣口袋里摸出手机，那些短信在他面前此起彼伏，都是老奕发过来的：“在婚姻里挣扎，就是在粪坑里打滚的驴！”“如果整个世界问我要干什么，我要大喊一声‘离婚’！”

他没回短信，把手机揣回兜里。

“光棍好苦”“光棍好苦”，布谷鸟好像又在什么地方叫起来了。

35

五月二十九号星期六下午，他带着玫去柴的住处拜访。这是他和柴事先约好的。

开门的是旬旬，看到黎，马上又蹦又跳的，“叔叔来啦！叔叔来啦！”

旬旬说爸爸上超市买咖啡去了，一会儿就回来，然后拉着他要和他下棋。旬旬奔进自己的房间，又飞快地拿着象棋跑出来。

“叔叔阿姨是来谈事的，别在这里捣乱。”柴的妻子说。

“要下，要下棋，下棋！”旬旬说。

“没关系的，下棋不耽误事。”黎说。

旬旬热切地打开棋盒，铺开棋盘，把一粒粒兴奋的棋子东倒西歪地摆到棋盘上。

旬旬一边和黎下棋，一边和玫聊得海阔天空的，还不时地奔回他的房间，拿出他的玩具、他的书、他的作业本向她一一展示。

“哪一个是你最喜欢的玩具？”

“这个，”旬旬拿过一辆形状怪异的车，打开了开关，把它放在地上，它就在地板上执着地翻滚。

玫在黎的住处看到过旬旬的作文本，作文基本上是用拼音拼出来的。现在旬旬认认真真地给她念：

“我最喜欢的玩具。我家里有玩具车，有玩具飞机，还有橡皮泥！我最喜欢玩具车，因为它上面有三个红玻璃，玻璃像火箭的尖头，里面都有一个小灯泡，一开动它，灯就会发光。它的身体亮晶晶的，上面还有个轮子，因为老摔玩具车，所以上面的轮子就掉了。我的玩具车是我妈妈在今年一月一日买的，因为那时候是元旦节，所以妈妈给我买新年礼物。我喜欢我的玩具车，因为颜色搭配得很好。它有时停在床下，有时停在桌上。”

柴提着塑料袋回来了，连连道歉，说自己忘了时间，让他们久等了。大家重又落座，旬旬在人堆里钻来钻去，汪雪想把他拉进里屋，他坚决不肯。

“去里面写字去。”柴说。

“不！”

“听话！”

“不！”

柴问玫现在情况怎样。

玫说还好。

“一定按照医嘱服药，不能随便停，有什么情况及时去看医生。”

“服药管用？”她问他。

“当然——不过并不是开了某种药就一定管用，一种药也许效果不明显，就要换一种，这要看具体情况。”

“什么情况？”

“谁生病了呀！”旬旬问。

“去里屋玩！”

“不！”

“听话！”

“不！”

“让旬旬待这儿吧。”黎说。

“……很多人对精神类药物都有偏见。如果是非精神类药物，有的毫无用处，人们都会买来胡乱吃。至于抗生素，简直成了斩妖除魔的保护神。古人供奉神仙的地方，现在被一堆药瓶子占据了，早请示晚汇报。但是一碰到精神类药物就不同了，人人都觉得这东西是魔鬼的替身，吃了它人也就不再是个人…… 对精神类药物没有好感。这种心态很耐人寻味。”

“精神分裂症！”旬旬说。

“别在这里烦人！”柴呵斥他。

旬旬颓然溜到一边，汪雪从桌上拿了个橘子递给他，他就默默剥他的橘子。

“这种感受是心理上的，”柴继续说，“人会想：‘我服了药，我就是精神病了。’人人都用这种颠倒的逻辑思考问题。”

旬旬把橘子皮朝他爸爸扔了过来。但是橘子皮才飞了一半就落到地上。

“解决这个问题只有一个办法：每个人一辈子都至少在精神病院住一次…… 有什么不可以？每个人都是潜在的精神病人，你以为你不是，你怎么保证你不是？你怎么保证你将来不是？”

旬旬把另一块橘子皮扔了过来。

“正常和不正常，界限哪有那么清楚？但是人都怕被划到不正常里头，这一划，正常人和不正常的人好像泾渭分明，一个高高在上，一个匍匐在地。于是拥有处方权，也就仿佛拥有了某种贵族地位……”

旬旬走过来，弯腰从地板上捡起那块橘子皮，柴趁势打了一下他的屁股，这个动作把旬旬惹火了，他抬腿对着桌腿就是一脚，桌上茶杯哗然。

柴朝他屁股上又打了一巴掌。

这孩子情绪立刻失了控，见什么就踢什么，把平时坐的那把小椅子也踹翻了。

柴猛然站起来，一把抓过旬旬的领子，朝卧室奔过去—— 里面扑通一声，随即是屁股被掌掴的声响—— 啪！汪雪冲进去了，黎也冲进去了。

36

从卧室的门缝里挤出来的孩子哭声连绵不绝，回到客厅里的柴柯继续谈药物、谈心理、谈精神疾病。汪雪的劝慰，也从门缝里漏进客厅。

柴肯定是神不守舍的—— 他过分郑重的用词泄露了天机。

柴起身走到里屋门口，关实了房门，把从门缝里流出的哭声挡在门那边，又走回来。黎就趁机说，孩子在这个年龄，差不多都这样吧，何必生气。柴说：“孩子都是前世的冤家。”

“你说怎么教育孩子，将来才不会变成抑郁症？”玫问。

柴把脸转向玫:“有些类型的抑郁是无法预防的。”

“博士,您觉得我是哪种?能预防的还是不能的?”

“这我可说不好,这方面我也是外行。”

“我是天生的疯子。”玫说。

“大可不必给自己贴这个标签。”

其实,她才不在乎别人叫她疯子。

“我就是天生的,我爷爷是上吊死的——其实,我觉得上吊而死是所有死法里头最有尊严的了,唯一不好的是,据说,舌头会从嘴里伸出来,像个吃蚊子的青蛙。那时候还没有透明胶带,现在不同了,用那个东西把嘴一捂,应该也就不会自毁形象了。”

柴柯露出尴尬的表情。

“她爷爷的事是真的。”他说。

“你要听我姥姥的事情不?”

旬旬推门出来,手里端着个杯子凑到柴面前。

“你要什么?”

旬旬不说话。

“你要什么?”

“儿子要喝水!”旬旬妈替儿子回答。

柴接杯倒水,递水回去,旬旬低头接过杯子,一口气把水喝光,回里屋去了。

里屋外屋一下子都安静下来。这个时候再谈姥姥,似乎已不合时宜,玫建议说,外面天气这么好,在家里待着天理难容,不如带着旬旬,到附近的公园走走。

第一个赞同的,就是旬旬的妈妈,柴和黎也附议。

汪雪把旬旬叫出来,旬旬就站在门边一言不发。

柴走进他的书房拿出风筝和线轴,说:“旬旬,去放风筝?”

旬旬的妈妈怂恿着:“去,跟你爸爸去放风筝。”

畅春园门口有几个孩子拿着彩色粉笔正在水泥地上画画。画人,画动物,画树,画太阳,他们控制不好自己的笔下的线条,只能画些大致的轮廓。这些幼稚的画面,总能让人想到自己的童年,于是就会不知从哪儿默默涌出一丝暖意。

“虽说有些现代主义绘画大师们推崇儿童朴拙的手法,可是在我还是孩子的时候,也就是旬旬的年龄,我特别神往的是真实感和立体感,对自己拙劣的画技感到自卑。我有一张汽车照片,我怎么都搞不清楚为啥一张平面上的东西看上去就可以是立体的,而我自己不论怎么画,都立体不起来。”黎说。

“那又怎样?”玫漫不经心地问他。

“我缠着我父亲，要他帮我画个立体的。”

“然后呢？”

“当时他跟别人谈工作。”

“哦？”

“他就把我打了一顿。”他笑着说。

小时候，蓝色的粉笔是粉笔里最松软的，写起来手感最好。不像白色黄色红色的粉笔，硬邦邦的，跟一切平面都格格不入的样子。绿色的稍好些，是粉笔里的中庸分子。当年玫最喜欢用蓝粉笔在山镇中学的黑板上画画。

旬旬也加入了那些孩子的行列，他画了一棵树，用红色粉笔，然后四处找绿色的，找到了，就给这棵树添上叶子。黎拿起一根蓝色的粉笔，在地上画了一根线，喏，依然很松软，他又拿起一根黄色的，摸上去依然坚硬，画出的那根线也是生硬的。他放下粉笔，站起来和大家聊天，说孩子们天生都是艺术家啊。玫说最伟大的艺术家就是这样的一群孩子，如果我们想毁掉他们，就告诉他们这个世界上还有毕加索和凡·高。

“《向日葵》！”旬旬马上接了话茬。

黎就朝玫挤了挤眼。

“看来我已经把孩子毁掉了。”柴轻声说着玩笑话，为的是不让旬旬听到。

“0到10岁的时候，人说，你们将来要当画家、科学家、当总统。10到20岁的时候，人说，你们将来上北大清华，出人头地。20到30岁的时候，人们问你，在哪儿读书？在哪儿工作？30岁以后，人们就问你结婚了没有，生孩子了没，工资多少，买房了没。”黎说。

“接着说，40，40岁怎样？”玫问。

“等到40岁，别人看一眼，就知道这人是干什么的了，所有的失败都写在脸上。”

“50岁？”

“50岁嘛，满脸都是垂死挣扎的表情——”

“接着说。”柴也来了兴趣。

“60岁，整个人突然就罩上一层光环，人们都说：您老硬朗！面对70岁的人，人们说，您老肯定长命百岁！80岁，人当面说，‘您老长命百岁！’心地下想的是‘这老不死的’。到90岁，人当面已经不说什么了，心里绝望地想‘这人该不会真的长命百岁吧’。”

“叔叔、叔叔，你看我画的大树！”

“嗯，这么大一棵树，真好看。”黎敷衍着，还沉浸在关于年龄的胡思乱想里。

“关于30岁以前的，基本上靠谱，40岁以后的，基本上是胡扯了，经验才是硬道理。”柴对他说。

“妈妈妈妈，看我画的大树！”

“旬旬画得真好。”

旬旬扔了粉笔，领着大家继续向公园深处走。

真是一个放风筝的好天气，不大不小的风，顺着一个方向持之以恒地吹。但是几个大人忙活了好一阵子，也没能把风筝放上天去。旬旬拉着线或者举着风筝跑了几回，只是给失败增添了更多的记录。

小时候他热衷于做纸风筝、木飞机之类的东西，幻想着能把它们放到天上去，而成功的记录定格在一个数字——零。等到他终于长到能把什么东西弄到天上的年纪，却突然对这些失去了兴趣。

柴拉着线，坚持不懈地东奔西跑，执意要让这只塑料大鸟在天空占有一个席位。然而它的自暴自弃是坚定的，虽然在柴的鼓励下勉强高升，但很快就发作了恐高症，翻着跟斗自甘堕落。

每当风筝升到半空，旬旬就大叫大嚷，以为大功告成，可是一旦风筝抵达一定的高度，总是像撞到了一层看不见的玻璃天花板。

黎、玫、汪雪都坐到了草地上，不看风筝的挣扎，不一会儿就把他们父子俩忘了。

不知过了多久，旬旬跑过来又蹦又跳，让他们看天上。呵！风筝居然升到了极高的地方，比一只喜鹊还小了。

柴把线拴在一根路灯柱上，走过来和他们聊天。

“爸爸好不好？”柴问旬旬。

“嗯——现在——暂时——嗯——等我把那件事忘了就说你好。”旬旬一本正经地说。

37

六月一号上午，黎和玫给旬旬买了一只电动玩具汽车，去柴柯家送给他。

但旬旬并不在家，幼儿园搞儿童节活动，他去参加演出了。

玫与柴柯又谈了几句治疗的事情、用药的事情，两人就辞别了柴柯，走到街上。

他们走过 FRANZ 咖啡馆，就进去闲坐。

FRANZ 内陈设还是老样子，那尊关公像照旧端坐在吧台后的木龛里，目不转睛地注视着面前的线香孤独地燃烧。

正是生意萧条的钟点，老板娘在吧台后面百无聊赖地忙着些无关紧要的事：把瓶瓶罐罐挪动位置，擦擦吧台，清理关公面前的香灰。她甚至走到玻璃窗前，用指甲去抠一块并不存在的污垢，接着折身走进后厨消失了几分钟之久。等她出来，手上多了一块亮白的抹布。她在那块污垢上猛擦，弄出那种让人起鸡皮疙瘩的声音。BuBuBuWuBuWuBuBuBu。

她身后五颜六色的瓶瓶罐罐有一种孤芳自赏的气质，却又仿佛对来自俗世的窥望百般渴望。而那个关公坐镇的世界与瓶瓶罐罐的世界又判然有别，它掌握着某种恐怖的力量，还有几分诡诈，但同时又显得笨头笨脑。

她要了一杯维也纳咖啡，他要了卡布奇诺，都是浓稠的液体。维也纳咖啡上浮着厚厚的凉奶油，看上去倒像是一块蛋糕。咖啡杯是敦厚的形状，让他联想起芙蓉里餐馆的那只汤碗。

老板娘把音响打开—— 不知是为她自己，还是为这间咖啡馆里唯一的一对顾客。嗯，正等于婚礼上有人朝天空洒出一把花瓣，洒出一些被叫作“情调”的东西。他听见黑龙在唱：

“就在—— 我的心，刚要融化的时候，而你，却悄悄地离去……”

“我多—— 希望你，希望你回心转意，因为，我会把你珍惜——”老板娘一边用白毛巾 BuBuBu 擦玻璃，一边跟黑龙合唱。

他吃惊地望着老板娘。玫笑了，小声对他说：“这把年纪的女人就不能唱歌了吗？”

“你听——”他用手指着空气。（“有一天，我会让你回心转意。”老板娘把“回心转意”几个字拉得长长的。）

“这把年纪的就不能唱这个了？”玫说。

“何止这把年纪。”

“还有我这把年纪的是吧。”

“……”

老板娘才不管他的目光，索性高调大唱：“还有什么话要说……”

咖啡的香味丝丝入扣，让你分不清是从维也纳还是从卡布奇诺飘过来的。

老板娘终于跟不上黑龙的节奏，放手让他独唱。音乐合着咖啡，弥漫着一种不可救药的回心转意的气氛。

他是夜里被抓进监狱的，第二天中午，就开了听证会。

妻子走进来坐到他身边的时候，他正盯着墙边下垂的星条旗。旗子垂成条状，像个大窗帘，几颗星星从褶皱里探出来。他忽然被一个问题困住了：星条旗上的星星是五个角，还是四个？他知道此时想这个问题简直莫名其妙，但另一个他执着地辨认那几颗星星，却也下不了结论。这个问题蔓延开来，成了纠结哪些国家的国旗是有星星的，英国、加拿大、澳大利亚、新西兰？

她张嘴要说话，见他无动于衷，又闭了嘴。然后就有一群人走进来。

一个仪表堂堂的高个汉子，在堂上仰视阔步。他猜他是个律师，面对这些事儿显然胸有成竹。一个瘦女子，走到堂上一处角落里，在一张桌子后头坐下，面对一个打字机。另外两个矮胖子，都穿着灰色衬衫打着黑领带。他猜不出是何方神圣。一个身穿警服的中年妇女走进来了。又进来一个穿警服的瘦妇女跟打字员低声交谈。

座位上的嫌疑人和他们的家属、律师此时也开始交头接耳。

一个高高的瘦子和一个矮矮的胖子，他们两个径直走到两个墨西哥人面前，用西班牙语严肃交谈。

一个胖子法警立在走道里。

最后进来一个满头白发的老头子，一屋子人立刻站了起来。那些原本站着的，腰板挺得更直。他以为要高奏国歌。但是没有。

白发老人第一个质问的是那个面孔古怪的女人。“Did you point your knife at your boyfriend?”

“Point my wife? I don't understand.”

“Knife!”

“Oh, knife, what did you say?”

“Did you point your knife at your boyfriend?”

“He, he is, he is not, my boyfriend.”

“Are you sure?”

“He is not my boyfriend.”

“She is lying.”

“He, he is not my boyfriend.”

“Did you point your knife to ward him?”

“What? What knife?”

“He said you pointed a knife toward him and said you're gonna kill him.”

“He is not my boyfriend.”

“...”

终于轮到他们两个。

“Mr.Li, did you threaten your wife?”

“Yes.”

“How did you do it?”

"I threatened to beat her."

"Did she get hurt?"

"To my knowledge, no."

"Did you break her vase?"

"Yes."

"Did it hit your wife?"

"Not yet."

"Not yet? What do you mean 'not yet?'"

"Sorry, to my know ledge, it did not."

38

他们离开 FRANZ，穿过万泉河，拐进蔚秀园。

蔚秀园荷塘已干枯殆尽，荷花早已了无痕迹，原来长着荷叶的地方现在高高地举起荒草。他认得一些：马齿苋、狗尾、鬃蓼、马兜铃……仍是一番热闹景象。这一片荒草，终于把皇家园林的最后一点娇柔之处埋葬殆尽，用另一种生机颠覆了这里的格调。但是对于一个园子而言具有历史转折意义的场面，一定不会在史书上出现。

他把草的名字说给她听，问她还记不记得，马兜铃，鬃蓼，狗尾。可她对此并无兴趣，催他快走。

毕竟午后了，他承认，不应该忍饥挨饿坐车去火车站。他带她进了 B 大西门，找了个餐厅。

刚坐了一小会儿，四周忽然暗下来，窗外黑得比夜晚还彻底。

"要下雨了！"他说。

"也该下场雨了。"她说。

"我去买把伞。"

"别急，还指不定下不下呢。"她说。

"下了再买就来不及了。"他说。

他起身走出餐厅，在一片漆黑里朝三角地北边的超市走过去。

等他付了钱拿了伞走出来，四周顿时又明亮起来，阳光潮水一般洒得到处都是。

出餐厅，他们在大学里漫无目的地逛了一阵子，在那个湖边的石舫上坐了一会儿，在南岸的长椅上也坐了一会儿。未名湖周围花天锦地，红飞翠舞，一派江南水乡的阴柔气质。

他们在那座著名的塔下逗留了一会儿，然后沿着塔边的小路向南慢走。过图书馆，便是心理系了。玫本想再同柴道个别，但他不在办公室里。

他们从心理系出来，看到一大群孩子塞满了马路，切切喳喳的声音铺天盖地，让他想到春天刚孵出壳的小鸡雏鸭——它们成百成百地挤在圆溜溜的箩筐里，汇聚成毛茸茸的一大团，一声声都是欣喜的叫唤。这些孩子在百年讲堂门口铺排开来，走廊上，阶梯上，路上，到处都是他们。

明晃晃的夏天，雪白的冰棍，电影院必须黑得彻底，只能有一束光从后面那个四方的小窗口扫射出来。每当银幕上投出一个硕大的“静”字，大家便异口同声喊“Jin ——！”看电影是唯一能令他们心潮澎湃的事了，总在期待包场，但这样的机会一个学期寥寥无几。一俟听到包场的通知，心头填得满满的都是快乐，生活仿佛焕然一新。最多的是战斗片，情节都不怎么记得了，隐隐约约的，是解放军沿着山坡向高地上冲锋的场面。这样的场面适用于一切战斗。故事并不重要，重要的是要有冲锋号和冲锋，要有旗帜、刀枪和“缴枪不杀”。

也有不打仗的电影，他偷偷去看了《柳堡的故事》，被视作儿童不宜的。只有这个片子给他留下了完整的印象。他被那首歌迷住了：蚕豆花儿都开了，然而除了等待没有别的办法。

蚕豆花有猫脸的形状，一大片开花的蚕豆田，就是一大群安静的猫儿。

每次电影散场，他走入刺眼的阳光下，电影院外的世界反倒更像是虚构出来的，它过于坚硬、蛮横，毫不妥协，仿佛这一切背后有个铁石心肠的导演。

他们出了 B 大东门，坐上一辆朝西直门方向开的公交车。车内部的一切设施都松散肮脏，发动机一声声艰难地喘息，司机手忙脚乱地驱赶着它。加速是无法一气呵成的，只好一次次猛踩油门把速度一波接一波地挤压上去。司机松脚时留给发动机一段喘息之机，于是速度迅速回落，司机不等它喘息完毕，赶忙猛踩油门，似乎怕它就此一蹶不振。几次喘息之后，这辆车才达到差强人意的速度。从发动机里传出来的热气、喘息和倦怠，让他怀疑在椭圆形的铁壳子下面伏着的不是一台机器，而是一颗大脑袋，它正被某种疲惫深深折磨着。

39

从地铁站入口走入地下，离开正午明亮的光线，阴晦的气氛就从四面八方纠集过来。

等他们适应了下面的昏暗，就听到二胡的弦音。定睛看去，一个男人闭着眼沉静在自我陶醉的演奏中，旁边是一个女人勤勤恳恳地打着竹板。男人笨手笨脚地驾驭着音律，那些音符显然都是淘气的孩子，如果不呵斥不拖拽，是不会老实就范的。尽管二胡的音符飘忽不准，女人的演唱却也因此显得格外荡气回肠："问阎君抓小女为哪般—— 俺家居住麦塘县，离城十里张家湾，老爹爹姓张称百万……"

黎认出他们是去年秋天在颐和园门前卖艺的那两个盲人。去年黎和玫打颐和园里走出来的时候，那个女人正在唱："为什么总在，那些飘零的日子……"

现在他们换成河南梆子，用另一种节奏和腔调泣诉："老母亲吃斋在堂前，未生多男并多女，所生俺姐弟人三员，俺姐姐名叫张秀云，小女子名叫张秀莲……"他们把方言吐得飞快，仿佛有千言万语必须快快倾泻。

"又听女子讲一遍，回头再叫三曹官，生死本上仔细看，小女子阳寿多少年……"

这时他们已经站在月台上了，车还没来，沿着月台站满了人，成一道篱笆墙。他们也加入了这道绵延的墙默默等待。

秋天的时候，镇上来了个梆子剧团。说是剧团，其实只有三四个人。那个唱戏的男人，嗓音也是这么的摄人心魄。

他们在镇上唱了三天，他听了三天，他们唱的内容他却没有给他留下太多印象，好像是说一个奇怪的矮子可以在地下穿行，从一个地方入土，又在很远的地方突然冒出来。后来这矮子不知被谁把脑袋砍了下来。他记住了那些啪啪啪的打击声。他那时候六岁，玫五岁。

"又听女子讲一遍，回头再叫三曹官。"他跟着他们的节奏小声哼哼，玫诧异地看了他一眼。

然后地铁轰鸣着钻进站来，滑溜溜停在眼前。一哄而下的人们把月台上的篱笆冲散。

他们钻进地铁列车，在推来搡去的人群里抱紧不锈钢扶手。

"上边写着张秀莲，阳寿还有七十三！"

复兴门是个换乘站，人们纷纷逃下车去。他们刚在空出的位子上并肩坐下来，新上车的乘客就纷纷落在他们前后左右，把他们挤得向一块儿靠拢。

窗外依然是飞速滑动的墙和一闪而过的灯，他能感到玫透过衬衫传来的体温。他像一个正在恢复记忆的人从曾经熟悉的景物中辨认自己：在某年某月，他曾经因为这温度心旌动摇。现在这温度让他觉得放心。在他视野边缘，是她的模糊的亲切的轮廓。

北京站到了，在北京站下车的人真多，差不多整车的人都钻出车厢。他拉住玫的手，仿佛怕她走失。她任她的手在他的手里放着，软软的没有力气。

40

广场上空的日头从来都是最残酷的日头，火车站广场上的也不例外。他们穿过广场，就是两只穿过热锅的蚂蚁。

四下里人头攒动，放眼望去，全中国的老百姓都凑齐了，几生几世的面孔都在这里飘浮。候车厅里更是人山人海，站着的，坐着的，蹲着的——比起广场上的同胞，大家好歹从容了几分。那个中年妇女手持一沓杂志，在密不透风的人群里挤过来挤过去。一旦迫不得已，就算一头骆驼也能穿过针眼！十年前，这本杂志的封面上永远印着大盖帽的公安干警，端了冲锋枪、手枪、步话机，英姿飒爽，意气风发，巾帼也不让须眉。现在嘛，都是半裸的美人。世上难道还有别的什么尤物，仅仅因为形状和颜色，就能让一个男人神魂颠倒？中年妇女把几个美女举到他面前，他看到一双硕大的乳房被两块绿色的绒布勉强遮住最关键的部分。他别过脸去，感受到她移动满手杂志掀起的一阵热浪。

检票了，大家一拥而上的那股拼劲儿，不像是去乘火车，倒像是去争抢道德的制高点。穿过检票口，穿过廊桥，奔下阶梯。然后你就不知道该向左转还是向右。他们才不会劳神费力给你们弄个指示牌什么的。

开车了，你发现自己悄无声息地滑动，加速，和外面的世界一下子就拉开了距离。你透过玻璃朝外面那个世界张望。一股惜别之情油然而生。

城市很快就被抛在后面。然后你看到一片荒地杂草丛生，一截灰白的水泥涵管斜躺在草丛里；一带红砖的矮墙，不知围住了什么；一棵被挤在两幢居民楼之间的泡桐，叶片大如象耳。转眼它们也被抛到了身后。

车上的人们多半是内向的，在夕发朝至的特快列车的硬卧车厢里，只要你不主动跟人套近乎，你完全可以一言不发地抵达终点。这种旅行也是忧郁的。扬声器里播放音乐——小白杨，小白杨，伴我守边疆——它根本不能算一首忧郁的歌，可是听起来也郁郁寡欢。溜出城市的火车给这首歌染上了某种不属于它自己的情调。窗外的田野边赫然矗立一排排幼小的白杨树，它们就像是被歌声呼唤出来的。十年前，他经常坐着火车，往来长江南北，每次经过 N 城长江大桥，扬声器里放出来的都是同一首歌，一条大河，波浪宽，风吹稻花儿香两岸…… 若是那豺狼来了……”闻之热泪盈眶。然而谁是朋友，谁是敌人，有时真搞不清楚，只有稻花两岸岁岁年年毫不动摇。在奔驰的列车内是闻不见稻花香味的。

落日投在另一双铁轨上，耀眼的两朵光斑追随着列车飞快地移动。它们一直这么跟着它，死心塌地、无怨无悔…… 直到某个地方，另一双铁轨渐渐弯出一个优美的弧度，离它而去，投入茫茫原野。霸州车站。火车停在一幢土黄色的平房前面。一个穿白制服的人，以稍息的姿势面无表情地面对乘客笔直站立。在他身后，一只白色塑料袋被风擎起，越升越高，越过站牌，越过屋顶，继续执意上升，朝站后的田野那边飘过去了。

火车再次启动，钻进一大片平原。他就能看到那些没有墓碑的坟头散落在田间，或者七八个坟头凑在一起，像一笼馒头。那些在田间走动的人才不会混淆这些毫无标志的土堆的归属，他们在这收工回家的时辰路过某个坟堆，心头大约不免一热。

田头零星停着的自行车在落日下闪闪发光，雾气在原野上升起来了—— 它们先于黑夜遮住了远处林莽。光线迅速暗淡下去，面前的田野愈加空旷寒冷。薄暮中，一株孤单硕大的杨树立在远处，高耸，丰满，像一股从九泉之下冒出的浓烟。高压铁塔此刻站得更加笔直，矗立在自己复杂而且倔强的秩序里。间或有一两块碧绿的田地，是某种蔬菜或者花生？蓬勃的绿色极尽渲染，仿佛上苍打翻了一桶又一桶绿颜料。

又是一片茂盛的白杨树林。这一路上，该有上亿株白杨树吧。若他在这条铁路线上工作，穷尽一生也未必能把这些树一一数遍。

几个农人正推着自行车走在石子路上。刚才在几十公里以外的地方，也有许多跟他们一样的人，用同样的姿势推着自行车走在回家的路上—— 甚至男人们从耳朵后面取下纸烟的姿势都一模一样……

黎躺下来，从铺位上仰视窗外天空朦胧的暮霭。此时电线起起伏伏，仿佛波涛翻涌，偶尔高大的乔木一闪而过。这些景象催人入睡。

他闭上眼，倾听车轮撞击铁轨的声音，铿通—— 铿通—— 铿通。车身一阵痉挛。铿通—— 铿通—— 铿通。又是一阵痉挛。铿通—— 铿通—— 铿通。铿通—— 铿通—— 铿通—— 铿通—— 铿通—— 铿通。有时铿通声戛然消失，代之以一阵匆忙空洞的回声，那就是在过桥了。

41

在夜雾里穿行的火车就像个被苦苦思索着的难题，不知要滑向何处。她随着他东倒西歪地穿过一节又一节车厢，终于抵达餐车。这个钟点餐车里门庭冷落，只有几个穿制服的乘务人员围坐聊天。

他和她点了两个炒菜、两碗米饭、一碗汤。这些食物转眼都端到他们面前，绝不可能是新鲜之物。但他已饥不择食，微腐的茄子和半生不熟的土豆丝，都被他旺盛的食欲化朽为奇。而玫只尝了几口就放下筷子，他频频劝慰，她就把汤喝了。

这时他的手机“嘀”了一声。不用问，一定是老奕。除了他，不会有人这么晚给他发短信。他从怀里掏出手机，拿到眼前看：“风雨送春归，飞雪迎春到，已是悬崖百丈冰，犹有花枝俏。俏也不争春，只把春来报。待到山花烂漫时，爷在丛中笑。”

他记得老奕在过年的时候发过类似的一条。

他等着另一条短信的到来，就像等待雷声之后必然到来的暴雨。

“死并不是生的对面，就像‘无’并不是‘有’的对面。比‘有’更残酷的是‘负有’。对死的恐惧根本就不是死，根本就是生的另一种方式。死何足惧？”

“一切的问题，都将归结为宗教的问题。”

“要密切注意帝国主义的转基因！荣耀归于我主！”

“我以释迦牟尼的名义警告你，不要与人民为敌。”

“……”

他把老奕的短信拿给玫看。

“老奕是基督徒？”她问。

“他说自己是耶稣基督。”

她瞪大眼睛看着他。

“他发这短信，好像你是 A 国来的特务。”她笑起来。

“天知道他脑子哪根弦搭错了。”

“他经常发这种短信给你？”

“也算不上经常，一般就喝多了以后。他喝高了以后就以为自己是耶稣基督加释迦牟尼以及世上所有诞生过的大写的人物的总和。”

“他警告你不要与人民为敌。”她又笑了起来。

“他想象力一向天马行空。有一阵子他觉得自己被什么安全部门监视了。”

“就没人领他去医院看看？”

“他只在喝醉酒的时候这个样子，平时倒还好—— 也不是没人想带他去，可谁有这个权力？”

“你们就任他自生自灭。”她皱起眉。

“说实话，这些年他比任何一个我见过的人都活得生猛。他比刚从海里捞上来的大闸蟹还生猛。”

“大闸蟹不是从海里捞上来的。”

“反正比海鲜还生猛，我每次见到他，他都坐在一群人中间，指指天，指指地，又指指他自己……”

他和她磕磕绊绊地往回走。窗外已经黑得结结实实了。

火车临时停在了一片树林中间。一下子所有那些摇晃和被摇晃出来的思绪都戛然而止。

灯已熄灭，人们正在睡去，或者试图睡去。空调机的抽气声犹如秋风萧瑟，扬声器早就停止了歌唱—— 他才注意到。

一列火车嚎叫着擦身而过，他们感到了瞬间的摇晃。在那列火车嚎叫的余波消失殆尽后，他们这列火车才小心翼翼地重新启程。

“灰狗”几乎每到一站都把乘客们赶下车，让他们在冷飕飕的候车室里苦苦等候，大半夜里也这样。乘坐灰狗，他并没有感觉到旅行的快乐，留下的是被赶来赶去的狼狈记忆。

后来，他结了婚，再后来有了孩子，快乐离他就遥远了。婚姻里最光亮的记忆，居然是在夏天开车载着她去几十英里外的地方逛跳蚤市场。在那里墨裔农民卖水果蔬菜小饰品，白人农民卖石头和汽车零件，当然也有卖宠物玩具的，这种地方有如北京的早市，但是要大得多—— 整个镇子就是一个市场。那是个阳光热烈的小镇，有一种让人放心的土气。动作是粗糙的，语言是粗糙的，人们的长相甚至有点古怪，绝不似大学城里那些男女们的精致。

他还记得他们在跳蚤市场里碰见过安妮。她是个中国人，他的师姐。她一个人带着女儿来美国留学。别人都会把孩子送到大学城里的一所中学读书，那里亚洲孩子多，个个成绩优异，那所中学于是被当地人看成最好的中学。安妮呢，却偏要住到几十英里外的小镇上，她女儿的学校里只有她一个亚洲人。在那个跳蚤市场里，安妮对他们说，亚裔的孩子们争分夺秒拿全 A，个个都市侩。安妮真是要彻底离弃了华人，他只是在老师的组会上才见得到她。她还跟他说起过她的失败的婚姻。每一个破散的婚姻都有个浪漫的开始，就像每一个烂茄子都曾经有过光彩夺目的过去。前夫是她的老师，确切地说是她上本科的时候的辅导员。他那时候是个离过婚的人，她妈妈听说了，坚决不同意这桩婚姻。“你怎么可以嫁给一个离过婚的男人？”而她已经铁了心。“我们那时候情投意合，一个文学青年一个文学中年，谈《荆棘鸟》，谈《呼啸山庄》《月亮和六便士》。他四十岁，想要找个小岛度过余生。我也是啊。我也想找一个小岛度过余生。后来我从家里偷了户口本，跟那个男人结了婚…… 离婚当然不是因为要来美国…… 离婚是因为打得死去活来，生活居然就过成了那样，两只在呼啸山庄里的荆棘鸟，哈！根本没有月亮和六便士。”哈哈，他忍不住笑了起来，她也笑，很畅快的样子，他觉得她应该苦笑才对。可是她灿烂地笑着又重复了一遍：根本没有月亮和六便士！

42

寄自天南海北的法律机构的文书雪花一般飞来，向他妻子表明她作为受害者拥有的种种权利。律师们的自荐信也纷至沓来。

她把那些文书统统扔进垃圾箱。他因此而感激她。

他们互相客客气气，真正开始相敬如宾的生活。

但是关于离婚的信息开始引诱他。到哪里去办？准备什么材料？手续如何？那时他并不是真想要离婚，可是打听这些信息，心头就莫名地踏实起来。

当然也包括去查航班的消息，从这座城市飞回中国，最经济的路线是什么。机场、机型、航空公司、行李尺寸…… 他对这些信息慢慢地就了如指掌了。

“相依为命”“相濡以沫”“与子偕老”，这些关于婚姻的神奇字眼，在头脑里徐徐降落，碧蓝的天空上方只有波音 747 可资安慰。

于是开启了一段怀疑主义时期。他对她不那么热情的时候，她就怒从中来，认为他对她的感情今非昔比。他对她好，她就怀疑他是不是干了什么对不起她的事。

“一个人孤单寂寞，两个人互相折磨。只有你认罪悔改，回到耶稣基督面前，让他做你生活的主，从此不论你是一个人、两个人，还是一家人，就都不致困苦。”这是 Joseph 和他们说的话。他说你们碰到婚姻问题，不要去找咨询师，不要去找警察，不要去找律师，要来到上帝面前……

这当然是最困难的事。

他关掉手机之前，最后瞥了一眼屏幕。老奕倒是没有继续发短信过来。只有三表哥发来的问候。三表哥说他已经给他寄来五本佛经，过两天就应该收到了。三表哥说他经常为他感到不安。是的，他是个没有被东西方神仙收伏了的罪孽深重之人。

舅妈的愁容又闪现在他脑际，那是她在抱怨三表哥“读书读傻了”的时候的样子。“人家女孩子漂漂亮亮的，又有硕士文凭，有哪一点配不上他？去陪人家看电影，不去。吃饭，不去。旅游，也不去。他让人家陪着他当尼姑吗？他有本事他直接去出家！我也省了给他做饭……”

但是他知道，假如三表哥真的去了净土寺，舅妈写在脸上的就不仅仅是愁容了。

阿弥陀佛。

43

那年秋天，Dr.R. 加州请来了一个教授。在学校的大礼堂里，这个教授说，我们祈祷时感到的神圣，并不能证明上帝的存在。

“神圣感只是大脑的一种功能，有人做过试验：在被试验者的颅骨上施加压力，被试验者便会体验到一种类似祈祷时产生的神圣感，所谓‘被圣灵充满’只是诸如此类的一种神经体验而已。”

在讲座的提问环节，Joseph 老爹说：“教授！如果你被人一拳揍在眼眶上，眼前金星闪烁，这也可以证明，天上的星星是不存在的。”

“哦，你是对的，但问题是——这至少说明你有时候看到的星星可能真的不存在。”

“那你来此做甚？”

“I just want to tell，plenty of things are not certain.”

“Don’t we all know that?”

“问题不在于神圣感是不是从上帝那来，而在于人们为何认定它就是从上帝那来；如果你每次都在眼睛挨揍时看见了星星，你就该把这些星星跟挨揍联系起来，而不是和天空联系起来。”

“Halleluyah!”

Dr.R. 留着山羊胡子，口口声声反对美帝国主义，而他是个 100% 的美国人，三代农场主出身，自己就有一片庄园。当年福柯去加州伯克利做访问学者时，Dr.R 是一个研究生，一度陪着福柯去旧金山那些疯狂的同性恋俱乐部逛游。他说福柯是个真正的 S/M。“他叫人家用这个”——教授攥了拳头在大家眼前晃了晃，福柯先生立刻跃然纸上。

那个大学的文科教授们都有惊世骇俗的高论。有个比较文化学的教授，开口闭口总是《易经》——“里面隐藏了无穷的智慧！”教授是个大块头，罹患糖尿病，每天注射胰岛素，认为理性的人类早已失去了生存的核心意义，认为“你们中国”的“孝”与“礼”可以拯救“我们堕落的西方文明。”教授说：“什么是孝？就是注重家庭，如果我家里出了事，我就放弃眼前的一切回到家里，这就是孝。”教授是个彻底的素食主义者，连牛奶也不喝，鸡蛋更不会吃。“你大老远跑美国来学什么？一切剥削阶级都是 F*** 流氓，一切帝国主义都是纸老虎。”

“Masculinity is the root of the present problems.”“Power is everywhere.”“language is oppression.”

一天晚上，在床上做那件事之后，妻子说你看起来闷闷不乐，有如丧家之犬。

他就莫名其妙地和她说起了玫的事情。她问他他们因为什么分手。他说他也不太清楚——“她是搞艺术的，艺术总是出人意料。”

“最终，我下决心，”他说，“绝不找有艺术气质的人做老婆。”

“对对！所以找了个大妈和下蛋的母鸡！”

他说你完全没有必要做这种类比。

她说那好，让我也给你讲点事情。

“哦？”

“我还是不说了。”

他怎么可能就此放过。

她说：“他的那个比你的大！”

“……”

“狐狸尾巴露出来了。”

“我是不是应该高高兴兴地说，好，很好，我一点都不介意，谁没有个过去？”

“是。”

“我是不是应该说，初恋什么都不是，不过是一段幻觉？”

“是。”

“我是不是该弄瓶酒来庆祝一下？”

“他的那个东西比你的长。”

“真的啊。”

她顺手拿起一把梳子：“这里，到这里！你的到这里！”

“好吧，我不想跟一个婊子讲话……”

那把梳子朝他飞过来，被他躲过去了。

“你看街上那些陌生女孩的表情，才是一个真正的婊子，那种时候你那个东西能到这里，她又拿起另一把梳子比画。”

他说他是男的，男的不能做婊子。

她就把另一把梳子也扔过来。

他躲过这把梳子，在她脸上扇了一巴掌。

她把脸伸过来，“你再打！你再打！”

警灯有两种颜色：蓝色和红色。它们交相辉映，在记忆里混合成一片蓝紫色。

两个警察从光里走出来，里里外外检查一遍，然后抽出一张纸……

他如实招供，这般那般，但是并没有涉及那些发黄的细节。最后他福至心灵地加了一句："Recently,I' ve become increasingly angry ather...I threatened..."

瘦警察打电话给他的上司，对着听筒念他的自白书。然后他听到从电话那头传来神一般的声音："take him..."

"but I don' t think..."瘦警察和上司争论。

"what if...however...basically...chances are that...you must have...Increasingly angry,is it what he wrote on the paper ? Increasingly?...according to statistics..."

"I have to arrest you."

44

他在火车上做了一整夜的梦，醒来看见窗口曙光微明，可以隐约辨认窗外从容移动的苍茫的平原。玫已经起来，坐在窗前，怔怔地望窗外。他从铺位上爬下来，套上自己的鞋，拿了毛巾和牙具朝盥洗室方向移动。火车摇得太厉害，加上晨起的懵懂，他一路东倒西歪，碰着了一个又一个坐在弹簧座上发愣的人。（早起的多是中老年旅客，年轻人都还在铺位上做梦。）

一路道歉，坎坎坷坷，终于来到盥洗室。

水龙头细若游丝的水流也像还没从梦里醒来。他把毛巾放在龙水头下面诚惶诚恐地等待，扭头看窗外：一望无垠的平原像一整块绒布悠悠移动，这种移动能把人的心情都推展开来。有人在焚烧麦秸，淡蓝的烟雾不慌不忙地占领了平原上方的天空。他又闻到了麦秸的气味、炊烟的气味、水塘上浮萍的气味。他把手从打开的车窗伸出去，风从指缝间带走体温，把魂也带走了。

他看到去年的大水，莽莽苍苍的一大片，就在这条铁路的两侧。列车停在汪洋大海里进退两难。那天他们在水里漂了整整一个下午才逃离淮南。

冰凉的水敷在脸上，就醒得更为彻底了。

火车过桥，车身传来空空空的回声，像医生敲打肺痨病人。窗外是并不宽阔的淮河，一晃就滑到视线外头去了。

他回到铺位边，坐到玫对面的弹簧座上。玫说她去年七月份打这里经过，往北方赶，火车在附近的一个小站停了足足一个钟头，满眼望去，火车就像是开进太平洋里。他说他也是那个时候被困在这里。

淮河向来就是一条倒霉的河。小时候一到汛期，父亲就会去淮河边救灾。他一直都不明白，既然他在政府系统里工作，为何一到七月份就全副武装地走了。不过父亲在他心目中最有分量的形象也莫过于换上一身军装去救灾，而不是坐在办公桌后面。

每次救灾回来，父亲对这条桀骜不驯的大河的感情都好像是又深了一层。

“宋光宗退位那年，黄河突然南下夺淮入海，淮河被迫改道流入长江，八百年前的事了…… 两百年前黄河又掉头向北，剩下淮河不知如何是好，就东一头西一头瞎撞……”

天光大亮，窗外满眼都是金黄的麦子。等火车再往南开一阵子，麦地上已然空空如也，零星有几块田地已经被灌了水，插上了整饬的黄绿的稻秧。

“平均每十年泛滥一次。现在已经修了五千多座水闸，哪条河上也没修这么多，还是控制不住。其实最好的方法是退地还河，别在泛区里种庄稼盖房子…… 都说虾有虾路，蟹有蟹路，一条河也得有它自己的出路……”

45

晨雾笼罩的远处村舍，是一个缥缈的梦境。沿着地平线铺开的一带树林，又把谜底挡在它身后。这样的远景，散发着归宿般的超凡脱俗的气质。你就是从那个地方来的，你不是曾站在远处那片雾霭里，怅望这边的火车吐着白气义无反顾地朝视野边缘飞驰？你期待过有一天可以坐上它去遥远神奇的地方。

一列火车车沿着相反方向开过去，挡住了视线。对面列车的外壁反射着他这边的灯光。灯光在天蓝色的车厢上闪烁跳跃了许久，等这些反光遽然消失，田野又扑面而来。

起风了，铁路沿线的树木灌丛东摇西晃，不能确定自己的立场。雾气的粉末在天空载沉载浮，趁势依附在窗玻璃上。

火车离开蚌埠时转头向西，不多久，雨代替了雾，自天空潇潇洒下，落在这既不是北方，也算不上南方的地方。江淮之间，饱和的梅雨季节，下雨是理所当然的。朝空气里挥一挥手，雨点儿都会禁不住潇潇坠落。

火车慢下来，直到举步可追的速度。这时，车厢里的世界和外面的世界开始了缓慢的对接：一个晨起的男人光着上身坐在一块青黑的石头上抽烟，你觉得烟味都可以闻到了；那个朝铁轨这边走过来抬首瞩望的少女，你都不能放肆地盯着她看了；一溜儿矮墙上盛开的夹竹桃，你也萌生了伸手去摘一朵的野心。

火车猛然刹住自己，一长串车厢呼噜噜好一阵你推我挤。

那个穿白色制服的男人站在月台上，稍息的姿势让他一侧肩高，另一侧肩低，分明是一张变了形的照片。在你和他之间，还隔着一双散落煤块的空铁轨。这列火车根本没有让人下车的意思，当然也不打算让人上来。

散落煤块的铁轨上落着一只麻雀，它磨身，抬头，定定地望住火车，然后突然被什么惊飞，钻进风雨里。另一只麻雀落到值班室的房顶上，再辗转到路灯上，最后落到写着“淮南”二字的站牌上。它在那里东瞧西望，小小的脖子像一根不停转动的手柄。

“淮南皓月冷千山。”

火车抖动了一下，“淮南”上的麻雀挫身振翅，沿着铁轨的方向直直地飞去了，犹如一支情绪饱满的箭。

车身又抖动了一下，紧缩的筋骨慢慢松开。在它驶离站台的瞬间，他看到一方黑色菱形的木排立在铁轨旁，上面刷着白字：鸣。

鸣。

他们周围的铺位上的乘客都在半夜里下了车，身边空荡荡的只剩了他们两人。

“我梦见我被几个警察捉去了。警察们客客气气，但我知道我没有希望了，这辈子完了。”他说。

“你干了什么好事？”

“我杀了人，杀了一个，另一个没杀死，杀了个半死。我戴着手铐，想，完了，这辈子没希望了。”

“你绝望了。”

“算不上绝望，在梦里我还在想，我怎么不绝望啊，怎么不害怕啊，很反常。”

“你觉得自己还有侥幸过关的机会？”

“没有，没机会了，我知道，但就是不绝望，好像松了一口气似的。”

玫举过来一张报纸：“你的梦就在这上头，昨天的。”

报纸上那个商人授意杀了两个人，一个死了，另一个没死。对，就是这张报纸。

“后来我又做了一个梦，老奕跟他老婆吵架，吵得震天动地，吵着吵着，她把他一推，他就从十三层楼的阳台上掉下去了。”

“摔死了？”

“十三层。”

“那不是梦嘛。”

“老奕摔得比一张饼还薄。”

“他老婆呢？”

“梦就到此为止，老奕趴在地上，梦就定格了。”

他伸手去摸手机，拿到眼前，打开手机电源。

通了电的手机好像有一肚子的委屈，嘀嘀嗒嗒响个不停。这关了机的一夜，老奕又给他发了十几条短信。

“市场没有打败我，客户没有打败我，合伙人没有打败我，我被这场婚姻和自己打败了。在我没有消失之前，你们听听我发自肺腑的……”

“没有人能控制我，她也不行，你们也不行。”

……

他把短信拿给她看，她逐条审阅，最后下结论似的说：“该送他去医院看看了。”

“他一喝酒就这样。”

“要是真出事怎么办？”

“多少年了都这样，他是铁打的。”

她疑惑地望着他，想说但又没说的意思应该是：你怎么可以对他如此漠不关心？

“什么市场啊，客户啊，其实几乎都子虚乌有。只有这场婚姻算是落到过实处，但现在眼见着也要前功尽弃了。”

她依然满脸谴责地望着他。他就住了口。

窗外一户人家的平房赫然横在他们面前——火车又临时停了车，就停在这家人门前。把人家的家居生活无端地暴露在整整一火车乘客的视线里。

一个中年妇女背对着火车坐在一只大木盆前搓洗衣物，动作匆忙局促。院子里有几只母鸡，还有一只公鸡。这唯一的雄鸡一袭白羽，冠子火红，在院子里高视阔步。母鸡们低头觅食，交头接耳。一只短耳朵的小灰狗，蹲在一丛隽秀的蓖麻下面，定睛注视着火车。然后它仿佛想起了什么，若有所思地抬起后爪，挠挠身体和耳根。

玫说去盥洗室洗脸。没等他回答，她就拉了毛巾走了。

她去了很久，面前的妇人搓完五六件衣服她还没有回来。火车用最轻微的动作悄然启动，他突然担心玫被落在了外面。

小灰狗放下爪子，朝启动的火车热切地追了过来，它在铁轨前停住脚步，蹲在那里目送他们远去。

46

早上七点，他们出了 M 城火车站，就不识东南西北了。一辆出租车恰好停在他们面前。去哪儿？长途汽车站。出租车司机猛踩油门，三拐两拐，不到两分钟就停在长途汽车站门口。他们听到一声火车汽笛——汽车站原来就在火车站附近，步行距离之内。出租车司机带着他们兜了一个圈子。

去山镇的第一班长途汽车刚刚开走，下一班车要等两个钟头之后了。他们买了票，在灰暗郁闷的候车室里坐了几分钟，就逃到候车室外头去透气。

车站背后居然有一大片池塘，水面铺了一层黄绿色浮萍，平得像一匹绸缎。几株柳树立在塘边，让灰影子妥帖地印在浮萍上。若是有条小船从中间划过…… 他拣起一块石头投下去，把这绸缎砸开一个鸡蛋大小的破口，看着那破口以难以觉察的速度慢慢愈合。

恢复到原貌的浮萍没留下曾惨遭击打的一丁点儿痕迹。

他从包里摸出矿泉水，递给玫，告诉她该吃药了。

然后继续注视面前的浮萍。

剥开锡箔纸的窸窸窣窣的声音、一大团矿泉水从嗓子里咽下去的声音。

池塘那边的坡地上还种着蔬菜。再远处，一段灰色的院墙上攀着逶迤的丝瓜藤，另一段墙上伏着扁豆藤，藤上点缀了紫色的招摇的花。

墙顶上还安着玻璃碴子呢，风一吹，它们就闪闪发光。

她靠在他肩上，慢慢睡着了。

远处有山峦的影子，是淡淡的几抹，仿佛伸手就可以擦掉。

你当然擦不掉它，相对于它，你才是那个伸手就可以擦掉的。

他让她趴在他腿上，又把她掉在地上的药盒捡起来。盒里白色的药片规规矩矩地守在一个又一个老死不相往来的坑里，粒粒饱满。锡箔在阳光下刺人眼目。

N 城河滨公园有几个白色的大象雕塑，也是老死不相往来地立在一块绿地上。他们都喜欢伸手去摸它们肚子上饱满的弧度，还有它们屁股上可爱的浑圆。他们曾经躲在一头白象的肚子底下、两个粗大的后腿间，互相摸索。是半夜的时候，空间和时间都是停止的，只有偶尔路过的青年朝他们吹口哨时，才把他们短暂地拉回现实。

现在那几头大象不知还在不在了？这么多年了，风吹雨打的，那一身好看的白色也该早就褪掉了。但也许有人会再给它们涂上白漆，也许它们已然改变了颜色……

玫抬起头，换了个姿势重又趴到他腿上。他看到她胳臂上那个已经愈合的伤口只留下几条浅色的印记。

墙那边还有鸡鸣传来，一声嘹亮坚定的“葛格够——”把早晨的气质一下子烘托出来了。都到了这个钟点，这还是它分内的工作吗？

玫呼吸的时候肋部安详地起伏，呼应着远处山峦的形状。他闻到从她身上发出的淡淡的苦味，这是药物在她血管里奔跑的证据。打池塘上吹来的风有一种微微腐败的味道，这味道解释了浮萍的旺盛。

巨象两腿和肚子下面那个地方说起来其实也谈不上有多浪漫。那里总有尿骚味——当然不是巨象作为，而是内急的人、孩子，或者出租车司机，把那个地方当成临时的厕所。就算这样，也没有把恋人们从那里赶走。都搂得紧紧的，在那样的激情下他们对这个世界的卫生状况并不挑剔。

池塘边上，靠着墙，几棵向日葵正把它们的脑袋一起扭向阳光。

他们曾在白奶奶的院子里埋了四粒葵花子，后来有三粒发了芽，头上都顶着裂开的壳。他扒开土，发现剩下的那个也发了芽，但是根部被虫子咬坏了。三棵向日葵都长得楚腰纤细，在风里令人担心地摇晃着。后来它们终于开了花，三个碗口大的花盘被一朵朵小花安排得像蜂窝一样缜密。也结了籽，一粒粒地露着迫不及待的尖尖的小脑袋。终于等到秋天，可是每一只葵花子壳里都空空如也。

一只蜜蜂正从池塘上方飞过去，那么微小的身躯，居然也稳稳当当的浮在空气里。嗡嗡嗡嗡嗡嗡嗡嗡嗡嗡嗡。它是朝向日葵飞过去的吗？兴许是扁豆。它一下子就小到看不见了，混入对面错综复杂的光影里不可分辨。

47

长途汽车奔波了一个多钟头，才从 M 城跑到山镇。一路上，总有人站在路边招手，大鼻子司机来者不拒，直到把一辆大巴塞成敦敦实实的罐头。烟味、汗味、口臭味、头油味、狐臭味，混合成一种地沟的气息，让胃里的食物呼之欲出。

等他们抵达山镇，已接近中午，司机一声断喝，把昏昏欲睡的乘客惊醒。车门洞开，大家四散逃去，个个都是刑满释放人员。

这是个再寻常不过的小镇，只有一条主街——把他们送到镇上来的这条公路就是。公路两边鳞次栉比的两层店铺，清一色的钢筋水泥方块——统统贴上蛋白色瓷砖——沿公路铺开，仿佛两排牙齿。饭铺、五金店、小旅社、杂货铺子，一枚又一枚牙齿大同小异。也有几幢略高大些的建筑，从店铺之间挤身而出——是百货商店、邮局和银行——它们算是小镇的门牙。店铺门上的春联，过年时贴上的，经过几个月的风吹雨打，大多体无完肤，褪了火红的颜色，只剩素面朝天，却依然固执地守住最后的阵地。

街上往来的行人面孔生涩，裸陈着被城里人极力掩饰的本来面目。他们或者三两成群，或者踽踽独行，用一种漫不经心的态度阐释着他们对生活的另一种态度。天塌下来都跟他们无关吧。这里头也总有一个两个，渴望离开此地，活到梦里头去。你在这人群中并不能识别出他们来。

你发现路面低洼处残留的积水——显然是刚下过一场雨。雨水受到骄阳的蛊惑，热嘟嘟充斥四空。说这里是一大间桑拿浴室倒更准确些。

记忆中的山镇，与眼前的景象似乎毫不相干，他转眼看玫——她正盯着一辆三轮车疾驰而过。车斗里只有一只空矿泉水瓶，它蹦跳翻滚，发出时而清脆快乐、时而沉闷抑郁的声响。追着三轮车而来的是一辆手扶拖拉机，口吐黑烟，发动机噼噼炸响，活像一支老式步枪在奋力射击。

越过面前的街道看远处，起伏的群山被一层幽蓝的薄雾笼罩。正对着他们的两座山峰，被一道舒缓的山岭连接起来，从这个角度看去就是一匹静卧的马。他一下子认出了这匹马的形状，小时候他一遍遍在空中比划着它凹下去的脊背，也看过玫用铅笔反复地勾画它的轮廓。他并不希望她把它画得像一匹马，而玫呢，执意把它画成那样。她索性给它加了两条腿……

山镇中学就立在公路边，他们沿着公路走了两里地就到了。大门上乳白色的牌子耸然而立，牌子上黑色的行书有一种墓碑般的庄严：× 山镇第一中学。既然叫第一，就应该有第二吧。当年她叫 × 山镇中学，只此一家。能从 × 山镇中学毕业，都算得上知识分子了。

此刻正是中午放学时分，出出进进的学生们无不以好奇的目光扫视这一对男女。他们差不多到了这些孩子的家长的年龄了。传达室里，一个老人正端着一只搪瓷茶缸，用筷子吃力地夹出米饭塞进嘴里——嘴角油亮的一抹，隔着玻璃都历历在目。他不时抬头朝他和玫瞥过来，又低头面无表情地吃饭。

他担心老人会把他们拒之门外，但还是鼓了鼓气拉了玫朝门里理直气壮地走，老人抬头漫不经心地又瞥了他们一眼，低头继续吃饭。他们就把这当成默许，揣着做贼的心情穿过了校门。

面前的学校怎么可以如此之小，而当年，它堪称辽阔。他曾在校园里漫游，就像爱丽丝漫游奇境。此生第一次见到的钢琴、手风琴、试管、地球仪、各种球类，都是曾散布在这奇妙的校园里。至于学生们把球赛演绎成群殴，把话剧排练成公然的争吵，或者三五成群潜入农田里去偷玉米地瓜，他也都是目击之人。可是眼下这盆景一般的校园，盛不下当年那么些浩瀚的记忆。

“不是中学变小了，是你变大了。”她毫无必要地说。

他们在微缩版的山镇中学走动，辨认旧日的吉光片羽。多数的建筑都是当年未有，而那些似乎硕果仅存的，也大多经过翻修，不复记忆里的面目。但是站在操场的跑道上，你居然还能体会到它当年的那种空旷。

趴在操场后面的几间平房，总该是几十年前就有的吧，房顶上的瓦片有年头了，那层层叠叠的秩序被经年的风雨撼动，已变得有几分放任；墙上裸露的青砖已朽，如果它们此刻轰然倒塌也不足为奇。你也不必嘲笑它们的老朽，你们站在这里，不也老之将至？

他们走近平房，扒着窗户朝里头窥望，只能隐约辨认东堆西放的旧桌老凳——扔了也许可惜，可是留着又做何用？

外墙上用水泥涂出来的一个长方形，上头的黑油漆还在，黄油漆涂的线条也还在。

那也许是写课程表的地方吧，他不太记得清当初它的用途了。那几条黄色油漆的线条，在记忆里依然是新鲜的。

山镇中学的那个音乐老师，看到你和玫，说，来，来。就是在这样的教室里吧。你们站着别动，他就自顾自地唱起来。但是你怎么都想不起来他唱的是什么。你问她，她也一脸茫然。

那些鸠占鹊巢的新楼，把你的记忆打得稀烂。

她说她就喜欢从碎片里淘些过去的蛛丝马迹，如果一切都还是老样子，反倒让人心惊肉跳。

他们从教工宿舍区那个满月形的院门穿进去。就站到一排老房子前。它们应该是经过了修葺，粉刷的痕迹历历在目。但那屋瓦弯曲的弧度，铁窗棂的僵直的线条，都依稀仿佛从前模样。甚至家家门前的水泥阶梯也没有改变。房子的地基比地面高出一些，从地面到房门之间，是用砖头和水泥做成的台阶，统共只有两级，成年人一步就可跨上去。现在他看着这矮小的阶梯，惊异于它们当年的高不可攀，那时竟然有好几次他从台阶上摔下来，磕得头破血流。

他不记得父亲当年住在哪一间房子里。这些房子的面貌大同小异：水泥的台阶、生锈的铁窗、斑驳的水泥路面。然而记忆里的排水沟已无迹可寻——当年他可是在沟里捡拾过被父亲撕碎的汽车照片……

院子里柏树簇拥，然而时隔三十年，十几棵柏树不见得粗壮了多少。依然笔直苍翠。这些不肯生长的树种，岁月难以在它们身上留痕迹。从前他并不喜欢它们的阴郁晦暗，永远是半死不活的墨绿色。还有枝丫里苍白的果子，有魔鬼的形状和地狱的气味。它们依然阴森冷峻，却没有以前那么可怕了。而且它们替他保留了一片踏实的记忆，统统站在原来的位置上，仿佛最靠谱的诺言。

此刻整个宿舍区门窗紧闭，阒寂无人。他不免生出一些奇思异想：也许突然一扇房门被推开，走出个当年的人物，有当年的年纪和装束。甚至当年的父亲也也未可知。但是他最想看到的是当年的他自己。他一定要把那个孩子领到镇上去，去给他弄到一张最好的汽车照片，然后教他画画，告诉他有一种叫“透视”的知识。

他俩默默无声地沿着宿舍前的水泥路一路走过去，走到路尽头，穿过另一个满月形的门，就进入另一个不大不小的院子。四个孩子在那儿玩耍，身上的衣裳是脏的。其中一个是女孩。他们手里拿着树枝互相挑衅，模仿着古装剧里剑客的打斗。但是一个小男孩哭了，另外三个孩子木然地望着他，女孩突然从小男孩手里夺过树枝。“还我，还我，还我，还我！”小男孩一边抹泪一边大声抗议，却没有上去争抢的意思。另两个孩子依旧木然地望着他。终于有一个老妇走出门来平息他们的纷争。

然后老太太朝院子中心的自来水龙头走来。她是五六十岁的年纪，头发花白，还算不上老态龙钟。在城里，她这样的年龄，应该还算中年。他喊她大娘，她就放下手里端着的一盆青菜，朝他们走过来。

“大娘，您知道钱 ×× 老师住在哪里？教音乐的钱老师。”钱老师，是他知道的唯一一个还有可能在这个学校里的人。

“钱老师？他早几年就退休了，上城里住着去了，他家儿子在城里—— 你们是？”

“我是黎源，她是宇文玫，我父亲叫黎 ×，她爸叫宇文 ×。”

“你们两个，你们两个！这都多少年没回来了……”

“您是？”

“你们都不记得黄凤了，你们还记得黄老师，教数学的黄老师？我是他女儿啊，你们小时候我还领你们上过街。小黎爱画汽车，就喜欢画汽车。小玫你小时候画的画可漂亮了……”

黄凤把他们领进屋里，给他们沏茶、拿糖果。他们努力寻找关于黄凤的记忆，可是她描述的那些事情，他们大多不记得了。

他们辞别黄凤，按着她指点的方向，沿着学校后门外的一条路朝山村走过去。现在这条路已经铺上了水泥，变成一条坦途，但也因此更容易把撒落的土块曝晒成迎风飞扬的尘灰。他们必须时时躲开匆匆而过的汽车和拖拉机扬起的漫天尘土。所以每走一段路，他们就需要闪进路边的树丛里去，等待尘埃落定。

路边依旧那么多欣欣向荣的酸枣树，都是鲜艳的绿色，嫩黄的细碎的枣花安静地躺在枝丫间，已经成形了的小枣子浑圆完美，被明丽的阳光镀了金，每一个都不安分。他采了几颗小枣放进嘴里，最先尝到的是尘埃的味道，然后才是它汁液的酸涩。

“当年她应该是个大姑娘，你看，现在完全变成了另一个人。”他对玫说。

“黄凤吗？”

“黄凤啊，现在已经是个大娘了。”他说。

“再过十年我也会变成个大娘—— 当年我还是个幼女呢。”

“一眨眼我们就是老头老太太相携在这条路上了。”

“这是必然要发生的。”她说。

“突然有一阵透不过来气的感觉。”他说。

“面对无可回避的事实，你总这样。”她说。“不过，人觉得日子难熬，一天一天过得辛苦，其实回头一看，那么多煎熬转眼就过去了。”她又说。

“可不是。”

“刚才还光彩照人，转眼灰不溜秋，青春不值得。”她说。

她真的不算太老，面孔依然美丽，身材依旧苗条，而且还没有一丝白发。

他说他以为知识女性对尘世的这些标准会嗤之以鼻。

她说她哪里算什么知识女性，面对无可规避的事实，知识女性不过是在用一大套知识哄骗自己。她说自己就是一个彻头彻尾的小市民，知道女人十八九岁，二十多岁锦绣年华的时候，男人见了总要多看两眼，爱得要死要活的。在马路上，人都走过去了还回过头来看你，恨不得立刻娶你回家，几个都不嫌多。可是突然，你二十五岁、三十岁、三十五岁，那些目光一个个断然离去，就像举行完遗体告别仪式，就像合同到了期。就算你偶然抓住几缕目光，却是一道道批判的光。走下坡路，五年落一小截，十年一大截。

"……"

"其实你也一样，总有一天，也就是下一秒，你就会弯腰驼背，六十开外，小姑娘们看你也就像看一块肿瘤。"她的话像刀子一样句句戳心。

从山镇中学到山村，不过一两里地，步行转眼即到。而当年，他跟着奶奶去镇上，总觉得路迢途远，就像去另一个世界。那时候山镇就是他的花花世界，诱惑从每个角落朝他招手，用香味、色彩和捉魂摄魄的吆喝。若是逢了集，就连那些熟悉的人也不是平时见到的样子了，他们喜气洋洋，喋喋不休，也格外慷慨。钞票在这个时候被注入了不同的灵魂—— 不必精心保存，就像姑娘已经长大成人，虽然免不了讨价还价，终要果断嫁出去。

村口的那棵被雷劈过的银杏树还立在那里，老远都看得见。它比以前高出了一大截，但依旧瘦骨伶仃的。她说银杏树们都是彻头彻尾的洛可可风格，小清新，文艺范，年纪再大也不显老。

他们走近它，在比以前粗壮了一些的树干底下，赫然看见那个疯子。他只是比二十多年前稍稍老了些，面孔上隆起几道皱纹，曾经的一头黑发如今合情合理地蒙上一层白霜，且因为脏而白得不那么过分。而那一双眼睛依然炯炯有神地望着他们。他笑着朝他们点头，他们就招手回礼，在他执着的目光里战战兢兢地走过。（他不是该待在离村口更远的那棵树底下吗？）

"从哪来？"他突然说话，把他们吓了一跳。

"……外地。"

"找谁？"

"白奶奶、白爷爷。"

"白郑氏？"

"嗯。"

"死了。"

48

紧闭的院门上红漆剥落，到处裸露着黑色底漆——连这一层，也被风雨侵蚀到灰白。

悄悄推开门，面前展开一方空荡荡的院子：一口压井、一只红色的搪瓷铁盆、一堆树枝支棱棱堆在墙根。院子的另一角，从黄土地上涌出一大丛茂盛的竹子。

院东面的一间单独的砖房，门开着，窗子也开着，从门和窗子向外涌出浓烟。他以为失火了，奔进去，站在滚滚的浓烟里，看到白爷爷坐在灶前烧火。烟从灶下涌出来，涌向天花板，又沿着天花板四下里蔓延。

他胸口以上都闷在浓烟里，边咳嗽边喊："爷爷，爷爷！"

爷爷抓了一根拐棍费力站起来，也站进浓烟里。

"谁？"

"小黎！"

"看不见。"

他扶着爷爷出了厨房，站到外面的太阳底下。

"小黎？！"他无神的眼睁得大大的，"小黎，真是小黎！"

"这个是小玫。"他说。

"啊，小玫，小玫，你们来了。好，好！"

白爷爷说他眼睛这两年突然坏了，看不太清楚了……没想到你们来了，这么些年了，上一次都不记得是哪一年，都像是上辈子了……你奶奶去世前还说，木木、小黎、小玫咋都没回来，他们去哪了……就你们仨没回来。

他们重又回到黑咕隆咚的厨房里。他掀开锅盖，硕大的铁锅里一抔大米在沸水里沉浮。

"不知道你们来了，就做了一个人的，小玫你弄开那个铁桶，挖一碗米。"

她呆呆地走过去打开米桶，把米倒进一只铁盆，又呆呆地走到水缸前头，从缸里舀水淘米，把湿漉漉的一团白色倒进沸腾的锅里，又去水缸里舀水，加水，盖上乌黑的木头锅盖。被凉水止住了沸腾，锅里立刻安静下来。

他坐到灶前的小板凳上，把手里的树枝插进灶膛内，抬起纵横交错的燃烧的枝杈，火焰就着得更旺了。这些树枝一定才从树上砍下不久，被大火逼迫出来的水分发出嘶嘶哀号。

三十年前，他帮着奶奶维持这样的火焰从不怠慢。而爷爷是不会出现在厨房里的。

七八只苍蝇叮在灶台旁的案板上堆着的切好的青椒和生肉上，浓烟也没能把它们驱走。他伸手去赶，它们一哄而散，但转而又落回去。在灶火的照耀下，被切开的青椒有翠绿的忧伤的线条。这里没有电器，除了那一桶白花花的米，一切都还是三十年前的模样。他不能忍受这个地方没有奶奶。

三十年前，这厨房里是最热闹的，炊烟升起的时候，他们这群孩子团团围住奶奶和姑姑。他们等不及食物变成它们应该的样子，就冒着烫破嘴唇的风险，去品尝百般滋味——有些滋味很好，有些滋味不堪回首。

这时候他听到谁家院子里传来母鸡下蛋后的叫声，像一声声哭诉。咯咯嗒，咯咯嗒。

49

从厨房门口奔进来一个小姑娘。白爷爷问她吃过饭没有，她说刚吃过哩。

“这是舅舅。”白爷爷指着黎对她说。

“这是姨娘。”他又指着玫对她说。

小姑娘迟疑了一会儿才勉强叫出这两个称谓。

他们还沉浸在奶奶的死讯里，机械地应答她的问候，甚至忘了应该拿出礼物给她。

白爷爷说小姑娘是木实的大姑的孙女，叫小梅。

“舅佬爷让我来看看，祖祖吃过晌午饭没有。”

白爷爷说没事，他饿不死。

玫悄声问她，爷爷每天都自己做饭？

她说祖姥姥走前，都是祖姥姥做。然后她告诉他们，祖姥姥半个月前突然走了，说着说着就流了泪。

“半个月”这三个字仿佛一只失手跌落的瓶子，在他们两个心头砰然摔碎。五月初你就该回来，木实出国前那次聚会之后，你们就该给这里打个电话。

小姑娘拿了毛巾过来，放到你手里说，你们洗洗脸！她把你们引到院子角落里的压井前头。那是一个铁问号横在竖着的钢管上。你还记得怎么打水。先得倒水进去——脚边就是水桶，桶里有瓢，半个葫芦切成的。小姑娘舀了水，倒钢管里去了。你使劲按下那个硕大的问号，再提起它，再按下它，它咯吱咯吱的很不情愿。慢慢地，压下去就费力了，就像把黄泉下的整个水脉都拉了上来。一，二，三，四，五…… 水从那个斜斜的出水口溢出来，起初淅淅沥沥，后来就波涛汹涌。愤怒的水柱跌进脸盆，把它打得团团乱转。水流也飞得越来越远，最后索性越过脸盆扑向黄土。玫蹲下身子伸手去拽它，被水溅了一身。噼噼啪啪的水珠散落到黄土里，转眼就不见了。

你放下手里的压杆，盯着还在滴水的出水口看了一会儿，又把搭在肩膀上的毛巾拉下来递给玫。她顺从地接过它，用冰凉的地下水擦洗她红肿的双眼。

几只母鸡在院子里徘徊，离他们远远的，你随处可见它们的粪便。用来晾衣服的铁丝一头拴在屋檐下的钉子上，另一头捆住一根老竹。竹子在风里摇晃，铁丝随之起伏，那样子一点儿都不牢靠。

小姑娘是木实的大姑的孙女，那就比木实小一辈了，应该叫她什么？他问她几岁了。她说她八岁，虚岁。他问她怎么没去上学。她说她刚从学校出来，放半天假呢。白爷爷解释道，这小孩儿在她舅老爷这边住，在这边上学，这边的学校比她家那边的好些。

她舅老爷就是木实的父亲，她该喊木实舅舅吧？应该是吧，她不是也喊他“舅舅”吗？

你都没怎么见过木实的大姑呢。你和玫在山镇的时候，她都已经出嫁了。木实的小姑出嫁你是记得的。你怎能不记得？你是给小姑父端洗脸水的人啊。

小姑父跟小姑结婚没几年就死了，你总会想到那盆洗脸水。你总觉得这个结局，你是负有责任的——你是那个端洗脸盆的人啊。

压井后头是用油毛毡覆盖的四方形状的东西。你走过去，透过油毡缝隙看到层层叠叠的厚木板。

小姑娘说，是舅舅给祖外爷爷买的寿材，楠木的。她说的这个舅舅，应该就是木实。寿材的事，木实和他提过。守着这样一堆木头，会让一个老人安心落意。他不知道奶奶是不是用这样的木板埋葬的。

50

一只军用棉帽挂在泡桐树上，有两个耳朵的那种，帽耳朵可以折上去扣在头顶上。在那个著名的雷锋画像里，这种帽子使英雄的面孔格外敦厚。他想象爷爷冬天顶着这个帽子的样子——这个年龄的老人，但凡制服及身，都有几分滑稽。

钢丝上晾晒黑色的棉袄棉裤，都是恍若隔世的老式样，棉袄用的是盘扣，支棱着一排小疙瘩，棉裤是臃肿的直筒子。三十年前的冬天，白爷爷就是穿着这身棉衣，带他们到镇上去赶集，给他们买他们这辈子都念念不忘的落花生和生煎包子。三四个孩子跟成一串，随时会被路旁的任何一种事物诱上歧途。

白爷爷一定有过年轻的时候，但三十年前他跟着他的时候，白爷爷已经是个老人了。从那个时候再回溯十多年，爷爷还是个村主任呢。想必是个精明强干的中年人。但在你最初的记忆里他就是个持重的老人，此后一直在这种风格里不曾有变。你无法想象他也曾年轻，甚至也曾是个孩子，有过无穷的欲望和冲动。

但即使他年轻的时候恐怕也不会是个欲望炽烈之人，否则在他的青年时代，他应该就会被一场又一场革命裹挟而去。

一架飞机轰鸣着从头顶上的天空滑翔过去。他抬头看这硕大银白的家伙，听到站在一旁的小姑娘自豪地说咱们村子正好在一条航线底下。

这半个下午，已经有好几架飞机飞过去了。银白色的机身伸手可及，连舷窗都历历在目。它们以起降阶段特有的力不从心笨拙地爬过天空。

白爷爷脸上也露出骄傲的表情，说现在跟过去可不同了，从前谁坐在家里抬头就看得到飞机？也就是闹日本人的时候有过，那会儿大家见了就逃，那时候飞机小，现在，个头大，样子也好看……

玫问爷爷有没有坐过飞机。

爷爷说没有，说这么一大把年纪，经不起折腾了。

也就像坐汽车，只是起飞降落的时候有点儿摇晃，你说。

飞那么高，要是掉下来咋办，小姑娘表情严肃了下来。

哪能说掉下来就掉下来，爷爷指着天空：你看它们天天飞来飞去，有一个掉下来的？

对啊，只要发动机开着，飞机不失速，就不会掉下来。他说。

"万一发动机熄火了呢？"（小梅真有几分杞人忧天的性格呢。）

飞机上至少有两个发动机，有一个开着就够飞一阵子的了。

"要是两个都熄火了呢？"（她真不是一般的杞人忧天。）

白爷爷说，这孩子尽把事情往坏处想。

玫说这孩子的谨慎是好事呢，她就认识一个人，每次买机票前都要搞清楚要坐的那班飞机有几个发动机，必须有四个发动机的他才肯坐。

"要是两个发动机都坏了呢？"这孩子一点儿也没有被安慰。

他说就算那样，飞机还能滑翔呢。

"那直升机呢？直升机又不能滑翔。"

他说其实直升机也可以在关机的情况下降落，发动机一旦停车，螺旋桨被下落时带起的空气吹转，可以抵消下降的力量。

女孩露出不相信的神情：舅舅，那么重的铁疙瘩，不会直接砸下来啊？

不会不会。

你们坐飞机过来的？白爷爷问他们。

玫说是坐火车来的，火车票便宜得多呢。

小时候他跟白爷爷算不上亲近。爷爷不是个温暖的人，却是麻利的。他还记得爷爷在自留地里支豇豆架，细溜溜的竹子被收拾得整饬齐顺，完美地立在春天里，仿佛一支训练有素的军队。麻利是一种至今让他钦佩不已的能力，他从未拥有过。他自己是笨拙的，并不怎么讨爷爷喜欢。爷爷牢骚满腹，但又不是悲观厌世之人，所以那种牢骚里又有几分自以为是的味道。能把春天收拾得整整齐齐的人，多半都有这种气质。

白爷爷指挥小姑娘给他们倒茶，小姑娘就顺从地跑进厨房里去了。

爷爷问他在外面做什么。

他本想说他不在做什么，但他说他在教书——这当然不是真的。

他问他教了多久。他说才刚开始。

“老教书可不行，教书是个旁门，不能老教书嗯。”

他只好点头。

如果是白奶奶，她这个时候就会说，小黎真行，都能教书了。

爷爷又问他木木的近况，为什么这些天打他的手机找不到他。他说他挺好，这几天在国外，搞房地产生意的就是忙。

“也是偏门。”老爷子说。

“木木可不偏，”他说，“我们谁也没他挣得多。”

爷爷问他木木的副总经理相当于科级还是处级。

他不知如何作答，可能，大概，也许……

爷爷问他木木管多少人。

他说人不少……二三十个……

“再好好努力！”老爷子是对木实说的，也像是对他。

茶是用玻璃杯子盛的，能看到茶叶在热水里沉浮起落。有的叶子一路落到水底，就踏踏实实地待在那里，有几片沉下去又浮上来，浮上来又沉下去，就像是在遭受着命运的捉弄。他端过杯子，吹开水面的茶叶去喝水。水真够烫的，连嘴唇这一关都过不了。他又把杯子搁回茶几上。

“小玫，你现在做啥？”

他替玫作答：她是画家。

“画家好，画家好。”

玫这时候想起她还带了画来，她把画轴拿出来展开，爷爷把眼睛几乎凑到画上。

好看！爷爷说。

松鹤延年，松树有几分张牙舞爪，但两只仙鹤很温柔……

51

屋背后的水塘，已有一半被填平，另一半，也干涸见底，一些垃圾扔在里面，一堆石头也丢进去。每家各户门前都需要这样的垃圾坑，方显生活的繁荣。

记忆里的水塘是一片汪洋，现在他抬脚就可以从这头迈到那头。

那棵柳树居然还立在坑边，早已是庞然大物，而茎干上堆叠的肿块，是死亡的不可回避的征兆。

水塘边还应该有一棵豆梨树，那些秋天，满树的小果子被冷风一吹，一半撒进水里，一半扔到岸上。他曾经捡起豆梨放进嘴里，那种又酸又涩的滋味立刻冲头昏脑。豆梨有拐枣的色彩和形状，于是就有一种甜蜜的诱惑。拐枣根本不是一种枣，而且也不能算一种水果，它们缺少水果必须拥有的酸味——要是没有保留一点点酸味，一种果实也就丧失了作为水果的资格。

对了，豆梨树后头还有一棵枣树呢。

他问小姑娘，离柳树不远的那个地方，原来还有一棵枣树。

她指着一个树墩说那就是，“它疯掉了。”

玫说她不相信一棵树还能疯掉。她拉着小姑娘的手，走向树墩的方向。

枣树说疯就疯，还会传染，村里的枣树都砍掉好几棵了。

他也在树墩前蹲下来，看它黑色的疙疙瘩瘩的截面——这棵树显然是被斧子砍断的，树墩周围涌出新枝新叶，葱葱翠翠的一大捧。

“它被砍掉以前，满树的叶子都长得乱七八糟，枣也不甜了。”

那是得好好治治，玫说。

“打过药，没用。”

“砍掉又长出来的叶子好像也还是不好。”他说。

“从根上疯掉了。”小姑娘说。

他们离开枣树，穿过整个村子往北走，最后站到一大片刚刚收割过的麦地前头。有一只布谷鸟在远远地呼叫，声音如同波浪阵阵。这波浪把几十年前麦收的场景都拍打了出来：奶奶提着茶壶从垄间穿过。茶壶里盛着刚刚烧开的热水，撒了茶叶，还放了糖精。那时候还不容易买到糖，几粒糖精，就能让一大壶茶水甜蜜起来。

那时候怎会想到现在他们会在这不曾改变的田埂上行走，而她已不在人世，他们穿过这片田野去找她的坟头。那时候的他们如果能看到现在的情景，就根本不会对生活怀有希望。此时此刻的一切，不是必然会发生的吗？那么将来……

他想对她说，如果沿着时间的路径去思考生活，就不会对它抱有任何希望。但他看到在田埂上蹦来跳去的小姑娘，就把话咽回去了。

白奶奶埋在一片杨树林里，那是一片坟场，高高低低的坟头在树间星罗棋布，多到触目惊心。当年这里还不是一块墓地。他不记得村子旁边有这么一片杨树林子。这三十年，当然有不少人去世了。

风一遍又一遍穿林而过，让千万片叶子代替死者发出声音。

小姑娘指着一个又一个坟头，说这是谁谁，那是谁谁，替阴阳两界之人相互做着介绍。那些名字，他多数一点儿都不记得。当年在山村里的老人，如今多数入了土。他们刚才从村子里走出来的时候，小姑娘也充当过他们和老人们之间的介绍者，他从几个老人惊讶的眼神里找到了他们当年在此存在过的证据，而且他们给这个村子留下的记忆，反倒比这个村子留给他们的要多。老人们居然还知道他出国了。

奶奶坟上的新土还是湿润的，覆了几只花圈。鲜艳的塑料的颜色一点儿都驱散不了悲哀。

他以为小姑娘会害怕这地方，而她的轻松倒像是真心实意的。她把纸钱堆到坟前，对着新鲜的坟头念念有词。“舅舅和姨娘看你们来了。”

打火机呼啸着点燃了冥币，那些印了百亿、千亿的数字的钱，是用最容易引燃的纸料做成的。那么多的钱——抵得上一个国家的中央银行——转眼灰飞烟灭。

坟上并没有碑——要是在城里，墓碑总是必不可少的，一半刻上死者的名字，另一半空着，留给那个未亡人，也许会刻上“爱妻之墓”之类的未必言之由衷的文字。

小姑娘又绕到周围的几座坟前烧了几沓冥币。是啊，阳世的客人来送礼，周围的亲戚邻居当然也与有荣焉。

有人朝树林走来，远远地叫他的名字。“大黑伯！”小姑娘大声回应。

走过来一个面孔黝黑、身材干瘦的中年人，先握了黎的手，然后拍黎的肩膀，说咱们这有多少年没见了？！上一次你来俺正好出去打工，都没有见着你，这次你又不打招呼就来了。

黎说，没想到黑哥还记得俺。

哪能不记得！我们村就出你一个博士。

一阵风把几座坟头前残破的纸钱吹得呼呼作响，辛辣的青烟朝他们扑面而来。

黑哥瞅着飞扬的纸灰，说现在大家都讲究了，哪像从前那会儿，弄几张草纸烧烧就算了。现在都成亿成亿地送过去。送到那边还不是要落贱，一个亿也不知道能买点啥。

“通货膨胀！”小姑娘说。

“这小姑娘懂！”黑哥从怀里掏出纸烟，弹出一根送到黎眼前。

他接过来，凑上黑哥打着的火。

“白奶奶是个好人。”黑哥说。

“好人。”他说。

“该活一百岁。”黑哥说。

“好人不长寿。”小姑娘说。

“这孩子！”黑哥扶了扶头上的帽子。

“白奶奶讲的。”小姑娘说。

“这孩子，”黑哥咳了一声，“…… 留了白爷爷一个人也不好过！”

他点头。

玫蹲在坟前，用一根树枝拨火，好让那些散发着油墨味的残币传送得更彻底一些。

小姑娘蹲到玫旁边，捡了树枝和她一起拨火。一把大火真的能连通阴阳两界？

冥币和草纸都燃烧完毕，就不再有风吹火焰的声音，玫的哭声也就清晰可辨。

他站在一旁，接过黑哥递过来的第二根烟。

“人活千载，还不是终有一死，”黑哥吐出一口烟，“你当年光着屁股跟我们到处跑的样子还在眼前，现在你看，都博士了，换了一个人。你看我，四五十了，老了！”

“哥您孩子多大？”

“今年结婚。”

“儿子女儿？”

“女儿。”

“嫁得远不远？”

“十里地。”

“好福气。”

“那不一定！”

他们回到爷爷的院子里。白二叔正坐在爷爷的椅子上等着他们。“在午睡，”二叔说，“要睡到傍晚。”二叔指指客厅，说打从你们奶奶去世，他就不敢睡卧室里了，就睡客厅。

“他怕，”二叔说，“不吵不闹地过了一辈子，人死了，还是不能不怕。”

“奶奶去世，木木也不回来一趟，木木可是她最疼的大孙子。”白二叔又说。

“刚好出国了。”他说。

“这孩子还好，其他几个孙子，唉！我那两个孩子也算上。出去打工，半年也不给爷爷奶奶打个电话—— 你就是不给我们打个电话，也该给爷爷奶奶打，他们小时候不都是爷爷奶奶看大的？！半年也不打一个！”

白二叔从上衣口袋里摸出烟盒，抽出两根，一支递给他，另一支叼在嘴上，然后在身上一无所获地摸索。白婶走过来把一只打火机递到他手里。白二叔举了火苗呼啸的打火机，他把烟凑到火上，感到火焰的温度在面前翻涌。

“在北京干啥？”

“干点零活，正式的还在找。”(他忘了他交给爷爷的那份答案。)

“从国外回来，一定有单位抢着要。”

“其实不容易。”

“在国外学啥？”

“社会学。”

“啥叫社会学？”

“就是研究社会现象的。”

“现象？”

“比如，为啥咱们农村的妇女遇到想不开的事，动不动喝农药，为啥城里的女人就不喝。”

“谁说城里的不喝。”玫插话进来。

“哈哈哈哈，”白二叔把烟灰抖到水泥地上，“你学这个啊，工作是不好找。”

是的，本来就是屠龙之技。

“你俩晚上住我们家吧。”

“不了，我们住爷爷这边就好。”

“还得再铺床，被子都没有。”

他们没有坚持，就算答应下来。如果睡奶奶睡过的那间卧室，你会不怕吗？你千里迢迢回来，那么热切地想见到她，但是死亡一下子就改变了世界的面貌。

太阳落山的时候爷爷才醒来。白二叔和二婶已经回到他们的房子去准备晚饭。

“玫、黎，你们来了几天了？”爷爷问。

“上午才来。”（他心头一惊。）

“我这记性！”

“兴国跟你们一起回来的？”

他和她面面相觑。

“您是说木木？”

“对，木木、木木！木木都不来看我了。”

“木木年年来。”

“你二叔在哪里？”

“和二婶回家做饭了。”

“你二叔做什么饭，他从来不做。”

“爷，您每天吃饭谁给您做？”玫问。

“还不是我自己。”

小姑娘提着热水瓶进到院子里，说，舅舅姨娘，你们喝茶。

爷爷指着小姑娘说，这孩子好，就她老惦记我，老上这边来。

小姑娘眼圈红了。

他记得小姑娘在树林子里说，祖姥姥已经走了，她不能让祖外爷爷再走。

52

他们和白二叔一家把饭菜端到爷爷的院子里，又从爷爷的客厅里拖出一张油漆剥落的方桌子摆到院中央。大家团团围坐，在苍蝇和蚊子的袭扰里吃饭。

白二叔家的两条狗也跟了过来，在桌子底下窜来窜去。

“现在的狗，都比那个时候的人吃得好。”白爷爷看着兴国把一块肉扔给狗，嘟囔了一句。兴国是白二叔的大儿子，他给在座的每个男人都斟上白酒，只有爷爷得以幸免。杯子是盛得下半斤白酒的玻璃茶杯。挂在院子里的白炽灯泡发出的亮黄的光芒穿过透明的玻璃杯里透明的烧酒，把诱惑人的香气赶得满院都是。可你只要端起酒来，朝着举过来的杯子碰过之后凑到唇边，它就有一种异端的滋味：辛辣、强劲、不由分说。兴国比他小八岁，在他离开山镇的时候，他才刚出生，被白二婶子用厚厚的包袱包着抱在怀里任他们这些小孩子瞻仰。白二婶那时候还是个漂亮的新媳妇，长相百里挑一，脾气也好。可是她怀里的兴国皱皱巴巴的一点儿都不好看。现在的兴国算个帅哥，跟那个婴儿在相貌上毫无瓜葛。在兴国是个少年的时候，他也见过他几次，可是那些印象比那个婴儿还要模糊。这并不妨碍兴国以久别重逢的口气管他叫大哥，说奶奶经常念叨你，你是我们里头最聪明的一个，能跟你在一起喝顿酒是何等荣幸。他不知道该用什么话来搪塞这种令人难堪的恭维。玫说他哪里聪明，就是个书呆子而已。这话为他恰当地解了围。

他说小时候奶奶对他和宇文玫很好，可这几年没能来看她，她去世了他们才来，这是个没法弥补的遗憾。兴国就大哭起来，说他也没有见到奶奶最后一面。

大家安慰兴国，说除了你媳妇米芳，谁照顾两个老人能有那么尽力。

米芳是个好媳妇，白二叔也说。

他问兴国，为什么不让米芳过来吃饭。兴国说她忙着做饭呢。他才突然想起，这里的女人是不上宴桌的。

一个女人端着一笸馒头过来放在餐桌上，白爷爷向他和宇文玫介绍说，这是你二叔的二儿媳，淑兰—— 宁国的媳妇。这时候跑来两个饱满的孩子。“这是兴国的女儿，这个是宁国的儿子。”白二叔说。

“几岁了，小美女？”“三岁半了。”

“几岁了，小帅哥？”“四岁了。”

等兴国擦干眼泪，他小声问兴国：现在这边还不让女人上宴桌？

兴国小声回道：在外面都无所谓，有老人在就讲究一点——除了米芳，谁还管爷爷奶奶？他们一个个都说得好听。

兴国站起来走到爷爷的客厅里又拿了一瓶白酒出来，众人都劝兴国适可而止，可他哪里肯听。

米芳从厨房走出来伸手按住兴国的酒杯。兴国说："娘们不要管！"米芳就把手缩了回去。

兴国把一整杯白酒给自己灌下去，就变得分外透明，说出来的话也就发自肺腑地难听。

兴国说他在外面打拼，你们在家里就照顾两个老人都还照顾不好，除了米芳，你们都不及格。

白二叔说你这孩子尽胡扯。

"我胡扯？我在哪里不是……"

"就你能！"白二婶说。

兴国说这些年在外面跑来跑去，家里的事情照顾不到……"要不然，奶奶会死那么早"……兴国伸手抹一把泪，说今后他不走了，就守在家里尽孝。

米芳说你讲得好听，待两天你一准朝外头跑。

"笑话！我啥时候说了不算？在苏州我跟老板讲干三年我就干三年，可少了他一天？"

"你差点没把人家吃垮。"二婶说。

"人家能给咱吃垮了？！公家的厂子，美国人的钱，嘁！谁垮了也轮不到它垮。"兴国伸手来拍黎的肩膀，"弟我没文化，可我讲义气，哥你能来看爷爷，跟弟弟是一路人！"

"苏州是个好地方。"黎说。

"到苏州，跟我联系，我一个电话过去，那帮人准把你照顾得妥妥的。"

"谢了。"

"谢什么！一家人！"

"你一个电话？你一个电话人家不摔你就不错了。"二婶说。

"摔我？当年要不是我，他们谁能把那帮苏州老太太摆平了？好家伙，两个老太太往马路当间一躺，滚刀肉似的，除了我兴国，谁敢动她们？！"

"人家是不敢动，你倒好，你一保安，去揪老太太，缺不缺德，厂子是你家的？"米芳说。

兴国戳了戳黎的肩膀，得意地扬了扬眉毛："你不知道那场面！美国股东的轿车，前头躺一个老太太，后头躺一个老太太，那鬼子猫车里动都不敢动一步。哈哈！"

"人家老乡就是想多赔点钱，你一个外地人去多管闲事。"米芳说。

"没人管我管！美国股东在车里，厂领导也在车里头，我一看，表现的机会到了，上去一把扯走老太太，鬼司机一踩油门，溜了！”

“乡亲们没上去把你踩扁？”二婶问。

“他们敢？！”

“那你也够缺德的。”二婶说。

“你这是帮洋人挣咱中国人的钱，这事咱最好别干——资本家会帮咱中国人发展？他们还不都为赚钱。”爷爷终于开了口。

“那倒是！”兴国说。

爷爷说：“咱家的人不要给洋人挣钱，也不当资本家——咱家几代人就没有做生意的。”

“那种坑蒙拐骗的咱家怎么会有。”白二叔说。

“木木给资本家干活，干一阵子就算了。”爷爷说。

兴国说：“咱家怎没做生意的？太爷爷不是？”

“你太爷爷不是生意人！”白二叔瞪了兴国一眼。

“怎么就不是？”

“你太爷爷，忙的时候雇几个帮工的，常年就是我们几个儿子帮着他干。”爷爷也不高兴了。

“都是咱自己家的事！”白二叔瞪了兴国第二眼。

玫问爷爷，太爷爷后来的生意怎样了。

“都交给公家了。”

“可惜了，好好的有个产业。”兴国说。

“咋能这么说，交上去支援国家建设，小家损失，大家受益。”爷爷说。

“您是真心的？”兴国问。

白二叔拍了桌子——啪！“你到外头去就学了这些回来？”

“那现在您看人家，”兴国朝东边指了指，“政府怎么不把他们的弄国家去？”兴国似乎并不怕他爹。

“就知道羡慕人家，”米芳说，“是缺你吃了还是少你穿了？”

“咱家是不是该跟人家学学？”兴国并没有闭嘴的意思。

“学？！”白二叔说，“好的你不学，你学学小黎，也拿个博士回来！”

“博士能当饭吃不？”兴国用胳膊肘拐黎的腰，“博士哥，你说你拿个文凭放在家里别人会给你送钱来不？”

黎笑了，说文凭就是个文凭而已。

“人家比尔·盖茨连本科文凭都没有对不对？”

“他这些年尽学些坑蒙拐骗的。”白二叔指着兴国对黎说。

“我骗谁了？！”

“你没骗谁！”

气氛一下子尴尬了。大家沉默了一会儿，黎说：“做什么都不容易，做生意也不容易，过去的现在的都不容易。”

众人点头。

“你们瞧瞧，这叫知书达理。”爷爷说，“木木可惜了，上了大学还跑去做生意。他爸爸劝他他也不听—— 小黎，你学上得好，要去当官，当老师那可是偏门。”

黎也沉默了。

玫问兴国，伯伯（木实的爸爸）身体可好？

兴国说，当了一辈子穷老师，现在退休了，还返聘回去，吃粉笔灰没吃够。

“吃粉笔灰还是小事，他那烟抽的……”白二婶说。

“M 城中学一支枪，烟枪，学生都这么说他。”白二叔从口袋里掏出一包烟。

“那可不，啥时候也没见他手里断了烟。”米芳说。

“当老师的为人师表，老得装得一本正经，再不抽个烟，活着还能有个啥乐趣。”兴国说。

“你歪理真不少。”白二婶说。

“博士，你说是不？”兴国问他，但听他的语气似乎并不需要他回答。

“返聘接着当老师，好歹能给他家老二攒点钱。”白二叔说。

“老二有他哥撑着还怕啥？！”二婶说。

木实的弟弟石头比木实小六岁呢，你从来没见过他。

“那孩子可没他哥出息！”爷爷说。

晚饭后他们被兴国领到他家去，在院外的梧桐树下喝茶。兴国陪着黎和玫坐了一会儿，就被米芳叫进去帮女儿洗漱。

浑圆的月亮从树林的遮挡中费力地爬上来，升到树梢上，像一张惨白的面孔。

他百无聊赖地伸手到裤子口袋里去摸索，就摸出了一包香烟。他想起这烟是在 M 城买的，那时他们在汽车站等车，也是无所事事，于是在一家小杂货店里买了它—— 可他还没来得及把它打开，车就来了。白天一直内疚地接过别人递来的烟，居然都没有伸手去兜里摸一摸。

他撕掉烟盒外层的玻璃纸—— 在宁静的夜空气里，撕扯的声音听起来很温暖，让他想起在半夜里听到的窸窸窣窣的小雨，或者白奶奶用一种红色的又脆又硬的油纸包裹点心—— 在新年零星的鞭炮声里，油纸折叠的窸窣声亲切悦耳，一声声都是欣喜。他看到方不楞登的灰木桌上摆满一包包整饬的礼物。白奶奶挎着篮子，小脚趔趄着去走亲戚，篮子里就是那些用油纸悉心包裹的圣物。临行前她对他们挥手：谁跟俺去？他和木木一拥而上，只有玫在一旁听天由命地观望。可是奶奶最爱挑她去。“跟奶奶走！”于是她从椅子上爬起来，顺从地跟上她。玫最适合担当这样的角色，从不东奔西跑，也不半途而废，更不会在路过集市的时候要这要那。

他自己也跟着奶奶去过好几个地方，甚至还喝过一顿喜酒。那次他和另外一群素昧平生的孩子挤在一桌。菜肴里有他最喜欢的芹菜炒肉丝。有人给他斟了一小杯白酒，撺掇他喝。他不知深浅地就一干而尽。于是世界开始倾斜，人世的喧哗与骚动也渐次朦胧。然后他就把抢着吃下去的美味芹菜肉丝吐了出来。

葬礼后人家开的流水席也热热闹闹的，丝毫没有悲哀的气氛。

她说在她记忆里夏天山村整夜都是虫声喧嚣，现在为何如此安静？

“那应该是七八月份，虫子们的求偶季节，现在它们还青涩着呢。”

“听说有些虫子只能活几个月。”

“朝生而暮死的都有。”他说。（他想到去年九月份买的那只蝈蝈饿死在笼子里的惨状。母亲来的时候对它真是悉心照料，她走了以后他就忘了它。）

“谁不是朝生暮死。”

“人生不满百，放在亿万年这个时间表上，真是连朝生暮死都不如。”他说。

圆月终于爬到了半空里。

“这个宇宙终究有一天会缩回到那个一无所有的点。”他说，“我们所有的人，所有的一切，都会汇聚到那个原点。”

“又是哪个物理学家的胡扯——说真的，那些虫子只能活几个月？”

“我听说蝴蝶只能活两个星期。”她说。

“那简直和没活过一样。”她又说。

“幼虫倒是能活好几个月，那种难看的毛毛虫，在叶子上一待就是几个月，再变成蛹。最后变成蝴蝶，就是两个星期的美丽浪漫的交配季节。有的比两个星期还短。”他答道。

她说：“也许蝴蝶的两个星期，在它们的感觉里，比我们的十年还长。是不是呢？我们人类过了十年，又能经历什么呢？有时候我觉得，女人过了二十五，她也就死了。”

“你们男人呢？你说说。”她又说。

“嗯，我在 29 岁的时候，觉得末日已经来临。”

“现在呢？”

“现在不就现在这个样子。”

他们听到一个女人歇斯底里地哭喊：“不过了！！！”接着是什么东西被摔碎的声音。

是米芳。

他们马上冲进院子，又冲进传来争吵的那间屋子。

米芳说要和兴国离婚。

兴国说离婚就离婚。

米芳说拿纸来写协议。

兴国说，写个屁，你给我立马滚蛋。

米芳伸手搂过女儿，站起来要走。

兴国说，你敢动我女儿？！

米芳说，稀罕她？没给你生儿子你巴不得俺娘俩滚蛋！

兴国说，胡说！

他伸手拉兴国，说，你冷静冷静。兴国就抱起女儿。

宁国的妻子淑兰听到了争吵，也从隔壁赶了过来。

淑兰说，嫂子哥哥你们别吓着孩子。淑兰后头还跟着小梅。小梅走到兴国身边去哄小女孩。小女孩就扭动身体要从兴国的怀里下来。

米芳说，今天就把这婚离了。

淑兰说，你瞎说。

米芳说，我说得出来就做得出来。

淑兰说，作为女人，都当了妈，怎么可以这么想。

米芳说她受够了。

淑兰说，家里是缺你吃还是缺你穿啊。

米芳说，除了有口饭吃，这日子有什么过头？

淑兰说，怎么就没过头了？

米芳说，你问问他（她指着兴国），兴国你这些年挣的钱都借给那帮人，我们手里有几个钱？

兴国说他那是投资。

米芳说，投资！（她把那个“资”字高声喊出来，就好像追着兴国说的那个字使劲捶打。）

兴国说，那么多年的朋友……

米芳说，朋友？他们谁比你缺钱？！

兴国的女儿终于从兴国的怀里挣扎出来，奔到妈妈怀里。

米芳搂着女儿说，我明天就回娘家住！

兴国说你敢！

米芳说我敢！

兴国说看我不揍死你！

米芳说你来！

兴国说你以为我不敢。

他把兴国拉到门外头，递给他一支烟，给他点着火，他也给自己点了一支。他不知道自己该说什么，只好默默抽烟。

院子里重又安静下来。

白二叔和白二婶来了，要黎和玫去他们那边住，“虽说条件没他们这边好，好歹清净！”

他们跟着二叔二婶沿着巷子走，二婶怀里抱着兴国的女儿，对他们说：“让他们吵去吧！”白二叔说：“让他们吵！”

兴国的女儿说：“让他们吵！”

二叔和二婶就一齐大笑起来。

53

床上堆红叠翠。被单是红绸的，床单是绿绸的，都绣上大团大团的翻滚的牡丹。枕头热烈的绛红色，游着五色的鸳鸯——也是丝绸的。

墙上贴着年画：一个天蓝色衣裳的胖男孩抱着一条大红鲤鱼，手里还攥着一大朵粉红的荷花；胖男孩双眼乌黑，袖口是靛蓝色的，脸和他手里的荷花一样的粉红；大红鲤鱼有一双金黄的眼睛。孩子和鲤鱼全都炯炯有神地盯住你。

窗户上妥帖的红双喜，正对着窗下的一对儿红沙发，沙发前是淡褐色茶几。茶几上的茶壶和茶杯，都是光洁的瓷器——壶身有麒麟送子图，茶杯上依然是牡丹花。

这葳蕤生光的屋子当然是一间新房。这是间婚房吗？是。木木的弟弟弟媳今年刚结了婚，又都走了，打工去了。都结婚了？恭喜恭喜！为什么没住在镇上？他妈妈的户口还在我们村里呢，木木的弟弟也是，木木考上大学当然就是城里人了。木木的弟弟也是在这里长大的，跟我们比跟他爸妈亲！

“都二十五六了，算晚婚了，你们城里人也没多少这么晚的吧，木木这年纪都生团团了。”说到团团白二婶叹了口气，说木木跟小芸一个国内一个国外，夫妻哪有这样做法。黎和玫两人面面相觑。白二婶和小芸还沾亲带故呢，除了从木木这一层来说，但具体是什么亲戚，你也不便细问。

玫说小芸出去念书，毕了业肯定就回来了。你看黎他不就回来了吗？

看菩萨保佑吧，白二婶抬眼望望年画里的孩子，仿佛那就是菩萨。

宇文老师在那边好吗，白二婶问。好好。啥时候回来，也到我们穷乡里来看看，白二婶看着玫，眼睛是湿的。

在团团圆圆的气氛里，每人都说着不切实际的、聊作安慰的话。

白二婶把黎带到隔壁房间。这里就朴素多了，从浪漫主义回到现实主义。褪色的桌椅、掉了漆的热水瓶、床单改成的窗帘，都是在世间挣扎过的。白二婶又抱来一套绿绸的床单和红绸的薄被，也是木实的弟弟结婚时亲友所赠。家里现在就这东西多。玫站在白二婶旁边，帮着她铺床叠被，动作算得上娴熟。他也想帮忙，二婶说这你哪里会呢？

百年之后，眼前这一切都会消失得干干净净。这突然冒出来的念头让心情黯然。他扭头瞧窗外，月亮怔怔地透过窗子望他们。二婶已经是个老妇人了，她应该还不到五十五岁吧，看上去已经是不折不扣的老人了，修完了人生的种种必修课，终于对一切都抱有平静的满足。当年的白奶奶就是这个年纪，也是这样的模样。一转眼，玫也会这样，满头灰白的头发，摊开簇新的被套，捋平床单上的褶皱。这一切肯定会到来。他觉得这些想法应该是玫才会有的，但是月光洒在热水瓶上反射的光芒真让人心酸…… 二婶抱着换下的旧床单、旧被子和旧枕头出门去了，玫也跟出去了。

54

月亮在窗口徘徊，这个浑圆硕大的盘子倾其所有，把光芒悉数倾倒下来。

他躺在床上，月光盖在他身上，凉丝丝的绸缎一点儿都不亲切。那些大朵的牡丹摸上去倒像是皮肤上的疤痕，或者足底上的痂茧。

他想到奶奶的坟就在不远处，和他一样被月光笼罩，就感到一阵莫名的安慰。

然而她躺在那里其实也并不在那里，就像你睡着以后，这个世界也就暂时没有你。每次从梦里醒来，何尝不是一次死而复生。

终有一天，你也一样睡下，被月光笼罩而无知无觉。一切纠葛都烟消云散，留不下一丝一毫。

“都说死去的人，魂要在家附近漂三年。”“别看老爷子成天说活够了，活够了……其实谁有活够了的那天？”白二叔说到他父亲的时候满是调侃的口吻。三十年前他可不敢这样，那时候他还是个青年，对老爷子毕恭毕敬的。

“时间仿佛套在脖子上的一条围巾，松一点是装饰，紧一点就喘不过气来。如果死亡在十年开外，你会觉得自己还可以活很久很久，若是在二十年以外，就觉得自己简直要永生。”

然而死亡一般而言转瞬即逝，幸福倒还显得长久一点呢。

他抱着一岁多的女儿在公寓前的草地上漫步，时间就是停止的，柔情将心头所有的空隙填满。于是没有野心，没有冲动，生活就是生活本身。他不知道那算不算幸福，即便是，也是冷暖自知，不足为外人道也，而且也经不起推敲和摔打。

他曾经抓着奶奶的衣襟为一只被夺走的苹果大哭，玫也曾这样。哭泣还在耳畔回响，人已不是原来的那个。也许再过些年，人还活着而这些声音已从耳边彻底消失——这不也是一种死亡？人其实就是这样慢慢死掉的。

“小黎刚来我们村子那些天，听到远远的公路上汽车喇叭声音，就朝村子口飞跑，‘爸爸妈妈来接我了！’‘爸爸妈妈来接我了！’我就跟着你追！除了我，谁能追得上你！每天都跑出去好几回。爸爸来接我了，妈妈来接我了，唉！几个月以后他妈妈来，他都不认得她了……”白二叔那时候是二十多岁吧？应该正是如日中天的时候。

几声犬吠传来——也许是夜归人的脚步惊动了它们。它们总是这样，一有些风吹草动就又叫又嚷，是恐惧，还是恐吓？也许兼而有之。但小灰并不是一只喜欢嚎叫的狗，安静得像一只猫——奶奶饲养的东西通常都变成这样的性情。

在冬天，外面还是漆黑一片的时候，奶奶就爬起来出去拾粪，走到门外可怕的寒冷里去。“淮南皓月冷千山”，若干年后他读到这样的诗句，联想到的就是这样的凌晨。

奶奶拾粪回来，把手伸进被窝里暖一暖，他摸到那榆树皮一般的手掌，心头是踏实的。

55

她来到他的房间，躺在他身边，说裹着这些绫罗绸缎，简直像入了洞房。

他说你的那间才是。

她就拉了他，说，哥，到那边去闹洞房。

他说大半夜的你不怕被人乱棍打死。

她说：“要是被他们发现我们在一张床上……会不会真的被乱棍打死？”

“那是一定的。”他说。

“乱棍打死也好，”她说，“我还从来没被乱棍打死过。”

“可是现在死是不是太早了一点。”

“好吧，那就让我一个贱人去死。”

“你不是贱人。”

“那就统统乱棍打死。”她说。

“这算哪里风俗？”

“不是伊斯兰？”

“那是乱石砸死。”

“乱石砸死不好。”她说。

“横竖还不都是死。”

“那不一样。”她说。

“怎么不一样。”

“乱棍打死嘛，比较——”

“有诗意。”他说。

“我可不是这个意思，你们小资连死都要死个诗意。”

“这要看打死谁。”

“打在你身上我就觉得有诗意。”她笑起来。

“My pleasure.”

“……”

他对她说，南太平洋岛上的萨摩亚人，在婚礼当天真会把新娘乱棍打死。

“胡说八道。”

“真的。”

“哈，我有时候怀疑你不是学社会学的。”

“不过要享受被乱棍打死的殊荣，条件还蛮苛刻的。”

“生下来得是公主什么的吧。”

“那里可没有公主，他们叫她们‘陶泊’，陶泊打小就是神——邻居家的孩子算啥，人家从小就是神，臭男人动都不敢动她一个手指头。”

“那就是留着将来嫁给大神的？”

“那倒不是，长大以后只能让最优秀的酋长娶走。”

“呸！”

“新郎带着他的全班人马，带上最丰厚的财物，来女神家迎娶他的女神。新娘身上涂满酱油——哦——香油，闪闪发光，披一块镶着红羽毛的漂亮席子，站在大庭广众之下。”

“呸呸！”

女神新娘走到新郎面前，打开围在腰上的席子，赤身站在那里，被大太阳照射得熠熠生辉。新郎伸出他尊贵的手指探进新娘身体。一旦神圣的鲜血流出，四周的女人都冲上来，把这血涂到自己身上。她们还会拿石头砸自己的头，让自己头破血流，用这种方式表达她们对女神的同情。新郎呢，把手指上的圣血抹到一块白布上，把白布挂在腰间，走向众人，显示他收获了最珍贵的宝贝。如果没有血，新郎就会一而再再而三地伸手去探，最后拂袖而去。此时女神的父兄就提着事先准备好的棍子冲向她，把她当场打死。

“哥，有时候我挺讨厌你的。”她说。

他伸手让她把头枕在他胳膊上。一旦沉默下来，周围就安静得让人心疼。还好，又有几声犬吠从很远的地方传过来，世界一下子就开阔了。

在半梦半醒的时候，窗外仿佛响起安慰人的虫鸣——这声音当然是没有的，离虫子们纷忙求逐的时日还远着呢。

躺在滑溜溜的被面和床单之间，皮肤的感觉是无依无靠的。这是一场大雨之后的初夏，夜空气里还有一丝冷意，雪白的月光在被面上滑来滑去的。睡眠突然执着地抓住了他。

恍惚的梦里依然是从前的那些记忆：点缀了黑色斑纹的宝石般的蓖麻子，第一个吐出火红花瓣的石榴花蕾，沉默的白色小羊羔，场院里那只叫黑炭的马和叫桃花的驴子的交配，蓝紫色的甲壳虫，落在地上的小苹果的酸味，松塔细密整饬的形状，红薯的颤颤嫩芽，蔷薇粉红的花，青菜汤、麻油、炖猪肉的香味，马棚里的臊味，清晨在树林里走过时被露珠儿濡湿的袜子紧绷绷的感觉，溪边殷红的野草莓和它们暗绿的叶子，雪夜听得屋外柳树偶尔一声噼啪的折断，坠在枝头的红柿子在落日的反照下熠熠生辉，才出壳的麻雀光溜溜的身子和张得大大的嘴——嘴上一抹鹅黄色，大雨过后无数大大小小的青蛙四处蹦跳，梆子啪啪啪啪的敲击声，逢集时山镇上的人山人海，靛蓝的中山装，芝麻的荚果炸裂时极轻微的声响，柳塘水底的淤泥由脚趾缝滑腻腻地漫向脚面，总是难见真身的布谷鸟在林中按部就班的叫唤，清晨从树林中渗出的散淡的雾气，生核桃既香且麻的滋味，蚱蜢修长的腿和它们跌跌撞撞的蹦跳，一闪而过的白兔，劳累了一天的牛在水中洗浴时发出的沉重的喘息声，把头没入水中寻寻觅觅的鸭子，高亢的白鹅，危险的大灰狗，被投入水塘中的抱窝的母鸡和它翅膀的拼命扇动，鹅蛋雪白的壳，鸭蛋的青色，拖拉机在雨后红土上碾下的令人惊叹的几何形状，驴子的嚎叫，螃蟹笨拙的横行，细鱼儿在水面上吐出的气泡，燕子轻盈的体态，芍药花蕾饱满的形状，剥开的粽子的糯米上染着竹叶的青色，嫩豌豆的甜味儿，豌豆荚脆脆的甜味儿，从掰开的烤红薯中袅袅上升的白气，从高高的柳树上第一次朝下看的眩晕，精致的宝塔糖，黄褐色的豆杂饼，竹竿上挣扎着的翠绿色的蝉——它刚出了壳，就被面筋粘住了，指甲花殷红的花瓣，母牛胯下陶醉在奶汁中的小犊，旖旎的杏花，娉婷的香椿树，无风的天气里炊烟扭结的形状，黑炭长长的红红的阳具，被暴风撕开的云，冬夜煨火时老人们低沉的絮语，在灶火的灰烬中熟睡的老猫，麦芒在手心刺刺的疼痛，雪的腥味，柏树叶狐臭似的气味，竹叶在晚风中沙沙的声响，死去的蝉从树上啪的一声掉落下来，生土豆被切开时流出的黏几几的汁液，油菜花灿烂的黄色，坚硬的炒蚕豆，“花大姐”的金红色的翅膀，厨房油瓶口腻腻的灰泥，被闪电劈开的银杏树焦黑的树干和横陈于地的枝丫，白奶奶搭在肩上的蓝粗布手巾，远山的起伏的曲线和其上滚过的隆隆雷声，细长的粉红的樱桃梗，蓝蜻蜓立在浑圆的驴粪蛋上，扁扁的杏核和它边缘突起的纹路，一次肚痛和奶奶端来的热腾腾的红糖水，山路上奇形怪状的石头，山楂果上细密的小黑点，蚊子在向晚的空气中集结在一起上下翻飞，撞在扫帚上的黑蝙蝠和它绝望的眼神，吃完梨子手指被汁液黏住的感觉，西瓜油亮的黑子儿，蜣螂威武的形状和它黝黑的洞口，洞口周围的小土堆，麻油花在汤碗中浮荡，慢慢兼并成更大的油花儿，井壁上滑腻的青苔，孤僻安静的蟾蜍，水桶落入井中扑通的一声巨响，金黄麦地上翻飞的鹌鹑，蚕豆花上诡异的黑眼睛，火红的朝天椒自恋的姿态，麻花扭曲的形状，划过天空的流星和夜空中密密麻麻的星座，鼠尾花不祥的蓝紫色，蚱蜢口中吐出的绿色唾液，莲蓬头蜂窝似的小孔和莲子微微探出的身子，凌晨公鸡的啼鸣和犬吠，墙外的脚步声，挂在门边的成串的蒜头，有线喇叭里传来的高亢的革命歌曲，临产的蛾子一动不动地伏在树干上，一夜秋风过后银杏树下黄叶灿然……

他在纷扬的记忆碎片里睡去，又在记忆的碎片里醒来，看到窗外的天光隐隐透亮，公鸡的啼鸣此起彼伏，不知道这是第几遍了。

玫坐在床沿上，望着窗外。正对着窗子的是院子里的一棵李树，矮墩墩的才一人多高，却也挂了几枚实笃笃的青李。

李子浑圆的轮廓渐次清晰，仿佛即将到来的整个白天，都是围绕着这几枚李子展开的……

56

他们走到门外，听早起的喜鹊在梧桐树上大喊大叫。“它们都在认认真真地生活，早睡早起，该干啥干啥，不管是在北方还是南方，”他说，“我们倒像是脱了轨—— 至少我觉得自己是这样。”

她说她还是不习惯长途坐车，昨晚做梦都还在火车上摇晃，一会儿钻隧道，一会儿过大桥，颠沛流离的，这么一觉醒来，恍惚不知身在何地。

她说她整个晚上都在做梦。

村口的这条水泥马路，在以前是窄小的土路，到了雨天就泥泞不堪，走上去深一脚浅一脚的。他现在还能感觉到当年把胶鞋从烂泥中拔出来时的那种狼狈，一只脚拖泥带水举上半空，另一只却陷得更深。你不能用力太猛，拔出一只脚的时候，同时要将另一只放松，而这正是对力学原理的公然违抗。

村东头的坟地赫然在目，这里埋葬的是更为久远的先人，没有墓碑，只有高低起伏的土丘，大部分被荒草围困。

他说他没想到从村里到这片老坟地竟是如此切近，现在抬脚就到了，当年是远隔天涯的两个世界，走这一段路要仗着胆子，所以时间是停滞的。如今它直愣愣地躺在平庸的阳光底下，没有丝毫神秘之处。几个低矮的土丘，看上去若有若无——当年它们都是一座座小山压在他心头。有几次他潜入这非凡之地扑捉甲壳上闪烁蓝紫色金属光芒的飞虫，仿佛只身僭入魔境盗取奇物……一个人在坟茔间流连，奔放的好奇心压制着强大的恐惧，那根神经居然没有崩溃。

如果沿着这条路往更深的山里走，爬上一个高坡，再下坡，就来到另一个村子，大概叫翟集或者李集。那里有一大片水塘——也许只是一个小水泡而已。水面盛开的白荷花有很耐闻的香味，柔软、平和，浓一些淡一些都好——不像芍药，浓一些就恼人了。天凉快下来的时候就有莲蓬被人挑出来卖，一只只玲珑剔透的蜂窝，莲子半藏半露温润如玉。

都是老婆婆们挑莲子出来售卖，大抵因为赚不上什么钱，货物又轻的缘故吧。一层层绿皮撕开，破腹取珠，把青白且饱满的小东西放进嘴里——若不先剔除碧青的莲子心，一口下去，清苦的滋味就爬满舌头。

他那时看到的国画里，莲蓬大多是他并不喜欢的残败的模样，而那时他钟爱饱满和鲜艳的东西，喜欢工笔画里雍容的牡丹、妖娆的芍药和飘逸的菊花。至于写意画家涂抹勾勒的残荷与干枯的莲蓬，以及那些枯藤老树和古道西风，还有那些莫可名状的悲哀，在那个时候是打动不了他的。只是到了二十岁以后，那些东西才开始感染他，对他的影响与日俱增。对，二十岁，衰老是从二十岁开始的。

他们沿着马路走到柿树林边。在记忆里它是好大一片林子，年年初秋没等柿子成熟，他们就跑去攀摘。把两根竹竿连成长长的一根，在顶端绑一个铁圈，又在圈上套一只网，像捉蝴蝶的用具。杆子高高地伸上去，用网罩住柿子，强扭硬拽之下，有的柿子就屈服。不知是谁发明的这狡猾的工具，否则柿子从高高的树梢上落下，一定要跌到粉身碎骨。柿子比他们那时的拳头还小，硬邦邦的，咬一口酸涩吓人，必须把它们跟酸梨一起放在米缸里，接受乙烯的诱惑，才会变得绵软可口。

他们举头在枝丫间寻找：碧青的小柿子到处都是，繁若星辰，每一个都被涂上淡淡的一层白霜——这一层淡淡的白色，仿佛十几岁的女孩儿拿了妈妈的粉底偷偷给自己涂满脸庞，并无妖艳之态，也没有丝毫对于时光的绝望，而是平添了玲珑可爱的气质。

“我要吃柿子我要吃我就要吃。”他们说。白奶奶把他们弄回来的青柿子放进煮沸过的温水里，盖上铁锅的盖子，让他们等到第二天早上。他和木木半夜里摸进厨房，在好几只柿子上留下了牙印儿。

“涂门我家院子里就有一棵柿树，夏天夜里你半睡半醒的时候，听到小柿子冷不丁掉在屋顶上，沿着瓦片咕咕噜噜一路滚过，啪的一声摔到地上，你心头就掠过一片安详宁定的云雾，觉得这个世界是踏实的。那一路的咕噜声是最让人安心的音乐。有时你等了半天也听不到什么，睡意慢慢袭来，然而突然又掉下来一个，把你陡然敲醒。有时候一个刚落下，紧接着又掉下另一个，让世事的无常用简洁的方式呈现了一次……”

乘凉时他们就睡在树底下，柿子就直接打在席子上，啪的一声让你虚惊一场——还是睡在屋子里最安全。如果夜里失眠太久，听到七八个小柿子落下来，或者更多，心头就不踏实了，担心不等秋天，柿子都会落光，一个都剩不下了。可是到秋天依然满树都是黄澄澄的大柿子——它似乎要通过这个方式告诉一个孩子，这个世界经得起许多的损失。

在白奶奶讲的故事里，曹家村的那棵柿子树才是天底下最大的一棵柿子树——她讲的故事都在曹家村发生。大柿子树长到天上去，然后就有什么人从树底下一直爬上天庭，吃饱喝足了还带些好东西下来。然后，不出所料，这个上过天的人就开始萌生贪心妄意，做出一些莫名其妙之事。作为对贪婪的惩罚，他再也上不了天，甚至境况比遭遇好运之前更为惨淡。

在奶奶的故事里，贪心的都是聪明人，心眼儿多，可是下场千篇一律地悲惨。傻子呢，就总有福报相随。到曹家村财主家应聘当女婿的那个傻子就是如此。据说未来的岳丈大人在村中漫步，打算给聪明的秀才求婚者和傻笨的求婚者一起做些智商测验。走到河边，丈人问秀才和傻子：船为啥浮在水上？秀才答道：因为里头是空的！傻子沉默不语。走到田边，丈人又问，鹌鹑为啥能飞上天？秀才又答：因为有翅膀！傻子还是沉默不语。走进果林，丈人指着一个苹果问：为啥这果子半边儿红半边儿青？秀才答道：因为一边晒着太阳，一边没晒着！傻子依然沉默不语。回到家，丈人对傻子说，一路上你都不吱一声，是不是对秀才心悦诚服？傻子抓了抓头皮：那，石臼是空的，怎么不在水上漂？母鸡有翅膀，怎么不能往天上飞？西瓜天天晒太阳，为啥外头青里头倒红？

离山镇十五里的确有个曹家村。他自己只去过一次，当然不曾见到故事里的财主，也不见故事里的那棵大柿子树。他只记得村里有不计其数的石榴树，坠着火红的花朵。那种热烈又克制的红，让他觉得曹家村是个有品位的地方——当然在那个时候他还不知道“品位”这两个有点矫情的字眼。

据说曹家村的财主把自家塘里养的鱼都弄到镇上去卖，而自己从不拿来食用，那么贵重的东西，必须拿出去卖钱。卖了钱嘛，买地。但是傍晚收摊的时候难免剩下七八条死家伙不曾脱手，又舍不得送人——不然的话，谁还愿意花钱买他的鱼？他在回家的路上，见一条狗，或一只猫，就丢一条鱼给它。

为啥不弄回家？

烹几条鱼，搭油搭盐搭柴火不算，还会把老婆孩子们的小嘴给吃刁了。

“关于财主的故事真是比财主还多。”她说。

“那是当然，关于国王的故事也比国王多。关于生活的故事比生活还多。在五分钟里，有的人都过了两辈子。”

“你父亲也是讲故事的一把好手。你记不记得他星期天来白奶奶家，跟我们三个孩子一待几个钟头？我们让他讲故事他从不推辞。他的故事几乎每次都是从一只猴子开始。一只聪明反被聪明误的猴子，坐在树上哈哈大笑——因为诡计得以成功——没承想从树上掉下来，摔红了屁股。”

“不太记得了，不过恐怕也不会太精彩。猴子屁股为什么是红的，因为沾沾自喜从树上掉下来摔的。熊的尾巴为什么是短的，因为用它去钓鱼，被冻在冰窟窿里了。猫为什么总要去追老鼠，因为在遥远的过去，老鼠担任过猫的管家，偷走了它家里的粮食。诸如此类莫名其妙的故事。”

“有时候他也教我们背诗，《宿骆氏亭寄怀崔雍崔衮》《辋川闲居赠裴迪秀才》，题目比诗本身要难记十倍。”她说。

“赠裴秀才迪——也许是去曹家村相亲的那个秀才呢，一切现象都有确定的答案，生活的要务是训词摘句。”

“古人活得讲究。”她说。

“你父亲教我们画国画，画‘留得枯荷听雨声’，还有‘倚杖柴门外，临风听暮蝉’‘墟里上孤烟’，我觉得他和我父亲是一丘之貉。”他说。

“你还记得呢。”

“你上美院之前画的都是这些，枯荷听雨，墟里孤烟，等你上了美院，就有点语无伦次了——自从你上了美院附中，我差不多有十年没见过你。”

“你居然忘了，一九八九年秋天我去找过你。”

他说他不记得。

她说你怎么可能不记得。

从什么地方飘来一阵腐败的气味，他站住朝四下里打量。一棵高耸的杨树下，有个什么东西卧着，气味就是从那里飘过来的。

“一只死猫吧。”他要走过去一探究竟，而她把他拉向相反的方向。

“看还是不看，它都是死的。”她说。

她说小时候咱们见过的尸体还少吗？

嗯，那时候宰宰杀杀的都是在光天化日之下。

“听说在美国，超市里是不卖活鸡活鸭的。”

“嗯，不过到了狩猎季节，他们可是一点儿都不手软。”

他说有一阵子，她画了好些尸体挂在墙上，动物尸体，风干的野鸡，砧板上的鱼，牛羊的头骨，而且画他也画得像尸体。

我怎么会把你画成尸体。

反正总有一天我会变成一具尸体。

你不要说这个。

她说你记不记得，以前这个村子的牛棚前边有座坟，因为在半夜里把看牛的白二叔吓得半死，被迁到村外去了？那应该是座老坟，也许坟主已经没有后人，清明的时候也无人祭扫。我们经常在那里爬上爬下的，一座土丘而已。但是那天夜里月光朗朗，二叔看到了鬼，青面獠牙、白衣飘飘，把他的魂都吓跑了…… 迁坟那天我也吓得要死，其实根本就没瞧见尸体。一村人都好奇地围住挖开的土堆。我的心怦怦直跳。在几个男人用白布裹着什么东西匆匆离去的时候，我整个人都是眩晕的。都说人死不过一抔土，可那一抔土能把人吓破胆。能吓破胆的不只是人的尸骨，只要有人大喊一声“鬼来了”，也都被吓得半死…… 其实那时候在这个村里，坟头随处可见呢。高耸着的是还有后代的，年年培上新土。如果后代绝迹，或者后人都远走高飞义无反顾，坟头就被风雨销蚀，荒草越长越疯，老坟也就一个又一个从地平线上消失。牛棚前的那座坟丘，在被迁走之前依然高耸，恐怕也未必没有后人，但是为何又任我们这些孩子爬上爬下……

他说他大学毕业的时候，父亲带着他回老家上坟，父亲对他说，一座坟，最多有四代人过来拜祭，再往后也就无人问津了，除非他做了某种超越家族的东西。在他和父亲面对一大群土丘，祖父的、祖母的、祖爷爷的、祖奶奶的，还有这些人的兄弟姐妹的，一个又一个头磕过去，有十个之多。如此众多的坟头，也就为了他们这几个年年祭拜的人而存在，他们连给每一座坟丘添土的精力都没有。在回去的路上，父亲说，他不知道他曾祖父的坟头在哪里。父亲又说，火葬完全是没有必要的，埋在土里，最多四代人，也就变成荒草一堆，不再打扰别人。他走在父亲身边，想到刚才祭拜过的那些坟头，莫名地感到一种心安。其实那些坟，对于死去的那些人，也什么都不是—— 要是有灵魂的话，它们早就不在那里，如果没有，也就什么都没有。总有一天我们自己也会没有—— 可是这些草这些树仍会存在，而我们再也不知道了，看不到了，没有了，根本就不存在了。其实这些草这些树也不会长久，它们严格地说都算不上活过呢。人活着，不是也在每分每秒地死。每天都死掉一点，比如我现在看到这树上的青杏，就再也不会有小时候的渴望和好奇。你恐怕也都不记得了，那时候仰望高不可攀的树，找到从叶子里探头出来的毛茸茸的杏子，油然而生无比剧烈的热爱。现在我看到的是一个个青色的椭圆而已，连那热爱的记忆都淡下去了。这个记忆也就算走在死亡的路上。

“也许有一天，你把我也忘掉了呢，见了我就如同陌生人。”她说。

“除非我老年痴呆了。”

至少有些东西不会因为老了就被忘个精光。那些你爱过但又深感内疚的人，你不但不会忘掉，那种内疚甚至可能与日俱增，乃至于最后只剩下了内疚之情。

她说她觉得她一生下来就是和你、和木木在一起的。

他说他也是这么觉得的。

他说他还记得他和父亲坐公共汽车来山镇的那天，应该是三岁或者四岁，长途汽车上一排排整齐得要命的椅子，扶手是金属的，有一股腥味。到站以后，父亲把他抱起来递下车去，从车门望下去，仿佛悬崖一般，他觉得自己仿佛是从车上掉下去的。然后他和父亲站在一家挤满了人的店铺里，众人的身体填满了所有的空隙—— 大家都面朝门口的方向站着，愣愣地望着外面滂沱的大雨。

“后来我们走在石子路上，父亲提着他那一硕大的草绿色的帆布包，天上落着零星的雨点。在一处竹林附近，雨点又当头落下，转眼恢复成瓢泼大雨。我头上顶着父亲的白衬衫，躲在几株高大的竹子下面瑟瑟发抖。那只草绿色的帆布包被雨水浸泡成墨绿色，不知道里面装了什么。我看到自己坐在他背上，在大雨中朝坡下冲去。那包好几次掉到地上，他弯腰捡起它接着飞奔。我冷得要命，贴在他的光脊背上抖个不停。我听到一声巨雷，仿佛整个天空突然炸裂，接着是轰隆隆拖得极长的尾音从远处山梁上一路翻滚而过。我不记得到白奶奶家见到那些陌生人时的情景，只记得一只大鹅歪着身子站在门口的塘边，细溜溜的白脖子弯成奇怪的形状，那应该是我这辈子第一次见到鹅。它们伸长脖子叫唤的时候，还有一串串干瘪的声音作为伴奏—— 是几只鸭子在喋喋不休。这些记忆的碎片依然异常清晰…… 但我居然不记得第一眼见到白奶奶的印象了……”

57

他们回到白爷爷院子里。爷爷正坐在客厅门口晒太阳，眯着眼端详他们，然后把拐棍提起来朝压井指了指，说你们热了吧，洗脸。他又指向厨房，说里边有开水，自己倒些茶喝。

他顺从地走向厨房，从污迹斑斑的桌子上拿走三只瓷碗，又拎起开水瓶，一起弄到院子里，放在压井旁的小桌上。他回厨房从水缸里舀了一瓢冷水，拿到院子里倒进压井，然后手忙脚乱地压压井的金属曲柄。这个巨大的问号发出痛苦的呻吟，迟迟没有井水流出来。

博博呱咕，博博呱咕，院外的某个地方，那只布谷鸟依旧叫声凄厉。他抬头四顾，不见它的踪影。

他说他从来没看见过布谷鸟的真模实样，听它们咕咕叫了几十年，对它们仍然一无所知。

她问他美国是不是也有布谷鸟。

他说他从没有在那边听到过这种叫唤。

“那就不会有家的感觉。”她说。

白爷爷指着院子外头，说这只鸟在村子前前后后叫了好些天了。

“爷，我还从来没见过布谷鸟长什么样。”他说。

因为叫得响，更要学会躲藏，爷爷说，其实也就跟鸽子差不多，花纹多一些罢了。

小梅奔了过来，说一会儿舅妈会把早饭弄过来，你们和祖外爷一起吃饭吧。

他们说好。玫拉住小姑娘说，你不要跑来跑去的了，坐姨娘身边跟姨娘说说话。

“春天布谷鸟趁着老画眉不在的时候飞到画眉窝里，把人家下的蛋推几个出去，把自己的蛋下在里头。它一个春天能下十个蛋在十个不同的窝里。孵出的小布谷鸟也不是省油的灯，能把小画眉一个一个推到外头摔死。”老爷子讲的事情简直难以置信。

“现在这时候，小布谷鸟也该会飞了，老布谷鸟到处飞来飞去，把小鸟挨个儿叫走。它记性好得很。”

他给爷爷把茶水端过去，放在他面前的木凳子上。这时候兴国的女儿和宁国的儿子又跑过来了，怯怯地站在他们面前。

爷爷拿起拐杖朝客厅里指，他们就心领神会，跑进去拿点心。

爷爷问黎的孩子多大了。

他说跟这两个孩子一般大。

爷爷说，你要孩子真晚，兴国比你小好些岁呢。

是啊是啊。

爷爷又问玫。玫说她还没生孩子呢。

爷爷就沉默了一会儿。

屋子里，女孩和男孩争执起来，女孩哭了，“爷爷——”

爷爷在他们的搀扶下吃力地站起来，眯着眼进到客厅里去调解纷争。

“他打我！”

“她打我！”

“他打我！”

“她打我！”

“你和木木小时候就是这样欺负我的吧。”玫对他说。

他说你那时候可爱哭了。

她说她现在也是。

呜…… 兴国的女儿又哭了起来。

“米芳非常想生个儿子，可是兴国这家伙每天晚上喝酒，喝完倒头就睡。”她悄声对他说。

“哦，才两天，你就开始掌握核心机密了，你们每个女人都是一座秘密电台。”

“我听出了一点性别歧视的味道。”

“不敢！”

“爷爷您说我小时候是不是最吃亏？”玫冲着走出客厅的爷爷大声说。

爷爷笑起来，说你们小时候比他们还能闹。

“谁最能闹？”

“当然是小黎了——现在都闹到外国去了。”

“爷爷，他在国外可老实了。”

“美国人跟中国人比起来当然更闹腾一些，你看他们到处打仗，啥时候消停过。”老爷子说。

“那倒是。”他说。

“你看它才多少年，两百年，可不正是能闹的时候。咱们中国人几千年，慢慢就规规矩矩的了。美国人还要闹一阵子。现在的年轻人，你看看，染头发，画眉毛，胳膊上刺条龙，成天不三不四的，都是跟美国人学的。我看这种风气也不会太久。我们中国人到美国，学他们的科学技术，不能学他们做人——小黎，你在美国学啥？”

“社会学。”

“啥叫社会学？”

“就是研究社会现象的学问。”

“啥叫‘现象’？”爷爷问了个和白二叔一样的问题。

“比如——比如现在的孩子为啥把头发染成黄的，这就是社会现象。”

“研究这有啥意思。”

“一般来说也没啥意思。”

“美国人就研究这个？”

“诸如此类。”

“研究这个有啥意思。”

“呵呵。”

“美国政府卖地不？”

“美国政府没什么地可卖。”

“那当官的没啥油水可捞了，你看咱们镇上……”

他对于老年人的社会责任感总不大能理解。如果不久于人世，周遭的这些事与己何干？他觉得自己如果到了老年，必须不去关心世上的破事。但那可也不一定……

“美国人就二百年，技术是比咱先进，要论人情，恐怕不能跟咱们比——你在美国没受美国人欺负？”老爷子又问他。

“没有。”

“他们没出过孔圣人，恐怕也没有多文明。你看他们过去打朝鲜，现在打阿富汗打伊拉克——人家的国家，你进去插什么手？人家怎么过是人家的事情。”

“插手人家的事情，有时候也是身不由己。”

“身不由己，咱们中国人啥时候插手过别人的事情，历史上都没有。”

他挠了挠头。

“可是咱们得保住自己的文化，要是连文化都丢掉了，咱们可就啥人都不是了。”

“是啊是啊。”他应声附和。

“咱们国家这么大，咱们怕谁？张家没有了李家还有，李家没有了王家还有，不会让谁过不下去，只要不像从前那样瞎折腾，怎么都过得下去。从前跟英国人比，跟美国人比，跟苏联人比，比个啥？咱不比，他们慢慢都会垮掉的……”爷爷朝地上吐了一口唾沫。

他朝玫看了一眼。玫对这些可不感兴趣，她站在院子中央，观看梧桐树上的一群麻雀。

那群麻雀叽喳跳跃，交头接耳，听到他们沉默下来，也许感觉到这份安静里蕴藏着风险，竟突然一哄而散了。

58

六月四号这天下午，大姑的二儿子赵续革开着拖拉机，把大姑送了过来。五十多岁的大姑，已完全是个老太太，长得和记忆中的白奶奶一模一样，让他们感到既伤心又安慰。

赵续革见到他和玫，就像见了久别重逢的人，打招呼，递烟，询问近况，热情洋溢。其实黎都不记得他了。续革恐怕更是这样。在续革有记忆的时候，黎早就离开山村了。黎对续革说，谢谢你开车这么老远把大姑送过来。

续革说你们大老远从美国赶回来，更不容易哈。

玫说她不是从美国回来。续革就露出迷惑的表情。

然后大姑告诉他，这个是玫玫，当年也是你外奶奶带大的。

“玫姐！”续革似乎一下子明白过来，“玫姐啊！我以为是嫂子呢！”

大姑在续革背上拍了一巴掌。

大姑说，玫玫，当年你在这那会儿，我比你现在还年轻呢，现在你都认不出我来了。

“认得出认得出，一眼就认出来了。”玫说。

“瞎说，都老太婆了不用安慰了。”

续革从拖拉机上卸下三箱子咸鸭蛋，说一箱子给外爷爷，一箱子给玫姐，一箱子给黎哥。他和玫都推说不要。

“又不是什么好东西，自己家的！”续革说。

大姑拉了玫的手："姑娘！现在日子比以前好过多了，你们在这里的时候，谁家敢养个鸭子养个鹅？养一只两只都还提着胆子，更不用讲养一大群。现在俺想养多少养多少，谁也管不着。"

"可不是，谁也管不着！"续革说。

但是老天爷管得着，一不留神，病的病死的死，叫天天不应叫地地不灵——你在美国信没信主？

"您呢？"

"咱不信那个！"

大姑叫小梅把给老爷子的那箱子鸭蛋打开，拣了一些破碎的拿厨房里去煮。小姑娘顺从地去了。

白二叔、白二婶、兴国和几个孩子也赶了过来。续革带来的儿子看见兴国和宁国的孩子，马上就精神起来，一起冲出院外打闹去了。

晚饭在老爷子的院子里吃。白爷爷、白二叔、白二婶、兴国、米芳、淑兰、大姑、续革、小梅、他和玫，十一个人满满地围了两桌，男人一桌，女人一桌。三个孩子兴奋异常，在院子里奔来跑去，几条狗在桌子下面钻进钻出抢夺骨头。

"连狗都跟着享福！"老爷子说。（他已经是第二次讲这种话了。）

"可不是！"白二叔说。

"别说狗，林子里的鸟都跟着享福。"大姑说。

"林子里的鸟？"小梅说。

"砰！"续革举起手朝梧桐树上比画，把树上一只麻雀给吓跑了。

"砰砰！"续革又朝另一棵树放枪。

"你小孩子啊！"大姑用筷子戳儿子的后脊梁。

"打过真枪没有？"兴国问续革。

"没有。"

"跟哥去非洲——"

"别听他瞎白扯！"白二婶隔着桌子喊。

"白扯？你儿子在非洲——"兴国也把胳膊举起来朝向梧桐树。"

"打过大象？"续革笑起来。

"大象可不敢。"

"打过狮子？"

"切，你尽说些个珍稀动物，俺要是打过，还能跟你坐这儿吃饭？"

"那哥肯定在非洲蹲地牢吃犀牛。"

“老弟！你是肚子里长了馋虫了？”

“哈哈哈，听说你们把非洲的蝎子都吃光了。”

“蝎子算啥，蜥蜴，听说没有，蜥蜴，咱这儿的还没巴掌大，在毛里求斯，200 多斤一个，砰！打回来吃好些天！”

“我怎么不信呢？！”

“你哥最能吹了。”白二婶说。

“大蜥蜴不也是珍稀动物？”小梅问。

“你一枪放倒，谁知道？不要打群居动物，打了动静大。打蜥蜴，哈，打一只吃一只。”

老爷子对兴国说，你好好在中国干着，老跑非洲去干啥，咱国家地大人多，还不够你折腾？

“黎哥不都去美国折腾去了。”兴国说。

他赶忙申明，说他没有在美国折腾。

大姑说：“都在家里好好过日子不好？”

“要是中国跟美国打起来了，你帮哪边？”续革问他。

白二婶说，“打仗，打来打去，死的死伤的伤，管啥用？”

“该打的仗还是得打，爷爷您说对不对？”兴国说。

爷爷没有回答他。兴许他根本没听见。

“我们不怕打仗！”兴国说。

“不怕！”续革也拍拍胸脯。

“滚滚滚！”大姑在续革的肩上拍了一掌。

“哒哒哒哒！”续革的儿子跑过来凑热闹，续革顺手拽了一根鸡腿给他。

“手上怎么恁么脏？！”

“还不是在地上折跟头了。”米芳说。

“去洗手！”兴国说。

晚饭以后，白二叔白二婶都走了，大姑、续革和他们两个在爷爷的院子里闲坐，老爷子早早地上床睡了。

大姑说：你们要是早来半年，还能看上奶奶一眼……

续革说，老年人说没就没了。

黎说他以后会经常回来看爷爷。他说一直就以为奶奶能活一百岁，从来就没怀疑过。

“年轻的时候都这么想。家里的老人，你会觉得他们只是变老，就算看到人家的老人走了，还觉得自己家的不会走——说不定你们下次回来，大姑都不在了呢。”大姑说。

“胡扯！”续革说。

“人老了都是儿女的累赘。”大姑说。

“儿女不是父母的累赘？”续革说。

“儿女小时候吃喝拉撒，长大了娶媳妇嫁人，操心不操心的挺一挺就过来了，你看你奶奶老之前，睡着睡着觉屙一床尿一床，天天这样，看不到希望，谁不嫌弃？你看他们管你们奶奶？”大姑放低了声音。

“管不管的反正都过去了——”续革说。

“每次来，里里外外的被子床单我都得给她洗一遍，几天不来，屋里臭得不能进人！给你奶奶下个面，你奶奶说，打个鸡蛋吧，我一天没吃饭了！我到厨房看看，里头有啥？我拿了点东西过来，转眼都跑他们家去了。”

“外爷爷外奶奶对他们可是真好，宝贝得很，什么都给他们……”

“那可不。”

“外奶奶就是被他们饿死的！”续革下着耸人听闻的结论。

“别瞎讲！”大姑朝空气里挥手。但他听得出大姑的意思：你说得对！

这些动作言语，是奶奶不曾有过的——尽管大姑和奶奶长得如此相像，还有一模一样的声音，一旦她举手投足，就立刻顽强地凸显出她自己来。

59

他六月五号早上动身回京，她要把他送到镇上。他辞别了白爷爷一家子人，同她一起从村里出来。一路上，继续听到那只布谷鸟高昂的叫唤。博博呱咕，博博呱咕。

她说这只鸟召唤自己的孩子，也是勤勤恳恳，跟一个痴心的母亲并没有两样。

可不是么，但是过了这个季节，你就听不到它们了。

她说那也未必，也许有那么一只布谷鸟，特别完美主义，不找到最后一个孩子决不罢休，于是就这么一路叫唤到夏天，叫唤到秋天。

That's never gonna happen。恐怕只有人类才会逆天而行，把好事做到绝处。

我相信这世上一定有一些布谷鸟，从夏天一直叫到冬天，因为这份执着，它们恶劣的品行也变得可以原谅了。

走过银杏树下，那个疯了的人并不在那里。他对她说，他昨晚又做了那个梦：一群人在一大片空地上宿营，到半夜的时候，听到呼喊：大山来了，大山来了！……他说那个从帐篷里出来又伸手回去拉人的人，在这次梦里变成那个坐在大树底下的人——他穿着的一身衣服，居然是承泽园收废品的小伙子那一身……

走到公路边上，他们站在一棵柿子树下，等着朝山镇方向开过去的大巴。这个钟点，已经有不少长途车正在穿过这一片山区，但要在公路边停下来临时载上一两个客人，司机们还是不太情愿——从村子里走出来之前，白二叔特地交代了他们。“以前是愿意的，你交的钱，他们就私底下留着了，现在嘛，被抓到以后把你罚得精光，就不划算了……等这阵子风头过去……”

他们朝大巴车们恳切地招手。客气的司机，会按一声喇叭来回绝。不客气的，就风一般疾驰而过。他对她说，我们小老百姓，就应该老老实实走路，不存搭便车的念想……

然而一辆蓝色大巴突然停在他们面前，长长地叹了一口气。一位大娘挎着篮子从门里下来，他们在车门合上之前的一刹那冲了上去——他是先把玫推上去的，司机看到玫，低声抱怨一句，看到他，就大吼一声：“待会儿被抓着了算你们的！”他听天由命地点头，扶住栏杆，感到一阵难以抵抗的倾斜。长途大巴轰鸣着朝坡上奋力爬去，玫重重地砸到他身上。

以前有多少次，他就这样攥着她的腰把她推到车上去，这动作曾经不假思索。

山镇汽车站照例门庭若市，停车坪里满是攒动的人影，分不清是才下车的还是候车的。

他们在售票窗口前排了很久，才买着一张去涂门的车票。他攥着车票走到检票口，发现早上最近的一趟班车已经开走，下一班还要等整整四十分钟。

他们索性出了候车室，走到比篮球场大不了多少的车站广场上，就听到当当的锣声敲得勾魂摄魄。他们应声观望，看到一堵人墙横在面前。他们站到人群背后踮起脚尖。玫虽然穿着高跟鞋，伸长了脖子也只能看到别人的后脑勺。

他找到一个位置，从站在前面的两个人的头顶之间望进去，就看到了两只猴子。他对跳来跳去的玫说：我背你。她就跳到他背上，搂住他的脖子居高临下地观望。他立刻觉得自己矮了一大截，什么都看不到了。

她向他这个盲人报告所见所闻：耍猴人牵着四条绳子，每根绳子另一头都拴着一只坐着的猴子，每只猴子屁股下面都垫一块砖头……耍猴人命令最大的一只猴子翻跟头作揖！它翻得很勉强！……有人把硬币投给翻跟头的猴子，它捡了一块钱的硬币交给主人，把一毛的铝币扔回人堆里。耍猴人很生气，骂它。猴子也生气了，不肯翻跟头，拿了砖头垫在屁股底下坐在那里闹罢工……耍猴人把猴子拽到面前……扇了它一个耳光！太过分了！猴子龇牙咧嘴嘶嘶叫——就像喝开水被烫着了的样子。

“别打了，别打了。”人群里有人求情。他听到一群硬币叮叮当当落到水泥地上。

“耍猴的又在猴子脑门上拍了一巴掌，把它惹毛了。那个猴子在耍猴的脑袋上也回敬了一巴掌！耍猴的抓住猴子的耳朵，猴子也伸了爪子抓住主人的耳朵……（人群一阵哄笑。）耍猴的拎起猴子，把它扔在地上，旁边一只观望的猴子突然蹿起来，抱起砖头朝耍猴人的屁股砸过去！ …… 第三只猴子也拿了砖头，朝他脑袋拍过去了！ …… 第四只猴子捡起一根木棒，打他屁股！局面彻底失控！”（观众们发出经久不息的幸灾乐祸的哄笑。）

等众人平静下来，他把她放下，一起走到广场边缘，就看到一条通向站外的小街——它被一棵硕大的榆树挡着，不走到它跟前谁也看不到它。街牌上规规矩矩写着“杉楠东街”。他从不记得有这么一条街。她说她也不记得。她说，不过其实这里任何一条街的名字她都不记得。

他说他也一样，也许因熟视而无睹，如果让他回忆留学的时候住在哪条街上，他居然都记不起来，那还是住了好几年的地方。

那就有点过分了。

我都不记得公寓是尖顶呢还是平顶的。

她说她不论到哪儿，住在哪条街她还是记得的，可没什么方位感，搞不清东西南北。她说自己就像是核桃里的一条虫子，在壳里钻来钻去。

“山镇这地方出楠木？”他想起了白爷爷院子里的楠木寿材。

她说她不知道，但是知道有一种叫石楠的植物。

“刚长出来的叶子红彤彤的，后来就越变越绿的那种树？”

“哈哈，那叫红叶石楠。”她说。

“楠木是因为长在南方，才叫楠木吧。”

“也许，跟北京比，山镇算正经八百的南方了。”她说。

“那倒也是。”

“要是我也给自己整一堆楠木棺材板放身边，心里头也就踏踏实实的了——每个嫁人的女人，都该有一立方米的楠木板做陪嫁。就算是被人用石头砸死，也值了。”

“一立方米哪够。”

“最好把棺材都打好，活着的时候躺进去试试，长短宽窄合适……必要的时候把孩子也带上。”

他大摇其头，而她满不在乎，眉飞色舞，“带着寿材嫁人，那底气该有多足，碰到东家家暴，就往棺材里一躺，一定比上吊和喝农药带劲多了，与汝偕亡……”

他突然想到，这条街，兴许从前就是做棺材的地方。一开始也许就一家铺子，但棺材生意越做越红火，就成了一整条街，一条东街不够，再开一条西街。杉木和楠木堆得到处都是，砰砰啪啪的都是耐心细致的敲打，每个人都抱定修金字塔一般的虔诚心情……

他东张西望，试图给这条诱人的假设找个证据。

而她依然兴奋地说：“小时候听我爸老讲‘金丝楠木’，我就以为楠木都长得又细又长像金条—— 金丝楠木嘛。老觉得它必须长得跟金丝眼镜有点儿相像才对，还得有金色的丝线镶嵌在里头…… 金丝楠木的棺材！能躺进金丝楠木里的人，全地球统共也没几个…… 我爸就是这么说的……”

“倚江楠树草堂前，故老相传二百年。诛茅卜居总为此，五月仿佛闻寒蝉。东南飘风动地至，江翻石走流云气…… 我有新诗何处吟？草堂自此无颜色。”

一家小饭店门口稀稀拉拉围了一圈人。又是一个耍猴的。他有三只猴子，阵容虽说略逊一筹，但比起他们两个无猴可耍的人也算可观。这次他们无须突破重围，便可一览全局：一只猴子正拿了木棒打主人，另外两只也提了砖头一拥而上—— 这出苦戏也恰好演到高潮处。可是观众们都木木地站着，并没有哄堂大笑。倒是饭店门口支起的油锅正热热闹闹地炸着油条，香味飘得无远弗届。

车站的大喇叭催促涂门方向的旅客进站上车，这声音走街串巷，牵动了好些游荡的人心。

他捏着车票穿过检票口投入停车场，在大巴车门边朝宇文玫挥手作别。宇文玫也朝他挥手。

大巴车的发动机从车底下抛出来滚滚热浪，把他赶进车里。车厢里也并不凉快，空调机轰然作响，出工不出力。他伸手去开车窗，听到窗外一位壮汉的断喝——“关上！”那壮汉就是司机，他拉开驾驶舱门，一步就窜了上来坐进他的大位。

他看到宇文玫还站在检票口朝这边张望，就站起来朝车门走过去。

“坐下！”

大巴开出山区，只用了二十分钟，之后就在坦荡的高速路上飞奔。

一车人，虽说修了几世才聚到一起，却没有对这场邂逅抱有稍许珍惜之情，各自昏昏欲睡。窗外收割后的麦地懒洋洋躺在一种秋天的情绪里，偶然能看到几个人往准备种水稻的田里蓄水，或者几个人在水田里勤勤恳恳地插秧；远处峰峦起伏，逶迤成催眠的弧度。他自己也昏昏欲睡了。

60

你和妻子也有过倾心的时刻，也曾难分难舍。在更早的时候，你和玫也这样—— 至少你是这么以为的。这热烈而又不可靠的情感，你曾经如饥似渴，仿佛性命攸关。而此刻你坐在大巴车上，看远去的山影，却油然而生一阵恼怒。这恼怒不是指向任何一个人，而是人而为人这个事实。而他觉得也许任何一个人都或多或少分享着这样的感觉。

“你知道那时候在 N 城，想到要成为谁的妻子，养孩子，对我来说是多可怕的一种前途。有些人填一辈子表格，眼睛看着一米远的地方都无怨无悔，可是变成一个快乐的妇女对我来说比被石头砸死还可怕。现在呢？我不知道自己怎么了，找了天底下最安分守己的男人，以为自己真心想过普通的日子，可是那种悲伤还会时不时造访。我也许注定只能在悲伤里感到踏实，绝不可以做一个正常的好人。那些年你要是像现在这样不靠谱的话，也许我们还会在一起折腾一阵子，那时候你可真是安分守己，连和我妈都能搞好关系，让我大失所望。可你现在三十多岁，反倒像坐着时间机器回到青春期，变得捉摸不透了。我害怕你把我带回到我的那种过去，在那个过去里你并不是现在这个样子，要是你是那个样子也许会好一些呢……”

她说她割自己的时候并不感觉到痛，打针的时候也无所谓。这是他知道的。小时候她就不知冷热。再冷的天，如果没有人提醒，她就穿得很少，夏天呢？一个人闷在不通风的屋子里也无所谓。她和他妻子差别多大啊，妻子就算是被门夹了一下也要哼唧好几天。夏天的时候玫就像个知了，默默地趴在什么地方，一待就是一天。她说刚上大学的时候困得最厉害，晚上睡不着，白天却连眼皮都睁不开。后来嘛，就好多了。尤其唐师父上课的时候。他嗓门大，又喜欢把事情说得耸人听闻——比如艺术已经死掉了之类的。他说他并不想告诉他们什么是艺术，而是要告诉他们艺术是怎么死掉的。他教的课程叫艺术哲学。他当然不是哲学家，他是画家，他画的人物，要么是你从未见过，要么就是你抬头就能看到的那些。有人嘲笑他，说进了他的画室就像进了照相馆。这是胡说，唐师父的画室才不像照相馆。哪个照相馆敢把这样的东西悬挂起来：在上海某个肮脏的里弄拍的那些出卖身体的女孩子，有的三五成群，有的孑然一人。

上午十一点多，他走出涂门汽车站，站在车站北路上。算起来，他该有十年没有来过这个地方了，车站周围的格局居然还是老样子：一家建材市场、一群五金商店，一派沉甸甸的气氛。

他踅进胜利路，就面对一条焕然一新的大街，没有给他的记忆留下片砖只瓦。以前它直通涂门老火车站，两侧尽是囤煤场，运煤卡车成天汹涌驰过，扬起漫天烟尘，洒下无所顾忌的煤块炭粉。永远都扫不干净的胜利路，曾是涂门十几条大街里的三等公民，看不到一丁点儿时来运转的迹象。如今它不单转了运，还改变了性别。它妖艳了，两厢排开的是饭店、洗头房、桑拿房、宾馆，花红柳绿的好不热闹。那些五花八门的形状、颜色和气味打破门户之见，于是酱油和洗发水的香味合唱，蒜泥缠绕科林斯式水泥柱，刚开张的桑拿房门口的硕大花瓶里热烈的太阳花和孤芳自赏的蝴蝶兰被生生捆绑在一起，韭菜的气味经久不衰，成了一条街的主旋律。

鸡蛋炒韭菜，是他最喜欢的味道了。

胜利路尽头已经没有你想看的火车，铁轨早就被拆除了，更没有院墙和铁丝网诱惑你去攀越，只有一个不大不小的广场，立了旗杆和石头的假山。你还记得硕大的火车头冒着的冲天的白烟，趴在寒冬清晨的浓雾里。你们在上学的路上会听到火车辽阔的大吼，某种朝向未来的东西就这样等着你们——现在你就站在那个未来，却也没有感到特别的惊喜。你也可以继续憧憬未来，毕竟每一种真相大白之后，总还是会有更多的真相等着被揭开，成为活在这世上的意义所在。

几个食客围聚在餐桌周围，在一家餐馆门口摆开宴席。都是光着上半身的男人，肌肉当然也是大块的，啤酒瓶一字儿排开，高谈阔论，夸夸其谈。才十一点多，这饭局委实早了些。他们中间也许哪位就曾在火车的吼声里和你一同走向学校，但你绝对不好意思上前询问。

你拐到南大街上——这个小城最先繁华起来的地方——可它出乎意料的平庸，甚至比不上胜利路。那种自暴自弃的氛围，与德胜门内大街可有一比。

小时候你只是偶尔到这里来一趟。比如哪个叔叔在父亲的帮助下找了个称心如意的工作，或者某个阿姨在母亲的撺掇下解决了终身大事。父母对于此类答谢一定再三推托，直到盛情难却。那时听到这样的邀请，你莫不心花怒放，对于父母的拒绝推托不免心生嗔怨——只有随着年龄的增加你才能慢慢理解这种拒绝所蕴含的意义。

那时南大街上卖食品的柜台是用纤尘不染的玻璃做成，不像土产公司，货物一概盛在木盒子里，任蝇虫造访。玻璃柜下的食品，是精致地包装过的。盒子上的图案，就像媒人嘴里的美女和钻石王老五，从来都不会名副其实，然而你一点儿都不反感这种算不得恶意的骗局。食物的滋味早已无从回忆，而那些图案依然支撑着你对于生活的好期待。

你招手栏下一辆出租车，让它带你去城西的大湖。你想先去那里看看。你自己也不明白，为何要穿过整个城先跑到那个地方去。

司机把你当成外地人，问你所来何为。你说你就是涂门人，生于此长于此，只不过后来全家都去了外地。司机就说还真看不出来呢，您就没有一点涂门口音。

你说你不知道什么时候开始慢慢地就不会说本地话了。

他说那您一定很多年没回来过了。

你说你十八岁以后就没怎么回来过，八岁以前也不是老在涂门，真正踏踏实实在涂门，也就是小学和中学那十年。

司机说出去闯世界的人太多了，回来看看的也就是您这样年纪的人。

司机说他只比你大一岁，当年住城南，在实验小学上学。你不认识他，哪怕当年同在一校，现在也未必能欣然相认，都二十多年了，身体是造物主任意拿捏的面团，现在你们都面目全非了。

自从父母离开涂门，你就没怎么回来过。来一趟并不难，但你对这个城市心存芥蒂。她对你并不友好，甚至可以说残忍。然而就在此时，你坐在这个出租车里，司机的亲切让她一下子就变得美好了。你对于世界的判断，是如此的脆弱不可靠。也许这个司机小时候，也是个欺负人的家伙，对外地口音者视若寇仇，召集过三五好友把那个从外地转学来的家伙堵在墙角一通羞辱，拿走他的帽子，突然拉下他的裤子……

司机充当了临时导游，告诉你这是什么什么巷啊，那是什么什么街啊，都还是原来的名字，但不复当年的格局。司机指着河边一幢孤独的瓦房说，您看，只有那是从前的——您真的是十多年没回来了？那可有很长的年头了，太长了，你现在看到的涂门肯定都不是以前那个了，在我们眼皮底下，我们都还觉得变化太快。

你说是啊，就像变魔术一样。

“只有咱们这个年纪的人才会想着回来看看，怀旧嘛，在年轻的时候，谁不想上外头闯闯？”司机叹了一口气。然后说他孩子已经十二岁了，老婆还有一个“大计划”——再要一个。他说他开出租车的这些年，都是负债经营，月月把房贷交完就所剩无几，买了个三百平方米的房子，还算满意，“男人的责任，就是让老婆孩子过上好日子。”他露出心满意足的笑容。他说他这辈子还有一个愿望：去一趟西藏，看看布达拉宫。

你说其实涂门就很好，有山有水，一点儿都不比西藏差。

“有山有水有人！就是搞不好，怎搞的？您瞧，底下县里一个教育局局长，搞掉以后，家里抄出来一千万。过年乡里面从信用社贷款往县里面送。不送怎搞？不送帽子就戴不住……涂门人……”

车窗外掠过依稀当年的痕迹，比如一个似曾相识的店铺名，或者一个或许就是当年的某个十字路口，然而线索的火苗在抵达记忆的路上被悉数掐灭。

“你看，那就是卷烟厂，现在谁能比它风光！”司机指给他看。一座中世纪罗马式样的建筑，笔挺的白色立柱，硕大的半圆穹顶，它站在这条满是方头愣脑的建筑的大街上，仿佛一大块拼贴过来的布景。

这个牌子的香烟，不是著名的品牌，但想必也利润丰厚。当然啦，这一代的男人，没有谁兜里不揣上一包烟的，出门办事，见到另一个男人，必然要把烟递过去。兜里没一包烟该有多失礼，大约等同于同赴桑拿时发现不曾穿着内裤。可烟又不能太贵，礼尚往来，点到为止。假如从怀里掏出一包大中华，对方一定受宠若惊，担心你对他有什么企图。但若是太便宜又显得寒酸了。以前涂门卷烟是不折不扣的丑小鸭，但那全然是个自我认同的问题，现在它把自己高举到省级名烟的地位，就仿佛灰姑娘从家谱里找到了十代以上的贵族渊源，一下子让人不敢小觑。涂门卷烟厂当然不敢声称那些吟诗作画的唐宋大家们从涂门烟草里获得的灵感，但是从万历年以后的名人榜里找出几个烟鬼想必不是难事。而且涂门作为交通枢纽，谁敢保证哪个名人没有在这里没有更换过车马。

他都后悔怀里摸不出一包烟了，没给司机递一根，也算小小的失礼。

他前几日在白爷爷家里看到过这种牌子的香烟，烟盒正面是几座山，空灵迷蒙、烟云缭绕的，分明是神仙住的地方。烟盒背面是涂门乡下装束的几个女子，采茶叶或者烟叶？五个姑娘的身材真好，千回百转，荡气回肠，不知道她们看到自己的形象被无数个大男人揣在兜里摸在手里递来递去会是什么滋味。

真是一个细心的司机，他点开了音响，把音量调到听得清歌词却又不影响谈话的分贝。那个歌手唱道："二〇〇二年的第一场雪，比以往时候来得更晚一些，停靠在八楼的二路汽车，带走了最后一片飘落的黄叶……"

"我还想去一趟乌鲁木齐！"司机说。

"你像一只飞来飞去的蝴蝶，在白雪飘飞的季节里摇曳，忘不了把你搂在怀里的感觉……"

山镇中学的那个音乐老师，看到你和玫，说，过来，过来！你和玫站着不动，他就自顾自地唱起来。但你无论如何都回忆不起来他唱的是什么。唱完了，他就独自甩手走开，就像个真正的歌唱家那样。

"忘记了窗外的北风凛冽……"

61

几天前在山镇中学的操场上，玫告诉他，唐师父在美术学院教书的时候，一旦学生叫他"老师"或者"教授"，他就郑重地纠正——"叫我师父"。他的外号叫唐僧，对人很好，对她尤其好。唐师父顶着个光头，却并非秃顶；常年穿对襟大褂，却并非古人。他研究中国艺术史和西方艺术史，尤其古希腊的。二十世纪八十年代末，经过八五新潮，艺术家们都拼命奔向最先锋的位置，他却对他们批判得不遗余力。在他看来，艺术决不能是对崇高之事的解构，但崇高也不能是从生活中托举出来的崇高。"艺术既不是高于生活，也不能是低于生活，它必须不是生活本身。在艺术里那些最高尚的努力必定功亏一篑。"他说他相信世间一定有些人，不折不扣地守住了当守的道，比如孔子，比如耶稣基督和释迦牟尼，但在艺术里他们一定必须无数次战胜诱惑之后输掉最后一场战役。他说只有这样的溃败才有意义。而换作那些为十个金币就出卖灵魂的人，我们却要让他们在最后的一刻守住道义。所以艺术从来不可能是写实主义的。艺术就像爱情，从最高尚的地方和最卑微的地方开始，但一定要离开它们应该的样子。他认为最好的艺术是在道德的一场最彻底的失败之后复兴的艺术，而不是没落的现代主义和后现代主义……他讲课的时候，简直义薄云天，俨然品德的化身，但又仿佛在替魔鬼开脱。

她当然不会被他说服。年龄比她大一倍有余的这个中年人，是她和同学们课后议论和嘲笑的对象。她在期末交上去的文章里与他针锋相对。她写道：艺术是心灵获得自由的唯一方式，一切规则都站在自由的对面。即使这个世界不得不靠着规则方能存续，而为艺术立规则，纯属画蛇添足，古典主义的教条必须彻底抹掉……

他看了她的论文，给了她一个高分。她在校园里碰到他，不能不表达谢意，说她那么牵强的看法却得到那么高的分，实在受之有愧。（她意识到自己在他面前表现得过于彬彬有礼了，她觉得自己心底里真不在乎他给她一个什么样的评价。）他说他欣赏她的文笔，那么地道的句子和流畅的思路，起初还以为是抄袭的呢。她说您怎么知道我不是抄袭的？他说他知道，你们宿舍的同学到我这里来看成绩的时候，告诉我你一稿一稿地改论文。他说他还知道，她们几个都反对他的观点，一起在宿舍里嘲笑他，说他早该作古。"重要的是思路，至于孰是孰非，那有什么关系？"他摸了摸自己的光头，有点害羞地笑起来。于是她就问他，是不是可以找您聊聊。他说当然可以。那是快要放寒假的时候。

寒假里她没有回家，待在学校里。但她并没有去找他，到了大年初一晚上，学校给留在学校里的学生过春节，他作为班主任也参加了。他并不是她的班主任，是另一个班的。他被他们班上的一群学生团团围住，师父长师父短的，酒没少喝。后来大家就端了杯子攥了瓶子四处游击，认识的不认识的都碰了杯子不知深浅地喝。那是八十年代的最后一个春节，学生老师都疯疯癫癫的。头天还有个画家在中国美术馆里打了一枪。

她在一个角落里碰见了他。她说新年好，师父多多指教。他说他天天等着她来。她就心头一动。

开学以后她真的去他办公室和他聊过几次，两个人都小心翼翼的。关于艺术，关于自由，他们当然有无数不同看法，但似乎他总能拿出证据证明他的观点更可靠。但他又总说，观点算什么，其实都不重要，作为艺术家，重要的是在恰当的时候震撼了别人。

再后来，夏天的时候，她去他的画室，求他把她画下来。他答应了。

在那里，她要和他好。他问她是不是她的第一次。她说是的。他说他决不做这种事情。

出租车终于开到水库坝下。他下了车，沿着水泥台阶拾级而上，抵达坝顶。

小时候，他们都把它叫作大湖。它当然是浩瀚的，对于那时候的他，湖尽头的天际线就是这个世界令人敬畏的边缘。可是在地图上，这个水库小到甚至连一个标志都没有。那时候他还没有见到过海，他觉得如果有一天站到大海面前，一定会百倍千倍地受到震撼。后来的事实并非如此——就震撼而言，这座大湖足以让他发现自己的渺小，而大海在他面前也不过如此。这让他联想到中学的那几位老师，他们给他带来的知识上的震撼，一点儿都不输于一位世界知名的教授。

他站在坝上看大湖，它仍旧是过去的样子，荡漾的时光并没有让一片湖水老去。就一望无际而言，它仍然丝毫不让于他见过的任何一片海。可是就算一片汪洋，在这宇宙中，其实也不过一汪小小的水泡而已。

所以归根结底这座水库的浩瀚是够用的了。他趴在坝顶上，希望有一只白色的大鸟依然停在桅杆上。他甚至觉得也许能看到过去的他们，在坝上散开和奔跑，十几岁的年龄，满怀希望地、跌跌撞撞地……

然而此时湖上并没有船，空荡荡的蓝灰色湖面上只有光线在晃荡。远山还是老样子，雾气蒙蒙，是画家们喜欢的景象。现在于你而言，在生活把那朦胧一层背后的东西一件件昭示出来之后，你的好奇之心就经历了许多疗愈，但它的诱惑力也很难说减到了无关紧要的地步。你也许比以前更想看它朦胧的景象，就算一个下午都耗在这里也在所不惜。这种观看里涌动的哀悼和凭吊，已经鸠占鹊巢一般取代了年少时期的神往。

对了，湖中央那个水泥柱子呢？当年，那是某种标志，游到那里，再折回来，就经历了一次洗礼，获得了某种认同。如果有女孩子在岸上观看，他们就游得更加争先恐后。其实那个柱子并不在湖中央，你面前这一片水域，只是湖的一角而已。当年，他们以为自己征服了整个大湖。

他从水库下来，沿着一条公路走下去，又拐进一条小街，就走到涂门中学的大门口了。昔日的大门已经荡然无存，新大门是用锃亮的电动铁栅栏护卫着的，又被两面雪白的墙妥帖地簇拥着。他朝铁栅栏门里望去，里头静悄悄的没有声音。这是中午一点半的时候，下午课显然已经开始。

他走到铁栅栏门左侧，就从墙后面的传达室里出来一个老人，打开那个宽不到一米的侧门，皱着眉头问他是干什么的。

他说他小时候在这里上学，毕业十七年了。

老人脸上就温和下来，问他是哪一届的，要见哪个老师。

他说他想要见阎老师，听说他已经当校长了。

他死了，看着他瞪大的眼睛，老人又肯定地点了点头，说他死了。

他问他发生了什么。他说那谁知道，在街上，不知哪个龟孙子的卡车开过来，就把人撞死了。

嗯。

那可不是车祸，一个月前就有恐吓信寄给校长。老人摇头叹气，把侧门打开。

他能得罪谁呢？

那谁知道，当校长可不是要得罪一堆人。

徐老师呢？

他——老人仰着头，做出思考的样子。黎以为他又要说死了。

退休了，但是——还在教书呢。

他被老人带进传达室。

工作证？

他说他忘了带。

身份证？

他从钱包里拿出来递给他，又顺从地在会客记录上写下身份证号、工作单位、来访事由……他在记录本上填的单位还是他出国前的那个，他觉得，如果老人知道自己乃是无业游民，也许会把他拒之门外。

他在一幢又一幢陌生的簇新的楼房之间穿行，很快就迷失了方向。这个学校仿佛一个正值青春妙龄的少女，没有给旧貌童颜留下一丝一毫的痕迹。连他们上高中时才建成的四层教学大楼，也被一座八层的高大建筑取而代之。这是他无论如何都没想到的。那座教学大楼在他的头脑里曾经笃定地存在过，那间教室，那些灯光，那些坚实的水泥地面和固执的银色栏杆，他曾以为会天长地久。现在它突然在他面前荡然无存——而在一秒钟之前它还立在他的世界里。

他走到一幢被玻璃墙覆盖的亮晶晶的建筑前，发现这就是行政楼了。玻璃门自动打开，他走进去，马上听到一声断喝："干什么的！"

他乖顺地说他找徐老师。

去教育局开会了。

他乖乖退出了门，站在行政楼门口东张西望。他的记忆哪里还抓得到痕迹，只有"徐老师"三个字还留着几分亲切之感。当年这个位置是七八间平房，是初中教室，徐老师就是站在这个地方教他们什么是并联电路、什么是串联电路，电流等于电压除以电阻。徐老师那时是物理老师，从初中就开始教他们，一直教到高中毕业。

当他沿着校园东区和西区之间的那个坡路走下去的时候，那种熟悉的下沉，让他着实感到安慰。有多少次他从这里走下去，这一段下落的感觉，每每慰藉人心。

他看到教室里的孩子们穿着白底蓝纹的校服，取代了他们当年蓝绿两色的中山装——蓝色代表工人阶级，绿色代表士兵，他们是共产主义事业的接班人。

看着教室里陌生的面孔，他觉得自己就像一个鬼魂在看着自己的前生——或者来世？

这个鬼魂飘过一间教室，又飘过另一间。开小差的学生朝他看过来，那眼神是疑惑的，也有几分羡慕。从一间教室到另一间，不过几步之遥，那些目光的雷同慢慢就让他绝望。这些目光也许一辈子都不会相遇，一道墙就足以把两个人远隔天涯。背靠着背，和隔着整个太平洋并没有多大不同。但是也许将来他们在什么地方碰到了，互相一介绍，又亲切到莫名其妙，仿佛俩人之间真有什么撕扯不断的因缘。当然，人一生要经历的咫尺天涯中，这根本算不上最不幸的一种。

学校的大操场，竟然还是原来的风貌，依然是煤渣铺就的跑道团团围住草甸光秃的足球场。空钢管焊接而成的油漆剥落的球门锈迹斑斑，看上去比以前还要自暴自弃。在他们上学的那些年，学校偶尔给它上一回新油漆。他曾经在油漆未干的时候去抓它，双手染了黏腻且刺鼻的白色，像铁证如山的罪行久久不能洗刷。

操场东侧的水泥看台是以前没有的。以前他们看足球比赛，只能围在球场边上，或者爬到学校的围墙上坐着。围墙脆弱，在他们的重负下坍塌是经常的事情。于是便禁止攀爬，但那又怎么能挡得住他们，最终在墙顶上安了玻璃碴子了事。

在足球门下，他发现自己伸手就可以握到它的横梁。当年拼命跳起来去握它，是他最爱干的事。那时候他在班里个头不高，他希望用这种方式拔苗助长。

现在他不用蹦跳，就伸手握住了已经没有高度的横梁，却感到失望。他沿着跑道奔跑起来，也觉得它丝毫都不漫长。那年开运动会，应该是初中的时候，两千米的长跑把他累得半死。最后那一圈，心脏在耳朵眼里跳动，两条腿失去知觉，他在队伍的尾巴上痛苦地跟随。他一直认为那就是毅力了。一场场考试，一次次竞争，他经常在队伍的尾巴上痛苦地步人后尘，好在每次都越过了终点。现在他知道那主要是一种顺从，他不过是顺从地坚持了下来，因为不知道有别的什么选择——如果知道，他也未必敢。

他坐在看台的水泥阶梯上，看着两个女学生手拉手游走在足球场上，一个身穿红衣服，另一个淡黄。牵手的样子很缠绵，大约有许多知心话要讲。还是当年的风俗，女孩子们可以亲密到这种程度而不被怀疑有同性的恋情。男孩子们勾肩搭背，也丝毫不会引人侧目。而如果是异性同学，任何小小不言的一种亲昵都要引起轩然大波，被开除都是有可能的——不过这样的事情从未发生。那时候一个男生和一个女生哪怕握了手，也和在大庭广众之下脱光自己没有分别。谁又敢冒天下之大不韪？

他看着这两个手拉手的女生，想到涂门毕竟是一座小城，人情风俗依然走在原来的路线上。这让他感到亲切，也生出一些伤感。这种亲切和伤感都是不可理喻的。

初中的时候，他班上有个留级生，个子高出大家一头，嘴上早早长出了一层绒毛，大家看着都很不习惯，视之若妖孽。这个长了胡子和喉结的大个子，是他们嘲弄的对象。但是大个子满不在乎，冲每一个同学笑脸相迎。大个子爱买有女影星封面的杂志放在桌兜里，有时候不错眼地端详着封面。大家都笑他花痴，用带钩带刺的话伤他，他就猛地拿起杂志在明星脸上亲一口。大家大惊失色，四散落荒而逃。现在想来，大个子可能留了不止一级，于是成了那帮乳臭未干的同学们的性学先知。而先知们的遭遇都是一样的。

初中、高中，他全是在这个中学就读。然而教室里的桌子是什么颜色，黑板是用什么做的，窗户是四方形还是长方形，这些他全然不曾记得了，没有一点儿印象。但是他还记得他负责办的那一期黑板报是用黄色的粉笔写在教室后面的黑板上。他还模糊记得主科老师的面容。但是，体育、美术或者音乐老师，他是无论如何都想不起来了。

他还记得自己和几个同学在下午自习的时候高谈阔论，完全忘了自习之为何事。这些名不正言不顺的快乐浮在空中，跟随着他，跟了这么多年，已然脱离了那些被拆除殆尽的房子，变得仿佛无处不在。

对了，当年他感到快乐的时候，飞奔着，跑到那丛植物前一跃而起，越过它们落在花坛的另一边。如今他再也不可能知道那是什么植物——是一丛冬青树，还是一丛蓖麻，或者是一种到现在他都还不认识的生物。

62

从中学向东走几分钟，就踏上那座老石拱桥。桥下的河水，以前就算不上充沛，如今只剩了涓涓细流。河道也更为紧窄——两岸投下来的垃圾层层堆积，看上去要不多久整条河就会被它们填满。它的脏，同记忆里的印象倒是一脉相承。当年河水乌黑翻滚，是两岸工厂理所当然的排污纳垢之地。现在那些烟囱大多没了踪影，它却又成了个天然垃圾坑。这条在古时候以清澈闻名，被文人墨客好几次写进诗文里的河流，在他的记忆里从来都是名不副实。

在离石拱桥不远的地方，修了一座水泥的新桥，它横卧在河上，不再弓腰驼背，也宽阔了许多。过往的车辆行人也就舍弃了这座老桥，往来穿梭于坦途上。老桥因为没了用处，反倒显得不可或缺，连桥边的几座老屋，行将坍塌的，竟然也在一场铺天盖地的拆迁高潮中幸存了下来。也许不留下几处老旧之物，一番改天换地的壮举也就失去了见证。

穿过石拱桥就是小学，住在城西的孩子，早上滚着铁环来上学，傍晚滚着它们放学，便要接受拱桥的挑战。而他住在城东，早上一路都是下坡，傍晚一律上坡，逆境和顺境就分配得很不平衡，反而弄得来回双双都是囧途。至于如何搞到铁环，便是最最考验人脉的事情。如果有谁的父母在机械厂里上班，必成众人攀捧的中心。

夏天中午睡过了午觉来上学，就带上成串的煮熟的青蚕豆挂在脖子上，男生女生都这么做。从长长的午睡后醒来，是一件痛苦的事情，他心跳加速，就像被猛兽追着跑了一阵子。即便是顶着刺眼的太阳去上学，也比午醒的感觉好些。

“我们的教育方针是……在德育、智育、体育，几方面，都得到发展，成为有社会主义觉悟的、有文化的、劳——动——者——预防近视，保护视力，眼保健操，开始……她尖尖的嗓子在夏天的热空气里划过，也令人痛苦。

小学门前的老房子被拆到一无所有。如今正对着校门的，是一片空空如也的水泥地，不知要做何用途。校门左右的民居，也都拆掉盖成两层的商业店铺。可是住在小学大门侧的那家人，那个曾经在门口摆了两架弹子机的黑瓦平房，仍然奇迹般地卓立在那里。它摇摇欲坠，像是在用最后的力气同命运一搏。在一溜儿光鲜的二层商业店铺之间，它反倒像是外来之物。也许是拆迁条件没有谈拢，就横下心来做钉子户，让他这个千里迢迢来寻觅记忆的人渔翁得利。八十年代敢在小学门前摆上两台弹子机的人家，怎么可能是好惹之辈。

课间，或者放学后，孩子们涌出校门，在那些老房子门口流连忘返。鸡头果、煮蚕豆、炒田螺和西瓜子用铁盆分而盛之；饮料在透明玻璃杯里守株待兔，黄色的叫菠萝汁，红的叫樱桃汁，橙色的是橘子汁，都是用色素和调味素勾兑出来，杯口用正方形的透明玻璃覆盖以防灰尘；还有彩色的贴画，是用颜料涂在玻璃纸上印刷而成，他们用唾液把它们舔湿，贴在书页或本子上，须臾揭去玻璃纸，彩色的图案就留在书本上——多是花鸟或者盔甲武士。那时他最喜欢照着贴画描武士，对盔缨和护心镜分外钟爱。如果那时候谁给他一副有护心镜的银色盔甲，他会愿意为任何一个主子卖命。

那个黑瓦平房里的弹子机是用木头手工做成，与精致固然无缘，但命运仍能在它上面千回百转，把孩子们的悲喜荣辱玩得团团转。他曾把那个弹簧的手柄往后满满拉开，在念念有词中猛然松手。不锈钢的弹珠飞蹿而出，在木头盒内四处碰壁，与一个个摆着糖果、玩具和香烟的小坑洞失之交臂，最终毫无建树地落回盒底。他只赌过那么几次便兴致索然，不再想去尝试了。他成不了一个赌徒，并非他能洞悉那方寸之间蕴含的陷阱，而是因为一种与生俱来的悲观主义，这一点，他是越来越清楚了。而在以往，他总是要把这样的标签往宇文玫身上贴。不不，她难道不是从来都不曾失去被拯救的希望？

现在小学门口没有零食摊儿了，硕果仅存的黑瓦平房门前，再没有那些鸡头果、山药蛋、麦芽糖、螺蛳头、花生米。那些曾经对他的唾液腺构成致命的误导的东西，甚至在他自己的记忆里也渐渐淡去。大门两侧两溜儿二层店铺里应有尽有的是变形金刚、悠悠球、土豆片，大城市里的玩意儿，在这儿一样都不缺少。

他听到那首歌从学校的围墙里飘出来："我——们是共产主义接——班人……"居然还是当年调式。

他看着挂在墙上的变形金刚和蜘蛛侠，惘然不知今夕何夕。"不怕牺牲，向前向前……"

越过辽阔天空，啦啦啦飞向遥远星星，来吧，阿童木……他小的时候就觉得《铁臂阿童木》的主题曲里有一种莫名的悲伤。来吧，阿童木……

站在中心街的街头，你记忆里的那些建筑，当然一个都找不到了。只有街道的方向和角度还保留着原来的样式。市政府（以前的革命委员会、后来的县政府）门前的北大街还是笔直得没有商量，菜市街还是那么斜斜地由北大街中间穿过，然后朝西南方向曲折抵达南北方向的中心街，这三条街构成的三角形一点儿也没变。所以你能找回的乡愁只能是几何状的。幸好在那些街道的某些节点上，在建筑已然面目全非之后，当初的功能居然还保留在那里：小学还是小学，政府仍是政府。沿着那条斜斜的菜市街走到尽头，居然就找到了那家“解放电影院”，现在它叫“幸福影都”。影都门前，点缀着假山和睡莲的蓄水池光影荡漾，根本就是从莫奈的作品上抄袭来的。这就是过去你所期盼过的未来，你明明站在未来里头，却心有不甘地想要找回过去。

没有人推着木头箱子卖冰棒了——影院自己的小卖部里应有尽有。他和玫并肩坐过的那些灰暗的水泥阶梯已被修葺一新，被光亮的瓷砖覆盖，也把记忆涂抹得面目全非。但是阶梯曲折层叠的角度一如从前，泄露了它们曾经的面目。仿佛一个亮丽的女明星，在她还没有出道以前你便认识她，不论她如何光芒闪耀地站在你面前，你总要回想那些青涩的岁月。你会不由自主地想起她说过的傻话，出凡入圣的最后一步，在你这里终究难以完成。

零零星星的有那么一两个人带着孩子，匆匆爬上阶梯，去赶一场也许已经开场的电影。今天是星期天，幸福影都却并不红火。《三毛救孤记》，这么个跨时代老少通吃的名字并没有挽救疲软的票房。海报上的三毛，唇红齿白，面颊丰满，长得太过富贵远人，一张少爷脸，“上海最高身价的童星出演”——海报上的这般宣言，简直是自断钱程。

他没有绕到电影院后面去寻找他小时候的家。那些平房，早在十年前他上次来这里的时候就已不复存在。那时电影院后头瓦砾遍地，挖掘机趾高气扬，水泥搅拌机先声夺人，发动了一场物理意义上的革命。记忆里的那些老房子、那些石阶和院落、那口井，毫不费力地就被它们从这个世界上抹掉了。他曾以为，那些从他有记忆起就已老态龙钟的院落，应该有个非常久远的历史。但它们消失得如此之轻而易举，让他意识到，在它们之前，一定有许多院落也曾这样生生毁毁。他生活过的地方，在他之前，也一定有无数和他毫不相干的人居住过，他们的院落早已毁坏殆尽，没有留下只砖片瓦。所以在这里的那个短暂的十年，他与夏天附在青石上的苔藓并无分别。他就是附着在石头上的薄薄的一层绿色。

越过电影院的房顶，就能看到它背后拔地而起的一排排住宅楼。它们的外墙的灰白色，与灰白的天空连成模糊的一片。那些晾晒在阳台上的被单被套倒是色彩斑斓，还有那些挂在晾衣架上的被风吹得飞起来的夏天的衣服，也花枝招展，五色纷呈。

那些住进这些高楼里的孩子，或许几十年后，也会回到这里来，逆着时空寻找过去的痕迹，就像现在的你。而你看到的，却正好是将来的他们的过去。

……善良勇敢的，啦啦啦铁臂阿童木，十万马力，七大神力，无私无畏的阿童木……

从小学到家这里，现在是几步即可抵达。而那时候放学回家竟然是一段漫长的路程——当然从家走向小学会更漫长一些。早上路过菜市，那里总是人头攒动，母亲也喜欢早上来买菜，可他不喜欢跟母亲一起走。

放学的时候会有几个同学顺路回来，一路上伙伴们越走越少，但他并不是最后一个。住得最远的那个，时不时会从小吃摊上顺手偷走一点东西，有一次把他的零花钱也偷了去。小学毕业后他就再也不曾见过他。他和他不是一个班的，但住得很近，他偶尔会到他家来一趟。他们之间始终保持着不冷不热的距离。初三的时候这个同学被送到工读学校，在那个严打的时代，这并不能算一种最不幸的结局。

玫在他大三那年秋天的确来上海找过他。那时他们该有五六年没见了吧。她突然站在他面前，比以前丰满了许多，也更漂亮了。他几乎认不出她。在外滩逛了整整一天，重又熟络起来。那是一九八九年的秋天，浦东尚是一片未开发之地。外滩上可以被称为广厦的建筑依然是殖民地时代留下的。那时当然不会有东方明珠。在外白渡桥上，他和她扶着栏杆，看浑浊的黄浦江寂寞地流淌。在南京东路，他给她买了一条纱巾，是她自己挑的颜色，红蓝黄，像一面旗帜。

傍晚时落了雨，水泥地面转眼就湿透了。她盯着地面上渐渐累积起来的雨水，就流露出悲伤的表情。这是他最熟悉的她的样子。

那次来上海，她没回家，根本没告诉她妈妈她来了。到晚上，她带他去她住的那家旅店。那是一座并不高的老建筑，只有三层而已，在里弄的深处。他们沿着木头的楼梯走上去，一路脚下发出的都是惊心动魄的吱嘎声。

房间里倒是拾掇得窗明几净——本地的风气，哪怕最渺小的生活，也过得一丝不苟。当她在洗手间里收拾自己的时候，他闻着房间里香皂的气味，心头就升起一阵莫名的惊惶。

她从卫生间里走出来，说她明天要去看海。

他说好，他明天早点过来。她就坐在旁边沉默不语。

后来他搂住她，又把她抱起来。她的身体真轻，像一片羽毛。他把散发着香味的她的身体放到床上。（小时候，她的身体不会发出这样的香味。）她躺在床上依然是安静的。

他就走到那张放着各种小巧的物品的床头柜那里，拿过写着 condom 字样的一个，手忙脚乱地撕开，把它认认真真地套在他那个东西上。她就怫然变色，起来逃了出去。她的红黄蓝的纱巾丢弃在床上皱成不知所措的一团。

63

她说她那天午夜的时候回到旅馆，他已经不在那里。他说自己第二天回到旅馆去找她，而她已经结账走了。她说她第二天在大街上又逛游了整整一天。那天秋高气爽，在上海算是难得的好天气了。

那天晚上他从自己身上揪下没派上任何用场的套子，走到大街上的时候，看到满街行人面目平静，姿态从容，就像什么事都没有发生过。

晚上他走回学校去的时候雨已经停了，但是走在街上很容易滑倒。这个城市最好的季节，应该是夏天刚开始的时候，温度不冷不热，到处盛开鲜艳的月季。如果玫那个时候来，也许一切就都不同了。

七月，他从北京回来，路过她家，已是另一种心情。在她家里，她教他跳拉丁舞，他笨得像个猩猩。

她带着他在无锡城里东游西逛，吃吃喝喝。

他觉得什么都无所谓。在一家小旅店里，他和她笨手笨脚地做了第一次。后来就娴熟起来。许晶是个严谨的人，学电子工程，要他把套子一丝不苟地戴好，仔细检查过它的透水性—— 不论之前还是之后。她会认真地计算日子，确保万无一失。

暑假结束，他没联系她，她也没有联系他。

很多年以后，他离开 N 城来到美国，又和她联系上了，就草草结了婚。

玫说：八九年秋天在上海，在那家木头楼梯的旅馆里，看你娴熟地把那个东西套在那个东西上，我觉得好像一下子失去了所有的希望。

64

这座桥叫文昌桥，刻在栏杆上的字迹已模糊难辨。虽然地方志里必然有意深旨远的追溯和解释，每一座桥还会有它自己的稗闻野史，文昌桥也不例外。据传它是当年河边歌妓捐献而建，那时候还是大宋王朝。这传说当然是极不可靠的。

小时候文昌桥在他们眼里是座巍峨的建筑。他和同学们上学放学，总爱从这桥上经过。其实它并非必经之地。若从桥上穿过，就得在两里之外再穿过另一座桥回到北岸。学校在北岸，他们舍近求远，纯粹出于对这座桥的好感，而那座把他们送回北岸的铁桥，却被他理所当然地忘掉了。但文昌桥毕竟是一座老桥，课本上那些形容词，比如“长虹卧波”什么的，都像是为文昌桥量身定做。也许它的魅力也来自一种隐约的怜悯：这座砖石混构的桥，正走在终将毁于一旦的路上。它太老了，砖缝里挣扎出一棵又一棵坚韧的灌木，像一场又一场革命；杂草该开花的时候开花，该飘絮的时候飘絮，也大大方方地搞起政变。秋天亮黄的野菊花凌空盛放，让你觉得再没什么地方比桥缝更像它的家园——

一丛丛花朵被抛向虚空，把一种灿烂诠释到无以复加。

桥南是一座奶粉厂，从厂房里飘逸出来的奶香，对没吃早饭的肠胃是最残酷的折磨。那种奶粉，曾是涂门独一无二的品牌，“光明”牌。光明，这个随处可见的词，在那个年代与“革命”交相辉映。电灯泡是光明牌的，手电筒也是，肥皂、梳子、热水瓶，莫不可以是光明牌。而面粉是“富强”的，卡车是“解放”的，汽车是“红旗”的，自行车是“永久”的。孩子们呢，叫保国、建国、卫国、卫星、卫强、卫兵，女孩就叫卫红、红卫、永红、继红。但也有些男孩子叫柏、杨、桦、松，都是高大硬挺的乔木。女孩子们，叫梅、兰、竹、菊，也全都不屈不挠。

他姓夏，夏天的夏。他是班上最安静的学生。时不时地会被同学欺负。被欺负的时候他只是哭，就像一个女孩子—— 其实那时女孩子已经很凶了。黎在美国的时候，见到马太福音上写着“Blessed are the meek”，立刻想到的就是夏。M–E–E–K，温顺？温柔？和气？懦弱？似乎怎么翻译都不太妥帖。“Blessed are the meek,for they will inherit the earth.”他相信那种性格是被祝福的。他们一起上学放学，在清晨穿过巍峨的文昌桥，傍晚的时候从桥上返回，朝河里扔石头子儿，到对方的家里去玩，吃光家里的零食。

夏的叔叔在南方，到夏天就带了荔枝回来，是放在盛满清水的桶里飞回来的。那些年市面上不会有荔枝，一日而色变，两日而味变，必须有一匹快马从南方飞奔而来。夏请他到他家里吃荔枝。味道并没有书上写得那么美妙—— 至于那个被荔枝颠覆的王朝的兴旺与开明也许亦复如是。

他铭记于心的，是夏的好意。

后来他们分别考上不同的初中，渐渐地就互不往来了。

现在他站在文昌桥上，突然意识到，二十多年来，他不曾认真地打听过夏的消息。

他们闹过一次别扭，夏生他的气，但是他已经完全不记得所因何事。也许从那之后他们就不怎么来往了，而不是考上中学以后。在记忆里，只有那个生气的面孔隐约在目。

对于自己对他人的伤害，事主总是忘却最快的那个，除非内疚的情绪赶在你决定忘掉它们之前紧紧抓住你，让你没有临阵脱逃的机会，于是你就像个被人赃俱获的扒手，再也无法抵赖。否则你能回忆的只是青泥红爪，一段模糊的感觉、一段恶意、一小块无厘头的痕迹。

而人自己对来自别人的伤害一定是耿耿不忘的，吃一堑长一智，一辈子也未必释怀。也许夏记得他对他的伤害，也许有一天他找到他，夏能把那个龃龉描述得一清二楚。

在南大街和杏林路的交叉口，过去有一家花圈店，现在它依然健在。两层的水泥建筑取代了砖头平房，玻璃的门面炯炯洞开。业务也增加了，除了永恒灿烂的花圈，还出租玻璃棺材。从出生的第一声啼哭开始，你就无所逃于天地之间，直到最后还要躺在众目睽睽之下。它把广告打得半条街都看得见——上等水晶棺出租——仿佛那真是一件值得大肆宣扬的宝贝。从什么时候开始，再也没有丧车招摇过市？甚至婚车也不多见了。大家似乎终于明白，你的生活在别人的眼里其实无关紧要。

他在涂门街上晃荡了大半天，傍晚的时候摸进了一家网吧。他打开电子信箱，看到玫发来的邮件。她问他是不是还在涂门，有没有造访中学和小学，老师们都怎样了，在涂门看到老房子没有——那种用半圆筒形的瓦片铺顶的老房子……

他一一作答。

他发过去的邮件转眼就有了回音，她说，那么多老房子都没有了吗？

他说他只在那个石拱桥旁边看到一间那种房子，顶着幽黑的弧形瓦片——瓦片像波浪一样铺排下来，缝隙间倔强地钻出植物——小时候最喜欢那种有肉质叶片的草，只长在屋顶上，形状像宝塔，他们给它起名叫"宝塔草。"

她问他那个石拱桥就是文昌桥吗？他说当然不是，石拱桥是石拱桥，文昌桥是文昌桥。

一个老师也没有见到？

是的，一个也没有，他说，但是在大街上居然碰到一个熟人，你绝对猜不到。

你还记得那个在鼓楼的丁字路口摆摊的女人吗？现在她应该有五六十岁了吧，她已经有一个孙女了。如今她在丁字路口开了一家小饭店，四十平方米大小。我推门进去看到她在柜台后面算账，我一眼就认出了她——她的一只眼睛是瞎的，脚有点瘸，单由这两个特征来看就不会是别人。当年她就在这家小饭店的位置摆了个摊，油炸臭豆腐干。你记不记得，臭豆腐干出锅后，表面的油还吱吱作响，浇一勺醋、一勺辣椒，它们才安静下来。那种又臭又香的东西让人垂涎三尺。现在她的小饭店大堂里摆了三四张圆桌，厨房逼仄，油烟直接从厨房里朝大堂飘过来。没有菜单，客人点菜要到厨房里去看，老板娘指着一堆蔬菜这么说："搞个炒茼蒿？——搞个韭菜炒鸡蛋可好？"又指指冷柜说："搞份臭干子？鱼鳔炒鱼籽好不？"我说："好，就搞个臭干子、一个鱼鳔炒鱼子、一个韭菜炒鸡蛋。"三样菜眨眼就弄好了，端上来，都是硕大的盘子，分量超乎想象。尝一口，味道一塌糊涂，韭菜炒鸡蛋咸得死人，鱼鳔炒鱼子又辣又腥，臭干子臭而不香。都是一点不掺假的本地家常菜，一口就把你拉回二三十年前。她儿子该有三十了吧，坐在我的那个桌边喝茶，时不时问我饭菜合不合口味，我哪能不点头。这个男人的女儿，也就是老板娘的孙女，大概三岁，在大堂上奔来跑去的好不快活。这小家伙，和那些高楼啊，高级轿车啊一样，都是这地方本来没有的东西，就是它们把涂门变成我不认得的涂门了，以后就更不会认得了。这小女孩在大堂上跑啊跑啊，我恍惚地想，我就是个故人了，从过去的年代穿越来的，满脑子都是陈芝麻烂谷子的事情。但是其实都过去了，翻篇了，只有这腥气冲天的鱼鳔炒鱼籽还是老味道。最后结账的时候我喊："老板娘，买单！"这个小女孩学着我也喊："老板娘！买单！"结果挨了她老爸一巴掌。"老板娘是你叫的啊？！"她就哇的一声哭了起来。

"未老莫还乡，还乡空断肠。"她发过来这样的评论。

应该说我还碰见了另一个熟人。你一定还记得那个老在中心街上走南闯北的疯子，他也还活着！这比在山村见到那个人还让我吃惊。我在一条偏僻的街上看到他。当年你见过他的时候他该有五六十岁吧，现在估计得有七八十了。他老了许多，不过穿得干净了。他在街角蹲着，半天都不动一动。后来猛地站起来走了。我本能地就要跟在他后头——这么多年了我都没忘掉这个习惯——我算他的忠实追随者。后来我坐上 1 路公共汽车一直坐到城郊，那边是铺天盖地的厂房……

她说她下午在山村画了一会儿画。现在又陪白婶到镇上来，在网吧给你回信呢。她说她下午画了一道墙，黄昏前一瞬间的土墙，温暖的金色阳光投在墙上，墙脚下有几只麻雀在蹦跳。

他说他喜欢这样的画面。

她说不知道自己会不会完成它，老天总是给你一份礼物，然后又亲自把它从你手里拿走。

她说，那天她从旅馆里逃走，但是第二天她到他的学校去找他，他并不在那里。然后她在那个城市徘徊了一整天。傍晚她走到那个老弄堂里——那一片被唐师父画到油画里、她也曾来过的街区。站在破败墙边望着她走过的红衣女人依旧触目皆是。都带着惺惺相惜而又怀疑戒备的神情。（这地方她去年来时，努力把一切记在脑子里，回到家把她们画下来。她妈妈满是厌恶地看着她的画，说，你脑壳出问题了，画这些婊子。）她瞥过曾被唐师父和她用油彩细细描摹过的墙壁和女人，就觉得她们是从她的画里逃脱出来的。

她坐到一处马路牙子上抽烟，然后就有个男人凑过来问她。

她摇头。后来就是另一个，又一个，还有一个。

后来她就点了头，跟着一个男人走到一处门口。

他认识门里的那个中年妇女——那个女人把他拉到一边，悄声嘀咕了一阵，然后他就又走过来把她往门里头领。

在那个比棺材大不了多少的房间里，那个棕色的破沙发上，男人按住她。她看到他下巴和唇上的胡子茬，闻到他嘴里的酒气，感到那一双粗壮的大手的强力，就改变主意了。

但他身体上滚滚流动的肌肉的河流坚定而且刻不容缓。

在最疼痛的时候，天花板上垂下的那只浑圆的灯泡亮得刺眼。而事毕之后，厚厚的灰尘重又把光线重新包裹进泥泞里。她觉得她有义务把那只灯泡好好擦干净。

那个男的当然要给她钱，给得格外多。她觉得他是个真正的傻瓜，该付钱的其实是她。

她换了一家旅馆住了一天，就动用这笔钱买了一大篮子芒果。

她捧着篮子站在妈妈面前，妈妈别提多高兴了—— 这要命的女儿，以前何曾有过半瞥感激的眼神，更不用说礼物了。

在那个高高兴兴的下午，她几次想说出真相，以便给她最后一击。

但终于不忍下手。这个妥协还拖出了更多的退让，连妈妈拍着芒果提出的要求——大学毕业后回上海工作—— 她都没有像平素那样断然拒绝，反而老老实实地点了头。

然后她回到学校，就把那又刺眼又昏暗的灯光下的一幕认真画下来。唐师父看到它，立刻知道发生了什么。

她从师父眼睛里如愿以偿地看到痛苦和嫌恶，就觉得事成了。她说，从此每当她站在那些女人面前，就不再有了内疚，因为她和她们是一样的了。她觉得她超越了自己，也超越了师父。

65

他依稀记得一部老电影的名字叫《追鱼》，不知是哪一年的了，小学，还是比那更早些的时候？当年他没能去看，后来也一直没有。

直到现在他也不知道那是一部关于什么的电影。追鱼，他沿着这个名字不着边际地想下去，也就越想越困惑。当他走出网吧，来到街上，“追鱼”就浮在半空里跟着他，让他觉得有回到网吧搜索一下的必要。

这想法愚不可及，他不想迁就它，就在昏暗的路灯光下毅然前行，在一个十字路口左转，再走一段，就来到县委招待所门前，那个写着“×××××× 招待所”的竖立的牌子已荡然无存，现在挂的是嵌着“滨河宾馆”四个金字的横匾—— 四个字歪歪扭扭，奋力挣扎，就像四只螃蟹被掀了个底朝天，不知是哪位新贵的墨宝。他走进院内四顾，记忆里的平房也悉数不见，换作一圈儿三层小楼。楼前庭院里，原来种着那棵石榴树的地方，现在被挖出一个水池。在彩灯游移的光下，水里漾动几条红色鲤鱼。这让他突然又想到《追鱼》。

他不记得那棵石榴树开花的模样，但记得它缀满石榴的盛况—— 都是比他当年的拳头还小的果实。他曾站在它面前，渴望拥有一只石榴，却不敢去摘。那时候他每星期都要来几次，但这地方始终没有变得亲切起来—— 其实这座城市又何尝不是如此。那时他母亲在这个招待所里工作，还没有被调到银行里去。

两个四五岁的孩子在水池周围追追打打，咯咯欢笑，他不明白为何他们这样追着跑着就那么快乐。一个孩子把手伸到池子里去了，朝追上来的孩子迎面泼水。他听到水打在脸上的脆生生的声音。另一个孩子自然也泼水回击，战幕就此拉开，灿烂的水花扑扑通通跌落到池边干燥的水泥地上，他都能闻到被水珠溅起的尘土的腥味。小时候做值日，总是被要求在教室的地面上洒了水再扫地，这种气味他再熟悉不过了。除了尘土的气味，还有被磨损的水泥的气味——如果只是尘土的味道，洒扫起来或许就不会那么恼人了。

那两个孩子忽然发现东南方向的天空有个又大又圆的月亮，就停下来冲着它大叫大嚷，仿佛平生头一次见到它似的。转而他们又在天空得另一个位置发现了一颗亮晶晶的星星，又是一番叫嚷蹦跳。受了这些新发现的鼓舞，他们转动小脑袋，举目在偌大的天空四处搜寻。

好不容易在东面的天空又找着了一粒星星，是模糊不清的一小团，此外再没有别的了。

他们放弃寻找，重又对着那个浑圆的月亮激动叫喊。一个孩子随口吟诵："弯弯的月儿两头尖……"

另一个孩子一本正经地立在水池边："明月几时有，打酒问青天……"他将"把"念成了"打"，但他没有意识到这个错误，继续陶醉在吟咏里，到结尾处，把声音抬得高高的，一字一顿，就像在完成一项使命："共、蚕、娟！！"

哦，角落里还有一个孩子，他奔出来，站到两人中间，用后来居上的大嗓门喊道："一颗星，孤零零；两颗星，亮晶晶……"

他站在路边，把烟头辛辣的灰烬弹入建筑的阴影，也抬头看那个月亮——它有一种惊愕的神情，仿佛头一次见到这个世界。

三个孩子从他身边匆匆跑过，小鞋子撞击水泥路面，吧嗒吧嗒吧嗒，转眼消失在大门外，只有叫嚷声翻过院墙时时传来。

夏天的晚上，孩子们不用召集，就自动聚集在麦场上，手牵着手，围成大大的一圈，玩古老的游戏。丢手绢，丢手绢……天空上挂着的，是一个硕大而神秘的月亮，它并不是现在的那个……

他信步走出旅店，在小街上漫无目的溜达。昏暗的路灯制造了一种肃穆的气氛。虽是深夜，街上也不乏行人，他们悄然来去，白日的喧嚷一扫而空，仿佛幢幢往来的只是一些游魂。人们脚下的鞋嗒嗒作响，都是单调琐细的声音。他不由得想起刚才那三个孩子，他们在这么晚深的夜里还能在外面玩耍，这在城里很少见了。即便二十年前，他在这里还是孩子的时候，父母也绝不会允许他在深夜里走出家门。在他们眼里，夜晚危机四伏，什么事都可能发生。有时他在半夜里偷偷溜出家门，在街上游逛，并没有碰上什么危险，也没有多少有意思的事情可以遭遇，无非几个馄饨摊，几个卖面条或者在路灯下下棋的老头儿。那应该是一九八〇年前后。再过几年，就有了严打，拉网，满城风雨，世界仿佛掉进了坏人的包围圈。说起来，父母对他的期望，就是做个从不犯规的人。他不明白为何父母对他在这方面没有信心，怕他会走到伤天害理那一步。

他已经走到一家超市的门口，卷闸门早已落地，而闸门上方的灯箱招牌依旧光彩照人。这是一家小有名气的连锁超市，在这一带的几个省份遍地开花。而这个位置，在他读小学和初中时，是一座百货大楼立在这里。一场火灾把它付之一炬，彼时半边天空被大火照得如同白昼，全城的人都跑来看热闹。

那个馄饨摊摆在街边，同十几年前一模一样：一根扁担，一头挑的是小煤炉和钢精锅，另一头挑一只高桌。桌上铺一块案板，调味品的瓶瓶罐罐挂在桌边摇摇欲坠。

卖馄饨的老人打开锅盖，一大团蒸汽趁势就把他的脸包裹在云雾里。

他走过去，向老人要一碗馄饨。老人抬手指向一只马扎，他就乖乖地坐到那里去了。

他朝马路对面看去：几家装饰和建材用品商店，都已打了烊，卷闸门反射路灯的光芒，铁皮上的波浪仿佛湖水荡漾。

他端详老人，并不认得。你怎么能认得？二十年前你是个腼腆少年，跟他们都不多说一句话。“大爷，您干这个多少年了”——你该这么问他，然后你大概就会打开一个话匣子，那些尽人皆知的事件或者小道消息都会被和盘托出。

阴影里忽然有什么在移动——那儿有一对男女，小伙子和姑娘，男的坐在自行车的车座上，女的站着，正打开一只手提包去拿东西。两人的嗓门越来越大，仿佛一台收音器的调音旋钮被顺时针旋转，一转眼就成了高声争吵——用标准的本地话。

小伙子把自行车往旁边一摔，伸手抓住了女孩的胳臂。女孩挣扎着试图甩开他的纠缠，她喊：“你有什么穷力这样对我？”(“权力”二字，涂门方言总要说成“穷力”。)

小伙子伸出另一只手，在她脸上打了一巴掌。她旋即掐住他的脖子。行人侧目而视，漠然经过。不远处，一个蹲在地上的孩子站了起来，双手呆呆地攫住一只塑料玩具，吃惊地望着他们——那是一只塑料鸭子，一束路灯光正好打在上面，反射了很鲜艳很干净的橘红色。“过来！”馄饨老人朝孩子一声吆喝，他就攥着鸭子，乖乖跑回来，站在老人身边看锅里的蒸汽。

姑娘把一双手从小伙子的脖子上放开，沿街疾走而去。小伙子推着自行车，朝另一个方向离开。老人把热乎乎的馄饨端了过来，孩子不知从哪儿拖来一只极其低矮的小桌，让老人把馄饨搁在上面。他闻到胡椒、米醋和香菜混合着发出的熟悉的刺鼻的香味。

他夹起一只馄饨，忽然就热泪盈眶——这已经不是第一次了。

那场大火把百货大楼烧得一干二净。说是大楼，其实不过三层，第一层卖五金、电器、自行车这些又重又硬的东西，不像现在是精巧的珠宝首饰。第二层有文具，也有体育器材，其余的，就都没了印象。第三层是衣物和布匹，散发出刺鼻的染料的气味。大火就是从这一层开始发动的。

火势凶猛，没人救得下来，迅速赶到的消防队也束手无策，望着半边红彤彤的天空束手无策。等到大火一头扑进底层，那里的电视机就热热闹闹地爆炸起来。

消防队几乎是任由大火把整整一座楼的好东西化为灰烬，留下一个黑黢黢的楼架子——这个架子在那个位置待了一年多才被拆除殆尽。如今这个建在废墟上的六层商场看上去更红火了，也不再叫百货大楼，而是“振华商厦”。振华，当然就是那家全国连锁的零售大公司。

那天他看火回来，母亲狠狠地骂了他。在跑出去之前，他是点着蜡烛在读书的——想来就是因为那场大火才停了电。后来他跑到街上去，就完全忘了那支燃烧的蜡烛。母亲的后怕不无道理，若不是及时发现，她辛苦支撑的这个家或许也毁于一旦。她把各种恐怖的结局逐个展示在他面前，那种恐惧是真心真意的。

他喝下最后一口馄饨汤，已是满头大汗。付了钱，在走回宾馆去的路上，折进一家网吧，又查收了电子邮件。他给几个人回了信，也给玫回了邮件。他说他在火车上一路颠簸，想起了许多被忘掉的事情。他说那一年在 N 城碰上她，其实不能算巧合。当时他知道她在 N 城，在那个学校里读书。他工作的地方离那个学校不远。他曾很多次从学校门前走过，期望从大门口走出来的那个人就是她，但他始终没有鼓起勇气进去找她，那时候他不知道那是为什么。

玫在邮件里说，她从那个里弄回来，回到她的学校，师父就在她的心里坍塌下去了。

“是的，他在谈到崇高的悲剧的时刻，我却变得欲壑难填。而当他在我的身体上坍塌下来，那种悲哀却从我心头升起，他在我眼里垮得无可救药。但我觉得那不是我的错。”

她说唐师母是个隐忍的人，把她叫到她家里，告诉她，在十多年前，她也曾是他的学生。那时候她是个高中生，唐老师是她的家教，她的绘画老师。她说你现在弄这些毫无新意，无非拾人牙慧。

她说师母跟她说这些是多此一举。她说她是很喜欢唐师母的，在师父坍塌之后，她对师母的爱就超过了对师父的。她愿意为她做一切，但不是因为愧疚。她可怜她，她觉得每一个可怜人都比一帆风顺的人可爱十倍。

她说然后她就自杀了一次，她也不知道因为什么，也许她那句“拾人牙慧”太伤她的自尊了吧。她说她一直都没有对他说过这些，“现在你知道了”。

回到旅馆已是半夜，他躺倒在床上，蓦然想到，这个季节，应该是知了出来嘶叫的时候了。于是侧耳倾听。外面生息杳然，除了偶尔开过去的汽车，没有任何其他动静。

床单上淡淡的霉味，倒是帮他跨越了时光。这才是不折不扣的昔日的味道。窗外的那个涂门是顶着同一个名字的另一个地方。躺在丝丝缕缕的霉味里半梦半醒，离过去的涂门反倒更贴近一些。

他看到灰瓦的屋顶被雨水浇淋，慢慢变得光润黝黑。闾巷的高墙矮垣把千家万户分隔开来——因为靠得太近，墙是必不可少的。每一个家庭每一所单位的气质都会被一道墙泄露出来：遍布藤蔓的墙，插满碎玻璃的墙，被瓦当遮覆的墙，摇摇欲坠的墙……民居的墙大多低矮窄小；单位的墙则高大厚实，一定派上个看门人镇守不怠，就把一些东西稳稳地和平民百姓隔开。

他住过的大院宿舍区，平房一律是用粗糙的红砖或青砖盖成。紧靠着宿舍的，曾是一座又一座鸡窝——仿佛从墙里生出的瘤子——但它们绝不是多余之物。凭票供应的蛋白质与卡路里，难免捉襟见肘，必须因地制宜，不忘自力更生。大院的乡村气息，就是靠着昂首阔步的公鸡和嘀嘀咕咕的母鸡们支撑起来的。至于鸡粪的臭味，对于这些经历过饥饿的人，当然不值一虑。但鸡屎是他的噩梦，它们在客厅的水泥地上绽开邪恶的花瓣，是对一种贞洁的亵渎。那些母鸡似乎对光洁之物抱有天然的仇恨，或者焦虑，一旦踏上去，就情不自禁。它们所承载的营养使命，并不能抵消他对它们的嫌弃。把它们赶出家门，是他百折不挠的使命。然后母亲就用燃尽的煤球的残渣覆盖在鸡粪上，再用红高粱杆做成的笤帚去扫，直到地面上只留下一小团水印。然而那些母鸡总是出其不意地潜回客厅，让他们的努力前功尽弃。

在山村的生活，并没有让他对水泥地上的鸡粪多一分忍耐的功力。鸡粪可以踏踏实实地落到满是尘土的山村院子里，而落到涂门的水泥地上就仿佛伤风败俗一般。

院角堆着遍布青苔的砖块，用来修补房屋和鸡窝的漏洞，摸上去油湿滑腻——最好不要去翻动它们。没有哪一块砖下不曾栖居了一个王国。一旦翻开，就引发一场骚乱、一次大崩盘——那些虫子们，足力强劲的四散奔逃，必定入侵他者的领地，而蠕动的软体的生物在突然的曝光之下绝望挣扎，渐渐就对这飞来的横祸逆来顺受……

木实给他发来短信，问他是否还在山镇。

他回木实，说他已经在涂门了。木实给他打来电话。

他问木实回国了吗。

木实说还在国外。

他们谈起奶奶，不胜唏嘘，也不免自怨自艾，说人生几乎过半，韶华已逝，夫复何求。

这场通话快要结束的时候，他忽然问木实，那个王芳是不是真被他送进监狱里去了？

木实说你怎么会想起她。

他说他也不知道。

木实说你觉得我能干出那种事？

他说他觉得他还不至于。

睡眠依旧迟迟不能到来，那些过去的影像，此刻也就从记忆的各个角落粉墨登场。

梧桐树上沿着丝线垂下的黑色虫子，他们叫“吊死鬼”的，平时把自己包裹在用枯叶与黏液织成的厚厚的襁褓里。至于它们怎么沦落到挂在一根丝线上在半空里挣扎，是他从来都不曾搞明白的。他撕开过那些厚厚的襁褓，用那韧性的包裹物做成弹弓的皮兜，让它代替一块皮子或者厚布。襁褓里的虫子，被他毫无怜悯地丢进土里。

那些演变成公共事件的家庭纠纷，通常在周末的下午发生，从家里吵到院子里，高一声大吼低一声大叫的，左邻右舍应声倾巢，让事件的波澜生生不息。

邻里的怨恨和敌意掩藏在送来送去的礼物的背后。流言是一只困不住的野兽总能挣脱任何束缚。但是雨水浇淋后的润滑的瓦片永远安详稳重，让人感动。甚至那些安插在墙头上的碎玻璃，在黄昏也闪烁着美好的光芒。

66

正对他家前门的，是一户人家后院的院墙，夏天从那后院里爬出翠绿的茑萝。墙头干干净净的从不堆砌杂物，和他家院中的纷乱无章判然有别——他的家，喝汤不能发出声音，更不能咂嘴，却没有能力把一个院子收拾妥帖。

那户人家的后墙是用青砖修葺的，覆了薄薄一层青苔。青苔上隐约的纹络，是他从作业堆里抬起头来发愣时盯住的耐人寻味的作品。那面墙就是他的康定斯基和米罗，也是他的齐白石和毕加索。

茑萝藤蔓爬上墙头，并不会止步于这处高峰，它必然顺着苔痕斑驳的墙继续推进，得寸进尺，于是顺势悬垂下来，遮住那些纹络。等到茑萝盛放的时节，翠绿的藤子锦上添花，娇红朵朵，用娴静的姿态和端庄的形状克制着奔放的色彩。凑近了看那些花：它们从喇叭形的花萼里喷射出绚烂的红雾，坚决不与其他任何颜色相妥协。

与这色彩有关的另一些记忆：过年或国庆节，涂门政府大楼上彩旗招展，沿着楼顶一字儿排开的，都是鲜艳的颜色，鲜红、杏黄、翠绿、橙红、天蓝……晚上彩色灯泡勾勒大楼四方的轮廓，也是鲜艳明丽的——那该是一九八三年以后的事情了吧。那时候这些鲜艳的颜色唤起的极兴奋的情绪，只有后来听到最美妙的音乐的时候才能感受到。每一面摇动的旗帜都是一位舞台上的艾尔维斯·普雷斯利。

他记得，在美国的时候，他在 yardsale 买过一幅很小的画：一面陈旧的墙，开着一扇斑驳的木窗，一株纤细的藤子血管似的在墙上延伸，并且遮住了大部分窗子。他就想到了那户人家的后墙。只是那个窗子上还落了一只白色的鸽子，拯救了整个画面的忧郁气氛。

他想到那对鸽子，或许解放电影院的那堵墙并没有想象的那么高，它们被他父亲扔到墙那边，也许并没有摔死。应该有那么一个路过的人，像捡到宝贝一样把它们弄回家。它们繁衍生息，过上了与他毫不相干的生活。

六月六日早上，他收到玫的电子邮件。她说她和比丘尼商量好了，去她那里待一阵子，“也许就一直留在那里了。据说大部分去那里待一阵子的，都必定待不下去…… 而我对自己信心满满，下了决心的事情，什么时候回头过…… 不过正如你说，只可惜了这头秀发—— 不过嘛，一个三十多岁的老女人，要一头黑发何用。这个年纪出去，已经算不得舍生取义了，要是在我十五六岁的时候，如花的年纪，或者二十五岁，被欲望折腾得不眠不休的时候断然放弃，才算真正的决绝。现在反而有逃跑的嫌疑…… 嫌疑就嫌疑吧…… 一个女人，哪怕她美若天仙，没了一头秀发，也就没有男人搭理，比她断掉一条腿一只胳膊的效果还好，所谓爱情，竟是靠着几根青丝悬挂着呢。

67

他在涂门住了六天。这一星期，他继续在涂门的边角旮旯里游逛，寻找过去的蛛丝马迹。

他甚至走到东郊外，站在骄阳下呆看一片正在拔地而起的高楼。这地方原本是一片田舍，白墙黑瓦摇摇欲坠，仿佛生活再也不会有起色。衣着晦暗的农人散漫从容，向外来者投来戒备狐疑的目光。上初中的时候，他和玫偶尔来过这里，夏天蹲在稻田边看水底沉默的龙虾和螃蟹，有时在水中也能看到像命运一般倏忽而过的泥鳅。龙虾是愚蠢的动物，你不论你把什么东西伸向它，它都紧抓不放。螃蟹霸道凶狠，天生跟这个世界对抗不休。而泥鳅是一根根敏感的神经，任何风吹草动都惹得它东逃西遁。他不明白为何如此不同的处世之道，可以从同一片水稻田里孕育出来。

路过的农民看到这一男一女蹲在田埂边，必须投来谴责的目光，比解放电影院门口卖冰棍的大娘要犀利十倍。他听到一个男人远远地对另一个男人说“屁股圆圆的”，于是他面红耳赤，仿佛心头的一切秘密昭然若揭。现在都二十多年过去了，他竟然还记得那一阵突如其来的羞耻之情。他假装他们谈的是旁人，是别的事情—— 这种努力根本难以奏效。玫站起来把他拉走，仿佛把他从罪恶的深渊里捞出来。但那一瞬之后，他又觉得是他把她拉进了深渊里。那时候她身体消瘦，可是那个地方却势不可挡地迅速丰腴起来。

这些乖张的记忆的片段犹如被魔鬼加持了一般，比生活里一切更为紧要的经历都要清晰昭彰。

“孟子推门进去，看到他老婆蹲在房子里，转身就去找他娘，说他要休了她。娘，她居然蹲在地上，‘汝无礼也’。他妈倒是个明白人，说，是她无礼还是你无礼？‘将入门，问孰存。将上堂，声必扬。将入户，视必下……’《韩诗外传》是汉朝人写的，那时候孟子都死了一百多年了，所以这故事恐怕没多少真实性。那时候还是西汉，学者就已经开始在道德文章里打转转了…… 人类天生是有毛病的……”那个中学语文老师的意思是，女人蹲着还是不蹲着，根本就不是问题。后来这个语文老师因为超生了一个孩子，丢了那份教职，永远从那个中学消失了。

他现在觉得，孟子的母亲虽然在选择邻居方面有点神经兮兮的，比孟子还是多了几分实事求是的态度。但是做婆婆的对儿媳能有如此宽宏态度，听上去总不大真实。

现在这个村子已夷为平地，稻田倒是孤零零地剩了几片，像让好事者凭吊之用的。他走到整村人迁住的那片小区，在一座六层楼房前头仰望那些含蓄的阳台和固执的防盗窗。从阳台上倔强地支棱出来的晾衣竿上垂挂的花床单和花被套，仿佛一种旗帜鲜明的宣言，要把一种生活方式坚持到底。

傍晚回旅馆的路上，他经过那个河边的菜市场。如今鳞次栉比的帆布帐篷已取代了过去席地而设的菜摊，吆喝声也难有耳闻。当年卖菜的大叔大婶可是个个有一把好嗓子，在讨价还价的间隙向着人群一声大喊，理直气壮地自吹自擂—— 他觉得他这辈子最不可能做的就是这种事。

那时候你要想买到新鲜的蔬菜，就得一大早起来，把买菜当成第一件要事来做。后来在上海，他发现那里的居民也是如此，大清早四点多弄堂口就人声鼎沸。把日子仔仔细细地过成一种信仰。

那时候，一天的黄昏也是蔬菜们的黄昏，原本鲜嫩水灵的植物熬到傍晚，就蔫头巴脑的了，于是就少有人问津—— 就算再给它们浇淋滋补，也无力回春。于是被吆喝着甩卖贱卖，几毛钱一堆，那可是餐馆采买降低成本的良机。

吃上市菜是一种奢侈的人生态度，为勤俭持家的妇女所不齿。而能从一根黄瓜顶梢的残花或者瓜身小刺的软硬判断它离开藤蔓的时间，以及能通过弯折芹菜的茎干而推测它是不是已在水里浸泡多时，则是合格主妇的基本美德。在匮乏的年代，狩猎时代的采集本能重新被磨到雪亮。在一个清晨喧嚣的菜场里，那些被写进基因里的绝技，跨越万年，在挎着篮子的主妇身上陡然绽放，盛开一个又一个不大不小的奇迹。

母亲就是这些老辣主妇中的一个，美中不足的是她羞于与人争钱论价，在偷偷地货比三家之后，只好等着旁人上场，然后去搭便车。在他小小的年纪，之所以能理解“弱国无外交”这句话，便是拜母亲在菜市场的行状所赐。那种伴随着知书达理而来的莫名的羞怯感，让她每每在市场里晕头转向，被那只“看不见的手”推来搡去，几无还手之力。

那些蔬菜，从早上的青枝碧叶生机楚楚，沦落到晚上的萎靡不振自暴自弃，也让他意识到生命的不可思议的脆弱。一棵植物离开土壤，就无可救药地失去了生存的力量，连一天也熬不过去。

如今傍晚的菜市场依然人头攒动。蔬菜从农村运进城市再也不是困难的事情。（那些喷着黑烟的愤怒的拖拉机已被今天轰鸣的货运卡车取而代之。）

但即使如今在 H 城，母亲依然保持了晨起买菜的习惯。“在中午的大太阳底下采摘的蔬菜瓜果，能不带着懒劲？吃下去人都没有精神。早上去菜市场，买的就是一种朝气。”

母亲是个诗人。

那几天他禁不住到南郊的墓地去走了一遭，很耐心地寻找晋同学的墓碑，仿佛一个满怀愤恨的人寻索仇人的踪迹。但在那个名字突然出现在面前时，涌上心头的竟是一种莫名的敬意。晋 ×× 之墓，用最端正的楷书刻在愣头愣脑的白石头上，让死亡本身变成一种丰功伟绩，一切过犯都可以既往不咎。

你没法不对一个死去的人满怀敬意。不论他是如何面对死亡的，他都经过了人世上最大的考验，没有人在死亡这件事上永远不及格，但一切活着的人在这件事上都仍然不曾结业。

回国前他驱车经过得克萨斯的时候，想起过那首老歌，他以前在什么时候，什么地方听到过。然后那天晚上他就梦到母亲，她说：You be have like a desperado。他母亲并不懂英语，她在梦里用她不懂的语言说话还是头一次。

小时候，每当他桀骜不驯，她就会说：你像个亡命徒。他知道他离一个亡命之徒的标准还很遥远。在她眼里，一切有愤怒的人都可称之为亡命之徒——而她和她丈夫的愤怒不在此列。她和丈夫针锋相对，以眼还眼，把整个时代的底气都运到嗓子眼里。她不是那种哀哭求告的女人，以泪洗面的场面是不可想象的——有思想和信仰的双重武器枕戈待旦，男人是此世最不足惧的生物。她真正害怕的，是叵测的命运。

父亲的愤怒也确实不像个亡命徒。父亲一心要做个好人，可这个世界似乎总是对他得寸进尺。

“Desperado, why don’t you come to your senses.”在涂门，在这个无人的山道上，这歌词毫无理由地冒了出来。

在山道边，他接了旬旬打来的电话。旬旬问他什么时候回来，说妈妈又给旬旬买了一只风筝，是大鹏鸟，他回来一起放风筝。

他从墓地回到城里，在网吧里把在墓地拍的照片发给玫，说，你看，又一个人死了。

那边立刻回了邮件，说真是很巧，她又在镇上的网吧里。

“我们可以 QQ。”他说。

“还是用邮件吧。”她说。

“好。”

“今天你除了去墓地，还去了哪里？”

“没有去哪里。”

“昨天呢？”

“东郊。”

“嗯，都是楼房了吧？”

“差不多了。”

他把在东郊拍的稻田发给她看，说这是硕果仅存的几块田地。照片里刚插到田里的稻秧看上去有气无力的。

“你还记不记得当年我们一起看过的那些泥鳅？”

她说不记得了，但还记得秋天，风吹过去，稻田就像被火点燃的一块灯芯绒，一路起伏蔓延开去。还有头顶那些被撼动的树叶，哗啦啦像一阵止不住的嘲笑——你还记不记得？

他说他不记得了，他说他以为他们会记得同样一些事情，但当然不应该是这样。

然后她就许久没有发邮件过来。

直到他快要离开网吧，才收到一封长长的邮件。

她说，有一件事你肯定不会相信。

她说，住在白二叔家的那个小梅，白老爷子说是大姑的孙女的，其实就是我们的孩子。当年我怀孕的时候，我给我在美国的父亲打了个电话。那时候父亲已经是个基督徒了，劝她留下这个孩子……孩子出生以后我非常抑郁，又想杀了自己，也差一点杀了这孩子。后来妈妈就把孩子送走了。那几年我和妈妈闹得不可开交，但其实主要地也不是因为孩子，我也不知道为什么，更没有精力顾得上找她，后来我就从木实那里知道这孩子跟了大姑，算是大姑的大儿子继革收养的……除了木实和大姑一家，谁也不知道真实情况。

在这封邮件后头，跟着另一封。说上一封邮件里的事是她杜撰的。“你知道我是个爱编故事的人。我太喜欢那孩子了。当年怀上的那个，已经打掉了，是真的。那时候我父亲也是犹豫不决。因为他的犹豫不决，我就做了决定。但是打胎之后我就抑郁得无以复加。也许这是天生的。不管怎样，都过去了。好了，我在你那里现在已经没什么秘密了，再有肯定都是编出来的。已经买好了去云南的机票……是的，机票，真有点迫不及待了……”

68

从北京西站北二出站口出来，就进入一个宽敞的地下大厅。指示标牌俯仰皆是，用中文和英文告诉人们哪儿是公共汽车站，哪儿是出租车站，哪儿是出口，哪儿是厕所。

他朝着“厕所”两个字所指的方向走去，径直走到一面光秃的墙前。

他面对着墙壁踌躇了一会儿，不知道该向左还是向右。他只好四下里环顾，终于发现右手十米开外有一个门洞，上方贴着一个笔直站立的、双腿分开的人的形状。那一定是男厕所了。那么女厕所在哪里呢？如果你是个女人，一定更加绝望。

厕所里宽阔高敞，有两个庞大的房间，外一间专供洗手用，一溜儿都是自来水龙头，里一间是尿槽和便池，通风不畅气味刺鼻，像个毒气室。

车站刚建成那会儿，这厕所想必是富丽堂皇的——现在它墙壁暗淡，地面陈旧，衰老得不可救药。

一个蓬头垢面的男人一边系着裤子一边推开一间便池的门，出来走向外间的洗手池。他的裤子大约是蓝色的，上身大约是一件草绿色中山装，都脏兮兮的难以确认它们本来的颜色。这身恍若隔世的中山装，让他感慨这世界变化虽然如此之大，却又是如此之小。那张高中毕业时照的全班合影里，他也是一身草绿色中山装，蓬头垢面地站在第二排的某个位置——那是八十年代末的时候。几年前他在美国，一个高中同学又拿出了那张照片：几十个男孩子站成两排，后一排高一些，是站在木条凳上的。班主任和任课教师坐在最前面一排椅子上，女生们蹲在老师们脚下。男生穿的一律是草绿、深蓝的中山装，皱巴巴地烘托住高考前憔悴的面容。他们背对着第一教学楼赭黄色的后墙，还有灰黑色的高大的校园围墙，像极了戈雅绘画里的场景——面黄肌瘦，且有被枪毙之虞——那些眼睛里青春的神采倒是遮掩不住的。

两排接尿槽原本白色，如今已经昏黄，有一半都下水不畅，盛着满满的啤酒色尿液。他走近一个看起来干净些的，把一口痰吐在里面。面前墙上斑驳的裂纹勾勒出玫的那幅画：两人相拥而坐，一个男人光溜的脊背和臀部背对着画面，头是秃的；那个女人从男人的右面露出小半边身体和半个乳房——她的面孔，居然是一张猫脸：尖尖的嘴，几根长长的胡须，头上打着粉色蝴蝶结。

他不记得那是她什么时候画的，甚至不记得自己是否对它发表过什么意见。记忆厚此薄彼的理由是什么？

“哥哥，有时候我会莫名地想到，在上海那个弄堂里的那个男人，会把我当成他一生最珍贵的收获吗？也许那段记忆他就像扔掉一个套子一样毫不可惜。但也许在什么地方我能找到他，一个满脸胡子一身酒气的糟男人，我告诉他那就是我，然后他会比所有人都珍惜我。我终于找到这个归宿，死心塌地地和他过后半辈子，哪怕天天被他打得半死…… 要是这样的话，我就不需要一个菩萨……”

在厕所的一个格子间的一扇紧闭的门后头，有个人在抽烟，并且在烟雾里唱：天边夕阳再次映上我的脸庞……

真是一把好嗓子。他站在原地假装洗手，一直等那个人把整整一首歌唱完。在旁人眼里，站在洗手池边的他一定是患了强迫症，把手搓了又搓。

出了火车站，迎头就是公交车站。他仰头探究林立的站牌，却找不到朝 B 大那边开过去的路线。

他索性来到一辆公交车前，问售票员去不去 B 大附近。她看着他，迟疑良久，然后不耐烦地挥手示意他上车等待。二十分钟后这车才不情愿地上了路，绕了个弯来到火车站的前面。这时火车站钟楼上的黄色霓虹灯已然点亮，用它们纤细的线条勾勒车站粗犷的轮廓。

在公主坟站，三个老年男子站在门下，其中一个仰着脸问：“到清华吗？”司机冲他们喊：“区间车！”老人们大惑不解，继续问：“到清华吗？”司机便用更高的嗓门喊道：“区间车！！”仿佛随着分贝的增加，就能把一种正确的见解塞入对方的脑子里。

车门呼啦一声关上，绝尘而走。

公交车爬上环路，就飞奔起来，而暮色毫不迟疑地从四面八方围拢过来。

“哥，在上海那个弄堂里，我决定跟那个男人走之前那一秒，我想的是受苦，受苦…… 只要这世上还有一个人在受苦，我都没有资格得到幸福。只要这世上还有一个生命在受苦，我也没有资格得到幸福。我当时真的是这么想的，是的，我疯了。哥，那个时候我常想，假如我死了，世界会变得更好…… 现在嘛…… 毕竟我微不足道。”“如果说我是因为绝望，是不是太矫情了？”

司机背后的栏杆上挂着一台小电视，只比司机的脑袋大一点点。在小电视里，一个记者正在采访市民。那个市民对着镜头大大地抱怨，说工地上竟然还有人在施工，“我们孩子明天就要参加高考。”镜头转到了工地上，戴着安全帽的那个工人，说他们为了配合高考，已经停工好几天了…… 每天损失一万。不知怎的镜头就转到了首都体育馆，两个巨型相扑运动员正缠斗扭打…… 镜头又转到一群孩子和相扑运动员扭在一起，拉胳膊的，搬大腿的，仿佛一座汉代雕塑…… 镜头再次变换，就是国外的场景：“…… 美国前总统罗纳德·里根于六月五日在加利福尼亚家中逝世……”这个影响过全世界的人，到了晚年，甚至都不知道自己是谁。

公交车的摇晃最安慰人了，头靠在窗户上磕磕碰碰的也睡得着，比睡在席梦思的床上还要踏实……

那个秋千拴在一株核桃树上，是他给玫做的。把一块木板钻几个孔眼，用麻绳穿住，挂到树上就成了。那时他大概七岁，她应该六岁了。她坐在上面摇了很久，小衣服被风吹得鼓囊囊的。白色的衬衫，在光线里像许多碎片在飞扬，在被撒出去，落得到处都是。他抬头朝树上望去：骄阳正从密叶的缝隙间钻过，朝他的眼睛刺射而来，一根根如同麦芒。核桃树的枝干粗粝皴裂，他爬上去拴绳子的时候，裸露的腿和胳臂被蹭出好几群红道子，蹭损处的麻痛如蜂蜇一般。他使劲推她，让她越荡越高，越荡越快，把光线一根根切断。核桃树正在孕育翠绿的果子，藏在绿叶间，不仔细搜寻是看不到的。他不喜欢核桃树那种戒备的粗糙，但换了楝树，光溜溜的爬起来也很困难，很容易一捽到底。楝果也是光溜溜的，娇小、精致，有装饰性的小白点儿。楝果成熟后像葡萄一样柔软，颜色像杏脯，掐开一个，满手都是腥臭的气味。他记得他和木实经常用楝树的青果做子弹，举两支弹弓对射。有一次他把木实打哭了，打在眼睛上……秋千高高低低地摇晃，从玫的上衣口袋里掉出了她那只带磁铁的小铅笔盒，啪的一声磕在地上，还好是塑料的，没有摔碎，只是豁然张开，把铅笔和橡皮掏心掏肺地扔了出来，就像一切铅笔盒落在地上那样。她说那是她妈妈从上海给她买的，是她的宝贝。盒盖上有一片亮晶晶的铁皮，合上盖子的时候总有清脆干练的“啪”的一声，是铁皮和磁铁粘到一块儿去了。他记得盒子上面画了一只松鼠，尾巴硕大无朋，让它看起来倒像只蜗牛。你再推我一下你再推我一下。他带着近乎残酷的情绪使劲推了她几下，秋千摇摇欲坠，扭得惊心动魄，最后绳子断了。她重重地摔在地上，哭得震天动地。都是你都是你都是你。他看到她膝盖上渗出血点儿，顿时慌了神。回白奶奶家，少不了被数落一通。她膝盖上涂了红药水，红彤彤一大片，那圆润的红色至今还在他的眼前出没。

69

下车的时候天已黑透。车门在身后合上的一刹那，他才发现自己早下了一站。回身再看，车门在他面前坚定地关闭，车身飞一般逃窜而去，只有车尾喷出的热气经久不衰地围绕着他。

在街上徒步行走，他听到一只知了突然叫了起来。这声音单调、沉闷，不悲不喜。

远处芙蓉里小区的五幢骨牌状的高楼在远处点燃零星的灯火，几处窗口被涂染成昏黄或亮白的方块。

他在承泽园小区前的小卖部里买了一包烟和一只形状刻板的打火机，走进小区坐在一棵槐树下的马路牙子上——这地方在白天曾属于那个收废品的小伙子，但小伙子很久没有来了。

他撕开烟盒，抽出一根直愣愣的纸烟，用打火机点燃吸了一口。他抬头看见一株高大的白杨挡住了一盏路灯，让疏枝密叶的影子斜斜地投在一面墙上，弄出一幅光怪陆离的图案。这图案易动不居，随风随意改换着形状。

此时周遭空无一人，远近默默站立着许多盏路灯，发出昏黄暗昧的、聊胜于无的光线。他数了一下，一、二、三、四、五、六、七、八、九，统共九盏。其中一盏的灯罩被什么打碎了，灯泡裸露在空气里——只有它能发出足够明亮的光，正是它把白杨树的影子勾勒到墙上。

他把烟灰弹进草丛里，烟头上的红光一下子就鲜艳起来。他看不到烟头上冒出的烟，但能够结结实实地闻到烟草焚烧的味道。他想探究一下烟的形状，就举起烟头，朝向那盏最亮的灯，可是除了刺目的光，依然无迹可寻。他从口袋里再次掏出打火机，打着了火苗。火苗被风吹得东倒西歪，挣扎着仿佛要逃走。就在这时，他听到有人在唱歌。

他四处打量，寻找那个唱歌的人，却不见踪影。歌声款款不绝，不知来自何方。

山镇的那个音乐老师，看到他和玫，就说，来，来。然后就听到他兀自唱道：

看晚星多明亮，闪耀着金光
海面上微风吹，碧波在荡漾
在银河下面，暮色苍茫
……
请来我小船上
……
请来我小船上
……
桑塔露琪亚，桑～塔露琪亚

The End

2003—2018 于北京海淀